孟繁华

主编

短篇小说 卷二

新中国文学经典丛书 精选本

作家出版社

出版说明

　　中国当代文学经过70多年的探索、创作，逐渐形成了具有中国特色和经验的文学世界。这个世界丰富、绚丽、迷人，不仅从一些方面表达了当代中国的思想、情感和精神面貌，而且已经成为世界文学重要的组成部分。为了展示中国文学的巨大成就，进一步树立文化自信和文学自信，我们特别策划了这套具有一定规模的"新中国文学经典丛书·精选本"。

　　丛书共计十二卷，包含小说（中短篇）、诗歌、散文、报告文学、戏剧五个文学门类，其中短篇小说两卷、中篇小说六卷、诗歌一卷、散文一卷、报告文学一卷、戏剧一卷。在时间上，所选均是1949年新中国成立之后所发表或出版的优秀文学作品。在版式编排上，统一按照当前规范要求，采用简体字横排方式，字词用法也遵照当前最新标准规范。

　　丛书邀请著名评论家孟繁华担任主编。入选丛书的作品经过了专家论证委员会的认真评审，专家评审从文学性、思想性、时代性等多方面进行综合考察，选取了各个时期、各个体裁最具代表性的作家作品。正是这些作家作品，构筑了中国当代文学最为坚实和亮丽的文学大厦，在一定意义上，它们就是一部特殊形态的中国当代文学史，代表了新中国文学70多年所取得的不凡成就。

　　文学是时代的一面镜子，通过这套大型丛书，读者一方面可以了解和领略中国当代文学的发展历程和高端成就，满足精神文化发展的需求；也可以更好地了解新中国成立70多年来我们党和人民所走过的光辉道路，了解我们的祖国所发生的翻天覆地的变化。鉴古知今，面向未来，更好地投身于实现中华民族伟大复兴中国梦的新征程中去。

需要特别说明的是，尽管在篇目的遴选上，我们经过了认真的论证和反复的研究，但关于作品优劣的认定和选择的标准见仁见智，正所谓一千个读者眼中有一千个哈姆雷特，每个人心中都有自己认为优秀的作品。因此，这套书仅仅代表的是面对新中国70多年文学成就的一种眼光、一个角度。同时，由于丛书体量有限，遗珠之憾在所难免，恳请读者朋友理解并谅解，同时更盼批评指正。

作家出版社

2023年1月

目录

爱，是不能忘记的   张 洁   1

哦，香雪   铁 凝   16

命若琴弦   史铁生   27

麦客   邵振国   46

去拉萨的路上   扎西达娃   73

无主题变奏   徐 星   99

继续操练   李 晓   123

飘逝的花头巾   陈建功   144

你不可改变我   刘西鸿   164

我是少年酒坛子   孙甘露   181

再见了，我的星星   曹文轩   190

十八岁出门远行   余 华   208

褐色鸟群   格 非   215

饶舌的哑巴   李 洱   238

月光里的银匠   阿 来   249

清水里的刀子　　　　　　　　　　石舒清　267

大老郑的女人　　　　　　　　　　魏　微　275

茄子　　　　　　　　　　　　　　戴　来　294

白水青菜　　　　　　　　　　　　潘向黎　307

我们的战斗生活像诗篇　　　　　　范小青　312

爱情到处流传　　　　　　　　　　付秀莹　317

俄罗斯陆军腰带　　　　　　　　　马晓丽　329

归来　　　　　　　　　　　　　　王祥夫　348

往生　　　　　　　　　　　　　　蔡　东　361

良宵　　　　　　　　　　　　　　张　楚　380

纪念我的朋友金枝　　　　　　　　金仁顺　397

爱，是不能忘记的

张　洁

　　我和我们这个共和国同年。三十岁，对于一个共和国来说，那是太年轻了。而对一个姑娘来说，却有嫁不出去的危险。

　　不过，眼下我倒有一个正儿八经的求婚者。看见过希腊伟大的雕塑家米伦所创造的《掷铁饼者》那座雕塑吗？乔林的身躯几乎就是那尊雕塑的翻版。

　　即使在冬天，臃肿的棉衣也不能掩盖住他身上那些线条优美的轮廓。他的面孔黝黑，鼻子、嘴巴的线条都很粗犷。宽阔的前额下，是一双长长的眼睛。

　　光看这张脸和这个身躯，大多数的姑娘都会喜欢他。

　　可是，倒是我自己拿不准主意要不要嫁给他。因为我闹不清楚我究竟爱他的什么，而他又爱我的什么。

　　我知道，已经有人在背地里说长道短："凭她那些条件，还想找个什么样的？"

　　在他们的想象中，我不过是一头劣种的牲畜，却变着法儿想要混个肯出大价钱的冤大头。这引起他们的气恼，好像我真的干了什么伤天害理的、冒犯了众人的事情。

　　自然，我不能对他们过于苛求。在商品生产还存在的社会里，婚姻，也像许多问题一样，难免不带着商品交换的烙印。

　　我和乔林相处将近两年了，可直到现在我还摸不透他那缄默的习惯到底是因为不爱讲话，还是因为讲不出来什么。逢到我起意要对他来点智力测验，一定逼着他说出对某事或某物的看法时，他也只能说出托儿所里常用的那种词汇"好!"或"不好!"就这么两档,再也不能换换别的花样儿了。

当我问起"乔林,你为什么爱我?"的时候,他认真地思索了好一阵子。对他来说,那段时间实在够长了。凭着他那宽阔的额头上难得出现的皱纹,我知道,他那美丽的脑壳里面的组织细胞,一定在进行着紧张的思维活动。我不由得对他生出一种怜悯和一种歉意,好像我用这个问题刁难了他。

然后,他抬起那双儿童般的、清澈的眸子对我说:"因为你好!"

我的心被一种深刻的寂寞填满了:"谢谢你,乔林!"

我不由得想:当他成为我的丈夫,我也成为他的妻子的时候,我们能不能把妻子和丈夫的责任和义务承担到底呢?也许能够。因为法律和道义已经紧紧地把我们拴在一起。而如果我们仅仅是遵从着法律和道义来承担彼此的责任和义务,那又是多么悲哀啊!那么,有没有比法律和道义更牢固,更坚实的东西把我们联系在一起呢?

逢到我这样想着的时候,我总是有一种古怪的感觉,好像我不是一个准备出嫁的姑娘,而是一个研究社会学的老学究。

也许我不必想这么多,我们可以照大多数的家庭那样生活下去:生儿育女,厮守在一起,绝对地保持着法律所规定的忠诚……虽说人类社会已经进入了二十世纪七十年代,可在这点上,倒也不妨像几千年来人们所做过的那样,把婚姻当成一种传宗接代的工具,一种交换、买卖,而婚姻和爱情也可以是分离着的。既然许多人都是这么过来的,为什么我就偏偏不可以照这样过下去呢?

不,我还是下不了决心。我想起小的时候,我总是没缘没故地整夜啼哭,不仅闹得自己睡不安生,也闹得全家睡不安生。我那没有什么文化却相当有见地的老保姆说我"贼风入耳"了。我想这带有预言性的结论大概很有一点科学性,因为直到如今我还依然如故,总好拿些不成问题的问题不但搅扰得自己不得安宁,也搅扰得别人不得安宁。所谓"禀性难移"吧!

我呢,还会想到我的母亲,如果她还活着,她会对我的这些想法,对乔林,对我要不要答应他的求婚说些什么?!

我之所以习惯地想到她，绝不因为她是一个严酷的母亲，即使已经不在人世也依然用她的阴魂主宰着我的命运。不，她甚至不是一个母亲，而是推心置腹的朋友。我想，这多半就是我那么爱她，一想到她已经离我远去便悲从中来的原因吧！

　　她从不教训我，她只是用她那没有什么女性温存的低沉的嗓音，柔和地对我谈她一生中的过失或成功，让我从这过失或成功里找到我自己需要的东西。不过，她成功的时候似乎很少，一生里总是伴着许许多多的失败。

　　在她最后的那些日子里，她总是用那双细细的、灵秀的眼睛长久地跟随着我，仿佛在估量着我有没有独立生活下去的能力，又好像有什么重要的话要叮嘱我，可又拿不准主意该不该对我说。准是我那没心没肺、凡事都不大有所谓的派头让她感到了悬心。她忽然冒出了一句："珊珊，要是你吃不准自己究竟要的是什么，我看你就是独身生活下去，也比糊里糊涂地嫁出去要好得多！"

　　照别人看来，作为一个母亲对女儿讲这样的话，似乎不近情理。而在我看来，那句话里包含着以往生活里的痛苦经验，真是一句至理名言。我倒不觉得她这样叮咛我是看轻我或是低估了我对生活的认识。她爱我，希望我生活得没有烦恼，是不是？

　　"妈妈，我不想嫁人！"我这么说，绝不是因为害臊或是忸怩作态。说真的，我真不知道一个姑娘什么时候需要做出害臊或忸怩的姿态，一切在一般人看来应该对孩子隐讳的事情，母亲早已从正面让我认识了它。

　　"要是遇见合适的，还是应该结婚。我说的是合适的！"

　　"恐怕没有什么合适的！"

　　"有还是有，不过难一点——因为世界是这么大，我担心的是你会不会遇上就是了！"她并不关心我嫁得出去还是嫁不出去，她关心的倒是婚姻的实质。

　　"其实，您一个人过得不是挺好吗？"

　　"谁说我过得挺好？"

　　"我这么觉得。"

　　"我是不得不如此……"她停住了说话，沉思起来。一种淡淡的、忧郁的神情来到了她的脸上。她那忧郁的、满是皱纹的脸，让我想起我早年夹在书页里的那些已经枯萎了的花。

"为什么不得不如此呢?"

"你的为什么太多了。"她在回避我。她心里一定藏着什么不愿意让我知道的心事。我知道，她不告诉我，并不是因为她耻于向我披露，而多半是怕我不能准确地估量那事情的深浅而扭曲了它，也多半是因为人人都有一点珍藏起来的、留给自己的东西。想到这里，我有点不自在。这不自在的感觉迫使我没有礼貌，没有教养地追问下去："是不是您还爱着爸爸?"

"不，我从没有爱过他。"

"他爱您吗?"

"不，他也不爱我!"

"那你们当初为什么结婚呢?"

她停了停，准是想找出更准确的字眼来说明这令人费解和反常的现象。

然后显出无限悔恨的样子对我说："人在年轻的时候，并不一定了解自己追求的、需要的是什么，甚至别人的起哄也会促成一桩婚姻。等到你再长大一些、更成熟一些的时候，你才会明白你真正需要的是什么。可那时，你已经干了许多悔恨得让你感到锥心的蠢事。你巴不得付出任何代价，只求重新生活一遍才好，那你就会变得比较聪明了。人说'知足者常乐'，我却享受不到这样的快乐。"说着，她自嘲地笑了笑，"我只能是一个痛苦的理想主义者。"

莫非我那"贼风入耳"的毛病是从她那里来的? 大约我们的细胞中主管"贼风入耳"这种遗传性状的是一个特别尽职尽责的基因。

"您为什么不再结婚呢?"

她不大情愿地说："我怕自己还是吃不准自己到底要什么。"她明明还是不肯对我说真话。

我不记得我的父亲。他和母亲在我很小的时候便分手了。我只记得母亲曾经很害羞地对我说过他是一个相当漂亮的、公子哥儿似的人物。我明白她准是因为自己也曾追求过那种浅薄而无聊的东西感到害臊。她对我说过："晚上睡不着觉的时候，我常常迫使自己硬着头皮去回忆年轻时代所做过的那些蠢事、错事！为的是使自己清醒。固然，这是很不愉快的，我常会羞愧地用被单蒙上自己的脸，好像黑暗里也有许多人在盯着我瞧似的。不过这种不愉快的感觉里倒也有一种赎罪似的快乐。"

我真对她不再结婚感到遗憾。她是一个很有趣味的人，如果她和一个她爱着的人结婚，一定会组织起一个十分有趣味的家庭。虽然她生得并不漂亮，可是优雅，淡泊，像一幅淡墨的山水画。文章写得也比较美，和她很熟悉的一位作家喜欢开这样的玩笑："光看你的作品，人家就会爱上你的！"

母亲便会接着说："要是他知道他爱的竟是一个满脸皱纹、满头白发的老太婆，他准会吓跑了。"

到了这种年龄，她绝不会是还不知道自己到底要什么。这分明是一句遁词。我之所以这么说，是因为她有些引起我生出许多疑问的怪毛病。

比如，不论她上哪儿出差，她必得带上那二十七本一套的、一九五〇年到一九五五年出版的《契诃夫小说选集》中的一本，并且叮咛着我："千万别动我这套书。你要看，就看我给你买的那一套。"这话明明是多余的，我有自己的一套，干吗要去动她的那套呢？况且这话早已三令五申地不知说过多少遍了。可她还是怕有个万一的时候。她爱那套书爱得简直像得了魔怔一般。

我们家有两套《契诃夫小说选集》。这也许说明对契诃夫的爱好是我们家的家风，但也许更多的是为了招架我和别的喜欢契诃夫的人。逢到有人想要借阅的时候，她便拿了我房间里的那套给人。有一次，她不在家的时候，一位很熟的朋友拿了她那套里的一本。她知道了之后，急得如同火烧了眉毛，立刻拿了我的一本去换了回来。

从我记事的那天起，那套书便放在她的书橱里了。别管我多么钦佩伟大的契诃夫，我也不能明白，那套书就那么百看、千看、万看不厌，二十多年来有什么必要天天非得读它一读？

有时，她写东西写累了，便会端着一杯浓茶，坐在书橱对面，瞧着那套《契诃夫小说选集》出神。要是这个时候我突然走进了她的房间，她便会显得慌乱不安，不是把茶水泼了自己一身，便是像初恋的女孩子头一次和情人约会便让人撞见似的羞红了脸。

我便想：她是不是爱上了契诃夫？要是契诃夫还活着，没准真会发生这样的事。

当她神志不清，就要离开这个世界的时候，她对我说的最后一句话是："那套书——"她已经没有力气说出"那套《契诃夫小说选集》"这样一个长句子。不过我明白她指的就是那一套。"……还有，写着，'爱，是不能忘记的'……笔记本，和我，一同火葬。"

她最后叮咛我的这句话，有些，我为她做了。比如那套书。有些，我没有为她做……比如那些题着"爱，是不能忘记的"笔记本子。我舍不得。我常想，要是能够出版，那一定是她写过的那些作品里最动人的一篇。不过它当然是不能出版的。

起先，我以为那不过是她为了写东西而积累的一些素材。因为它既不像小说，也不像札记；既不像书信，也不像日记。只是当我从头到尾把它们读了一遍的时候，渐渐地，那些只言片语与我那支离破碎的回忆交织成了一个形状模糊的东西。经过久久的思索，我终于明白，我手里捧着的，并不是没有生命、没有血肉的文字，而是一颗灼人的、充满了爱情和痛苦的心，我还看见那颗心怎样在这爱情和痛苦里挣扎、熬煎。二十多年啦，那个人占有着她全部的情感，可是她却得不到他。她只有把这些笔记本当作他的替身，在这上面和他倾心交谈。每时，每天，每月，每年。

难怪她从没有对任何一个够意思的求婚者动过心，难怪她对那些说不出来是善意的愿望或是恶意的闲话总是淡然地一笑付之。原来她的心已经填得那么满，任什么别的东西都装不进去了。我想起"曾经沧海难为水，除却巫山不是云"的诗句，想到我们当中有人多半不会这样去爱，而且也没有人会照这个样子爱我的时候，我便感到一种说不出来的惆怅。

我知道了三十年代他在上海做地下工作的时候，一位老工人为了掩护他而被捕牺牲，撇下了无依无靠的妻子和女儿。他，出于道义、责任、阶级情谊和对死者的感念，毫不犹豫地娶了那位姑娘。逢到他看见那些由于"爱情"而结合的夫妇又因为"爱情"而生出无限的烦恼，他便会想："谢天谢地，我虽然不是因为爱情而结婚，可是我们生活得和睦、融洽，就像一个人的左膀右臂。"几十年风里来、雨里去，他们可以说是患难夫妻。

他一定是她那机关里的一位同志。我会不会见过他呢？从到过我家的客人里，我看不出任何迹象，他究竟是谁呢？

大约一九六二年的春天，我和母亲去听音乐会。剧场离我们家太远，我们没有乘车。

一辆黑色的小轿车悄无声息地停在人行道旁边，从车上走下来一个满头白发、穿着一套黑色毛呢中山装的、上了年纪的男人。那头白发生得堂皇而又气派！他给人一种严谨的、一丝不苟的、脱俗的、明澄得像水晶一样的印象。特别是他的眼睛，十分冷峻地闪着寒光，当他急速地瞥向什么东西的时候，会让人联想起闪电或是舞动着的剑影。要使这样一对冰冷的眼睛充满柔情，那必定得是特别强大的爱情，而且得为了一个确实值得爱的女人才行。

他走过来，对母亲说："您好！钟雨同志，好久不见了。"

"您好！"母亲牵着我的那只手突然变得冰凉，而且轻轻地颤抖着。

他们面对面地站着，脸上带着凄厉的，甚至是严峻的神情，谁也不看着谁。母亲瞧着路旁那些还没有抽出嫩芽的灌木丛。他呢，却看着我："已经长成大姑娘了。真好，太好了，和妈妈长得一样。"

他没有和母亲握手，却和我握了握手。而那手也和母亲的手一样，也是冰冷的，也是轻轻地颤抖着的。我好像变成了一路电流的导体，立刻感到了震动和压抑。我很快地从他的手里抽出我的手，说道："不好，一点也不好！"

他惊讶地问我："为什么不好？"或许我以为他故作惊讶。因为凡是孩子们说了什么直率得可爱的话的时候，大人们都会显出这副神态的。

我看了看妈妈的面孔。是，我真像她。这让我有些失望："因为她不漂亮！"

他笑了起来，幽默地说："真可惜，竟然有个孩子嫌自己的妈妈不漂亮。记得吧？一九五三年你妈妈刚调到北京，带你来机关报到的那一天，她把你这个小淘气留在了走廊外面，你到处串楼梯，扒门缝，在我房间的门上夹疼了手指头。你哇啦哇啦地哭着，我抱着你去找妈妈？"

"不，我不记得了。"我不大高兴，他竟然提起我穿开裆裤时代的事情。

"啊，还是上了年纪的人不容易忘记。"他突然转身向我的母亲说，"您最近写的那部小说我读过了。我要坦率地说，有一点您写得不准确。您不该在作品里非难那位女主人公……要知道，一个人对另一个人产生感情原没有什么可以非议的地方，她并没有伤害另一个人的生活……其实，那男主人公对她也会有感情的。不过为了另一个人的快乐，他们不得不割舍自己的爱情……"

这时，有一个交通民警走到停放小汽车的地方，大声地训斥着司机车停得不是地方。司机为难地解释着。他停住了说话，回头朝那边望了望，匆匆地说了声："再见！"便大步走到汽车旁边，向那民警说："对不起，这不怪司机，是我……"

我看着这上了年纪的人，也俯首帖耳地听着民警的训斥，觉得很是有趣。

当我把顽皮的笑脸转向母亲的时候，我看见她是怎样的窘迫呀！就像小学校里一个一年级的小女孩，恓恓惶惶地站在那严厉的校长面前一样，好像那民警训斥的是她。

汽车开走了，留下了一道青烟。很快地，就连这道青烟也随风消散了，好像什么都没有发生过，而我，不知道为什么却没有很快地忘记。

现在回想起来，他准是以他那强大的精神力量引动了母亲的心。那强大的精神力量来自他那成熟而坚定的政治头脑，他在动荡的革命时代的出生入死的经历，他活跃的思维，工作的魄力，文学艺术上的素养……而且——说起来奇怪，他和母亲一样喜欢双簧管。对了，她准是崇拜他。她说过，要是她不崇拜那个人，那爱情准连一天也维持不了。

至于他爱不爱我的母亲，我就猜不透了。要是他不爱她，为什么笔记本里会有这样一段记载呢？

"这礼物太厚重了。不过您怎么知道我喜好契诃夫呢？"

"你说过的！"

"我不记得了。"

"我记得。"

原来那套《契诃夫小说选集》是他送给母亲的。对于她，那几乎就是爱情的信物。

没准，他这个不相信爱情的人，到了头发都白了的时候才意识到他心里也有那种可以称为爱情的东西存在。这可真够凄惨的。

关于他，能够回到我的记忆里来的就是这么一小点。

她那么迷恋他，却又得不到他的心情有多么苦呀！为了看一眼他乘的那辆小车，以及从汽车的后窗里看一眼他的后脑勺，她怎样煞费苦心地计算过他上下班可能经过那条马路的时间；每当他在台上作报告，她坐在台下，隔着距离、烟雾、昏暗的灯光，攒动的人头，看着他那模糊不清的面孔，她便觉得心里好像有什么东西凝固了，泪水会不由得充满她的眼眶。为了把自己的泪水瞒住别人，她使劲地咽下它们。逢到他咳嗽得讲不下去，她就会揪心地想到为什么没人阻止他吸烟？担心他又会犯了气管炎。她不明白为什么他离她那么近而又那么遥远？

他呢，为了看见她一眼，天天从小车的小窗里，眼巴巴地瞧着自行车道上流水一样的自行车，闹得眼花缭乱，担心着她那辆自行车的闸灵不灵，会不会出车祸；逢到万一有个不开会的夜晚，他会不乘小车，自己费了许多周折来到我们家的附近，不过是为了从我们家的大院门口走这么一趟；他在百忙中也不会忘记注意着各种报刊，为的是看一看有没有我母亲发表的作品。他不能明白，为什么生活偏偏是这样安排着的？

可是，临到他们难得在机关大院里碰了面，他们又在竭力地躲避着对方，匆匆地点个头便赶紧地走开去。即使这样，也足以使我母亲失魂落魄，失去听觉、视觉和思维的能力，世界立刻会变成一片空白……如果那时她遇见一个叫老王的同志，她一定会叫人家老郭，对人家说些连她自己也听不懂的话。

她一定死死地挣扎过，因为她写道——

我们曾经相约：让我们互相忘记。可是我欺骗了你，我没有忘记。我想，你也同样没有忘记。我们不过是在互相欺骗着，把我们的苦楚深深地隐藏着。

　　不过我并不是有意要欺骗你，我曾经多么努力地去实行它。有多少次我有意地滞留在远离北京的地方，把希望寄托在时间和空间上，我甚至觉得我似乎忘记了。可是等到我出差回来，火车离北京越来越近的时候，我简直承受不了冲击得使我头晕眼花的心跳。我是怎样急切地站在月台上张望，好像有什么人在等着我似的。不，当然不会有。我明白了，什么也没有忘记，一切都还留在原来的地方。年复一年，就跟一棵大树一样，它的根却越来越深地扎下去，想要拔掉这生了根的东西实在太困难了，我无能为力。

　　每当一天过去，我总是觉得忘记了什么重要的事情，或是夜里突然从梦中惊醒：发生了什么事情?! 不，什么也没有发生，我清清楚楚地意识到：没有你! 于是什么都显得是有缺陷的，不完满的，而且是没有任何东西可以弥补的。我们已经到了这一生快要完结的时候了，为什么还要像小孩子一样地忘情? 为什么生活总是让人经过艰辛的跋涉之后才把你追求了一生的梦想展现在你的眼前? 而这梦想因为当初闭着眼睛走路，不但在岔道上错过了，而且这中间还隔着许多不可逾越的沟壑。

　　对了，每每母亲从外地出差回来，她从不让我去车站接她，她一定愿意自己孤零零地站在月台上，享受他去接她的那种幻觉。她，头发都白了的、可怜的妈妈，简直就像个痴情的女孩子。

　　那些文字并没有多少是叙述他们的爱情的，而多半记载的都是她生活里的一些琐事：她的文章为什么失败，她对自己的才能感到了惶惑和猜疑；珊珊（就是我）为什么淘气，该不该罚她；因为心神恍惚她看错了戏票上的时间，错过了一场多么好的话剧；她出去散步，忘了带伞，淋得像个落汤鸡……

　　她的精神明明日日夜夜都和他在一起，就像一对恩爱的夫妻。其实，把他们这一辈子接触过的时间累计起来计算，也不会超过二十四小时。而这二十四小时，大约比有些人一生享受到的东西还深、还多。莎士比亚笔下的朱丽叶说过："我不能清算我财富的一半。"大约，她也不能清算她的财富的一半。

似乎他在"文化大革命"中死于非命。也许因为当时那种特定的历史条件，这一段的文字记载相当含糊和隐晦。我奇怪我那因为写文章而受着那么厉害的冲击的母亲，是用什么办法把这习惯坚持下来的？从这隐晦的文字里，我还是可以猜得出，他大约是对那位红极一世、权极一时的"理论权威"的理论提出了疑问，并且不知对谁说过："这简直就是右派言论。"从母亲那沾满泪痕的纸页上可以看出，他被整得相当惨，不过那老头子似乎十分坚强，从没有对这位有大来头的人物低过头，直到死的时候，留下来的最后一句话还是："就是到了马克思那里，这个官司也非得打下去不可！"

这件事一定发生在一九六九年的冬天。因为在那个冬天里，还刚近五十岁的母亲一下子头发全白了。而且，她的手臂上还缠上了一道黑纱。那时，她的处境也很难。为了这条黑纱，她挨了好一顿批斗，说她坚持"四旧"，并且让她交代这是为了谁。

"妈妈，这是为了谁？"我惊恐地问她。

"为一个亲人！"然后怕我受惊似的解释着，"一个你不熟悉的亲人！"

"我要不要戴呢？"她做了一个许久都没有对我做过的动作，用手拍了拍我的脸颊，就像我小的时候她常做的那样。她好久都没有显出过这么温柔的样子了。我常觉得，随着她的年龄和阅历的增长，特别是那几年她所受过的折磨，那种温柔的东西似乎离她越来越远了，也或许是被她越藏越深了，以至常常让我感到她像个男人。

她恍惚而悲凉地笑了笑，说："不，你不用戴。"

她那双又干又涩的眼睛显得没有一点水分，好像已经把眼泪哭干了。我很想安慰她，或做点什么使她高兴的事。她却说："去吧！"

我当时不知为什么生出了一种恐怖的感觉，我觉得我那亲爱的母亲似乎有一半已经随着什么离我而去了。我不由得叫了一声："妈妈！"

我的心情一定被我那敏感的妈妈一览无余地看透了。她温和地对我说："别怕，去吧！让我自己待一会儿。"

我没有错，因为她的确这样写着：

你去了。似乎我灵性里的一部分也随你而去了。

我甚至不能知道你的下落，更谈不上最后看你一眼。我也没有权利去向他们质询，因为我既不是亲眷又不是生前友好……我们便这样地分离了。我恨不能为你承担那非人的折磨，而应该让你活下去！为了等到昭雪的那一天，为了你将重新为这个社会工作，为了爱你的那些个人们，你都应该活着啊！

我从不相信你是什么"三反"分子，你是被杀害的、最优秀中间的一个。假如不是这样，我怎么会爱你呢？我已经不怕说出这三个字。

纷纷扬扬的大雪不停地降落着。天哪，连上帝也是这样的虚伪，他用一片洁白覆盖了你的鲜血和这谋杀的丑恶。

我从没有拿我自己的存在当成一回事。可现在，我无时不在想，我的一言一行会不会惹得你严厉地皱起你那双浓密的眉毛？我想到我要好好地活着，好好地生活，像你那样，为我们这个社会——它不会总像现在这样，惩罚的利剑已经悬在那帮狗男女的头上——真正地做一点工作。

我独自一人，走在我们唯一一次曾经一同走过的那条柏油小路上。听着我一个人的脚步声在沉寂的夜色里响着、响着……我每每在这小路上徘徊、流连，哪一次也没有像现在这样使我肝肠寸断。那时，你虽然也不在我身边，但我知道，你还在这个世界上，我便觉得你在伴随着我，而今，你的的确确不在了，我真不能相信！

我走到了小路的尽头，又折回去，重新开始，再走一遍。

我弯过那道栅栏，习惯地回头望去，好像你还在那里，向我挥手告别。

我们曾淡淡地、心不在焉地微笑着，像两个没有什么深交的人，为的是尽力地掩饰我们心里那镂骨铭心的爱情。那是一个没有一点诗意的初春的夜晚，依然在刮着冷峭的风。我们默默地走着，彼此离得很远。你因为长年害着气管炎，微微地喘息着。我心疼你，想要走得慢一点。可不知为什么却不能。

　　我们走得飞快，好像有什么重要的事情在等着我们去做，我们非得赶快走完这段路不可。我们多么珍惜这一生中唯一的一次"散步"，可我们分明害怕，怕我们把持不住自己，会说出那可怕的、折磨了我们许多年的那三个字："我爱你。"除了我们自己，大概这个世界上没有一个活着的人会相信我们连手也没有握过一次，更不要说到其他！

不，妈妈，我相信，再没有人能像我那样眼见过你敞开的灵魂。

啊，那条柏油小路，我真不知道它是那样充满了辛酸的回忆的一条小路。

我想，我们切不可忽略世界上任何一个最不起眼的小角落，谁知道呢？那些意想不到的小角落会沉默地缄藏着多少隐秘的痛苦和欢乐呢？

当她写东西写得疲倦了的时候，她还会沿着我们窗后的那条柏油小路慢慢地踱来踱去。有时是彻夜不眠后的清晨，有时甚至是月黑风高的夜晚，哪怕是在冬天，哪怕峭厉的风像发狂的野兽似的吼叫，卷着沙石噼里啪啦地敲打着窗棂……那时，我只以为那不过是她的一种怪癖，却不知她是去和他的灵魂相会。

她还喜欢站在窗前，瞅着窗外的那条柏油小路出神。有一次，她显出那样奇特的神情，以至我以为柏油小路上走来了我们最熟悉的、最欢迎的客人。

我连忙凑到窗前，在深秋的傍晚，只有冷风卷着枯黄的落叶，飘过那空荡荡的小路的路面。

好像他还活着一样，用文字和他倾心交谈的习惯并没有因为他的去世而中断。直到她自己拿不起来笔的那一天。在最后一页上，她对他说了最后的话：

　　我是一个信仰唯物主义的人。现在我却希冀着天国，倘若真有所谓天国，我知道，你一定在那里等待着我。我就要到那里去和你相会，我们将永远在一起，再也不会分离。再也不必怕影响另一个人的生活而割舍我们自己。亲爱的，等着我，我就要来了——

　　我真不知道，妈妈，在她行将就木的这一天，还会爱得那么沉重。像她自己所说的，那是镂骨铭心的。我觉得那简直不是爱，而是一种疾痛，或是比死亡更强大的一种力量。假如世界上真有所谓不朽的爱，这也就是极限了。

　　她分明至死都感到幸福：她真正地爱过。她没有半点遗憾。

　　如今，他们的皱纹和白发早已从碳水化合物变成了其他的什么元素。可我知道，不管他们变成什么，他们仍然在相爱。尽管没有什么人间的法律和道义把他们拴在一起，尽管他们连一次手也没有握过，他们却完完全全地占有着对方。那是什么都不能分离的。哪怕千百年过去，只要有一朵白云追逐着另一朵白云；一棵青草傍依着另一棵青草；一层浪花拍着另一层浪花；一阵轻风紧跟着另一阵轻风，相信我，那一定就是他们。

　　每每我看着那些题着"爱，是不能忘记的"笔记本，我就不能抑制住自己的眼泪。我哭，我不止一次地痛哭，仿佛遭了这凄凉而悲惨的爱情的是我自己。这要不是大悲剧就是大笑话。别管它多么美，多么动人，我可不愿意重复它！

　　英国大作家哈代说过："呼唤人的和被呼唤的很少能互相答应。"我已经不能从普通意义上的道德观念去谴责他们应该或是不应该相爱。我要谴责的却是：为什么他们不互相等待着那个呼唤着自己的灵魂？

　　如果我们都能够互相等待，而不糊里糊涂地结婚，我们会免去多少这样的悲剧哟！

　　到了共产主义，还会不会发生这种婚姻和爱情分离着的事情呢？既然世界这么大，互相呼唤的人也就可能有互相不能答应的时候，那么说，这样的事情还会发生？可是，那是多么悲哀啊！可也许到了那时，便有了解脱这悲哀的办法！

　　我为什么要钻牛角尖呢？

　　说到底，这悲哀也许该由我们自己负责。谁知道呢？也说不定还得由过去的生活所遗留下来的那种旧意识负责。因为一个人要是老不结婚，就会变成对这种意识的一种挑战。有人就会说你的神经出了毛病，或是你有什么见不得人的隐私，或是你政治上出了什么问题，或是你刁钻古怪，看不起凡人，不尊重千百年来的社会习惯，你准是个离经叛道的邪人。总之，他们会想出种种庸俗无聊的玩意儿来糟蹋你。于是，你只好屈从这种意识的压力，草草地结婚了事。把那不堪忍受的婚姻和爱情分离着的镣铐套到自己的脖子上去，来日又会为这不能摆脱的镣铐而受苦终身。

我真想大声疾呼地说："别管人家的闲事吧，让我们耐心地等待着，等着那呼唤我们的人，即使等不到也不要糊里糊涂地结婚！不要担心这么一来独身生活会成为一种可怕的灾难。要知道，这兴许正是社会生活在文化、教养、趣味等等方面进化的一种表现！"

《收获》1982年2期

哦，香雪

铁　凝

　　如果不是有人发明了火车，如果不是有人把铁轨铺进深山，你怎么也不会发现台儿沟这个小村。它和它的十几户乡亲，一心一意掩藏在大山那深深的褶皱里，从春到夏，从秋到冬，默默地接受着大山任意给予的温存和粗暴。

　　然而，两根纤细、闪亮的铁轨延伸过来了。它勇敢地盘旋在山腰，又悄悄地试探着前进，弯弯曲曲，曲曲弯弯，终于绕到台儿沟脚下，然后钻进幽暗的隧道，冲向又一道山梁，朝着神秘的远方奔去。

　　不久，这条线正式营运，人们挤在村口，看见那绿色的长龙一路呼啸，挟带着来自山外的陌生、新鲜的清风，擦着台儿沟贫弱的脊背匆匆而过。它走得那样急忙，连车轮碾轧钢轨时发出的声音好像都在说：不停不停，不停不停！是啊，它有什么理由在台儿沟站脚呢？台儿沟有人要出远门吗？山外有人来台儿沟探亲访友吗？还是这里有石油储存，有金矿埋藏？台儿沟，无论从哪方面讲，都不具备挽住火车在它身边留步的力量。

　　可是，记不清从什么时候起，列车时刻表上，还是多了"台儿沟"这一站。也许乘车的旅客提出过要求，他们中有哪位说话算数的人和台儿沟沾亲；也许是哪个快乐的男乘务员发现台儿沟有一群十七八岁的漂亮姑娘，每逢列车疾驶而过，她们就成帮搭伙地站在村口，翘起下巴，贪婪、专注地仰望着火车。有人朝车厢指点，不时能听见她们由于互相捶打而发出的一两声娇嗔的尖叫。也许什么都不为，就因为台儿沟太小了，小得叫人心疼，就是钢筋铁骨的巨龙在它面前也不能昂首阔步，也不能不停下来。总之，台儿沟上了列车时刻表，每晚七点钟，由首都方向开往山西的这列火车在这里停留一分钟。

这短暂的一分钟，搅乱了台儿沟以往的宁静。从前，台儿沟人历来是吃过晚饭就钻被窝，他们仿佛是在同一时刻听到了大山无声的命令。于是，台儿沟那一小片石头房子在同一时刻忽然完全静止了，静得那样深沉、真切，好像在默默地向大山诉说着自己的虔诚。如今，台儿沟的姑娘们刚把晚饭端上桌就慌了神，她们心不在焉地胡乱吃几口，扔下碗就开始梳妆打扮。她们洗净蒙受了一天的黄土、风尘，露出粗糙、红润的面色，把头发梳得乌亮，然后就比赛着穿出最好的衣裳。有人换上过年时才穿的新鞋，有人还悄悄往脸上涂点胭脂。尽管火车到站时已经天黑，她们还是按照自己的心思，刻意斟酌着服饰和容貌。然后，她们就朝村口，朝火车经过的地方跑去。香雪总是第一个出门，隔壁的凤娇第二个就跟了出来。

七点钟，火车喘息着向台儿沟滑过来，接着一阵哐哐乱响，车身震颤一下，才停住不动了。姑娘们心跳着拥上前去，像看电影一样，挨着窗口观望。只有香雪躲在后边，双手紧紧捂着耳朵。看火车，她跑在最前边；火车来了，她却缩到最后去了。她有点害怕它那巨大的车头，车头那么雄壮地喷吐着白雾，仿佛一口气就能把台儿沟吸进肚里。它那撼天动地的轰鸣也叫她感到恐惧。在它跟前，她简直像一叶没根的小草。

"香雪，过来呀，看！"凤娇拉过香雪向一个妇女头上指，她指的是那个妇女头上别着的那一排金圈圈。

"怎么我看不见？"香雪微微眯着眼睛。

"就是靠里边那个，那个大圆脸，看，还有手表哪，比指甲盖还小哩！"凤娇又有了新发现。

香雪不言不语地点着头，她终于看见了妇女头上的金圈圈和她腕上比指甲盖还要小的手表。但她也很快就发现了别的。"皮书包！"她指着行李架上一只普通的棕色人造革学生书包。就是那种连小城市都随处可见的学生书包。

尽管姑娘们对香雪的发现总是不感兴趣，但她们还是围了上来。

"哟，我的妈呀，你踩着我脚啦！"凤娇一声尖叫，埋怨着挤上来的一个姑娘。她老是爱一惊一乍的。

"你咋呼什么呀，是想叫那个小白脸和你搭话了吧？"被埋怨的姑娘也不示弱。

"我撕了你的嘴！"凤娇骂着，眼睛却不由自主地朝第三节车厢的车门望去。

那个白白净净的年轻乘务员真下车来了。他身材高大，头发乌黑，说一口漂亮的北京话。也许因为这点，姑娘们私下里都叫他"北京话"。"北京话"双手抱住胳膊肘，和她们站得不远不近地说："喂，我说小姑娘们，别扒窗户，危险！"

"哟，我们小，你就老了吗？"大胆的凤娇回敬了一句。

姑娘们一阵大笑，不知谁还把凤娇往前一搡，弄得她差点撞在他身上。这一来反倒更壮了凤娇的胆。"喂，你们老待在车上不头晕？"她又问。

"房顶子上那个大刀片似的，那是干什么用的？"又一个姑娘问。她指的是车厢里的电扇。

"烧水在哪儿？"

"开到没路的地方怎么办？"

"你们城市里一天吃几顿饭？"香雪也紧跟在姑娘们后边小声问了一句。

"真没治！""北京话"陷在姑娘们的包围圈里，不知所措地嘟囔着。

快开车了，她们才让出一条路，放他走。他一边看表，一边朝车门跑去，跑到门口，又扭头对她们说："下次吧，下次告诉你们！"他的两条长腿灵巧地向上一跨就上了车，接着一阵叽里咕噜，绿色的车门就在姑娘们面前沉重地合上了。列车一头扎进黑暗里，把她们撇在冰冷的铁轨旁边。很久，她们还能感觉到它那越来越轻的震颤。

一切恢复了寂静，静得叫人惆怅。姑娘们走回家去，路上总要为一点小事争论不休：

"谁知道别在头上的金圈圈是几个？"

"八个。"

"九个。"

"不是!"

"就是!"

"凤娇你说呢?"

"她呀,还在想'北京话'呢!"有人开起了凤娇的玩笑。

"去你的,谁说谁就想。"凤娇说着捏了一下香雪的手,意思是叫香雪帮腔。

香雪没说话,慌得脸都红了。她才十七岁,还没学会怎样在这种事上给人家帮腔。

"他的脸多白呀!"那个姑娘还在逗凤娇。

"白?还不是在那大绿屋里捂的。叫他到咱台儿沟住几天试试。"有人在黑影里说。

"可不,城里人就靠捂。要论白,叫他们和咱香雪比比。咱们香雪,天生一副好皮子,再照火车上那些闺女的样儿,把头发烫成弯绕绕,啧啧!'真没治'!凤娇姐,你说是不是?"

凤娇不接茬儿,松开了香雪的手。好像姑娘们真在贬低她的什么人一样,她心里真有点替他抱不平呢。不知怎么的,她认定他的脸绝不是捂白的,那是天生的。

香雪又悄悄把手送到凤娇手心里,她示意凤娇握住她的手,仿佛请求凤娇的宽恕,仿佛是她使凤娇受了委屈。

"凤娇,你哑巴啦?"还是那个姑娘。

"谁哑巴啦!谁像你们,专看人家脸黑脸白。你们喜欢,你们可跟上人家走啊!"凤娇的嘴很硬。

"我们不配!"

"你担保人家没有相好的?"

……

不管在路上吵得怎样厉害,分手时大家还是十分友好的,因为一个叫人兴奋的念头又在她们心中升起:明天,火车还要经过,她们还会有一个美妙的一分钟。和它相比,闹点小别扭还算回事吗?

哦,五彩缤纷的一分钟,你饱含着台儿沟的姑娘们多少喜怒哀乐!

日久天长,这五彩缤纷的一分钟,竟变得更加五彩缤纷起来,就在这个一分钟里，她们开始挎上装满核桃、鸡蛋、大枣的长方形柳条篮子，站在车窗下，抓紧时间跟旅客和和气气地做买卖。她们踮着脚，双臂伸得直直的，把整筐的鸡蛋、红枣举上窗口，换回台儿沟少见的挂面、火柴，以及属于姑娘们自己的发卡、香皂。有时，有人还会冒着回家挨骂的风险，换回花色繁多的纱巾和能松能紧的尼龙袜。

凤娇好像是大家有意分配给那个"北京话"的，每次都是她提着篮子去找他。她和他做买卖故意磨磨蹭蹭，车快开时才把整篮的鸡蛋塞给他。要是他先把鸡蛋拿走，下次见面时再付钱，那就更够意思了。如果他给她捎回一捆挂面、两条纱巾，凤娇就一定抽出一斤挂面还给他。她觉得，只有这样才对得起和他的交往，她愿意这种交往和一般的做买卖有所区别。有时她也想起姑娘们的话："你担保人家没有相好的？"其实，有没有相好的不关凤娇的事，她又没想过跟他走。可她愿意对他好，难道非得是相好的才能这么做吗？

香雪平时话不多，胆子又小，但做起买卖却是姑娘中最顺利的一个。旅客们爱买她的货，因为她是那么信任地瞧着你，那洁如水晶的眼睛告诉你，站在车窗下的这个女孩子还不知道什么叫受骗。她还不知道怎么讲价钱，只说："你看着给吧。"你望着她那洁净得仿佛一分钟前才诞生的面孔，望着她那柔软得宛若红缎子似的嘴唇，心中会升起一种美好的感情。你不忍心跟这样的小姑娘要滑头，在她面前，再爱计较的人也会变得慷慨大度。

有时她也抓空儿向他们打听外面的事，打听北京的大学要不要台儿沟人，打听什么叫"配乐诗朗诵"（那是她偶然在同桌的一本书上看到的）。有一回她向一位戴眼镜的中年妇女打听能自动开关的铅笔盒，还问到它的价钱。谁知没等人家回话，车已经开动了。她追着它跑了好远，当秋风和车轮的呼啸一同在她耳边鸣响时，她才停下脚步意识到了，自己的行为是多么可笑啊。

火车眨眼间就无影无踪了。姑娘们围住香雪，当她们知道她追火车的原因后，便觉得好笑起来。

"傻丫头！"

"值不当的！"

她们像长者那样拍着她的肩膀。

"就怪我磨蹭，问慢了。"香雪可不认为这是一件值不当的事，她只是埋怨自己没抓紧时间。

"咳，你问什么不行呀！"凤娇替香雪挎起篮子说。

"谁叫咱们香雪是学生呢。"也有人替香雪分辩。

也许就因为香雪是学生吧，是台儿沟唯一考上初中的人。

台儿沟没有学校，香雪每天上学要到十五里以外的公社。尽管不爱说话是她的天性，但和台儿沟的姐妹们总是有话可说的。公社中学可就没那么多姐妹了，虽然女同学不少，但她们的言谈举止，一个眼神，一声轻轻的笑，好像都是为了叫香雪意识到，她是从小地方来的，穷地方来的。她们故意一遍又一遍地问她："你们那儿一天吃几顿饭？"她不明白她们的用意，每次都认真地回答："两顿。"然后又友好地瞧着她们反问道："你们呢？"

"三顿！"她们每次都理直气壮地回答。之后，又对香雪在这方面的迟钝感到说不出的怜悯和气恼。

"你上学怎么不带铅笔盒呀？"她们又问。

"那不是嘛。"香雪指指桌角。

其实，她们早知道桌角那只小木盒就是香雪的铅笔盒，但她们还是做出吃惊的样子。每到这时，香雪的同桌就把自己那只宽大的泡沫塑料铅笔盒摆弄得嗒嗒乱响。这是一只可以自动合上的铅笔盒，很久以后，香雪才知道它所以能自动合上，是因为铅笔盒里包藏着一块不大不小的吸铁石。香雪的小木盒，尽管那是当木匠的父亲为她考上中学特意制作的，它在台儿沟还是独一无二的呢，可在这儿，和同桌的铅笔盒一比，为什么显得那样笨拙、陈旧？它在一阵嗒嗒声中有几分羞涩地畏缩在桌角上。

香雪的心再也不能平静了，她好像忽然明白了同学们对于她的再三盘问，明白了台儿沟是多么贫穷。她第一次意识到这是不光彩的，因为贫穷，同学们才敢一遍又一遍地盘问她。她盯住同桌那只铅笔盒，猜测它来自遥远的大城市，猜测它的价钱肯定非同寻常。三十个鸡蛋换得来吗？还是四十个、五十个？这时她的心又忽地一沉：怎么想起这些了？

娘攒下鸡蛋，不是为了叫她乱打主意啊！可是，为什么那诱人的嗒嗒声老是在耳边响个没完？

深秋，山风渐渐凛冽了，天也黑得越来越早。但香雪和她的姐妹们对于七点钟的火车，是照等不误的。她们可以穿起花棉袄了，凤娇头上别起了淡粉色的有机玻璃发卡，有些姑娘的辫梢还缠上了夹丝橡皮筋。那是她们用鸡蛋、核桃从火车上换来的。她们仿照火车上那些城里姑娘的样子把自己武装起来，整齐地排列在铁路旁，像是等待欢迎远方的贵宾，又像是准备着接受检阅。

火车停了，发出一阵沉重的叹息，像是在抱怨台儿沟的寒冷。今天，它对台儿沟表现了少有的冷漠：车窗全部紧闭着，旅客在昏黄的灯光下喝茶，看报，没有人向窗外瞥一眼。那些眼熟的、常跑这条线的人，似乎也忘记了台儿沟的姑娘。

凤娇照例跑到第三节车厢去找她的"北京话"，香雪系紧头上的紫红色线围巾，把臂弯里的篮子换了换手，也顺着车身不停地跑着。她尽量高高地踮起脚，希望车厢里的人能看见她的脸。车上一直没有人发现她，她却在一张堆满食品的小桌上，发现了渴望已久的东西。它的出现，使她再也不想往前走了，她放下篮子，心跳着，双手紧紧扒住窗框，认清了那真是一只铅笔盒，一只装有吸铁石的自动铅笔盒。它和她离得那样近，如果不是隔着玻璃，她一伸手就可以摸到。

一位中年女乘务员走过来拉开了香雪。香雪挎起篮子站在远处继续观察。当她断定它属于靠窗那位女学生模样的姑娘时，就果断地跑过去敲起了玻璃。女学生转过脸来，看见香雪臂弯里的篮子，抱歉地冲她摆了摆手，并没有打开车窗的意思。不知怎么的她朝车门跑去，当她在门口站定时，还一把扒住了扶手。如果说跑的时候她还有点犹豫，那么从车厢里送出来的一阵阵温馨的、火车特有的气息却坚定了她的信心，她学着"北京话"的样子，轻巧地跃上了踏板。她打算以最快的速度跑进车厢，以最快的速度用鸡蛋换回铅笔盒。也许，她所以能够在几秒钟内就决定上车，正是因为她拥有那么多鸡蛋吧，那是四十个。

香雪终于站在火车上了。她挽紧篮子，小心地朝车厢迈出了第一步。这时，车身忽然悸动了一下，接着，车门被人关上了。当她意识到眼前发生了什么事时，列车已经缓缓地向台儿沟告别了。香雪扑在车门上，看见凤娇的脸在车下一晃。看来这不是梦，一切都是真的，她确实离开姐妹们，站在这既熟悉又陌生的火车上了。她拍打着玻璃，冲凤娇叫喊："凤娇！我怎么办呀，我可怎么办呀!"

列车无情地载着香雪一路飞奔，台儿沟刹那间就被抛在后面了。下一站叫西山口，西山口离台儿沟三十里。

三十里，对于火车、汽车真的不算什么，西山口在旅客们闲聊之中就到了。这里上车的人不少，下车的只有一位旅客，那就是香雪。她胳膊上少了那只篮子，她把它塞到那个女学生座位下面了。

在车上，当她红着脸告诉女学生，想用鸡蛋和她换铅笔盒时，女学生不知怎么的也红了脸。她一定要把铅笔盒送给香雪，还说她住在学校吃食堂，鸡蛋带回去也没法吃。她怕香雪不信，又指了指胸前的校徽，上面果真有"矿冶学院"几个字。香雪却觉着她在哄她，难道除了学校她就没家吗？香雪一面摆弄着铅笔盒，一面想着主意。台儿沟再穷，她也从没白拿过别人的东西。就在火车停顿前发出的几秒钟的震颤里，香雪还是猛然把篮子塞到女学生的座位下面，迅速离开了。

车上，旅客们曾劝她在西山口住一夜再回台儿沟。热情的"北京话"还告诉她，他爱人有个亲戚就住在站上。香雪并没有住，更不打算去找"北京话"的什么亲戚，他的话倒使她感到了委屈，她替凤娇委屈，替台儿沟委屈。她只是一心一意地想：赶快走回去，明天理直气壮地去上学，理直气壮地打开书包，把"它"摆在桌上。车上的人既不了解火车的呼啸曾经怎样叫她像只受惊的小鹿那样不知所措，更不了解山里的女孩子在大山和黑夜面前到底有多大本事。

列车很快就从西山口车站消失了，留给她的又是一片空旷。一阵寒风扑来，吸吮着她单薄的身体。她把滑到肩上的围巾紧裹在头上，缩起身子在铁轨上坐了下来。香雪感受过各种各样的害怕，小时候她怕头发，身上沾着一根头发择不下来，她会急得哭起来；长大了她怕晚上一个人到院子里去，怕毛毛虫，怕被人胳肢（凤娇最爱和她来这一手）。现在她害怕这陌生的西山口，害怕四周黑黝黝的大山，害怕叫人心跳的寂静，当风吹响近处的小树林时，她又害怕小树林发出的窸窸窣窣的声音。三十里，一路走回去，该路过多少大大小小的林子啊！

一轮满月升起来了，照亮了寂静的山谷，灰白的小路，照亮了秋日的败草、粗糙的树干，还有一丛丛荆棘、怪石，还有漫山遍野那树的队伍，还有香雪手中那只闪闪发光的小盒子。

她这才想到把它举起来端详。她想，为什么坐了一路火车，竟没有拿出来好好看看？现在，在皎洁的月光下，她才看清了它是淡绿色的，盒盖上有两朵洁白的马蹄莲。她小心地把它打开，又学着同桌的样子轻轻一拍盒盖，"嗒"的一声，它便合得严严实实。她又打开盒盖，觉得应该立刻装点东西进去。她从兜里摸出一只盛擦脸油的小盒放进去，又合上了盖子。只有这时，她才觉得这铅笔盒真属于她了，真的。她又想到了明天，明天上学时，她多么盼望她们会再三盘问她啊！

她站了起来，忽然感到心里很满意，风也柔和了许多。她发现月亮是这样明净。群山被月光笼罩着，像母亲庄严、神圣的胸脯；那秋风吹干的一树树核桃叶，卷起来像一树树金铃铛，她第一次听清它们在夜晚，在风的怂恿下"嘻啷啷"地唱歌。她不再害怕了，在枕木上跨着大步，一直朝前走去。大山原来是这样的！月亮原来是这样的！核桃树原来是这样的！香雪走着，就像第一次认出养育她成人的山谷。台儿沟呢？不知怎么的，她加快了脚步。她急着见到它，就像从来没见过它那样觉得新奇。台儿沟一定会是"这样的"：那时台儿沟的姑娘不再央求别人，也用不着回答人家的再三盘问。火车上的漂亮小伙子都会求上门来，火车也会停得久一些，也许三分、四分，也许十分、八分。它会向台儿沟打开所有的门窗，要是再碰上今晚这种情况，谁都能从从容容地下车。

今晚台儿沟发生了什么事？对了，火车拉走了香雪。为什么现在她像闹着玩儿似的去回忆呢？四十个鸡蛋也没有了，娘会怎么说呢？爹多不是盼望每天都有人家娶媳妇、聘闺女吗？那时他才有干不完的活儿，他才能光着红铜似的脊梁，不分昼夜地打出那些躺柜、碗橱、板箱，挣回香雪的学费。想到这儿，香雪站住了，月光好像也黯淡下来，脚下的枕木变成一片模糊。回去怎么说？她环视群山，群山沉默着；她又朝着近处的杨树林张望，杨树林窸窸窣窣地响着，并不真心告诉她应该怎么做。

是哪儿来的流水声？她寻找着，发现离铁轨几米远的地方，有一道浅浅的小溪。她走下铁轨，在小溪旁边蹲了下来。她想起小时候有一回和凤娇在河边洗衣裳，碰见一个换芝麻糖的老头。凤娇劝香雪拿一件旧汗褂换几块糖吃，还教她对娘说，那件衣裳不小心叫河水给冲走了。香雪很想吃芝麻糖，可她到底没换。她还记得，那老头真心实意等了她半天呢。为什么她会想起这件小事？她现在也许应该骗娘吧，因为芝麻糖怎么也不能和铅笔盒的重要性相比。她要告诉娘，这是一个宝盒子，谁用上它，就能一切顺心如意，就能上大学、坐上火车到处跑，就能要什么有什么，就再也不会被人盘问她们每天吃几顿饭了。娘会相信的，因为香雪从来不骗人。

小溪的歌唱高昂起来了，它欢腾着向前奔跑，撞击着水中的石块，不时溅起一朵小小的浪花。香雪也要赶路了，她捧起溪水洗了把脸，又用沾着水的手抿光被风吹乱的头发。水很凉，但她觉得很精神。她告别了小溪，又回到了长长的铁路上。

前边又是什么？是隧道，它愣在那里，就像大山的一只黑眼睛。香雪又站住了，但她没有返回去，她想到怀里的铅笔盒，想到同学们惊羡的目光，那些目光好像就在隧道里闪烁。她弯腰拔下一根枯草，将草茎插在小辫里。娘告诉她，这样可以"避邪"。然后她就朝隧道跑去。确切地说，是冲去。

香雪越走越热了，她解下围巾，把它搭在脖子上。她走出了多少里？不知道。尽管草丛里的"纺织娘""油葫芦"总在鸣叫着提醒她。台儿沟在哪儿？她向前望去，她看见迎面有一颗颗黑点在铁轨上蠕动。再近一些她才看清，那是人，是迎着她走过来的人群。第一个是凤娇，凤娇身后是台儿沟的姐妹们。

香雪想快点跑过去，但脚为什么变得异常沉重？她站在枕木上，回头望着笔直的铁轨，铁轨在月亮的照耀下泛着清淡的光，它冷静地记载着香雪的路程。她忽然觉得心头一紧，不知怎么的就哭了起来，那是欢乐的泪水、满足的泪水。面对严峻而又温厚的大山，她心中升起一种从未有过的骄傲。她用手背抹净眼泪，拿下插在辫子里的那根草茎，然后举起铅笔盒，迎着对面的人群跑去。

山谷里突然爆发了姑娘们欢乐的呐喊。她们叫着香雪的名字，声音是那样奔放、热烈；她们笑着，笑得是那样不加掩饰、无所顾忌。古老的群山终于被感动得战栗了，它发出洪亮低沉的回音，和她们共同欢呼着。

哦，香雪！香雪！

*《青年文学》*1982年5期

命若琴弦

史铁生

莽莽苍苍的群山之中走着两个瞎子，一老一少，一前一后，两顶发了黑的草帽起伏颠动，匆匆忙忙，像是随着一条不安静的河水在漂流。无所谓从哪儿来，也无所谓到哪儿去，每人带一把三弦琴，说书为生。

方圆几百上千里的这片大山中，峰峦叠嶂，沟壑纵横，人烟稀疏，走一天才能见一片开阔地，有几个村落。荒草丛中随时会飞起一对山鸡，跳出一只野兔、狐狸，或者其他小野兽。山谷中常有鹞鹰盘旋。

寂静的群山没有一点阴影，太阳正热得凶。

"把三弦子抓在手里。"老瞎子喊，在山间震起回声。

"抓在手里呢。"小瞎子回答。

"操心身上的汗把三弦子弄湿了。弄湿了晚上弹你的肋条！"

"抓在手里呢。"

老少二人都赤着上身，各自拎了一条木棍探路。缠在腰间的粗布小褂已经被汗水洇湿了一大片。蹚起来的黄土干得呛人。这正是说书的旺季。天长，村子里的人吃罢晚饭都不待在家里；有的人晚饭也不在家里吃，捧上碗到路边去，或者到场院里。老瞎子想赶着多说书，整个热季领着小瞎子一个村子一个村子紧走，一晚上一晚上紧说。老瞎子一天比一天紧张、激动，心里算定：弹断一千根琴弦的日子就在这个夏天了，说不定就在前面的野羊坳。

暴躁了一整天的太阳这会儿正平静下来，光线开始变得深沉。

远远近近的蝉鸣也舒缓了许多。

"小子！你不能走快点吗？"老瞎子在前面喊，不回头也不放慢脚步。

小瞎子紧跑几步，吊在屁股上的一只大挎包叮嘟哐嘟地响，离老瞎子仍有几丈远。

"野鸽子都往窝里飞啦。"

"什么？"小瞎子又紧走几步。

"我说野鸽子都回窝了，你还不快走！"

"噢。"

"你又鼓捣我那电匣子呢。"

"噫——！鬼动来。"

"那耳机子快让你鼓捣坏了。"

"鬼动来！"

老瞎子暗笑：你小子才活了几天？"蚂蚁打架我也听得着。"老瞎子说。

小瞎子不争辩了，悄悄把耳机子塞到挎包里去，跟在师父身后闷闷地走路。无尽无休的无聊的路。

走了一阵子，小瞎子听见有只獾在地里啃庄稼，就使劲学狗叫，那只獾连滚带爬地逃走了，他觉得有点开心，轻声哼了几句小调儿，哥哥呀妹妹的。师父不让他养狗，怕受村子里的狗欺负，也怕欺负了别人家的狗，误了生意。又走了一会儿，小瞎子又听见不远处有条蛇在游动，弯腰摸了块石头砍过去，"哗啦啦"一阵高粱叶子响。老瞎子有点可怜他了，停下来等他。

"除了獾就是蛇。"小瞎子赶忙说，担心师父骂他。

"有了庄稼地了，不远了。"老瞎子把一个水壶递给徒弟。

"干咱们这营生的，一辈子就是走，"老瞎子又说，"累不？"

小瞎子不回答，知道师父最讨厌他说累。

"我师父才冤呢。就是你师爷，才冤呢，东奔西走一辈子，到了没弹够一千根琴弦。"

小瞎子听出师父这会儿心绪好，就问："什么是绿色的长乙（椅）？"

"什么？噢，八成是一把椅子吧。"

"曲折的油狼（游廊）呢？"

"油狼？什么油狼？"

"曲折的油狼。"

"不知道。"

"匣子里说的。"

"你就爱瞎听那些玩意儿。听那些玩意儿有什么用？天底下的好东西多啦，跟咱们有什么关系？"

"我就没听您说过，什么跟咱们有关系。"小瞎子把"有"字说得重。

"琴！三弦子！你爹让你跟了我来，是为让你弹好三弦子，学会说书。"

小瞎子故意把水喝得咕噜噜响。

再上路时小瞎子走在前头。

大山的阴影在沟谷里铺开来。地势也渐渐地平缓，开阔。

接近村子的时候，老瞎子喊住小瞎子，在背阴的山脚下找到一个小泉眼。细细的泉水从石缝里往外冒，淌下来，积成脸盆大的小洼，周围的野草长得茂盛，水流出去几十米便被干渴的土地吸干。

"过来洗洗吧，洗洗你那身臭汗味。"

小瞎子拨开野草在水洼边蹲下，心里还在猜想着"曲折的油狼"。

"把浑身都洗洗。你那样儿准像个小叫花子。"

"那您不就是个老叫花子了？"小瞎子把手按在水里，嘻嘻地笑。

老瞎子也笑，双手掬起水往脸上泼。"可咱们不是叫花子，咱们有手艺。"

"这地方咱们好像来过。"小瞎子侧耳听着四周的动静。

"可你的心思总不在学艺上。你这小子心太野。老人的话你从来不着耳朵听。"

"咱们准是来过这儿。"

"别打岔！你那三弦子弹得还差着远呢。咱这命就在这几根琴弦上，我师父当年就这么跟我说。"

泉水清凉凉的。小瞎子又哥哥呀妹妹地哼起来。

老瞎子挺来气："我说什么你听见了吗？"

"咱这命就在这几根琴弦上，您师父我师爷说的。我都听过八百遍了。您师父还给您留下一张药方，您得弹断一千根琴弦才能去抓那服药，吃了药您就能看见东西了。我听您说过一千遍了。"

"你不信?"

小瞎子不正面回答,说:"干吗非得弹断一千根琴弦才能去抓那服药呢?"

"那是药引子。机灵鬼儿,吃药得有药引子!"

"一千根断了的琴弦还不好弄?"小瞎子忍不住哧哧地笑。

"笑什么笑!你以为你懂得多少事?得真正是一根一根断了的才成。"

小瞎子不敢吱声了,听出师父又要动气。每回都是这样,师父容不得对这件事有怀疑。

老瞎子也没再作声,显得有些激动,双手搭在膝盖上,两颗骨头一样的眼珠对着苍天,像是一根一根地回忆着那些弹断的琴弦。盼了多少年了呀,老瞎子想,盼了五十年了!五十年中翻了多少架山,走了多少里路哇,挨了多少回晒,挨了多少回冻,心里受了多少委屈呀。一晚上一晚上地弹,心里总记着,得真正是一根一根尽心尽力地弹断的才成。现在快盼到了,绝出不了这个夏天了。老瞎子知道自己又没什么能要命的病,活过这个夏天一点不成问题。"我比我师父可运气多了,"他说,"我师父到了没能睁开眼睛看一回。"

"咳!我知道这地方是哪儿了!"小瞎子忽然喊起来。

老瞎子这才动了动,抓起自己的琴来摇了摇,叠好的纸片碰在蛇皮上发出细微的响声,那张药方就在琴槽里。

"师父,这儿不是野羊岭吗?"小瞎子问。

老瞎子没搭理他,听出这小子又不安稳了。

"前头就是野羊坳,是不是,师父?"

"小子,过来给我擦擦背。"老瞎子说,把弓一样的脊背弯给他。

"是不是野羊坳,师父?"

"是!干什么?你别又闹猫似的。"

小瞎子的心扑通扑通跳,老老实实地给师父擦背。老瞎子觉出他擦得很有劲。

"野羊坳怎么了?你别又叫驴似的会闻味儿。"

小瞎子心虚,不吭声,不让自己显出兴奋。

"又想什么呢？别当我不知道你那点心思。"

"又怎么了，我？"

"怎么了你？上回你在这儿疯得不够？那妮子是什么好货！"老瞎子心想，也许不该再带他到野羊坳来。可是野羊坳是个大村子，年年在这儿生意都好，能说上半个多月。老瞎子恨不能立刻弹断最后几根琴弦。

小瞎子嘴上嘟嘟囔囔的，心却飘飘的，想着野羊坳里那个尖声细气的小妮子。

"听我一句话，不害你，"老瞎子说，"那号事靠不住。"

"什么事？"

"少跟我贫嘴。你明白我说的什么事。"

"我就没听您说过，什么事靠得住。"小瞎子又偷偷地笑。

老瞎子没理他，骨头一样的眼珠又对着苍天。那儿，太阳正变成一汪血。

两面脊背和山是一样的黄褐色。一座已经老了，嶙峋瘦骨像是山根下裸露的基石。另一座正年青。老瞎子七十岁，小瞎子才十七。

小瞎子十四岁上父亲把他送到老瞎子这儿来，为的是让他学说书，这辈子好有个本事，将来可以独自在世上活下去。

老瞎子说书已经说了五十多年。这一片偏僻荒凉的大山里的人们都知道他：头发一天天变白，背一天天变驼，年年月月背一把三弦琴满世界走，逢上有愿意出钱的地方就拨动琴弦唱一晚上，给寂寞的山村带来欢乐。开头常是这么几句："自从盘古分天地，三皇五帝到如今，有道君王安天下，无道君王害黎民。轻轻弹响三弦琴，慢慢稍停把歌论，歌有三千七百本，不知哪本动人心。"于是听书的众人喊起来，老的要听董永卖身葬父，小的要听武二郎夜走蜈蚣岭，女人们想听秦香莲。这是老瞎子最知足的一刻，身上的疲劳和心里的孤寂全忘却，不慌不忙地喝几口水，待众人的吵嚷声鼎沸，便把琴弦一阵紧拨，唱道："今日不把别人唱，单表公子小罗成。"或者："茶也喝来烟也吸，唱一回哭倒长城的孟姜女。"满场立刻鸦雀无声，老瞎子也全心沉到自己所说的书中去。

他会的老书数不尽。他还有一个电匣子，据说是花了大价钱从一个山外人手里买来，为的是学些新词儿，编些新曲儿。其实山里人倒不太在乎他说什么唱什么。人人都称赞他那三弦子弹得讲究，轻轻漫漫的，飘飘洒洒的，疯癫狂放的，那里头有天上的日月，有地上的生灵。老瞎子的嗓子能学出世上所有的声音，男人、女人、刮风下雨、兽啼禽鸣。不知道他脑子里能呈现出什么景象，他一落生就瞎了眼睛，从没见过这个世界。

小瞎子可以算见过世界，但只有三年，那时还不懂事。他对说书和弹琴并无多少兴趣，父亲把他送来的时候费尽了唇舌，好说歹说连哄带骗，最后不如说是那个电匣子把他留住。他抱着电匣子听得入神，甚至没发觉父亲什么时候离去。

这只神奇的匣子永远令他着迷，遥远的地方和稀奇古怪的事物使他幻想不绝，凭着三年朦胧的记忆，补充着万物的色彩和形象，譬如海，匣子里说蓝天就像大海，他记得蓝天，于是想象出海；匣子里说海是无边无际的水，他记得锅里的水，于是想象出满天排开的水锅。

再譬如漂亮的姑娘，匣子里说就像盛开的花朵，他实在不相信会是那样，母亲的灵柩被抬到远山上去的时候，路上正开着野花，他永远记得却永远不愿意去想。但他愿意想姑娘，越来越愿意想；尤其是野羊坳的那个尖声细气的小妮子，总让他心里荡起波澜。直到有一回匣子里唱道，"姑娘的眼睛就像太阳"，这下他才找到了一个贴切的形象，想起母亲在红透的夕阳中向他走来的样子。其实人人都是根据自己的所知猜测着无穷的未知，以自己的感情勾画出世界。每个人的世界就都不同。

也总有一些东西小瞎子无从想象，譬如"曲折的油狼"。

这天晚上，小瞎子跟着师父在野羊坳说书，又听见那小妮子站在离他不远处尖声细气地说笑。书正说到紧要处——"罗成回马再交战，大胆苏烈又兴兵。苏烈大刀如流水，罗成长枪似腾云，好似海中龙吊宝，犹如深山虎争林。又战七日并七夜，罗成清茶无点唇……"老瞎子把琴弹得如雨骤风疾，字字句句唱得铿锵。小瞎子却心猿意马，手底下早乱了套数……

野羊岭上有一座小庙，离野羊坳村二里地，师徒二人就在这里住下。石头砌的院墙已经残断不全，几间小殿堂也歪斜欲倾百孔千疮，唯正中一间尚可遮蔽风雨，大约是因为这一间中毕竟还供奉着神灵。

三尊泥像早脱尽了尘世的彩饰，还一身黄土本色返璞归真了；认不出是佛是道。院里院外、房顶墙头都长满荒藤野草，蓊蓊郁郁倒有生气。

老瞎子每回到野羊坳说书都住这儿，不出房钱又不惹是非。小瞎子是第二次住在这儿。

散了书已经不早，老瞎子在正殿里安顿行李，小瞎子在侧殿的檐下生火烧水。去年砌下的灶稍加修整就可以用。小瞎子撅着屁股吹火，柴草不干，呛得他满院里转着圈咳嗽。

老瞎子在正殿里数叨他："我看你能干好什么？"

"柴湿嘛。"

"我没说这事。我说的是你的琴，今儿晚上的琴你弹成了什么。"

小瞎子不敢接这话茬，吸足了几口气又跪到灶火前去，鼓着腮帮子一通猛吹。"你要是不想干这行，就趁早给你爹捎信把你领回去。老这么闹猫闹狗的可不行，要闹回家闹去。"

小瞎子咳嗽着从灶火边跳开，几步蹿到院子另一头，呼哧呼哧大喘气，嘴里一边骂。

"说什么呢？"

"我骂这火。"

"有你那么吹火的？"

"那怎么吹？"

"怎么吹？哼，"老瞎子顿了顿，又说，"你就当这灶火是那妮子的脸！"

小瞎子又不敢搭腔了，跪到灶火前去再吹，心想：真的，不知道兰秀儿的脸什么样。那个尖声细气的小妮子叫兰秀儿。

"那要是妮子的脸，我看你不用教也会吹。"老瞎子说。

小瞎子笑起来，越笑越咳嗽。

"笑什么笑！"

"您吹过妮子脸？"

老瞎子一时语塞。小瞎子笑得坐在地上。"日他妈。"老瞎子骂道，笑笑，然后变了脸色，再不言语。

灶膛里腾的一声，火旺起来。小瞎子再去添柴，一心想着兰秀儿。

才散了书的那会儿，兰秀儿挤到他跟前来小声说："哎，上回你答应我什么来？"师父就在旁边，他没敢吭声。人群挤来挤去，一会儿又把兰秀儿挤到他身边。"噫，上回吃了人家的煮鸡蛋倒白吃了？"兰秀儿说，声音比上回大。这时候师父正忙着跟几个老汉拉话，他赶紧说："嘘——我记着呢。"兰秀儿又把声音压低："你答应给我听电匣子你还没给我听。""嘘——我记着呢。"幸亏那会儿人声嘈杂。

正殿里好半天没有动静。之后，琴声响了，老瞎子又上好了一根新弦。他本来应该高兴的，来野羊坳头一晚上就又弹断了一根琴弦。

可是那琴声却低沉、零乱。

小瞎子渐渐听出琴声不对，在院里喊："水开了，师父。"

没有回答。琴声一阵紧似一阵了。

小瞎子端了一盆热水进来，放在师父跟前，故意嘻嘻笑着说："您今儿晚还想弹断一根是怎么着？"

老瞎子没听见，这会儿他自己的往事都在心中，琴声烦躁不安，像是年年旷野里的风雨，像是日夜山谷中的流溪，像是奔奔忙忙不知所归的脚步声。小瞎子有点害怕了：师父很久不这样了，师父一这样就要犯病，头疼、心口疼、浑身疼，会几个月爬不起炕来。

"师父，您先洗脚吧。"

琴声不停。

"师父，您该洗脚了。"小瞎子的声音发抖。

琴声不停。

"师父！"

琴声戛然而止，老瞎子叹了口气。小瞎子松了口气。

老瞎子洗脚，小瞎子乖乖地坐在他身边。

"睡去吧，"老瞎子说，"今儿个够累的了。"

"您呢？"

"你先睡，我得好好泡泡脚。人上了岁数毛病多。"老瞎子故意说得轻松。

"我等您一块儿睡。"

山深夜静。有了一点风，墙头的草叶子响。夜猫子在远处哀哀地叫。听得见野羊坳里偶尔有几声狗吠，又引得孩子哭。月亮升起来，白光透过残损的窗棂进了殿堂，照见两个瞎子和三尊神像。

　　"等我干吗，时候不早了。"

　　"你甭担心我，我怎么也不怎么。"老瞎子又说。

　　"听见没有，小子?"

　　小瞎子到底年轻，已经睡着。老瞎子推推他让他躺好，他嘴里嘟囔了几句倒头睡去。老瞎子给他盖被时，从那身日渐发育的筋肉上觉出，这孩子到了要想那些事的年龄，非得有一段苦日子过不可了。唉，这事谁也替不了谁。

　　老瞎子再把琴抱在怀里，摩挲着根根绷紧的琴弦，心里使劲念叨：又断了一根了，又断了一根了。再摇摇琴槽，有轻微的纸和蛇皮的摩擦声。唯独这事能为他排忧解烦。一辈子的愿望。

　　小瞎子做了一个好梦，醒来吓了一跳，鸡已经叫了。他一骨碌爬起来听听，师父正睡得香，心说还好。他摸到那个大挎包，悄悄地掏出电匣子，蹑手蹑脚出了门。

　　往野羊坳方向走了一会儿，他才觉出不对头，鸡叫声渐渐停歇，野羊坳里还是静静的没有人声。他愣了一会儿，鸡才叫头遍吗？灵机一动扭开电匣子。电匣子里也是静悄悄。现在是半夜。他半夜里听过匣子，什么都没有。这匣子对他来说还是个表，只要扭开一听，便知道是几点钟，什么时候有什么节目都是一定的。

　　小瞎子回到庙里，老瞎子正翻身。

　　"干吗哪?"

　　"撒尿去了。"小瞎子说。

　　一上午，师父逼着他练琴。直到晌午饭后，小瞎子才瞅机会溜出庙来，溜进野羊坳。鸡也在树荫下打盹，猪也在墙根下说着梦话，太阳又热得凶，村子里很安静。

　　小瞎子踩着磨盘，扒着兰秀儿家的墙头轻声喊："兰秀儿——兰秀儿——"

　　屋里传出雷似的鼾声。

他犹豫了片刻，把声音稍稍抬高："兰秀儿——！兰秀儿——！"

狗叫起来。屋里的鼾声停了，一个闷声闷气的声音问："谁呀？"

小瞎子不敢回答，把脑袋从墙头上缩下来。

屋里吧唧了一阵嘴，又响起鼾声。

他叹口气，从磨盘上下来，快快地往回走。忽听见身后嘎吱一声院门响，随即一阵细碎的脚步声向他跑来。

"猜是谁？"尖声细气。小瞎子的眼睛被一双柔软的小手捂上了。

——这才多余呢。兰秀儿不到十五岁，认真说还是个孩子。

"兰秀儿！"

"电匣子拿来没？"

小瞎子掀开衣襟，匣子挂在腰上。"嘘——别在这儿，找个没人的地方听去。"

"咋啦？"

"回头招好些人。"

"咋啦？"

"那么多人听，费电。"

两个人东拐西弯，来到山背后那眼小泉边。小瞎子忽然想起件事，问兰秀儿："你见过曲折的油狼吗？"

"啥？"

"曲折的油狼。"

"曲折的油狼？"

"知道吗？"

"你知道？"

"当然。还有绿色的长椅。就是一把椅子。"

"椅子谁不知道。"

"那曲折的油狼呢？"

兰秀儿摇摇头，有点崇拜小瞎子了。小瞎子这才郑重其事地扭开电匣子，一支欢快的乐曲在山沟里飘荡。

这地方又凉快又没有人来打扰。

"这是《步步高》。"小瞎子说，跟着哼。

一会儿又换了支曲子，叫《旱天雷》，小瞎子还能跟着哼。兰秀儿觉得很惭愧。

"这曲子也叫《和尚思妻》。"

兰秀儿笑起来："瞎骗人！"

"你不信？"

"不信。"

"爱信不信。这匣子里说的古怪事多啦。"小瞎子玩着凉凉的泉水，想了一会儿，"你知道什么叫接吻吗？"

"你说什么叫？"

这回轮到小瞎子笑，光笑不答。兰秀儿明白准不是好话，红着脸不再问。

音乐播完了，一个女人说："现在是讲卫生节目。"

"啥？"兰秀儿没听清。

"讲卫生。"

"是什么？"

"嗯——你头发上有虱子吗？"

"去——别动！"

小瞎子赶忙缩回手来，赶忙解释："要有就是不讲卫生。"

"我才没有。"兰秀儿抓抓头，觉得有些刺痒，"噫——瞧你自个儿吧！"兰秀儿一把扳过小瞎子的头，"看我捉几个大的。"

这时候听见老瞎子在半山上喊："小子，还不给我回来！该做饭了，吃罢饭还得去说书！"他已经站在那儿听了好一会儿了。

野羊坳里已经昏暗，羊叫、驴叫、狗叫、孩子们叫，处处起了炊烟。野羊岭上还有一线残阳，小庙正在那淡薄的光中，没有声响。

小瞎子又撅着屁股烧火。老瞎子坐在一旁淘米，凭着听觉他能把米中的沙子拣出来。

"今天的柴挺干。"小瞎子说。

"嗯。"

"还是焖饭？"

"嗯。"

小瞎子这会儿精神百倍，很想找些话说，但是知道师父的气还没消，心说还是少找骂。

两个人默默地干着自己的事，又默默地一块儿把饭做熟。岭上也没了阳光。

小瞎子盛了一碗小米饭，先给师父："您吃吧。"声音怯怯的，无比驯顺。

老瞎子终于开了腔："小子，你听我一句行不？"

"嗯。"小瞎子往嘴里扒拉饭，回答得含糊。

"你要是不愿意听，我就不说。"

"谁说不愿意听了？我说'嗯'！"

"我是过来人，总比你知道得多。"

小瞎子闷头扒拉饭。

"我经过那号事。"

"什么事？"

"又跟我贫嘴！"老瞎子把筷子往灶台上一摔。

"兰秀儿光是想听听电匣子。我们光是一块儿听电匣子来。"

"还有呢？"

"没有了。"

"没有了？"

"我还问她见没见过曲折的油狼。"

"我没问你这个！"

"后来，后来，"小瞎子不那么气壮了，"不知怎么一下就说起了虱子……"

"还有呢？"

"没了。真没了！"

两个人又默默地吃饭。老瞎子带了这徒弟好几年，知道这孩子不会撒谎，这孩子最让人放心的地方就是诚实，厚道。

"听我一句话，保准对你没坏处。以后离那妮子远点儿。"

"兰秀儿人不坏。"

"我知道她不坏，可你离她远点儿好。早年你师爷这么跟我说，我也不信……"

"师爷？说兰秀儿？"

"什么兰秀儿，那会儿还没她呢。那会儿还没有你们呢……"

老瞎子阴郁的脸又转向暮色浓重的天际，骨头一样白色的眼珠不住地转动，不知道在那儿他能"看"见什么。

许久，小瞎子说："今儿晚上您多半又能弹断一根琴弦。"想让师父高兴些。

这天晚上师徒俩又在野羊坳说书。"上回唱到罗成死，三魂七魄赴幽冥，听歌君子莫嘈嚷，列位听我道下文。罗成阴魂出地府，一阵旋风就起身，旋风一阵来得快，长安不远面前存……"老瞎子的琴声也乱，小瞎子的琴声也乱。小瞎子回忆着那双柔软的小手捂在自己脸上的感觉，还有自己的头被兰秀儿扳过去时的滋味。老瞎子想起的事情更多……

夜里老瞎子翻来覆去睡不安稳，多少往事在他耳边喧嚣，在他心头动荡，身体里仿佛有什么东西要爆炸。坏了，要犯病，他想。头昏，胸口憋闷，浑身紧巴巴地难受。他坐起来，对自己叨咕："可别犯病，一犯病今年就甭想弹够那些琴弦了。"他又摸到琴。要能叮叮当当随心所欲地疯弹一阵，心头的忧伤或许就能平息，耳边的往事或许就会消散。可是小瞎子正睡得香甜。

他只好再全力去想那张药方和琴弦：还剩下几根，还只剩最后几根了。那时就可以去抓药了，然后就能看见这个世界——他无数次爬过的山，无数次走过的路，无数次感到过她的温暖和炽热的太阳，无数次梦想着的蓝天、月亮和星星……还有呢？突然间心里一阵空，空得深重。就只为了这些？还有什么？他朦胧中所盼望的东西似乎比这要多得多……

夜风在山里游荡。

猫头鹰又在凄哀地叫。

不过现在他老了，无论如何没几年活头了，失去的已经永远失去了，他像是刚刚意识到这一点。七十年中所受的全部辛苦就为了最后能看一眼世界，这值得吗？他问自己。

小瞎子在梦里笑，在梦里说："那是一把椅子，兰秀儿……"

老瞎子静静地坐着。静静地坐着的还有那三尊分不清是佛是道的泥像。

鸡叫头遍的时候老瞎子决定，天一亮就带这孩子离开野羊坳。

否则这孩子受不了，他自己也受不了。兰秀儿人不坏，可这事会怎么结局，老瞎子比谁都"看"得清楚。鸡叫二遍，老瞎子开始收拾行李。

可是一早起来小瞎子病了，肚子疼，随即又发烧。老瞎子只好把行期推迟。

一连好几天，老瞎子无论是烧火、淘米、捡柴，还是给小瞎子挖药、煎药，心里总在说："值得，当然值得。"要是不这么反反复复对自己说，身上的力气似乎就全要垮掉。"我非要最后看一眼不可。"

"要不怎么着？就这么死了去？""再说就只剩下最后几根了。"后面三句都是理由。老瞎子又冷静下来，天天晚上还到野羊坳去说书。

这一下小瞎子倒来了福气。每天晚上师父到岭下去了，兰秀儿就猫似的轻轻跳进庙里来听匣子。兰秀儿还带来熟的鸡蛋，条件是得让她亲手去扭那匣子的开关。"往哪边扭？""往右。""扭不动。"

"往右，笨货，不知道哪边是右哇？""咔嗒"一下，无论是什么便响起来，无论是什么俩人都爱听。

又过了几天，老瞎子又弹断了三根琴弦。

这一晚，老瞎子在野羊坳里自弹自唱："不表罗成投胎事，又唱秦王李世民。秦王一听双泪流，可怜爱卿丧残身，你死一身不打紧，缺少扶朝上将军……"

野羊岭上的小庙里这时更热闹。电匣子的音量开得挺大，又是孩子哭，又是大人喊，轰隆隆地又响炮，嘀嘀嗒嗒地又吹号。月光照进正殿，小瞎子躺着啃鸡蛋，兰秀儿坐在他旁边。两个人都听得兴奋，时而大笑，时而稀里糊涂莫名其妙。

"这匣子你师父哪儿买来的？"

"从一个山外头的人手里。"

"你们到山外头去过？"兰秀儿问。

"没。我早晚要去一回就是，坐坐火车。"

"火车？"

"火车你也不知道？笨货。"

"噢，知道知道，冒烟哩是不是？"

过了一会儿兰秀儿又说："保不准我就得到山外头去。"语调有些恓惶。

"是吗？"小瞎子一挺坐起来，"那你到底瞧瞧曲折的油狼是什么。"

"你说是不是山外头的人都有电匣子？"

"谁知道。我说你听清楚没有？曲、折、的、油、狼，这东西就在山外头。"

"那我得跟他们要一个电匣子。"兰秀儿自言自语地想心事。

"要一个？"小瞎子笑了两声，然后屏住气，然后大笑，"你干吗不要俩？你可真本事大。你知道这匣子几千块钱一个？把你卖了吧，怕也换不来。"

兰秀儿心里正委屈，一把揪住小瞎子的耳朵使劲拧，骂道："好你个死瞎子。"

两个人在殿堂里扭打起来。三尊泥像袖手旁观帮不上忙。两个年青的正在发育的身体碰撞在一起，纠缠在一起，一个把一个压在身下，一会儿又颠倒过来，骂声变成笑声。匣子在一边唱。

打了好一阵子，两个人都累得住了手，心怦怦跳，面对面躺着喘气，不言声儿，谁却也不愿意再拉开距离。

兰秀儿呼出的气吹在小瞎子脸上，小瞎子感到了诱惑，并且想起那天吹火时师父说的话，就往兰秀儿脸上吹气。兰秀儿并不躲。

"嘿，"小瞎子小声说，"你知道接吻是什么了吗？"

"是什么？"兰秀儿的声音也小。

小瞎子对着兰秀儿的耳朵告诉她。兰秀儿不说话。老瞎子回来之前，他们试着亲了嘴儿，滋味真不坏……

就是这天晚上，老瞎子弹断了最后两根琴弦。两根弦一齐断了。

他没料到。他几乎是连跑带爬地上了野羊岭，回到小庙里。

小瞎子吓了一跳："怎么了，师父？"

老瞎子气喘吁吁地坐在那儿，说不出话。

小瞎子有些犯嘀咕：莫非是他和兰秀儿干的事让师父知道了？

老瞎子这才相信：一切都是值得的。一辈子的辛苦都是值得的。

能看一回，好好看一回，怎么都是值得的。

"小子，明天我就去抓药。"

"明天？"

"明天。"

"又断了一根了？"

"两根。两根都断了。"

老瞎子把那两根弦卸下来，放在手里揉搓了一会儿，然后把它们并到另外的九百九十八根中去，绑成一捆。

"明天就走？"

"天一亮就动身。"

小瞎子心里一阵发凉。老瞎子开始剥琴槽上的蛇皮。

"可我的病还没好利索。"小瞎子小声叨咕。

"噢，我想过了，你就先留在这儿，我用不了十天就回来。"

小瞎子喜出望外。

"你一个人行不？"

"行！"小瞎子紧忙说。

老瞎子早忘了兰秀儿的事。"吃的、喝的、烧的全有。你要是病好利索了，也该学着自个儿去说回书。行吗？"

"行。"小瞎子觉得有点对不住师父。

蛇皮剥开了，老瞎子从琴槽中取出一张叠得方方正正的纸条。

他想起这药方放进琴槽时，自己才二十岁，便觉得浑身上下都好像冷。

小瞎子也把那药方放在手里摸了一会儿，也有了几分肃穆。

"你师爷一辈子才冤呢。"

"他弹断了多少根？"

"他本来能弹够一千根，可他记成了八百。要不然他能弹断一千根。"

天不亮老瞎子就上路了。他说最多十天就回来，谁也没想到他竟去了那么久。

老瞎子回到野羊坳时已经是冬天。

漫天大雪，灰暗的天空连接着白色的群山。没有声息，处处也没有生气，空旷而沉寂。所以老瞎子那顶发了黑的草帽就尤其蹒动得显著。他蹒蹒跚跚地爬上野羊岭。庙院中衰草瑟瑟，蹿出一只狐狸，仓皇逃远。

村里人告诉他，小瞎子已经走了些日子。

"我告诉他我回来。"

"不知道他干吗就走了。"

"他没说去哪儿？留下什么话没？"

"他说让您甭找他。"

"什么时候走的？"

人们想了好久，都说是在兰秀儿嫁到山外去的那天。

老瞎子心里便一切全都明白。

众人劝老瞎子留下来，这么冰天雪地的上哪儿去？不如在野羊坳说一冬书。老瞎子指指他的琴，人们见琴柄上空荡荡已经没了琴弦。老瞎子面容也憔悴，呼吸也孱弱，嗓音也沙哑了，完全变了个人。他说得去找他的徒弟。

若不是还想着他的徒弟，老瞎子就回不到野羊坳。那张他保存了五十年的药方原来是一张无字的白纸。他不信，请了多少个识字而又诚实的人帮他看，人人都说那果真就是一张无字的白纸。

老瞎子在药铺前的台阶上坐了一会儿，他以为是一会儿，其实已经几天几夜，骨头一样的眼珠在询问苍天，脸色也变成骨头一样的苍白。有人以为他是疯了，安慰他，劝他。老瞎子苦笑：七十岁了再疯还有什么意思？他只是再不想动弹，吸引着他活下去、走下去、唱下去的东西骤然间消失干净。就像一根不能拉紧的琴弦，再难弹出赏心悦耳的曲子。老瞎子的心弦断了。现在发现那目的原来是空的。老瞎子在一个小客店里住了很久，觉得身体里的一切都在熄灭。他整天躺在炕上，不弹也不唱，一天天迅速地衰老。

直到花光了身上所有的钱，直到忽然想起了他的徒弟，他知道自己的死期将至，可那孩子在等他回去。

茫茫雪野，皑皑群山，天地之间蹼动着一个黑点。走近时，老瞎子的身影弯得如一座桥。他去找他的徒弟。他知道那孩子目前的心情、处境。

他想自己先得振作起来，但是不行，前面明明没有了目标。

他一路走，便怀恋起过去的日子，才知道以往那些奔奔忙忙兴致勃勃的翻山、赶路、弹琴，乃至心焦、忧虑都是多么欢乐！那时有个东西把心弦扯紧，虽然那东西原是虚设。老瞎子想起他师父临终时的情景。他师父把那张自己没用上的药方封进他的琴槽。

"您别死，再活几年，您就能睁眼看一回了。"说这话时他还是个孩子。他师父久久不言语，最后说："记住，人的命就像这琴弦，拉紧了才能弹好，弹好了就够了。"……不错，那意思就是说：目的本来没有。老瞎子知道怎么对自己的徒弟说了。可是他又想：能把一切都告诉小瞎子吗？老瞎子又试着振作起来，可还是不行，总摆脱不掉那张无字的白纸……

在深山里，老瞎子找到了小瞎子。

小瞎子正跌倒在雪地里，一动不动，想那么等死。老瞎子懂得那绝不是装出来的悲哀。老瞎子把他拖进一个山洞，他已无力反抗。

老瞎子捡了些柴，打起一堆火。

小瞎子渐渐有了哭声。老瞎子放了心，任他尽情尽意地哭。只要还能哭就还有救，只要还能哭就有哭够的时候。

小瞎子哭了几天几夜，老瞎子就那么一声不吭地守候着。火头和哭声惊动了野兔子、山鸡、野羊、狐狸和鹞鹰……

终于小瞎子说话了："干吗咱们是瞎子！"

"就因为咱们是瞎子。"老瞎子回答。

终于小瞎子又说："我想睁开眼看看，师父，我想睁开眼看看！哪怕就看一回。"

"你真那么想吗？"

"真想，真想——"

老瞎子把篝火拨得更旺些。

雪停了。铅灰色的天空中，太阳像一面闪光的小镜子。鹞鹰在平稳地滑翔。

"那就弹你的琴弦，"老瞎子说，"一根一根尽力地弹吧。"

"师父，您的药抓来了?"小瞎子如梦方醒。

"记住，得真正是弹断的才成。"

"您已经看见了吗? 师父，您现在看得见了?"

小瞎子挣扎着起来，伸手去摸师父的眼窝。老瞎子把他的手抓住。

"记住，得弹断一千二百根。"

"一千二?"

"把你的琴给我，我把这药方给你封在琴槽里。"老瞎子现在才弄懂了他师父当年对他说的话——咱的命就在这琴弦上。

目的虽是虚设的，可非得有不行，不然琴弦怎么拉紧；拉不紧就弹不响。

"怎么是一千二，师父?"

"是一千二，我没弹够，我记成了一千。"老瞎子想：这孩子再怎么弹吧，还能弹断一千二百根? 永远扯紧欢跳的琴弦，不必去看那张无字的白纸……

这地方偏僻荒凉，群山不断。荒草丛中随时会飞起一对山鸡，跳出一只野兔、狐狸，或者其他小野兽。山谷中鹞鹰在盘旋。

现在让我们回到开始：莽莽苍苍的群山之中走着两个瞎子，一老一少，一前一后，两顶发了黑的草帽起伏颤动，匆匆忙忙，像是随着一条不安静的河水在漂流。无所谓从哪儿来、到哪儿去，也无所谓谁是谁……

《现代人》1985 年 2 期

麦客

邵振国

一

天还没亮，只是东边有些发白了。

这里是陕西千阳县城唯一的一条街，赶集卖当全在这垯。

街，渐渐显出了轮廓。那是啥，像是过去富户人家门前的石狮子、石磙，黑乎乎的一堆？走近些看，一个个蜷腿躬腰，东倒西卧。

他们是做啥的？"跟场"的。噢，庄浪的"麦客子"嘛！

庄浪是甘肃的一个县，关山脚下，方圆几百里。别看庄浪地大，可人稠，天爷又年年不作脸，十有九旱，一亩打上二百就算是破天荒。包产后，听说有不少地方打五六百的，可也有部分山地没水少肥，说是有水也不敢浇，庄浪的土地怪着哩，一浇就结板，把苗活活地给箍死。唉，就是这么个势，一人一亩多地，种上算得了，闲下时间跟场走！

每年古历四月，庄浪人便成群结队来陕西割麦，一步跨到顶头，一站站往回走。宝鸡割罢，凤翔的麦刚黄；千阳的麦倒了，陇县的又跟上了。到了古历五月，便离家门不远了，回去割自家的麦还能跟上。

麦客跟场，可说是庄浪人的"祖传"。爹这相，娃也这相，习惯了，咋也改不下。一年不出来，总觉得有件啥事没做，全年不得坦然。出来闲心不操，一天三顿饭"掌柜的"管，要馍有馍，要汤有汤。可话说回来，那三顿饭不是个好吃的！太阳晒得肩胛子上脱下一层皮，晚上在哪个草窝窝、树荫荫、牛棚马圈里一睡，乏得像死驴一样不知道动弹；晒倒没啥，单怕天爷变脸，刚跌个雨星星，就像石头砸在了心上："害死喽，害死喽！麦割不成喽！"不割麦，掌柜的把饭一停，只得打开干粮袋子吃炒面，或吃平时攒下的干馍馍。这些都没啥，最怕跟不上场。这两年麦客子多，掌柜的少，来一个雇主，蜂一样地围住，步子稍迟就跟不上。再说人多不值价，早先一亩三五元挣哩，现时，掌柜的胸脯一挺："一亩一元二，谁去哩！"麦客照样跟上走。过一半天，一亩几角，或是光管饭，看看再没雇主，眼见这垯的麦快倒完了，"走，日他妈，肚子吃饱就行！"……

说时，天已大亮了，赶集、卖当的都来了，这条街渐渐红火起来。那些麦客早已坐起身，一边搔着昨夜蚊子咬下的腿，一边瞅着推车挑担南来北往的人们，看其中有没有"掌柜的"。

迎面，一个壮实的小伙大步流星地走过来。

"爸！你不会灵透些，只是个坐下等，等到啥时辰去！刚刚，汽车站那垯，水川的一个队长来着，一下要走了四五十个……"

小伙身材匀称，满脸秀气，大眼珠灵透地闪着。白褂子上印满汗碱，黑裤子打着补丁，一双麻鞋磨掉了后跟，可他却浑身精神。

吴河东望了望气喘吁吁的儿子，仍旧坐在水泥台阶上吃炒面，待把那口干炒面咽下，这才一边刮着碗底一边说：

"甭急，甭急，这垯我夜个就观看了，麦厚得很，广得很，一时它割不完。"

说着又把目光移向街上的行人。

儿子叫吴顺昌，对多妈可说是"顺"哩。这会儿，尽管他心里急得火烧火燎，但还是一屁股坐在了石台阶上。

"吃些不？给，炒面，干馍馍，去，那面饭馆子里要碗面汤拌上、泡上吃！"

"我不吃！"

顺昌娃把头一甩，两只秀气的大眼竟直呆呆地发愣。记得前几年，一次跟老子去西安割麦，老子一看那八百里秦川黄黄的一片，麦厚得风都吹不动弹，两眼笑得弯成了镰刀。见掌柜的吝啬，不肯多给，他"哼"的一声躺在地上："哎，路上走乏了，咱'歇马三天'！"心说，看你不拿大价来抬我！结果第二天睁眼一看，那望不到边的麦全都割倒了，顺昌急得泪珠子直跌："现在好了，好了吧！"可吴河东望了望那满世界的麦捆子，又说："哼，光这麦捆子往场里捅，也够他狗日的捅几天！甭急，咱再'歇马三天'！"可是刚过头晌，再一看，那八百里地连一个麦捆子都没了。"好我的爸哩！'麦熟一晌'都不懂，你还算是个老庄农！龙口里夺食哩，谁家等你！头晌看着麦还发绿呢，后晌那麦芒就都白起了，麦粒子直落……""对了！对了！我啥不懂，要你说！……"

吴河东真就不怕误场？咋不怕，你看他那老长的头发，多久没刮了，麦土落了寸把厚。别人几把凉水往头顶一撩，抽下镰刃子噌噌几下刮个净光，又凉快，又舒坦。可他，听老人有个说法：头发长了不能刮，一刮就"断了"，搭不上场了。吴河东知道这是句迷信话，闲扯淡，可是你让他刮头他却说啥也不刮。

此时，他那两只浑浊的眼睛里深埋着忧虑，直盯盯地瞅着街上的行人：炒面末子狼藉在布满黑胡茬的下巴上，瘦凸的喉咙骨一上一下，不禁自语道：

"唉，早先还有个'当场的'，如今各顾各喽！……"

当场的，早先也叫"霸场"。一个身强力壮，自以为有些"武艺"的汉子，从麦客子群里嗵地站起来，胸脯一拍："这个场我当了！五个元一亩，没五个元谁也别想雇，谁也不准跟！"谁要雇、要跟，就是一场好打。掌柜的被唬住了，只得抬高雇价。

当年，吴河东就当过"当场的"，胸脯一拍天价响。可有一次，当他双臂一挥，举起石磙子的时候，并没把对方吓倒，几个赎买来的恶汉忽地拥上来把他压倒在地，打得再也没爬起。到现在，左腿还有些跛。吴河东牙一咬说："哼，三十年河东，三十年河西，咱走着看！等到你到老子的门上当麦客的时候再看，球！"……

"三十年"过去了，吴河东还是个麦客子，这些赶集卖当的、过路的、来寻短工的，都像是比他高着一头，那眼势一瞥一瞥的，不屑一顾地从他面前走过……

是的，谁把麦客子放在眼里哩？提起来都说：那些，十人有九个贼，见啥偷啥。饭馆里吃饭，把碗偷走，一双竹筷子也不放过；搭车哩，一眼看见了刹车绳，解下来跳车就跑……所以，每年一到过麦客的时候，家家提防，门户紧闭，生怕自家丢床被子少只鸡的。

可是你要想偷他一只"鸡"，给他割的地少算一亩，那可是打错了算盘。他的腿就是尺，二百四十步是一亩，二十四步是一分，一分也少不下。说是吴河东年轻的时候，扛活回来看见一只老鹰把他家的一只老母鸡抓走了，气得咬牙跺脚恨自己飞不上天。事过几天还一个疙瘩堵在心上。后来他想个法，跑到山坡上，脱了个净光，把猪血往肚皮上一洒，猪下水往胸口上一摆，躺在地上闭住眼装死，单等那刁鹰盘旋下来吃"死人"肉。果然刁鹰落下了，翅膀遮天蔽日，光那鹰钩嘴就能把活人吓死，可吴河东躺得坦坦的，一动不动。等那鹰跳上他的胸脯，正要啄他的眼的时候，突然，他大眼一睁，双手一合，一把抓住了那刁鹰的脖颈。站起来把那猪下水一抖搂，笑着回了庄。满庄子人都跑来看，吴河东一边把鹰往死里打，一边说："我让你这贼知道哩！我都是偷人的人，你还偷我的鸡，我让你偷！我让你偷……"到了把个"大鹏"打咽了气，剥下皮拿到收购站上一卖，又换回一只肥嫩嫩的母鸡来……

顺昌知道老子的脾气犟，看着雇主越来越少了，却也不敢吱声，一旁讨了碗面汤，默默地拌起炒面来。

正吃着，一辆拖拉机突突突地停在了街口上。车上站起个人，扯嗓一声：

"南川里谁去？麦不算厚，一亩两元二，去的上车！"

"顺昌，赶紧拾掇！"

吴河东大喝一声，嗵地腾起身，一根棍挑起那干粮袋子、破棉袄，连着那嘀里当啷的镰把子、烂草帽，三步两步已蹦到了车上。

"昌娃子，快！快——！"

待顺昌奔到跟前时，那掌柜的已数完车上的人头，大手一挥说：

"不要了，不要了，你听见了没！"

他一边厉声喊着，一边用力掰着顺昌扒在车帮上的手。

顺昌扬起那张秀气的脸，央求着说：

"爸爸，爸爸！"他这样称呼着对方，"你把我要下吵，我跟我爸一道……"

"不行，人够了，多去了也白跑路！"

"爸爸，要下吧，爸爸……"

正在这时，只听一个轻盈、脆亮的女声喊道：

"临游，谁去？山地，到那垯看了地再估价！"

麦客们蓦地回头，只见说话的是个年轻媳妇家，看上去二十四五，眉清目秀；中式小褂裹身，青麻布裤可腿，一双带袢儿、绣花儿黑布鞋紧脚，浑身上下干净利落。麦客们呼拉一下又拥向这边，可她却赶忙张口：

"我只要一个！"

说时，她那对儿深汪汪的眼睛跳过众人，直望着站在拖拉机旁的顺昌。

突然，拖拉机突突突地启动了，顺昌禁不住回头喊了声：

"爸——"

二

临游这个地方，满山树木绿绿的，山泉汩汩地流。虽说亩产不高，可人少地多，风调雨顺，常有吃不完的粮食。但是，让谁到这垯来安家，保准谁都摇头。因为这垯水土更怪，十家有九户人"拐"着哩，患一种大骨节病，瘸腿、大头、矬身子。这种病又多患于男人，所以家庭劳动多数得靠女人。外地人说笑话呢：唉，那男人自家上不了炕，得让女人抱上去。爸爸见儿子不乖，恶狠狠地骂着："你再捣蛋，甭看我把你没治，哼，等你妈回来把我抱上炕，看把你治不死！"也有个"身强力壮"的，敢拍着腔子说："嘿，我这两条腿，甭看短，那天从这垯到那垯二十里路，没够我三天走！"

临游就是这么个地方，因而更短不了麦客子常去。聊起天，麦客们夸口说，临游那地面，不是咱麦客子去，粮食就全都撇掉了！

太阳金灿灿的，照着绿葱葱的山。

顺昌跟着那媳妇家的脚步，踏着山间的小路。谁也不多说话。绣花鞋，像两只黑蝴蝶扑扑地擦着地面飞；麻鞋露着脚后跟，像两片子连枷板，嗵嗵地砸得地面响……

"跟上！"

半天，媳妇家这样喊一声。

"噢。"

顺昌总这样应一声，最多说一句"跟上着哩！"意思是你头里走。

他把那根棍挑着的行装换了换肩，脸扭向坡下的一块块山地。那麦是薄，成色也就是个二百来斤，一天割上三亩没问题，这一亩的价……最少一个元给哩吧？哎，七八角也行哩，三七两元一，三八两元四……川地一天最多能割个一亩一二，算下来也差不多……

顺昌正琢磨着，扬脸往前一看，那媳妇家索性停住脚，扭过身直望着他。

"你是哑巴吗？两人走路呢，咋一声不喘？"

"噢？噢……"

顺昌那张秀气的脸一愣，嘴巴尴尬地往腮边咧了咧。

"掌柜的，你家包了多少地？"

只等他跟上来，她才齐着他的肩往前走，那双"黑蝴蝶"也不那么连紧了。小脸儿白里透红，转向他：

"够你割的！我家三口，一人包十亩，你算多少？"

"三十亩？那怕我一个人割不倒，麦就黄过头了！"

"还有我哩！"

说着她将摇曳在脸颊上的那缕青发往耳后一捋，深汪汪的眼睛斜瞅着他：

"咋？怕是我不像个割麦的？"

顺昌对着那双眼不敢多看，眼皮一低，却又落在被胸乳顶起的中式小褂上。

"掌柜哥哩？"

"他？还能割起个麦？……你没来过临游？"

"头一遭。"

说着来到庄上。这庄两面是山，中间是滩，大石头怪峥峥地乱撒着，一股浅浅的水曲曲弯弯绕着滩石，野雀儿在上面跳来跳去。

"瞧，那是我家的地，"她站在山坡上指着前面说，"那里，绿葱葱的那一块，就是我家的。"

"噢，噢。"

吱呀一声，院门推开了。年轻媳妇啪啪地跺了两脚，把绣花鞋上的土抖落，先走了进去。

"进来，进来呀，站在门外面做啥？"

顺昌想是自己应该在院外待着，听到叫，踌躇了半会儿，这才学着主人也把那双麻鞋使劲跺了跺，没想后跟没底儿，脚板跺了个生疼。

走进院来，只见这院整饬得利利落落的，地扫得净净的，胡麻秸子摊晒在一边，一个老奶奶坐在当中用棍拨拉着。

"妈，晌午了，你不歇着？"

"哦，我娃回来了，那是……"

老奶奶手搭凉棚，虚眯着眼望来。媳妇家忙说：

"是给咱割麦的。"

"哦，饭做好了，在厨房里呢，快吃，吃罢就赶紧割，我看麦都黄得劲大了。"

顺昌把行装放在院墙根里，解开布包，拿出两把镰刃子和一块磨石，要了碗水蹲在一旁噌噌地磨起刃子来。

老人听着那"噌、噌——"的磨镰声，又眯起眼：小伙肩膀头圆圆的，一动弹那肌肉一鼓一鼓的，胸膛子挺着，两条长腿叉着，脚跟有劲地蹬着地石，看那相就是个做活的！娃长得也心疼，脸圆圆个，鼻梁鼓鼓个，眼亮亮个……要是我的"白货什"生成这相该多好！

"老奶奶。"

顺昌亲亲地叫了老人一声。一边在大拇指上试着镰刃，一边说：

"麦黄得劲大些不怕，我割得快，我给你抢着割！"

老人连连眨巴着眼。

"哦，哦，我的好娃，这心疼哩！水香——快端饭来！"

扭头一看，只见水香早就端着饭站在一旁，不知想些啥……

拖拉机突突突地一到南川，等候已久的各家主事的便吵嚷开来："我定了三个""我要两个""我要个小伙"……加上大队广播喇叭里"大花脸"正唱着的一板"乱弹"，真是包谷散饭掺黄米，"搅"作一"团"。

陕西人爱吃"搅团"，张根发却另有胃口。他不慌不忙地蹲在一旁，两臂交叉，右手在左边捏着根烟抽着，左手腕戴着块新崭崭的表，在右边闪着……麦割得咋相，不图快可图个干净；"围腰"打得咋相，不在花而在个牢实，年轻娃子打的那捆，一提散脱了。娃子饭量大，大汉吃得终归不那么凶，好价，一顿七八碗……

他眯缝着眼瞅着吴河东，掏出一包"红牡丹"，锡纸沙沙地响。

"老哥，接住——"

一根牡丹烟落在吴河东的脚下。

"还有你，你，你们四位跟我走！"

一个背锅（罗锅）老汉，一个圈脸胡，还有一个四十开外的中年人一起来到地头。一眼望去，张根发的麦齐茬茬的一片，厚实得不进镰，穗粗芒壮，上面能铺张席让人睡觉！

吴河东把行装往地头一撂，一边给镰把镶刀子，一边瞅着那麦说：

"掌柜的，这一亩怕五百过喽！……"

"唉——那没有！"张根发摇着头，又续了根牡丹烟，"你甭看'齐'，其实薄着哩，一天割个一亩半亩没问题！快收拾，收拾好就下镰！……噢，饿不？早饭的时辰过了，若不饿就等着吃'晌午'！"

"嗯，"背锅老抓着顶烂草帽拍着肚子，"吃两嘴能行，不吃也能行，还，还觉不出饿得像是……咋相？"他说着转向同伴，眉骨尴尬地耸着。

"……"吴河东那浑浊的老眼眨巴了两下，又移向麦田，瘸腿一抬，三步两步跨上前去，"嚓、嚓——"地割了起来。

这时，张家女人端着笸箩走来。望着麦客们的背影刚要招呼，见丈夫向她直摇手：

"娃他妈，走，取我的镰去，快吵！"

她不过意地半天扭不回身去。

……

"嚓、嚓、嚓……"只听镰响，不见挪步：几镰就是一捆，几捆就得换镰，时近晌午了，没割下几分地。吴河东那褪了色的麻黑褂子，像块蒸笼里的布，热气一股股地往上冒。觉得那条伤腿有些酸痛，想坐下来歇缓一会儿，眼前却立时望见了顺昌妈那张脸。他妈在屋做啥着哩，还在劈那毛竹？竹皮子一茎茎地劈开，剥得一般薄厚、一般长短；水里泡柔，编成席、编成筛……她愁倒了，苦倒了，可昌娃的婚事还是没着落，就因为付不起彩礼，说下的媳妇又另嫁了……想到这儿，他瘸腿一蹲往前赶：麦，一片片地倒下了，倒下了……

太阳已经偏过了，大队的广播喇叭又响起来，大花脸一板"乱弹"唱过之后，开始广播本队的稿子："今年比去年更上一层楼，'责任制'越搞越红火……"陕西腔，土语，高亢、洪亮。"'冒尖户'王家、赵家、张家得奖不骄傲，干劲更加高，他们……"

张根发站在树荫下听着，望着自己的麦田，抑不住笑咧了嘴。

"老哥——树底下歇缓，吃'晌午'！来，都来！"

张家女人把那只笸箩又端了来。馍馍、青菜就地一摆，一盆面汤，勺子往里一放，说：

"哥哥们，快吃，饭不好，只管吃饱，喝的在盆里，自己盛。"

麦客们围成一堆，席地而坐，狼吞虎咽。

掌柜的走了。圈脸胡正要把馍馍往怀里揣，中年人用胳膊肘把他一捅，向那边努了努嘴。他手里的馍又放回笸箩里。

吴河东往老槐树那边一看，一个七十开外的老者躺着身，头枕在树根子上，像头累倒了的牛。没了牙的嘴里咕哝着啥吃食，一动弹抽起满脸的皱褶，麻胡子一撅一撅的。

"哦……没啥，装了装上些，没啥，没啥……"

老者说着，脸上呈现出善良的微笑。

这下麦客们放心了，吴河东也将一个馍馍掰碎晒在了阳坡里。等它一干，好存起来。忽然，他想起了顺昌娃。娃这时吃晌午了没？娃，你在哪垯哩？……

三

晌午，一顿"油泼面"，连吃四碗。末了见水香又端上了馍馍，顺昌不过意地忙说：

"唉，对了对了，还没做活计哩……"

"走了一早晨路，多吃些!"水香劝着。顺昌又拿起一个雪白的蒸馍，吃罢，嘴一抹便说：

"掌柜的，我割去。"

"唉，这时晒死哩，过一会儿吧!"

"那……不怕。"

说着，他镰刀一提走出院门，水香那深汪汪的眼睛直盯着他的背影……

早上在千阳咋就挑上了他? 是见他可怜着，还是看出他老实、能干着? 最初见他蹴在街口上，大眼睛寻着雇主，抑不住自己多打量了他一会儿；后来，商店门开了，她走进去随便转转，一抬头，又见到了他。他手里拿着双四十一码的胶鞋，抬起脚，在那磨掉了后跟的麻鞋底子上比试了半天，口里小声嘟囔着"五个元，五个元……"末了把鞋放在了柜台上。再后来，见他扒在拖拉机旁哀求那个人，不知咋，自己心上忽地涌上来一股子苦味，不由得喊出了声。对，是可怜他，可是，苦焦人多哩，为啥自己单就可怜他? 忽的一下，水香脸涨得通红通红。她觉出，好像自己"相中"的不是个麦客，而是个别的啥，于是她狠狠地骂自己："你坏，不要脸，媳妇家生邪念!"

"水香!"

水香一怔，见妈妈站在上房石台阶上说：

"你呆愣着咋，咋不去招呼人家?"

"噢，我，我寻镰把哩!"

镰把、草帽就在眼前，她摘下来匆匆走出门。

顺昌割麦不算慢吧，别人用手割，他连脚都用上。割下的麦不见倒，随着左手转着圈儿地往回卷，刚卷成一大捆，镰头儿并脚尖一抱，唰地撂在一边。可是，顺昌往坡下那块地一看，"咦? 怪，掌柜的咋那么快!"

水香也觉得自己快，虽说这块地小些，可不一会儿就割完了，身子还觉不出乏，竟像有使不完的劲。她站起身，从腰里解下汗巾，擦了擦红扑扑的脸颊和那纤长的脖颈，目光不觉投向那边。

她轻快地越过田埂，望着他的背影，他背后那割得干净利落的地。

荐儿短，穗儿齐，捆子一般大。望着、望着，像是身上更添了劲似的，几步上去，插在顺昌的垄旁割了起来。

"哎，哎……掌柜的，你咋在这垯割？"

"看你割得慢！"

顺昌一怔，紧赶了几镰，忽停下又说：

"到时候，工……咋算？"

"我知道该咋算！"

水香的话，硬得像镰碰麦秆，嚓嚓地响。

"那……"

"咋？你算二十亩，我算十亩还不行？"

"那、那咋能行！那、那就一家一半着算吧。"

草帽下面，那张红扑扑的小脸儿，偷偷地笑了，不觉，她更依近了他，依近了他……

暮色笼罩着南川，笼罩着那棵露出树根子来的老槐树。

几个麦客吃罢饭，坐在树下闲聊：聊，最能解乏。背锅老咂着旱烟，一口比一口有味：

"那天，打宝鸡走到凤祥，天麻麻个了，老腿些乎走断，看好碰着一个在城里工作的，像是个做官的：'哎——上车来！'我心想，'咋，没偷没抢，麦客子犯啥法抓哩？'噢，才是叫着给他屋里割麦哩！'尕卧车'把我一挡么，屁股后面冒着烟就到了乡里。嘿嘿，甭看我背锅子，那有福之人不在忙，他们买得起班车票、过来得早能咋，还不是寻不上个掌柜的干扯淡！嘿嘿嘿……"

"呵呵呵……"圈脸胡半卧在地石上笑着，一个饱嗝打上了嗓，"我看外面逛还美，这不，小卧车都坐得一个劲的！呵呵呵……唉，是哪垯都比咱庄浪强，你看人家川里人吃的啥么穿的啥！"

"就说着！"背锅老又接过话茬，"你看这家掌柜的，新瓦房齐整整地盖了一院，怕把他孙子、重孙子的住处都有了！"

中年人咋那么小心，这次又是他用胳膊肘把说话的捅了捅，向树边努了努。

还是那位像累倒的牛一样的老者，不知他是掌柜家的啥，穿得比麦客好不了多少，吃饭也没人叫他，该到睡觉的时候了，他还在这垯躺着；从不多说话，即使说，也不那么指手画脚、动眉挤眼，就像这棵老树，没有风，它那枝儿叶子从不动弹……

　　"那怕啥，看出，老人家是个不管事的。"背锅老还是将声音压低些，"这家四个娃，一股是城里的干部……"

　　"噢，所以叫咱'四个老汉'割麦哩？"

　　圈脸胡粗声大嗓的一声，一下子把麦客们都惹笑了。

　　"甭打岔咻！"背锅老敲了敲烟袋，"言归正传"了，"早起，我磨镰刀进庄子端水，见那屋里大车、推车、自行车，啥都有哩，你没见掌柜的戴的那表，怕是世上最好的表，新崭崭儿的，亮锃锃儿的。"

　　"看你馋得那相！"圈脸胡又插了一杠，"你可不过去抢着？"

　　"呵呵呵……"

　　"我说甭打岔、甭打岔么！我端着水正往出走哩，一个那漂亮的女子走进来，那身上香喷喷儿的，脸上白着——白着——"

　　"扯你妈的淡，你咋不抱住哩！"

　　"哈哈哈……"麦客们抑不住大笑起来。

　　"呵呵，我，我怕人家朝我这背锅上捣给两锤，呵呵呵……"背锅老笑着又"言归正传"，"看，那就是人家的媳妇娃，快要上门了，'三千元'买下的！那娃心疼得没个说！"

　　吴河东不禁那黑胡茬抖了起来，旱烟袋噙在嘴上颤着，火星子落在脚巴骨上，却觉不出疼。

　　"老哥，你咋心事稠稠的？"

　　背锅老向他身边凑了凑说。甭看这一"凑"，它表示着麦客子相互间的关心、体贴，再有个啥哩，穷人没别的表示头。

　　"我知道，你又想娃呢？甭想了，娃二十六七了，还怕丢掉？饿下？他肯定寻上活计了，下个'场'，你两个就'跟'到一搭里了。"

　　"你们吴家河今年粮食咋相？"圈脸胡也关切地、为他排解地问道。

　　"唉，比往年好些……"

　　可是说来说去，谁知道他的心事呢！

吴河东是个憋不住心事的人，加上同伴的几句体贴话，便哽哽咽咽地说了起来……

要说顺昌妈，那个要强，世上少有。为了给昌娃攒那彩礼钱，一天没黑没亮地干，晚上不敢耗油，凑着月亮，毛竹割破了手，嘴上一吮，血水自己咽到肚里。吴河东自瘸了腿以后，脾气越来越躁，好话到他嘴里都要变个味："你这么做啥！咱寻不起媳妇不会甭寻！"他妈脸一抬："胡拐（说）些啥，媳妇不寻了，日子不过？"当初，大儿子顺盛，就因为没个百把元，娘一狠心把儿给了后山一家"倒插门"。儿远了，日子淡了，当娘的一想起来心上总是苦巴巴的，觉得是自己对不住他爸，对不住娃。

他妈愈是这样，好像愈是伤了吴河东那"大男子汉"的自尊心似的，动不动就把一腔火发给女人："你一天光知道编你那竹席子草筛，两顿饭都做不到世上，老子要你着做啥，滚球子！"可是打过骂过就又后悔，瘸着腿走到没人处去掉泪。末了，把泪一擦，"球，男子汉，三十年河东三十年河西，咱往前走！"

包产的第二年，努力干了，麦子却又晒薄了。顺昌妈一着急，硬是把仅存的百十斤荞麦一股泼上，种了个二茬。庄浪这垯一年一熟，伏里种糜种荞只是冒撞哩，收了收些子，不收赔把籽种。下种十天，滴雨不见，吴河东一看那苗，完了！顿时火冒三丈，回到屋里照准他妈一顿痛打，"老子说不种、不种，你个骚驴日的就是不听，白把个二百斤荞麦撒掉，过冬吃啥？剥你的皮吃肉哩吗?!"可是没到"处暑"，荞麦单单旺了上来，"秋分"刚过，红花子下面便是沉甸甸的黑颗粒。"昌娃，走！跟妈收荞麦去！"她抑不住满脸的喜，扑到地里一连三天，拔了捆，捆了背，背回来晒，晒罢了打……待到荞麦装满了大仓小囤的时间，她却累倒在炕头上。

顺昌自小懂得爹妈的苦辛，十来岁就跑几十里路，去关山采药、砍毛竹、打柴，卖些钱一股交到妈的手里。娃头一遭进山，见大山望不到顶、摸不着路，满世界树木黑压压的，咳嗽一声回音森森，吓得头皮子发麻，两腿发软。可到后来，什么大黄、枸杞、五味子都寻见了。

林管局有规定，进山一人收费五角；打柴只许打枯枝子，偷砍一根杉子罚款、坐班房。顺昌生就老实，二十六七了不知道啥是个"偷"。可那天，和爹两个在林子里一东一西忙到后晌，各背一大捆毛竹走下山来。吴河东看着娃呼哧呼哧地喘，像是比往常吃力，便问："咋，身子不舒坦了？""没，没啥……""捆子往上，往中间背松活，腰躬低……"说时走到山口下面。突然嘣的一声，顺昌的捆绳吃不住劲挣断了，捆子落在地上，几个管林人过来检查，踢了一脚，哗啦一声捆心里露出几根胳腕粗的杉木。顿时吴河东惊呆了。管林人二话不说，上前揪起顺昌娃的脖领就打，吴河东两步拐上前去：

"慢打，要打打我，我是他爸……"

说着吴河东抽出那几根杉子放在一旁，末了的一根却留在了手里，他望着儿子，眼睛瞪得冒火，一瘸一瘸地走过来：

"谁叫你偷人家的材料？"

"爸！爸……"

"说！！"嗵的一棒打在儿的腿上。

"哎哟——爸……"顺昌娃哭号着倒在地上，有人拦挡不及，跟着几棒又落了下去。

"你给老子丢脸，惹祸，我吴河东是贼？是贼！！我打你个贼骨头！你为啥要偷哩！"

"爸，爸……饶下，饶下……"

"说！"

"我……我……"顺昌举着噙满泪水的眼睛，望爹只见一个黑乎乎的影，"我……我妈吐、吐血了，我没敢告、告诉你，我想攒些钱给、给妈治病哩，爸呀……"

杉子从吴河东的手上咣当当地掉在了地石上。

吴河东奔回家，抱起妻子已是泣不成声了。

"他……他妈……我打你，骂你，我不……不是个好东西！"

"他爸，两口子过日子碗还不碰勺子？说这话哩……"她抽泣着把脸埋在丈夫的怀里，"我担心，我会……他爸，你要给娃说、说上个媳妇，呜——呜……"

吴河东紧紧搂着妻子，大手粗得像树皮一样，在她脸上、头上抚摸着，抚摸着：

"他妈，甭怕，病咱治，媳妇咱娶，娶，咱好夫妻一道，三十年河东……三十年……"

他抽泣着，再也说不下去了。

……

<h1 style="text-align:center">四</h1>

末了，吴河东把那早已熄灭了的烟袋锅一磕，咽了咽旱烟的苦味，说："唉，我不配是个当爸的！"

晚风轻轻地吹着那棵老槐树，它那枝儿叶子，似乎摆动起来。

麦客们默默的，想再说些啥，却又想不起个啥来。那位累倒了的"牛"，像是睡着了，一动不动。可谁也没见他那双眼，竟大大地睁着，睁着。

他们打开行装，正准备就地过夜，张根发哼着"乱弹"走了过来。

"没吃好？粗饭，又没个菜水……"

"唉，好得很，好得很！"

"走，老哥，寻个住处去！"

他说着朝庄子那面大咧咧地迈开了步。麦客们惊动了，嗬，掌柜的要让咱进庄哩？上炕哩？虽然，土炕上一张席，家家都有，没啥稀罕，可出门在外的麦客子就以为那是"天堂"，最受活的地方。于是他们赶忙挑起行装跟上走。不料，掌柜的绕过庄口，来到庄后的麦场上。

"老哥，甭嫌弃，屋里窄狭，这里有棚棚，有麦草，那垯还有间看场的小房，炕小没席，铺些草，能睡下两个人。"

掌柜的走了，麦客们躺下了，渐渐拉开鼾了。

吴河东躺在麦垛根里，身上搭着那件针麻线密的破棉袄。伤腿一阵酸痛，他将棉袄往下拉了拉。

夜，静悄悄的。他睁大眼睛望那密麻麻的星，像是在数数，一个、两个……又像是在想事，这颗是我，那颗亮的是他妈，那颗隔得最远的，是顺昌娃……

真的有使不完的劲！水香从地里回来，镰把子一挂，又拾起木杈，喊里咔嚓地把摊在院里的胡麻秸子挑成一推，靠在了院墙根里。妈妈踮着小脚，一股劲夺杈：

"唉，我的娃，你咋没个乏的时候，快歇下、快歇下！"

杈放下了，却又挑起担、担起桶。这时，正蹲在一旁洗脸的顺昌扔下毛巾，两步跨上来：

"掌柜的，让我去！"

"那……"

水香正在犹豫，顺昌却已夺过担走到门口，她忙将那绺浮在脸颊上的发丝往耳后一捋喊道：

"哎哎，你知道井在哪垯？"

星星闪着，炊烟绕着，一个摇辘轳，一个接水，水哗哗地响……

吃罢饭，顺昌把镰刃子一片片地磨完，便打开行装往院墙根里一铺，准备过夜了。正要躺身，老奶奶叫着过来：

"我的娃，快拾起、快拾起，我早就把那间草房腾好了，去睡去！"

"妈——"水香娇滴滴地嗔怪地喊道。

"嗯？咋……"

说时，水香已推开了西厢房的门。

"他哥，进屋里住吧！"

"……"顺昌呆愣了，半晌才说，"唉，不不，我是哪垯一倒就行，不，不……"

老奶奶也愣了一会儿，可一看顺昌那老实相，却又不禁说："对对，咱屋里宽展，随便住，走，走。"说着拽起顺昌那晒脱了皮的膀子走进西厢房。

屋里没啥家什，炕上一张席、一床被，地下一张桌，桌上摆着只闹钟嘀嘀嗒嗒地响。

"这是我那'白货什'的房，他走亲戚去了，转去、耍去了，割罢麦，他就要回来了……"

"噢……"顺昌感激地望着老人家，不自在地坐在炕沿上，粗手摩挲着沿边那磨光了的横木，"奶奶……"

"哦，甭叫我'奶奶'，我看上去老气，其实才五十几岁，那是苦老了。我三十几上有了水香，才觉得日子好过些了。"

"噢，掌柜哥咋不能做活计？"

"……唉，跟他爸一样，完着哩！"看得出，老人家满肚子辛酸，她颤着手擦了根火柴，默默地点亮了一盏煤油灯，"我生了几个都是'白货什'，两个没活，丢下一个，还、还不如死了好，不是水香娃，我早就跟那'老鬼'一搭'走'了……"

顺昌娃心软，眼圈早已湿漉漉的了，不过灯暗，看不亮清。

"哦，娃割麦乏坏了，睡吧，我去了……"

她刚要出门，却又折身回来，"哦，那搭的被子，嗯，盖上……"半会儿、半会儿，总是迈不出屋去，末了蹭到桌前，吃力地、为难地伸出了手，抓起那只闹钟。昏黄的灯光照着她那张苍老的脸，尴尬地笑了笑退出门去。

顺昌知道这是不放心自己，但他却没有半点怪怨老人家的，反倒觉得自己使人家作难，过意不去。跟了一路场，见得多了，能让咱住到屋里，就把咱当人得很哩……

正在思想，吱呀一声门响，水香走进屋来，她一手抱着一把新新的花皮暖壶，一手拿着两只精细的瓷茶杯。

"他哥，渴了喝水！都给你放下。"

说着，她从衣袋里掏出了刚才那只闹钟，放回原处。

顺昌一见这钟，不觉脸红了，好像他真的对它动过心思似的。水香留意了他的神色，忙说：

"我妈不会给钟上弦，上个弦都得叫我干哩！"

顺昌听得出她是在说谎，但一片感激堆在脸上。麦客子吃百家饭，哪家水甜，心上尝来。虽说掌柜的待人都好，可他真正尝到被人看起、信过，当人的甘甜滋味还是头一遭。它唤醒了他那麻木了的自尊感，细细品尝还有些苦涩，就像久不吃糖，一下吃多了就会觉得苦一样，不禁心上针刺似的痛，但他却又觉得像有只手在那痛处抚摸着、抚摸着。他不由得抬起两眼直直地望着水香。这时，他好像才发现她那张脸长得这么俊秀，这么温和、善良；特别是那对眼睛，像是两汪水，深得望不到底，亮得照见人……

水香一阵羞窘，垂落眼帘望着那盏灯。灯芯结了个花，扑扑地跳着，跳着。

"你喝水不？"说着她提起暖壶。

"噢，掌柜的，我不喝！"

"跟你说甭叫'掌柜的'，你还叫，不会改改！"

"那……"

"我妈叫我水香，说自打有了我，井里的水都香甜开了……"

说着她倒了一杯水，凉在一边。沉吟了半会儿，突然问道：

"你二十六了，咋还不说亲哩？"

"嗯……嫂，嫂子，问这做啥？"

灯芯更跳了起来，她从鬓上摘下只卡子，一边挑着那灯花一边说：

"问问怕啥！"

"嗯……咱庄浪苦焦，说不起……"

半晌，半晌。

"我借给你些钱，你去说好不？"

"那，那咋行！嘿嘿，嫂子耍笑人哩！"

"不，你好年年来……割麦！"

灯一下拨亮了，照着她那红扑扑的脸，把她那丰韵的身影映印在墙壁上。

"他哥，早些睡吧，明天早起咱早些走。"

水香扭身走出屋，匆匆奔向东厢房。

五

我吴河东年年割麦能挣几个元？啥时间……不，再不能让娃等了，最迟正月里完婚！不行我就拆间房，四墙留下，梁椽子门窗一卖，又多个百十元；过两天回去麦一割，我也照他妈那相种茬荞麦，吃荞麦过冬把麦全卖掉，又是个百十元，凑个七八百看他宋家成不，单不成，我就跟"背锅"结亲家！他说他那女子要得少……

"'亲家爸'！你慢坦些，小心老腿挣断着！呵呵呵……"背锅老站在另一块麦地里，一边活动着蹲麻了的腿，一边开着玩笑喊道，"咋，把我背锅的工钱你想一个人挣上去哩？"

吴河东又赶了几镰，才一屁股坐到麦地上。草帽子向上一抬，眼皮使劲眨巴着，挤掉眼角边的汗珠子：扯淡，他的女子别再也是个背锅……

"掌柜的，割麦还戴着表，不怕土钻进去?！"那个中年人紧靠张根发那边，他一边给镰换刃子，一边望着掌柜的胳腕上的表说道。

"嘿嘿，咱这表防水、防震，就防不下个土？全钢的，那'钢'在外面挡着，土钻不着进去！嘿嘿嘿……"

吴河东扭过脸望了望掌柜的那满脸神气，轻轻一叹，唉，我要是有块表就用不着拆房喽！……

晌午割麦，太阳正毒。但麦干不伤镰，割得快，唯怕太阳不毒哩！

掌柜的拿起汗巾满各处擦，塞到那"松紧"表带子里面，"嘣"的一下，表带子断了。

"娃他妈——送茶水来——！"

中年人头一扭，手不停镰地说：

"掌柜的，两天没见送茶的，咋今个想起了？嘿嘿，耍笑的，甭见怪，你渴了我给咱进庄里端去！"

"哎，甭甭甭，紧着割麦，紧着割麦，我看麦黄得劲大了……"

他说着，悄悄把褂子一脱，紧紧裹作一团放在脚下，继续往前赶。

麦田，像退潮似的，呼呼地倒了过去。太阳毒狠狠地晒着，晒着。

不知咋，吴河东那后背上却一阵阵地凉，凉……

汗珠子噼里啪啦地掉着，镰狠狠地砍，不怕把那麦砍倒后再伤着腿，伤着身子、心口子……

吴河东赶出地头，一捆捆地往回扎麦。扎，扎，不知咋，背着太阳发冷，迎着太阳还冷；浑浊的老眼使劲地眨，眨，不知挤出的是泪还是汗。

他没命地使着劲扎那捆子，嘣的一声，"围腰"扎断了，撇掉，抓起股麦重新打一个。手嗦嗦地不听使唤。这是咋，我吴河东咋，要死？老鬼！你真单要死，就找个没人的地方死去！甭在这垯丢人现世！但还是抑不住那红丝丝的眼，往那裏作一团的裤子上瞟，瞟……

水香的麦已经全都割倒了。最后一块地在那深深的谷里，像一条卧蚕吐尽了它的丝，需要休息似的，静静地躺着。

地上，一堆堆麦捆整齐地摆着，不多的一些未及打捆的麦散落着；两把镰刀撇在旁边，东一只、西一个，但相距不远，一摸，烫手……

"哥！你喝水——"

不知她啥时把那个"哥"前面的"他"字去掉了。她说着大步走到地头，端起碗凉茶咕咚咚地自己先喝了下去，之后提着茶壶走了过来。

落日的余晖，从那郁郁葱葱的谷口射过来，把水香染成金黄色的，勾勒着她那腰和臀部的曲线，苗条，丰腴……

"汩汩汩……"茶壶嘴儿吐出一连串清脆的响声，像是这山谷里的鸟儿叫。

"喝！"

顺昌一骨碌从麦捆上滚起身，接过碗一口气喝了个痛快。

"再喝不？再喝自己倒，甭让人侍候！"

"嘿嘿，嫂子……"顺昌憨笑着。

水香把那绺湿漉漉的头发往耳后一捋：

"你胡叫些啥呀，我比你小好几岁，不会叫我妹妹！"

"那……"

"'那'啥，不想叫？"

说时，她纤细的脖颈一梗，侧脸望着顺昌。

一股热流忽地在顺昌身上一闪，胸口呼呼的，他禁不住叫一声：

"妹妹……"

她，甜甜地笑了。

"叫了几天，今个才叫到相上！"

收割后的麦田，散发着泥土和麦草的清馨味，水香躺在一堆未及打捆的麦子上，舒展着身子。青麻布裤紧绷着圆圆的腿部，轻轻地蠕动着；

那厚厚的胸脯，凸起那汗湿的小褂，一起一伏的。顺昌望着她，心上一阵麻酥酥的，那里，那一切，对于他都是个神秘的世界。她头枕着胳膊肘，扭过脸来。

"我也是庄浪人……咋，不信?"

"嘿嘿，当然不信;说话都不像嘛!"

"说话咋! 甭看临游尽出拐子，说话比你们庄浪人好听! 咋，不对?"

"就是，就是，我们庄浪人说话侉着哩，把人耳瓜子往死里刺!"

"咯咯咯……"一串笑声，像那谷底的水，放荡不羁地流。

"你看临游好不?"

"好，好得很!"

"你……想来不?"

"……"

水香扭过脸去，是那样望着收割后的麦田，像是抱怨那麦倒得太快了似的。

"哥，别走，帮我打场好不?"

顺昌忽地一怔，也像是失去了什么似的，不由自主地走近她身边。

他咋不恋她? 二十六七的人了，从来没有一个女娃对他这么亲近过，这样把他个穷杠子看起过;他没有和谁多说过几句话，没能摸一下哪个女娃的手! 而她，这么个善良、温柔、俊秀的女人，竟把他一句一声"哥"地叫着哩，他咋不动情! 刚才，咋不叫出那声"妹"来! 可是，可是她……她只能是个"嫂"呵!

"不，我还是走，跟我爸说好的，在下一站会面哩! ……"

水香像是有满肚的话要说，却又说不出来，只把那深汪汪的眼睛望了过去。突然，一股顽强的力，在她身上冲撞起来:

"哥……"

"……妹妹!"

她慢慢伸出手，像是有些抖。

他握住了它，心，怦怦地要冲出胸膛。

她轻轻地拉，向着那堆未及打捆的麦。

他渐渐俯着身，喘着气;泥土味，麦草香，和那汗味，人体的味混

合一气；麦草喊喊喳喳的，轻得听不见声似的，"哥，晚上……到东屋
里……"

这晚，吴河东依旧躺在麦垛根里，睁大眼瞅着天上的星。

天上的星稠着，咋密密麻麻的，那颗最亮的咋寻不着了。他妈，你
好着么？做活计不要没黑没亮的，心放坦然，春上我一准给娃办事情，
你等着。我快到回去的时间了。

他忽地一骨碌翻起身，大手按在干粮袋上。这咋枕着不合适，硬邦
邦的硌人哩；哎，净是些掰凉下的干馍馍么，咋不硌哩！他搓巴搓巴又
躺下身去。不一会儿，觉得肚里空荡荡的，怕是饿了，他又翻起身，打
开干粮袋。那袋子大着没个底，怕能盛个几百斤，白洋布缝下的，现时
像是块油抹布，污垢垢得一片子黑。

星光照着，忽听一声咳嗽，握袋子的手不觉一颤。抬头一看，是那
位老者，颤巍巍地站在跟前。他手里拿把木杈，倒把子当拐杖。

"老人家还没睡么？"吴河东问候道。

"哦，还没，我看看场，抽烟小心着火。"说着，他又瞅了瞅那口袋，
刚才像是啥亮锃锃地一闪，又没了，老眼不中用了，把星星望着地下，
地下的望着天上，唉……

吴河东不由得手嗦嗦的，忙说：

"我，咋觉得饿了，想、想吃些！"

"哦，他哥，快吃、快吃，甭饿坏身子，我给你端些水去……"

老者感情真挚，脸上依然是那样善良地笑着，皱褶抽起，麻胡子一
撅一撅……

星光照着东厢房那虚掩着的门，照着那静悄悄的窗。

水香没有睡，呆坐在炕边上，想去重新点亮那盏灯，却又没心思。
屋里黑黑的，只有窗子是亮的，把那一块块窗格子印在窗幔上。

看来，他不会来了，她又一次撩起窗幔，望着西厢房……

顺昌躺在炕上，翻来覆去。

眼前浮现出一个人，拐腿，大头，数数都数不到十上。但他也是一

个人，一个身心残了的可怜人，咋能去伤害他，良心哩！"哥……"麦草喊喊喳喳的，轻得听不见声，他握着她的手，握着，握着，嗅到一股浓郁的泥土味、麦草味、汗味、人体的味……不知不觉，发出拨动门闩的响声，星光从门缝射入，照见一双战栗的手，呵！这是做啥，做啥哩！门紧闭了。顺昌不知自己啥时站在了门前，他那壮实的身子痛苦地贴在门上。不觉眼前又映出那位老人的面容……

从地里回来，老奶奶炒了四大盘菜，还斟上了酒，"娃明早就走了，好好吃一回！"顺昌拿不起那筷，搛不动那菜，因为他握了水香的手，觉得对不住奶奶，没脸领这份情。"娃，吃吵，愣着咋？""奶奶……嫂哩？""说是去供销社灌煤油，就回来，娃先吃，先吃！"哎，手摸了就摸了吧，要不，又太冷淡了水香妹子……他大口大口地吃着"年饭"，真的，庄浪人过年也没吃这么好。老奶奶把一沓钱票子点了又点，末了放在饭桌上，"给，娃，快收起，按二十亩算，一亩三个元。""啊——？奶奶，不能这么，不能……""哎，你再甭犟，我水香娃说话算话哩！好好吃，好好吃……"

顺昌回到炕上，想起前前后后，不禁自语道："妹子，你要亮清，我不能这么做！但我……忘不了你，心上记着哩……"

窗幔轻轻地从手上滑落下去。

她转过脸来，呆滞地望着为他擦亮的桌，为他凉下的茶，为他铺开的被……突然一声"我也是庄浪人"使她回想起很远、很远的事……

她是庄浪人，是的。亲娘生下她就殁了，那是一九五八年，接着闹灾荒，庄浪养不住她，把女儿换了粮食。这个庄浪儿，从记事到现在不知道自己的亲娘老子是谁。一问这个妈，她老人家便落着泪说："娃，我就是你的亲妈，亲亲个的，甭问了，甭听外人瞎说……"问啥哩，襁褓里奶大了，一九五九年、一九六〇年没饿死，还不比亲妈更亲？"寡妇带娃，连滚带爬"，多少辛酸的日子是她老人家一个人"爬"过来的，记得自己刚会说话的时间，"妈，我几岁？""娃三岁。""你几岁？""我……三十三岁。""我啥时能给妈做活计？""我的娃，问这咋？"她不说话了，小眼珠滴溜溜地斜向"白货什"哥哥，妈一下明白了，"我的娃呀……"抱起水香泪簌簌地流。

可是，最初当妈的是把她当"童养媳"买来的，后来见她出落得那样，却又不落忍，一心认她做亲女儿。再后来，眼看着娃一天天大了，要出门做人家的人了，当妈的半生辛苦、一点盼头全都要化为乌有了，咋办，老人心一硬："娃，跟你哥成婚吧！""成婚?！妈——我是你的亲女儿，亲女儿呀！……"她哭了，妈也哭了，但她没能觉出自己的眼睛湿，看到的却是妈脸上的泪："妈，你甭哭，甭落泪，娃咋个都能行……"

……她呆滞地望着窗幔上的格子影，像是数着她从十四岁成婚到现在的日子。她，没有爱过人，从来没有，咋会爱上了他，她不知道，只记得最初骂自己的时候……是的，她的确认为自己坏，眼前她依旧这样认为：我是个坏女人，坏女人啊！哥，你不来对着哩，对着哩，对着……

她倒了下去，一股风掀动着窗幔上的格子影……

六

天麻麻亮，顺昌从炕上爬起。

悄悄地把这屋收拾一遍，桌子抹净，把那闹钟、暖壶、茶杯……还有那盏结过花的油灯，一一摆了摆。

他走出屋，想着等她们起来后说一声再走，可见了水香咋说，说些啥！末了，只把那东屋望了望，行装一挑走出院门。

这垯，是他俩割过的麦田；这垯，是他俩走过的那条小路……"临游，谁去……我只要一个！"……"跟上，你是哑巴吗？"……"哥——"……

他走着，像是又看见了水香，又听到那声声呼唤；不禁停住脚步回身望去——庄子已看不见了，只是空空的山谷，间或几声破晓的鸟叫。

"哥——"又是一声。

他转过身来，正要往前迈步，忽地怔呆住了。

水香站在前面小径上。她背着光，只见一个黑黑的影。

他大步奔上前去，在五步开外又停下来。看清了，她那张脸，白得像窗户纸一样；她那身，新换了件青色的大襟袄，显得那样朴素、庄重……

"我送送你……"

她说罢愣了一会儿，取下挎在胳膊肘上的布包，打开，那是几个馍馍和一双新新的四十一码的胶鞋。

"哥，馍，饿了吃；鞋，路上穿……"

她捧着，渐渐地抖动起来。

"咋，你不要？"

两行泪，从顺昌的脸颊上悄悄流下来。那镰刀、草帽、干粮袋慢慢从肩头滑下，他再也抑制不住自己了，一声"妹妹"，奔上前，紧紧地把她搂抱在怀里，在那失去了血色的脸上、唇上亲着、亲着；这时，一股流不出的泪，才从水香紧闭着的眼睑里涌流出来……

吴河东待到天亮，和同伴一起背上行装走出场院。经过庄口正准备上路，突然，一片急促的脚步声、吵嚷声在身后响起："我的表肯定在他身上……"吴河东不觉加快了脚步。

"站住——！"

麦客子四人一同扭回身。圈脸胡和中年人愤愤地瞪着眼，背锅老蔫笑着走上前；唯有吴河东脸上怔怔一惊，呆若木鸡。

"咋？掌柜哥、掌柜嫂，又咋？"背锅老笑着问。

张根发推开他，望着吴河东走过来：

"老哥，昨天割麦，你……你在我边里哩！"

吴河东半晌呆愣着，脸上没有任何表情，但是不由得他竟慢慢放下肩上的干粮袋，突然，一个苍老的声音喊道：

"甭动弹！"

抬头一看，那位累倒了牛似的老者，竟挺着腔子蹒跚过来。

"没有，夜个我把他的袋子翻过了，没有，你让他走。"老者说着转向吴河东："你走，你们走，走！"

"爸，你这是做啥哩！"张根发喊叫着。

老者声色俱厉地说："表在哩，我赔你，是我偷上了！"

"在？……在哪儿！"

"在看场房里放着哩！"

老者一声高过一声，张根发无奈吞没了声气。老者转对大家说：

"走吧，大家走吧！"

吴河东反倒迈不动步了，直到那三个麦客头里走了，他仍旧呆立在这垯。这时，老者又返回原来的样，善良地笑着，皱褶抽搐着，麻胡子一撅一撅：

"他哥，甭难过，我亮清你，我旧社会打了大半辈子短工，我知道，知道，我的娃错怪了你，甭记恨，快走，快走，给，这是我攒下的几个钱，你装上……"

一双干枯的手颤颤抖抖地举着钱伸了过来。

吴河东像是从梦中渐渐醒来，不禁老泪纵横了。那浑浊的泪眼，似乎才看清老者的面容：

"老爸，……呜，呜……"

他哭号着俯下身去打开干粮袋，老者急忙跌抢上去，一把攥住了袋子口，是吴河东硬掰开老者的手，从袋子里摸出一块馍馍，又从那馍缝里抽出了那块亮锃锃的表。

"我、我吴河东是个贼，是个贼呀！呜呜呜……"

年迈苍苍的老者，竟抑不住那同情的泪珠扑簌簌地掉，张家女人也抽泣起来……

七

古历五月十几，麦客们陆续从陕西回到甘肃境内。

这里是华亭的一个小镇——安口。十字街口有块路标，箭头西指，写着"庄浪150公里"。时有拉煤的卡车路经，扬起那掺着煤末的尘土，灰蒙蒙好久不散。把那黑色的粒子，撒向卖猪肚子羊肠的小摊，撒向凉粉儿、醪糟、一锅子面……

时已黄昏。

一家店铺外面，一张小四方桌，几条低板凳，围坐着五六个人。桌上一盆汤，一碟儿盐，几双湿筷子头儿在那盐里一蘸，放在那泡着干馍馍的碗里搅和起来。

吴河东例外地端着碗面条，从店铺里走出，一步一小心地看着碗，走到桌前。

"昌娃，给，吃上！"

"嗯不，你吃，你吃吧。"

"快端上，端上呗！"

顺昌接过面条，一边吃一边却眼盯着爸爸的伤腿，再往下又望见那双脚板，忽地想起了那双四十一码的胶鞋，于是几口把饭吃罢，从行装里把它取了出来。

"爸，明早回家哩，把鞋换上！"

"嗯——？你咋买这么贵的鞋哩！"

"不是买的，是……"

顺昌忽地脸红了，咋也说不出口。

"不是买的？"

吴河东望着儿子那神色，两眼渐渐地落在那双鞋上，浑身嗖的一个冷战。

"那是从哪垯来的？"

"嗯，是……"

吴河东心碎了，啪的一声碗筷蹾在了桌上。

"爸，是……是别人送的！"

"送的？嘿嘿，贼骨头，谁把你教下的，还……还会编、编谎！"他强抑住伤心的泪水，一把从行装上抽出那条棍，忽起身一棍打落了儿手上的鞋。

顺昌双膝跪下，一把接住棍，说：

"爸，真的是人送下的！"

"谁！谁会送你个驴日的哩！"

"爸，是、是……是水香——"

顺昌呜呜地抑不住声。

第二天，吴河东还是让娃自己穿上了这双鞋，爷俩扛着棍，挑着行装回家。快走，回到家还能跟了割麦……

《当代》1984年3期

去拉萨的路上

扎西达娃

那时候，甲嘎次仁是一个天不怕地不怕的小伙子，有一套出色的狩猎本领。他师父是贡布贡布。在西藏东南部，有大片的原始森林。人，凭一把刀跟熊打了一辈子交道。他教会甲嘎次仁一种冒险的捕熊方法。师父临死前说过：任何时候都不要冒犯嘉松古莫拉山上那几只棕熊，它们是嘉松古莫拉山的保护神，惹怒它们会大祸临头的。时隔不久，甲嘎次仁却干了这件蠢事，他上山去惹那些山神了。他想加入公社民兵，书记说他出身不好，父亲流落在国外，要加入民兵组织，必须去杀掉嘉松古莫拉山上的棕熊，为民除害，并要他带回它们的前掌和苦胆。他先拒绝了，拖了些日子，他终于横了心，答应了书记的要求。于是，他背上几天的干粮，腰插一把锋利的钢刀，左臂戴上护套，这种护套是用特别的硬藤和牛筋做成，像钢套般坚硬。手里还拿一根半尺长的粗竹扦，两头削尖。他用两天时间爬上了嘉松古莫拉山的一座侧峰，又仔细寻找了两天，终于发现了棕熊。有两只，母熊跟刚成年的小公熊在溪边喝水。它们白天在一起追逐嬉戏，夜晚各自钻进自己的洞穴里。在一个拂晓，甲嘎次仁悄悄地钻进了熊穴，这正是它们酣睡的时刻。那只母熊蜷成一团，屁股朝外。他轻轻挨到熊跟前，戴护套握竹扦的左手一下一下去挠它的后腰，它舒适地转过身，以为是同类钻进来用嘴在拱自己。当它还没睁开小眼睛，正张开大嘴打哈欠时，猎人手中坚硬锋利的竹扦迅速伸进它嘴里。熊觉得咽喉处一阵刺痛，便狠狠地一咬，竹扦刺进了它的上下腭，张开的嘴再也合不拢了。几乎同一时刻，他右手的钢刀直直地捅进熊的心脏。熊喉管呼噜一声，全身痉挛，立刻死去。甲嘎次仁的肩膀被垂死的母熊抓破一道，疼得全身冒冷汗。他又钻进另一洞穴。这时天已蒙蒙发亮，那只刚成年的公熊瞪眼望着钻进来的猎人。它嗅到了母熊的血腥味。甲嘎次仁吓傻了，知道只要转身往外逃走就立刻会被它厉害无比的巴掌按倒在地。熊和人默默地对视着，情绪愤怒到了极点。他忽然扬起刀朝熊扔过去，就在熊闭眼挥掌挡刀的一瞬间，他跳出洞外，飞身跃起抓住预先从崖壁垂下来的皮绳拼命往上攀。崖顶离洞口有七八米高，快爬到顶时，熊在下面抓住了皮绳死命摇晃，他荡在空中被甩来甩去，又被凸出的岩石撞得头破血流，几乎脱了手。好不容易才有气无力地爬到顶上，还没来得及喘口气，发现熊竟然也抓住皮绳要往上攀，他慌忙拔出食肉用的小刀割断皮绳。熊摔倒在地，它嘴上被飞去的钢刀划破一道口子，呼呼地喷着血沫，它瞪着疯狂的小眼睛，对猎人发出一声声吼叫，最后一路朝天嚎叫着向更远的雪峰那边逃去。

甲嘎次仁用一对熊掌和一只熊胆换来一张"为民除害"的奖状和一支崭新的半自动步枪，正式成为公社的基干民兵，他隐藏了另一只棕熊逃走的事。后来公社书记很快被提升为县革委会副主任，那是因为他把这些山珍敬送给了城里来的工作组组长，这一切，甲嘎次仁一无所知，也许就因为他干了这件蠢事，才得到报应。几年后他进了监狱，在里面待了四年，刑期未满便越狱逃了出来。

为了躲避警察追捕，他离开公路，走在一条旧时代从东部康巴地区通往拉萨的古道上。途中有个沉默的男孩总是跟着他，他便收留了这个十二岁的小流浪汉做伴。三天后他发现这孩子原来是哑巴，但有非常灵敏的听觉，难怪他的耳朵还能微微扇动。甲嘎次仁叫他普。普就是男孩子的意思。后来一个叫桑的姑娘也跟了甲嘎次仁，他们三人一同前往拉萨。

道路弯曲着向前伸展，周围是一片荒凉的草地，一侧有绵延群峰。

"这到什么地方了？"桑问。

"好像快到塔喇山，"甲嘎次仁说，"昨天村里人说，再走几天就到江达了。"

"其实，我们现在可以上公路搭车了。"桑说，"他们不会在半路上一直追你。"

"我知道该怎么走。"甲嘎次仁赤裸着上身，短头发，个头并不很高但身材十分结实，他老爱眯起眼。普也跟着他赤裸着上身。

"汽车快到拉萨我们再下来，走小道进拉萨。"

"你去过拉萨吗？"甲嘎次仁问。

"没有。"

"所以你什么也不懂。"

"可是……你去过吗？"

"想知道？"

"是的。"

"没有。"他提高了声音说，"我们这不正是一步一步走去吗？你这个傻瓜。"

"你说我是傻瓜。"

普闪动着明亮的大眼。他已习惯跟上大人们的步子，还有精力去听听他们说话。

"你说我是傻瓜。"过了一会儿，桑又重复道。她那发育得成熟诱人的乳峰在衬衣里一起一伏。她背着简单的行囊，系在上面的小铜锅松动了，她气恼地取下来提在手中。

"别以为没事，被逮回去的犯人我见得多了。"他回过头问，"这一路你没察觉到一点什么吗？"

"没有。"

"瞧。你不过是一头只长奶子不长心计的母驴。"

"咚！"甲嘎次仁后腰上挨了一锅，打得他跟跄几步，刚直起腰，肚子又重重地挨了一下，他痛得捂住肚子跪倒在地。

普见甲嘎次仁被打倒在地，一步跨上前，他揉揉光溜溜的肚皮，正琢磨该怎样对付这位平日像姐姐一样待他的女孩。"当！"他脑门上也毫不客气地受到重重一击，顿时眼冒金花，晃晃悠悠仰面朝天躺倒在甲嘎次仁身上。

桑看看四周，一片空旷，连一只野兔也看不见。她蹲在甲嘎次仁身边摸摸他的脸，问道："好点了吗？"

"哦咔，你这个罗刹女。哦，你不是罗刹女，打得我屎都快出来了。"他撑起身，捂着肚子走到那边的草洼地里。

普仰面躺在绿油油的草地上，他睁开了眼，像刚从睡梦中醒来，没有任何感觉。他平静地望着深高的蓝天，有一只鹰在高高盘旋。

过了一会儿，三个人坐在荒凉的山冈歇息。他们在喝茶，升起一股透明的蓝烟。

桑给普又添了一碗，那天甲嘎次仁带着普路过桑的家乡时，她说不上为什么，一下就爱上了这个身上带着几道醒目的伤疤的家伙。到晚上他来拨动她家的门闩，他一点也不老练，弄得门闩哗哗响。她哥哥提杆枪把他捉住了。当知道这个流浪人也是猎人后，才高兴地用酒款待了他，同时又警告他不许碰自己的妹妹。她哥哥醉沉沉地睡着后，甲嘎次仁就拉着桑跑了。黑魆魆的大树下，普在等他们，他冻得双腿僵直打不过弯来。

甲嘎次仁掏出一副又脏又破像软绵绵布片似的扑克牌，一巴掌拍在地上。

"三个人，怎么玩？"桑说。

"是啊，"他只好收起来，"我还没弄清三个人该怎么玩。"

他们起身继续赶路，普的身子挡住了桑，他炯炯有神的目光掠过她肩头凝视远方。桑回头顺着他视线望去。

"那上面有人，"桑说，"在山顶上。"

"几个？"甲嘎次仁并没有抬头。

"一个。"

"那就是他了。"他径直往前走去，并不回头望一眼。

"他是谁？"桑问道。

"我不认识。"

"他要干什么？"

"干什么干什么，你去问他好了。"

"会不会是警察？"桑又问普，"不是吧？"

普摇摇头。

"嘿嘿！"他笑笑，"警察。"

"好远，远得连打呼哨都听不见。"桑再一次回头望去，轻声说，"但愿不是我哥哥找来了。"

远处，在连绵群峰中最高的一个山顶上站立着一个人，看上去是一个极小的黑色剪影。

甲嘎次仁知道那人已经在后面跟了两天，等到第三天就该出现在他面前了。这是东部地区特别是澜沧江一带康巴人古老的习俗。

他极其敏锐的感觉里再次嗅到那股甜滋滋的气味。这气味已经跟他很久了，他不喜欢它，里面有种不吉祥的东西。

一股清凉的风从荒原上刮过，荒原干干净净没有扬起一点灰尘。风带着呼呼的声音和凉爽的气息一直飘向天的那边。

傍晚，他们走到一个牧场里歇息下来，牧场有四座黑色牛毛帐篷，几只牛犊般大小的牧犬一直咆哮不停，它们被铁链拴在帐篷外的木桩上，见了陌生人就狂躁凶猛地把木桩扯得东摇西晃。两个小女孩跑出来，紧紧夹住了它们的脖子。

好心的牧人送给他们足够的食物，有糌粑、热茶、鲜奶酪、暗红色的肉干。借给他们两条薄毡毯，还抱来一袋做取暖燃料的干牛粪。一个老人告诉他们，再走四天就到江达，那里有公路通拉萨，坐车一天就到了。

甲嘎次仁打听到一家帐篷里的主人收藏着一些好刀。他钻了进去，从脖颈上一串绿松石项链里取下两颗，想跟主人换把刀。瘦小的男主人把绿松石放在掌上，凑到火塘边细细地观看，他想了想，摇了摇头，还给甲嘎次仁。甲嘎次仁又取下一颗扔过去，主人这才满意地收藏在怀里。他从角落的一只牛皮囊里抱出七八把长刀，掷在火塘边上，由甲嘎次仁自己去挑选。看了这些刀，他才明白主人并没有让自己吃亏，除了一把带皮鞘的英式步枪刺刀外，其他刀都很精致昂贵，每把刀都抹了油保存得很好。有长把柄的日本军刀，它太长，甲嘎次仁用不惯，有富贵人家使用的装饰华丽的腰刀，它过于惹人注目，有手柄带钢圈护套的细长的骑兵马刀，他拿在手中掂掂，嫌它分量太轻，还有一柄双刃的短剑，剑柄上刻有阿拉伯的字母，他认为它不能给自己带来多大用处。甲嘎次仁挑了半天，最后捡起一把外形粗劣、看起来又破又旧的腰刀，刀鞘由两块厚竹片合在一起，缠了些牛筋和钢丝，刀把包的是羊皮。他把刀抽出刀鞘，刀身射出清冽的寒光，他用指甲盖弹弹，听声音十分满意，最后将刀口放在门牙上轻轻刮了刮，握在手中说："就这把。"

"你到底挑走了我最好的一把。"

"啊哈！你后悔了。"

"不！"牧人笑笑，"不，你眼力好，没说的。"

为祝贺买卖成交，牧人取出一瓶白酒，咬开盖放在矮土台上。他俩相对而坐。牧人说他女儿要出嫁，胸前还缺几颗绿松石，所以才肯用祖先传下来的宝刀作交换。这些刀是他父亲去世前分给三个儿子的，他得的最少。他父亲曾和马步芳的军队打过仗。

"噶厦噶厦——原西藏地方政府最高首脑机关。派来的？"

"哦，得了。"牧人挥挥手，"喝酒。"

"你是猎人？"过了一会儿，牧人又问。

他点点头。

"看得出，你身上的伤疤，还有你挑刀的眼力。你去拉萨手上没带货？"

"我想在拉萨找个工作，在那里住下来。"

"是啊，这年头，山上没什么东西可打了，都往拉萨跑。第一次？"

"第一次。"

"离拉萨不远了，你拿刀干什么？"牧人忽然问了一句，"这边更没什么可捕捉的。"

甲嘎次仁只顾喝酒。片刻，他说："我是从监狱里逃出来的。"

牧人搔了搔额头，将酒瓶递过去，甲嘎次仁又灌了几口。

"怪不得你脸色阴森得像魔鬼。他们在追你吗？"

"好像是。"

"我可以借你两匹马，到拉萨后牵到我亲戚家就行。"

"不，不用。"他抹了下嘴，小声嘀咕，"我闹不清是谁在追我。"

牧人盯着他，自己仰脖儿灌了几口。

"当时，那个工作组的头儿训了我一顿，说我不懂形势。我问他，毛主席犯了什么错误？他就哇啦哇啦起来，我就揍了他。我一点也不信他说的话，我不喜欢有人对我哇啦哇啦。我是民兵，枪法很准。他是神。我说。我哭了。我就把语录摆在村头的树下，谁也不敢阻挡我，我拿着枪。全村人都来了。我离开有一百公尺，瞄准，嘶，到底还是打中了，穿了个大洞。我枪法真准。判我五年，我没有说的。要真是神，你是打不中的。结果却打中了。那当然，我没什么说的。"

牧人一眼不眨地听着。

"我憋不住。呸！在监狱里我就是不懂该怎么忍耐，就差一年了。现在倒成了被人追赶的野兽。"

"你真蠢，早该逃。叫我是没法在那鬼地方待下去的，自由比什么东西都宝贵。"

"是啊，一想真怪，干吗熬到现在才……我刚逃出来时什么也不想，只是大口呼吸自由空气。后来这姑娘跟了我，还有普，心里像压了一口袋盐巴。"

"你扛着两袋盐巴，早晚会被追上。"

"你想说让我甩掉桑，还有普，是吗？你还是把嘴闭紧，我这个人是先动刀子，后动脑筋。我不想再惹出点什么麻烦来。"

"往南走，翻过山口，那里有个寺庙，我老婆一个亲戚在里面当喇嘛，他会把你藏起来。"

"傻瓜，没用。"他摇晃着沉重的脑袋，撑起身慢慢地说，"跟了我两天，像影子一样黏上了。"

"喵！"牧人无可奈何地吹了声口哨，抬抬手，"你拿刀有什么用，挡子弹？"

"他会比警察先到。"他撩起帐篷帘子，头也没回地说。

"谁？"牧人在帐篷里面问。

"一个仇人。"

"菩萨啊。"牧人痴痴地凝视火塘。

甲嘎次仁从牧人的帐篷走出来后，脑子清醒了许多。不远的地方燃着一堆火，桑在等他。普裹着薄毯蜷卧在火堆旁的草地上。夜晚的空气透着寒意，天空稀疏地点缀着几颗星星，起伏的岗坡模糊不清，远处隐隐地可以望见一条微微泛着白光的河流。牧场十分寂静。

甲嘎次仁坐在牛粪火堆旁，他只喝了点茶，不想吃桑给他准备的食物。酒喝多了，太阳穴突突直跳。

桑瞅见插在他腰上的刀。她靠拢过去，慢慢抽出刀看了看，用它拨了拨火堆，火塘上顿时飞扬起一阵火星。她把刀扔在他脚下。刀身静静地躺在草丛里，泛着青冷的寒光。

"我不喜欢这个。"她说。

"我也不太喜欢。你喜欢什么，"他勾起她下巴，"生孩子？"

她闪着明净如水的眼，点点头。

"会有的，是男孩。我是神枪手，不信？"

"信哪。"她笑笑，转过脸，抱着双膝，下巴顶在膝盖上，望着火苗说，"我从小没有爸爸，他不能再没有爸爸了。"

"桑，听我说，"他想把她搂在怀里，"这不是我的错。"

"他们人多，还有枪，你的刀没用。"她挡开他的手，忧郁地说。

"听我说，"他搔搔头发，"我们什么事也不会有。"

"我不信！不信不信！"

"别吵醒了普。"

"第一次见到你时，你不是现在这样，你唱歌，说笑话，像神仙一样快活。那时，我真高兴。"

"桑！"

"你还是一个人像鹰一样远远地飞吧，我不会拖累你，我也长了一双脚。噢！"

甲嘎次仁一拳把她打在草地上躺着。

夜深沉。帐篷那边的牧犬叫了几声，大地又恢复了一片宁静。

黑暗中传来他俩的絮絮细语。

"嗯，我信。"桑温柔地回答。

"这才是我的小夜莺。"

"啊，亲人！"桑抓住他头发使劲摇晃，同时伸出自己的脑袋，两个额头碰得咚咚响。

普蒙着头背朝他们蜷作一团。自从桑跟了甲嘎次仁私奔后的那天晚上，甲嘎次仁第一次解开桑的内衫时，桑"啊"地尖叫一声。月光下，普坐起了身，一对闪亮的眼睛望着她雪白的身体，她急了，顺手抄起身边的小铜锅敲在普的头上，他眼睛朝上一翻，软绵绵躺了下去。以后，每到睡觉时，他就怯生生老实地蜷缩在一边，背朝着他们，连个身都不敢翻。

到半夜时，甲嘎次仁醒了，他感到了一点不对头，四周的黑暗中总是藏伏着什么。他推推桑，桑睡得很死，含混不清地梦呓几句，转过身，吐出长长的一口气。甲嘎次仁起身搬来那袋干牛粪，抓出几块放在即将熄灭的灰烬上，用刀刮去上面厚厚的白灰，拨出暗火，俯下身呼呼地吹上几口，火苗一会儿就燃烧起来了。他身边顿时温暖明亮，有了安全感，周围仍是漆黑一片。

普掀开了蒙在头上的薄毯坐起身，怔怔地看着甲嘎次仁。

"呃，怎么啦？"他问。

普脸上没有表情，好像在回想什么。

"你是不是也闻到了一点什么？"

普迟钝地摇摇头，爬起身到一边去小便，然后过来驯服地坐在甲嘎次仁身边。

"没事。"他摸摸普的光头，"我有点冷，这会儿好多了，烤烤火挺舒服。不是吗？"

普过去把自己的薄毯盖在桑的身上，在她隆起的胯部友好地轻轻拍了拍，又回到甲嘎次仁身边。

"你比她聪明。"他用刀拨拨火，又扔进几块干牛粪，"看看锅里还没有茶。"

普把锅拉过来，还剩小半锅茶，他把锅架在了火塘上。

"她心肠很好，"他说，"所以她不应该知道那些事，对吗？"

普点点头，又摇摇头，他那孩子气的脸上显出了成熟的痛苦和迷惘。

"哦，你好像不太明白这件事，其实我也并不明白。"甲嘎次仁揉揉额头，看看四周，"黑黑的什么也看不见，我听一个疯老头讲过，他是智者，非常了不起，他说世上大多数人都是在夜晚生下来，在早晨死去，这话有道理吗？"他见普没有什么反应，想了想，"我真舍不得离开你们。你以后也会遇到很多麻烦。去，睡觉吧。"

他把自己的薄毯扔给普，普起身后似乎不愿走。他抬脚在普的屁股上踹了一下，普只好老老实实重新躺下来蒙起了头。

四周还是那么黑，黑得叫人心里不踏实，他知道只要守住了这堆通明的火塘就不会有什么事。他想一定是那个人跟来了，一个陌生的仇人，来替他父亲报仇的。二十多年前，甲嘎次仁的父亲杀死了绰号叫"长脸"的盗马贼头目冈钦。他父亲年轻时曾在巴塘巴塘——四川省西部与西藏交界的一个县———带做过藏戏艺人，后来加入了冈钦一伙，游荡在康巴一带。甲嘎次仁一直没弄清究竟为了什么，那个冈钦大盗跟父亲干了起来。母亲从来也不告诉他。父亲那一夜带着浑身的血告别妻儿，说暂时要去外面躲避一下。他去印度再没回来，从此断了音讯。记得父亲有一副优美高亢的嗓音，那时他很怀念藏戏班子的生活和艺友，常常在寂寞时一边喝酒一边唱。甲嘎次仁记住了父亲常常爱唱的那段戏文："你这把音色优美的胡琴，里外弦调音时你调不准，欢歌起舞你还不奏乐的话，扯下你的皮子做木瓢你可别后悔。"父亲出走以后母亲带着他躲到一个偏僻的村庄里定居下来。那时每当想起父亲他就想唱这段戏文，可刚一出口就被母亲捂住嘴。母亲怕因此暴露身份招来仇人。到后来，有一天他自己在山上牧羊，张开嘴想再唱时，竟唱不出了，不知是忘了词还是丢了调。

茶开了，溢出的茶水溅在火塘上扬起灼人的蒸汽和雷电般的灰烬，他端起锅往碗里倒满茶后放下。"喂！"他手指被烫得发出一声兴奋的叫喊，双手捏住耳垂，随后又伸出舌头舔舔手指。

桑被他惊醒，欠起身揉着眼皮。

"你不喝一碗？"他问。

"不。"

"对，茶很浓，喝了别想再睡着。牧人的茶就是浓。"

桑坐起身，从旁边拿起木碗递过去。

"那么，我还是喝一碗。"她说。

临近黄昏，天气变得阴沉，湿润的风铺天盖地刮来，田野上的天空滚来卷卷黑色的浓云。甲嘎次仁他们进了一个村庄，村里人不太理睬这几个外乡来的流浪人。对于农民来说，没有土地的人如同失去灵魂的躯壳一样。

他们在村里说说笑笑，疯疯癫癫漫无目的地游荡。村里人都脸色阴沉地提防他们随时会牵走一只羊或偷走几件衣服。平时进了村，找个僻静舒适的角落休息，桑便挨家挨户讨些吃的。如果村里有树林，他们就在林子里休息，并不理会几个顽皮的村童爬上矮墙探头探脑，奶声奶气地乱骂他们，有时还扔来几颗石子。甲嘎次仁吓唬他们，瞪圆了眼，野牛般号叫着走过去，吓得孩子们屁滚尿流哭爹叫娘地跑散了。时常也有好心肠的农家主妇抱来一壶茶、一壶酒，或端来几只饼子施舍给他们。

村庄坐落在一条宽阔的江岸边，村口核桃树下有个渡口，旁边有个小酒店，甲嘎次仁和普兴冲冲闯了进去，酒店里光线昏暗，苍蝇绕着屋中间的柱子飞来飞去，几个刚从江对岸过来的农民在喝酒。甲嘎次仁和普找了个角落坐下。甲嘎次仁很高兴，他好久没进酒店了。他发现掀着门帘的里屋有一个女人正抱着一只粗酒坛往壶里倒酒。不管周围的人怎么样看他，他仍操着浓重的昌都口音唱起来："未经她的邀请，我就来看女主人，她的酒还没沾唇，我的心已酩酊大醉。"那些喝酒的农民一个个斜视着这位形迹放荡的流浪人，但没一个人敢上前跟他交手。女主人满面春风地提着酒壶出来。她果然楚楚动人，长着一对迷人的酒窝。闲聊时才知道女主人也是康巴人，嫁到这里已经七八年了。

喝了几杯，普碰碰甲嘎次仁，指指门外，意思是说桑还没回来，天要下雨了。

"她能找到这儿。"他转身问女主人，"大姐，我们能在你这儿住一夜吗？"

"行。能安下你们兄弟俩。"

"还有桑。"

"姑娘？"

"是的。"

"好吧。"她进了里屋。

"听见了吗？她说好吧。"他对普说。

普戳戳自己的肚子。

"大姐，你这儿有什么吃的？"

"我们只卖酒。"她在里屋回答。

"我弟弟说他饿得直想啃自己的拳头。"

"饼子行吗？"

"行啊。"他大声说。

那几个农民愤愤地看着这个满不在乎的外乡人。甲嘎次仁跟普喝酒，他眼睛盯着昏暗的房梁。

"听我说，"他对普说，"我老有一个甩不掉的感觉，总是嗅到一股他妈的甜滋滋的气味。"

普的眼里露出一丝悲哀。

"好像很不吉利。不要紧，不会怎么样，我只是说说。我会带你去拉萨，我要找个好工作，首先去大昭寺释迦牟尼佛座下磕头。我以前是猎人，伤害过数不清的生灵。"他边说着一连又喝了十来杯，他拉酒壶，普站起身抓住壶把，甲嘎次仁困惑地看他一眼，扳开他手还要往杯里倒，普抢过杯子咿咿呀呀叫着比画起自己的脸。

"你说我醉了，脸像一块红布？"他夺回杯子，把普推到一边，重新斟满，"别管我。唉，你这个小魔鬼，肚子里不知藏了多少秘密从不往外倒，这不行，我看见你的眼睛就受不了。你，我，还有桑，我们要在一起过日子。我们再不跟过去那样，像毛驴一样活着。"

"喂！女主人，倒酒来。"一个农民高声喊叫。

"嘭！"甲嘎次仁把杯子往桌上一蹾，指着年轻农民威胁道："你当心点，别打断我的话，我是说给你们大家听的，说得不对吗？啊！"

"对的，大哥说得对。"其余几个哼哼地回答。

"你们好好听着，我蹲过大牢。当心，最好别惹我。"他没看清那位胆小的农民早已悄悄溜走了，他直勾勾盯住普，伸手摸摸他脑袋，"可是那该死的气味总是跟着我。我很烦，我想我能对付过去。"

女主人端了一盘油饼和一碗牛肉炒土豆片笑盈盈出来。"我这儿还有些白酒，喝吗？"她问。

"谢谢。"甲嘎次仁握住她软绵绵的手臂贴在自己额头上，"我很久没喝酒了，心里真痛快呀。"

昏沉沉的天空骤然之间下起了暴雨。刚刚落下噼噼啪啪几声大雨点，很快便哗哗地响成一片。外面几个躲雨的人钻了进来，站在门口兴奋地谈论着。一股白日梦似的飘逸和虚幻攫住了甲嘎次仁，他将头转向窗户，蒙蒙一片，分不清天地山水。雨点夹着冰雹打在玻璃窗上叮当乱跳，远处滚过一阵沉闷的雷声。女主人拉亮电灯，屋里罩上了一层柔和的黄色。甲嘎次仁浸在潮湿的轻梦中听见一阵遥远的话语：

　　"今年雨水真好。"

　　"这冰雹可不好。"

　　"啧啧，我拌好的牛粪还在院里呢。"

　　"你老婆会收的。"

　　"她上区里了。糟，这下会泡成稀汤了。"

　　"……三队请过冰雹喇嘛。"

　　"他算得很准，法术也高。"

　　"听说他每天抱着收音机听广播里的天气预报。"

　　天空抖开一道雪亮的闪电，几乎同一时刻大家看清有一个人影闯进酒店。一声"咔嚓"的巨雷，仿佛天要爆炸，地要撕裂，远处有个女人发出刺耳的尖叫，酒店里的灯泡也随着雷响忽闪了几下。

　　人们惊魂未定，只见一位年轻的康巴汉子，在另一个角落里向背坐定，自己取了只杯子放在桌上。他面孔有些消瘦，神色刚毅，咄咄逼人。他全身湿淋淋的在滴水，宽边礼帽翘起的一角帽檐下滴滴答答的水珠流到他的肩头，白衬衣粘贴在他身上，胸脯前方凸出两块紧绷绷的肌肉。额头垂下一绺暗红色的丝穗，长睫毛下那双眼睛透出一种阴沉的冷光。

　　"大姐，拿酒。"他声音很轻。屋外的雷雨轰鸣震耳，但他的话每个人都听得十分真切。

　　"瞧瞧你这一身水，快把我的酒店淹了。"女主人不得不用很大的声音压住外面的雨声。她殷勤地撩起围裙替他擦了擦脸上的水珠。他用手挡开，拍拍她发烫的脸颊，又指指空杯子。

　　甲嘎次仁被那声响雷震醒，变得异常清醒，他背朝门口，从坐在他对面的普的愕然的眼神里看到，那人终于来了。甲嘎次仁捧着脑袋，冲着普古怪地咧嘴笑了笑。普忧郁地看看他，又看看陌生人，好像预感到什么，嘴唇像秋风中的花瓣颤动着。甲嘎次仁这才想起这半天了，桑去讨饭还没有回来，他知道她能找到这儿，但他不希望她这个时候回来。"大姐，倒酒。"他望着普说。

"呀呀呀，我真像羊毛捻子一样忙得团团转了。大哥，你们都是康巴人，大家应该坐在一起热闹一番。来来来。"

"别着急，大姐。"甲嘎次仁并不十分慌乱地说，"我们会很热闹的。"

普站起身，绕过桌子挨着甲嘎次仁身边坐下，那个陌生的康巴人端着酒杯从甲嘎次仁背后走来，在普刚离开的位置上与他面对面坐定。陌生人脚下一双绿色帆布胶底鞋破烂不堪，露出一只被水泡得发白的脚趾。每走出一步就从破洞里挤出一股污水，在地上留下湿漉漉的脚印。他腰间挂着一排子弹带似的皮囊夹。东部的男人们大都喜欢挂这种东西，可以塞下厚厚的许多钞票和一些贵重的小物品。一把漂亮的银鞘长刀很耀眼地插在腰间。那股气味就是他呀，甲嘎次仁心想，可是来到你对面时却又嗅不到了。

外面的雨势不像刚才那样凶猛了，但仍然密集地倾泻着。屋檐下的雨点接连不断，叫人心烦，打不起精神，总是有阵阵困倦的睡意袭上心头。有几个等得不耐烦的人抱头冲进了雨幕。

"这雨下得真痛快。"陌生人喝了一口酒，望着窗外说。他声音听起来很柔和。

"酒也不错，头道酒。"甲嘎次仁说。他感到阵阵热气扑面而来，那是陌生人的身体隔着湿衣服透出来的热气。

"我很久没进酒店了。"

"可别喝醉了。"

普将头靠在甲嘎次仁的怀里。他爱怜地搂紧那瘦小的肩膀。

"是你弟弟?"陌生人问。

"谁见了都这么说。哪点像?"

"嘴巴，还有脑袋。"

"你眼力不准。"

"你们俩相处得很好。"

"这还差不多，我从来不打他，他是孩子。"

普神情孤独地望着陌生人。

"桑经常揍他屁股。他昨天又挨了她一锅。"甲嘎次仁又说。

"这里的人不好,"陌生人低下头,"他们只给了两勺糌粑就把那姑娘往屋里拖。"

"她不是只小猫。他们会尝到厉害的。"

"对。"他笑了,"她懂得保护自己。这里的男人……咦——她是你的女人?"陌生人的眼光明亮起来,向门口看去。

"嗨,你们饿了吧?"桑响亮地喊道。她提着盛满食物的皮口袋,浑身湿淋淋地走进来。她惊讶地看了陌生人一眼,随后便坐到他身边,抹去脸上的雨水,把口袋放在桌上,转过脸向他问候:"辛苦了,大哥。"陌生人扬扬眉毛,目光温和。

"我跟你一样湿。"桑说,"你在跟我们?"

"不,是同路。"

"我还以为是我哥哥追上来了。"她问甲嘎次仁,"他长得不像我哥哥吗?"

"有点像。"

"他也爱这样。"桑学着陌生人的样子挑了挑眉毛,"这下我们四个人可以玩牌了,你肯定能赢。"

"我没玩过。"

"他会教你。"她指着甲嘎次仁,"哦,这里的人很吝啬,这些还是够我们吃了。"

桑打开口袋,像主妇一样给大家分发食物。甲嘎次仁看见桑红色衬衫的铜扣被扯掉了,胸前被撕破一块,露出了白色的胸脯,上面还有道被抓破的血印。"锅没砸瘪吧?"甲嘎次仁说。

"锅吗?"桑晃晃背后,铜锅还系在行囊上,"用不着,我怕他们的脑袋不禁打。"她挺得意地笑了笑,问陌生人,"你叫什么名字?"

"占堆①。"

桑看看甲嘎次仁。他仿佛没听见,正专心致志地伸出无名指,把一

---

① 占堆:藏语为降伏怨敌的意思。

只落进杯子里的苍蝇拈了出来。气氛有些沉闷。

"前几天，在公路卡子上，听说在堵一个逃犯。"占堆说。

"你说在公路上？"

"他们有你的照片，拿照片对照着来往的人。"

"哦，是这样。"

"他们好像也知道你走这条路。"

"那你怎么样，你并不希望我重新被抓回去，是吗？"

"你是警察？"桑凑近占堆问。

"不，他不是警察。"甲嘎次仁说。

"你不该逃出来。"占堆说。

"为什么？"桑很惊奇，"他是人，不是关在圈里的羊。他什么都告诉我了，因为揍了工作组几拳，就要关五年？哦哇！"

"还有，别的那些，更早以前的呢？"占堆问她。

桑看看甲嘎次仁。他抬眼恶狠狠地望着占堆，半晌，才慢声慢气地说："她不应该知道得更多，那都是过去的事，咱们谁也没见过，不是吗？"

"没见过，这不错。"占堆说。

女主人端上了茶、酒和牛肉，还有一小碟辣椒水。"我能在这里住一夜吗？"占堆问。

"我丈夫是个胆小鬼，幸好他不在。"女主人说，"跟民工队去县里修电站，半个月才回来一次。现在就我一个。"普不明白这个脸上泛着红晕的女人为什么喋喋不休。

"能住下。"女主人转身进了屋。

吃到一半，桑忽然歪过头问占堆："他以前给你惹过麻烦？"

"桑！"甲嘎次仁喝住她，"我们今天是第一次见面。"

"你骗我。"

"他说得对，"占堆只顾低头吃东西，"过去的事，你不应该知道很多。"

"啪！"桑一记凶狠的耳光打得占堆跳起身，他刚惊异地抬头扶正礼帽，桑抄起桌上自己割肉的小刀向他刺去，甲嘎次仁飞快地揪住她辫子将她拽了回来。尽管她气恼地翻腕回手在甲嘎次仁臂上划过一刀，还是被他紧紧搂在了怀里。

"你，是个胆小鬼。"她昂起头傲慢地说。

"你醉了。"甲嘎次仁避开她的目光对占堆说，"她不喜欢有人对她不友好地说话。"

"嘿！好样的。"占堆摸摸泛起几道红印的脸，想了想，重新坐下来继续吃东西，好像什么事也没发生。被打的那一边脸颊嚼咽食物显得费劲，他皱起眉头，舌头卷向另一边嚼咬。

桑像只温柔的小猫偎在甲嘎次仁的怀里，脸贴在他胸前，默默地看着这个陌生的男人若无其事般大吃大嚼。她离开甲嘎次仁的怀抱，重新回到自己的位置上与占堆并肩而坐，抓起饼子掰下一块塞进嘴里慢腾腾用力嚼着，两只眼睛望着屋顶的木梁。大家都不说话，只有嚼食物的声音和外面淅淅沥沥的雨声。普忍不住打了个哈欠。

女主人目睹了刚才的事，也不再开口说笑，抱来一些毡垫和薄毯给他们，他们各自找了个角落在地上铺好。占堆睡觉以前，从怀里摸出一台袖珍录音机放在身边，按下键钮，在一阵沙沙的响声之后，出现了一个女人的歌声，这新奇的玩意儿令其余的人感到莫名其妙。看来，占堆拒绝了女主人的暗示，他听了一会儿，就关了机，很快进入了梦乡，发出轻微的鼾声。

夜晚很宁静。

甲嘎次仁感到一阵迷惘，这就是那个冈钦的儿子吗？看起来不像以前想象的那么壮实。他到底什么时候动手？噢，这当然是他的事。

天快亮时，他做了个噩梦，一双手从地缝里伸出来求救，一个声音在喊叫："别杀呀，你真蠢！"那双手像是父亲的，又像是占堆的，它又有痛感，原来是自己的。等看清时，手变得毛茸茸的又粗又大。

古道并非荒无人烟，一路上他们穿过一些远离公路的村庄和牧场，也有一些朝佛的人们或三五成群，或十几人一帮走在这条路上。甲嘎次仁时常用胳膊钩住桑的脖子，俩人亲亲热热说说唱唱走在一起。普总是不离他们的左右，偶尔也默默地跟占堆陪行一程，抬起头来，好像想对他询问点什么，终究说不出话来，沮丧地搔搔头皮赶上前去。占堆一直远远地落在他们后面保持适当距离，挥动树枝无精打采地拂来拂去。途中休息时，他独自躺在一边，有时也回答桑好奇的问话，总是漫不经心。

这是一个月牙形的山口，山顶光秃秃的全是些巨大浑圆的石头，山口下面一点有座寺庙废墟，旁边有几棵枯死的干树。能看见山脚下一条细长弯曲的公路消失在那边的山弯后面。公路上不时有一团团移动的灰尘，那是汽车在行驶。从山口只需要三四个时辰就能到达公路。

山脚下昏暗的阴影悄悄爬上来，又是一个金灿灿的黄昏，夕阳就要隐落到山后面去了。

占堆独自躺在一块石头上，他仰面朝天，拉下礼帽遮盖了自己的眼睛。这个似乎永远流浪在异乡的年轻人，照例掏出那台小录音机贴在耳边，除了甲嘎仁次和桑熟悉的东部民歌外，占堆还爱放一个女人唱的歌，既无伴奏也无伴唱，声音喑哑却十分动情。占堆告诉桑说唱歌的这人是他的情人。这会儿里面的电池快完了，放出的歌飘忽不定，走调儿，占堆就关了机子。

普站在一块岩石上脱去衣服，拿在手上朝落在后面还没爬上来的桑挥着圆圈，表示到达宿营地了，桑大概有些走不动了，远远地在下面也向他挥挥手。甲嘎次仁很满意地在废墟附近找到一处水源。既然有寺庙，那当然就应该有水。他自言自语地嘟哝道。

"天黑之前能赶到山脚下。"占堆说。

"今天就在这里过夜。"甲嘎次仁坚持道，"我还没想好明天是上公路还是从另一头下山走小路。"

占堆帽子盖着脸，像是睡着了。半晌，他才说："他们找到你了，那些警察。"

甲嘎次仁在搭灶，他放下石头，站起身慢慢巡视着北方。"不可能。"他说。

"下午的时候，阳光照在我脸上，怪烫的。"占堆说，"我一回头就看见了。不是在我们后面，是在对面山上，闪了一下，是镜子反光的那种亮。"

"望远镜。"

"不过，他们最快也得明天中午赶到这儿。他们被江挡住了，这一带没渡口。"

甲嘎次仁哼了几声，耸耸肩，又继续干自己的活儿。他去捡了些干柴堆在石头灶边，占堆把火点燃了，山谷的风把炊烟往山下刮去，四处飘散。普换扶着桑走来。桑的脚扭了。她说这一下下山可要受罪了。

她脱掉破靴让普给她揉揉脚，普便卖力地干了起来。

"喂，把你的歌弄响来听一听。"桑说。

"没电池了。"

"她现在不肯唱吗？"

"这个，她唱完了。"占堆不知该如何解释。

她叹一口气，爬过身去帮助占堆烧火，风助火势，一锅茶很快就熬得沸腾起来。

"刚才我坐在半山腰揉脚的时候，发现山坡下边好像有个人影，翻过去又看不见了。"桑歇了会儿，想起了什么。

占堆舔舔干裂的嘴唇，勾起小拇指在眼皮底下搔了搔，脸上显出几分疑虑。

甲嘎次仁抱在手中的柴差点没朝占堆劈头盖脑砸过去。他咬咬牙，压住心中的怒火。

"噢！"桑这才发现山脚下细长的公路，"大哥，我们明天一定要去搭车。"

"如果早晨能搭上车，下午就能到拉萨了。"占堆回过头望着山下说。

"拉萨，菩萨啊。我们走得太久了。"桑说。

"是啊，是很久了。"甲嘎次仁严肃地点点头。

"也许是我刚才看花了眼，那个人影。我觉得汗水糊住了眼睛。"桑发现两个男人的表情很古怪，她惶惶不安地解释道。

吃完东西喝了茶以后，大家都莫名其妙地有些兴奋，只有普在低头沉思，这里面有一个他无法破开的谜。甲嘎次仁兴致勃勃地给桑和普讲起自己的故事来，占堆也在一旁听。他讲起有一次民兵分头追捕一个逃跑的纵火犯，其他人在山上到处瞎转，他从另一座山头爬上去发现了罪犯，本来再有半天时间就能将逃犯抓获，但他在后面唱着歌，不慌不忙地咬住对方，跟了一天一夜。就这样一直将罪犯逼到了山顶的绝壁上，他守在一溜狭长的石缝口前面痛痛快快地睡了一觉，到第二天早晨提着裤带上去想绑罪犯押回村时，发现那上面没人，以为那家伙跳悬崖自尽了。回到村里才知道这家伙黑夜从他身上悄悄跨了过去，被两个女社员抓住了。桑听了很开心。

"有时候，你忽然就不想伤害他了，事情就是这样。"占堆插了一句。他正低头摆弄自己的录音机。

"你错了，我想拿他开开心。"

"他还是没逃掉。"占堆又说。

"可那是别人抓到他的，他却从我身边溜走了。那混蛋还不服气，他说从我身上逃走时，还往我鼻子眼里放了个屁我都没醒。你说气不气人？"

"他就是故意气你才这样说的。"桑说。

"你说得对。"他点点头。

"朋友，你编的这个故事，一点也不精彩。"占堆淡淡地说完起身到石头后面解手去了，剩下他们三个人面面相觑。

"他妈的，我要说的都说了，这还有什么不明白的。"甲嘎次仁喘着粗气，恼火地号道。

"这件事好像有些……不对头。"桑困惑地说。她弄不明白，眼前这个神秘的占堆，要么是大家都搞误会了，要么，他是一位不同寻常的复仇者。她发现火势渐弱，柴火已不多，就撑起身，瘸着一条腿去废墟后面捡柴火，普也跟了去。

甲嘎次仁捧着脑袋一个人坐在火塘边愣神。占堆回来后坐在他对面。

"何必认真，我只是开个玩笑。"占堆笑了。

这轻松的表情使甲嘎次仁心里更加迷惘。

"叫他出来吧，"他愤愤地说，"这里还有热茶。"

"谁？"

"你的帮凶。"

"帮凶？"占堆显得莫名其妙，立刻又好像明白过来，"你疑心太重。"

"桑看见了。"

"她说看花了眼，你听见的。"

"我一点也不在乎。"他勾起下巴，眯起眼朝占堆凶狠地笑笑。直觉和本能告诉他，在这周围还潜伏着一个敌人，他不相信占堆的话。

"是该结束了。"占堆思忖片刻，仿佛下了决心，最后点了点头。

"是的，是这样，你说得不错。到拉萨再想找到我，你会遇到些麻烦。"一想到"拉萨"这个神圣的地方，他就感到绝望。

"好吧，下山前咱们就挑明吧。"

"随你的便，我只是不想让桑和普看见。别的，我才不在乎。"

"她不会知道，她是个好姑娘。这是我们男人的事，不是吗？"

"所以，我一点不在乎。"

桑和普抱着大捆的干柴走来。她跪在灶前添了些柴。她知道刚才这两个神情冷漠的男人说了些什么。她答应了甲嘎次仁，所以什么也不再问了。火焰旺盛起来，耀眼的红光照亮了四周，热浪烤着他们脸上火燎燎地感到了一种朦胧的醉意。甲嘎次仁盘腿而坐，摸出那副像破布片般软绵绵的扑克牌，熟练地唰唰抽洗几下放在地上。

"正好四个，玩几把。"

"我从来没玩过。"占堆说。

"我教你。"甲嘎次仁说。

"试试吧。"

桑不太愿意玩，占堆说她不应该扫大家的兴，她慢慢挪过身来。普警觉地注视每个人的一举一动。甲嘎次仁很热心很认真地教了占堆出牌的规则和方法，他们开始摸牌。

"我想我能学会。"占堆似乎很有兴趣。他将牌撮在手中，笨拙地一张张握成了扇形。他第一张牌就出错了。

这气味越来越不对，甜滋滋的就像嘴里含了血一样。甲嘎次仁将赢过来的牌放在自己腿下。他愤然想到：我还没杀过人哪，我吃的苦头够多了，这是在逼我这么干，他们咬住我，他们不放过我。直到现在他也没弄清是谁跟他过不去。但他知道这回是无论如何也逃不掉了，就算能从占堆复仇的刀下逃生，警察很快就会追上来，然后又是漫长难挨的铁窗生涯。

"杀掉！"他甩下一张牌，大声叫道。

"嘿嘿！"桑得意地亮出一张牌，她又凑过身去看看占堆的牌，"哦，你赢了。"

"是吗？"他还是没搞懂该怎么玩。普的牌面数小，他沮丧地悄悄塞进牌堆里。

甲嘎次仁把自己手中最后一张凑到占堆的鼻尖底下，又凑给桑。

"哎，什么。"桑无可奈何地对占堆伸出舌头，"还是他大，我们输了。"

"是吗？"

"这是大魔王，"她告诉占堆，"现在该谁受罚？"普捂住自己的鼻子。

"你吗？好吧，我替你，我喜欢受罚。"桑转过去面向甲嘎次仁。甲嘎次仁往后挪了一段距离，从一只小布袋里掏出几颗干胡豆。

"怎么个罚法？"占堆不明白。

"他要把豆子弹进我嘴里，"桑解释道，"我喜欢这样。"

她张开嘴，仰天闭了眼，长长的睫毛不安地颤动。甲嘎次仁捡起一颗豆子，朝它上面啐了口唾沫，离她三步之外，用大拇指把豆子弹了出去，"噗"地打在她鼻梁上。

"噢！没有。"她捏捏鼻子欢快地叫喊。

"还有两下，三次算数。"甲嘎次仁并不着急。

"呀呀！"她重新张大嘴巴，第二颗弹在她莹白的牙齿上发出了脆响，她捂着酸疼的牙啼笑皆非地呻吟一声。

"最后一次啦。"她说完又仰起头张开嘴。她想笑，丰腴柔软的颈喉上下滑动，最后一颗豆子准确地飞进了桑的嘴里，大概一直飞进了食道。

"啊！"她瞪圆了眼紧张地憋了口气，把卡在食道里的豆子咽了下去，忽然大笑起来，"天哪，你会杀死我的！"桑跳起身扑过去，尽情地钩住甲嘎次仁的脖子，两人在地上咯咯笑着滚成一团。普偷偷望了占堆一眼，他惊讶了：占堆坐在旁边，嘴角绽出了一丝甜甜的笑意。

天黑了，没多久，除了甲嘎次仁，大家都和衣躺在温暖的灶火边。他捧起桑的头枕放在自己腿上，一个人坐着，低下头默默地看着桑。她一声不吭地看着他的眼睛，又看着满天的繁星。他们长久地互相凝视着。

"你头发长了。"许久，桑轻声说，并伸手摸摸他的头发。

"长得太慢。"他说。

"你要留得长长的。我早就为你准备了一副穗子。"她从怀里摸出一副红色的丝穗。

"你先放好。"

"嗯，到时我替你编上。"她说。

桑终于明白，有些事情只属于男人们，她无法知道，更无法去改变。

"我真困。"她含着一丝凄凉的微笑慢慢合上了眼皮。过了许久，才发出均匀的呼吸声。甲嘎次仁将她的头从自己腿上轻轻地移到一边。他站起身，长长吐出一口气。"这下，我什么都不在乎了。"他对自己说。

一弯新月从山背后升起。他往灶里又添了些干柴，抽出刀往衣袖上蹭擦几下，又插进竹鞘里，起身向黑暗走去。离开了灶火，在深夜的寒气中他不由得打了个寒战。他来到寺庙废墟后面一块斜坡空地上，那里立着一块两人多高的大圆石，它往下倾斜着，似乎随时都会滚下山去。他背靠圆石一动不动地站着，清新的空气使他头脑格外清醒。远山近岭黑黝黝的看不清。什么地方闪烁着一群极小的黄色星光，夜色温柔。他想起家乡一句古老的话：就在今夜呀，正是他们情奔的好时机。

那甜甜的气味弥漫在夜空里，甲嘎次仁心里忽然恐惧地颤动了。他来了，一步步走上来，在甲嘎次仁下面两步远的地方站住。礼帽朝前压得很低，像第一次出现在甲嘎次仁眼前的样子，双腿叉开，两手按在腰刀上。

"这故事，要讲很长吗？"甲嘎次仁问。

占堆像堆石头般纹丝不动，他声音有些沙哑地讲了起来，这声音像是从石洞眼里冒出来的，干巴巴平静得不带任何感情。

那个刚毅的女人终于把辛辛苦苦养大的两只鹰从手中放了出来。兄弟俩外出三年又一无所获地回去。母亲重新把他们赶出家门，找不到他们父亲的仇人就再别回来见她。哥哥没有出息，三年来没有找到仇人就厌倦了，在远方爱上了一个女人。弟弟知道后痛苦万分，一对鹰不能分散，他要哥哥想想死去的父亲，想想慈祥的母亲。哥哥说他不想再过那种流浪的生活，那女人教他学会了开拖拉机。他要去了，找那个女人，她叫仁增旺姆。弟弟扯住他的衣角，跪下请求他别这样。他竟然对弟弟说："够了，即使找到他我也不想和他拼刀子，我又不认识他。"弟弟再也不能忍受，跳起来把哥哥打翻在地。兄弟俩分手了，一个去找自己的情人，一个去找父亲的仇人……

该死的弟弟。甲嘎次仁闭上眼，手中握紧了腰刀。还有这该死的气味。"后来，你总算找到了。"甲嘎次仁说。

"就在我们弟兄分手不到三个月。连我也没有想到。"

"呸，你这只狼。"他突然变得异常困惑，"你到底是哥哥还是弟弟？"

新月下的朦胧中，甲嘎次仁看见占堆脸色忽然间扭曲得变了形，他飞快地抽出了青光闪亮的钢刀指向甲嘎次仁。这一切来得那么突然，甲嘎次仁傻呆呆地站在那儿，他分明看见占堆惊骇的大眼闪着绝望的凶光，像一只准备与蛇搏斗的公猫弓起了身体，喉咙里发出古怪的声音："站着，别动，别动。"

甲嘎次仁拔出刀时，占堆喊叫一声朝他头顶刺来。他举刀刚要去挡，猛然感到一团沉重的黑体向他压来，刀被打飞出去，接着肩膀一阵撕裂的剧痛。他就地一滚，避开了占堆冲过来的身体。妈的，到底还是有一个躲在我背后。他感到身体已经受了重伤。突然，他摸到了掉在地上的刀，他死死抓住中间的一段刀刃，刃口深深割进了他的掌心。他把刀举过头顶奋力挥舞，刀尖不知戳进到什么地方去了，进得很深，一股灼烫黏手的热血立刻喷到他手上，又流到胳膊肘边。他清楚地看见占堆的一只耳朵在脖子上甩来甩去。

只有天上的神灵知道，这里在进行一场惨绝人寰的厮杀，但是，神灵在沉默。

普跳起来，揉揉眼皮。他闻到一股焦臭的煳味，原来是自己盖在身上的破衣服的一角被炭火烧着了。他伸起脚胡乱地踢了几下，把火星踩灭后，看看四周，发现少了两个男人。他惊慌失措地原地转着圈儿巡视着黑夜里的旷野，终于呀呀地叫喊着漫山遍野地乱跑起来。

甲嘎次仁变成了血人，衣服被撕成了缕缕碎片，连着几条从骨头上脱离下来的肉。紧握刀口的指关节已经僵死，刀口已经割进了骨髓，再也松不开了。他大口大口喘着气，肚子右侧流出的一堆肠子使身体往下坠。他摇晃着再也站不稳，双脚一软跪倒在地，身体靠在背后的圆石下。

万籁无声。月亮被一块移动的浮云遮住。远处传来汽车的轰鸣，一定是赶早的司机上路了，听声音是往拉萨方向去的，可过了一会儿那声音又消失了。

离甲嘎次仁不远的一处高地上，躺着一堆黑乎乎的庞然大物。这头嘉松古莫拉山上嘴巴受过伤的棕熊永远记住了猎人身上的气味。十年来，怀着强烈、持久的报复心理默默地嗅寻追踪。此刻，它那僵硬的身躯像是一座黑色的坟墓，静静地耸立在山冈上面。

"喂！朋友。"甲嘎次仁嘶哑地喊了一声。

"我不行了。"声音离得不远，但什么也看不见。过了一会儿，那边又响起声音："我没想到，它，一下子冲来了。"

"本来，没你的事。它是来找我的。"甲嘎次仁每说一句话，嘴里都喷出一些血泡，那气味果然就是这种嘴里含着血的甜滋滋的感觉。他使用全身的力气朝占堆爬去，相距不过七八步，他觉得永远也爬不到头了。他的脸贴着地，冰凉的石头使他头脑清醒了一些，他举起右手晃两下又无力地垂落。

"他妈的，这刀，粘在我手上了。"他嘟哝道。

那边没有声音。

"朋友，"他又叫喊一声，"不能死，你的故事还没讲完。"

黑暗中传过来一阵断断续续的低吟："完了。仁增旺姆还在等我，我一点也动不了。"

"如果你不打算杀我，你就不该，跟着我。更不该，帮助我。"

"我下午才，想好的，我不知道，你，什么样的仇人，都有。"

"你弟弟，他……"

"在拉萨，等你。"

"见了他，你就，说，我是个，诱拐女人和孩子的，逃犯。"

"对，一个很不错的，逃犯。"

他们在黑暗中发出了微弱的笑声。

甲嘎次仁慢慢地朝前摸去，空空的，但他知道占堆离他不会很远。他忽然想起父亲留在他脑海里的那段唱腔。他知道他现在能唱出来了，就使尽最后一点力气，将身子翻过来仰面躺着，咽下一口血水。面对着幽深凄寂的夜空，一首苍凉高亢的曲调由低到高响了起来："哎——你这把音色优美的胡琴……"

占堆也用一种纤弱柔和的声音为他伴唱起来："嘿——哎——"

"里外弦调音时你调不准，欢歌起舞你还不奏乐的话……"

"嘿——哎——"

"等扯下你皮子做木瓢，你可别后悔。"

"嘿——哎——"伴唱骤然顿住，一阵长长的静默。月亮重新浮现出来……

普顺着声音找去。月光下，他看到一幅终生难忘的景象：占堆死了，他下半身血肉模糊，半个脸和一只耳朵被扯了下来，胸前露出了几根白骨。甲嘎次仁跟他头对头躺着，右手还握着那把刀。

"啊！啊！"普扑通一下跪在甲嘎次仁身边。

甲嘎次仁头已经不能转动，只是睁着眼，胸脯在平静地起伏。他斜视了普一眼，用一丝几乎听不见的声音说："你还是……做哑巴的好。"

甲嘎次仁到拂晓前才死去，他已经不能说话，枕在桑的腿上，瞪直了眼睛，一直眼睁睁望着她苍白的脸停止了呼吸。

当天中午，前来追捕的三个警察疲惫不堪地赶到了。岗坡上躺着一只黑色的棕熊，地上一大片凝固的血泊中散落着一些碎布片、扑克牌、头发和一台摔破的袖珍录音机。他们惊愕了。这时，天上盘旋着一大群黑色的苍鹰。他们爬到山口边的一块石头上，举起望远镜朝下望去。

两个缓缓向下蠕动的人影拖着两具尸体。坡道陡峭，碎石松散，每走一步脚下就蹬掉一些碎石，哗哗朝山底滚去。

整个山谷只听见碎石滚动的哗哗声。

《民族文学》1986年4期

无主题变奏

徐 星

幸好，我还持着一颗失去甘美的种子———一粒苦味的核

幸好，我明日起程登山

我要把它藏在

最隐秘的山涧，待它生命的来年

开花飘香，结一树甜蜜

结一树过去

在那没有鸟语的群山深处

一

也许我真的没有出息，也许。

我搞不清除了我现有的一切以外，我还应该要什么。我是什么？更要命的是我不等待什么。

也许每个人都在等待，莫名其妙地在等待着，总是相信会发生点儿什么来改变现在自己的全部生活，可等待的是什么你就是说不清楚。

真的，我什么也不等待。这么说并不是要告诉你我与众不同，其实在另外一个意义上我又太知道该要什么了，要吃饭要干活儿。除此以外凡是摩登玩意儿都和我不相干。

如果我突然死了，会有多大反响呢？大概就像死了只蚂蚁，也许老Q会痛苦几天，也会很快过去，她会嫁人，在搞她的所谓的事业的同时也不耽误寻欢作乐，把以前对我的千娇百媚同样地献给另外一个男人。

既然我最爱的人都是如此，那么我还能对谁有那么点儿意义呢？

我不喜欢老Q那些艰深的音乐，据说德彪西经常无主题什么的。尽管有时我也迷恋柴可夫斯基谁谁谁的，可我不喜欢一件乐器的单调声音，除了小号。小号也单调，但是它总是热热闹闹的，那感觉就是有点儿棒，出来进去的。

可惜老Q弄的偏偏不是小号，这一点在我们热烈相爱的那阵子，倒是真让我给忽略了。尽管她拉的是意大利名家提琴，尽管它有几百年的历史，我还是不能容忍那些一串串指法练习、试音、调弦什么的。那他妈太无主题了，无主题还好，无内容、无连贯，除了它徒具形式以外还真是有点儿像我写的小说。这一点常常使我惶惑不安。

我纳闷儿为什么她不能拿起琴来就给我拉点动听的东西，而是长长一段时间由噪音编织成的预备期，一下子就倒了我的胃口，就像拼命咬了一口苹果却咬断了一个又大又粗又胖乎的虫子。

她说我不懂，我也许的确不大懂，就这样她走了，八成又是去哪儿调那四根宝贝弦了。不过她会回来的，我相信她还会继续爱我。

若干日子以前，我们走在月光下，她曾低声对我说，要是我们分手，那她背后的一座大山就突然消失，她回过头来，只会看到一片荒凉、迷蒙的原野，自己就像一个孤零零的影子。我感动得真受不住了，一股温情一个劲儿往上涌，一转身钻进了一个就近的小酒馆儿……

也许没出息，也许。

我走到街上，随随便便的，真是车如流水马如龙，大千世界，芸芸众生。可我孤独得要命，愁得不想喝酒，不想醉什么的。我去看了一场电影，不过不仅没能解脱，反而多了不少晦气。那些地下工作者，穿着曲线毕露的旗袍，露着大半截儿大腿在前面拼命跑，几个坏蛋在后面玩儿命追，可就是追不上，有摩托车也不行。见了他妈鬼了。什么坏蛋，反正一概男的追女的。所以当然不能让他们追上了，导演还得给他们安排扒衣服什么的，大大有伤风化了。说实在的，我始终不相信那些油头粉面的男女就是当初的地下党。要真是，拯民于水火之中就太轻而易举了。

二

回到家里，我信手拿起前些天那个外号叫"现在时"的"诗人"送来的诗集。这诗人喜欢用英文写诗，不知是刻意朦胧还是水平有限，永远用不准时态，所以大家叫他"现在时"。反正他大概会终生用下去。

老Q先读过了，她不客气地说了一句"破玩意儿"。这诗集确实让人倒胃口，尽是什么"我是什么什么""我像什么什么"之类的句子，就像没有他就没有了一切。你是什么呀？你是大屁蛋一个，你像什么呀？像美尼尔氏综合征患者！我见过，犯起病来尽管吐着白沫，嘴里也不会停止无休无止的号叫。也许他以为诗产生美就像东施皱皱眉头那样容易。

那一年我刚离开学校不久，我不是说毕业，你别误会。幸好九门功课的考试我全部在二十分以下，幸好高考时的竞技状态全都没有了，幸好我得了一场大病，于是我和学校双方得以十分君子气地分手，双方都不难堪……

那一年是文艺界的古典主义大复兴，那时人们还不以谈论萨特、弗洛伊德什么的为荣。书店尽是些奥斯丁、济慈，音乐厅也尽是些贝多芬什么的。我也偶尔去去音乐厅。

男人们高声卖弄，女人们嗲声嗲气，简直是时装展览会上的一群模特儿。选择音乐会开始前的音乐厅广场来搞社交真是恰到好处。从广场到音乐厅门口，一路上尽是脂粉味儿，我敢说这帮人没有几个懂音乐的，不过是装模作样附庸风雅罢了。要附庸风雅只要会玩儿命拍巴掌就行。我琢磨从这群姑娘中随便站出一个来让她在贝多芬和夏洛克之间选择，她准会毫不犹豫地选中后者。贝多芬追求爱情的一生即使延续到今天恐怕也没多大指望。这责任也许不尽在女人，金木水火土阴阳五行，缺一不成物质世界呀！

一个外国小妞儿也在人堆里钻来钻去的，还用手帕捂住鼻子，东张西望大概在找谁……

"现在时"居然也在这里，大概来搞点社交什么的。他曾是我的同学，因为哲学考试等等知道不少辩证法什么的，所以总得优，总惦着考研究生。在这个意义的比赛里，这小子还真是不难得分。

"怎么，你不打算调动调动了？"

真他妈恶俗恶俗的。"现在时"听说我分配在饭店工作，于是对比出来一大堆优越感。听他那口气，好像我比"四人帮"时的一个政治犯还值得同情。我真纳闷为什么大学里尽是些如此货色，难怪我那外号叫"老讳"的哥们儿解释他为什么上大学时说："大学里高雅的小娘儿们多。"

"对，我哪儿都不想去，就想在饭馆里混一肚子好下水。"我随便应付着，"你呢？你过得怎么样？"

"写点儿东西。""现在时"蛮认真，我差点儿没乐出声来。

我读过他写的东西，尽是些扯淡话，什么"人生海洛因幻景"啦，什么"我是和着玉米面蒸的发糕"啦，这个比喻还算确切。他那张脸真像一个倒立着的大窝头。还有，还有，还有什么"人是一碟两毛五的炒三丝儿""真善美是口香糖""真正的痛苦在于一无所爱"什么的，整个的一本箴言哲理集锦。他居然什么都知道，可我无论如何想象不出人怎么会是炒三丝儿？

寓意？幽默？深刻？见了他妈鬼了！要是我有一点儿喜欢他，我一定会教他玩儿赌点钱的扑克什么的，免得他总是虚度光阴。

那外国女人走过来了，原来和"现在时"是一起的。"现在时"赶快抛下我和她聊了起来，一群姑娘羡慕地盯着他们看，看那外国妞儿的扣子发式什么的。

在那么一个意义上，"现在时"永远得不了分，我比他高大、健壮、漂亮得多。以前我最爱听那帮姑娘大失所望以后的腔调："哟——我还以为你是搞'艺术'的呢！"真能让我笑破肚皮。我得意极了。我真想用我的天赋优势把北京所有的哆声哆气通通乱骗一通，那该多有乐儿！

那外国妞儿用一种我再熟悉不过的眼光瞟着我。原来外国女人也会他妈那个……"现在时"大概感到了一种不安全感，赶快对那妞儿咕噜了一句什么，那妞儿一脸不解的神情。我琢磨着也许是"现在时"用的时态又出了些阴错阳差，他阿谀地用手比画着，那妞儿笑了起来，那群姑娘们虽然只识QKA也不甘寂寞，斜睨着我也跟着讪笑起来……"现在时"一定利用了他的一点儿阴错阳差的优势。偏偏我今天竞技状态良好，我大吼一声："喂！老浑蛋！过来，今天该向你要欠我的赌钱了，过来吧！""现在时"装聋作哑，赶快去弹弹烟灰。这小子真逗人乐，刚才还和我乱七八糟扔了一地烟头，现在居然跑到二十米以外的垃圾箱去弹一下烟灰。这外国妞儿使他"文雅"了一小会儿……

那天也是我第一次见到老Q，她穿了一件鸡心领的黑纱半袖衬衣，浅蓝色的牛仔裤，梳着一个马尾巴辫儿。她整个的身体被一身瘦瘦的衣服包裹着，显得圆鼓鼓的；最能显现出曲线的部位随着皮鞋跟儿诱惑人的响声，有节奏地颤动着，好像无时无刻不在向四面八方发散着弹性；加上两只流连顾盼的眼睛，真能颠倒了每天站在街头巷尾期待着艳遇的芸芸众生。

她没票，踱来踱去，那双腿的优美姿势就像一匹健壮的马在不安地等着一个好骑手，这可真是个要了命的好机会，"现在时"刚刚给了我两张票，他这方面的路子直通罗马。

我大概是太主动了，说话的热气扑到她脸上，她警惕地看着我，眼睛像大山猫，拿过票谢也不谢甚至连钱都不付就走进剧院了。

不用说，我挨着她，她胸前的艺术院校的校徽熠熠发光，更搅得我心神不定。大学里看起来也有好姑娘，也许是我离开大学后好起来的。不知是我身上哪根神经起了一点怪不拉叽的作用，我尽力朝别的地方看，可还总是看见她：黑暗中两只又大又专注的眼睛直盯着乐队指挥。她居然不看我，连一个稍稍的暗示也没有。是否因为我不是卡拉扬、小泽征尔什么的？

我向来不会对人酸文假醋的，该说什么就说什么，该干什么就干什么，可那大山猫似的眼睛使我不敢造次，我甚至想到了讨还票钱那最后一招儿。

"喂！开导开导吧。"我终于忍不住举了举手里的节目单。

正好是一个谐谑曲乐章。

那大山猫似的眼睛又盯了我几秒钟，盯得我直难堪，我真想用嘴皮子遮上它。

半场过去了，德彪西的一个曲目快完了的时候，她突然转过身来：

"听！这是要抓住什么的感觉。"口气冷冰冰的像我握着的铁扶手。

那根起作用的神经终于松弛下来了，我不用直勾勾地看着她了，最后一招儿也可以弃之不用。可是和她谈话困难，我像敲着一块燧石的各个侧面，看看哪一面能迸发出些火花儿。我敲得精疲力竭，可发现的还是nothing。

不过以后发生的一切都证实了我当时进取精神十分可嘉。

音乐会结束了。不时有人和她打招呼，好像她认识全世界所有的红男绿女，不过招呼打过了她也没忘记回头找我。

"我也往那个方向走。"我大概是迷失方向了，那个方向对我来说正好南辕北辙……

一路上她偶尔笑笑，不过总是沉默，这非常吻合我今天产生的那种要命的要向别人倾诉孤独的欲望。我真想和她谈点儿只有知己间才会彼此倾吐的话。

"我们每人说出一种表情，只限于笑的，做个游戏。"她提议。

"好！我先说吧，"我赶快答应了，"大笑。"

冷笑。坏笑。窃笑。讪笑。

微笑。假笑。蠢笑。痴笑。

苦笑。一只眼哭一只眼笑。

"还有呢？"她颇有几分得意。我想不出还有什么，我只觉得这个游戏有点幼稚。

"皮笑肉不笑。"她一本正经地加以总结，"这些就是生活中的全部作戏感。"

不用说，我碰上了女知音。有一本书上说男人不能碰上女知音，有多少英雄好汉就是这样垮掉的。

后来证实了她对我并不作戏，她挺好的，当然不只限于在那张古老的铁床上……

在我知道她的名字叫老Q以前，就在那个晚上，我们以同样的速度爬上了"爱"的珠穆朗玛峰。

"我叫老Q，"她用平平淡淡的口气告诉我，然后一边系好胸罩那些横七竖八的带子一边慢吞吞地说，"好像不到这种程度，就谈不上真正的互相了解对吗?"

我也懒散地告诉她关于我一些什么,还好,她始终没认为我是"搞艺术"的。"工作就是为了谋生。既然干什么都是为了挣钱,什么轻松就干什么呗!"这听起来有点儿山盟海誓的味道了。说来让人难以置信,当她带着小女子气说完这话的时候,我一骨碌从床上爬起来跪在她脚下紧紧抱住她膝盖那块地方,我感动得热泪盈眶。她也以圣母的姿态抚摸着我,仿佛要永远给我提供无穷无尽的保护似的,仿佛我从那时开始就再也不会受到任何伤害了……

我就喜欢又有意境又疯狂、又成熟又带些小女子气的姑娘。我甚至想到了一个温暖的归宿,一个各种气氛都浓浓的小窝儿——

良宵美宴,万家灯火……

一张大大的书桌,墨绿色的台布,桌子上一大堆书……

我们各坐一边……

月光下的花园,格里格、卡夫卡什么的。

当然了,没有不散的筵席。

什么不会够? 痛苦会够,欢乐也他妈会够!

她逼着我干,像她那样干所谓"事业。"她说即使没有什么处女地,也要耕耘好自己的那一小块田园。真可惜她就是认识不到每个人在生活当中都会有自己的位置。只要你想干,在任何一个位置上都不能说不是在干某一种事业……况且在另外一个意义上说,和老Q一样,我也在从事"艺术"。我不是说我有时写点对别人来说不知所云,对自己来说不着边际的小说,我指的是我的工作。

当我把雪白的、浆得发硬的桌布铺上桌子,把大小不等的、锃亮的高脚杯摆成一排倒上各种颜色的酒等着客人来时,我总是会得意地欣赏酿酒的那帮哥们儿杰作——在雪白的桌布上,在华丽的大吊灯下,各种酒的颜色都是晶莹透明的。据说有个油画大师毕生追求这种色彩的效果,不过没来得及见到我的吊灯下的酒就死了。

我端着不锈钢的托盘在柔软的地毯上走来走去,一个光斑也就会在天花板上晃来晃去。这时的单间餐厅是那样安静,这个光斑好像是我的一个好伙伴,好像是为了不让我感到寂寞来和我窃窃私语的一样。在客人到来之前我会由衷地感到生活是高雅、华丽美好的。

当然了，没有不散的筵席。

客人就座以后甚至都不用拿起筷子，马上就会把我的"艺术"破坏殆尽，不像老Q从事的艺术，一两个小时的享受以后还他妈余音绕梁，令人三天想不起来吃肉什么的。

三

我真正喜欢的是我的工作，也就是说我喜欢在我谋生的那家饭店里紧紧张张地干活儿，我愿意让那帮来自世界各地的男男女女们盼咐我干这干那。由此我感觉到这世界还有点儿需要我，人们也还有点儿需要我，由此我感觉到自己或许还有点儿价值。同时我把自己交给别人觉得真是轻松，我不必想我该干什么，我不必决定什么。每周一天的休息对我来说会比工作还沉重，每当这一天到来之前，在下班的路上我都会作出种种设想：比如我将爬在阳台上数数马路上一小时能有多少辆车，都有哪几种；或者走到楼下，数数这栋楼房究竟有多少扇窗户，其中有多少是关闭着的什么的……不过每每都被老Q那高亢的进取精神破坏。她把我扔在她家里而独自前往，这倒也没什么，重要的是破坏了我的兴致，我怎么能像她要求的那样刻苦攻读什么，我怎么能像她那样抱着德彪西、威尔第什么的？

我走进公用电话间，下意识地拨了老G家的电话。她也曾是我的酒肉朋友，不过据说最近戒酒了，买了本陈琳什么的课本在家跟着电视机学ABC。

"喂喂！"对方还是没人来接，最好还是快点儿来接，让我来不及腻味，也许一转念我就把电话挂断了。

"Hello——"好！看来老G学得真棒！已经会用了。

"喂，我们一起吃饭吧！"

"嗯——"她拖长声音，又是他妈老一套，"我挺忙的，不过——"

"你忙个屁！"

"好吧，老狗！"

如果有什么让我厌恶，那一定是女人搽的那么一种东西，我反正说不上名来，就是搽在脸上像石灰，闻起来也像石灰的那种。她就是带着这种味儿来的。

　　我不吱声，可心里沮丧透了。

　　她吃起东西来，两腮就像塞进去两个鹅蛋，还用染成红颜色的小指甲剔牙。我忍无可忍了，尽管是她做东也不行。

　　"你真他妈讨厌透了。"

　　她怔了一下，站起来就走了，一副矫揉造作的步态，短发一甩一甩的，她八成觉得自己怪潇洒。在过去我们的多次交往中，一触及她不满意的什么，她总是拔腿就走，不管什么场合，留下我一个人，傻乎乎的，然后就像通常书上写的那样"悻悻"地也走了。

　　我想去找老讳。我喜欢老讳，他是我那短得可怜的大学生活中的唯一知己。说到老讳实在是无可奉告，这人属于碌碡压不出个屁来之类的人，我喜欢他那憋着偷咬谁一口就跑的狗一样的眼神。在那灰色的七层楼上，七〇七房间，我曾有幸和老讳睡上下铺。我失眠时来回翻身，心想他少不了为此吃苦，没想到连他的呼吸声都听不见。我怀疑他会得什么暴病死了，趴在床沿儿一看，月光下他两只眼睛放射着两条恶光，吓得我忙不迭用被子把头蒙住。

　　同宿舍当中只有他是真正"矜持"到底的。刚住在一起的时候，除去我，其余几个人都清高矜持得要命，好像对方是瘟疫一样，谁也不主动接近谁。可是没过几天互相又为了过于接近，比如谁用了谁的脸盆了，谁喝了谁打的水了，谁用了谁的刷子刷皮鞋了什么的争吵不休，只有老讳超然物外。

　　要说起老三届确实和我们不一样，我觉得我们刚好在两代人中间，是既有古人又有来者。老讳对我来说真是古人了。他饱经沧桑，什么黑龙江、广东、山西什么的……有一次他对我说他十岁以前看了大部分巴尔扎克，一个月记了一千个英语单词。我十岁时对外国的了解就是他妈的《海岸风雷》。他拿出他初一的课本给我看，那上面尽是些"庆历四年春，滕子京谪守巴陵郡……"什么的，我想起我初一时的课本上，尽是些批林批孔、儒法斗争！老讳给我讲起那时候的"老泡儿""茬架"，都是先互通姓名——颇有不斩无名将的阵势，一个只要承认"栽了"，另一个就会马上住手，于是两人一起喝酒。而我们"茬架"是大板儿砖块玩儿命往后脑勺上拍，拍完撒腿就跑。看来我们是不一样，只不过那些上了岁数的人看不出我们之间的差别，叫我们为一代人罢了。

有人说一个人幼年的经验能影响他整个的一生，老讳大概是幼年接受的全是好得不得了的经验，所以他的成绩在全系里总是名列前茅。

我奔向一条曲里拐弯但偏偏取名叫笔直胡同的地方，找到一个大杂院儿，一进院门就是一个套着胶皮管的水龙头，一个驼着背的老头用一条脏得说不出颜色的毛巾擦背，弄得水花四溅。小孩子们的哭闹、大人们亲昵的咒骂和一阵揪心扯肺的京胡组成了一部热热闹闹的大合唱。院子虽大，挤满了各式各样的小厨房，显得非常拥挤，一条环绕着这些小房子的小路到每户人家的门口分出一支。从院门口无论去哪家都要踏上这条迷宫似的小路，不时有个穿着裤衩、光着脊背、摇着偌大蒲扇的男人趿着鞋走过，或者一个最多穿件背心的妇女走到龙头前来倒脏水。花花绿绿的时髦衣服晾在铁丝上，衣服上的水滴滴答答地落进摆在地上的一排用旧尿盆什么的代用花盆里，一些连植物学家也未必能叫上名来的小花小草在旧尿盆里开得还挺茂盛……

我绕到老讳住的那间窗户上严严实实地糊满《参考消息》的房间门口，敲了敲门。

"谁呀？"一阵窸窸窣窣，我等了老半天，那扇不带玻璃的门终于开了。我大吃一惊：来开门的不是老讳，而是七〇七房间另一个叫"伪政权"的怪杰。我走进一看，一个小妞儿正襟危坐。

"老Q怎样？"他先发制人。

"还活着。"我大失所望。

"伪政权"也是我离开大学的一个重要原因，当时我过于偏激，羞于与这种人为伍。

"伪政权"在我们几个人中出身最好，据说他爷爷曾留着辫子留学德国什么的。一般要说起附庸什么大概就是附庸风雅，而他偏偏附庸流氓。据说他风流事儿不少，由此我想到现在一部分姑娘大概不喜欢小伙子的一身又黑又亮的腱子肉了，欣赏的却是两条麻秆似的杏熟打杏枣熟打枣的细腿……你要是有兴趣恭维他一句，他马上就会变得粗俗不堪并以此为荣。他左眼皮上有道疤，每天如果有八个小时洗漱时间，他一定会用七个半小时照镜子，余下的时间则"半缘修道半缘君"——一半用来梳头洗脸一半用来为这道疤静默惋惜，然后大步流星神采飞扬地去教室。据说有一天他大胆向一个女生表白心迹，对方委婉回绝，他死缠不放问为什么，那女生被逼得没办法了只好从实招来："什么也不为，就为你眼皮上的大金边！"于是他就被大家叫作"金边——傀儡政权"，因为叫起来顺口，大家又简称"伪政权"。

"他是写小说的。"他居然向屋里那个二十岁出头的小丫头这样介绍我。

"哦！是吗?"又是一个嗲声嗲气。还是老 G 好点儿，虽然涂脂抹粉，可不装模作样。

"我不是写小说的，我是饭馆儿的。"我一点儿也不想抬举"伪政权"，心里琢磨着老讳为什么会把房子借给他。

那小妞儿的表情开始起了些变化。"这是我老婆。""伪政权"指指她，我差点没呕出来。这小妞大概就是"现在时"小说里描写的那种"没有爱的痛苦"的荡妇什么的。

"你写爱情的?"小妞儿发出一声猫叫。

"我常写和老婆打架，写啃猪尾巴、吃驴蹄子什么的。"

她向上翻眼睛，故作意味深长地看着我，那股劲儿恨不能把长睫毛塞到我的眼睛里。

"下棋吧。"我对"伪政权"说，"我本来是来找老讳杀两盘儿。"

"老讳把房租给我了，每月三十五块。"

"哦！"我心里想老讳真是赚钱有术，"三十五块买一月风流，不贵。"

他把棋拿出来了，不过看得出来不大情愿。

我选择了黑色，我就喜欢这杀气腾腾的颜色。

"走吧。"我心里琢磨着这将是一场不按规则进行的比赛，因为我要杀得他忘了马应该走日，象应该走田。

"当头炮！"其他妈俗，就像"现在时"写的小说。

我把老将儿往上推了一步……

尽管吃掉他的子儿以前，我总是提醒他，让他缓棋，可他还是输了个一塌糊涂。他开始面红耳赤，硬要和我拼一拼，我也赢得腻味了，不想玩儿了。可是不让他在他老婆面前赢上一盘儿，我也难以脱身。

"晚上有俩哥们儿请我喝酒。"他拇指向上一挑，夸张地说。这姿势和语气再加上那据说是他爸爸出国去考察时带来的精致眼镜简直就是一幅漫画。这是一道不太巧妙的逐客令，我懂，不过我想装傻。

"请你喝汽水儿?"

"哪儿呀，喝酒!"真要命，这人缺点儿幽默感。

"我也去凑两杯吧!"

"那几个哥们儿你都不认识。"

"可能，不过酒我总能认识。"这一次他总算听懂了，脸上青一阵白一阵。我真想去见见他那哥们儿，不过因为心里毕竟还装着老Q，就告辞了。

四

我重新走到了大街上。东张张，西望望，看看商店橱窗，逛逛书店，才五点多钟，这钟点正是我无聊的高峰，如果不是休息也正是挤公共汽车的高峰。我只盼着今天快点儿过去，今天实在是让我讨厌。

于是我钻进一家小酒馆儿，买了一盘花生豆儿，打了半斤白酒，坐了下来。

一对小青年手拉着手在"嗞啦嗞啦"地吃面条，边吃边谈得热火朝天。

"你看过'车基斯基'的书吗?"一个甜丝丝的问话。

"怎么啦?"一个瓮声瓮气的回答。

"你就应该像那样爱我。"

"我他妈对你够可以的了，我借钱买了那么多东西给你，我妈差点没跟我玩儿命。"

我一阵心酸，把酒倒在烟缸里，扔进一个烟头，那大花瓷碗都没退回五毛钱押金就走出来了。

我走到音乐厅门口的台阶上坐下来，痴呆呆地看着行人。我琢磨着我是否属于没出息的那一类人，我想着我除了工作干活儿以外，还应该要点什么？向谁要？

老Q曾对我讲过她把人分成四类：

聪明的好人，聪明的坏人。

愚蠢的好人，愚蠢的坏人。

"你就是没有坚实的臂膀让女人来靠上疲倦的头。"有一天老Q曾用这句诗来和我开玩笑。

"我倒是希望能在一个女人的温存里休息上他一辈子。我除了头不疲倦，哪都不行了。"

"女人更疲倦。"老Q也许说对了，不过我不愿承认，她大概看出了我的心理活动，不知为什么归结到这样一句话，"你是聪明的坏人。"

老Q曾约我去看了场演出，为了这件和我们双方都风马牛不相及的事，按照她的归类法，我也给她归了类。

在剧场门口，我们看到一个穿着一身油腻腻的工作服的小伙子用高价买了张票后，拿胡萝卜般粗的脏手指头小心翼翼地抚了一下票面。唱歌的、跳舞的、演戏的我着实认识一大帮，经过筛选我就看老Q还像个好样儿的。这些人绝不会把这小伙子之类的人放在眼里，他们不过是从这类人手里巧取他们的血汗钱罢了。别看他们唱个歌跳个舞以后左鞠一个躬右行一个礼，好像观众席上坐的都是他们七八十岁的老爷爷，其实心里想的就是快点儿散场好让他们早点儿分红。据说有个什么演员在台上大吼"要不要吻我"什么的，这小伙子真该上去啃啃她那漂亮脸蛋，然后心里想着也没少吹口哨儿起哄，怪满足的，第二天接着去焊大铁门什么的。

那天就是这样一场"明星"荟萃的音乐会，乐队坐得像大碗喝酒、大秤分黄金的梁山泊好汉们的座次。我在最后一排发现一个像老Q的提琴手，居然拉得还真卖力，让我伤心。我把她指给老Q看，她黯然神伤，大概联想到了自己的命运……

今天晚上是场世界第一流的提琴演奏会，老Q会来的，她绝不会错过这个机会。

也许我真爱她，她也爱我？也许！

她来了，带着面包和泥肠，就像什么也没发生。

我实在不愿看一个提琴手在台上像拖地板似的拉来拽去，而且拽得满头大汗，不过我没敢说。

演出完了，我们走出音乐厅，我表示愿意让她挽着我，就像我们以前多次和好时那样，她故意不理我，嗔怪地说："你现在什么也不干。"

可我知道，她是想温柔点儿。

"我在写呀！"

"你写个屁！"

"你不懂。"我笑眯眯地把我写小说的绝招儿第一次告诉她，"我每天想起一点儿就写一点儿，没主题也不连贯；等写了一把纸头了，就把它们往起一串，嘿！就成了。这叫纸牌小说，跟生活一样，怎么看都成，就是不能解释。"

她笑了，我也兴高采烈地告诉她我看了一场助泄的电影，可我没敢说出于无聊去下了象棋，更没敢说起老Ｇ请我吃了晚饭……

五

看来老Ｑ不把我拉到那样一个水平上她绝不会罢休，她一定要把我变成一个和那些人一样的人。我是说——那些搞"事业"的人，那些穿着讲究、举止不俗、谈吐文雅或许还戴个眼镜什么的人。可无论怎样，那些人搞的任何东西我不是不懂，就是不喜欢，可以说凡是我懂的我都不喜欢……

我想起"现在时""伪政权"以及我们七〇七房间里其他几位做学问的人，当你问起他们为什么而学的时候，没有一个人能说出所以然，甚至都没有说为革命什么的。只有老讳除外，那天他终于露了一手儿给我。

"我玩儿命学，玩儿命干是为了让有更多的人了解我需要我。"这就是我喜欢老讳的原因所在，他不说就是不说，一说就是实话。其余几位每当我想起他们就不会为自己因"病"退学而感到半点儿懊悔。这些人在外面都是衣冠楚楚、一表人才，而"现在时"脱下油光可鉴的皮鞋，满宿舍的人都准备逃亡，因为他从不洗脚。

难道老Q真的希望我和他们一样？

"你的生活态度是向下的。"老Q曾这样对我说。这个结论我不敢苟同。我认为我看起来是在轻飘飘、慢吞吞地下坠，可我的灵魂中有一种什么东西升华了。生活中能让我振奋的东西很多，比如黄昏时分到郊区一片大山的山脚下眺望群山，猜谜似的想象着最远的、晚霞缭绕着的、太阳依傍着的那座山，山那边是什么？是海？是草原？是一片金黄色的杏园？……

山那边是什么？

有一天我问老Q，她作出了一个非常不诗意的回答："山那边还是山！"也许她说得对，但我不愿相信。山那边仍将让我振奋。虽然这个回答已经深深地印在我的脑子里了……"不过有山就总会有登山的人。"我说。

再如你为别人做了点儿什么，得到了别人由衷的感谢等等，都让我喜欢，令我振奋。

老Q为我写小说介绍了不少名人给我，大多是些名声大振的中年人。

"写小说一定要有个小圈子。"她说，"大家互相读读作品，进步会快些。"

"写小说怎样、怎样——"名人们的开场白各有千秋。

"嗯。"我通常不置可否。

"你今年多大了？"

"二十。"

"在哪儿工作啊？"

"在××饭店。"整个儿一个口述户口簿。

"是吗？"最精彩的时刻到了，于是那只有名人们才会有的浑浊无光的小斗鸡眼开始发光发亮，谈话到这阶段开始千篇一律。

"上次我们去吃饭，排队等了一上午，以后找你就方便多了。"

"下次我帮忙。"我他妈忍气吞声。

"师傅，我请了几个外国人，您能不能照顾一下？"

"外国人？火星人也他妈照样排队！"

我开始奔波在这些名人中间。按道理说我这样二十岁的年纪够老了，再加上十二年前就曾流浪各地，再也不应该为小小不然的什么翻船了。可有的时候想入非非的侥幸心理总是能战胜你，比如说你在一个十二月的三更时分流浪到了张家口，如果那正是一个寒风能把人撕成碎片的夜晚，如果你在等待，等待着一列驶向温暖的火车。你用手暖耳朵，再用呵气暖手，最后你捡了一根草绳子系在腰里，开始在站台上拼命跑。当你发现一切都无济于事时，这车就是不来，于是你说——唉！我敢打赌，那时你就是想不到火，想不到家里那张单人的钢丝床和那床棕黄色的毛毯。你只是侥幸地想到哭。你会想——哭吧！大哭一场也许风就会停了，车就会来了。于是你对着猪肝色的夜，咧开大嘴号啕一场。

"人没有对象就没有价值。"自从我少年时期读到费尔巴哈的这句话以来，我一直琢磨至今。小说——是不是我的对象。

六

老Q终于和我分手了。

自从那次和好以后，有一段时间里老Q对我不再那样苛求了。我们都尽量避免那些敏感的问题。我们相安无事。不过她提出了一些条件，例如不能干扰她练琴什么的。

为了适应我，也许她把一周的工作都压缩在三天之内了。因此一星期我们总有三四次见面，也许会出去玩玩喝点酒什么的。她要求我每次见面时都讲点什么给她听，比如我们分手前的最后一次见面我还给她讲了《伪币制造者》，讲了老斐奈尔怎样偷看母亲往日的情书，发现自己竟是私生子，于是愤然出走，给他继父留下一封恶毒的信等等。

我不愿知道我们为什么分手，但我知道。

那是一个星期三的中午，我接到她的电话。

"喂，告你一个好消息！"

"我有一段时间没什么好消息了。"

"有一个学校招生，专业挺适合你的——"

是不是战幕又拉开了？这次可是她开始的。

我抑制住气愤，稍稍沉默了一会儿，她在电话那边等着。

"我说——你离开我算了。真的！老Q，算了吧！"

沉默。

"还有事吗？我现在正忙。"

"晚上在老地方等我，你妈的！"她急了，恶毒地咒骂了一句，"啪"的一声挂断了电话。

下班后，我步履蹒跚地走向老地方——我们第一次见面的地方。我并不劳累，只是神情恍惚，脑子里各种五彩缤纷的念头交替出现，视而不见，听而不闻，怅怅然宛如在梦中。公共汽车拼命地鸣喇叭，自行车铃声响成一片。警察在十字路口的岗亭上团团乱转，人们背着、提着各式各样的包，吃着冰棍，看起来谁也不像我这样傻乎乎咧着嘴胡乱东张西望，脑子里空空如也。

五点来钟的太阳还是明晃晃的，我眯起眼睛看着站在对面电话亭边上等我的老Q，她穿了件无袖的连衣裙，两个肩膀圆滚滚的，煞是招我喜欢……

"你不要命了！"一辆大轿车在我身边不到两米的地方紧急刹车，刹车声真他妈难听。司机"砰"地关上车门，一个箭步跑到我面前，马上就有一帮人围观。

有的时候你就是说不清楚心里为什么愉快，有的时候你什么也不想只是一味地缅怀那些无时无地的印象，于是你就可能面带傻气十足地微笑。

"说你呢！听见没有？"

"说我？"

周围的人"哄"地笑开了。

"你他妈有毛病是不是？"

"对！我今天早晨从安定医院跳墙出来的，医生追了我七百里地……"我扒在他耳边说，神秘地看看四周。

司机疑惑地看看我，往后退了一步。警察跑来了，围观的人越来越多，我觉得很得意：老Q老Q，我正在这儿露脸呢，你怎么看不见？

我踮起脚向她微笑着招招手，这回你可要原谅我，不是有意迟到，而是身不由己。

人们的视线一起转向马路对面，老Q终于看见我了，她急忙跑过来，还不忘选择人行横道。风把她那棕色的连衣裙吹得紧裹在身上，我心爱的！

"这人缺心眼儿。"

"多危险哪！"

看热闹的人七嘴八舌，真他妈讨厌！据说日本人在大街上绝不围观，人们都忙忙叨叨的，怪不得他们都富得要命。

老Q上下打量我一番，发现我还完整，连忙向司机道歉。老Q真棒！举止不卑不亢恰到好处，司机一定是被她的气质慑服了，回到驾驶室用那五十多分贝的喇叭出气去了，于是人们作鸟兽散。

警察把我们带到交通岗亭，训斥了老Q一番，意思好像是说像我这样的人过马路一定要有人领着，老Q大概连连点头什么的。我只是回忆着刚才老Q跑来时那漂亮的、撩动我情思的步子，最后好像听到警察问我们是什么关系。

"我是她舅舅。"我赶快抢着回答，老Q吃惊地瞪了我一眼，拉着我走了。这回是她带着我，走在人行横道上。

过了马路后，老Q问我为什么是舅舅不是外甥，我也说不上来。接着她就一声不吭。

突然她呜咽了一声转身走进路边的小花园里。我走过来坐在她身边，拿出那套无聊的伎俩。

"你陪我去精神病院吧，我想去检查检查。"

她不说话。

"我去了那儿就太棒了，什么也不用负责。除了听见摇铃就去吃饭以外，整天可以憨不拉叽地用手摸着肚子晒太阳。"

"你他妈懒死了，你别这么胡说八道好不好？"她终于忍不住"扑哧"笑了。

唉！老Q！其实我们都是孩子，对！我们都是自然的孩子，无论是教授、部长什么的也都是。自然给他们阳光、空气、水，也同样给我。你何必强我所难？

"好啦。"我装作一本正经,"把你的计划告诉我吧!"

我不得不说,她又是向我宣战了。什么"要现实些"啦,"要有个自我中心"啦,"自我设计"什么的,难道我的这种和千百万人一样的普通生活继续下去的话真有灭顶之灾?于是,我答应去报名,去考试。不过恐怕整个是一个幻想……

七

几天后,我就坐在××学院的一个大教室里考试、考试……

我看着卷子上那些一道道琢磨不出有什么意义的题发呆,几年前考大学时的那种自信和竞技状态不知为什么丝毫也感觉不到了。

"什么是形象思维?"

奥赛罗迈着铜锤大花脸的台步来一段西皮二黄、高老太爷戴顶瓜皮小帽来个托举和祥林嫂的剪式变身跳就是,凡是具备如此创造性的思维活动都可以称作形象思维。

当然了,我不能这样答。什么是呢?我想到了主,我想如果这种时候他不伸出肥胖的、慈祥的手来拉我一把,那他一定是打算在我决定跳楼的那天拉住我,对吗?

他总是他妈帮倒忙!

那天和我一起来报名的那个蓝布小褂儿坐在前面不远的一张桌子上写得专心致志。他一定答得不错,便愿他知道什么是形象思维,但愿他什么都知道,都能写上答案。看起来他竞技状态不错,信心十足。我万分虔诚地希望他能考好,考上了,又多了一个万元户上大学的事例,虽然他未必能在这里学到多少东西……

我伏在课桌上打瞌睡,整个的夏天都昏昏欲睡,可我还在绞尽脑汁,为了爱情,为了不辜负老Q的厚望。

那天老Q陪我来报名,太阳明晃晃的,××学院的教学大楼真漂亮,绿油油的爬山虎一直爬上顶楼。

"你看,要是在这儿受几年系统教育,你会搞出名堂的。"看来老Q对我的价值深信不疑,可她不知道我的价值在大学里怎么也体现不出来。

报名处的两个老师坐在一扇开着的窗户前面，每人面前放着一杯茶。

"外地来的？"其中一个慢吞吞地呷了一口茶，然后客客气气地问那蓝布小褂儿。

"嗯哪。"他拘束地点点头。

蓝布小褂儿提着个上面拙劣地绣着几朵荷花的书包，不知出于哪个村姑之手，斜背着军用水壶，裤脚吊得老高，脚上蹬了双塑料凉鞋。

"刚下火车？"

"嗯哪！"

"大老远的，喝口水吧！"不知这位老师出于什么意图向另一位故作调皮地挤挤眼，一边用舞台上的表演动作不无夸张地指指保温桶。

老Q大概懂了这位的幽默，"你看，这就是你的竞争对手。"

"也许有个姑娘对他寄厚望，就像你对我一样。"我有点不愉快了。难道七〇七里的那些人之所以丑态百出，仅仅是为了把蓝布小褂儿比下去？难道老Q对我的喋喋不休仅仅是为了让我不至于"沦"为蓝布小褂儿这样的"下等人"？

我喜欢老讳……

轮到我了。

"你的学历证明呢？"

我哪有什么学历证明？不过什么也难不住老Q，她在报名期限的最后一天找来了，不过那证明上写的是高中，完全不顾我曾读过大学。

"请把书包放在椅子底下。只要你一弯腰，我们就认为你是在作弊。"监考老师很客气，这话说得像开玩笑。

这些老师们都客客气气，充分体现了他们的教养。

什么是辩证法？

我开始任意用钢笔在考卷上发表我的见解，那老师能欣赏我的卷子才他妈怪了。

不过开头总是千篇一律的。

辩证法是人们认识世界的一种方法……

辩证唯物主义认为……

也许是最后一天了，所以我第二次来报名的时候几乎没什么人。窗子里面坐的还是那两位，依旧是每人一杯茶。

我靠在大树上喘喘气，究竟是什么力量驱使我为了报名就跑了两趟！

窗子里面的两位显得有点儿无聊，一只苍蝇飞来飞去经过一番选择，终于落在其中一位的鼻子上，他居然懒得挥下手，而是伸出舌头去舔，像他妈牛一样。

另一个想出了一个绝妙办法消遣。他从一摞报名单里随意抽出一张，先端详了一阵儿，突然哈哈大笑起来，学着河南口音——学得真是惟妙惟肖，不愧艺术院校的——××年——××年，在河南×县××公社中学毕业。姓名×××。有何特长：俺写过四十万字的长篇小说。于是另一个也跟着大笑起来。

我大吃一惊！我感觉头晕目眩。这家伙会不会哪天出于无聊也会拿出我的报名单着实奚落一番?! 我那饱经辛酸的二十岁的一生会不会也让他看得一文不值？假如我考取了，他会不会道貌岸然地在课堂上给我大讲什么社会主义精神文明什么的？

老Q! 我只想做个普通人，一点儿也不想做个学者，现在就更不想了。我总该有选择自己生活道路和保持自己个性的权利吧！

那被嘲弄的人如果亲眼目睹了这一情景会作何感想？那河南×县××公社的小伙子，他大概不会多愁善感，但也许会一下子破坏了那个支持他千里迢迢来赶考的自我中心……

我终于把关于辩证法的这道题写出来了，我发挥得淋漓尽致。我想告诉你我怎么答的：对一个人应该辩证地看。比如一个教师是个彻头彻尾的浑蛋，他就喜欢给漂亮女生单独补课，他把农民、工人、当兵的都看成是下等人，可你就不能只说他是个浑蛋，而要辩证地看。

八

发榜后的一个雨天，我和老Q去拜访她的一个朋友。据说此人手眼通天，有点石成金的本领，三年级小学生的诗作，经她"润色"后也能发表拿稿费。我有一段时间曾经急等还清酒账，给她送去过我写的小说。

据我看此人撒谎是一把好手，口气恐怕大于才气几十倍。她企图把每个人都当作一张牌来打，可是打我这张牌对她来说也许扎手了点儿。要是我打她那张牌——怎么说呢？我打"敲三家儿"的话，她就是一张倒霉的草花三；我打"拱猪"的话，她就是一张砸锅的黑桃A。不过我很少玩扑克。

有的人撒谎是可以理解的。比如喊"狼来了"的孩子，一群光秃秃的大山，一群低头吃草的羊，够寂寞的，不妨寻寻开心。再加王二小给鬼子带路打八路什么的，结果把鬼子带到八路的包围圈里，也蛮对，为了革命利益。可一个三十来岁的女光棍还为虚荣撒谎？

纯粹为虚荣撒谎就他妈不大值得了，也许这是出于她的天性？不过三十来岁的女人大概应该有所收敛了。她曾自称是"被社会变得畸了形的人"。

我觉得她撒谎纯粹是因为自以为没有人比她更聪明，真是不可思议。比如她说今天摔了个跟头捡了七百块钱请你吃饭什么的，我就会毫不犹豫地点美尼姆斯餐厅。我还会装出一副羡慕不止的样子，就像江南刺史到了司空李绅家一样。

也许不能说她是个轻浮女人，她不过是习惯了在异性面前发嗲。幸好她还留小姑娘们喜欢的披肩发，所以发起嗲来只不过让人觉得有点儿毛骨悚然，还不至于一下把人吓死。

她长着一张狐狸脸，皮肤蜡黄。奇怪的是她还在屋子里挂些小画片儿啦、洋娃娃啦、高仓健的照片什么的，好像每天都在等着七个小矮人出现的奇迹。

我和老Q找到她家时她正叼着烟卷儿在一张纸片上乱画什么。手上、脖子上戴着一嘟噜廉价首饰。

"我来拿我写的小说。"老Q还在和她寒暄，我开门见山。

"噢！那篇《关于水、关于雨、关于雷的故事》是你写的吗？"她边说边在一个看起来像是放大白菜的筐里翻着，那筐里乱七八糟地放着书报和水果，还有没有打完的毛衣。

"我写的是恺撒和潘金莲的故事。"

"是吗！"她抬起头看看我，"我再找找看。"边翻边嘟嘟囔囔，不知嘟囔些什么，作出一副非常可爱的表情。

"你的小说写得不错，我给××看去了。"又是个名人。

她谈起名人来直呼其名而略其姓。还有一类是按名望大小分别称作×老或老×，好像这些人都是她大家族的成员。

"——哎，对了，你帮我买两条烟怎么样?"

"呸! 给你他妈买两条上吊绳儿。"

我一脚踹开门走出来。天黑了，我看着星星深深地吸了口气，然后再深深地吐出那一肚子大白菜味儿。

他妈的!

老Q追出来了。我们一起去吃晚饭。她一言不发，我想今天在我们之间一定会发生些什么。

我们默默地坐在××餐厅二楼临窗的一张桌子旁，窗帷半掩半开，很大的雨滴打在玻璃上慢慢地流下来，街道上的路灯半明半暗。老Q把脸挨近窗子，向外面凝视着。

她的表情莫测高深，手里轻轻转动着斟满浓郁香味儿的"味美思"的高脚杯。我注视着她，不知该说点什么。

老Q继续向外凝视着，我向她摇了摇酒瓶，她摆摆手，又继续看着窗外。我拿过她的酒杯想把它斟满，她猛地转过身一把抢过酒瓶，双手把着瓶颈把它往桌上狠狠一放，然后头垂在双手上，乌黑的头发像瀑布似的倾泻下来。我用脚碰碰她，她大梦初醒似的朝四周看看，又对着我安详地嫣然一笑。

"老Q，有一天我会让你为我自豪的。"

"现在我已经够自豪的了。"

我给她讲起了《伪币制造者》，讲起了老斐奈尔，虽然她也许根本没听……

从餐厅出来已经十点多了，我们踏着泥泞跟跟跄跄地走向车站。老Q沉默着，漠然地看着稀疏的街道。车来了，她跳上去比我高了一截儿，我看见她从车窗里探出身来，泪流满面……

我们分手了。

我累了，我想回家。我想起妈妈一定为了给我换一条干净床单把我床上乱七八糟的书都放回书架上。今天我还要从书架上把《伪币制造者》

拿下来继续读……

　　老Q，我还会给你写一篇故事。若干年后当你被分配到某个团去拉琴，去为香港什么地方来的末流歌星们伴奏，下班后顺便买五毛钱肉馅和几个胡萝卜回家的时候，而我还会和现在一样，心情总是莫名其妙地愉愉快快、恍恍惚惚，过马路时不会看看是否走在人行横道上……

《人民文学》1985年7期

继续操练

李　晓

一

"这么说，你就隐居在这个洞里？"

四眼在我身旁坐下，倨傲地打量着这间办公室，俩眼珠架在眼镜上方，像一只什么怪鸟。

我说是啊。他满脸通红，看来刚喝过酒，可能还嚼下两打蒜头。一开口，一股热腾腾的气直冲我脸而来，熏得我想喷饭。我忙点上支烟。

"都干些什么？"

热气又扑了上来。我摇摇头，往后一仰，喷出一口烟去，看那烟和热气纠成一团，好不热闹。

"什么也不干，黄鱼？"

"还没操练到这种水平，"我说，"竖起耳朵，到处转转，打听打听女明星的成功秘诀恋爱经过什么的，然后涂几页稿纸。四版记者嘛，还能干什么！"

他不顾浓浓烟雾凑过来。"只对女演员感兴趣？对教授呢？对蜚声四海的教授剽窃学生的研究成果，你们有没有胃口？"

我心里一动，可装着毫不在意。"嘿，四眼，我们这里是一本正经的报社，不来那些道听途说的丑闻。"

"怎么是道听途说呢，"他恼了，脸涨得更红，一对鸟眼直瞪着我，"坐在阁下面前的正是那个不幸的蒙难者，他受到惨无人道的迫害，却无处申冤。天哪，你瞎了狗眼枉为天……"

四眼是我的大学同学。有人说，我们俩都是华大中文系的尖子，想来那些家伙在整体上把我们七七级三班看成个橄榄核。不过我和四眼的感情确实不错，在一间寝室相安无事了四年，充分证明"物以类聚"只是句毫无根据的谎言。毕业的时候，不知是计算机短路，还是哪个开后门的弄巧成拙，我被分配到最为抢手的报社，四眼雄心未已，报考研究生，一发中的，被理论教研组的王教授收在门下。那以后我们见面少了，听说他现在红得发紫。

"得得得得得，别唱了，你又不攻戏剧史，"我打断他的兴头，"人都说那王教授把你当成了宠儿，准备为你和他宝贝女儿拉皮条什么的，怎么翁婿阋于墙啦？"

"宠倒是真宠，可惜宠过了头，把我的也当成他的了。"四眼气势汹汹地扫视一周，像要在这小办公室里寻仇似的，"我花了半年时间搞出一篇论文，你知道我写什么？《红楼梦》第六十三回怡红夜宴的座次排列，这是中国古典文学研究的哥德巴赫猜想哪！桃子被我摘下来了，可花了多大劲儿，一百六十个不眠之夜，字字看来都是血！"他话锋一转，"论文的内容我就不说了，反正说了黄鱼你也不懂。"

我笑了，四眼还没忘记我跟《红楼梦》的缘分。这部书可说是我四年大学的总结，入学第二天我去图书馆借下，到毕业前一夜才还。倒不是我没时间看，我常看，几乎每晚上都翻一页，特别是期中期末考试前夕，当我神经绷得乱跳时，它简直就成了我对付失眠的良药了。

"我把论文呈给王老头看，心想有老头推荐，准能在权威杂志上打头条。等文章发表时，你猜怎么样？"

"老头的大名排在你前头。"

"他的名字在前头不错，可我的名字连屁股后都没有！你明白吗！"

他大吼一声，把满口热气喷在我脸上。我摇晃一下，屏住呼吸，拍拍他的肩："明白了，老家伙独吞，连骨头都不吐。行，看我们同窗四年的交情，我要起草一篇檄文，让骆宾王的讨武曌比起来像卡西欧电子琴广告。放心吧，四眼老兄，咱们和他缠上了，非报这一箭之仇不可。"

二

部主任老马正闭目养神，听我说了四眼的事，沉思一会儿，抿了口茶，喉咙里响起阵嗞嗞的声音。我知道事情要坏，他准提那些陈年烂谷子老账，要不想个脱身之计，这大半天就算送给他了。

"四十年前，我在西南联大念书，当时教我新闻学的是美国新闻理论权威麦克林教授。他可是真正的权威。开学第一课，麦教授问我：'什么是新闻？'我茫然，不知从何说起。麦教授一笑说：'Very 简单，狗咬人不是新闻，人咬狗就是新闻。'你听听多精辟，多简洁，多深刻。可惜汝生也晚。"他翻出眼白，显然至今仍对麦教授的风范惊叹不已。抓住这时机，我打了个喷嚏，这一招我练了不少日子，能一连来五个。遗憾的是，只一个就让马头哑了。

"真对不起。"我手忙脚乱，抓起桌上的揩布想给他擦脸，被他一把推开。"出去！还待在这里干什么？"他怒目圆睁，"去写一篇报道。懂吗，学生抄教授不是新闻。记住，这回可别让对面的抢在你前头，要再出上个月那种事，你趁早打报告辞职回家卖瓜子去吧。"

马头说的对面，是指街对面的那家日报社。我们两家是市里仅有的大报，因此也就成了誓不两立的竞争对手。据说两家主编每天睁开眼来第一件事，就是研究对手的报纸，要是哪条消息对方该登没登而我们登了，发稿记者到月底准跑不掉一份好稿奖，要是我们该登没登而对手登了，那就该有谁倒霉，至少被上头提半年耳朵。其实这样的事也不常发生，头儿们打仗，小的们可没打算送死，能得好稿奖固然不错，但反过来就不是味道了，谁能保证不失手呢。想通了这层道理，我们这些跑消息的都和对面的同行签下和约，互通有无，荣辱与共。可怜主编主任们还不知道已成孤家寡人，兀自一个劲地擂战鼓。

和我跑同一条线的对手，是个刚出校门的小姑娘。从生意上说，我跟她言和并不上算，出得多，进得少，不过我还打着个小算盘，小姑娘长得甚合孤意，我正在她身上下工夫呢，舍得花本钱。上个月里，有个姓温的中提琴手自海外学成归来，在市里开独奏音乐会，这是分内的差，非去不可。小姑娘的座位跟我只隔着两三个人，一进剧场，我便勾起食指打个问号，问有什么内幕消息，她摇摇手说没有。大幕拉开，姓温的自报一番家门，拿起吃饭家伙。说来这小子确实有点才气，我从来没想到还有人能把音乐这东西操练得那么难听，邻居家办婚事，请来两个木匠日夜开工。相比之下，锯木头的声音都像是天籁。一曲未了，前后左右的人都低眉合目，仿佛喝过白日鼠白胜的药酒，一个个倒也。我坚持了一会儿，也昏昏地睡去。醒来时只见大伙都欣喜若狂，拼命鼓掌，那温兄在台上频频挥手致意，颇有些得胜回朝的味道。

要是将来能有个一男半女，我绝不让他继承父业。记者这一行，真不是人干的，受了一晚上的罪，别人回家睡安稳觉，你还得去报社搜索枯肠，吹捧那些心里想摔地上吐口痰再踢一脚的货色。每逢这种时候，我就开始怀疑系里分我来是不是存心捉弄我。有一回四眼来报社，我向他诉苦。"你从来没吃过药吗？"他说，"我可是天天吃。眼一闭，头一伸，咕嘟一口就下去了。好吧，传你个秘诀，教诗词的老师不是常提诗眼吗？做文章也有个眼，导语正文结论，再不失时机地插几句四字成语，以示文笔老辣，绝对没错。"他给我一本万宝全书，几百条如珠妙语，分别按形容音响、画面、文辞等等归类，说这是他从小学五年级起呕心沥血收集的。我想他是吹牛，多半偷了别人的二手货。可不管怎么说，这破本子算救了我的命，靠它我才蒙过了马头，让他觉得我肚子里还有些正经学问。每次用它，我都怀着一种极虔诚的感情，洗掉指甲缝里的污垢，按照四眼的使用说明，闭目点去。"你信手点，无论请出什么来，我都保你合用。不信你试试，能形容天边闷雷的，准能形容一百条牯牛发情乱叫。要是你准头太差，点错了分类，效果也许更好，内行看了会说你是高手，懂通感什么的。"他真还有些研究，你看，我给温兄点的是回肠荡气和余音绕梁。形容男低音、百灵鸟、琵琶、卖冰棒的吆喝、洒水车喇叭，哪怕放屁，这两句都合适。

第二天到办公室，看到玻璃板下压着马头的纸条，要我一到立刻去见他，后面拖着三个惊叹号。我抓过张对面的日报，才知被小姑娘坑了。不知她从哪里得来的灵感，竟说那温兄是晚唐温庭筠的三十九世孙，无怪其琴韵如此婉约委致云云。这样重要的消息居然不告诉我！正想着退路，马头打上门来，那眼神就像要吃了我似的。尽管我装出副最可怜巴巴的谦卑样，他还是把我弄去拆了一个月的群众来信。那一个月里，我想过的复仇手段，足以出一本基督山恩仇记新编，恐怕大仲马看了也得齿寒。

我们一鸡两吃怎么样，四眼老兄，你救你的赵，我围我的魏？我朝想象中的四眼眨眨眼，便向车站走去。

三

我在华大的南京路上荡过来荡过去，脚骨酸得像刚跑完一万米越野。从报社到这里，得换两部车，整整八十分钟的站桩功。一个足有二百斤的胖女人，把我的大腿当成靠背椅，心安理得地坐了五站。我没吭声，并非想着杀人，心地反倒善良起来，而是我屁股下也有把"沙发"，原想等那人叫唤，再把胖女人哄走，可他一直不开口。于是我跟"沙发"较起劲来，看尔忍耐到几时。一较五站路，便宜了胖太太。到华大，我们一块儿下车，再看那"沙发"，却是个精精瘦瘦的小个子中年人，满脸电车轨道，一副中度营养不良的样子，真没想到他耐力这么好，邓禄普投胎？进了校门，"沙发"往办公楼那边去，我直奔南京路。这南京路不过是条林荫道，只是地处要冲，为系办公室到教学楼的必经之地，各色人等都从这里粉墨登场。来来往往的人中，我看到好些中文系的老少，可都不是我要找的。胖女人的体重这时在我大腿小腿直到脚底板上完完全全显示出来了，想坐下歇歇，又找不到地方。校当局禁止在花前柳下置板凳。怕学生读了西厢红楼，在这儿风花雪月起来。

戴着校徽的大学生们，三三两两从我身边擦过，男的像刚会打鸣的小公鸡，女的像刚能下蛋的小母鸡，连眼角都不向我扫一下，多半以为我是谁找来修剪冬青树的临时工。一看这些狗男女，我心里就有气，妈妈的，想当初你爷爷在这里打天下时，你们还不知躲在哪个幼儿园里呢。难道那块小白牌真有那么大魔力，让人挂上就想翘屁股摇尾巴？我可没这方面的体会。刚进校时，我有次戴着校徽去食堂买饭，排在后面的两只小母鸡指着我脊梁叽叽喳喳，"看前面那个满脸胡须皱纹的老头，天哪，他还是个学生呢。"我回过头，向她们做了个斗鸡眼，亮出一口板牙，吓得小母鸡不敢吭声，可我的胃口也败了。四眼在一边火上浇油，"都到而立之年了，还学什么老天真。"我一怒之下，把小白牌丢进套鞋里。后来在校图书馆劳动，和那班一二十岁的职工混得挺熟。学校给他们的都是红校徽。他们不好意思戴，说人一看就知是冒牌货，都恳求我们给换个白的，也过过当小母鸡的瘾。我和四眼成全了他们，从此便挂起红牌招摇过市，让那些刚出幼儿园的懂礼貌的乖孩子冲咱们叫老师好，让近视眼老师以为课堂里有监听的同事，紧张得两手直抖，把嗓门提高了八度十六度。

等的人还没露面。我想这世界上大概没什么比等人更糟蹋人的了。记得外国作品课上讲过一出戏，《等待戈多》，四眼对之佩服得五体投地。那天我睡得正香，被他叫绝叫醒。"是不是地震了？咱们跳窗？"我问。"把心放口袋里，黄鱼，我在看《等待戈多》。""戈多是谁？""一个永远等不来的人。""谁等戈多？""一群不知戈多是谁的人。""那有什么好？""睡你的大觉去吧，"他说，"跟你说不清楚，你根本不懂。"好像他是戈多的小舅子似的。第二天我从四眼的臭袜子中间把那书找出来看了一遍，按说如果真有谁懂的话，那该是我。这几年来，我越来越觉得自己进中文系是误入歧途，每天听老师摇头晃脑地操练汉赋唐诗宋词元曲创造社太阳社的文艺主张，看左右前后的老头老太太小公鸡小母鸡摇头晃脑地发出会心的微笑，而自己却莫名其妙，那种滋味，换个神经脆弱些的小子早就自杀了。虽说我牺牲了自己成天陪别人上课，可所有的考试妈妈的又全对准了我。那一阵，我真感到自己是华大最不幸的人了。就那样，我以为这戏狗屁，己所不欲勿施于人嘛。四眼喜欢，可他生活里没一点能沾戈多的边，他的目的明确极了。一年级，当王教授的课还能吸引老家伙们提早二十分钟去抢座位时，他就哼着鼻子对我说："有什么了不起，给我几年时间，你看我把他宰了。"那豪气，我还以为是阿基米德说给我一个支点，列宁说给我一支布尔什维克的队伍呢。他计划是门门课得优，毕业后当两年研究生，再出国两年混个洋博士，然后回来发起总攻。迄今为止，他每一步都踏在拍子上。这样的人，他说他欣赏戈多！我不客气地劝他别那么缺德，不能抢走了旁人的出头机会，再去夺旁人的自娱方法。四眼大笑说："这回你总算有那么点feeling了。"什么话呢，还没出国就满嘴洋味。

我的戈多来了。远远的，太阳底下有一团东西闪亮，走近看，一个苍蝇停不住脚的油头，一副金丝边眼镜。我有点担心，两年没见，不知他的脾性变了没有。

"侯老师，你记得我吗？我是你的学生哪，我姓李，七七级三班的。你给我们上过一年的古代作品，还记得吗？"

"记得记得，小倪同学，很久没见了，你好。"他客气地躬了躬腰，我放心了，还是那个教书匠。

"毕业两年了吧，分配在哪儿工作？"

"市报社。"

"啊报社，很好很好。"他有些心不定，连连用皮鞋后跟刨泥地。我能理解。要跟一个几乎完全陌生的拦路者作亲切交谈，即使对他这么个好脾气来说，也不是件容易的事。有一会儿他使劲拧起眉毛，大概想和我说说班上其他同学，可很明显一时里找不到他们的名字，于是他换了个话题，说："近来在读些什么书？"

"《飞狐外传》。"我随口回答。

"啊非，非什么？"

"飞——嗯，是晚明金庸草堂的笔记小说，新近影印的。"

"啊，听说过，很好很好，"他又躬了躬腰，我陪他向系办公楼走，"很好。没想到，你现在还那么用功，小余同学。"

"小李，"我也躬了躬腰，"原先我是攻现代文学的，现在想来，还是应该趁年轻的时候，多钻一些扎实的学问。"

"是啊，是应该这样，"他由衷地表示赞赏，"你还没忘了母校和老师，很难得。古人曰'青青子衿，悠悠我心'，这很好，小黎同学。"

"木子李，"我知道他想用《诗经》来压我的晚明笔记，决定姑且让他一让，"一方面前来拜望老师，另一方面报社也要我来作些调查，学校的一位教授剽窃了学生的论文。"

"有这样的事？"他站住了，摘下气度不凡的金丝边眼镜，"是哪个系的？"

我看了看前后左右，压低嗓门说："就是我们系的。"

"真的?!"他也向前后左右望了一阵，用几乎听不见的声音说，"老李，能不能告诉我他是谁?"

我让侯兄叫了我三声老李，才满足了他的好奇心。说完我拔腿便走，把他丢在原地，激动得满面放光，浑身打战。要是我算得不错，我的调查可以到此为止了，从今天起，所有我想见的人，都会自己跑来找我的。

四

"要是你敏感些，要是除开你那身臭皮囊，对外界的事更关心些，要是你老娘怀你的时候多吃点鸡蛋和维生素，让你的破脑袋发育得饱满些，你也许会明白学校是怎么回事。"在接到研究生录取通知书那天，四眼对我说了这番慷慨激昂的话，"你看窗外那些小鸡，抖着一身羽毛，飞到东飞到西，神气活现，自以为学校是他们的。他们完全错了。在学校眼里，学生永远是来去匆匆的过客，只有教师，明确地说，只有主流派的教师才是真正的主人。因为，他们就是学校。"

"也许他们就是宇宙，就是联合国，那又怎么样?"

"燕雀安知鸿鹄之志。从踏进学校那天，我就下定决心，要成为他们中的一员。我曾对着中文系办公楼暗暗发誓，我要杀进去，扎下根。我们的目的一定要达到。我们的目的一定能够达到。我所以迟迟未动手，只为对中文系荣宁两府的实力，还没能做出一个清醒的判断。在刘老教授和柳老教授之间，我必须做一选择，选择谁呢?"

"警惕某些别有用心的人挑动群众斗群众!"

"荣宁二府源远流长。两位老掌门都是著作等身的权威，在学术界的声望地位不相上下。第一线的实力人物中，刘老的门生王、李教授分掌理论和现代文学二组，柳老的门生张、赵教授分掌古典文学和语言二组，形成割据之势。观其第三第四代，也各有一批后起之秀，旗鼓相当，即使进行足球比赛，恐也难卜胜负。是刘，还是柳，这是一个问题。"

"那位太太结实的肉体……"

"经过细致的分析推测，我发现一个不容忽视的信息。刘派弟子运用了崭新的比较文学研究方法，已经打入柳派传统的古典文学领域。此外，刘老早年就读于爱丁堡大学，这对实现鄙人自我设计的第三乐章也是有力之保证。因此，我毅然决定投身王老麾下。我相信，这是我一生中最重要的抉择，而且必将对华大中文系的前景产生极其深远的影响。"

四眼左手搁在窗台上，右手在空中胡乱比画。看那模样，他大概以为自己是美国总统候选人，正对着芸芸众生发表演说呢。他就有这种本领，一旦打定主意要唱，你即便在他耳边念妙法莲花经也无济于事。我煞了他三次风景，没挡住他，只能由着他牛皮哄哄。不过他哄哄里还有些真货色，系里那两派的钩心斗角，连我这从不踏教师家门的人都感觉到了。你这边扬李抑杜，他那儿非扬杜抑李不可，刘字号的下层弟子，如果对赵教授道声天气好，就可能被判决有叛变之嫌，反过来也一样。听说有过一个助教，因向对方的女研究生求爱，结果被自己人视为异己，被对手视作间谍。其实，跟定旗帜勇往直前倒也简单，只要铁了心，有耐心，又能确保比别人活得长，总有一天能爬到教授。苦了的还是那些与两边都不沾亲的外来户，系里大大小小的实惠，全被两老的门生、门生的门生、门生门生的门生占了，留给他们的只剩个自甘寂寞，还老被人怀疑成有夺权企图的野心家。像教我们古代作品的侯老师，在古典文学组向张教授靠拢了二十年，到如今仍是出朱非正色。话说回来，听双方将士在课堂上拿千百年前的文人骚客打现代战争，倒比干巴巴地背书有趣得多。

"我说完了，谢谢大家。"四眼微微一躬颇有风度。

"总统先生，能否请你就拜在老王门下一事发表些感想？"

"他完了。不知他是否意识到这点，从我考取的那一刻起，他就完了。请记住这个日子。今天，华大文学理论界的王时代已告结束，一个崭新的时代即将开始。"他看着光光墙壁，嘴边露出残忍的微笑。

寝室里只有我们两个。分配结束后，同学都作鸟兽散，本市的回市里的家，外地的回外地的家，还没走的也打起了铺盖卷，上街去进行最后一次扫荡。挂了四年的蚊帐一朝除下，寝室顿成了荒山秃岭，透出一股悲凉味。四眼的演说与这气氛倒也合拍，只是显得不像美国总统，而有些像风萧萧兮易水寒的壮士，不知那会唱小曲的荆轲口才如何。

那天上午，重感情的好孩子们端着从箱底挖出的纪念册，一间间寝室找人留言。册子第一页，多半还有几行歪歪扭扭的字，"好好学习天天向上某某题于小学六年级毕业时"。我穷于应对，四年里攒下的那些格言和貌似格言的陈词滥调一掏干净，最后把"螳螂捕蝉黄雀在后"之类的屁话都操练上了，也没管它是不是吉利。我临走的时候，四眼心血来潮，提议我们两个老家伙相互留条偈语。找了半天，寝室没张干净纸，我说不妨学"借东风"，写在手上也罢。于是两人各把左手伸到对方鼻子底下，右手执笔，在脸前的掌心里写起来。那姿势大约很怪，两个过路的小母鸡在窗外觑见，嘴张得老大合不拢，准以为这就叫同性恋什么的。写完再看，我和四眼都一笑，我给他留的是"趁火打劫，见好就收"，他给我的是"混字当头，立在其中"。

五

不出所料，从华大回来的第二天，我那间小办公室就门庭若市了，除了两老和四大组长以外，系里那些教过没教过认识不认识的老师都在我这里报了到。毕竟是知识分子，温文尔雅，亲顾草庐不说，还都不让我执弟子礼，非称兄道弟不可。在报社同仁心目中，我的地位大大提高了，马头悄悄把我拉进厕所，承认自己过去门缝里看人，没想到我在母校还是高才生，说得我差点想跟他来个大拥抱。

老实说，在华大四年，一千五百天，凑在一起都没有那么多教师和我面对面地操练过。他们有的要火上浇油，有的要釜底抽薪，人人都说拜托了。我真有些受宠若惊，不知如何是好。总算《红楼梦》里唯一读完的那章节给了我些灵感，我睁大眼，张大嘴，想象自己就是那大观园里的刘姥姥，口中只说三个字，嗯噢啊，以不变应万变，居然也让所有的人都尽兴而归。唯一遗憾的是，多半老师都没弄清得意门生姓甚名谁，有叫小倪的，有叫老俞的，看来不推广普通话的确不行。

第二天，又有人来找黎同志。我打开门，不由得一乐："嘿，你不就是那个'沙发'吗？"

"对不起？"他惊恐万分，脸上的电车轨道像是扳错了岔，都绞到一块儿去了，"你说我是什么？"

我忙安慰他："没什么没什么，我是说我们见过。不是吗？在电车里。"

没想到"沙发"也是咱们系的教师，照顾夫妻两地分居，从北大调过来的。那时我已经毕业了，所以没见到。我请他进屋坐下。可怜的外来户，在挤车来的时候，不知他是否又被人当成了沙发。

"我从这里路过。久仰大名，如雷贯耳，故来拜访。"他有些拘谨地说，"太好了，原来我们是故旧。在电车上见过？那电车可真挤，是吧？"嗯，我睁大眼，开始进入角色。"这几天，系里大家都在传颂你的名字，真是平地一声春雷起，打破了万马齐喑的气氛。"噢？"你不知道？真的不知道？哎呀，中文系现在就像元春省亲前的贾府，乱得不亦乐乎。刘柳两派之间大打出手，刘派内部相互指责，大有把庐山炸平之势。"啊！"真的，我一点都不夸张，空气紧张极了。王教授托病躲在家中，已经几天没来上班了。身为教授，理论组长，竟然剽窃自己学生的论文，无耻至极，无耻矣。连他师弟李教授都表示匪夷所思。"啊！"你还不知道吧，要是你来得再晚些，那王，可能已经坐到系主任的位置上了。"噢？"都内定了。这次系主任改选，柳派明摆着没份，候选人就这边的两位。听说王李虽同出一门，却也各不相让，只能请刘老钦定。刘老也不好说话呀，最后还是天地君亲师，长幼有序，选了王。"嗯。"现在王是不成了，非让贤给李教授不可。柳派那边原来闷声吃瘪，可眼下这里也出了一件丑闻，一比一，换发球，他们也要扬眉吐气啰。看来鹿死谁手尚不可预料。"噢？"怎么，你连那件丑事都没听说？啧啧啧，你总知道柳老的外甥，就是张教授的女婿，也就是赵教授的学生吧？他在咱们语言组。上个月，他从学校图书馆偷了一部《广韵》。"噢？"他把书塞进书包便走，没想到图书馆从西德进口了一套防盗装置，书里插有磁片，一到门口警铃就响。"啊！"门卫知道他的身份，存心给留着台阶，说话挺客气，'老师，你是不是忘了还书哪？'他断然否认。人家门卫又说，'你瞧老师，警铃都响了，这种科学东西，不像人，不会无中生有。你打开包看一下，要有，还回去不就得了。'他也真是，反倒提出抗议，说是污辱人格。"啊！！"门卫急了，把他带进办公室，一开包，他可就哑然失色啰。听说柳老气得吐血，从此一蹶不振。"啊!!!"这人太迂，你说是不是？现在又不是'窃书不为偷'的时代了，怎么能不相信科学呢，咱们中国人吃这个亏还没吃够吗！"

不知那防盗装置是几时进口的，反正我们读书时还没有。那会儿四眼想搞篇奇文投稿，去图书馆借谁知道什么版本的《红楼梦》。磨了半天，人家只答应让他当堂看。回到寝室，他发了通狠，说虽无时迁之能，但存蒋干之心。我便给他出了个计：两人一块儿去，他借书，我带个大包，然后他假装低血糖脑血栓什么的晕倒在地，趁别人慌忙抢救，我把书盗走。"这是一个完整的作战方案，参谋长，就这么决定了吧。"他愣了一会儿，问失手的话后果如何。"还用说，轻则大过重则开除。"于是他豁然开朗，"咱不做那破学问了。天下本无事，庸人自扰之。"后来王教授搬家，四眼硬拉我去新居粉刷墙壁，王老头为表鼓励，借了他一套那种本子。打开一看，盖着图书馆的红印，原来也是校产。

天黑了，"沙发"要走。我客气一句，留他吃晚饭，他谢绝，爱人孩子都在家等着呢。"很高兴认识你，真的很高兴。和你交谈一阵，觉得心情舒畅多了。"

"别客气，"我送他到门口，"没本的生意，想舒畅尽管来找我。顺便请教一下，刘柳二老是怎么成了对乌眼鸡的？"

"据说事出五十年前，当时他们对《尚书·盘庚》里的一个'之'字的释义起了分歧。刘老训是，柳老训适，先是人前人后地争辩，后又在书上报上论驳，一发而不可收。其实两老都没对，按目前公认的解释，那字是文言虚词，没有实义。"

"就那么点小事？"

"沙发"眉头一皱，电车轨又岔了道："说大不大，可说小也不小，比这更小的事都曾引起过战争。说到底，人类的历史不就是从夏娃听信蛇的挑唆，偷吃伊甸园的禁果开始的吗？你看那个'之'字，一点三曲，多像条蛇啊。"

"沙发"前脚走，四眼后脚就到，我想他们是商量好了要把我饿死。可是他那模样也够惨的，衣冠不整，眼睛里布满血丝，看来有些天没吃上好饭菜了。

我慢吞吞点起烟："不好办哪，事情有些麻烦。"

"怎么能麻烦呢，"四眼火了，"你这个混蛋，不和我商量就把消息张扬出去，弄得全校都知道我吃里爬外，把自己的导师卖了。现在你再不替我肃清流毒，让我怎么做人！"

"我没想到侯兄的嘴那么快。"我无精打采地说。

"姓侯的是中文系第一喇叭，远近闻名，谁不知道。你没想到？可你想到我这几天在学校是怎么过的吗？整天溜到东，溜到西，像躲动员插队落户似的，再这么下去，我还不如到少林寺出家呢。不行，无论如何你得给我把文章发出去，不好办也得办。"

"学校有人来报社反映，说事实有出入，是你同意把文章让老王署名的，你们师生两个是周瑜打黄盖，一个愿打，一个愿挨。"

"妈妈的，从哪儿钻出这么个诸葛亮！"四眼瞪起鸟眼，"怎么是周瑜打黄盖，明明鸠山请李玉和嘛。他说是请你赴宴，可你不去行吗！"

"老兄，你当然有你的道理，但问题不在这儿。马头说了，你和我们报社的关系应该像被告和辩护律师那样。你惹了事，我们替你出头，哪怕你杀过成百人上千人，咱也管不着，可是你得把底毫无保留地亮给我们，然后由我们去吹胡子瞪眼赌咒发誓，说你活脱是观世音转世，连杀鸡都不敢看，怎么可能把个大活人给宰了呢？懂吗？这叫互相信任，有信任才能合伙做生意。可你，刚上桌就留了一手，也太不上路了。为这事，马头臭骂了我一顿。"

四眼目瞪口呆，坐那儿像尊佛像。我把笑咽进肚子里，挤出一副苦脸。说真的，我还没看到他这么狼狈过，大学四年，他给人的印象永远是所向披靡，一帆风顺。我说人真是有运气，运上来想躲都躲不过。老四眼顺得简直有点邪门。比如说逃课，明明是他拉我，可后来倒霉的准是我不是他。我倒不是怪他老兄，那些课非逃不可，让三十岁的老家伙拍着巴掌听"排排坐吃果果"，凡智商不是零蛋的没一个受得了。事情怪就怪在这儿，哪怕全班有一半人不在课堂上，老师抽查点名总拿我试刀。于是辅导员回头就到，"你干吗去啦？怎么不上课哪？"我当然不能拉四眼挡箭，"我外婆的妈病了。""哦，你外婆有几个妈哪？去年不已经请过几天假，给她老人家送了终吗？"好家伙，记性那么好，干吗不去考博士研究生，胸无大志。后面的话就带着骨头了，"当然啰，缺课的也不是你一个，不过你也得分析分析哪，有的同学缺课归缺课，可考试却门门全优啊。你呢——"这不明明借着四眼打我嘛。实事求是，四眼功课的确不错，问题是他的态度不对头，我始终认为，对有些事情，人应该是不愿为而为之，比如排队买小菜、过马路走横道线等等，考试也是其中之一，"临事而惧"，孔夫子都这么说嘛。可四眼一见考试，就兴奋得直搓手，脸上冒出色眯眯的表情，好像桌上放的不是考卷，而是一盘炒虾仁什么的，这能说正常吗？我好心好意，劝他去医务室检查一下神经，反换来白眼。

看来老夫子的话也不可尽信。董仲舒曰："天亦有所分予，予之齿者去其角，傅其翼者两其足。"西人则有上帝造物公平之说。按理四眼在功名上得意，情场应当失意才是。狗屁，他一处得意，处处得意，走到哪里，都有一群小母鸡围着搔首弄姿。我自命相貌不俗，蚕眉蛹鼻、面如淡金，放在水浒时代，怎么也是条摞不落地的汉子。可惜人心不古，几年来居然就没一只小母鸡正眼看我。咽不下这口气，有一回我躲进帐子，窃听老四眼和小母鸡谈话，想偷师学艺，结果顿开茅塞。就是那一套，一群不知戈多是谁的人，一个永远等不来的人，feeling，再不就堆起惆怅的表情，望着窗外，轻轻吟咏，"记得那美好的瞬间，你出现在我的面前——"原来他把戈多操练来操练去，就为了点化情意哪。我恶从心头起，当场掀开帐子，果真就出现在他的面前。一时痛快，后果可想而知。我被赶出门外，而小母鸡看四眼的目光中多了一股柔情，我那风流潇洒的郎君，怎生消受得这市井匹夫的欺辱。呜呼，人们对母鸡无话可说。

"不管怎么说，黄鱼，你得帮帮忙，"四眼总算回过气来，"下星期我要作论文答辩，如果报上没声响，他们定以为我虚晃一枪，其实没人撑腰，准照着死里打我。你总不能忘了，在学校的时候，我帮过你多少次吧？"

我叹了口气，"放心，我不会忘的。"说实话，四眼可真没少帮我，我记不清准确次数，反正，要是没有他，也许我现在还趴在华大的课桌后面呢。每逢考试，我一筹莫展，四眼便让小母鸡把老师请到我们寝室来，连哄带骗地灌迷汤，等老师走时，考题可就全留下了。四眼再做出答案，让我分享成果，凭良心，他可从来没打过埋伏。此外，所有选修课的考查论文也都是四眼替我写的，他有满满一抽屉被刊物退回的文稿，我只需捞一把挑挑就行。他也不小气，"物尽其用"，得个优给那些势利眼编辑瞧瞧。可问题在于，每次帮忙前他都做足了戏。首先他要叫我苦苦哀求，而自己却翻起鸟眼看天花板，好像是古希腊的哲学家在思考电冰箱是什么玩意儿。等我话说尽了，他便开始唱，从我的智商、敏感、臭皮囊、破脑袋唱到我妈的鸡蛋和维生素。想怎么唱就怎么唱，我还不能争辩，不然他会再晾我一钟头，把我晾成肉干。唱完了，他才提条件，比如要我和他一块儿去给王老头粉刷墙壁，或是下次小母鸡来寝室我得自觉站到南京路去喝西北风等等。总之，每次等他答应帮忙时，我都差不多想操家伙问他要吃馄饨还是板刀面了。

我知道，四眼是真心想帮我，因为他和我一样，在这班上没别的朋友。可他每帮我一次，就毁了我一次，让我觉得自己是不齿于人类的狗屎堆。如果他知道这一点，我敢说，准和我一样大伤脑筋。

六

热闹过一阵，山门又冷落下来。我把檄文完成了，锁进抽屉里，没呈送马头，总觉得静得太早，群牛乱吼之后，该有声天边闷雷才是。果然，华大打来电话，中文系新当选的系主任李教授想和我聊聊，派来辆崭新的丰田接我。我想这可能就是我毕生事业的最高峰了，便用指甲刀在车座套上划了道口子，以表到此一游之意。

"你就是小李同学吧？"他还是那副样子，花白头发，挺直的腰杆，看上去绝不像已过六十。在他面前你会感到一种无形的压力，因为他随时都在显示自己是精神上的强者，可以宽容你的幼稚，也可以训斥你的无知，一切只凭他高兴。

"你是哪一届的？——等等，让我想想。嗯，七七级三班？"

"是的。"我敢肯定他翻过学生花名册之类的东西，幸亏我的档案不在学校里了。

"那么我还是你的老师呢，我教过你们班一年。"

"无论教过没教过，您都是我的老师，"我学着四眼的口气说，"不过我的确选修过您的课，'《创业史》与荷马史诗之比较'。"

"是啊。你们这批学生给我留下的印象很深，我还记得你交的考查论文呢，写得很有新意，很有见解，我曾想过推荐给学报发表。"

"您过奖，"我操练起天真无邪的笑容，"您是让我补考了，说要依着您的本意，连补考都不想给我及格。"

他不动声色："有这样的事？我怎么不记得了。不可能吧，我……"

别忙，我暗自说，想就这么溜了，没那么容易："您说执教几十年，从没见过一个学生像我这样蠢。您真看得起我，说华大要是出吉尼斯纪录大全的话，我可以算上一名了。"这门课，连四眼的字纸篓都没帮上我的忙，尽管四眼老兄也喜欢搞些稀奇古怪的题目，去打报纸杂志的冷门，但"《创业史》与荷马史诗之比较"，显然超出了他的想象力。"您还说，如果知道是谁把我收进华大的，一定给他配副三千度的近视眼镜。让您那么生气，为此，这些年来我于心一直大大地不安。"我模仿电影里的日本鬼子，向他深深一鞠躬。

"我真是那么说的？"他总算有点尴尬了，一个劲地理纹丝不乱的头发，"我真的是那么说？这太、太有点夸大其词了。"

我感到一种近于痛苦的快感，想笑又笑不出来，好像肚子里装的是硫酸，把横膈膜腐蚀得稀里哗啦。

李老头长叹一声，似乎在感慨往事如烟："我们都做过不当之事，对不对？也许以后还会做，可以自慰的是，我们做的一切都是为了工作，为了学问，为了中文系的荣誉。我听说你们报社要写一篇报道，批评系里的某一教授。这事我也知道了，我很震惊，很愤怒，很惭愧，我已经在全系大会上说了，对这种事决不姑息，不管他是谁，哪怕我的兄长也不行。对于报社，我们深表感谢，无论怎么批评，都是为了我们系的工作嘛。然而，既然是为了工作，我们则不妨斟酌仔细，如何批评效果最好？采用什么方式？选择什么时机？你说是不是！"

太是了，我心想。谁都要选择时机，四眼也要。过了这时机，对他便于事无补了。

"难哪，中文系的情况你不是不知道，老实说，在这种时刻谁愿意出来当这个主任！可怎么办呢？百废待举，工作总得有人做。所以我希望你们能给我一定的时间，让我打开局面。请注意！不是为我，是为了工作。我想，你也不会眼看中文系丢人现眼吧，你是我系的学生哪，你的论文——啊，啊，啊。"他在我打出喷嚏前把话岔开了，"你们马主任是西南联大的吧，和新闻系朱教授同过学，我已经请老朱把这个意思跟马主任谈了。"

糟糕，四眼老兄，他们结成了神圣同盟。

果然，回到报社，马头便来找我。

"小李，出于各方面的考虑，华大那事就不要再搞了。"

"不可惜吗，那可是人咬狗啊？"

"人咬狗又怎么样，"他颇不以为然，"从古至今，不都是人吃狗肉吗！"

我估计着华大在哪个方向，然后朝东北挥挥手。拜拜，老四眼，达达尼昂救不了你了，你得上断头台。我们都做过不当之事，对不对，你也做过。可以自慰的是，世上没有常胜将军，即便拿破仑不也有他的滑铁卢？安心地去吧，也许由于你成了殉道者，那些小母鸡会更崇拜你。说到底，你还是比我强。

七

四眼论文答辩那天，我早早赶到华大。答辩地点在教学楼的阶梯教室，门口拥着一大群人，想必都是为四眼舍身炸碉堡的事迹所感召，前来瞻仰英姿的，然而被两名身强力壮的青年教师拦在门外。我有李教授特许，才得以入内。

靠前的观众席都客满了，只得在最高处找个空位坐下。前后左右，都有些面熟陌生，看来无一不是学问中人，男的正襟危坐，面带肃杀之气，女士们口嚼话梅，不时交头接耳几句，掩饰不住内心的兴奋。讲台上放一张桌，桌后坐着主考，除四眼的指导老师王教授尚无颜见人外，系里的实力人物全到了场，侯兄和"沙发"战战兢兢地挤在桌两头，可见阵容之强大。我有些替四眼担心，今天他要做到从容就义，恐怕不太容易。

　　四眼进来，坐进讲台下为他准备的专座。坐定前，他向观众席看看，我以为他要找啦啦队，忙起身向他招手，可他没看见，或是看见了不加理睬。他神情泰然，旁若无人，这个亮相赢得在场女士们一声轻轻而拖长的"哦"，要是许我报道，我非给用上回肠荡气和余音绕梁两句。不过四眼这招可没骗过我，我太熟悉他了，一见那对鸟眼眨动的频率超过了三次每秒，就知道他血压准破二百大关。当然，不由他不慌，就算出我一千块钱，现在我也不愿意跟他交换位置。四眼以前对我说过，答辩只是个形式，其目的就是要使被考的顺利过关，请来的主考谁也不会找考生的麻烦。道理显而易见，打狗还得看主人呢，跟学生过不去不就是想在指导老师脸上抹黑吗？如果有哪方宣了战，好吧，来而不往非礼也，以后你自己的学生答辩，可别怪别人不客气。这有点像美苏两国限制核军备谈判，你要卡我的巡航导弹，我就否决你的逆火式轰炸机。主考们都是学问人，"幼吾幼以及人之幼"的圣训还懂，于是票一段京剧武打，"兀那贼子，端的可恶，呀呀呸，受你爷爷一刀！"看上去拳拳到肉，其实相隔甚远。老四眼怕是得不到这方便了，他现在是个没爹没娘的孤儿，比孤儿更惨。自己老师那边已经把他视作仇敌，可在仇敌那边他还是仇敌，谁都知道揍他不会坏了两家的默契，乐得通过他揭露对手的腐败无能。他真是个千年难逢的好靶子，练拳脚的准备在他身上练拳脚，显聪明的准备在他身上显聪明，出闷气的又要在他身上出闷气，还有喜欢热闹的，看白戏的，想哭想笑、想领略一种哀艳凄绝情调的，大家都来了，把这教室挤成个古罗马的斗兽场。我盘算，要公开拍卖的话，这门票不出五块大洋不到手。

　　一声惊堂木，答辩开始，主攻手是张教授和赵教授。看来四眼虽已背叛师门，可李教授倒还念着叔侄情分，不愿亲手了结他。头几个回合，四眼操练得不错，防守严密，还抽空回记冷拳，逼得教授倒退几步。观众席里，有人暗暗赞叹，有人公开咬牙，我则深深佩服起四眼来。大家都知道他要死，非死不可，主考知道，观众知道，我知道，他自己也知道，这场较量还没开始就已经结束了。要换了我，绝对溜之大吉，跑片未到，让他们白高兴一场。可他却来了，尽管脚骨颤得像吉他弦，仍然挺出没有肌肉的胸腔。就冲着他这般勇气，我得为他喝声彩。

渐渐地，四眼招架不住了。再坚固的工事，也难经轮番的地毯式轰炸呀。他反应开始迟钝，说话吞吞吐吐，语无伦次，奇怪的是，回答前还老望着李教授。我简直弄不懂，难道在这时刻他还指望李老头拉一把，他老娘到底吃过维生素吗！果然，李老头视若无睹，只顾理自己的头发，而靠边的侯兄和"沙发"却先后加入战阵，羞羞答答向四眼身上招呼起来。四眼左推右挡，无法抵抗，他垮了，完全垮了。场上一片欢腾，男士们哈哈大笑，女士们露出鄙夷之色，原来也是个草包，那么不经打。我不忍再看下去，这哪还是比赛啊，明明是屠杀。

主考们数到十，把惊堂木敲定。全场肃静。四眼站起，不向任何人看，走出门去。在他前面，人群唰地向两边分开，让出条道来，那景象好似摩西过红海。我想冲到他身边，但路被塞住了，大家都往前拥，争着看他的死相。我心里有点难过，他不该受到这般对待，毕竟是别人偷了他的论文，而不是他偷别人的。无论如何，他不该受到这样的对待，尽管他确实傲慢无礼，尽管他确实可恶可恨……

夜空劈起一道闪电，黑暗中的物体浮凸出轮廓，我突然明白了两件事。第一是我恨四眼，原来我一直在恨他。就像老烟枪把尼古丁一口口吞进肚，在肺叶里沉积成黑点一样。这些年来，我把对他的恨一滴滴积在心头，凝聚出一颗能醉倒大象的药丸。也许正因为如此，我才把消息捅给了侯喇叭。是的，我恨他，当班上所有人都以为黄鱼和四眼是焦孟不离的好朋友时，我却默默地、悠悠地、回肠荡气地恨着他。

第二件事，是我不再恨他了。我决心要爱他，爱他的小聪明，爱他的勇气，爱他的牛皮哄哄，也爱他的鸟眼和口臭，也许我本来就爱他。我不能让他就这么倒下，我得拔刀相助，哪怕自己两肋插刀。

我顺着南京路，去寝室找四眼，边走边考虑能做些什么。文章一定得发，不见报没法给老四眼平反。但马头那里是绝对通不过了，怎么办呢？也许……可以在对面动动脑筋？对，我高兴起来，让小姑娘替我去发。当然，不能说这是被马头枪毙了的，得设个圈套叫她钻，让她以为是我组织的重头稿，无意中漏了风，这样，她会不假思索，拼命抢前。等这报道见了日报，不仅四眼有救，我或许也能得件礼物。如果稿子受好评，我们主编准会内火上升，然后我击鼓喊冤，让马头挨四十军棍；如果稿子得罪了得罪不起的人，就活该小姑娘倒霉，罚她去坐冷凳，拆半年群众来信，让她知道背信弃义的人没有好下场。这主意真妙，是不是，四眼老兄？有时候破脑袋倒也是个金不换呢。

路旁有人抱着棵梧桐树，我走上去。

"嘿，四眼，你在这儿干什么？这是树，不是人哪。"

"滚开，臭黄鱼。我丢了脸，你心里高兴了吧！"

"我高兴什么，我正要去宿舍找你呢。"

"你还要干什么？想落井下石？要不是你和该死的李教授，我怎么会落到今天这地步！"他朝我啐了口唾沫，但中气不足，落在自己门襟上。

"这事跟李老儿有什么关系？"

"怎么没关系！"他拖着哭腔说，"王老头对我多好，他要当系主任。得发些有分量的文章服人，叫我把怡红夜宴让他，他保证给我出国名额。这叫君子协定。要不是李老儿把我灌醉，套出底细，又趁我不省人事，唆使我跟老王翻脸，说他一定给我撑腰，再怎么我也不会去找你这个混蛋。唉，你们姓李的，真把我害苦啰。"

"原来是这样。放心吧，咱们跟他缠上了。走，先回寝室商量商量。"我去拉他的手臂。他想打我。但胳膊软绵绵的，没三两力气。

"别碰我，臭黄鱼。我操你的妈。"

"好吧好吧，我们操他的妈。"我扶他走，他像条水蛇似的扭来扭去，迈起卓别林的步子。我说："别动，你看前面谁来了。这班从没挨过爹娘打骂的小母鸡，个个心像煤球，根本不理解男人也有哭哭啼啼的时候，咱可不能在她们面前认栽。嘿，挺起腰，让她们看看，我们是正宗男子汉，头顶开砖，背枕钉板，走起路来两卵蛋碰得叮当响。"

我知道我打中痛点了。他的膝盖里像是插进条铁棒，一下挺得直直。他趴在我肩上，呵呵地大笑傻笑，装着全无所谓的样子。只是等小母鸡走过，立刻又软瘫下来，把我当成了那棵梧桐树。

我看到了那间曾栖身四年的寝室。我们离开后，四眼仍然留在那里，没挪地方。从这点看，他老兄倒还有点恋旧。我忍不住想笑，那时，来找四眼的小母鸡都把这屋叫成狗窝。这话今天真应验了。被咬伤的小狗，拖着后腿，夹起尾巴，逃进自己的窝，一夜呜呜地哀鸣，舔着创口，第二天，又从那窝里探出头去，翻起嘴唇，亮出雪白的尖牙。

　　进门时，有个念头不知怎么钻进我脑袋。要是将来能有些小权，我一定要在这门上安块铭牌，铜的铁的大理石的三夹板的都行，上面写：四眼与黄鱼，曾操练于此，并于此再度携手，继续操练。

《上海文学》1986年7期

飘逝的花头巾

陈建功

一

秦江这个人很怪，虽然写了很多充满人情味儿的小说，在待人接物方面却缺少起码的人情味儿。最近，我采访过他两次，想写关于他的专访，都被拒绝了。上星期六晚上，在103路无轨电车上，临下车时我看见了他。喊他，他连理也没理，沉着脸，抓着扶手，冷冷地站在那里。是不是太狂了？不像。他那样子很憨厚，他的作品也很深沉、平易，绝非浅薄的人所为。究竟因为什么呢？

说来也巧，这次采访文学丛刊《碧云》主办的"优秀小说授奖大会"，竟和他安排在一个房间住。他的短篇《纤夫》以深远的题旨，粗犷淳朴的人物形象、大江出峡的笔势而获奖。可是他迟迟不到，直到授奖仪式开过了，他也没来。是因为所在的S大学学习确实紧张，还是因为害怕刺眼的镁光和接踵的采访？

晚上，他来了。瘦瘦的中等个儿，长方脸棱角分明，剑眉，眼窝微陷，鼻梁显得高且直，嘴唇绷成平直的一线，下颌微微上扬。和我前几天见他时一样：他满脸倦容，不时眨着干涩的眼睛。他朝我点点头一笑，这时仿佛也没有离开重重的心事。他坐到沙发上。

"你怎么才来？给编辑部赶稿子去了？"

"没有。"

"我看你很累的样子。"

"是吗？"他不否认，却也无心接过我的话题。

我们沉默了。

我很难忍受这种难堪的局面。我说："授奖仪式你没露面，真让大家扫兴。连马征远同志都来了，作了指示，还说想认识你。"

"哦。"他的眉头皱了一下，旋即说，"我来电话请假了。学校有事脱不开身。"

我说："征远同志临走嘱咐我，看见你时，领你去找他一趟，想和你谈谈。他说你很有希望。"

他不置可否。

熄灯以后，躺到床上，他忽然问我："你能不能找个借口，帮我推托一下？我……我最近还不想去见他。"

"为什么？"

又是沉默。

这真有点过分了。马征远同志是文艺界的领导，七十高龄了。而他，不过是个毛头小伙儿。他还是这么不近人情。

我说："我们初交，我对你的脾气还不太了解。可是，我觉得，从礼貌上来讲，总不能……"

"刺啦——"他划着了火柴，点上烟，默默抽了起来。过了很久，说："是啊，本来，我是想见他的。我也猜到他会来。可是……"

"怎么，你们……"话语中，我猜出他和征远同志之间似乎有什么微妙的关系。

"看来，我只好告诉你了，因为还得求你帮我挡挡驾。不过，你能为我保守一段时间的秘密吗？"他的话音里带着苦笑，"你是绝对想不到的，我是他的儿子。"

"什么……马征远同志不知道？他还不知道?!"

"干吗这么喊。你躺下好不好？他不知道。秦江是我的笔名。他只知道他的儿子马明在四川，在长江航道上当水手。他不知道我新近考上了大学，还写了小说。秦江就是我。"

"这是怎么回事？"

"其实很简单。我是个不争气的儿子。"他抽了一口烟，看了我一眼，缓缓把烟嘘出来，"你现在一定想象不出当年的我是个什么样子。七八年前，我和我的朋友们整天泡在'老莫'。你知道'老莫'吗?"

"老莫?"噢，想起来了——莫斯科餐厅，现在叫北京展览馆餐厅。"老莫"，是高干子女们通用的称呼。

"那时'老莫'刚刚重新开张，用的是银餐具。我们每吃一次都要偷回一把勺子或一把叉子——不是为了卖钱。这是吃了一次'老莫'的标志，和军功章一样值得炫耀……我们还常去'康乐'——过去在王府井，现在搬了——那里开菜单的一位姑娘特别漂亮。我们在那儿喝呀、闹呀，昏天黑地。我曾经拿一张十元的票子叫她给我再上一瓶汽水。她找给我一桌的毛票和硬币。我醉醺醺地把它们全扫到地下，叮叮当当四处乱滚。这还在我的朋友间传为美谈，据说是'拔了份了'……酒足饭饱了，躲到一个人的家去，聊大天——那会儿还不敢跳舞，也没录像看，只能聊大天，打牌，也骂'红都女皇'……每天半夜三更才回自己的家。

"……你不信? 其实，对我来说，势在必行。我从小在干部子女集中的寄宿学校里长大。我知道肩章领章上金杠金豆所代表的官阶，也熟知红旗、吉姆、奔驰、吉斯一直到伏尔加、巴别达。可我对人生道路上所应有的准备却一点儿也没有。生活的浪潮来了。一会儿我是'子承父业，理所当然'的'好汉''小将'，一会儿我是'黑帮崽子'。我随着爸爸的浮沉，得意，沮丧，酩酊大醉，咒天骂地，却从来也没有找到自己在生活中的位置。我不知道自己该去干点什么。爸爸也越来越啰唆了。可能是没官当了，找不着人训了? 他骂我是'寄生蟹'。早晨拧开我的房门: '喂，老奥，起来吧!'——后来我才明白，他这是骂我，说我是奥勃洛摩夫! 我反过来也讽刺他: '老布!'——这是'老布尔什维克'的简称。我说: '老布，你起得早! 读你那砖头厚的"马经"去吧，管蛋用!'把他气得直哆嗦……"

秦江哈哈笑起来。我也忍不住笑了。

"就这样，气得把你这个不肖之子轰走了?"

"不，我自己走的。"秦江止住了笑。少顷，他一边沉思着，一边缓缓地说，"你以为我对这样的生活很满意吗? 每天晚上，躺在床上，觉得脑子里是一片空白。碌碌无为，耗尽青春的恐怖像毒蛇一样缠着我。可是，我很快又睡着了。当太阳又晒屁股的时候，我又骑上'凤头'车，到那些红男绿女中间，又是狂饮、寻欢，用五颜六色的液体充塞空虚的肺腑。天知道我怎么一跺脚就离开了北京。也许是因为我家的'老布'没完没了的唠叨。也许是因为这么一件事：那次我忽然心血来潮，带几位朋友到胜利餐厅要了七十块钱的一桌——我在一九六七年去插队时，妈妈已经让人整死了，爸爸还在秦城蹲大狱，我只好到胜利餐厅的厨房，筹备第二天上火车的干粮，我在这里被人抓住，受了胯下之辱——这次是旧地重游，抖抖威风。当我们喝得酒酣耳热、杯盘狼藉的时候，我看见了那位老服务员，一个五十多岁的妇女。当年，在听了我这个'小偷'的申诉之后，是她站出来主张放我走，使我免受了棍棒之苦。我举起酒杯迎过去，半醒半醉地喊她'恩人'，招呼我的'弟兄们'过来'敬我的恩人一杯'。她推开了我，说根本不认识我们，又狠狠瞪了我一眼，头也没回就走了。她那厌恶的目光我一辈子也忘不了的——我想起了当年插队的时候，我也曾站在老农民们中间，用这种眼光瞪着那些醉醺醺地从大队部里出来的新贵。我害怕这目光……也许，是因为那是1976年底了，每个人都显示了自己在生活中的位置——舍身求法的，锲而不舍的，浑浑噩噩的，卑躬屈膝的……我呢，一个聪明的废物——过去没用，将来也没用！我忽然感到了一种被生活淘汰的恐慌……唉，反正一切都使我越来越陷入难以自拔的苦闷。终于，我决定离开北京了。离开那些'小三洋''大索尼'，离开那些数不清的家庭舞会——我离开北京时，这已经在我的朋友们中间流行了。探戈、伦巴、迪斯科、贴面舞，去他妈的吧！我们家的'老布'不相信我能去四川当工人，他以为我是在北京玩腻了，要不，就是闯了祸，颤颤巍巍地问我'为什么'。我说：'哎呀，你们什么事情都要问个为什么、为什么！我不为什么！我什么也不为！活着没劲了，想换个活法儿！'——就这样，我走了……"

夜风吹得楼外林木沙沙地响，把丝绣的窗帘也高高地膨起，给屋里送来丁香花的淡淡香气。

秦江忽然变得这么健谈，绘声绘色。前几次见他时那刻板、心事重重的神态仿佛不翼而飞了。说实在的，就他给我讲的这些，也已经可以写一篇绝妙的专访了——生活改造了人。几年以后，这位因为"活着没劲，换个活法儿"而离家的秦江，变成了一位"人类灵魂的工程师"，一个才华初露的青年作者回来了。他的爸爸却不知道自己称赞不已的有为青年，就是那个不肖的儿子……可是——

"我真替你庆幸，秦江。你走了那一步，才有了今天。可是，我不明白，你为什么不见你的爸爸呢？他会很高兴看到你的。"

也许，我的问话太唐突了，又刺痛了他的哪一根神经？他又沉默了。很久，他说："我是想看到他的。我还得意地想过，当我戴着S大学的校徽，突然出现在爸爸面前的时候，他会是副什么样子！我知道了《纤夫》得奖的消息，又想把和爸爸的见面放到授奖仪式上，更吓他一跳。可是，我想，我想还是以后再说吧，现在，我没这个心境了……"

"为什么？"

"为了一件别的事。"他的语调里好像添加了几分凄然。虽然这时看不清他的脸，但这声音使我想起那烦恼、疲惫的面容。

"到底怎么啦？"

"唉，"他叹了一口气，"就是这几天发生的事，可说来又话长。算了，睡吧睡吧！"

"我不困。你说说看。"

他不再理我。夜色中，只看得见他的床头处，烟蒂的红光一闪，一闪。

二

第二天，第三天。白天，是小组讨论；晚上，是采访的记者、约稿的编辑频频来访。他分不开身，熄灯以后好像也没了谈天的兴致。第四天，晚饭以后，我拉他到宾馆外面一座小小的街心花园散步。

"干吗这么老实，回去等着他们纠缠？！"

闲扯了许多别的事。暮霭悄然降临的时候，我们坐到花坛的水磨石台子上。

"我看你这些日子是有心事。到底发生了什么事？"

他笑了："还说别人纠缠。你也够难缠的。"

我说："算了算了，那就不聊这些，免得你痛苦。"

他没答话，过了一会儿，自语地说："憋在心里也难受。"

月亮在云片中穿行着。凉风习习。蟋蟀低唱。偶有往来汽车的前灯把一丛丛一簇簇的树影投到我们的身上。他从脚下抽起一根蟋蟀草，放到嘴里嚼着。

"说实在的，我真感谢文学，它使我把生活变成了一本教科书。要是以前，这种事也许会使我痛苦不已，甚至动摇，幻灭。可是现在，我只把它看成某种人生旅途的悲剧。它使我警醒，坚定。"

"你是说最近发生的那件事吗？"

"是的。"

"究竟是什么事？"

"又要扯远了。"他把咬在嘴里的草棍儿唾出来。

"我不是给你讲过了，一九七六年底的时候，我通过我的那些哥们儿的路子，到重庆当了船员。我不过是小时候玩过航模，又向往长江风光，就心血来潮，雄心勃勃地打算从这里正正经经地开始我人生的航行了。说出来不怕你笑话，唉，我的身上哪儿还剩下一点点人生航行所必需的坚韧？身上的筋骨早让威士忌、白兰地泡酥了！运算、画图，对着一盏孤灯熬夜？我哪受得了这个！我是习惯于在白晃晃的吊灯下狂跳通宵的。抱着味同嚼蜡的书本，冥思苦索？太不可思议了！我习惯于跷腿陷在沙发里，优哉游哉，听室内乐。且不说这些，连我那起码的工作都叫人烦透了：机器的运转声碾入神经，在这里熬十几天，熬到客轮从重庆到上海，再从上海返重庆。我干不了这苦差。唉，我知道自己已经被毁了。我不会干成任何一件事：我的日记开过好几次头，每次都下决心'写到一生的终结'，'记载我振奋起来奋斗的历程'。却从来也没有写下去。我下过决心学英语，买了书，也买了小半导体收音机，但只学了ABCD，我觉得这太渺茫，似乎不如日语'实惠'，因为日语里毕竟有许多'一看就懂'的汉字。可是，最后我还是半途而废……我开始回味我在北京时待的那个'小圈子'，回味'老莫''康乐'，回味'迪斯科'和'大三洋'，心想着不知他们现在时兴的看录像有些什么开眼的东西……我敢说，如果没有她突然闯进了我的生活，我会很快回到原来一起生活过的人们中间，继续那种餍足而又空虚、富足却又无聊的生活。可是，这时候，我见到了她……"

"她是谁？"

"她叫沈萍。我们是在船上认识的。"顿了顿，他忽然苦笑起来，"其实，算什么'认识'呢，不过是——我记住了她……那是三年前，早春的一天，哦，是二月二十六号，没错儿，因为我坚持到今天的这本日记是从那天开始的。那天早晨，我们的'红星215'号客轮在薄雾中起锚。你到重庆坐过江轮吗？那你一定尝过这个滋味儿了：薄雾非但不散，反且越来越浓，连升起的太阳也被淹没在里面，朦朦胧胧地散着灰白色的光。能见度这样低，船是不能起航的。客轮只好停在江心，无可奈何地等待着。机器停了，我走出机舱透气儿，看见四等舱外的甲板上站着一个姑娘。她不像别的旅客那样，把手掌遮在眼眉上看天呀、询问呀、咒骂呀，她不。她背靠着船舷的栏杆，娴静地看书。我真嫉妒她。她全神贯注，眼睛很亮，嘴角微微上翘，时时一颤，一颤，不知道书里有什么拨动着她的心。她很朴素，头发是并拢着梳在脑后的两根短辫，没有什么饰物。一身蓝色裤褂，只是从上衣领口里闪出了内衣的绣花领子，才可以看得出一个姑娘本能的追求。她身材修长、健美，眉清目秀，和那身朴素的装束配在一起，再加上她那读书的神态，不知为什么很吸引我……

"我那时已经二十五岁了。在北京，在我生活的那个圈子里，也认识不少女孩子，她们也追过我，可是我却一次恋爱也没谈过……"

"这次却一见钟情了？"

"不，还没有。我只是觉得她挺神秘，有股子让人嫉妒的傲气——不是我过去接触过的女孩子那种做作的傲气，而是……怎么说呢，也许，这不过是我的感觉而已，是她那捧着书本，如处无人之境的神态，使我感到她有一种凌然超人的精神优势。虽然平时我也能大谈奥斯特里茨和滑铁卢，让那些浅薄的姑娘投来傻子一样的目光，俨然我也成了拿破仑似的。可眼前这位姑娘却使我自惭形秽。但我又不服气。我认定她是装蒜、充大、附庸风雅……

"临近中午，雾散了。客轮全速行驶在坦阔的江面。太阳很晃眼，江面也粼粼闪光。她不再看书了，拿出一块天蓝色的尼龙头巾，把两角系在船舷的立柱上。江风很猛，头巾抖开了，啪啪地甩打着，那上面印着的两只火红的凤凰在飞舞。她揪住飘闪的一角，俯在栏杆上，凝视着烟雾未尽的远方。

"我交了班，到船员餐厅去吃早饭。路过她身后的时候，发现那系着头巾的扣子已经松了。我靠在她背后的舱门上，架着胳膊看了一会儿，忍不住说：'喂，别浪漫了，要刮到江里给龙王爷戴了！'她闻声回过头，赶忙把系头巾的扣子紧了紧，朝我投来感激的一瞥。嘿，她的眼眶里似乎还有泪花。我为这发现感到几分得意。'这干吗？联络暗号？和谁？'我是随口说的，没有什么深意，她的脸却红了，说：'我妈妈。'我惊讶了：'你妈妈？在哪儿？'她伸手向前方的江岸一指，说：'在那儿！'江岸那儿，翠竹掩映，炊烟袅袅。她的妈妈就在江边那所小学校里教书。那里也是她们的家。再过十几分钟，船就经过那里。她把花头巾系在这里，是要让妈妈看见，这旁边站的就是她。'嗬，生离死别一样悲壮！'我笑她。她却晃着脑袋说：'不是生离死别，可是……当然悲壮！'好家伙，真狂！

"她是搭船到武汉，打算换乘火车到北京上S大学中文系的。她是很了不起。不过是初中毕业的学历，却考了个全地区第一名。她很得意。当然，换上谁能不得意?!'你没参加高考吗？'她问我。'我？'我用棉丝擦着油污的双手，苦笑着摇头，又把那团棉丝扔到江里去了。'男子汉大丈夫，干吗那么屎?!'她盯着我，眼睛里闪着调皮的光。我翻了翻眼皮，有点撒赖似的说：'我认屎。'她咯咯笑起来：'该死！真的还是假的？真的?!跳江里去算啦！我就不认屎！不认屎，也不认命！我妈是右派——她说她不是！可爸爸把我们甩了，一个人"革命"去了！我妈从小就教我背：西伯拘而演周易，仲尼厄而著春秋……哼，推荐上大学，哪次也没我的份儿，现在怎么样！'她张开五指，一下一下地推着在脸颊前翻卷的花头巾，像是在欣赏着一面胜利的旗帜。

"我不知道你在年轻的时候有没有过这样的感觉：也许，和一个姑娘偶尔相遇，甚至一个眼神，一个微笑，都使你终生难以忘怀。她就是这样忽然充满了我的心间。你别误会。她给我留下的，不光是一种单纯的温馨、美好的回忆，不，不只是这些。那次对话以后，我再也没有勇气去见她。我只能时时从机房里探出头来，远远看着她在落日的余晖里，在猿猴的悲啸声中读书的身影：坐在一把椅子上，在栏杆上架起双脚，仰着头枕在靠背上，举着书，一动也不动。江水在下面奔涌。青山如削，拂面而过……关于她的奋斗，我不可能知道得更多。也许，在襁褓中她就开始和妈妈一起经历人生的沧桑了？可是现在，她多得意啊，多自豪啊！而我，不错，也受过四五年罪，现在还忘不了咒骂，可是除了咒骂，哦，还有除了对中西菜点的谙熟，我还能给自己留下什么值得自豪的东西?!

"我从这一天开始向自己宣战了。拼命，苦读。头悬梁，锥刺股。闻鸡起舞，朝天发誓……当然，谈何容易。如果没有她，我会像以前一样，把多少次奋斗计划变成灰烬。可是这一次我成功了。因为她那身姿、神态、话语，那飘动的花头巾，一直在我眼前闪，在我耳边响。我当时的誓言你听起来一定会笑——我下决心也要考上S大学中文系，我要去见她……我就是这样走上文学道路的。当然也因为过去就喜欢，但也许更因为她学的是文学。人生的道路就是这样充满了偶然性。可笑的是，我当时连她的名字都不知道呀！后来，渐渐地，才华、毅力、激情，这些我早已陌生的东西，似乎才不知不觉地回到了我的身上。苦读、写作、劳动；自然、社会、人……一切开始充满了魅力——我也不再需要她常常站到眼前督促我了。可是，我的眼前仍然离不开她的身影，这个向陷在生活泥潭里的我投来第一根绳子的姑娘——也许她根本没有想到这一点。可我的心底确确实实萌发了一种渴望。也许这就叫爱情？反正我期待着，有一天我也能自豪地站到她面前，在她惊异的目光中告诉她：'都是因为见到了你！'"

"嘟嘟——"一辆接一辆载重卡车轰隆隆驶过马路，打破了街心花园里的宁静。车上，钢条铁管咣当乱响，沉重的引擎声在夜空飘荡。倒霉！当一切喧嚣归于平静以后，秦江的声音也不再出现了。

我瞟了他一眼。他的脸膛遮在黑黝黝的树影里，嘴唇紧闭，只有眸子里闪着冷峻的光。

我似乎已经摸到他心中的伤痛了，叹了一口气，不无同情地对他说："我明白了。你是爱上她了。是不是这次你终于考上S大学中文系以后，见到她时，她已经……"

他没搭腔。

"嗨，天涯何处无芳草？想开点儿，慢慢你就会好的。"我劝他。

他摇摇头："你理解错了。"

"怎么?"

"真像你猜的,倒也没什么了。当然,我会痛苦,但我能想得开。可事情没这么简单。"

"到底怎么了呢?"

"在'红星'轮上见过的那位姑娘,也许……再也见不到了。"

"癌症?!"我惊叫起来。

他一怔。然后,嘴角露出一丝苦笑。他摇头。

三

"我一到S大学,就急着找她。我不知道姓名,也不好意思打听。我常常留意眼前走过的每一个女同学。我敢说,只要她一出现,我会立即认出她来。因为这两年里,她在我的梦中,在我的心里,出现的次数太多了……"

秦江和我走出街心花园,沿一盏一盏高压水银灯照耀下的人行道,走回宾馆。我们两个的身影,一会儿长长长,一会儿短短短,一会儿又长长长。他的声调依然是沉稳的,仿佛每一句都是从心灵深处缓缓流出的。

"那你到底见到她没有呢?"

"我见到她时,已经是到校二十多天以后了。系里召开庆祝国庆三十一周年的联欢会,全系同学聚在一起。先是表演节目,然后随便围成一个一个圆圈,击鼓传花。咚咚的鼓声很是扣人心弦,每个人拿到那朵纸花以后,都像触了电一样扔给下一个人。礼堂里一片欢声笑语。

"说实话,我哪有什么玩儿的兴致。我知道她就在这里,在这几百人中间。可是,她什么时候能站到我的面前啊。

"我的希望没有落空。终于有一次,旁边一个圈子里又响起一片欢呼。鼓声停了,人群里推搡出一个姑娘。这就是她!我一眼认出来了,是她!她的装束有些改变,穿着灰色夹银丝的西式上衣,端庄、大方。发式也已经不是短辫,蓬松地束成一把,甩在肩后。比轮船上见的她更显得有魅力了。难怪我难以从人群里一下子认出她来!她还是那么自信,落落大方，没有再跟旁边'耍赖'的女同学们费口舌，绷了绷微微上翘的嘴唇，走到圈子中央抽了签。按照签子上写的，她要在两分钟之内猜出一个刁钻古怪的谜语。她没有猜出来，只好又按照签子上写的惩罚办法，到一个彩色的竹篓里去摸一个'未来的爱人'。

"同学们又欢呼起来。不知这是谁设计的恶作剧，而又偏偏让她赶上了。不管从那竹篓里摸出的字条上写的是'中山狼'，还是'武大郎'，被罚的人都要向大家宣布这是自己'未来的爱人'。尽管这不过是一个玩笑，她还是咬起下唇，眼睛里闪着紧张的光，把手伸向竹篓里了。唉，想来真可笑，与其说她紧张，不如说我比她更紧张——虽然她不知道。我心中好像觉得，她伸手抓出的字条，冥冥中和我有什么关联——这一切，是在我刚刚认出她来的时候发生的呀！

"她摸出字条了。她打开看着。我的心不知为什么咚咚乱跳起来。那字条里写的究竟是什么？使得她的脸飞红了，并拢的脚跟向上一踮，像是要跳起来似的。她双手一拍，情不自禁地喊：'哎呀！真赚！'同学们都笑起来。有的高喊：'快念念！怎么这么激动？''一定非常非常如意！'她这才明白过来，红着脸，跺着脚喊：'我不是那意思！我才不是那意思呢！'……大家笑得更开心了。那字条终于被别的同学抢过来读了。那上面写着：'仪表堂堂，风度翩翩，年少有为，前途无量。'在同学们更猛烈的笑喊声中，那个读条的男同学还一本正经地走过去，伸手向她表示'衷心的祝贺'。她把右手甩到了身后，这又引起全场一片戏谑的笑……

"尽管她抽到了最好的一张字条，尽管这个玩笑给人家添了这么多快乐，我的心里却不知为什么有点不是滋味儿。联欢会散了，我没有像多少次梦想过的那样，突然走到她的面前。甚至当她拖着椅子，从我身边走过去的时候，我也没动声色。她的脸颊上，仍然泛着刚才兴奋的红晕。她也没认出我来。"

"为这，我暗自谴责自己不知多少次。我不理解自己为什么这么褊狭。褊狭到因为一场游戏而耿耿于怀。是因为爱情的自私，还是因为别的？几天后的一个傍晚，我终于到她的宿舍去了。'还认得我吗？'我站在她的面前。她好像正为什么伤心，眼角还有泪痕。她吃惊地打量着我，抱歉地摇头。我说：'嗬，找到了风度翩翩、前途无量的爱人，就把什么都忘了！'

她显然没心思和我开玩笑，垂下眼睑，说：'别闹。你到底是谁?'我说：
'一个险些跳到长江里去的认"尿"的水手。''是你?'她盯着我，接着，
是我已经见过的那样子：并拢的脚跟向上一踮，像是要跳起来似的。双手
一拍，笑着喊，'哎呀，我想起来了!'她把我让进屋，心情却很快又回到
了刚才的抑郁之中，强打出微笑，可又找不出什么有意思的话题。我盯着
她的眼睛，拿出船上初见时的口气，逗她说：'干吗? 又是生离死别? 和
谁? 这回不悲壮了? 你的花头巾呢?'她没有回答我，懒洋洋地坐在床上，
靠着被子垛。那上面就蒙着那块印着凤凰的花头巾。她心不在焉，凝视窗
外，外面，秋雨丝一样飘拂。我真希望她问我怎么也报考了这里，希望她
问问我这两年来经历的一切。可是，她的心思好像根本不在这里。沉默了
很久，最后，还是我开口了：'你……这两年过得还好吗?'她拿手指往床
上划着：'有什么好不好的，像我们这样的人，既不是名门之后，也没有
什么学术界的关系，再混一年，回到那个江边小镇，当个教书匠，心满意
足……'话，是冷冷的，最后还苦笑了一声，补充道，'比我妈妈那个教
书匠强一点。她教小学，我教中学……'我吃了一惊，忽然觉得她很陌
生。问她到底有什么不顺心，她抿了抿嘴唇，没有立刻回答我。可是，她
的眼睛里渐渐蒙上了一层委屈的泪水……

"嗨，其实，不过是因为她们班里的几位同学结伴秋游，没有叫上
她。也许，只是一个小小的疏漏，全班同学那么多，叫上谁或者不叫谁，
都是有可能的呀。可是，谁能体会得到一个边远小镇的姑娘进入堂皇学
府以后的敏感和悲哀? 她说她们几个人看不起她，就是! ——她既没听
过玛祖卡和波尔卡，也不知道德拉克洛瓦;她没有一个亲朋是什么名流、
学者，于是也就从来没来勇气去敲任何一位教授的家门。她说她们一定
嫌她'土'，因为她只能像傻子一样，在旁边听她们那些高雅、时髦的奇
谈，即便插上两句话，也多半充当了她们的笑料……她那么认真，激愤，
不平，不断从鼻腔里吐出斩钉截铁的'哼'声，是蔑视? 是不服气? 还
是'走着瞧'的挑战? 都有。这神态，和当年在船上向我诉说身世遭遇
时一模一样。可是，不知为什么，我的心里非但不再激起当年的情感，
反而升起了一种莫名其妙的怅惘和忧虑。好像我一直陶醉在金色的秋天
里，这时才突然发现，原来也有败叶和秋光一起生长。她讲的，即使都

是真的，又有什么可奇怪的呀！在我们的石榴湖畔，聚集了许许多多从荆天棘地里挺拔出来的云杉，自然也生长着不少从幸运的土地上萌发起的根苗。这里，有自命为'拼命委员会'的学习小组，有熄灯以后仍然躲在盥洗间里背单词的青年，也有时髦之士、风流人物等，有谙熟'终南捷径'，在出版部门、学术团体进行'穿梭外交'的'基辛格'们，这有什么可奇怪的呀！奇怪的倒是她，何至于对一次小小的秋游耿耿于怀，何至于因为一些浅薄的嘲笑而不安？噢，怪不得她桌上摆满了《肖邦》《贝多芬传》之类，刚才还以为她在攻艺术史，原来她是为了知道玛祖卡和波尔卡。原来她的心里，埋藏着一颗虚荣的种子……

"应该说，我对她的过去了解得还是那样少。我不知道，她在艰难时世中奋斗时，是靠自尊还是虚荣来点燃自己的热情。不管是怎样，都可以理解，可以理解。可是，难道我们永远只靠这些来挑起自己奋斗的大旗吗？

"是啊，我的失望就在这里。她梦寐以求的，只是让人刮目相看。我发现，她猛背莫奈、梵·高、马蒂斯和毕加索；她学会了不知是从喉咙还是鼻腔里不时地滚出一句'唔嗯？'截断别人的谈话。是首肯、认可，还是漫不经心、不以为然？鬼知道！反正这是现今最时髦的语气词——其实，也不知道是哪位从人家外国留学生那里批发来的。有一次，她兴致勃勃地告诉我，她总算打听到了她妈妈过去的一位学生在文学研究所工作，她要去拜访他，请他推荐稿子，引见名流。终于有一天中午，她又在路上遇到了我，得意扬扬地说，她把那些小看她的人给'镇'了——那些人拿着某学者的推荐信，去拜访文学研究所的高唐教授，万没想到遇上她正在客厅里和高先生谈笑风生，把那些人看傻了！这两天还接二连三地问：'你怎么和高先生这么熟?'……她眉飞色舞地向我描述。这次，她得到最大的满足了。她为自己'争了一口气'。也许，她那几位同学不敢再小看她了，她可以加入她们那一伙儿了。看着她那津津乐道的样子，我没有什么可说的，只有冷冷地打断她，说：'真值得祝贺。'我走了。

"那天，我在石榴湖边的长椅上待了一下午。早春的风沙打着旋儿，在身前身后飞舞。我的眼前却总是出现她——上大学以后见到的她和'红星215'轮船上那个霞光水色中读书的身影。也许，我没有什么力量干涉一个人的生活道路，我只能在心中最隐秘的地方熬煎着失望的痛苦。我想，难道她奋斗了半天，是要钻进那个小圈子里去吗？难道我奋斗了半天，也是要回到那个小圈子里去吗？那里，是断送一个人全部激情、毅力和才华的泥潭，我费了九牛二虎之力，才从那里挣扎出来的啊！哦，挣扎，想起了那次充满了力量和勇气的挣扎，眼前蓦然闪亮在暮色中的路灯，又蓦地使我心头发热——你为什么不快去找她？你怎么能不去找她……

"她正准备出门，说是有事。什么事？把头发一圈一圈裹上头顶，身上飘散出淡淡的檀香。中午我那句带有讽刺意味的话好像并没使她心存芥蒂，她的表情比以往更温柔，闪着眸子看我——但我已经预感到，这一切并不是因为我，而是因为她将赴的约会。她向我投来抱歉的笑，说她最近太忙。她说她猜到了我找她干什么。本来嘛，初入校门，她理应为'老朋友'引见一些名人。可惜太忙了。放心，她不会忘记的，不会的，更何况大家都同是来自巴山蜀地的'小人物'……我脸红了，一种受侮辱的感觉使我的脑血管突突跳。窗外，对面宿舍楼闪烁的灯光好像突然飞炸成无数碎片，劈头盖脸而来。我眯起眼睛，深深吸了一口气，过了好久，才能用稍稍冷静的声音告诉她，我不是为这个来的。她问我，那有什么别的事吗？我说：'没有。'我告辞了。

"那天正是三月二十号，那天晚上我们S大学发生的事你是知道的。咱们中国的男排在世界杯预选决赛中战胜了南朝鲜队，校园里一片欢腾。同学们欢呼着，敲盆打碗，不击烂不尽心头之快。'砰砰'的暖瓶炸裂声此伏彼起。几千人冲出宿舍楼，点起火炬，一把小号高奏着《义勇军进行曲》，大家喊着'团结起来，振兴中华'，围着石榴湖游行，欢庆通宵……走在这支队伍里，我流下了眼泪。我忽然发现，那么多同学，他们过去是奋斗者，现在仍然是奋斗者，不少人过去的奋斗，也许不过是因为对不平遭遇的反抗，可是现在，他们已经在振兴中华的激流中找到了新的奋斗支点。多么好啊，这里，多少慷慨悲歌之士，为国为民的精英……而沈萍，她在干什么？她会为这一切激动吗？会吗？我想起'植树节'那天，全系去京郊山区植树，她和我碰巧坐在一辆大轿车上。汽车沿着干涸的河床开进山区，间或可以看见山坡上几间石块垒成的小房，几个放羊的孩子，她忽然颇有感触地说：'人的命运真难捉摸。你说，要是落生在这个荒山野岭，过一辈子，多惨。'我瞟了她一眼，说：'你庆幸自己，是吗？'她微微点头，自言自语似的说：'当然，如果没有今天，糊里糊涂，也许就不会有什么痛苦了。可是现在想想，真有些后怕。'她说的，是真话。她不堪回首往事。她充满了摆脱命运的旋涡，进入了新生活、新天地的庆幸。她绝不会想想自己和这荒山、孤村、放羊娃之间还应该有什么关系。大概，生活中也还会有激起她不平，鼓舞她奋斗的东西，但绝不会是这些，绝不会。会是什么呢？可能只是一个白眼，可能只是一次冷遇……唉，奋斗者，不尽然那么伟大，不尽然，是吗？

"我连夜给她写了一封十几页的长信。我问她是不是感觉到了被人生的浊流裹挟去的危险。天下熙熙，皆为利来；天下攘攘，皆为利往。社会上浸漫着一股多么可悲的浊流啊。我诉说我的担心，担心她在背'名人辞典'、广交名流的浮华中毁了自己……当然，我很动感情。我向她吐露了那年红星轮相遇以后，从心底渐渐萌发的情感，我承认这是爱。我说，正是因为那难以磨灭的爱，才促使我向她倾诉我的担心和希望。

"……这件事办得这样不理智。我后来才听说，这时她已经有了男朋友了，清华大学的学生，某学者（恕我不讲姓名）的儿子——一切都应了'击鼓传花'得的预言：年少有为，前途无量。而我在她的眼里，不过是一个很平庸的人。更何况，我还讲了那么多不中听的话，傻瓜也不会写这样的情书的。

"以后，我们偶尔相遇时，还互相点点头，打一个简单的招呼，但我从别的同学那里听说，她给我下的结论是——嫉妒，假正经，还自作多情……"

秦江把双手抬到胸前，交叠十指掰着、按着，骨节发出"咔咔"的响声。他没有说下去，脸色很难看。一盏一盏水银灯下，我们的身影还是短短短，长长长。

"就完了？"

"唔，应该说是完了。"顿了顿，他又说，"可又像是没完。要不，我干吗还要管闲事，给自己招来痛苦？"

四

前面是通向宾馆转门的台阶。我们拾级而上。进了门，宽敞的会客大厅空无一人。我们在一条长沙发上坐下来。

"上星期六晚上，在无轨电车上，好像是你喊我。我没理你，是吗？"

我点头，一笑。

"就是因为那件事。我很烦躁。"

我说："我看得出来你心里有事。"

"我是到首都剧场看戏去了，在那儿碰到了一位朋友。哦，也是过去在'老莫'和'康乐'泡过的朋友。他爸爸是搞外事工作的。"

"他和沈萍有什么关系吗？"

"没有。他在外地，来北京出差的。可是在闲扯中，我很意外地听说他的妹妹———一个过去我也认识的女孩子——在谈恋爱，男方的爸爸就是某学者。我吃了一惊，追问了一句，原来那个男的，就是沈萍的男朋友。"

"真的?!"

"我当时也很惊讶，小心翼翼地问他，是不是知道那个男的和沈萍的事。他不屑一提地说：'我怎么会不知道！你们S大的一个四川妞儿，死缠着他。他告诉我妹妹：烦透她了！我寻思这小子也不安好心，耍耍人家呗……嗨，他当然追我妹妹。他想出国！他有几封教授的推荐信，想在麻省理工学院混上奖学金，他让我家老头子走走门子，给催催……'下面还说了些什么，我没听进去。我的脊梁上透过一股寒气。我只想着沈萍。又是浊流！社会的浊流！人生的浊流！而沈萍在这中间算得了什么呀！随波浮沉的一根小草。可悲的是她不知道这些。是的，她不知道。这两天，她不是得意地讲她的男朋友要出国了吗？唉，她又一次得意了，又一次准备挂起她的花头巾了。可是她想到没有，那挂着花头巾的航船正冲向礁石呀……

"回学校的电车上，我连买车票的话都懒得说，当然也没有兴趣回答你的招呼。我只是一遍一遍问自己：告诉她吗？告诉她吗？告诉她，她能相信吗？她不会又一次说你嫉妒、挑拨？再者，那位剧场偶遇的朋友，他说话的可信性有多少哇！缄口不言？这痛苦还不仅在良心上，而且在更隐秘的感情深处！我这时才发现，爱情，尤其是初恋的爱情，'野火烧不尽，春风吹又生。'虽然我得到了那样的回报，我的内心深处还是时时回味起那晨雾、远村、坦阔的江面、飘拂的头巾……更何况在现在！在现在！

"回到宿舍，已经熄灯了，默默地躺到床上。同屋的几位正喋喋不休地品评人物。某某交了个女朋友，是个'宝钗'式的人物啦，'好生生一个清白女子，竟入了国贼禄鬼之流'啦，谁谁如何'交游干谒'有道，正进行出国留学的'秘密外交'啦……我烦透了。浊流，四处漫延的浊流。一股什么火儿升起来，我怒吼了一声：'算了！睡吧！'把他们吓哑了。我呢，却一夜也没睡着。

"清晨起来，我决定把一切告诉她。猜疑、臭骂都可以，反正我尽自己的责任。

"吃早饭的时候，我看见她了。她就在那张桌子旁。我端着碗走过去，坐到她的身边。她很惊讶，疑惑地向我点点头。我默默吃了几口面条，说：'沈萍，你……你过得还好吗？'——天！这叫什么话，连我自己都怀疑这话里有什么'不良居心'了。'过得挺好。'她瞟了我一眼，目光里有猜忌，又有挑战。我说：'听说，他……你们那位，要出国留学了？'她说：'没有。去通过"托福"了，还要等护照。再过个把月吧。'她老练多了。得意、自豪，全隐藏在漫不经心里。'托福''护照'……知道吗？是最时髦的名词儿，说得越漫不经心，越时髦。我还能往下说什么呢？我知道，我要说的一切肯定会招来什么。我犹豫了，舌头打了卷儿。

"看来，我只能采取一个最愚蠢的行动了。如今想起来真是太可笑了，幸亏它没实现，那可能是我身上消失了多年的干部子弟气质的偶然再现吧。当时，我打听到了她那位男朋友的地址。我决定去找他谈一谈，问问他是不是真的在要这个来自小乡镇的姑娘。真的那样，我就要毫不客气地教训他一番，直到他认错为止……多浪漫，骑士一般！当时不知怎么就冒出了这个念头。几天以后的一个傍晚，我去了。

"他没在家。他的妈妈说他很忙。护照早就领到了，后天就要飞美洲了。这个消息更使我相信，沈萍的悲剧为期不远了——他这么快就要走了，看来沈萍并不知道哇。

"我在门口勾留了片刻，只好离开了他的家。走出楼门，忽然看见沈萍和一个小伙子远远携手而来。我闪到一旁。她穿着一件时新的银灰色绸料衬衫，丝带束着腰，衬出窈窕的身姿。近胯处的腰带结子随着她的走动而跳跃，飘洒、大方，已经看不出一个外省姑娘的丝毫痕迹。她一定自认为是幸福的，幸福的今天和幸福的明天。她绝不会想到等在自己前面的是什么！而我，只能用目光尾随着，看她跟着他走进了那黑森森的楼门。

"天黑了，楼房噼噼啪啪亮起一方一方灯光。几滴雨点飘下来，打在我身上。我没有离开，在楼前的马路上徘徊。

"三层，最东边那个窗户，乳白色的窗帘上映出两个巨大的身影。那就是他们。也许，现在就是他向她摊牌的时候。大概过不了多会儿，沈萍会流着泪冲下楼来，跌撞着走进微雨之中。天这么晚了，我留在这儿会有些用处。至少，我要远远跟在她的身后，和她一起坐上回学校的汽车，再远远跟在她的身后，目送她走进女生宿舍楼……可是，我又多么害怕看见她跑出来。哦，不，还是跑出来吧……

"十点钟了，窗帘上的身影还在动。一个身影——那是她，她在梳头。我凝神注视着。这姿态我是熟悉的。三年前，在'红星215'轮上，曙色初开，船过神女峰。她站在船舷，仰脸望峰。江风吹起她的秀发，她的右手也拿着一把梳子，顺着风势，一下，两下……那亭亭玉立的身姿，使站在机房门口的我凝视很久。可是，现在……突然，我的心猛地紧缩了一下，又咚咚急跳起来，因为我看见那个窗户里的灯一下熄了。'啪啪啪啪'，我踏着马路上耀眼的水窝，几步冲到最东边一个门，嗵嗵地向楼上跑去……

"我还是理智的。我跑到二层时收住了脚步。我问自己：'我去干什么？'我退下楼来了，走出楼门，闭上眼睛，仰脸让雨水打了一会儿，然后，顺着昏黄的路灯照耀下的斑驳的路，慢慢地走了。走了几十步，我又回来，默对着那黑黝黝的窗门。我感到心酸，为沈萍，为她妈妈，也为我自己。但愿我在首都剧场听到的那一席话，全是胡扯、谎话、胡说八道！但愿如此。可是，即便如此，沈萍就幸福了吗？一年以后呢，两年以后呢，她会感到永远幸福吗？……我又想，说不定沈萍完了，为她在人生道路上的浅薄付出了牺牲。可也许，值得庆幸的是，这又使她回到我们中间，重新思索一下生活……如果真能那样，我将把今天晚上所见到的一切永远埋在心底，永远，可能的话，我还会对她说，我仍然爱着她……"

秦江不再讲了，仰头靠在沙发靠背上，闭上眼睛，好像在努力平息情感的波涛。他又深深吸了一口烟，向眼前缭绕的烟雾使劲儿吹去。结果呢，更多的烟雾在我们的身边飘游。

"后来呢，沈萍怎么样了？"

"不知道。这是前天才发生的事。"

我重重叹了一口气。

他瞥了我一眼，用手把面前的烟雾撩开："你叹什么气？我不是说啦，这是某种人生旅途的悲剧，它只能使我们警醒，思考，坚定。"

"是这样的。"我点头，"……可是，你还没有告诉我，这件事和你不见你的爸爸有什么关系？"

"哦，"他笑了，"我险些忘了。"沉吟了一下，他说，"也许，首先是因为我没有这个心情了。戴着S大学的校徽，拿着获奖证书，突然出现在我爸爸面前——得意吗？得意。可好像又觉得挺没意思。我想起了'红星215'轮上那块花头巾。人生的道路还长，我为自己设计的这种得意场面感到羞愧。其次呢，我不知你预感到没有，人们一旦知道秦江是谁，会给我特殊的恩宠，不少老朋友们又会拉我去做'老莫''康乐'的常客。我不知道自己是不是已经有毅力经受这些了。说真的，这都要感谢沈萍。她使我想了许多问题——关于奋斗者，关于人生。"

"那你就永远不去见你父亲了？"也许是职业的习惯，失去这戏剧性的场面，我毕竟有些遗憾。

秦江又笑了："你何必过于执着？等心情好了，我随时都可能回家去看他。不过对你没什么意义。那只是一个儿子回家看看父亲，并没有什么新闻价值。"

我们一起等电梯的时候，我问他："你为什么不把这件事写成一篇作品？我觉得，这件事里倒有不少深意。"

"怎么写？都是同学，又还都在学校，写出来不是惹麻烦嘛！"他摇头，忽然看了我一眼，笑笑说，"你感兴趣，你写。"

我说："真的？"

"谁写不一样！我又没登记'专利'。"他沉思片刻，又说，"再说，我要向沈萍讲的，也许只有这一条途径才能表达了。而这只有由你来说才合适……"

噢，我理解了他的意思。

于是，我就按照他讲的，只是把人名、地名变了一下，写成了这篇权当小说的报告。

《北京文学》1986年3期

你不可改变我

刘西鸿

朋友给我介绍令凯时说:"她是个古怪的女孩。"

还说:"是她主动要认识你的。每见到你时,她就指着你的背脊说:我要认识她,你要给她介绍我。"

我笑。朋友是个木讷的人,遇到不正常的情况就表现出无奈的样子。我问:"为什么?为什么偏要认识我?"人之患在好为人师。我不敢。我自问也不是欢欢姐姐、知心朋友、开心果剧场之类。我没本事教育未成年少女。

不过我又说:"可以聊聊天。约个时间吧。"

令凯比约定的时间早到一个小时,非常离谱。

我从床上翻起,卷着毯子去开门。

门口立着一个十六岁的少女。

是张典型的广东人的脸。鼻子、唇的线条分明,颧骨、额的轮廓清晰。嘴生得特别雅致,鼓励别人对她动情。

我让了她进屋。她挑了我最好的一张椅子跷腿坐下。我看着她。她不属于鹤立鸡群、万绿丛中一点红那种,但非常受看。她的皮肤令人想起雷诺阿画中的妇女儿童,只是头发剃得这么短,几乎见青。我皱皱眉。

"食咗早餐未啊?"我用广东话问她。

"饮咗杯奶。"

"饮杯添啦。"

"唔嘞。"

我把她留在屋里翻翻画报，就到厨房张罗自己那份早餐。

出来时，叫我颇感意外。她把我的剪报拆得乱七八糟；拉出我的抽屉，拔开我六色唇膏的盖，咋呼嚷道："哦，你也是喜欢本色的啊。"

我苦笑，坐下。

她举起一盒烟："你抽烟?"

我摇摇头："朋友留下的。"

"男朋友?"

"男朋友。"

"哦哦。"令凯若有所解。又问，"他叫什么?"

"亦东。你认识?"

她摇头。又问："他姓什么?"

我没好气："你是不是查户口?"

她执拗地问："他姓什么?"

"他姓刘，刘亦东。老天。"

"哟，"令凯一脸怪相，"你们同姓。你们是同姓! 你知不知道近亲不能结婚?"

我啼笑皆非："怎么见得我们是近亲?"

"怎么见得你们不是近亲?"

"我的社会关系不复杂。所有亲戚我都叫得出名来。"

"怎么见得你们不是失散的兄妹?"

"小妹妹，我出生在五三年。那时新生活刚开始，人人欢天喜地，家家和睦温馨，大众相亲相爱，政府还鼓励多生，女人争做英雄母亲，绝没有溺婴弃婴事件发生。"

我伸手拍拍她脸蛋："再说，我们只是朋友，怎么见得我一定会跟他结婚? 好了吧?"

她不作声。良久，抖出盒中的一支烟，啪地点着火，熟稔地吐出一口白烟。

非常快的速度。我惊骇。"你抽烟? 你怎么能?"

"你信有爱情这样东西?"她问，很老到的样子。

"令凯，"我端正起脸色，"我非常欢迎你来找我。非常欢喜你的自来熟，可是你至少应问问我这屋子允不允许抽烟。"

她马上就摁灭了烟头。"你有男朋友，你真相信有爱情这样东西？"

我一点不迟疑，答："我相信有。"

"好奇怪。上了年纪的人都不信。我妈就不信。"

她把我和妈妈辈相提并论，我气结。"你妈？你妈七老八十还信什么爱情？"我说，"爱情是年轻人的事。像你这么年轻，爱情起来就特别香浓。"我笑。

"可是我就不信有。"

我说："爱情像肥皂泡，吹出来时五光十色满天飞。真实地存在着，满天飞。泡灭时才什么都没有了。你就不信。你妈之流傻就傻在不信曾经有现在无的东西。她们明白肥皂泡的道理就好了。"

我说："我在吹肥皂泡，吹很久了。所以我信有。"

"满天飞？"

"满天飞。"我笑笑，"以后泡灭时，我不会怪任何人，只怪自己不会吹了。你为什么问这个？不好。"

她饶有兴致地看着我，很仔细地，似乎是在想什么。

"我像你这么大时，是很本分地念书，晚上去同学家也要向父母请假，说九点钟返绝不敢拖到九点一刻。"我说，"不像你这一辈。上学骑单车，戴手表，还涂口红烫头发。"

"这有什么，我又不干坏事，"令凯说，"你不要太拘谨于形式嘛。"

岂有此理。"拘谨形式？你知道什么叫形式？同姓不能结婚？"

我们大笑。

"你气质很特别。我喜欢你。"笑完，令凯说。

我闭着嘴笑。真是岂有此理，我让十六岁的孩子装模作样来评价。

"你连笑不露齿也做得到。真好。"她说。

我笑出声，全露了齿。

"我是不是什么都问，很讨厌？"她笑着说，样子纯情。

"不讨厌。我知道你读《十万个为什么》长大。我不讨厌你。令凯，少而好学，如日出之阳。"

送她出门口，我立住脚。她说："送我到楼下吧。"

我说："我从来送客不送到楼下。你常来。"

她有点失望："你太拘谨于形式了。"

"不是拘谨形式。你看我穿什么衣服？我不能穿着睡衣到处乱跑。我是个文明人。"

她别转脸甩了甩脑袋，对我无可救药的样子："哎，你还不明白，你这就是拘谨形式了嘛。"

我捏着她的手，干爽又温暖的小手，感到非常舒服："我也喜欢你。常来。"

她答应："唔。"又说，"你对我有什么要求？你应该明白向我提。"

我想想，说："你要做好功课。你如果是个聪明人就要好好读书。还有，把头发留长。不要不男不女。我个人比较喜欢梳长直发的少女。"

她瞪着眼睛点头。

"还有不要抽烟。"我忽然觉得有理由向她提许多要求，我实在喜欢上她了，甚至希望成为她法律上的监护人代理人之类。"我不准你抽烟……"

她轻声打断我："我不上瘾。偶尔抽支。烟又能稳定情绪。"

"我不管，总之我不准。"我坚决地说，"你抽烟的模样是副很坏的派头。况且，全世界的无线电都有这一句：吸烟危害健康！"

星期六下午临下班前，令凯的电话打到我医院。

我刚配好一服成分很复杂的中药，电话就叫我了。我不理，重新对照了一遍药方，然后包好，过去接电话。

"你是不是很忙？"令凯略显不满，"我们星期天上午去饮早茶好吗？"

我想想，说："明天不行，我有事。下次吧，下次我请你。"

"不用你请。我们去旋转餐厅，AA制。"

"各付各？不行。你是学生，你哪有钱？我请你得了。只是明天不行。"

"我有钱！为什么明天不行，为什么？"

"你听我说，令凯，有什么话你到我屋里谈。你是学生，穷讲究什么旋转餐厅。有时间你多看遍功课，有钱你多买本自学杂志……"

"你说你明天去不去吧。"

"不去。我都说了明天有事。"

"刘亦东来？"

"不是。"

"肯定是！你不去就算了。这么死板。"

"闭上你尊嘴。令凯你没大没小。我下月要考试，我有大堆书要看，我不能到五十岁退休时还是个三流药剂师。"

那边许久没声音。

"喂。"我说，"你在哪里打电话？你放学了？不要在学校打电话啊，老师对电话频繁的学生很反感，我知道，无心向学之表现……"

那边咔嗒一声放下了话筒。

我无奈。

星期天令凯没有来，我等了她整天。星期一没有来。

一直没有来。

我考完试了，令凯还是没有来找我。

我开始急躁，整天想着她。我没有她家的地址，也不想去学校找她。她干什么了？这小妮子。闲时，我在纸上横七竖八写着的就是这两个汉字组合：令凯、令凯、令凯。

我要去进修半年。下午亦东来帮我打点行李。

亦东蹲在地下锁好我的衣箱，正说着："没有事你就不要给我写信，我忙得不行，我的工夫排到年底还排不完……"

令凯就闯了进来。

"令凯！"我意外地高兴。

她头发长了许多，莲蓬的一圈耷拉着护着脸蛋，松毛小狗一样。

我伸手圈起她脖子把她揽过来。"为什么失踪了？搞什么鬼？你还不来，我马上要走了。"

她眼望着亦东，答我："忙。"

忙，忙，忙。谁都说自己忙，忙得不可开交，唯独我闲，唯独我是无聊。

亦东直起腰，拍拍手上的灰："她是孔令凯。"

"孔令凯，你大名鼎鼎，这么多人知道你。"

亦东对我说："你不知道？你的朋友是青年宫三画室的常用模特儿……"

我十分意外。模特儿?

"我也知道你!"令凯大声抢着说,"你是广告公司的,在青年宫六楼。自己担梯托广告牌上屋顶,打杂工一样。没想到刘亦东是你。"令凯瞟我一眼,意思含着:原来这么差,原来刘亦东是干这个的,这么差。

"好厉害,"亦东笑笑,"你的雇主到处诉苦,怪不得。你和他们成日闹意见?"

我没兴趣和他们笑。令凯在画室当模特儿?

"你还抽不抽烟?我这里有。"亦东说。

我怒。"令凯!你没听我的,还抽烟?"

令凯眼不看我,爱理不理地:"坐半天不能动,起来时血都凝成一块。不抽烟我简直没法子走路回家。——每次我都到洗手间去抽嘛。"

我气结。"你到底打不打算听我话?谁叫你去当模特儿?你打不打算读好书?打不打算做个高尚的人?"

"刘姐姐,我门门功课拿优,六月物理大赛我进入了第三轮决赛。我还有多余时间,为什么不准我干模特儿,我什么都不妨碍……"

"你有大把时间,还有大把当模特儿赚来的钱上旋转餐厅,是吗?你知不知道我不喜欢你做模特儿这一行?你为什么不去拉大板车?为什么不去街边卖酸杨桃?!"

我火暴暴,一点不想客气。

亦东手指敲敲桌面:"停停。喂,我先走了。"他把我的行李带去托运。

我和令凯在阳台上看亦东捆行李。

亦东抬头,对我说:"办好后单子我找人送来,我实在没时间再来了。"

我说:"随便你。"

令凯在我背后双手叉腰立着,眼垂下来,大牌歌星一样俯瞰芸芸众生。

"亦东我早见过的。我一直以为这个人起码超过四十岁。"她和我回到屋里。

"你别刻薄,他只比我大点点。"

"可是你看上去要年轻得多。"令凯仔细看我的脸。

我黯然。"因为我是个大食懒。"

"我常见他做苦力。有一次在大钟楼,他安雅柏表的装饰灯,人像风筝一样贴在八层楼顶，要多危险有多危险……"

我非常感动。麻烦的、累人的、要多危险有多危险的活儿，亦东总是亲力亲为。他品格中闪光的东西感我至深。

我说："令凯，谈你自己吧。你近来怎么样？"

她不答我这话，却说："知道我为什么喜欢你？你没把我当小孩看，是把我当你的朋友，当你的同龄人。你懂得尊重人。"

她是在捧我，灌我迷魂汤。我涩涩地说："我当然懂得友情要建立在相互尊重的基础上。我可以尊重所有人。我做得到。"

我们走到街上。

满天淡淡的星星，还有一片淡淡的月亮。

小时候看的月亮，总是明澄澄的一块。长长的小巷，从巷口走到巷尾，月亮都跟着我。后来我果真读过一首"月亮跟我走"的诗，那首诗招来很多骂。

我手搭在令凯的肩上。她穿着粉色的圆领T恤衫，平底凉鞋。她身上的一切提醒我，我有我的过去。不知谁能夺得过去？

我说："《路加福音》讲耶稣替人治病。人潮蜂拥地挤逼耶稣，有个妇人患血漏病十二年，她耗尽积蓄遍访名医也没治好病。这次她挤到耶稣背后，摸了他的衣带一下，血漏立刻止住。耶稣问：谁摸我？没有人承认。彼得说：唉，围你的人是这么多……但耶稣说：不，有人特意摸我。因为我感到有医治能力从我身上出去。妇人见无法遮瞒，就走出来，跪在耶稣面前讲了前因后果。耶稣对她说：女儿，你的信心医好了你。安心回去……"

"信心是很重要的，"令凯说，"女儿，你的信心医好了你。"然后挽起我的胳膊。

"正是。"

我们立在小铺门口，脸对着脸啜酸牛奶。

我指给令凯看对面马路的旺记烧鹅档。档主一家围坐门口吃晚饭，借用马路边的灯。档主老太太举起碗挡着脸在喝汤，一个婴儿横搁在她大腿上；档主太太边吃边唠叨些什么，档主是个后生，吃完了，在剔牙。烧鹅柜里的灯泡瓦数很大，照得倒挂着的烧鹅肥油流淌。

"我天天散步看到那家人吃晚饭，他们每一顿菜不少于二十块钱。"我对令凯说。

令凯眼望着柜里的烧鹅，很馋的样子："卖烧鹅就是好。可以餐餐吃烧鹅。"

"你傻。"我说，"你看他们吃什么？他们最常吃一种叫老鼠斑的鱼。相当不便宜的价钱。"

想起我和亦东，有段时间天天很寒酸地帮衬两碗牛腩粉，一盆腥荤烂臭的鱼头汤。

很没劲儿。

"没意思，走吧。"我和令凯反转头。

一路上她心不在焉。我立住脚："令凯，你肯定有什么话要跟我说。"

她的眼神游移不定："不是的。没有。"

"肯定有。"

"我把你当同龄人。说啊。"我催她。

"我会尊重你。真的。"我笑着。

"信心是很重要的。女儿……"我还没讲完，令凯开声了："我要去当模特儿。"

"这个，"我停了一下，勉强地说，"这个——你不是在当了吗？"

"我打算不念书了，我到惟美公司的表演队去。"

我拉她站定："我不知你是怎样想的，做模特？三十岁以后你干吗？你知道不知道模特儿的脑袋个个都是一盆糨糊？你物理好，你要考复旦天文，天文！你要有一份高贵的事业……"

令凯眼望着我，很不耐烦地说："我已经决定了，你不能再改变我。告诉你是尊重你。你不能改变我的。"

她倚着栏杆，身不停地晃，有点激动。

"令凯，我答应你，如果你不胡思乱想，专心考大学，我每月送你一条万宝路……"我毫无原则地，几乎是求她。

"早不抽了。靠烟稳定情绪，老土。"她双手一撑电线杆，起步朝前走，脚尖边玩着一只雪糕盒，一路踢过去。我跟在她身后："那很好。不要做不良少年。你这么年轻，万般皆下品……"

她站定，脸对着我，目空一切："我妈同意了。我妈也同意了的事，我看别人无须多操心……"

美院招十名人体模特儿，报名的有上千，有母亲送女儿报考的，有丈夫送妻子报考的。今时确非同往日，令凯已经很不在乎我了。我怒。

"你样样都这么老派。真没意思。"她牵牵嘴角，掉转头。

我怒不可遏："你滚。没脑袋的家伙，你回去吧！"

我自己先掉头走开。

在马路边转了个弯，我就迅速懊悔起来。讲到底我是大人，令凯是孩子。我还答应过我会尊重她。我为什么要这么无理？简直穷凶极恶。

我站住，扭转头，那根电线杆旁早没了人。

可她真不该去当时装模特儿，她不合适。她的目光不够专注，眼睛像喝醉酒一样尽是笑；那张脸内容太多，是本耐读的书。总之她这个人表情太丰富，模特儿根本不需要这么多。她为什么要演时装？我宁愿她去演戏当个大明星。

那一晚我谁也不找，关起门早早熄灯睡觉。

令凯是我托在掌心的串珠，我小心爱护着的，现在她要散开来，我沮丧。

读一个学期的书，我闷得不开心，闲下的时间我就想孔令凯。

亦东果然没给我一封信，一点消息。他是个有着特殊个性的家伙，对我不吃软也不吃硬。不过他再不理我我也不会和他拆伙。我们知根知底。该送生日礼的时候他一定依时来敲我的门。

可是令凯……

令凯对我也很重要。

进修班结束时，西瓜荔枝已经上市。每天是十二个小时的日光照，空气在下午三点钟就变成金黄色。我拖着大书箱下了火车，不随人流涌出去，独自靠着站台的行李车歇着。亦东不会来接的，他不知道。可是他是我的固定男朋友，接我车是他的义务。我扇着手帕望着又大又沉的箱子冒干火，差点儿没跑到前面一对健硕的中年夫妇面前说：夫人，是不是可以借你的先生用一下？

回到屋里，是乱七八糟一片，是我走时的模样。我是给了亦东钥匙的，他居然没有来收拾一次。他居然。

椅子铺满灰，根本不能坐下。

我举起胳膊，把亦东送的十几只泥公仔统统从桌上一扫而下。

小鬼们死皮赖脸地乱蹦乱跳然后躺下，竟一只不烂。

我颓废而坐地，举起腿搁床框上，让血液倒流。

然后揭开冻啤酒，仰颈倒下大口，从喉咙冻至心肺，舒服异常。

令凯出现在门口。

她怎么知道我已返来？简直是我的灵魂。

我身上又热又冷，人有点迷糊，神情恍惚。令凯穿的是大红布拉吉，裙子下摆是三层的褶，她脸色酡红，长发飘飘。

我招招手让她过来，打醉拳一样。

我们相拥一团，好亲热好亲热。

"我路过，看到你门窗大开，就跑上来了。"她笑得嘴和眼全咧开来，贝齿闪闪。

我摸着她的丝丝缕缕直发，只是笑。

她满屋子乱找，要给我烧开水，插电扇掣。我一跃起身，我自己来。

房间一下子就干净明亮，我倒出一碟瓜子来嗑。

"刘亦东不知道你回来？"

"他连信都懒给我写。"

"看看你们很可怜，没有家，没有共同拥有的房子。刘亦东是不是每天要吃即食面？你们什么都没有。"

一下子我没听明白，听明白时我失笑："我们有信任。"

"你的话全部是空中楼阁。其实对我你不必找遁词。"

这小妮子。你真的不能小看她。

亦东或许不认为我们是拥有信任。他自己就不太多信任我。他有时把我当作商场女装部挤得打蹦头买削价套裙的俗女人看。他还是一个以自我为轴心往左跳、往右跳的活靶子，意志上简直不受任何方面支配。我根本不可能改变他。单为他这一点，我还爱他至深。我是个明码实价的傻瓜。

令凯技术高明，嘴巴是台剥瓜子的机器，眨眨眼她面前顶起大堆瓜子壳。

我五指笼罩碟面："留些给我，不多了。我已经不多了，多乎哉？不多也。"

我眼望天花板。令凯的话很对，但这句话不该让她来说。年龄上我几乎可以做她妈。我心有不甘，对亦东，对令凯。

"是不是？"令凯嬉笑。

"是不是什么？不是！"我呸瓜子壳。

我死要脸子，我真是孔乙己。

"男人样样都不好，只有一样好，"令凯诡笑，"你是样样好，只有一样不好。"

"我什么不好？"

"你精神很好，永远容光焕发。是不是你睡觉从不做噩梦？"她说话常恣意掉题。

"恰相反，我时时做梦。夜晚做白天也做。我精神好是我勒令自己要自得其乐。"

"你也做噩梦？什么噩梦？"

"当然不是你以为的那种。"被老虎追，给大笨象踩的那种梦，我十五年前就不怕了。我在梦中可以喝令：让开！我马上就起飞。一点不怕。

最恶是那一个：亦东半夜从外面进来，撩开我的蚊帐，对我说：你不可以改变我。阿媛，你能力有限，你不可以改变我。然后温和地笑笑，一眨眼便不见了踪影。

我呆住。阿媛不是我的名字！他叫着别的女人的名字对我说我不可改变他！

我蓦然惊醒，阳台卫生间找遍也没有亦东。

我打亮所有大灯。

我泪流满脸。

以后见到亦东，我不敢提关于那梦的一个字。他会深一层看不起我。

对令凯也不能提的。

我晃着腿，一脸无精打采："我的不好就是你以为我要改变你。是不是？"

我又说："人人都自以为是，想当然加莫须有。"

令凯是聪明人，我不必把她当小孩看。我说："是朋友，总不能像两匹不羁的马。如果有一种迁就是你欢我悦的，我看可以迁就；如果有一种影响是不可避免的，我看就不要怕承认。其实相互的影响是内在的、必然的。为什么不承认？如果我个人真能给别人快乐，使别人常惦念我，对我来说真是一种幸福，一种不是期待着的幸福。"

我抚着令凯的手背："你要不要一种不是期待着的快乐幸福？就像有人常常冷不防送你一盒礼物，喜不喜欢？朱古力？"

她咕咕咕地欢笑，连连点头，小鸡啄米一样："喜欢喜欢。不过我不喜欢酒心巧克力，吃药一样，好似止咳枇杷露。"

我下楼买了番茄、红萝卜、西芹、冬菇、海蜇皮和马蹄，明火炒了一大盘鲜素杂锦菜招待令凯，蔷薇色的葡萄酒摆上了桌，赤橙黄绿青蓝紫，煞是美丽。

令凯卷袖上桌，边嚼边说："亦东会生气了，吃那么好不找他。"

"他?"我说，"不会。他不会随便生气。"

我想念亦东。

亦东有一大堆缺点，可是现在我最喜欢他。他是怎样看我的，我不大明白，但我不会问。我们不愉快时，一般我就先走开，到公园瞎逛，找个青山绿水的地方躺一天，回来屋子就虐待他送的礼物。我从没、绝不当他面来摔东西。但他精刮，好像早就知道，只送给我铁臂阿童木之类摔不烂的玩意儿。有时我想，倘若有一天他提出要离开我，我保证微笑着放手。我明白一个道理，心是拴不住的。他的长相优点颇多，如果他不会死于非命，那他至少会比我多活二十年。我要他六十岁开始天天蜷缩在戏院的角落里头想念我，想念他后生时代的那个女朋友，那个独立、温柔、宽容和谦逊的女朋友，我要他从骨子里承认我是他众多的男朋友和女朋友当中，给予了他最多的理解和信任的一个。我要他穿着寒碜的衣服凄凉地想我，想得好苦、好苦。

我把这个给亦东说了，他狂笑不已："你真是个可怕的家伙！"走过来手指点着我脑门儿，"你不要自视过高嘛。"

他不在乎。至少是目前他不在乎。

搞得我讪讪的。

对着令凯我是另一番心境，我是对着清清的小河、汩汩的流水。小河流水，流向大海。

不知谁能，谁能躲得过去。不知谁能，谁能躲得将来。

"令凯，你说我像不像卡通片那个货郎？那个'糖儿甜、糖儿香'的教唆犯？"

我们又是笑，胃口大醒。

令凯请我去捧她场，"87丝绸流行色"在华丽宫搞一台表演。我把盘碟收拾进厨房，出来伸伸懒腰，说不去。

她意外，不满意地瞪我。

"我很少出席晚宴、迪斯科之类，因为我没有派对衣服。"

"你随便点好不好。况且我还见过你冬天有一件三百元的皮革。"

"那算什么，那是陈列品，妈送给我的生日礼，我就是没穿过一次。我以为有汽车才配穿大褛。待我有幸拥有一台奔驰时，我自然会披着貂皮大褛驾车接送你往返。"我说。

"你一辈子都不会拥有一台奔驰。"她刻薄。

我想想，或许对。亦东是副打工的相，即使啤酒牛奶当白开水喝，肚子一点点也长不起来，我对他是否能发达毫无信心。况且我早打算一生一世靠自己，靠自己这双手。我是个有为的药剂师，现在我热衷于药架，我这辈子可以在药书里奋发图强。如果突然拿掉我这份工作，换给一台奔驰甚至劳斯莱斯，我只会慢慢地干掉，然后死去。这一点毫无疑问。

但是此刻我立起一只手掌："你怎么知道？有时把人生竖起来看，会觉得它很长。未知生，焉知死。一切一切，说不定我都能拥有。"

她终于说服了我，我决定去华丽宫捧场。

亦东坐在我身边。他是这场表演的舞台设计。临近八点钟时他上去嘱咐了头顶的灯光几句话，又回到我身边。

我简直不相信台上那个人就是令凯，她排第五个还是第六个，旋风一样从右边门杀出，背景音乐是一支喳喳，她像一只美丽的乌鸦。

惟美服装公司是亦东的老客户。惟美的人对亦东诉苦说，令凯又要跳槽，她要到模特儿中心，做摄影模特儿。

"她已经很红了，是不是？"我问亦东。

"很红。是大牌级了，"亦东说，"演出队里她最具潜质。没有办法，惟美不能满足她的某些条件，只有放她另谋高就。"

"某些条件？她了不起啦？"令凯没跟我提过这些，我不知道。但她不能做任意妄为之人。

"不是。惟美有局限。而孔令凯完全可以高飞。她不过分。"

换了一支曲，令凯又出来，这次是一套大幅前襟的袍子。她的头发笔直卷上，耳背垂下丝丝缕缕。我定睛看着她。我醉眼蒙眬，恍如隔世。

这么美，这么健康，这么青春。

我是在暗乱昏花的台下，仰颈望去，台上是天上人间，金碧辉煌，美轮美奂。

我说过孔令凯那张脸内容太丰富，叫你读不尽，傻瓜才只会被她身上的衣服吸引，她气压群芳，确有倾国倾城之势。

我的左右有人乱了起来，纷纷起立靠前，镁光灯闪闪。

我趁乱，举起两只胳膊，向令凯做了"V"状。

亦东侧头对我说："乱了套了。你不要搞小动作。"

令凯是这么出色，我再搞小动作也无妨。

"你得意了，是不是也很骄傲？孔令凯不读书也能合你意？"亦东说。

"不要挖苦我。我不是乡巴佬儿。十年二十年之后，这个世界上博士硕士俯首可拾，而大牌模特儿是天生的，不是人人可以。"我说，"最好也能给模特儿评职称，让她们无后顾之忧。"

亦东笑。

散场时令凯冲下来找我。我指着椅子让她坐，她不肯，说身上的是手绘丝绸，主办人会骂。她说："看不看得出我的假睫毛？"我说看不出，没有人只注意你的假睫毛。"感觉怎么样？"令凯问，"展出六十套了，你感觉怎么样？"

她现在穿的是一袭晚装。领子挖得很低，背心式的，没有袖。

我的手顺着她光洁的颈、肩、胳膊滑下。她的妆上得很浓。这种天气，无论谁脸上化妆只会焗得一塌糊涂，可是令凯肌肤光爽，冰清玉洁。

我真服了她。

我说："我感觉好凉快好凉快。"

她凑到我脸前，弯着腰笑了，目明齿皓，非常灿烂。

她如果继续读书，不要说拿什么学位，连考得上考不上大学还是个问题，因为她没心思。可她现在有她的职业，甚至是事业，干得有声有色。

人应该及时展示并且发挥自己的长处。美是令凯的长处。

再见到令凯时，是在模特儿中心。我和亦东在遮阳伞下吃冰。邻座那把伞乱哄哄来了一群人。亦东走过去和他们打招呼。我见到令凯在里面。

令凯刚转到模特儿中心，正和负责人洽谈业务上的事。

一下子她跑到我的伞下，跟我说："现在我比较有主见了，不用下来烦你。你不会怪我没良心吧？"

"怪你什么。又有什么新主见了？"我问。

"他们要艺名。我起了一个：咪咪。"令凯摇头晃脑。

"咪咪！"我尖叫起来，"你为什么不叫大野猫！好个孔令凯，你敢斗胆乱起不三不四的丑名字！"我简直感到恐怖。

"他们要艺名挂牌。你说我能起什么？十月份我们队可能会到日本去。"令凯委屈地说。

"狗屁。"我啐背后那帮人，"他们骨头就这么轻。你告诉他们你就叫孔令凯。"

我懒不作声。令凯走回去，好一会儿再过来。还是说："真的要艺名。"

她看着我："他们都有英文名。你可以给我起个日本名，你学过日文。"

学日文？发大水那年的事啰。我看看亦东，他不动声色地切橙子吃。

我很是没有风度，责她："令凯，你真是不长脑。"

我看亦东吃橙子，满手滴着汁，就说："他有个东洋名，叫食野太狼。"我指指我自己，"我叫中意银子，或者中意金戒指。"

令凯噘起嘴，不乐意我。

亦东撕开软纸抹手，然后点香烟，手护着一片脸来抽，不看我。他看不起我时就是这副表情，他这副表情时就是把我当市场上的俗女人看。

我忍气，收口，不说话。

很扫兴。

很扫兴的是现在令凯极少来找我了。我想见她面只有在电视上，再不就跑到外景地看她拍广告。

最近一次在海滨，正午。潮来、潮往。令凯他们一队人马霸了大段地方。亦东一看是熟人，拉起我就跑过去，说是今天上午才送去的大样，他要看效果。令凯见到我只歪歪脑袋马虎打个招呼，就忙起自己的。

是拍阳光牌牛奶的广告。三四个少男少女拥着令凯跃上汽车，令凯长发一撒，耀武扬威地乱晃手中的牛奶盒，敞篷吉普即刻疯了一样在沙滩上打横飞奔起来，非常风光。我侧边有个广告公司的男士在用广东话吆喝广告词："……阳光下嘅人靓D，阳光下D歌甜D，阳光下嘅牛奶系好饮D……"

每个人的耳朵都没听他唠叨，每个人的眼睛都追逐那辆与海岸线平行奔驰的吉普，还有吉普车上的超群绝伦的后生男女。

我拉扯亦东："亦东，是不是后生仔嘅既天高D，后生仔块地阔D，风也劲D，后生仔嘅日子系快活D？"

后来我和令凯他们一起喝柠檬茶。令凯过来倚着我坐，她说："刘姐姐，你不同我们。我们只有青春，什么都没有。"她讲话还是像过去一样，没头没尾，但她不担心我不懂。

"胡说，有青春，就什么都有了。"话说完，我却觉得很无奈，悻悻的。

我立起，招呼亦东我们先走。

有个人叫："亦东，你还没看大样效果呢！"

我见到令凯尖起嘴对着那人的耳朵说："让刘亦东先走吧，他的朋友是个老派人物。"

我过去拧她耳朵："三毛子一张八卦嘴。"

我和亦东弃车而行，一路走回去，一直走一直走。

亦东知道我。亦东知道我是个老派人物，知道我不喜欢穿沙滩装，不喜穿露背装，还知道我属小家子气，知道知道知道……

我们走到天黑。我问："亦东，是不是有了青春，就什么都有？没有青春，就什么都没有？"

他答："当然是。"

他没看我一眼。

我惨白地再问:"是真的?"

我们在路灯下立住脚。我看到他的目光温柔如水:"啊,怎么是!"

他说:"要有智慧。有智慧才什么都有。神期待人在智慧中获得童年。泰戈尔。"他把诗句飞快地重复一遍然后拍拍我的背,"你患得患失。我吃你不消。"

他说我患得患失,他在说风凉话。兄弟,如果我现在什么都有了,如果我是阿里巴巴的山洞,再得,再失,我也可以不在乎。

但是我现在两手空空。

倘若此时有人问我,你到底要什么呢?我将无言以对。亦东是天才,亦东善解我意,亦东绝不会问我这个。

他请我吃夜宵。我摇头。我要回去看药书。我的手现在就要抓住些实东西。要不,别人到五六十岁时,会抱着孙子养画眉,会天天蒸萝卜芋头糕等弄不完的花样,我顶没用,只会躺在床上读张爱玲的小说。

我说我要先回去了。

亦东说:"好吧,回去睡个不做梦的好觉,"他好脾气地安慰我,"不要胡思乱想。明天醒来,阳光依然照亮你。"

我点点头,对他笑笑,然后转身独个儿走了。

《人民文学》1986年9期

我是少年酒坛子

孙甘露

引　言

你知道是谁在背后打量你?（语出《米酒之乡》）

场　景

那些人开始过山了。他们手持古老的信念。在一九五九年的山谷里。注视一片期待已久的云越过他们的头顶。消失在他们将要攀登的那座山峰的背后。渐渐远去。等候他们爬上顶峰。再一次从高处注视。消散或者在天边隐去。然后。为这座山峰命名。（Ⅰ）

他们最先发现的是那片滑向深谷的枝叶。他们为它取了两个名字。使它们在落至谷底能够相互意识。随后以其中的一个名字穿越梦境。并且不致迷失。并且传回痛苦的信息。使另一个入迷。守护这一九五九年的秘密。（Ⅱ）

他们决定结束遇见的第一块岩石的。回忆。送给它音乐。其余的岩石有福了。他们分享回忆。等候音乐来拯救他们进入消沉。这是一九五九年之前的一个片段。沉思默想的英雄们表演牺牲。在河流和山脉之间。一些凄苦的植物。被画入风景。（Ⅲ）

那些想过河的人下山过河去了。他们渴望水的气息。他们将不得休息。山上的人们想。犹如思考罪孽。他们中间的谁开始衰老。因为他想比自己活得更久。于是耻辱四散开来。安慰所有下山的人。这就是一九

五九年的信心。（Ⅳ）

他们中间的某人看见了下面的街道。那人正急着内省。不打算告诉别人。所有的人。当然最先是他本人。错过了醉心于平凡事物的喜悦。他们的艰难的感情历程将无以呈现。他们观看这源泉喷涌。他们无力为之所动。在静观中消失得无影无踪。这是一九五九年的馈赠。（Ⅴ）

人　物

我为何至今依然漂泊不定，我要告诉你的就是这段往事。今夜我诗情洋溢，这不好。这我知道。毫无办法，诗情洋溢。今夜我，就是这个样子。装作醉了的样子。其实我没喝酒。打开书本。你的、我的、他的。找找有没有我这个样子的，当然找不到。我这个样子，醉成这个样子，当然找不到什么可以做样子。

我的世界，也就是一眼水井，几处栏杆。一壶浊酒，几句昏话。

我在一个炎热的夏季傍晚（确切的时间是百年中的某一天）会见一位表情忧郁体力充沛写哀怨故事的自称诗人的北方来客，在鸵鸟钱庄（它从前酒旗高悬）完成了这段如那个阿根廷盲者所指出的那类习惯性的回忆。

故　事

草席似水，瓦罐如冰。

钱庄内极为阴暗潮湿，如同我满脑子的胡乱念头。

曲尺形的柜台光可鉴人，那位长相如同鸵鸟的掌柜生就一副骇人的容貌，那神情介于哲人和鳏夫之间，既有沉溺于思辨的惬意的孤寂，又有因谙熟于逝去了的男欢女爱而特有的敌意的超然。

鸵鸟径自朝我们走来，将两只瓦罐放在桌上。忽然直勾勾地抓起我的胳膊：“喂！肤色有点异常呀！这可不会是喝酒喝的。”说完，他就把身子移到柜台后面，不再吱声。

我们没有得到下酒的小菜。据邻桌一对表情暧昧的人声称，谈话，就是这儿下酒的菜。众人鸡啄米般地捣着凑得极近的头，频率极高地谈论着什么。我和诗人竖起耳朵仔细分辨，俄顷，所有的人都停止了谈话，将脑袋转向了我俩："喂！谈话！谈话！喂！你们！你们自己谈话！"在我们周围是一片吵吵嚷嚷，"你们，别想用旁人的谈话下酒。新来的笨蛋！一对笨蛋！两个！两个！笨蛋！"众人的嗓音里流溢出醉意的自豪。

"酒喝得是否尽兴，全看谈话是否适宜下酒喽！"在语尾加喽字的人，两手麻利地洗着纸牌打我们桌边蹚过。

"我们试试吧?"诗人捧起瓦罐询问道。

"那么，也好。"我斜眼瞧瞧柜台后面的鸵鸟，"你来南方之前都做些什么?"

诗人将身子仰到椅背上，做出一副很优雅的样子，高声说："我把自己藏在家里。你应该懂得，北方是个卧虎藏龙的地方。"说罢，他神气地扫了一眼钱庄内的人。

鸵鸟的脖子不动声色地竖着。

"在我们南方，大家伙儿都待在街头上的。"我嘀咕道。他伸出右手焦黄的食指，意思切中要害："不能因为你在街上，就说大家都在街上。"

"那么，有人来寻找或者拜访你吗?"我慌忙岔开话题。他和蔼地解释道："一旦有人找上门来，我们就倾巢而出。反之，我们就把自己藏起来。"

"你们是藏在一起，还是四散东西?"我揣测，这是时下北方流行的一种游戏，便试图得到一些基本的规则，好在南方率先玩起来。

"藏无定法。"诗人的食指当当地敲着瓦罐，"或三五成群，或单独一室；或于显眼处藏身，或于幽暗处现形。不藏即藏，藏即不藏，聚即散，散即聚……"

他那梦语般入迷的低述，他那飘忽的神情，似乎不断地在恳请慰藉。他那引人遐想的语调，给人一种惊讶不已的愉悦之感。

"我们在我们的个人生活与他人的书籍之间自由出入。"诗人补充道。

我不明白他回忆的是什么人物，我只是认为他想表现他的诗人气质。

他的目光总是越过你，即使他非常爱你，他还是要越过你。就像越过随水而出的舟楫。他的目光总是那么迷离，仿佛他总是迎风而立。

他总是在朗诵，谈话就如一首十分口语化的诗作片段。不断切入，走向不明，娓娓道来。谈话是片段的，是非吟诵的。总之，他是不真实的，而又是令人难忘的。

"你到南方是来参加季节典礼吗？"

"不，我是来参加嘲讽仪式的。"

在我们谈话的时候，时间因讽拟而为感觉所羁留。鸵鸟钱庄之外是被称作街景的不太古老但足够陈旧的房屋。是紧闭或打开的窗，是静止不动或飘拂的窗帘，是行走或伫立的人群。

诗人一气喝干了他的瓦罐："在梦与梦之间是一次典礼和一些仪式。而仪式和雨点是同时来临的。在传说中，这是永恒出现的方式。"

我估计，他是在力图重建一种诗歌环境。

诗人用食指蘸了蘸滴在桌边的酒渍，在桌面上用力划道："圣水之边，芭蕉尾际。喟叹时刻，松枝时节。"

"送你啦！"

他揭示事物的方式令人联想到那些过寄生生活的人。他们优雅而疲倦。他们活动于他们臆想的空间，他们不吝啬时间，而又对流逝的岁月耿耿于怀。他们总是纠缠于情感的细枝末节，总是在大众的尾部说三道四。

"例如，"诗人嗓音圆润，"一个从早至晚四处串门的人和在南方弄堂或者北方胡同里散布流言蜚语的人，这两者之间的细微差别，使他们之间难以相互辨认。假如我明智到能以调侃的语调，轻松地谈论在门后或院角的小凳子上刻苦手淫的男人，我势必如梦游者般掠过那些在傍晚或午夜隐于街角或门洞里谨慎接吻的人的非凡想象。如果我急需诗意来为整日价懒在床上不起来的人辩护，只消提出从未谋面的在背阴处或拐角处吹口琴的不知疲倦的人来，就足以使嗜睡者和耽于冥想者和谐地统一起来。倘若一年四季对镜梳妆却从不出门的女人值得我们一年四季留心窥视，那么，端坐在阳光下的圈手椅里读各种报纸的老人的内心生活更加无从揣摩，假设我能够体味摆弄钟表的男人的乐趣的万分之一，我就有足够的胆量对不停地打扫房间的人的超常洁癖做耐心到庸俗的归纳。"

诗人说得起兴，一边示意鸵鸟添酒一边绕桌踱起四方步来。

"是的，我沉浸在一种疲惫不堪的仇恨之中，我的经历似乎告诉我唯有仇恨是以一种无限的方式存在着的。这一发现使我对仇恨充满了仇恨。这让人既难过又高兴，仿佛有一种遗世而立的美感。"

"我在一部介绍游牧民族的电影中见到过你的祖先，"我借着酒意，异想天开而又小心翼翼地对他说，"你的祖先浑身披挂，很是窝囊。他们骑的是一种类似萝茜难得的瘦而高的吃苦耐劳的马。我记得解说词里提到豪迈、自由之类的字眼。"

"那一定还提到了酒和女人，失意和孤独，这些字眼有着天然的联系。"诗人满不在乎地随口说道。

邻桌的饮酒者似乎对诗人张张扬扬的言谈举止并不在意。我开始怀疑诗人用这番谈话下酒是否得当，诗人一手提着瓦罐，一手在空中比画着。他历来如此？还是由于初来乍到？或许是诗人全都是如此饶舌？

"对我来说，韶华已逝，将苦涩的回忆转变成流畅的文字，已经不能抚慰际遇带来的创痛。世界艺术地远去，我和我的诗句独自伫立。我已不知星夜宁静与否，只是感到总是无所事事。我的年纪告诉我，风走风来只是拆散句子。我的表情令人失望地松弛，诗句堤岸在我的笔下等候，离散或者重逢，爱一次或者渴望另一次。"

"喝了我的酒全这样。"鸵鸟在柜台边蛮有把握地说。

"酸！酸！酸倒大牙！酸倒最大的牙！"玩纸牌的人在钱庄内穿梭往返，不停地嚷嚷。

"你看，"诗人自信而又无可奈何地说，"我必须抑制我的随想式的思绪，我必须重新投入谈话，就像投入一场满怀疑虑的谅解。在这种充溢着疑虑的谅解里，一个男孩子是永远也不会成熟的。他感觉到，他似乎永远沉溺在疲倦而悲戚的对成熟的记忆之中。在这类漫无止境的讨论中，成熟有了一种不断迫近来的窒息之感，令人隐隐地感到幼稚将始终由潜在的幸福陪伴着。它导致了拒绝成熟。这样的性格，使人在整个一生的大部分时间里必须单独面对自己，面对一种自我封闭的诗意的孤寂。"

"酸有酸的理！酸有酸的理！"伴随着嚷嚷的是稀里哗啦的洗牌声。

"我不妨谈谈我的父亲。"这会儿我才看出诗人的固执来，"他以一种自称的不加影响的方式影响他儿子的整整一生。我们父子俩利用散步的时间吵架，在饭桌旁怄气，在肤浅的睡眠中诋毁对方。唯有在对待女人的感情问题上，我们父子具有惊人的一致。他教导我，女人近似书籍。读自己的书有一种熟悉的陌生感，而读别人的书则有一种陌生的熟悉感。依我而言，女人和书籍一样，都以隐秘来遮掩乏味的陈旧。"

"因饮酒而论及女人，这是规律，今日看来诗人也不能免。"玩牌的人这会儿也不嚷嚷了，饶有兴致地挤到桌边。

诗人鄙夷地扫了他一眼，继续道："在我的少得可怜的诗作中，有一半是写给女人的，而其余的则是因女人而写的。"

"拿来瞧瞧！"玩牌的人插言道。

"在我看来，我的诗句，有点近似通俗音乐会的节目单，有一种热热闹闹的赏心悦目之感。而我的实际的爱情生活是由一连串互不连贯的始于温情止于咒骂的短小故事组成的。"诗人再次以一个鄙夷的眼光止住试图插嘴的玩牌人，以九九归一的语气作结，"有一天，谁敢说他了解女人，他就要犯错误了。"

"没劲，没劲。"玩牌者打条凳上跳开了去，"此君是个阉人，既无花前月下，又无肌肤之亲。没劲透了！没劲透了。"随着依然是哗哗的洗牌声。

谈话就是这样闪闪烁烁地进行。仿佛在下语言跳棋，扭来拐去的。又仿佛是暖胃的米酒，在体内流畅而又曲折。

"人是不是应当更多地和自己谈谈话呢？要真是如此，一个人会不会因为对自己过于了解而感到厌烦呢？"我已完全为侃侃而谈的诗人所折服。

"保持距离就是保持感觉。你对人对己都别太热乎喽。而我不同，像我这样的人，距离和感觉都是有害的。我就是要跟人热乎。对我来说，最为重要的就是热乎。随后才轮到判断和回顾，才轮到惋惜和惆怅，才轮到追悔和哀痛，或者其他别的什么。岁月告诉我，必须委婉地进入生活。"

我正听得入神，忽听玩牌者在门旁叫道："下雨啦。"

众人静了下来，这会儿我听清了，除了洗牌声之外，还有雨声。

我在酒中想象。一架钢琴在演奏旋律，乐队则像在远处应和。乐曲奏至一个短暂的休止，就跟刚好洗完一副牌，窗外的雨声一下子拥进屋内。徐缓奏起的弦乐仿佛湿漉漉的，而钢琴晶莹的走句就像是水滴。

"雨是很短暂的。"诗人沉稳的声音打断了我的臆想。

"这还不如说人的印象短暂。"

"你那么年轻,那么富于诗意地谈论着想象的短暂,你是什么样的年轻人呀,这些如此沉重的字眼是如此轻易地打你的唇间吐出,难道你凭借想象的光芒一下子飞抵了岁月的最深处,而我要到什么时候才开始迈近它?让我更快地老去吧,既然我无法以年轻的姿态走近你,那么就让我在岁月的最深处与你会晤。"

听诗人的意思,似乎还有一次以谈话下酒的经历在什么地方等着我。只是不知那儿有没有玩牌者。

从诗人瘦削的脸上我感受到他是那么沉迷于深秋的凉意和傍晚的光线充足时,那种转瞬即逝的温暖。因为他正就他的诗作中出现最多的秋天这个词或者有关秋天的场景和意象而沾沾自喜。

"我少年的时候,总是设想以一种平凡的方式死在一所美丽的花园里,周围是缠绕的藤萝和垂荡的柳枝。我把植物当作一种象征。有一天我是否可以把自己的尸首编入哪本植物志的某一页中,让自己在易于腐烂的东西中间寻求安恬的归宿。"

"我们这儿还有一座这样的花园。"鸵鸟在柜台后面冷不丁插了一句。

"有一座!有一座!"玩牌者带头应和着。

我得给这位北方来客解围:"喂!"我起身嚷道,"我要尿一尿啦!"

"我们这个钱庄造在一块坡地上,你随意啦。水往低处流嘛!"

诗人霍地立起,很有名士风度地扬扬手:"随我来。"

我夹紧两腿,随诗人进入一条狭长的回廊,向花园走去。

"我们总有无穷无尽的走廊和与之相连的无穷无尽的花园,岁去年来,这类漫步与行走演绎出空穴来风般的神力,而异香熏人的花园则给人一种独寝花间、孤眠水上的氛围。行走和死亡同样妙不可言。"

"我可是要尿了!"我催促道。

"不忙。"诗人一路踱来,兴意盎然,"你看,"他突然顿住脚,"这是什么?"

在雕梁画栋的回廊尽头分明是一枚闪闪发光的铜币。

"稀罕之物!"

"这里是钱庄嘛!"我大不以为然。

"我在北方多年,未曾一见,真是不虚此行呀。"说话间神采奕奕,换了个人似的,"我们应当听个响。"诗人抬手将铜币掷向透过花园的杂木乱树斜射而来的夕阳中。

我们用较温和的语气探讨了一番铜币的铸造年代,诗人断定,这类在碎石道上一蹦五尺高的铜币,一准儿铸造于生平年代。而我则倾向于梦游时代的晚期。

就在这当口儿,铜币忽然带着叮当的响声朝坡下飞去。我正犹豫,诗人已率先向坡下追赶而去。

诗人跑起来,两臂前后摆动,仿佛在晚霞的余光中划着一艘孤独而华丽的龙舟。我跑起来则比较拘谨——因为夹着尿。不一会儿,我便落下许多。在家乡的坡道上,我苦苦追求的形象,幻景般地令我自己感动不已。

"喂。我说你呀!赶路要谦卑,不要超出单纯的界限。"玩牌者不知什么时候也来到雨后的泥地里溜达。他一边杂耍似的洗着牌。一边从嘴里吐出黏糊糊的瓜子壳。

就这会儿工夫,诗人已跑得无影无踪。

一个卖春药的江湖骗子用骨瘦如柴的胳膊驱赶着从他那口黄牙间飞出的唾沫星子,同时向空中撒出一把铜币:"为了爱情,你们应该这样花钱。"他榜样般地伸长了青筋凸起的脖子,"严格地说,"他劝谕道,"我是一个媒人。"

"你看见一个诗人了吗?"我上前问道,"一个追赶铜币的诗人。"

"你是说诗人?他已不再追赶铜币,半道上,他随几个苦行僧追赶一匹发情的骡子去啦!"

我没想到诗人这么快就放弃了追求的目标,我几乎看到石板道旁草根的苦香,吸引着骡子和苦行僧和诗人一头扎进了十二月的竹林。

我出身贫寒,绝无御风而寒的韵致,更何况那枚引人注目的铜币此刻已经滚到了坡道的尽头。在那儿的一长排妖媚的柳树之下,地摊上的棋手们杀得正酣。铜币刚好弹至一位下棋的盲者眼前。那盲者恰好走了一着妙棋,得意地一伸腿,神助似的将铜币踢入道旁的阴沟里了。

诗人此去再也没有回来。显然，我只是他南方之行的一个微不足道的插曲。

夜晚已经不可避免地来临。我想，我是这月光下唯一的夜行者了。倘若我愿意，我还可以面对另一个奇迹：成为一只空洞的容器—— 一个杜撰而缺乏张力的故事刚好是它的标志。

尾　声

放筏的人们顺流而下。

傍水而坐的是翩翩少年时渔色的英雄。

《人民文学》1987年1、2期合刊

再见了，我的星星

曹文轩

1

黄昏时，一只木船把她们接来了。

人们管这些来自苏州城的姑娘叫"女知青"。同来的还有男知青，统统分给另一个村了。她们年纪都在十七八，长得不同于乡下姑娘，长胳膊长腿儿，一举一动，轻盈盈的，往庄稼人面前一站，更显白嫩。"笋芽儿！"她们一上岸，拄拐棍儿的老奶奶们觉得眼前亮闪闪的，就眯着常年水汪汪的老眼，挨着她们的脸蛋细瞧，然后从怀里掏出皱巴巴的毛巾，擦着眼里的泪水评价，又在地上点点戳戳着拐棍儿夸："美得像从天上飞下来的！"弄得这些姑娘怪不好意思的，往下勾着下巴，抿着嘴，目光左右移动，害羞地笑。人们外三层里三层地围住她们。她们像一群仙鹤飘落到一块陌生的地方，怯生生地转动着颀长的脖子，像在寻找什么，又像是四周有什么东西惊动了她们。

一群孩子，也把小脑袋从大人们身边或大腿间钻出，或爬到墙头上傻呆呆地望着。他们中间的一个，忽然地，也不知为什么，心里感到特别的快活，和伙伴们在人群里钻来钻去，蹦蹦跳跳，打打闹闹，又不时地安静下来，直着脖子，用好奇的眼睛，出神地望着她们。有一回，她们中间的一个大概觉得他好玩又可爱，侧着脸朝他微笑着，并用一只他从未见过的、十指细长而白净的手，轻轻地拍了拍他的头。他害羞地把头往脏乎乎的脖子里缩着，腔儿一埋，钻到人堆后面去了。

毛胡子队长开始用沙哑、粗鲁的喉咙宣读名单，把她们分派到各户去了。

他静静地听着，听着，眼睛瞪着，心儿提着……太使他失望了——他家竟没有派上一个！甚至连那个他平时根本就瞧不上眼的三鼻涕家都分到一个。这些伙伴们扬扬得意地帮着家里的大人提起或背起她们的行李回家去了。走到他面前时，一个个显得更得意了，脖子都梗着。他难过地退到一边，倚在墙角上，用生气、嫉妒而失望的眼睛望着她们和他们走去……

晚上回到家里，他莫名其妙地掉了几滴眼泪。

第二天一天，他的耳朵就不停地听着他的伙伴们声音一个比一个大地嚷嚷着，吹嘘他们家分到的女知青："她会吹口琴！你们家那个会吗？""她会画画儿！怎么啦！"女孩子们心细，把什么都看到了："她吃饭可慢了，不用筷子，用把亮闪闪的勺。""她有一面好看的小镜子和一把大梳子！"孩子们把他们团团围住了。他们真走运！

只听见"哧溜"一声，孩子们掉头一看，是三鼻涕正把拖着的鼻涕沉重地吸回去。

三鼻涕站在凳子上："分到我们家的。"他摇头晃脑地，"会唱歌，我听见啦！我妈也听见啦，我爸也听见啦，我姐……"他终于发现有点啰唆，"我们全家人都听见啦……"力没聚在鼻头上，鼻涕虫又爬出来了。"哧溜"又吸回去。"可好听啦！我……都不敢吸鼻涕……"孩子们"咯咯咯"地笑了。三鼻涕却得意地把鼻涕吸得更响。

他坐在一旁，斜眼瞪着三鼻涕。有一阵，他真想朝他的鼻梁上实实在在地砸一拳：神气样！有什么了不起！放学了，他谁也不搭理，独自走出校门，然后一动不动地坐在路边，不时地瞟一眼从校门延伸过来的路。三鼻涕过来了，走到他身边停了一下，然后吸了个响鼻，傲气地昂着头走了。

"三鼻涕！"他狠狠地叫了一声。

"以后，我再也不准你叫我三鼻涕！"以往很老实的三鼻涕挥了挥拳头。

"三鼻涕！"他站了起来，"臭三鼻涕！"

三鼻涕扑了过来，一把抓住他的书包带。他一拉，书包带脱线了。他扔下书包，一手勒住三鼻涕的脖领，腿在下面猛一钩，三鼻涕"咕咚"

摔在地上。他立即扑到三鼻涕身上，挥起拳头。没头没脑，把三鼻涕揍得"哇哇"乱叫，直到三鼻涕带着哭腔求饶，他才松了手。

三鼻涕爬起来，一抹眼泪，依旧打了个响鼻，傲气地昂着头走了。

他没有一点力气了，抓着书包带，就地拖着书包，垂头丧气回到家。他的那条白得没有一丝杂毛的狗，老远就斜着跑了过来迎接，弓起背，在他脚下绕来绕去，汪汪叫唤，像有什么事情要告诉他。可他一点都没觉察到，一脚把它踢到一边。一进院门，他愣了：院子里那棵巨伞般的银杏树下，立着一个城市姑娘！

"新添一个，分给我们家啦！"妈妈喜滋滋地对他说，"叫姐姐呀！"

"我叫晓雅，就叫我雅姐，好吗？"她有点羞涩地走过来，拉起他的手。

望了一眼雅姐的手，他害臊得赶紧把那双黑乎乎的"脏爪子"抽了回去，往后退了两步，望着她。

她穿了一件毛茸茸的洁白的毛衣，一块红手帕缩着一头黑发，那对长长的眼睛亮晶晶的，眼珠儿像清水里两粒黑色的葡萄。她恬静地朝他微笑着。

他倚在墙上，把眼帘掀起，落下，又掀起……

"多大？"妈妈一边收拾房间，一边问。

"十七。"她回答。

"家里还有谁呀？"

"……"过了好一会儿，她才声音微弱地回答，"还有一个妈妈……"

妈妈停住了手里的活儿，抬头望着她，她却不肯转过脸来。妈妈转而笑着说："我来收拾，你拿条毛巾去河边洗洗脸。"妈妈转过身来又对他说，"带你雅姐去河边，当心水里的石头晃。"

她眼睛里似乎含着一丝忧郁。她用手挑了挑额上的几丝头发，那丝忧郁暂时不见了。然后她把手朝他伸过来。他看了看被妈妈叫作"乌鸡爪"的手，到底没好意思伸过去，头一低，走在头里。雅姐笑了笑，跟着他。

"你叫什么名字呀？"雅姐问。

"星星。"

"星星?"

他点点头:"妈妈说,她生我是在夜里,一推开窗子,满天的星星。"

雅姐笑了,笑得像缀满星星的夜空那样静谧……

2

星星是一个桀骜不驯的少年,全身透着一股野性。为了撵上一只野兔,他能领着他的狗穷追不舍,全不顾地里的庄稼,把它们踩得七歪八倒。飓风天,他爬到村东那棵高得出奇的白杨树顶上掏鹊窝,风撼动大树,树摇来晃去,似乎要狠狠把他抛掷下来。人们围在树下看着直冒冷汗,他却像只猴子,毫不在乎地任大树摇摆倾斜。除了睡觉,他整天手脚不闲,不肯安静片刻,汗、泥巴、草汁、墨水,弄得浑身上下脏乎乎的。妈妈对他无可奈何,只有叹息:"怎么生了这么个叫人操心的东西!"

雅姐却从这孩子身上发现了叫她激动不安的东西……

到这里第三天,雅姐正在房间里收拾她那套作画的家伙,就听见星星的妈妈朝院里大声嚷嚷:

"你又捏泥巴啦?上回撕红你的耳朵,又忘脑勺后啦?还不快给我洗手!"

星星大概是玩入迷了,对妈妈的话竟然没有丝毫反应。

妈妈火了,从屋里冲出去。没过一会儿,雅姐就听见了星星"哎哟哎哟"的叫唤声,便赶紧跑出来:

"大妈,怎么啦?"

妈妈像抓兔儿一般拎着星星的耳朵:"这个鬼!你一会儿不盯住,他就捏泥巴,魂儿掉在泥巴里了!你看看!"

雅姐劝妈妈松开手,低头一看,只见地上有许多泥巴捏的小人儿和各种小动物,她不禁立即被这些神态各异、造型夸张、充满孩子浪漫的想象力的作品吸引住了。

妈妈对于"屡教不改"的星星,可真正生气了,又要像往常一样,抬脚要朝那些玩意儿踩下去。雅姐双手紧紧拉住她:"大妈,快别踩!"她弯下腰去,用细长的手指,小心地拿起一只可爱的小羊羔儿,放在莲白色的手掌上，高高地捧着，那双长眼睛，晶亮晶亮。

妈妈大惑不解地望着雅姐。一群鸡进菜园了，她撵鸡去了。

"再捏一个好吗？"

星星也困惑地望着雅姐的眼睛。

"捏吧。"

星星朝门外瞅了一眼妈妈，用那双灵巧得不可思议的小黑手，在转眼工夫里，捏了一个像是在狠狠地大发脾气的妇女形象。他一缩脖子，小声地告诉雅姐："是我妈妈！"

雅姐越看越笑，两手交叉着放在胸脯上，笑得靠在银杏树干上，眼里出了泪……

这以后，雅姐还发现这孩子的各种器官，对他周围的世界有一种奇特的感受能力。

"雅姐！雅姐！池塘边，草……草绿了！"他兴奋得满脸通红，两颗眼珠像泉水洗了一般发亮，结结巴巴地告诉她。

雅姐拉着他跑出院子。微微发潮的泥土上，一棵小草刚刚才冒出一星星谁也不会觉察到的淡绿的芽儿！她不由得用双手轻拍着他的脸蛋儿："星星，是你第一个感觉到春天快要来了！"

他对光和颜色的反应也敏感极了，像有一根特殊的神经。他就着木匠干活时锯下的各种木片儿的形状，用红红绿绿的颜色，顺势画成威武的国王，拖着长裙半躺着的公主和各式各样的童话世界里的形象。她几次看见他望着天空的流云、水上飞动的白鹭、清晨绿叶上的露珠所显出的入迷样儿。而这一切，没有受过任何人的培养和环境的熏陶。

"这孩子身上，有一种天然的素质！"

雅姐真高兴有这样一个弟弟。

"跟我学画儿，好吗？"她终于微微地偏着脸问道。

星星惶惑地望着她。

"我知道你喜欢画画儿。你上课时，把你的老师们一个不落地都画了。对吗？"

星星点点头。

雅姐从她床头上摘下画夹，拉着他朝田野走去。

河边上，星星在雅姐画一棵老树和小径的时候，奇怪地问："怎么用这么一个破画夹儿？"

　　雅姐说："是爸爸给我的。"

　　"你爸爸会画画儿？"

　　雅姐点点头："他是一个有名的画家。"

　　"他现在在哪儿？"

　　"……"雅姐停住笔，过了一会儿，几颗亮晶晶的泪珠从眼角跌落下来，"他被人打死了……"

　　星星瞪着大眼睛。

　　"我还有一个弟弟，在爸爸妈妈抓走后，由我带着，后来得急病……死了……"雅姐凝望着远方的地平线。

　　星星把下巴搁在弯曲的膝盖上，默默地。

　　雅姐闭了一会儿眼睛，又笑了："星星。答应我，学画儿！"

　　星星点点头。

　　从此，这里的人们，时常看到姐弟俩或坐在河边上望着远处来的白帆，或坐在地头望着风车，或坐在田埂上望着成熟的田禾，或坐在临河场上望着高高的禾垛画画儿。

　　说来奇怪，星星——这匹东撞西窜的马驹儿叫人难以相信地安静下来了。在雅姐面前，他变得那样温顺。过去，为洗一个脸，妈妈追他满院子跑，只差没给这个"小祖宗"跪下磕头。现在请看：雅姐从河边端来一盆清水，不说一句话，温柔地笑着，只是用那对黑晶晶的眼睛召唤他：星星，来呀！他驯服地走过去，羞涩地笑笑，像只温顺的小猫。

　　雅姐改变了星星。

　　"真不知怎么谢你了。"妈妈对雅姐说，"你让我家小东西学好了！"

　　雅姐抿着嘴，恬静地笑笑……

3

　　沉重的农活儿对嫩弱的雅姐来说，简直是无法忍受的苦难。硬邦邦的桑木扁担，将她那从未压过担子的嫩肩磨破了，血浸红了衬衣，生疼。

她微皱着细淡的双眉，弯起手腕，用手托着扁担。翻地了，足有十斤重的钉耙，累得她晚上手握不住筷子，神色黯然，却泪莹莹地笑着。她渐渐消瘦，脸上那种城市少女特有的湿润的光泽慢慢暗弱下来，眼圈蒙上淡淡的黑晕，空灵、富有神采的美丽的黑眼睛，显出一派疲倦、沮丧。

"谁净出馊主意，把她们从城里头打发到乡下来活受罪！"妈妈心疼得不得了。那悲悯慈善的神情让人觉得，雅姐要是只有七八岁，她准要把她揽进怀里，把脸颊儿贴着脸颊儿，颠着腿儿，好好地疼爱她一番。妈妈是那样地喜欢雅姐。她对人说，雅姐是她的闺女！

一天，星星发现，雅姐收工后教他画画儿时，画笔抓不稳，不按心思走，掉过头去哭了。于是，星星像个成人男子汉那样沉默了。

烈日炎炎，火轮一般喷着火舌，烤炙着大地。

毛胡子队长丝毫也不怜悯雅姐她们，绝不肯给一点照顾，他开垄，令她们必须跟其他人一样完成刈麦的任务。雅姐握着镰刀，眺望着很长很长似无尽头的麦垄，没下地心就发怵了。她仰脸闭着眼睛，用珠贝般细白的牙齿咬着嘴唇，下地了。别人一刀挥下去倒下一大片，她却只割了几棵。不一会儿，她就被人甩下了。她头也没工夫抬，用牙齿嚼着被汗流带进嘴里的头发，忍着腰酸拼命朝前追赶。临近日落，当她打算着摸黑割到半夜时，通红的夕阳突然透过疏朗的麦秸照过来。她抬头一看，前面半垄麦子全都放倒了。她一眼看到了星星：他光着肋骨分明得像手风琴琴键的脊梁，手里抓着镰刀，脸上是脏手抹汗时留下的道道黑迹，左手有一根手指包着青麻叶，显然是被镰刀割破了。

"星星……"镰刀在她手里索索抖着。

"雅姐，我们可以在他们前面回家了。"他舔了一下干燥的嘴唇，用打满血泡的手擦了擦土黄色的脸上的汗水，气喘着，高兴地说。

雅姐望着他，点点头，又点点头……

星星明里暗里帮着雅姐。他帮她把该是她扛的稻扛到打稻场上。他帮她锄完该是她锄的棉田杂草……村里那帮十八九岁的小伙子，靠在田埂上，用一种嫉妒、嘲讽而又分明含着赞扬的口气说："星星，你对你雅姐可真好！"

除了毛胡子队长，村里人对这些苏州城里的姑娘都好。插秧时，妈妈总是挨着雅姐。妈妈手快，插八株，让雅姐插四株。挑粪了，妈妈首先抢了舀子，只往雅姐的桶里舀半桶。

雅姐自己也渐渐变得能干了。她白嫩的脸被乡村的阳光和田野上的风染出了健康的红色。那双过于娴静的眼睛，显出动人的活泼。人们开始听到她低低的歌声。那歌声是动听的，像是从银子般纯洁的心里发出，又像是绿野间流淌着的溪流声。早晨、傍晚……一有空儿，她就带着星星作画去。

星星毕竟是个孩子。孩子世界里的那些跌打滚爬的玩闹，总不免引诱着他。雅姐并不想割断星星与这个世界的联系，把他变成个小大人儿。可是她不让他光惦记着野去，把画笔送到他面前："你得学点东西，尤其是个男孩！……"这时候，她不像个姐姐，倒像一个严肃的妈妈。

她给了星星许多人世间的道理，许多人生哲学，教会了他许多乡下孩子不会的东西。她按照城里一个文化人家的标准塑造这个有天分的捏泥巴的男孩儿。她身上有一股奇特的力量，调整着，改变着，引导着这个乡下顽童。有时，她只一个温柔而又固执的眼神，就能轻而易举地阻止星星一个男孩特有的莽撞行动。

"你就听你雅姐的！"妈妈故意摆出嫉妒的样子。

就听！不久，他的那些稚拙的画儿就在家里到处张贴开了。雅姐的床头还板板正正地贴了一张哩。在孩子们中间，他简直就是一个了不起的大画家。他们常常围着他，新鲜好奇地看着他画轻落在荷叶尖尖上的红蜻蜓，画带着鸡雏儿在草丛里觅食的白母鸡。这时候，他是骄傲的。

也够妈妈得意的了："咱们家星星，画什么像什么！"

可是，星星很快地为自己的画儿感到害羞了……

这是一个晴朗的早晨，星星起床后问妈妈："雅姐呢？"

"天蒙蒙亮就出去了，坐在大堤上画画儿呢。"

星星跑到大堤上。他怕惊动了雅姐，轻手轻脚地走到她身边。雅姐一动不动地坐着，双手托着下巴，凝眸眺望着东方。星星走到她身旁，她都未觉察。他忽然发现，雅姐那细长的睫毛上挂着两颗晶莹闪亮的泪珠。她是怎么啦？想家了？活儿太累了？他不明白，扑闪着眼睛。

"雅姐……"过了一会儿，他低声叫道。

雅姐一侧脸，见是星星，微微有点羞赧，用手擦去泪珠。星星用疑惑的大眼直直地望着她。她用舌尖轻舔了一下湿润的嘴唇，一笑，把一幅画从夹里取出："星星，看，姐姐刚刚画成的。"

　　这是一轮初升的太阳。

　　这个十三岁的少年，顿时被一种色彩、被一种情调激动得不能自已。他两眼生辉，满脸涨红，鼻尖上冒出汗珠儿，手到处抓摸着，张合着嘴巴，想要对雅姐说什么，可是又磕磕巴巴的什么也说不出，很着急。他现在这般年纪，他现在这等水平，当然是不可能说清楚他雅姐的画所透出的那股难以言说的美的。但他毕竟十三岁了，毕竟跟着这样一个姐姐生活了整整两个年头了，他有了这里的一般孩子所没有的灵性和对美的感受力。

　　啊，这是一轮什么样的太阳！它从河湾的碧水里升起，带着最后一颗水珠，与水分离了。它像一颗饱满的果子，色泽艳鲜。又像盛在一柄银汤匙里的生的、流动着的蛋黄，那汤匙不知怎么颤抖了一下，这流质溢出来了，随风一吹，飘飘洒洒地落下，洒在河湾里……

　　雅姐依旧凝眸东方。那轮太阳升高了，把世界染成灿灿的金黄。她的睫毛上又挂上两颗泪珠。

　　"雅姐……你哭了？"

　　雅姐闭合上眼睛，只剩两条美丽的黑线。过了一会儿，她睁开眼睛，把手轻柔地放在他的肩上，仰望着天穹："你长大了就懂了，你也会被太阳感动得掉泪的。"

　　星星望着她的眼睛，似懂非懂。

　　"等你知道爱太阳，你的画儿就画好了。"雅姐说。

　　他在朦胧里，但他那双天真、聪慧的眼睛里却闪着亮光……

4

　　雅姐爱太阳和月亮，爱土地和河流，爱轻风和雨滴，爱那春天似乎流动着的绿色。她是那样温柔，那样恬静，那样优雅，那样含情脉脉，微微忧戚里含着高贵的神情。世界在她眼里，多美呀！她本身又有多美！

这里的庄稼人对她怀着特殊的圣洁的情感。她到他们家串门，大娘总是用衣袖把凳子擦了又擦，才让她坐下，临走时，大娘总又下意识地用手把她的衣服拂一拂。粗野的庄稼人在一起说着粗俗的话，她走来了，一个个怕脏了什么洁白的东西似的，话儿忽然干净起来，不带一丝俗气。她在河边梳洗那头秀发，在距她十米远的上游舀水浇菜的大伯会停下舀子——怕将水弄浑了……

她在他们中间是欢乐的，像阳光下一只白胸脯的呢呢喃喃的燕子。可是，有时她也有忧愁，甚至露出一种惶恐，仿佛阳光下有一块阴影不时地跟着她，而她又太胆小、太怯弱。

人们不知道这是为什么，不时以关切、探询、抚慰的目光看着她——她是全村人的骄傲！纯朴的乡下人，本能地、小心翼翼地保护着她。

不知为什么，最近雅姐天蒙蒙亮去打早工，或是天黑了还在干活时，妈妈总要叫星星："去，你雅姐胆小，跟在她身边。"

星星看到，雅姐身边有他时，她的眼睛里再也没有疑虑和恐慌了。星星很骄傲，仿佛自己已不是十四岁，而是个真正的大人。

这天又是天刚蒙蒙亮，毛胡子队长敲响了雅姐的窗子："趁早凉，起来割麦子去，大家都下地了。"

雅姐起来了，她举着油灯走到星星的床边，见他睡得十分香甜，她犹豫了。最后，她没有叫醒他，独自拿着镰刀出门了。乖巧的狗像往常一样执行着小主人的命令，寸步不离，紧紧地跟着雅姐。她蹲下身子，用手在它长长的毛上爱抚了几下，和它走向离村子半里外的麦地……

星星正在梦里与雅姐坐在河沿上画落日前顶部闪闪发光的芦苇，猛听见狗"汪汪"叫唤，睁开眼，只见狗像人似的站在他的铺边，不安地用爪子挠着他。

"怎么啦，狗！"

狗"汪汪"着，不断地用眼睛看着门外。

"雅姐呢？雅姐！"

里屋没有回答。

狗急得在屋里又蹦又跳。星星慌了，跳下床。狗像箭一样蹿出门外，然后又掉过头"汪汪"两声，显然在告诉它的小主人：快呀，跟着跑！

星星撒丫子紧紧相跟。天还没有完全大亮，他着急，没留神脚下，滚进了一丈深的涧沟。摔得很重，两眼一黑，闭上了眼睛。时间仿佛一下终止了，世界上的一切消失了。星星软软地躺在沟底上，无声无息。后来，他终于在狗焦躁的狂吠声中醒来了。"雅姐！雅姐！……"他心里呼唤着，挣扎出涧沟，继而又跟着狗跑去……

静悄悄的麦地里，弱小、文静、纯洁的雅姐在毛胡子队长黑色而粗壮的胳膊里挣扎着。地里没有一个人，他把她骗了。这个恶棍、野兽，他要毁掉全村人的骄傲！

她挣扎着，可是她的力量是多么微弱。她的挣扎不过是恶鹰爪下一只可怜的小鸟的挣扎。她终于愤恨、羞辱、恐惧而绝望地闭合上了她那对总是用温柔、恬静的目光向人们微笑的黑眼睛。

星星和他的狗到了！

"咬！"星星狠狠一咬牙，指着那个彪悍、冷酷的恶棍。

像一道白光，狗冲了上去。这是一条真正的狗。它一口咬住了毛胡子的脚后跟。毛胡子猛地一跳，松开一只手，但另一只手仍然抓住已无一丝力气的雅姐，继而用他那只大脚对着白毛的脑袋沉重地踢来。狗躲闪不及，被踢出一丈多远。它滚了一下又起来，"呼"地扑上去。它咬他的腿肚，跳起来咬他的指头。它的狠劲，十条狗加在一起也不及。它把他的衣服咬破了，撕成布条，它使他几处流血。它也终于在一次飞扑时，被他的脚猛烈地踢中了肚皮，滚到一丈以外的墒沟里。

恶棍想给还是孩子的星星一个无耻的嘲笑，可是当他转过身来时，他哆嗦了——星星一手捏着拳头，一手举着锋利的镰刀一步一步地走过来。他的眼睛，完全不是一个孩子怯懦的眼睛，它在燃烧，从深处迸发出一种令人惧怕的力量！

这种力量大到使可以把十个星星都能击倒的毛胡子，在这对眼睛面前哆嗦了，松掉雅姐，朝后退去，退去，然后转身沿着田埂溜了。

黎明终于来到。

雅姐用胳膊支撑起身体，望着星星。星星也望着她。她颤抖着嘴唇，泪珠顺着她那优美的鼻梁滚下来。当星星来搀扶她时，她禁不住将他抱住，并在他汗淋淋的额头上吻了一下："谢谢你，弟弟！"

太阳出来了。

星星抱着苏醒过来的白毛，和雅姐坐在地头的荷塘边，他们都没有力气了。

池水清冽，第一朵荷花已从污泥里出来，不带一点污迹，新鲜，静洁地开放在绿叶间。

这孩子用手摸了一下被雅姐吻过的额头，把脸埋在白毛长长的绒毛里，哭了……

5

冬天，远离村庄的一片荒野上，村民们正在凛冽的寒风中挖掘着一条大河。身体纤弱的雅姐，挑着一担一百多斤重的泥担，在攀登又陡又滑的土坡时，终于坚持不住，一下子晕倒了……

她被送了回来。现在，她筋疲力尽地躺在床上。她像一只受伤的白天鹅，乌黑的眼睛里含着让人爱怜的、似有似无的泪光。她是在思念什么？城市？妈妈？还是死去的爸爸和小弟弟？

这半年里，毛胡子总是一副冷酷的面容，用恶毒的目光偶然看她一眼，然后用低沉缓慢的声音给她分派男人们干的重活儿。

"老狗！"妈妈一边用刀剁着给雅姐煨汤的肥母鸡，一边狠狠地骂毛胡子，"我劈了他！"她一刀劈下去，鸡肉飞开了，刀深深地嵌进了剁板里，扳动了好一阵，才拔了出来。她一边骂，一边用袖子擦着眼泪。

星星默默地画画儿。这孩子比以往任何时候都刻苦专心。那些属于孩子们的活动和玩意儿，对他暂时失去了全部吸引力——他看到，每当雅姐见到他的画时，她苍白的脸上就会因为高兴而泛起红光，那双无神的眼睛就变得亮晶晶的，忧郁的嘴角就流露出微笑。

他要以自己的画儿安慰雅姐。他期望雅姐早点儿恢复健康。冬天多美呀！他幻想着：背着画夹儿，和雅姐欢乐地跑在被大雪覆盖了的冬天的原野上，然后，画这洁白原野上的树、小河、茅屋，在雪地上走动的野鸡和芦苇丛中那些不怕寒冷、轻盈地摆着舞姿的白鹤……

可是雅姐身体很虚弱，一两天起不来。

这天，天未大亮，星星不等家里人起身，就走出家门。他肩上扛着家里那张渔网……

夜里，他做了一个梦，梦见自己打了一条四个鼻孔的金色鲤鱼。奶汁一般的鱼汤，让雅姐立即恢复了健康。

他要打到这种鱼。

天奇冷，他没走几步，耳朵就冻得疼痛起来。他放下了毛皮帽子。冻雪在他那双笨重的芦花鞋下"咯吱咯吱"地响着。

太阳像是畏惧严寒，还没露面，静静的原野，一片银灰色。远处地平线上的树林和村庄还是一团团模糊的影子，像山峰，又像凝然不动的烟气。

出门就是河，可星星没有在它们身边停下。他要走很远很远的路到月亮湖去——梦里，那鱼是在那湖里打到的。那鱼确实有，但极为稀有，比一般鲤鱼多两个鼻孔，一身金光，好看得很。这里的人把打到这种鱼看成是一个打鱼人的好运气。星星只是听大人们用一种羡慕的口气说过这种鱼，自己长这么大还未见过。梦见月亮湖，大概是因为大人们说，这种鱼只有月亮湖有。

太阳到底慢慢出来了，雪野染上温柔的红色，红色又慢慢变成金红色、金黄色，最后变得炽白，世界一片明亮，像一个童话世界。

星星一步不停地走到月亮湖边。

岸边拴着一只小船儿。他同水边茅屋里的主人打了声招呼，驾着小船，离开岸边。

宽阔的月亮湖，晃动着寒气袭人的湖水。湖岸上，一棵两棵的垂杨，落满了雪花，被寒风冻住，像一株巨大洁白的珊瑚。水边，是一圈弯弯曲曲、锯齿一般的冰沿，大湖像镶了一圈银色的花边。小河早冻得结结实实，湖由于太大，加之这几天总是有风，湖水不停晃动，终于没有结成厚冰，破碎的薄冰在水面上挤擦着，发出咯吱声，像玻璃片在阳光下闪烁。

星星的小船挤开薄冰，来到大湖中央。远远看去，这只小船像个黑色的月牙儿浮在水上。

狗蹲在船头上，有时偏着脑袋，惊奇地看着水中自己雪白的影子，把它当成同类，并想用爪子去挠它一下。有时被空中的野鸭所吸引，偏脸望着，莫名其妙地"汪汪"两声，又出神地望着水中那个跟自己一起动作的影子。

星星抓着网，猛一旋身子，网从手中飞出，在空中飞张开来，落进水中，小船儿晃荡着。略停片刻，星星慢慢地将网往船上拉来。当他双手一接触到水淋淋的渔网时，顿时觉得寒冷刺骨，像抓了两把锋利的刀片。他轮换着把手送到嘴巴上呵着热气，终于把网拉上船——打到了几条鲫鱼。可是他随即一抖渔网，把它们又放了——他家不缺这号鱼，他要打的就只是那四个鼻孔的金色鲤鱼！

一网、两网、三网……他的手冻得发胀了，疼得麻酥酥的，身上直冒冷汗珠儿。他只好在船板上先坐下，把手笼进袖子，他望着冷得发蓝的湖水：鱼儿呀，你在哪儿藏着呢？求求你了，进网吧！咱雅姐瘦得厉害呢！

狗这会儿似乎终于弄明白了小主人要从河里捞什么，用眼睛使劲朝湖水里看，仿佛要看清湖底世界似的。见星星着急，它也急得在船上"呜呜"地哼着，用爪子不住地挠着船板。

一个上午就这样过去了。天空中那轮太阳眼见着变黄、变淡。最后终于被云遮住。天阴沉下来。过不多一会儿，飘起雪花，无声无息地落进变得发黑的湖水里。

狗收紧了身子。

星星用冻僵的手竖起衣领，不让雪钻进脖子。他的气力消耗得很厉害，每撒一网，总要用发亮的牙齿咬着冻紫的唇。这孩子要跟这大湖拼了，不从它怀里掏出那鱼，就宁愿冻死在这湖上！雪越飘越大，就像扯棉絮似的，一团团的。他的衣服落满雪，又被风冻住，硬邦邦地作响，像古时候打仗时穿的一身银色铠甲。随着天光不断暗淡，他的脾气变得越来越坏，直到后来都产生了一股恶毒的报复心理：再拉上鱼来，他不是不把它们放掉，让风把它们冻得硬挺挺的，就是飞起一脚把它们踢进水里，并气哼哼地骂着："滚蛋！谁要你们这臭鱼干！"在一次一网拉起一条黑鲤鱼时，他用手紧紧卡了它一阵，把它远远甩进水里："金鲤鱼呀你上哪儿去啦？哪儿去啦？"他"呼哧呼哧"地一网接一网地撒着，手都被冻得失去了知觉。

每当小主人撒完网，暂时垂着手时，狗就过来用热乎乎的舌头舔他毫无热气的手。

星星终于感到没有希望了，把网撒进湖里，管也不管，浑身软瘫，歪倒在船舱里。狗过来，紧紧地靠着他。他双手抱住它，把手插进它茸茸的毛丛里，眼里滚出伤心、恼羞而愤怒的泪珠来。他就这样躺着，任雪花落在他脸上：鱼呀！打不着你，我就这样躺在船上！

起风了，斜面浪把船打得直颠簸，并在湖心团团转。

狗有点惊慌了，"汪汪汪"地大声吠叫。

星星一惊，猛地挣扎起来。他用手拼命地扯开已冻在船边上的网绳，收着已经浸泡在水里很长时间的渔网。当网底一出水面时，他只觉得眼前闪着一道金光，定睛一看，网里有一条金色的大鱼。他的心哆嗦了，双腿直摇晃，提了半天，才把网提到船舱里，然后，"扑通"倒下快冻僵了的身子，压在这条大鱼身上。

狗也来帮助主人，把嘴和前爪伸到星星的身体下边，压着那条正在有力蹦跳着的大鱼。

大鱼终于不动弹了。

星星用双臂支撑起身子，第一次打量这鱼：它简直像是纯金的，健壮、美丽；尾巴是透明的，像是金色的玻璃；鼓鼓的眼睛，像晶莹的玻璃球儿；四个鼻孔！星星忽然大哭起来，把脸颊贴在它身上……

狗儿守着鱼。

星星驾着船，朝岸边驶去……

远远地，雅姐在寒风里正摇晃着虚弱的身体，朝河边走来。她的头发在风中飘动着。她像是被什么事情鼓舞着，忽然显得精神焕发，眼睛里透出一股亢奋的情绪。就是这股情绪，使她支撑着身体，在雪野上走了很长很长时间，她身后是一长串脚印。

"雅姐！"星星扔掉了已被冰块割出许多窟窿的渔网，把那鱼紧紧抱在怀里，朝雅姐跑来……

雅姐手里挥动着一张画："星星！……"

"雅姐……你……你怎……怎么来了？……"

雅姐把那张画递到星星面前："《姐姐的太阳》……星星……你画

得……太好了！……我怎么也躺不住……我到处找你……"她激动得泪水盈眶，"弟弟，你聪明极了！"

星星望着画，望着雅姐那对眼睛，也想哭："姐姐……"

雅姐突然发现星星的手满是冰凌，连忙过来："把鱼放下！你的手要是冻坏了，一切都完了！"她把他怀里的鱼打落在雪地上，不顾一切地把他那双带着冰凌的手拉进了她温暖的怀里。

雪野静悄悄。

狗守着那条鱼。鱼在雪地上，更是金光闪闪。

"谁让你来打鱼的？你妈妈到处找你。"

星星对雅姐说起了那个梦。

雅姐望着那条鱼，泪珠一滴接着一滴掉在他的头发里……

6

星星长到十五岁。

夏季的一天，临河场上反扣着一只准备修理的木船，星星躺在船底上，一动不动地望着静寂的星空。

这个少年有一种前所未有的孤独感。

狗蹲在他身边，像是在和星星一起准备着接受一切难忍的孤独。

雅姐要走了——要回她的城市去——妈妈病倒了，城市同意她回去。

他觉得有冰凉的泪珠像虫子一样向耳根爬，爬……

"星星！"雅姐找来了。

星星坐起来，用手不停地抚摸着他的狗。

雅姐用手支着下巴，用眼睛望着星星："我知道，你舍不得姐姐走……"她鼻头酸溜溜的。

"姐，明天就走?"

雅姐点点头："同意吗?"

星星点点头。

"你看天上！"

星星仰起脸来。

"你不是叫星星吗？我不论走到哪儿，都能看见你，你呢，也能看见我！"雅姐安慰他。

他笑了，但含着泪。

"回家吧，天凉了。"

姐弟俩和狗，最后一次一起走在星空下的乡间土路上……

雅姐上路了。村里人都来送行。她、妈妈，眼睛都红了。只有星星没哭——十五岁的男孩儿，算是小伙子了，当人面掉泪珠儿，可不像话！！

"一定要让星星画画儿。"雅姐拉着妈妈的手说。

妈妈答应。

"别踩他的泥人儿。"

妈妈答应。

"他会成为一个画家！"

"他能成？"妈妈含泪笑着。

"能！肯定能！"

"让他上大学，以后，大学会要他的！"

"……"

妈妈出神地望了一阵雅姐，心里再也忍受不住分别的痛苦，用手给雅姐拂了拂并没有灰尘的衣服，转过头来："星星，送姐姐到渡口……"又看了一阵雅姐，"有空回来……"

雅姐点点头。

妈妈转身走了。

雅姐咬着嘴唇望着妈妈的背影，一直到妈妈消失在一片树林里……当她转过身去时，一眼看见毛胡子站在面前，不禁一把抓住了星星的胳膊。狗也做好了进攻的姿态。

毛胡子突然"扑通"一声跪在地上："我是畜生！我不是人！"并用大手使劲地扇着自己的耳光。那对野性的眼睛里，含着羞耻和乞求。

雅姐松开拉着星星的手，从毛胡子身边走过，走了几步，她回过头来："大叔……"泪水禁不住流淌。她紧紧地咬了一会儿嘴唇，"我恨你！"说完，头也不回地和星星一起朝渡口走去……

"姐……"离渡口越来越近了，星星感觉到自己快要顶不住汹涌的泪水了，"你先走，我回家取件东西……"

雅姐疑惑地望着他。

泪水像打开闸门涌出来，他不等雅姐看见，撒腿飞奔。跑呀，跑呀，拼命地跑……摔倒了，从坡上摔到坡下，他趴在地上，用牙齿咬着青草，用力把哭声压在喉咙里，泪水不一会儿就弄湿了泥土……

狗在一旁着急地呜咽着。

雅姐站在渡口翘首望着通往渡口的路，眼望穿了——星星却迟迟不出现。她想往回走，可是要去赶汽车，时间来不及了。她急了，大声叫着："星星——"

四周空空的。她突然感到无限的孤寂，仰脸望着高远的天空。

狗"呼哧呼哧"地跑来了。

她立即弯腰抱住它，从它嘴里取下一张纸，上面写着：姐姐，路上好好走。星星。

雅姐抱着狗，面颊不住地与它摩擦着。

"上船吧!"摆渡的大爷已是第五次催她。

她取出爸爸留给她的画夹，泪水"扑嗒扑嗒"地滴在上面。

过了一会儿，狗往回跑着。它嘴里衔着画夹。夹子里的纸上有一行被泪水模糊的字：再见了，我的小星星!

《儿童文学》1985年3期

十八岁出门远行

余 华

　　柏油马路起伏不止，马路像是贴在海浪上。我走在这条山区公路上，我像一条船。这年我十八岁，我下巴上那几根黄色的胡须迎风飘飘，那是第一批来这里定居的胡须，所以我格外珍重它们，我在这条路上走了整整一天，已经看了很多山和很多云。所有的山所有的云，都让我联想起了熟悉的人。我就朝着它们呼唤他们的绰号，所以尽管走了一天，可我一点也不累。我就这样从早晨里穿过，现在走进了下午的尾声，而且还看到了黄昏的头发。但是我还没走进一家旅店。

　　我在路上遇到不少人，可他们都不知道前面是何处，前面是否有旅店。他们都这样告诉我："你走过去看吧。"我觉得他们说得太好了，我确实是在走过去看。可是我还没走进一家旅店。我觉得自己应该为旅店操心。

　　我奇怪自己走了一天竟只遇到一次汽车。那时是中午，那时我刚刚想搭车，但那时仅仅只是想搭车，那时我还没为旅店操心，那时我只是觉得搭一下车非常了不起。我站在路旁朝那辆汽车挥手，我努力挥得很潇洒。可那个司机看也没看我，汽车和司机一样，也是看也没看，在我眼前一闪就过去了。我就在汽车后面拼命地追了一阵，我这样做只是为了高兴，因为那时我还没有为旅店操心。我一直追到汽车消失之后，然后我对着自己哈哈大笑，但是我马上发现笑得太厉害会影响呼吸，于是我立刻不笑。接着我就兴致勃勃地继续走路，但心里却开始后悔起来，后悔刚才没在潇洒地挥着的手里放一块大石子。

　　现在我真想搭车，因为黄昏就要来了，可旅店还在它妈肚子里，但是整个下午竟没再看到一辆汽车。要是现在再拦车，我想我准能拦住。我会躺到公路中央去，我敢肯定所有的汽车都会在我耳边来个急刹车。然而现在连汽车的马达声都听不到。现在我只能走过去看了，这话不错，"走过去看"。

公路高低起伏，那高处总在诱惑我，诱惑我没命奔上去看旅店，可每次都只看到另一个高处，中间是一个叫人沮丧的弧度。尽管这样我还是一次一次地往高处奔，次次都是没命地奔。眼下我又往高处奔去。这一次我看到了，看到的不是旅店而是汽车。汽车是朝我这个方向停着的，停在公路的低处。我看到那个司机高高翘起的屁股，屁股上有晚霞。司机的脑袋我看不见，他的脑袋正塞在车头里。那车头的盖子斜斜翘起，像是翻起的嘴唇。车厢里高高堆着箩筐，我想着箩筐里装的肯定是水果。当然最好是香蕉。我想他的驾驶室里应该也有，那么我一坐进去就可以拿起来吃了，虽然汽车将要朝我走来的方向开去，但我已经不在乎方向。我现在需要旅店，旅店没有就需要汽车，汽车就在眼前。

我兴致勃勃地跑了过去，向司机打招呼："老乡，你好。"

司机好像没有听到，仍在弄着什么。

"老乡，抽烟。"

这时他才使了使劲，将头从里面拔出来，并伸过来一只黑乎乎的手，夹住我递过去的烟。我赶紧给他点火。他将烟叼在嘴上吸了几口后，又把头塞了进去。

于是我心安理得了，他只要接过我的烟，他就得让我坐他的车。我就绕着汽车转悠起来，转悠是为了侦察箩筐的内容。可是我看不清，便去使用鼻子闻，闻到了苹果味儿。苹果也不错，我这样想。

不一会儿他修好了车，就盖上车盖跳了下来。我赶紧走上去说："老乡，我想搭车。"不料他用黑乎乎的手推了我一把，粗暴地说："滚开。"

我气得无话可说，他却慢悠悠地打开车门钻了进去，然后发动机响了起来。我知道要是错过这次机会，将不再有机会。我知道现在应该豁出去了。于是我跑到另一侧，也拉开车门钻了进去。我准备与他在驾驶室里大打一场。我进去时首先是冲着他吼了一声：

"你嘴里还叼着我的烟。"

这时汽车已经活动了。

然而他却笑嘻嘻地十分友好地看起我来，这让我大惑不解。他问："你上哪儿？"

我说："随便上哪儿。"

他又亲切地问："想吃苹果吗？"他仍然看着我。

"那还用问。"

"到后面去拿吧。"

他把汽车开得那么快，我敢爬出驾驶室爬到后面去吗？于是我就说："算了吧。"

他说："去拿吧。"他的眼睛还在看着我。

我说："别看了，我脸上没公路。"

他这才扭过头去看公路了。

汽车朝我来时的方向驰着，我舒服地坐在座椅上，看着窗外，和司机聊着天。现在我和他已经成为朋友了。我已经知道他是在个体贩运。这汽车是他自己的，苹果也是他的。我还听到了他口袋里面钱儿叮当响。我问他："你到什么地方去？"

他说："开过去看吧。"

这话简直像是我兄弟说的，这话可多亲切。我觉得自己与他更亲近了。车窗外的一切应该是我熟悉的，那些山那些云都让我联想起来了另一帮熟人来了，于是我又叫唤起另一批绰号来了。

现在我根本不在乎什么旅店，这汽车这司机这座椅让我心安理得。我不知道汽车要到什么地方去，他也不知道。反正前面是什么地方对我们来说无关紧要，我们只要汽车在驰着，那就驰过去看吧。

可是这汽车抛锚了，那个时候我们已经是好得不能再好的朋友了。我把手搭在他肩上，他把手搭在我肩上。他正在把他的恋爱说给我听，正要说第一次拥抱女性的感觉时，这汽车抛锚了。汽车是在上坡时抛锚的，那个时候汽车突然不叫唤了，像死猪那样突然不动了。于是他又爬到车头上去了，又把那上嘴唇翻了起来，脑袋又塞了进去。我坐在驾驶室里，我知道他的屁股此刻肯定又高高翘起，但上嘴唇挡住了我的视线，我看不到他的屁股，可我听得到他修车的声音。

过了一会儿他把脑袋拔了出来，把车盖盖上。他那时的手更黑了，他把脏手在衣服上擦了又擦，然后跳到地上走了过来。

"修好了?"我问。

"完了，没法修了。"他说。

我想完了，"那怎么办呢?"我问。

"等着瞧吧。"他漫不经心地说。

我仍在汽车里坐着，不知该怎么办。眼下我又想起什么旅店来了。那个时候太阳要落山了，晚霞则像蒸气似的在升腾。旅店就这样重又来到了我脑中，并且逐渐膨胀，不一会儿便把我的脑袋塞满了。那时我的脑袋没有了，脑袋的地方长出了一个旅店。

司机这时在公路中央做起了广播操，他从第一节做到最后一节，做得很认真。做完又绕着汽车小跑起来。司机也许是在驾驶室里待得太久，现在他需要锻炼身体了。看着他在外面活动，我在里面也坐不住，于是，打开车门也跳了下去。但我没做广播操也没小跑。我在想着旅店和旅店。

这个时候我看到坡上有五个骑着自行车的人下来，每辆自行车后座上都用一根扁担绑着两只很大的箩筐，我想他们大概是附近的农民，大概是卖菜回来。看到有人下来，我心里十分高兴，便迎上去喊道："老乡，你们好。"

那五人骑到我跟前时跳下了车，我很高兴地迎了上去，问："附近有旅店吗?"

他们没有回答，而是问我："车上装的是什么?"

我说："是苹果。"

他们五人推着自行车走到汽车旁，有两个人爬到了汽车上，接着就翻下来十筐苹果，下面三个人把筐盖掀开往他们自己的筐里倒。我一时间还不知道发生了什么，那情景让我目瞪口呆。我明白过来就冲了上去，责问："你们要干什么?"

他们谁也没理睬我，继续倒苹果。我上去抓住其中一个人的手喊道："有人抢苹果啦!"这时有一只拳头朝我鼻子上狠狠地揍来了，我被打出几米远。爬起来用手一摸，鼻子软塌塌地不是贴着而是挂在脸上了，鲜血像是伤心的眼泪一样流。可当我看清打我那个身强力壮的大汉时，他们五人已经跨上自行车骑走了。

司机此刻正在慢慢地散步，嘴唇翻着大口喘气，他刚才大概跑累了。他好像一点也不知道刚才的事。我朝他喊："你的苹果被抢走了！"可他根本没注意我在喊什么，仍在慢慢地散步。我真想上去揍他一拳，也让他的鼻子挂起来。我跑过去对着他的耳朵大喊："你的苹果被抢走了。"他这才转身朝我看了起来，我发现他的表情越来越高兴，我发现他是在看我的鼻子。

这时候，坡上又有很多人骑着自行车下来了，每辆车后都有两只大筐，骑车的人里面有一些孩子。他们蜂拥而来，又立刻将汽车包围。好些人跳到汽车上面，于是装苹果的箩筐纷纷而下，苹果从一些摔破的筐中像我的鼻血一样流了出来。他们都发疯般往自己筐中装苹果。才一瞬间工夫，车上的苹果全到了地下。那时有几辆手扶拖拉机从坡上隆隆而下，拖拉机也停在汽车旁，跳下一帮大汉开始往拖拉机上装苹果，那些空了的箩筐一只一只被扔了出去。那时的苹果已经满地滚了，所有人都像蛤蟆似的蹲着捡苹果。

我是在这个时候奋不顾身扑上去的，我大声骂着"强盗！"扑了上去。于是有无数拳脚前来迎接，我全身每个地方几乎同时挨了揍。我支撑着从地上爬起来时，几个孩子朝我击来苹果。苹果撞在脑袋上碎了，但脑袋没碎。我正要扑过去揍那些孩子，有一只脚狠狠地踢在我腰部。我想叫唤一声，可嘴巴一张却没有声音。我跌坐在地上，我再也爬不起来了，只能看着他们乱抢苹果。我开始用眼睛去寻找那司机，这家伙此刻正站在远处朝我哈哈大笑，我便知道现在自己的模样一定比刚才的鼻子更精彩了。

那个时候我连愤怒的力气都没有了。我只能用眼睛看着这些使我愤怒到极点的一切。我最愤怒的是那个司机。

坡上又下来了一些手扶拖拉机和自行车，他们也投入到这场浩劫中去。我看到地上的苹果越来越少，看着一些人离去和一些人来到。来迟的人开始在汽车上动手，我看着他们将车窗玻璃卸了下来，将轮胎卸了下来，又将木板撬了下来。轮胎被卸去后的汽车显得特别垂头丧气，它趴在地上。一些孩子则去捡那些刚才被扔出去的箩筐。我看着地上越来越干净，人也越来越少。可我那时只能看着了，因为我连愤怒的力气都没有了。我坐在地上爬不起来，我只能让目光走来走去。

现在四周空荡荡了，只有一辆手扶拖拉机还停在趴着的汽车旁。有几个人在汽车旁东瞧西望，是在看看还有什么东西可以拿走。看了一阵后才一个一个爬到拖拉机上，于是拖拉机开动了。

这时我看到那个司机也跳到拖拉机上去了，他在车斗里坐下来后还在朝我哈哈大笑。我看到他手里抱着的是我那个红色的背包。他把我的背包抢走了。背包里有我的衣服和我的钱，还有食品和书。可他把我的背包抢走了。

我看着拖拉机爬上了坡，然后就消失了，但仍能听到它的声音，可不一会儿连声音都没有了。四周一下了寂静下来，天也开始黑下来。我仍在地上坐着，我这时又饥又冷，可我现在什么都没有了。

我在那里坐了很久，然后才慢慢爬起来，我爬起来时很艰难，因为每动一下全身就剧烈地疼痛，但我还是爬了起来。我一拐一拐地走到汽车旁边。那汽车的模样真是惨极了，它遍体鳞伤地趴在那里，我知道自己也是遍体鳞伤了。

天色完全黑了，四周什么都没有，只有遍体鳞伤的汽车和遍体鳞伤的我。我无限悲伤地看着汽车，汽车也无限悲伤地看着我。我伸出手去抚摸了它。它浑身冰凉。那时候开始起风了，风很大，山上树叶摇动时的声音像是海涛的声音，这声音使我恐惧，使我也像汽车一样浑身冰凉。

我打开车门钻了进去，座椅没被他们撬去，这让我心里稍稍有了安慰。我就在驾驶室里躺了下来。我闻到了一股漏出来的汽油味，那气味像是我身内流出的血液的气味。外面风越来越大，但我躺在座椅上开始感到暖和一点了。我感到这汽车虽然遍体鳞伤，可它心窝还是健全的，还是暖和的。我知道自己的心窝也是暖和的。我一直在寻找旅店，没想到旅店你竟在这里。

我躺在汽车的心窝里，想起了那么一个晴朗温和的中午，那时的阳光非常美丽。我记得自己在外面高高兴兴地玩了半天，然后我回家了，在窗外看到父亲正在屋内整理一个红色的背包，我扑在窗口问："爸爸，你要出门？"

父亲转过身来温和地说："不，是让你出门。"

"让我出门？"

"是的，你已经十八了，你应该去认识一下外面的世界了。"

后来我就背起了那个漂亮的红背包，父亲在我脑后拍了一下，就像在马屁股上拍了一下。于是我欢快地冲出了家门，像一匹兴高采烈的马一样欢快地奔跑了起来。

《北京文学》1988年1期

褐色鸟群

格　非

　　眼下，季节这条大船似乎已经搁浅了。黎明和日暮仍像祖父的步履一样更替。我蛰居在一个被人称作"水边"的地域，写一部类似圣约翰预言的书。我想把它献给我从前的恋人。她在三十岁生日的烛光晚会上过于激动，患脑血栓，不幸逝世。从那以后，我就再也没有见过她。

　　"水边"这一带，正像我在那本书里记述的一样，天天晴空万里，光线的能见度很好。我坐在寓所的窗口，能够清晰地看见远处水底各种颜色的鹅卵石，以及白如积雪的茅穗上甲壳状或蛾状微生物爬行的姿势。但是我无法分辨季节的变化。我每天都能从寓所屋顶的黑瓦上发现一层白霜。这些霜在中午温暖的太阳光渐渐增强了它的热度时，才化成水从屋檐滴落。这个地带从未下过一场雨。另外，在漆黑如鸦的深夜我还能观察到一些奇异的天象，诸如流星做匀速四周运动，月亮成为不规则的樱桃形，等等。我想如果不是我的记忆出现了梗阻，那一定是时间出了毛病。幸好，每天都有一些褐色的候鸟从水边的上空飞过，我能够根据这些褐色的鸟飞动的方向（往南或往北），隐约猜测时序的嬗递。就像我记忆中某个医生曾声称"血是受伤的符号"一样，我以为，候鸟则是季节的符号。

　　我的书写得很慢。因为我总担心那些褐色的鸟群有一天会不再出现，我想，这些鸟群的消失会把时间一同带走。我的忧虑和潜心谛听常常使我写作分心，甚至剥夺了我在静心写作时所能得到的快乐。后来，我怀疑自己是否出现了幻觉，我耳畔常常回荡着一种空旷而模糊的声响，我想它不会是候鸟渐近时悠长的哨子般的翅膀拍击空气的声音，它像是来自一个拥挤的车站，或者一座肃穆的墓地。这声音听上去像是落雪，又像是落沙。

有一天，一个穿橙红色（或者棕红色）衣服的女人到我"水边"的寓所里来，她沿着"水边"低浅的石子滩走得很快。我起先把她当作一个过路的人，当她在我寓所前踅身朝我走来时，我终于在正午的阳光下看清了她的清澈的脸。我想，来者或许是一位姑娘呢。她怀里抱着一个大夹子，很像是一个画夹或者镜子之类的东西。直到后来，她解开草绿的帆布，让我仔细端详那个夹子，我才知道果真是一个画夹，而不是镜子。

我的寓所里从未有过任何来访者。她见到我并未遵循两个陌生人相遇应有的程序，而是表现出妻子般的温馨和亲昵。她说她叫棋。她在给我看她的画夹时顺便提了一句现在是秋天了。我的记忆深处痛苦地抽搐了一下，但并未就此而唤醒往事。我为秋天而感到高兴。她站在寓所的门前和我说话，胸脯上像是坠着两个暖袋，里面像是盛满了水或者柠檬汁之类的液体，这两个隔着橙红（棕红）色毛衣的椭圆形的袋子让我感觉到温暖。和棋的初次相遇就使我错过了一次注视候鸟的机会，我想，它们可能在我和棋说话的时候飞走的。我徒劳的目光越过棋的双肩，投视远处"水边"青蓝的水线时，她问了一句：你在看什么？

那些候鸟……

她转过身朝"水边"的石子滩望了一眼，又用一种天真而老练的目光看我。

我将棋让进了屋内，接着我们就在两只矮凳上坐下，看她带来的那些画儿。那些画儿上也画着一些女人，脸型和身材和棋相似的许就是棋的画像。她有时倚在一根电线杆上，远处是一望无际的戈壁滩。有时她穿着夏装斜侧躺在海滨，也有一些画公园的落叶的。她翘着细长的腿俯卧在覆盖着厚厚叶被的迤逦小径旁。

她在给我看这些画儿时，两个暖暖的袋子就耷拉在我的手背上，这两个仿佛就要漏下水来的东西让我觉得难受。

这些都是你画的？我问。

不，是一个叫李朴的男孩给我画的。棋说。

李朴？

是啊，李朴。

我摇了摇头，我说我不仅不认识什么李朴，而且您是谁我一时也想不起来了。恕我冒昧，我接着说，李朴赠给你这些画儿大概是想和您谈恋爱吧。不过，我又说，我对这些画也一样不感兴趣。

好哇，格非——

棋陡然坐直了身体，一字一顿地说：李朴你也不认识我你也不认识，你难道连李劫也不认识吗？

我猛然一惊，我的如灰烬一般的记忆之绳像是被一种奇怪的胶粘接起来，我满腹焦虑地回忆从前，就像在注视着雪白的墙壁寻找两眼的盲点。我隐约记起来了，我和棋说的那个李劫相识那是很久以前的事了，大概是一九八七年……

不过，你是怎么知道我的名字？

别装蒜了，格非。你离开都市到这个锯木厂旁边的臭水沟来才几年，你的神志竟垮成这样啦，我三个月前曾到你这里来过，你还答应给我看你的小说，还答应过其他一些事。你的记忆全让小说给毁了。

棋说完了这些话，静静垂手而坐，像是等待我沉入往事的梦境，又像是等待我从冥想中挣脱出来。

渐渐地，我眼前的这红色的影像模糊起来，但立即它又重新变得异常清晰。

好吧，我认识你，我说（实际上我想说：我认识你算了）。

棋显出满意的样子，她突然抬手在我脸上皱纹最深的地方抚摸了一下——这是一个仪式，一个我们本来就已相识的仪式，我想大概不会是所谓"情不自禁"。但是我立刻闻到了皮肤相触的一刹那蛋白质释放出来的臭鸡蛋的气味。我觉得这种气味很不错。棋看了我一眼，又将画夹摊在她拢起的双膝上，她在看画儿的时候不断地注意我的神态，我想她一定是想知道我是否也在看那些画儿。她从那些画中挑出一张递给我，就是画着公园秋天的那幅。

这幅画儿上是什么？棋问。

一个人的背影。

还有什么？

枯叶子。

落叶象征着什么？

一个人的背影。

棋没有再问下去，她说了一句你这个人怎么一点都不懂画儿就沉默了。过了一会儿，棋又说：你一点也不像李劼。

李劼？

他不仅懂画儿而且懂诗、懂开密封罐头、懂治疗牛皮癣，甚至——他还懂不生。

不生？

不生是一种哲学，棋说。

我不懂。

晚上，棋没有离开我的寓所。当然也没有一对男女在一处静僻之所的夜晚可能有的那种事。整个晚上她都在静静地听我说故事，关于我的婚姻的故事。我想棋的聪颖机智使她猜测我在意念深处一定存在着某种障碍，或者她宁愿称之为压抑。这是不是我们在看画儿时才发现的呢？整个晚上她充当了一个倾听诉说的心理分析医生的角色，这也许不仅出于对我的怜悯，而且我似乎看出来我们都信奉这样一句格言：回忆就是力量。

夜晚，奇异的天象没有出现。"水边"的石子滩变成一种冰莹的纯蓝色。就像化学实验中几种物质产生化学反应后析出的某种蓝色晶体粉末。这些玛瑙似的蓝色石子泛出的冷清的光亮和故事的氛围大相径庭。

后来呢？棋问。

后来——我尽量用一种平淡而真实的语调叙述故事，因为我想任何添枝加叶故弄玄虚反而会损害它的纯洁性。

后来，我就在那个卖木梳的老女人身边站住了。

那时正是四月，春天来得很迟。我看见积雪和泥浆冻在一起，高大的城市建筑物挡住了南下的寒流，形成了巨大的风的声音。那些早已废弃不用的商店霓虹灯上挂满了锥状的冰凌。我在企鹅饭店被一个漂亮的女人吸引，不知不觉尾随着她走完了半个城市。我想处在我当时那个年龄被一个女人迷惑是常有的事，但我决定跟着她走一段，仅仅因为我喜欢她走路的姿势。她的栗树色靴子交错斜提膝部微曲双腿棕色——咖啡色裤管的皱褶成沟状圆润的力从臀部下移使皱褶复原腰部浅红色——浅黄色的凹陷和胯部成锐角，背部石榴红色的墙成板块状向左向右微斜，身体处于舞蹈和僵直之间笨拙而又有弹性地起伏颠簸。

我想这样一个在风中行走的女人在火炉旁烤火或者在浴缸里洗澡不知是怎样一个模样，我还准备往下想下去，她突然站住了。我也在那个卖木梳的老女人身旁停了下来。

买木梳吗？

接下来离奇的事发生了。

我想那个女人毫无缘由地在街道上停下来，是因为我在意念深处产生了一种当时我认为是下流的臆想——譬如裸体之类。不过随之我又认为这个女人停在人行道上是由于她自己遇到了什么事，并非我的意念感应所致。

买木梳吗？

我在思索该不该买一把木梳，同时又朦胧地感觉到她不久就会回过头来。她果真回过头来。她的目光像是注视着我，又像是留意别处。我回避着她的目光。我知道，心灵感应术曾在这个城市里风靡一时，人们只要在一所称之为"心灵感应中心"的地方训练三个月，就能用意念驱使幻想中的情人来到自己身边。有一些造诣精深的通灵大师还能使意念和星际相通。我心里有了一丝隐隐的恐惧感，这种恐惧感是只有当一个罪犯在明朗的月光下撬锁行窃才会有的。

我又感觉到她马上就会朝我走来。好像她在行动之前她动作的信号就从她身上散发出来穿透冬天凝固的空气，预先告知了我一样。

现在，她正朝我走来。

我看了看岗亭上在冷风中瑟瑟发抖的警察。行人各自走着自己的路，没有注意到我正在遭遇的一幕。

她朝我走来干什么……

她迎面走来的姿势跟我刚才在她背影中看到的一模一样，她的魅惑力像泉水一样从她的浅黄色、深棕色、栗树色的衣饰的皱褶中流淌出来。我等待着她走近，我的心情一点也不轻松，她双腿轻盈地朝前迈动，我突然有了一种感觉，好像她是静止的，而我正朝她走近。

她在我跟前停下来，朝地面俯下身去。

她在我脚边捡起了一枚亮晶晶的靴钉。

后来呢——棋问。

后来我就再也没有见过她，她捡起靴钉，转身走远，在人流中消失了。

棋审判一样的目光紧盯着我，让我觉得很不舒服。棋说，你有自恋情结。我说大概有吧。棋沉默了片刻，继续说，事情好像还没完。我说，什么事情？

你和那个女人的事。

我不由得一怔。

那个女人捡起靴钉后，朝一个公共汽车站走去，她上了一辆开往郊区的电车，你没能赶上那趟车，但你叫了一辆出租车尾随她来到郊外她的住所——棋漫不经心地说。

事情确实如棋所说的那样，不过她说错了一个无关紧要的细节：我当时没有足够的钱叫出租车，而是租了一辆自行车来到了郊外。

不过，我说，你是怎么知道事情还没完呢？

根据爱情公式，棋说。

爱情公式？

我想事情远未了结并不是棋所说的所谓恋爱公式的推断，它完全依赖于我的叙述规则。我之所以不愿意将这样一个故事和盘托出，是因为在我内心深处极其隐秘的角落，想起这件事就让人觉得不痛快，下面我就来讲讲这件事。

我去车铺租自行车的时候，天空已经飘起了鹅毛大雪。雪花在春天的幌子下布下寒流的种子。城市通向郊区的路一会儿就变得非常狭窄了。渐渐我的车轮下露出泥土和煤屑混合的路面。路上行人和车辆渐渐变得稀少，雪花落在上面很快就积成了白白的一片。大路两旁的农舍和绵延的丛林突然出现在眼前。我前面那辆电车开得不快，我的自行车全速追赶，使它不至于从我视野里消失。

电车在郊区站停下后，天已快黑了。我想大概是狂啸的西北风裹着漫天大雪使黑夜提前了。她下车后就沿着一条低洼不平的路朝远处亮着忽明忽暗灯光的村舍走去，那个村舍在傍晚的雪中显出一带黑魆魆的影子。这条路不算很窄，但是车轮的印辙和马蹄踏成的圆洞在雪中封冻住了形成一条条硬深的凹槽，我的自行车车轮常常在这些凹槽上打滑，发出挡泥板和车架的黑铁碰撞的铮铮之声。她在距离我约有二十丈远的地方不紧不慢地走着。我们仿佛在路上走了很久，但是在郊外迷茫的雪原上，我很难看到它的尽头。我的自行车链条被坎坷不平的路面震得脱落过几次，当它最后一次脱落时，我的双手已冻得发麻。我不得不花了很多时间才把它重新装好。这一次，当我重新跨上自行车的时候，她的身影已经在远处变得模糊不清了。我狠命地蹬着自行车，它就像是一匹盲马跌跌撞撞地朝前疾奔。

这时，我的前面出现了另一个骑着自行车的人。这个人驮伏在车上显得很小，他也像是在朝前急急赶路。在这样一个寂寥无声的风雪之夜，遇到他让我觉得亲切。他的身影在路面上歪歪斜斜地画着漂亮的弧。在黑夜中，他像是一只黑蝴蝶，或者一只蝙蝠。

我的车轮又一次滑到了大路的边缘。大路和田野之间仿佛有一条很深的沟渠，我想这大概是农人为铺设排水管道而挖的。

我的自行车和他相错时，我觉得我右胳膊的袖子和他左边的一只擦了一下，我像是听到了一种轻微的刷子在羽绒布上摩擦发出的声响。

前面那个女人的身影终于又在我眼前出现。在雪夜中我分辨不出她的栗树色的靴子和浅黄色——深棕色的腰部衣饰的皱褶，以及她圆润的臀部成豆瓣状分裂的节奏。她像一摊墨渍在米色的画布上蠕动。我不知道她的住宅是否就在我依稀能看见的灯光闪烁的村子里，我也不知道我究竟会被她带到一个怎样陌生的地带。但我似乎有了一种不祥的预感，冬天晚上凛冽的风和远处传来的狗的吠叫使我的呼吸越来越急促。

大约又过了二十分钟，她走上了一条窄窄的木桥。这座桥架在很宽的河道上显得很不坚固。我来到桥头的时候，犹豫了一下。因为我没有看到桥面上她刚刚走过去留下的靴印。那些半圆形的靴印在河边突然消失了。我想，也许是大雪将那些靴印遮盖住了——桥面上覆着一层厚厚的积雪。我推着自行车不得不放慢了步子。

深黛色的河流在孤零零的木桥下冥寂地流淌。我竭力在桥上寻找她的影子。

这是一座一边有扶手的木桥。扶手的铁链连接着一些东倒西歪的木桩。像是被毁坏了栅栏的残骸，西北风不断地吹散铁链上的浮雪，铁链在风中发出重金属滑碰的橐橐声响。我有时也偶尔扶一下那铁链，因为桥面没有扶手的一面的边缘已经和桥下的黑影悄悄缝在一起了。夜色已渐渐地深了。远处一直在招引我的村舍的灯火也不知什么时候突然熄灭了。我仿佛置身梦境，从一个很高的冰坡上朝山下滑坠。我似乎感到，那个穿栗树色靴子的女人像是已经到了对岸，但我又觉得她像是仍在我前面不远的桥上——黑夜和风雪将我分隔了。

我的平底胶鞋踩踏积雪在木桥上摩擦着，我的心情不像刚走上桥时那样糟，或许是因为我深信对岸就在不远处，根据桥面微微下斜的弧度判断，它离我最多不过三四丈远。可就在这时，我站住了。因为我看不清桥面朝前延伸的灰暗的轮廓。我不得不摸索着桥的铁链朝前移动，但是突然我感到桥链也没了。我的脑袋一阵晕眩。我迟疑了一下，回过头。

有一个提着灯笼的人影朝我走过来。那灯光在稠浓的黑暗中像一只毛茸茸的小鸡。

他走近我的时候，我才看清他手里拎着的是一只马灯。他是一个花白胡须的老人。他在我跟前停下来，他的长须上结满了玻璃碴似的冰凌。

这桥你不能往前走了。

为什么？

它在二十年前就被一次洪水冲垮了。

老人将马灯抱在怀里，从腰间摸出一支旱烟管，点着了火。在马灯模糊的亮光中，我看见絮絮扬扬的大雪无声地落着。老人猛吸了几口烟。用手指指远处的河面——那边有一座水泥桥。

我朝老人指向的地方看了一眼，在风中打了个冷战。

刚才有一个女人从这桥上过去了。

没有女人从这儿过去。

你是谁？

老人没有搭理我，他熟练地将旱烟管别在腰间，将马灯递给我，然后从我手里接过自行车。我们开始往回走。我想他大概是一个看桥人。

我守在桥头劝告每一个黑夜上桥的人，不听阻拦的人注定要走到河里去。

可是，刚才有一个女人从这桥上过去了。

我没有看见什么女人过去。

我们已经来到了桥头。我把马灯递给老人。雪花飘落在马灯的玻璃罩上化成水滴滚落。老人说你上车吧，我举着马灯照你一段，他说话的时候，呼出的气柱在空中迅速凝结了，宛如一束手电筒的光亮。我像是又想起了什么，我对老人说：

你们为什么不把桥拆掉呢？

还会有更大一次的洪水。

在我跨上自行车的时候，老人又对我说：没有女人从这桥上过去，你可能是在雪夜中看花了眼，雪的光亮会给人造成错觉，而错觉会把人领入深渊。

我就此和老人告别，他在桥头举着马灯，照着那已经封冻的路面。过了一会儿，我身后的灯光消失了，我又重新陷入黑暗之中。

我又想起了那个穿栗树色靴子的女人——我似乎看见她上了那座木桥。她现在在哪里？那个老人是谁？那究竟是一座怎样的桥？也许等天晴了，我该重新到桥边来看看。我正想着，自行车又开始猛烈地跳动起来。我记起了这段路面。这路面被车轮和马蹄压成一道道深深的凹槽，车轮在上边不断打滑。我还记起了那个骑自行车的人，我的耳畔又响起了我和他袖子相擦的那种刷子在羽绒布上划出的声音。想起那个像蝴蝶一般歪歪斜斜的骑车人，我的心情变得轻松了一些，因为我能够通过他把自己和现实联结起来，我担心自己是否丧失了理智，而处在一个桥边老人所谓的雪夜错觉之中。

我的自行车更加剧烈地颤动了一下，车轮像是碰到了一个硬物上，我差一点从自行车上摔下来，我的好奇心和探究心理使我停下车来，想看看那个硬物是什么。

那是一辆歪倒在路边的自行车。

接下来我看到的事情或许棋早已猜到了。她在我"水边"寓所的椅子上不安分地躁动着。她一会儿拿起她的画夹，一会儿哼哼唧唧地看着天花板，对我的故事显示极度的不满。

这是一个非常庸俗的结尾。棋说。

你在路边发现了那辆自行车，你马上意识到了是你刚才在追赶那个穿栗树色靴子的女人时匆忙之中将它撞倒的。你开始四处寻找他的人影最后你在路边那个埋排水管道的沟渠里发现了他的尸体。尸体已冻得僵硬，他的脸上落满了雪花。

是这样。

我开始陷入了沉默之中。棋也呆呆地托着下巴，凝视着"水边"青蓝色的石子滩。现在夜色正潮。"水边"的凉气沿着远处水面朝公寓斜升的坡道，悄悄越过窗格爬进室内，我感到一阵微微的凉意。我打了一个长长的哈欠，棋在沉思中黑眼珠朝我突然翻动了一下，含混不清地说：你困倦了？我说没有。我想在夜阑人静的时候，面对一个姑娘独坐，大概不大适宜提出诸如睡觉之类的要求。我想我们都已忘记了时间，也许在天亮之前我们会一直这样默坐下去。我试着找出一些无关紧要的话题来润滑一下现在多少变得有点尴尬的气氛。我觉得我的大脑像是一个空空落落的器皿，里面塞满了稻草和刨灰。就在这个时候，我想到了棋在和我初见时谈到的那个李劼。

你是怎么认识李劼的？我说。

棋的脸上慢慢地浮现出一层红晕。她似乎立刻沉浸在幸福的回忆之中。她潮湿的眼睫毛参差错落像一排芦苇的篱掩住了黑白的眼球。她用妻子般空旷而充满诗意的语调告诉我：她先认识那个叫李朴的男孩。

李朴是谁？我问。

李劼的儿子。

我思索着这个被棋称作"李朴"的男孩在我记忆中的印象。我记得在一九八七年，我在李劼的乡间别墅做客，我们隔着会客厅透亮的玻璃看见后花园的雪地上，一个男孩正在滚雪球。我想那个玩雪的小男孩会不会就是棋所说的李朴？

棋的目光仍注视着窗外。她的双眸熠熠发亮，像是要沁出白色或黑色的水汁。我想所有的女人沉入对恋人的回忆和想象之中大概都是这么一副自命不凡的神态。对于女人来说，生活有时就是想象。

我真的感到困倦了。我点燃了一支烟，但它并未使我清醒。我倚着公寓白色的墙壁昏昏欲睡。"水边"的夜晚静极了。微风轻轻吹拂着窗帘，潮水有节奏地漫过石子滩。我在混沌而沉重的睡意之中，仿佛听到棋在呼唤我的名字，她的童音未脱的呼唤像是从一个遥远的地方传过来。棋像是又处在焦灼不安之中，她的飘忽不定的影子在我眼前不断地徘徊。我渐渐坠入梦乡。

时间过去了很久。棋轻轻地将我推醒。

那个女人——

什么女人？

那个穿栗树色靴子的女人——

怎么？

你后来再也没有见过她吗？

天还没有亮。棋蓬松着长发站在我对面。有一些汗粒顺着她的发梢慢慢滴落。我听到棋的呼吸声很重。我想她大概已经被故事的那些悬念和细节织成的网罩住了。她对故事的过于敏感使我注定要谈到以下所叙述的这些事。这些事离我很久很远了，但是当我每次重温许多年前的阳光和空气，我仿佛觉得伸手就可触摸到它。我无法不回忆往事。即使在这样一个平常而宁静的夜晚棋不向我提起它，"水边"的那些候鸟也会叠映出它们清晰的影子。我在决定如何向棋叙述那些事时，颇费了一点踌躇。因为它不仅涉及我本人，也涉及我在"水边"正在写作中的那部书，以及许多年以前，我的死于脑血栓的妻子。

我和那个穿栗树色靴子女人的重逢是一次意外的巧合。一九九二年春天，我应黑鸭出版社之约来到郊外修改一个长篇小说。我住在歌谣湖畔的一幢白色小楼里。这幢新建的小楼没有人住，因为自来水管道还未铺设，房间的设施很不完备，楼前的花园还是一片荒芜。小楼竣工后多余的一些建筑木料和钢筋混凝土的柱子被横七竖八地搁在楼房的四周，让人觉得有些压抑。我来到这里之前，黑鸭出版社的几个董事副董事把我的右手握得又疼又酸：很抱歉，条件很差，连撒尿的抽水马桶还没有运去，格非你看着办吧。

我的卧室朝南有一个很大的阳台。现在正是早春时节，太阳在午后照临阳台时，我就在那儿抽烟憩息。远处歌谣湖浩瀚的水面上空，白色的云块很低很厚，静静地悬挂着，湖水由于酸雨和城市排泄的废气和残渣已变得污浊不堪，湖面边缘的沼泽上绵延的原始森林蒙上了一层灰黄的颜色。有几只白鹤和鹭鸶贴水面盘旋而过。每天黄昏的时候，我总看见几个园丁在那片花园里忙碌着，他们将长在荒地上的荆棘和杂草拔掉，然后在上面栽金盏花和鸢尾。我有时也来到花园和那些园丁聊天。这些如土地一般沉默的老人回答我的问话时显得非常吃力。对于农事和天气他们并不像我那样感兴趣。我一有空就到花园里帮助他们编织花圃的竹篱，给金盏花和鸢尾花浇水。当花园里到处都盛开着灿烂的金盏花和鸢尾时，我的小说快要完稿了，我在歌谣湖的这段日子里，时间悄无声息地过去了，这个远离城市噪声的地带给了我安定的心绪和美妙的感觉，但是不久以后发生的一些事却使这幢白楼在我的心中留下了灰暗而并不愉快的记忆。

那天下午，我像往常一样来到歌谣湖边散步。湖边枯黄的草正在抽出新芽。那些新翻的泥土像波浪一样在广阔的田野上匍匐着。

我觉得我已经走了很远。我回望波光斑斓的湖面，那幢傍水而筑的小白楼已看不见了。温暖的阳光中裹夹了一丝北风，这些风像清晨还未完全褪尽的夜色，让我觉得有点冷。我脚下的地上渐渐出现了一些米黄色、灰白色的鸟粪。我在一只正在湖边饮水的山羊旁停住了脚步，因为在这时，我听到了一缕很不清晰的哭叫声。我四下里张望了一会儿，宽阔而高远的田野上不见一个人影。我点燃了一支烟继续往前走，不久我就看见在一片微斜的坡地上，一个高大的男人和一个女人滚在一起。他们沿着山坡往下滚，女人的茶绿色的头巾脱落在坡地上，她的长发飘散开沾满了草屑和泥土。

当我憋足了劲冲到他们身边时，那个男人已经把女人松开了。那个女人俯卧在地上，轻轻地啜泣着。我走到那个男人面前，正想揪住他的衣领问个明白，没想到他先给我的膝盖来了一脚，我倒在地上趴了三分钟。我昏昏沉沉地从地上爬起来，那个男人已经走上了那个斜坡。女人的脸上几排牙印还在不断地往外渗血。她整好了衣扣，跌跌撞撞地从我身边捡起了那茶绿色的头巾。她朝我歉意地笑了笑：

那是我男人。

我的脑壳"咯噔"一下，像是关节错位的榫头弥合了一样，我突然发现她就是我早些年在企鹅饭店碰到的那个女人，我的眼前一遍又一遍地重现她刚才俯身捡头巾的动作，它仿佛和我早已在眼帘的屏幕上成为定格的捡靴钉的姿势叠合了。这个女人我觉得已全力将她忘记。今天她突然出现在我的眼前，使我感到胸脯一阵阵抽搐。她扑闪着泪花看着我，她也像是觉得我有些面熟，异样的目光中透出疑问和猜忌。

我看了看那个已经走远的男人，又看了看她。

刚才你干吗哭叫？我问。

他——女人显得有些语塞，她的脸涨得通红。

他刚才把我弄疼了。

女人将头巾搭在头上，匆匆追赶她的丈夫去了。我走上了那道斜坡。我看见那个高大的男人步履蹒跚地在田野上走着，他的腿脚看起来不太灵便。果真，他一会儿就在面前的一条闪亮的沟渠里跌倒了。女人朝前跑了几步，又远远地回过头来朝我叫了一声：

他是个瘸子——

瘸子？我苦笑了一下：他刚才在我膝盖上那一脚倒是踢得很卖力。

我手里玩捏着一枚镍币，沿湖边颓然若失地往回走。那个女人已经跑到男人身边。他们的身影在我的眼前越来越小了。在我们之间，潮湿的风在一望无垠的田野上吹着，我看着他们消失的方向——西斜的太阳暗红色的光照亮了那片密密的白桦林和村舍白色的屋顶。我想他们也许就住在离我的小白楼不远的村子里。

以后的几天，我再也没有在这一带的田野上看见他们。每天午后，我的影子伴随我来到离白楼很远的这片坡地上，我等待着那个女人到田野里来耕作。麦子已经长得很高了，几场大雨浇过，田野里到处都是绿色植物的清香，成群的蜜蜂飞过来预示着气候日渐温暖。但是那个女人的身影一直没有出现。

黑鸭出版社的一位常务编辑来到歌谣湖畔看我，我告诉他，我的稿子只完成了一半。我想在我没有重新见到那个女人之前，我不打算离开这儿。

我在小白楼渐渐觉得孤寂无聊。一天，一个老园丁答应带我去白楼附近的村子里去喝酒。我们在狭窄的田垄上一前一后地走着。我在路上向老人打听村子里的情况，同时我请他回忆一下村里是否有一个常穿栗树色靴子的女人？老人说村里的女人很多，但是他不知道她们穿什么颜色的靴子。

那个酒店就在村口。我呼吸着晚风中浓浓的酒气走进了酒店院门的木栅栏。栅栏旁有一个腰间围着泥黄色裙布的人正从一口大缸里往外掏酒糟。酒店墙上原先像是涂抹着一排深红色的大字，这些字迹经过长年的风吹日晒已经变得难以辨认了。我几乎是挑起门帘走进酒店的同时就看到了坐在墙角的那个瘸子。他似乎已经喝醉了。

酒店里昏暗的灯光被劣质烟草的雾气笼罩着，潮湿的地面散发出一阵腐烂霉饼的气味。我要了一瓶洋河大曲，挨着离酒柜最近的一张桌子坐了下来。酒店里没有什么人，柜台上那个店主模样的老人手里握着两个咔咔作响的钢球正在打盹。

瘸子在墙角独自喝着酒。他的背像是有点驼。黧黑的脸上刻着衰老的沟纹。他的胡须卷曲着，沾满了晶莹的酒滴。他高大的身躯稳稳地坐着，像是永远在聆听着什么，只是当他伸出手在桌面上摸索酒瓶时，我才看到他被烟熏得焦黄的手指有些颤抖。

那个女人来到酒店的时候，我一点也没有察觉。当一些类似于酒瓶或酒杯之类的玻璃器皿砸在地上发出很响的破碎之声时，我才在蒙眬的醉意中看见那个女人正在把已瘫倒在桌下的瘸子扶起来。瘸子踉踉跄跄靠着桌沿站起来，将脸凑近那个女人，朝她脸上啐了一口痰。女人刚想摘下头巾擦去痰迹，我看见瘸子的手在她眼前挥动了一下，那个女人就在酒店潮湿的地面摔倒了。女人像一摊墨渍一样卧在反射出酒店暗绿色灯光的地上。她软软腰肢扭动了一下双手撑着地面，浑身的筋络像杯子里盛满的水一样晃浮着。这时，我已经走到她身边，我拽起她的一只手把她搀起来，那个男人已伏倒在桌上睡着了。女人的脖子上被手指抓破的细长的血印像一条美丽的蜈蚣。女人用手指拢了一下湿漉漉的发尖，走到桌边拉了拉那个男人，同时她哀怜的目光朝我瞥了一眼，我走过去将男人背起来，女人从地上捡起那个瘸子脱落的一只胶鞋，我们就走出了酒店。店主手里仍然在捏玩着两个亮晶晶的钢球在打盹儿，有一缕稠浓的口涎在他嘴角挂着。我们走到院子里的木栅栏门边，一个黑影依旧在一口巨大的缸里往外掏酒糟。我仿佛感到这个酒店里的时间是静止的。

在路上，那个女人没有说话。漆黑的夜里有只狗在村头猖狂地叫着。

她的家不像我想象的那样邈远。我在路上一直被背上的男人喷着的酒气呛得想吐，当我在她卧室明亮的窗前坐下后，女人已将丈夫在床上安顿好了。女人朝我招招手，我们来到外间的一个很小的客室。她为我沏了一杯茶。我手抚茶杯的边沿，转动着它，女人在我对面坐下来，双手合抱在胸前痴呆地看着茶几的桌面。这时我站起来，女人也跟着站起来：你喝杯茶再走。我说我想再到你卧室里看一眼。女人先是迟疑了一下，随后就说：好吧。我们又回到她的卧室。我看见她的床前整齐地放着一双擦得油光锃亮的栗树色靴子：她的栗树色靴子交错斜提膝部微曲双腿棕色——咖啡色裤管的皱褶成沟状圆润的力从臀部下移使皱褶复原腰部浅红色——浅黄色的凹陷和膝部成锐角，背部石榴红色的墙成板块状向左向右微斜，身体处于舞蹈和僵直之间笨拙而又有弹性地起伏颠簸。我的眼睛眨闪了几下从卧室出来。女人说你有什么东西丢了吗？我说没有。我们重新在客室里坐下。我想，从企鹅饭店和这个女人偶尔相遇至今已有许多年，重新浇灌这棵在我记忆中已枯死的青春之树显然已经没有太大的意义。我正视着面前这个女人清澈的眼波，嘴里隐隐有了一种酸涩的咸味。我点燃了一支烟，又递给她一支。她重重地吸了一口，眼角变得有些潮湿。腾起的烟雾在日光灯管上切割缭绕，灯管发出咝咝的声音。

烟草的香味使我在浓浓的酒意中感到异常清醒，我的脸有些烫。女人抽烟的姿势很好看，她夹着烟卷的白皙的手在我眼前晃动着。我们听到了里屋男人悠长的鼾声。

我第一次看到你是在七八年前。我说。

七八年前？

我在企鹅饭店的门外遇见你。

企鹅饭店？

后来我跟着你来到大街上。

什么大街？

后来你在一个卖木梳的老人前面站住了。

卖木梳的老人？

你在我脚边的街道上捡起了一枚靴钉。

靴钉？

你随后上了一辆开往郊区的电车。

你说什么？

那天雪下得很大，我租了一辆自行车追赶那电车。

我不明白。

你下车后天已经黑了。

你喝醉了。

后来你上了一座木桥就消失了。

你喝醉了。

你喝醉了。女人温存地对我说：在我们这儿没有什么企鹅饭店，没有大街，也没有卖木梳的老人。你喝醉了，要不你是记错人了？

我说我是在城里遇见你的。

女人笑了一下，她伸手端起我面前的茶杯呷了一口茶将茶叶末轻轻吐掉：

我从十岁起就没有去过城里。

夜已经很深了。我呆呆地凝视天花板。那个雪夜我尾随那个女人来到郊外的种种细节又一次清晰地呈现在我眼前，我看了看面前的这个美丽的女人，她诚挚而坦然，脸上浮现出乡村纯朴的妇女特有的腼腆。她站起来给我的茶杯倒满了水，然后问我是不是觉得冷，要不要关窗。我说不用了。

那么，我说，你们这儿是不是有一座倒塌的木桥？

通往城里的方向是有一座断桥。

是洪水冲垮的吧？

不，是给人偷拆了木料。

女人像是突然想起了什么，她告诉我这样一件事：有一天夜里，雪下得很大，我男人从邻村喝酒回来曾路过那座木桥。他提着马灯走到桥头，他看见木桥上有一些胶鞋的鞋印和自行车车轮的胎辙。他举起马灯朝桥上晃了晃，看不见人影。他看见桥一侧的铁索链上积满了雪，有些地方显露出手抓过的痕迹。桥面上的那些鞋印和胎辙还没有完全被大雪遮盖。他想也许有人推着自行车刚刚从这断桥上过去。但那天他喝得醉醺醺的，另外他的腿脚也不灵便就没有上桥去看看。第二天雪晴了，人们从河里捞起了一辆自行车和一个年轻人的尸体。

　　女人打着呵欠说完了这件事。

　　我说我该走了。

　　女人没有吱声。她的沉默似乎是她有意挽留我的一种隐晦的方式，我想。我坐着没动。

　　你住在哪儿？女人问。

　　我告诉她那幢白楼。

　　女人像是知道那幢楼。女人说夜已经很深了，春天麦子和油菜都长高了，有一些狼夜里常在荒野上转悠，要不就明天早上走吧。

　　我们就在客室里坐到天亮。

　　"水边"的夜幕悄悄隐去了。天亮的时候我和棋都没有察觉。现在阳光穿透公寓的玻璃窗投射到棋橙红色的衣服上。在早晨清晰而温暖的光线中，我看见棋的脸有些憔悴。我问她是不是饿了？要不要喝杯咖啡？棋点点头。我从厨房给她弄来了咖啡，棋似乎仍在想着我的故事。

　　你和那个女人一直坐到天亮？棋用塑料小勺在杯中轻轻搅动着，问我。

　　是这样。我说。

　　你那天是不是有些醉了？

　　是的。

　　你没有碰那个女人？棋诡秘地微笑着。

　　黎明的时候天有些凉，她给我披上了她男人的大衣，我在浑浑噩噩中抓住了她的手，但她马上把手抽了回去，像一些水从我指缝中流走了一样。

　　我坦白地对棋说。

我发觉你的故事有些特别。棋说。

怎么?

你的故事始终是一个圆圈,它在展开情节的同时,也意味着重复。只要你高兴,你就可以永远讲下去。不过,你还是接着讲下去吧。

我呷了一口咖啡,继续对棋描述以后发生的事。

一天深夜,歌谣湖一带突然下起了瓢泼大雨,雨下到第二天早晨还没有停。我拥着薄薄的棉被坐在床上吸烟。现在梅雨季节来临了。我看见绿色的田野上空,雨幕像密密的珠帘一样悬挂着。大风将白楼的木栅栏院门刮得砰砰直响。我谛听着大雨中的各种声响,又渐渐入眠了。到了晌午的时候,我恍惚听到楼下有人在砸门。我想那大概是白楼花园里的园丁。可是下着这么大的雨,园丁来干吗?砸门声越来越响。我懒洋洋地披上衣服下楼开门。我轻轻地拨开门闩,大风扑面直灌进屋来。我一连打了好几个冷战。

那个女人站在雨中。

她的衣服已被雨水淋得透湿。她披肩长发上不断地有一些晶亮的水滴滚落下来。她告诉我,她的男人死了。

我披了一件雨衣就跟着她走出了白楼。

大雨模糊了村子的轮廓。我们在狭窄泥泞的田埂上朝那片影影绰绰的村舍跑去。女人由于焦急和慌乱,在路上摔倒了几次,使得我们的速度反而慢了下来。女人说,她的丈夫昨夜又去了那家小酒店,晚上回来时跌倒在村中的一个粪池里。第二天早上,两个清理阴沟排水的老人发现了他的尸体。他的脸已被雨水浇得煞白,耳朵里灌满了大粪。我拽住女人的手——她的小手像鳗鱼一样冰凉,我的思绪像是给大雨搅乱了。眼前一片空白。

当我们来到村头的时候,我看见有几个中年人拢着袖管,抱着扎有红布绸的铁锹往田野里走。女人啜泣着轻轻地说,他们要去墓地挖坑穴。

女人的院子显得依旧清朗。大雨把黄泥地面冲刷得又硬又平,地上有一些稀稀落落的鞋印。有一个木匠模样的人正在盛开的木槿花丛里锯着一段木料。屋子里传来叮叮当当钉棺材的声音。

那个男人躺在一扇破旧的门板上。他的身体已被几个年老的妇女收拾干净了。他穿着硬挺的哔叽制服，刮净了胡须的脸上显得清癯而红润。尸体旁那些钉棺材的人像是完全沉浸在熟练的操作中，榔头敲在腐蚀的木板上，松针一样的木屑由于振荡而不断地跳动着。一个巫婆模样的女人走到尸体旁，双膝跪下，她高高地举起了双手，正准备哭叫，她突然想起了什么，灰白的眼珠朝我翻动了一下：钉子还不够。我去院子里木匠身旁找来了钉子，巫婆又看了我一眼：再去找些绳子来。我刚一转身，巫婆高举着双手往地上一拍，伤心地哭了起来。

　　我去房里找绳子时，那个女人紧紧地跟着我，她哆嗦的身体和我贴得很紧。

　　尸体入殓的时候，呼啸了一夜的大风突然停了，雨还在淅淅沥沥地下着。屋子里静寂无声，女人伏在棺材的边沿，久久地望着她男人的尸体。她的哭声感染了室内尘封的空气。钉棺材的几个男人把榔头扔在地上，拍了拍手里的灰尘，蹲在一旁吸烟。

　　时间过去了很久。

　　女人的嗓音显得有些喑哑了。我看见她一边哭泣着，一边骨碌碌翻动着清亮的眼球朝四周察看，一片蜘蛛网像靶环一样悬挂在梁下，青绿色的蜘蛛攀缘在一根细长的丝线上，像钟摆在微风中晃动。我忽然意识到这个女人的悲伤也许是装出来的。又过了一会儿，木匠冲着我做了一个手势，我们抬起那块像隧道的穹顶般的棺盖，将它轻轻盖在棺木上。巫婆过来把那个女人扶开了。在盖棺的一瞬间——那几个钉棺材的男人朝棺木围过来，准备将它钉死，我突然看见棺内的尸体动了一下。我相信没有看错，如果说死者的脸上肌肉抽搐一下或者膝盖颤抖什么的，那也许是由于人们常说的什么神经反应。但是，我真切地看见那个尸体抬起右手解开了上衣领口的一个扣子——他穿着硬挺的哔叽制服也许觉得太热了。

　　我没有吱声。

　　送葬后的当天，我没有离开那个女人的屋子。女人对我说，她一个人在晚上的时候会感到害怕。她让我至少陪她三天。

　　第三天晚上，梅雨连绵。

　　女人坐在我对面，她的眼圈微微泛红。我们之间的冗长的话题已经在前两个晚上谈完了。我觉得在喋喋不休的对话中，时间流逝得很快。而面对沉默，我们的心力都显得非常脆弱，我还在想着那个男人的死。他的死多少有些蹊跷，有时我觉得这也许是一个阴谋。

你的男人醉死，你怎么想起去白楼找我？我说。

不知道。

他深夜未归，你为什么不去酒店看看？

别去提它了——

女人妩媚地对我笑了笑。我觉得她笑得有些勉强。但我的内心还是悸动了一下，她摊开双手平放在桌面上，我迟疑了一阵，我手心朝下，轻轻地滑向她的柔润的手腕。接下来我们俩做的事不便详尽描绘，但有一些和那种事本身并无太大关联的枝节，如下所述，权且当作这个故事的结尾。

窗外雨声越来越大。女人叹息般的目光久久地注视着我，她俯下身帮我解鞋带的时候，天空炸过一串闷雷。我的腿一阵抽搐。女人抬头看了看我，又低下头去解鞋带。我们俩在床上躺下来，由于连日梅雨，我觉得棉被有些潮湿。我在无意中碰到她青蛙皮一样冰凉的皮肤，闻到了散落在她发中樟脑丸的气息。我木然地凝视着帐顶，好久没动。

我宁神屏息谛听室外风雨。

你在想什么？女人说。

屋外像是有一种奇怪的声音。

什么声音？

一个女人在哭泣。我说。

那是大风溜过树梢的声响。

不，是有人在哭。

什么地方？

院子里。

女人和我翻身下床。我裹了一条毛毯，趿着鞋子推开房门来到院子里。院子里什么也看不见。那个女人按亮了手电筒。随着那条惨白的光柱缓缓移动，我看见了废旧的鸡埘，在大风中摇曳的木榛花树，和泛着污秽黑水的墙根阴沟。

大概是一只猫——女人说。她把我拉进屋内，关上了门。

我们重新在床上躺下。女人伸手拉灭了电灯。过不多久，那哭声又出现了，它像是来自一个死神笼罩的病榻，又仿佛从更加遥远的河面上传来。那哭声稚音未脱，时隐时现，我觉得我的头颅在这种弱节拍的声音中正逐渐膨胀。

我第二次下床的时候，女人躺着没动。

我拉开通向院落的大门。一道耀眼的闪电在天空中无声地出现，远处墨绿色的田畴和宽广的湖面一下被闪电照亮了。

在闪电出现的一刹那，我看见一个少女站在院子的当中，她赤裸的身体在地面上的水洼中形成了清晰的倒影。她婴儿一样的脸上挂满了泪珠。

我的记忆似一条锈蚀的铁链如灰烬般寸断落。在记忆消失的瞬间，我脑子里浮现出在我六岁时，看着我的妹妹在澡盆里洗澡的画面，同时我的耳边又回荡起那个如梦的雪夜，我在那段凹槽封冻的路面上曾听到的羽绒布摩擦而发出的微弱声响。剩下的什么都不知道了。我扶着门框的手无力地滑落——我在门边晕倒了。

我醒过来的时候，那个女人守护在我的床前。她如母亲一般深沉而温暖的目光正注视着我。她静静地吸着烟，朝我嫣然一笑。我也要了一支烟点上，浓郁的烟味使我慢慢镇定起来。

你刚才看到什么——

我把我看到的全对她说了。

你的胆子比我还小，那都是你的幻觉，你累了。女人说。

我说在我刚才昏睡的时候，做了一个奇怪的梦。

什么梦？女人问。我梦见你的尸体漂浮在那断桥下的河面上，你的乳房上长满了青草。桥头有人在唱着《玫瑰玫瑰处处开》。

女人苦笑了一下。

我们结婚吧？我说。

好吧。

后来你就跟那个女人结婚了？棋长长地舒了一口气。

是的。

现在"水边"一带正是中午时分。炽烈阳光将退潮后棕红色的石子滩晒得灰白。棋追问着我和那个女人结婚以后的情况，我说在结婚的当天她就死了。结婚的日子是按她的意愿选定的，那天是她三十岁的生日。我们在恬静安详的烛光中喝着葡萄酒，她突然一连说几声"灯灭了"，脑出血模糊了她的视线，我眼看着她红润的脸色转为蜡黄，但我知道，已不可救。

棋从我公寓的椅子上站了起来，她一定是知道我的故事再也没有任何延伸的余地了。她说她该走了。她还说今天下午她要去"城市公园"参加一个大型未来派雕塑的揭幕仪式。她说这座雕塑是李朴和一些自称"彗星群体"的年轻艺术家共同完成的，她说过一些时候再到"水边"的公寓里来看我。

棋在跟我临别的时候，我觉得她跟来时一样陌生。她抱着那个帆布裹着的画册，匆匆离开我"水边"的公寓，没有说再见。

我仍然在写那部圣约翰预言式的书。"水边"一带像往常一样寂静。那些"水边"的鹅卵石，密密麻麻地斜铺在浅浅的沙滩上，白天它们像肉红色的蛋，到了晚上则变成青蓝色。棋曾经别有用心地把"水边"称为锯木厂旁边的臭水沟，我一度被她的话所困扰。有一次，我沿着"水边"枯白的茅穗绵延的水线，朝北走了整整一天，没有发现什么锯木厂。回到公寓的时候，已经是深夜了。黑洞洞的天空中又出现了那拖着亮晶晶尾巴旋转的星辰和呈不规则樱桃形的月亮。时间像是过去了很久。棋一直没有到公寓里来。我每天坐在公寓的窗口，看着那夜霜化成的水滴从高高的屋檐下坠落。

我天天期待着棋的出现。

不知过去了几个寒暑春秋。有一天，我终于看见棋沿着水边浅浅的石子滩朝我的公寓走来。她依旧穿着橙红色（或者棕红色）的罩衫，脚步在乱石中踩出空落的声响，她耸起的双乳不驯服地窜动着。她怀里抱着那方裹着帆布的画夹，而远远地看起来，那更像一面镜子，我坐在公寓的门前，等待着棋朝我走近。

棋走到正对我公寓大门的路口，突然停住了。她看了看明净宽阔的水面，又转过身来看了看我。我想，她大概是示意我过去。我走到棋的身边。

有水吗？棋说。

在晌午的阳光中，她一定是走渴了，我给她弄来水。她仰起脖子喝完了水，抹了抹嘴唇，将杯子递给我。

你又给我看画儿来了吗？我说。

什么?!

她像是没有听清楚我的话，漠然地看了我一眼。

那大概是李朴为你新画的吧。我说。

什么李朴？棋说。

李劫的儿子——

棋无可奈何地笑了一下，她说我不认识什么李朴、李劫，而且也从来没人给我画过画儿——您是谁？

棋——我说，前一段时间你不是到我的公寓里来过吗？你让我看了你说是李朴的画儿，那些画儿上画了一些落叶和电线杆，我们在夜晚说着故事，通宵未眠——

我竭力搜寻记忆中那次和棋的初逢的每一个细节。然而棋固执而有礼貌地打断了我的话。

我的名字不叫棋，我是一个过路人，天热了，我跟您讨杯水喝，您一定是记错人了。

那么——我指指她怀里抱着的画夹。

少女将那个帆布包裹搁在膝盖上，熟练地解开青绿色的带子。

那是一面锃亮的镜子。

少女将镜子重新包好，夹在怀里，她将了将披散的长发，朝我摆了摆手，转身走了。

少女的身影离我远去了。

褐色的鸟群扑扇着羽翅，掠过"水边"银白钢蓝色的天空，在看不到边际的棕红沙滩上布下如歌的哨音。这些褐色的候鸟天天飞过"水边"的公寓，但它们从不停留。

《钟山》1988年2期

饶舌的哑巴

李　洱

　　其实在那件事发生之前，我就见过他了，只是当时我还不知道他名叫费定。现在回想起来，我第一次注意到他，是在夏初的一个令人昏昏欲睡的午后。当时，我正在邮局的后院里分信，他推门进来了。他的突然出现，使我顿感紧张。一段时间以来，他经常在邮局的门口转悠，嘴里总是念念有词，仿佛在盘算着什么事，或者在等待着什么事发生。他已经引起了邮局的保安人员的疑虑。在那之前，我们这个邮局曾遭到了一名暴徒的袭击，那个暴徒用一把手枪干掉了我们的一个姑娘和一个正在这里实习的男生。这种事似乎每天都要在各地闹出几起，使你不能不留神。那天，他从侧门进来之后，就迅速地关上门，在门边徘徊了一会儿，然后朝我走了过来。他大约三十五岁，目光显得焦虑不安。那天，我把一大堆信件塞进帆布邮包，推着邮车走出院子时，他也跟着出来了，并且突然问我："你就是邮递员小李吧？"

　　我点点头，赶紧骑车跑了。

　　从邮电学校毕业之后，我一直跑同一条邮线。这条邮线上的许多单位的收发员跟我都认识，我也认识那些单独的邮户，不过，私下里我们从不来往。记忆之中，我似乎没有和那个人打过交道，但他怎么知道我是小李呢？我感到纳闷儿。可是，自从听到他的声音，我对他就没有恐惧情绪了。说来奇怪，我想不起来他的声音有什么特色，但是我知道他不像一个会伤害人的家伙。

　　一个星期二的下午，我到这条邮线的最远处关虎屯送信。关虎屯一带原来都是农田，村民们在那里盖起了一幢幢小楼，租出去赚取租金。在那里租房的人可以大致分为两类：一类是生意人，另一类是年轻的知识分子。这两类人的信件都比较多，我每天都得去一趟。由于那里没有设立收发室，所以，我得挨家挨户送信，每次去，都要在那里耽误一段时间。

那天下午，我在关虎屯又耽误了许久。天快黑的时候，信还没有送完。在一条窄窄的巷道里，我突然遇见了他。当时，他骑车刚从外边回来，浑身都是汗，气喘吁吁地在我面前下了车。"我到邮局去了。"他说，"咱俩走了对岔路。"

他伸出手，笑着对我说："有我的信吗？我叫费定。"

"费定？好像有信。"我说。

他用指关节敲着自己的嘴唇，说："太好了，我终于等到了回信。"

我在邮包里给他找信，他说："到我那里歇一会儿吧，小李子，我就住在前面那幢小楼的二层。"他往右前方指了一下。我推着车往前走了十几米，走到了那幢小楼的庭院外面。接着，我继续找信。我把信递给了他，他当即就把信封撕开了。这时，一件事发生了：一把剃须刀片从信封里掉了出来，在柏油路上弹跳了几下才安静下来。在那短短的时间内，我看见他的脸变得毫无血色。出于一种难以理喻的动机，他不等我走开就念起了那封信："如果你再给我写信，有人就要用这把刀片割破你的血管。"

他把刀片从路面上捡起来，捧在手心，皱着眉头凝视着它。我瞥见那张刀片上还粘着几根胡须。

"这是用来刮胡子的，"他说，"有香烟吗？"

我们各点上一支烟。我想我该走了，就说了声再见。

"感谢你给我送来了一封信。"他说。他的目光还落在刀片上。

"再见，费定。"我说。

他寄出一封信被退了回来，信封上贴着一张条子，上面标着"查无此人"和"地址不详"。我把那封信转给他时，他正站在门前吃粽子。那时，端午节刚过去，街上还有许多卖粽子的摊位。他接过那封信，瞧了一眼，就塞进了裤兜。我正要走开的时候，他抓住了我的车把，说："上去吃个粽子吧，昨天是我的生日，我买了几十个粽子，不吃掉就要变馊了。"这么说来，他的生日就在端午节的第二天。

我跟着他走进了那个庭院。庭院里堆放着房东废弃的农具。费定住在二楼最西头的一个单间里，房间里热得像个蒸笼。挨着东墙的床上，堆满了凌乱的书籍，它几乎占去了床的一半。

　　他又当着我的面把信拆开了，看了一会儿，把信夹进了桌上的一本厚书里。那本厚书名叫《汉语辞格大辞典》。他说他每天都修订、补充这本《辞典》，寻找新的辞格。

　　"你是个大学教授？"我问道。

　　"讲师。眼下，我还是个讲师，在大学里讲授《现代汉语》。我喜欢教书，喜欢站在讲台上和学生们交流经验，平时，只要见到鞋刷，我就要想到黑板擦。系里曾想把我调到资料室，但被我婉言谢绝了。我对系里的头头们说，我不愿意脱离讲台。"他打着纷乱的手势，说了一通。如果我不阻止他，他还会喋喋不休地说下去。所以，我打断他的话题，说："我该走了，祝你生日愉快。"

　　"你还记得那把剃须刀片吗？"他说。

　　"记得。不过，它跟我有什么关系呢？"

　　"那封信是你送过来的，我想托你把我的回信捎到邮局发出去。这两天，我的身体有点不舒服。显然是粽子在我的胃里捣鬼。那把刀片其实是伪劣产品，你知道我是怎么发现的吗？犀牛牌刀片的'犀'字写错了，写成了木字旁的'樨'，那是桂花的意思。我的回信已经写了两天了，请你帮我发出去。本来我不打算回信了，但我有话要说，还是写了吧，于是，我就写了。"他说。

　　"好吧，我替你寄出去。"我说。

　　"这封信，你也可以看看，近来我的脑子有点不太好使，经常闹出一些语病来，你可以帮我检查一遍。"

　　我记得信是这样写的：

　　范梨花：

　　　　眼下，桂花盛开。桂花的颜色、形状都与梨花相似。桂花
　　也叫木樨。有一道菜肴就叫木樨肉，即把鸡蛋炒得星星点点的，
　　放到熟木耳和金针花之上。这种菜肴和木樨关系不大，倒是和

北京旧时的太监有点关系。木樨可以写成木犀，但是犀牛不能写樨牛。伪劣产品真多啊。应该保持警觉。

费定

看完这封信，我顿感莫名其妙。"范梨花是谁?"我忍不住问道。

"我爱人，"他说，"以前，她也讲《现代汉语》，所以，给她写信得字斟句酌。"

我没有发现信中的语病，倒是发现了别的错误：眼下，桂花并没有盛开，因为时令不符，它要到秋天才开花，有一部电视剧，名字就叫《八月桂花香》。再说，我也不相信那把刀片是范梨花的。让范梨花知道那把刀片是伪劣产品又有何用呢?

"吃粽子，吃粽子。"他突然想到了粽子。门边的塑料盆里泡着一堆粽子。

"每年这个时节，一看到别人也在吃粽子，我就会产生一种奇怪的感觉：人们都是在端午节出生的，都是我的同胞。"他一边剥着粽叶，一边谈自己的感受。

粽子已经馊掉了，我强忍着馊味吃了一只。他送我下楼的时候，对我说："咱们一见如故，是好朋友。"

对我来说，每个星期六都让人难受，只有和星期天比较起来，才不算是最难受的。我这个人不善言谈，更不善于交往，没有亲近的朋友。把我当成朋友的人，一定是找不到别的朋友，才把我算成朋友的。费定大概就是这样的人。和我住在同一个寝室的小伙子跑的是另外一条邮线，我称他为室友。那段时间，他刚谈上女朋友，那个女孩名叫李薇，是大学一年级学生。室友在我和他的床之间拉了一条布帘，他们在那边非常活跃，有时候他们在床上动作过猛，就能把我吵醒。有一次，我半开玩笑地对李薇说："请给我介绍一个女朋友，好吗? 你们总不能把我一个人丢下。我也很想乱来一下。"

"你想找个原始股?"李薇问我。

"不，我对搞股票的女孩没有兴趣。"我说。

她一听就笑了起来，"你真是个笨蛋，"她说，"原始股就是处女。"

"那就找个原始股吧。"我说。

"我们寝室还剩下最后一个原始股，如果你有兴趣的话，我可以把她领来。"

听她这么一说，我就知道那个"原始股"肯定奇丑无比。

我说我对丑女孩没有兴趣。她说："如果有人对丑女孩有兴趣，那她早就不是处女了。"

我换了个话题，问她是否认识费定。她说："我知道他，这学期他正给我们上课呢，不过，我不喜欢他，当然，上了将近一年大学了，我还没有喜欢上什么事呢。"

"你肯定喜欢谈情说爱。"我看了一下室友，对李薇说。

室友趴在床上似睡非睡，听了我的语，他咕哝了一句："李薇，咱们这像爱情吗？"

"身处其间，我们本人是无法知道的。"李薇指着我说，"应该问他。"

"像吗？哥们儿。"室友又吐了一句。

"弄点东西嚼嚼呗，"李薇说，"我饿了。"

"抽屉里有鱼片，嚼去吧。"室友说。

"我看，有点像。"我说。他们似乎都没有听见我的话，一个埋头睡着了，另一个盯着鱼片，查看生产日期。

那个星期六晚上，她们学校有通宵舞会。她吃完鱼片，从钱夹里掏出一张舞票，推醒男友。"我懒得动弹。"他咕哝道。

"你去不去？"她问我。

"我也懒得动弹。"我说。

"那你们可就吃亏了，"她说，"我们学校刚装修一个舞厅，可以和街上的卡拉OK舞厅媲美，但是票价只有街上的一半。跳一场，等于赚了一场。"她做了一个跳舞动作，在原地转了两圈，说道。

星期一的早晨，我醒来的时候，室外正大雨滂沱。我听了一会儿雨声，就又迷迷糊糊地睡着了。后来，我听见有人敲门，我以为是李薇又来了，所以我躺着不动，装作仍在酣睡。那敲门声越来越响，我渐渐听见那个人在门外喊我的名字。

"喊你呢。"室友说，原来他也睡醒了。

我打开门，看见一个湿淋淋的人站在门口，是费定。

"是你？我还以为是个女的。"我说着，又回到床上躺下了。

我得赶到学校上课，没料到遇到了大雨。你能把我送到学校去吗？这四节课对我对学生都很重要。公交车实在挤不上去，出租车又没法开。街上积水太深了，我的车技又很糟糕……"他站在我的床边，着急地说着。

我听了，半天没有吭声。

"明天，我请你到酒吧玩一次。"情急之中，他冒出这么一句。

每天上午，我都没事可干。我把他送到学校也算干了一件正事。我骑车带着他，送到了学校。他请我在校门口的小摊喝了碗豆浆，吃了两根油条。"既然来了，就听听我的课吧，它或许对你有点益处。"他说。

我觉得他有点得寸进尺。他或许就是让我来听他讲课的，原先的那些话不过是借口。事已至此，那就不妨听几节吧。

我对那四节课印象极深。预备铃声响过之后，学生们断断续续进来了。我看见李薇背着一只精致的小包也来了。许多女生都携带着这种小包。那天，李薇穿着一双鲜艳的红色雨靴，脸上闪烁着难以捉摸的微笑，她走路有点像走在天桥上的时装模特，只是身材短小了一些。她摇摇摆摆地走到了过道的尽头，才站在后墙根，四处张望着寻找座位。这时，她看见了我。她在离我几步远的一张课桌边坐下来，朝我摆摆手，就开始趴在桌上睡觉。

看得出来，那几堂课的内容是他精心准备过的。那天，他讲的是句子结构分析。我对这方面的知识略有所知，在邮电学校上学的时候，我们用的课本上也有这方面的内容。费定讲起课来并不轻松，他要讲的内容很多，除了讲教材上已经有的知识，还要讲讲自己的研究成果。这两者又经常互相抵触。我渐渐听出了一点门道，他在"主、谓、宾、定、状、补"之外又加上了两个句子成分，叫"述语"和"中心词"。有时，他用同一个句子为例来讲述两种互相矛盾的观点，每当这个时候，有些学生就发出嘘声。

上到第四节课的时候，学生们已经懒得嘘叫了，偶尔能听见一阵鼾声。费定还在讲台上引经据典地讲着，他的讲述已经进入了中西文化比较的范畴，他说"主、谓、宾、定、状、补"这些概念都来自英语，所以无法穷尽复杂的汉语的现象。"讲台上站着费定"这句话就无法用

"主、谓、宾"来分析，"因为我不是宾语，我怎么会是宾语呢？我显然是主语，但我又不像是主语，我是个中心词……"他的话题绕来绕去，到最后，他连他是谁都不知道了。他问下面的学生："我是什么？"

"你是人。"有个学生冷不防地冒了一句。

"应该说我是中心词。"费定说，"我是这个句子的中心。"他的嗓门儿提得很高，但是并不影响同学们睡觉。当他费劲地分析完"讲台上站着费定"这个句子时，教室外面的走廊上突然响起了一片喧哗声。有人敲碗，有人唱着流行歌曲，显然是别的班级提前下课了。这个教室里的学生听到外面的声音，像受到传染似的，也开始敲碗，敲碗声把那些正在睡觉的人都吵醒了。这时，我看见费定又把黑板擦干净了，我以为他要宣布下课，没料到他在黑板上写出了三个句子，在每个句子后面注明了出处，仿佛要以此显示句子的威严和力量。

其中的两个句子我在中学学过，所以至今还记得：

告诉他们，别再把狗放到街上来了。（契诃夫）

宣统三年九月十四日——即阿Q将褡裢卖给赵白眼的这天——三更四点，有一只大乌篷船到了赵府上的河埠头。（鲁迅）

他开始点名让学生分析句子成分。一个男生站起来揉了揉眼睛，说："期末考试题是由你来出吗？"那个男生又咕哝了几句，就坐下了。他连续点了几名同学，他们都不愿回答。后来，他拿着花名册点到了李薇。

李薇睡醒之后，显得很有精神，她响亮地回答说："李薇有病，没来上课。"

她这么一说，教室里就爆发出一阵大笑，连我也跟着笑了起来。费定显然知道李薇在说谎，他可能认识她。因为我听见他说："你能证明你不是李薇吗？"

"你能证明你是费老师，我就能证明我不是李薇。"李薇落落大方地把他顶了回去。

下课铃声及时地响了起来，同学们精神焕发地走出了教室。讲台上只剩下了费定和例题。接着，我看见他拿起粉笔开始分析句子成分，他连画了几道，又把它们一一擦掉。这时，我已怀疑他的脑子大概出了问题了，因为他画出的线条凌乱不堪而又软弱无力，谁也不可能看懂。

几天之后，我又见到了李薇。我同她提起课堂上发生的事时，她说："当时我够机智的吧？"

从她那里，我得知费定已经被调到系资料室工作了。他在那里负责装订过期的旧杂志，每天用锥子在杂志上钻孔、穿线。据李薇说，他早就被学生告到教务处了，学生们要求换掉他。起初，学生们还能忍受他在课堂上啰唆，后来，大家发现只有他在坚持着上够四节课，而且还喜欢提问学生，这就让人难以忍受了，只好将之轰下讲台。不过，这个被学生们遗弃的人倒非常守信用。一天，我在关虎屯遇见他，他忙不迭地向我道歉，使我感到莫名其妙。他说他刚换了个工作，这个工作他又不太熟悉，锥子有些不听使唤……所以他把请我吃饭的事给耽搁了。他说他已经预订好了饭店，让我在第二天晚上等他，然后一起去吃饭。经他这么一说，我才想起他的诺言。

第二天晚上，他来找我的时候，我发现他特意修饰了一下，穿着洗熨过的长袖衫，打着灰色的领带，头发刚吹过风，显得年轻了许多。

他说，他和一个朋友在淮海路上开了个餐馆，名叫怡香园，菜价很公道。现在，他就是要领我到那里去。我们骑着车并排走在街道上，路上行人很多，交通毫无秩序，路边的广告牌下边，乘凉的人们不时发出各种尖叫。在文化路和交通路的路口，人群和车辆互相堵塞，使我们难以通过。我们费了很大功夫才从人群里挤出来。俩人站在路边"昂立"药品的广告牌下喘气的时候，他突然对我说，他不想去怡香园了，他说那里的菜价虽然公道，但是环境很差，经常有人在那里酗酒闹事。"门外不远处有个垃圾场，你在馆子里就可闻见垃圾的味道。"他说。

借着广告牌上的灯光，我看见他的脸色有些不同往常，嘴唇不由自主地抖动着，他又做出了习惯动作——用指关节敲着自己的下巴，同时发出一阵阵浑浊的呼吸声。他站在那里心神不定地东张西望着，后来，他的目光落在远处的一家酒店的招牌上面。那个酒店的名字叫"撒哈拉"，我似乎在哪里见到过这个名字，但我一时又想不起来。

"不管去哪儿都行，"我说，"只要能让我吃饱。"

"你不想到怡香园去?"他问道。

"费定,你别忘了,当初是你提出要带我去怡香园的。"

"那你想去哪里?"他又问道。

"那就去撒哈拉吧。"我有点不耐烦了。

"既然你提出来了,那就去吧。本来我是不想去的,"他又开始饶舌了,"是你提出要去的,可不是我主动带你去的,当然,钱还是由我来付。"

他似乎非常看重是谁先提出来的。我对他的心理难以把握,只是觉得他仿佛在逃避某种责任。其实,事情朝这个路子发展,还不是由你一手策划的?

他领着我在二楼的一个小房间里坐下。我们进来的时候,侍者正在收拾客人留下的残羹冷炙。见人进来,侍者脸上就做出了职业性的微笑,同时把菜单丢到了我们面前,她出去时,顺便把门带上了。这似乎也是酒店里的规矩。

但是,费定要打破这个规矩。出于难以理喻的动机,他又把门打开了。一位路过的侍者又顺手把门关上了,并且提醒我们说,如果我们的门开着的话,穿堂风会把别的小房间的门吹开的,那样一来,别的客人会有意见。侍者说这话时,脸上闪现着诡秘的神情。"只有这个房间里是一对男的。"费定非常懂行地说了一句。但他随即打了个冷战,仿佛被自己的话吓了一跳。接着,他又把门打开了。

过了一会儿,一个三十岁左右的女人从门口走过,朝我们这个小房间看了一眼。她穿着一身黑色的旗袍,这使得她和一般的侍者区别开了。但她并没有和我们这一对客人打招呼,也没有来关门。几分钟之后,她又折回来,经过了这个门口。这一次,她没有往这里看。我听见她的脚步声渐渐走远了。这时,一位侍者走进来,记下了我要的酒和菜,就出去了。出乎我的意料,菜上得非常快,酒瓶盖子还没有拧开,汤就端了上来。

"他们想让我们快点滚蛋。"费定说。

"你说什么?"我问道。我不相信自己的耳朵。

"他们无非是想让我们快点滚蛋。"他又重复了一遍。还没等我做出反应,他就说,"你觉得那个穿旗袍的女人怎么样?"

"如果她再年轻几岁的话，我就愿意在她身上下点功夫。她长得不错，身材也很诱人。"我敷衍道。

"你是说她的脸蛋长得不坏，对吧？她以前肯定比现在还要漂亮，在这方面，我或许比你有经验。"费定说，我注意到他的手又颤抖起来了。他那张脸变得红通通的。当他端起酒杯时，酒从杯口洒了出来。

"你对她很有兴趣吧？"我问他。

他灌下一杯白酒，说："兴趣？什么兴趣？这个词用得不够妥当，应该说：'好感'。'兴趣'这个词让人觉得肉麻。'好感'却给人带来欢乐。"

"你对她有好感吧？"我套用他的概念，逗着他。

他盯着我看了一会儿，没有吭声。这时，穿堂风吹开了对面的那扇门。我看见那个女的正好在那个房间，现在，她已换上一袭黄裙。她弯下腰，抚摸着一位女顾客带来的小狗。当她弯下腰时，那裙子就慢慢爬上了大腿。就在这时候，一个男人走了进去。那个身材短粗的男人在她的大腿上拍了一下。这个动作使得那间房子里的一对男女客人发出一阵会意的笑声。我的视线也被那里吸引住了，没有看到费定是怎样把酒瓶打翻的。酒从桌沿滴到我的脚上时，我听见了费定喘息的声音。我看了一眼费定，发现他正盯着那个打翻的酒瓶，轻微地摇晃着头。我以为他喝醉了，就说："这样更好，咱们都可以不再喝了，免得胃疼。"他用牙齿咬着舌尖，嘴里发出一种奇怪的气声。这样持续了一会儿，他突然说道："现在的趋势就是这样，女人和狗睡，男人只好和还没有喜欢上狗的女人睡。你说，你说那女人是和狗睡呢，还是跟男人睡？"

"和狗睡。"我脱口说道。

"和狗睡？"他追问道，"你是说她和狗睡在一起？往深处想一下，你就会发现这是一句粗话。你把某个男人称为狗了。换句话说，你使用的是一个暗喻，准确地说，你使用的是借代。"他这样说着，目光就变得虚妄起来。

"她喜欢男人，不喜欢狗，"我说，"这一下你满意了吧。"

"我们应该保持必要的同情心。"他沉默了一会儿，认真说道。

我不想再解释什么了。一桌菜几乎没有动过，看得出来，他对菜也没有胃口，对面的那个房间已经空无一人，但我仍然要不自觉地往那里看。过了一会儿，那个女人又陪着几位顾客从门口经过，我听见了他们的谈笑声。

"一杯红葡萄酒。"我听见费定轻呼了一声。他的舌尖在杯口上舔来舔去的。我瞥见他的舌尖已被牙齿咬出血了。

我们下楼的时候，我看到那个女人站在前厅的吧台边和一位大腹便便的男人在低声交谈着。她的黄裙子又换成了黑色的超短裙。费定绕开了吧台，从桌缝中穿过，朝门口走去。我正要喊住他，让他到吧台前结账，他突然把食指竖在唇前，示意我不要开口。他站在门边，把钱交给了一位侍者，然后走了出去。那位侍者来到吧台交钱时，穿黄裙子的女人若无其事地笑了一声。

我没有理由再在那里待下去了。我也走出了"撒哈拉"酒店，来到停放自行车的广告牌下面。费定正艰难地开着车锁，他一边转动着钥匙，一边嘀咕个不停。由于没有吃饱喝足，我有些不想搭理他。"事情糟透了。"他说。他举着半截车钥匙让我看，原来他把钥匙拧折在锁眼里了。

我无法帮他把锁撬开，街上也找不到修车铺，他只好扛着车和我一起走。在昏暗的夜色里，我看不清他的脸。后来，他问我第二天是否还要去关虎屯送信，他说他想请我再吃一顿饭。我突然想起了第一次给他送信的情景。那件事我一想起来就觉得有点不可思议，于是，我顺便问道："费定，剃须刀事件后来有什么着落吗？范梨花给你回信了吗？"

"剃须刀？你想它会有什么结果呢？如果她写信来的话，肯定得经过你转。"他模棱两可地说，"我不知道这是怎么一回事，或许知道一点，但我无话可说。"

我们谈话的时候，我突然若有所悟，猜测酒店里的那个女人可能就是范梨花。本来我不想再说什么了，但我还是忍不住问了一句："费定，你最近见过范梨花吗？"

我这么一问，他立即愣住了。过了片刻，他终于语无伦次地说了起来："你说的是今天还是昨天？昨天我可没有见到她。你是瞎猜的吧？如果她是范梨花，我就不能到那里喝酒了吗？你没有吃好，真让我难受。下次我一定带你去怡香园。这是什么路啊？我们已经走到哪儿了？"

《大家》1994年4期

月光里的银匠

阿 来

在故乡河谷，每当满月升起，人们就说："听，银匠又在工作了。"满月慢慢地升上天空，朦胧的光芒使河谷更加空旷，周围的一切都变得模糊而又遥远。这时，你就听吧，月光里，或是月亮上就传来了银匠锻打银子的声音：叮咣！叮咣！叮叮咣咣！于是，人们就忍不住要抬头仰望月亮。

人们说："听哪，银匠又在工作了。"

银匠的父亲是个钉马掌的。真正来说，那个时代社会还没有这么细致的分工，那个人以此出名也不过是说这就是他的长处罢了——他真实的身份是洛可土司的家奴，有信送时到处送信，没信送时就喂马。有一次送信，路上看到个冻死的铁匠，就把那套家什捡来，在马棚旁边砌一座泥炉，叮叮咣咣地修理那些废弃的马掌。过一段时间，他又在路上捡来一个小孩。那孩子的一双眼睛叫他喜欢，于是，他就把这孩子背了回来，对土司说："叫这个娃娃做我的儿子、你的小家奴吧。"土司哈哈一笑说："你是说我又有了一头小牲口？你肯定不会白费我的粮食吗？"老家奴说不会的。土司就说："那么好吧，就把你钉马掌的手艺教给他。我要有一个专门钉马掌的奴才。"正是因为这样，这个孩子才没有给丢在荒野里喂了饿狗和野狼。这个孩子就站在铁匠的炉子边上一天天长大了。那双眼睛可以把炉火分出九九八十一种颜色。那双小手一拿起锤子，就知道将要炮制的那些铁的冷热。见过的人都夸他会成为天下最好的铁匠，他却总是把那小脑袋从抚摩他的那些手下挣脱出来。他的双眼总是盯着白云飘浮不定的天边。因为养父总是带着他到处送信，少年人已经十分喜欢漫游的生活了。这么些年来，山间河谷的道路使他的脚力日益强壮，和土司辖地里许多人比较起来，他已经是见多识广的人了。许多人他们终生连一个寨子都没有走出去过，可他不但走遍了洛可土司治下的山山水水，还几次到土司的辖地之外去过了呢。

有一天，父亲对他说："我死了以后，你就用不着这么辛苦，只要专门为老爷收拾好马掌就行了。"少年人就别开了脸去看天上的云，悠悠地飘到了别的方向。他的嘴上已经有了浅浅的胡须，已经到了有自己想法，而且看着老年人都有点嫌他们麻烦的年纪了。父亲说："你不要太心高，土司叫你专钉他的马掌已经是大发慈悲了，他是看你聪明才这样的。"他又去望树上的鸟。其实，他也没有非干什么，非不干什么的那种想法。他之所以这样，可能是因为对未来有了一点点预感。现在，他问父亲："我叫什么名字呢，我连个名字都没有。"当父亲的叹口气，说："是啊，我想有一天有人会来告诉我你叫什么名字，那他们就是你的父母，我就叫他们把你带走，可是他们没有来。让佛祖保佑他们，他们可能已经早我们上天去了。"当父亲的叹口气，说，"我想你是那种不甘心做奴隶的人，你有一颗骄傲的心。"年轻人叹了口气说："你还是给我取个名字吧。""土司会给你取一个名字的。我死了以后，你就会有一个名字，你就真正是他的人了。""可我现在就想知道自己是谁。"于是，父亲就带着他去见土司。土司是所有土司里最有学问的一个，他们去时，他正手拿一匣书，坐在太阳底下一页页翻动不休呢。土司看的是一本用以丰富词汇的书，这书是说一个东西除了叫这个名字之外，还可以有些什么样的叫法。这是一个晴朗的下午，太阳即将下山，东方已经现出了一轮新月淡淡的面容。口语中，人们把它叫作"泽那"，但土司指一指那月亮说："知道它叫什么名字吗？"当父亲的用胳膊肘碰碰捡来的儿子，那小子就伸长颈子说："泽那。"土司就笑了，说："我知道你会这样说的。这书里可有好多种名字来叫这种东西。"当父亲的就说："这小子他等不及我死了，请土司赐你的奴隶一个名字吧。"土司看看那个小子，问："你已经懂得马掌上的全部学问了吗？"那小子想，马掌上会有多大的学问呢，但他还是说："是的，我已经懂得了。"土司又看看他说："你长得这么漂亮，女人们会想要你的。但你的内心里太骄傲了。我想不是因为你知道自己有一张漂亮的脸吧。你还没有学到养父身上最好的东西，那就是作为一个奴隶永远不要骄傲。但我今天高兴，你就叫天上有太阳它就发不出光来的东西，你就叫达泽，就是月亮，就是美如月亮。"当时的土司只是因为那时月亮恰好在天上现出一轮淡淡的影子，恰好手上那本有关事物异名的书里有好几个月亮的名字。如果说还有什么的话，就是土司看见修马掌的人有一张漂亮而有些骄傲的面孔而心里有些隐隐的不快，就想，即使你像月亮一样那我也是太阳，一下就把你的光辉给掩住了。

那时，土司那无比聪明的脑袋没有想到，太阳不在时，月亮就要大放光华。那个已经叫作达泽的人也没有想到月亮会和自己的命运有什么关系，和父亲磕了头，就退下去了。从此，土司出巡，他就带着一些新马掌，跟在后面随时替换。那声音那时就在早晚的宁静里回荡了：叮咣！叮咣！每到一个地方那声音就会进入一些姑娘的心房。土司说："好好钉吧，有一天，钉马掌就不是一个奴隶的职业，而是我们这里一个小官的职衔了。至少，也是一个自由民的身份，就像那些银匠一样。我来钉马掌，都要付钱给你了。"

这之后没有多久，达泽的养父就死了。也是在这之后没有多久，一个银匠的女儿就喜欢上了这个钉马掌的年轻人。银匠的作坊就在土司高大的官寨外面。达泽从作坊门前经过时，那姑娘就倚在门框上。她不请他喝一口热茶，也不暗示他什么，只是懒洋洋地说："达泽啦，你看今天会不会下雨啊？"或者就说："达泽啦，你的靴子有点破了呀。"那个年轻人就骄傲地想：这小母马学着对人刨蹄子了呢。口里却还是说：是啊，会不会下雨呢？是啊，靴子有点破了呢。

终于有一天，他就走到银匠作坊里去了。

老银匠摘下眼镜看看他，又把眼镜戴上看看他。那眼镜是水晶石的，看起来给人深不见底的感觉。达泽说："我来看看银器是怎么做出来的。"老银匠就埋下头在案台上工作了。那声音和他钉马掌也差不多：叮咣！叮咣！下一次，他再去，就说："我来听听敲打银子的声音吧。"老银匠说："那你自己在这里敲几锤子，听听声音吧。"但当银匠把一个漂亮的盘子推到他面前时，他竟然不知自己敢不敢下手了，那月轮一样的银盘上已经雕出了一朵灿烂的花朵。只是那双银匠的手不仅又脏又黑，那些指头也像久旱的树枝一样，枯萎蜷曲了。而达泽那双手却那么灵活修长，于是，他拿起了银匠樱桃木把儿的小小锤子，向着他以为花纹还须加深的地方敲打下去。那声音铮铮的竟那样悦耳。那天，临走时，老银匠才开口说："没事时你来看看，说不定你会对我的手艺有兴趣的。"第二次去，他就说："你是该学银匠的，你是做银匠的天才。天才的意思就是上天生你下来就是做这个的。"老银匠还把这话对土司讲了。土司说："那么，你又算是什么呢？""和将来的他相比，那我只配做一个铁匠。"土司说："可是只有自由民才能做银匠，那是一门高贵的手艺。""请你赐给他自由之身。""目前他还没有特别的贡献，我们有我们的规矩不是吗？"老银匠叹了口气，向土司说："我的一生都献给你了，就把这点算在他的账上吧。那时，你的子民，我的女婿，他卓绝的手艺传向四面八方，整个雪山栅栏里的地方都会在传扬他的手艺的同时，念叨你的英名。""可是那又有什么意思呢？"老土司这样一说，达泽感到深深绝望。不是因为别的，就是因为土司说得太有道理了。一个远远流布的名字和一个不为人知的名字的区别又在哪里，有名和无名的区别又在哪里呢？达泽的内心让声名的渴望燃烧，同时也感到声名的虚妄。于是，他说："声名是没有意义的，自由与不自由也没有多大的关系，老银匠你不必请求了，让我回去做我的奴隶吧！"土司就对老银匠说："自由是我们的诱惑，骄傲是我们的敌人，你推荐的年轻人能战胜一样是因为不能战胜另外一样，我要遂了他的心愿。"土司这才看着达泽说，"到炉子上给自己打一把弯刀和一把锄头，和奴隶们在一起吧。"走出土司那雄伟官寨的大门，老银匠就说："你不要再到我的作坊里来了，你的这辈子不会顺当，你会叫所有爱你的人伤心的。"说完，老银匠就头也不回地走了。留下一地白花花的阳光在他的面前，他知道那是自己的泪光。他知道骄傲给自己带来了什么。他把铁匠炉子打开，给自己打弯刀和锄头。只有这时，他才知道自己失去了什么，他才知道自己是十分想做一个银匠的，泪水就哗哗地流下来了。他叫了一声："阿爸啦！"顺河而起的风掠过屋顶，把他的哭声撕碎，扬散了。他之所以没有在这个晚上立即潜逃，仅仅是因为还想看银匠的女儿一眼。天一亮，他就去了银匠铺子的门口，那女子下巴颏夹一把铜瓢在那里洗脸。她一看见他，就把那瓢里的水扬在地上，回屋去了。期望中的最后一扇门也就因为自己一时糊涂，一句骄傲的话而在眼前关闭了。达泽把那新打成的弯刀和锄头放到官寨大门口，转身走上了他新的道路。他看见太阳从面前升起来了，露水在树叶上闪烁着耀眼的光芒。风把他破烂的衣襟高高掀起。他感到骄傲又回到了心间。他甚至想唱几句什么，同时想起自己从小长到现在，从来就没有开口歌唱过。即或如此，他还是感到了生活与生命的意义。出走之时的达泽甚至没有想到土司的家规，所以，也就不知道背后已经叫枪口给咬住了。他迈开一双长腿大步往前，根本就不像是一个奴隶逃亡的样子。管家下令开枪，老土司带着少土司走来说："慢！"管家就说："果然像土司你说的那样，这个家伙，你的粮食喂大的狗东西就要跑了！"土司就眯缝起双眼打量那个远去的背影。他问自己的儿子："这个人是在逃跑吗？"十一二岁的少土司说："他要去找什么？"土司说："儿子记住，这个人去找他要的东西去了。总有一天他会回来的。如果那时我不在了，你们要好好待他。我不行，我比他那颗心还要骄傲。"管家说："这样的人是不会为土司家增加什么光彩的，开枪吧！"但土司坚定地阻止了。老银匠也赶来央求土司开枪："打死他，求求你打死他，不然，他会成为一个了不起的银匠的。"土司说："那不正是你所希望的吗？""但他不是我的徒弟了呀！"土司哈哈大笑。于是，人们也就只好呆呆地看着那个不像逃亡的人，离开了土司的辖地。土司的辖地之外该是一个多么广大的地方啊！那样辽远天空下的收获该是多么丰富而又艰难啊！土司对他的儿子说："你要记住今天这个日子。如果这个人没有死在远方的路上，总有一天他会回来的。回来一个声名远扬的银匠，一个骄傲的银匠！你们这些人都要记住这一天，记住那个人回来时告诉他，老土司在他走时就知道他一定会回来。我最后说一句，那时你们要允许那个人表现他的骄傲，如果他真正成了一个了不起的银匠。因为我害怕自己是等不到那一天的到来了。"小小年纪的少土司突然说："不是那样的话，你怎么会说那样的话呢？"老土司又哈哈大笑了："我的儿子，你是配做一个土司的！你是一个聪明的家伙！只是，你的心胸一定要比这个出走的人双脚所能到达的地方还要宽广。"

事情果然就像老土司所预言的那样。

多年以后，在广大的雪山栅栏所环绕的地方，到处都在传说一个前所未有的银匠的名字。土司已经很老了，他喃喃地说："那个名字是我起的呀！"而那个人在很远的地方替一个家族加工族徽，或者替某个活佛打制宝座和法器。土司却一天天老下去了，而他浑浊的双眼却总是望着那条通向西藏的驿道。冬天，那道路是多么寂寞呀，雪山在红红的太阳下闪着寒光。少土司知道，父亲是因为不能容忍一个奴隶的骄傲，不给他自由之身，才把他逼上了流浪的道路。现在，他却要把自己装扮成一个用非常手段助人成长的人物了。于是，少土司就说："我们都知道，不是你的话，那个人不会有眼下的成就的。但那个人他不知道，他在记恨你呢，他只叫你不断听到他的名字，但不要你看见他的人。他是想把你活活气死呢！"老土司挣扎着说："不，不会的，他是一个聪明的孩子，他的名字是我给起下的。他一定会回来看我的，会回来给我们家做出最精致的银器的。""你是非等他回来不可吗？""我一定要等他回来。"少土司立即分头派出许多家奴往所有传来银匠消息的地方出发去寻找银匠。但是银匠并不肯奉命回来。人家告诉他老土司要死了，要见他一面。他说，人人都会死的，我也会死，等我做出了我自己满意的作品，我就会回去了，就是死我也要回去的。他说，我知道我欠了土司一条命的。去的人告诉他，土司还盼着他去造出最好的银器呢。他说，我欠他们的银器吗？我不欠他们的银器。他们的粗糙食品把我养大。我走的时候，他们可以打死我的，但我背后一枪没响，土司家养得有不止一个在背后向人开枪的好手。所以，银匠说，我知道我的声名远扬，但我也知道自己这条命是从哪里来的，等我造出了最好的银器，我就会回去的。这个人扬一扬他的头，脸上浮现出骄傲的神情。那头颅下半部宽平，一到双眼附近就变得狭窄了，挤得一双眼睛鼓凸出来，天生就是一副对人生愤愤不平的样子。这段时间，达泽正在给一个活佛干活儿。做完一件，活佛又拿出些银子，叫他再做一件，这样差不多有一年时间了。一天，活佛又拿出了更多的银子，银匠终于说，不，活佛，我不能再做了，我要走了，我的老主人要死了，他在等我回去呢。活佛说，那个叫你心神不定的人已经死了。我知道你是怎么想的，你是想在这里做出一件叫人称绝的东西，你就回去和那个人一起了断了。你不要说话，你是一个伟大的艺术家，但好多艺术家因为自己心灵的骄傲而不能伟大。我看你也是如此，好在那个叫你心神不定的人已经死了。银匠觉得自己的五脏六腑都叫这个人给看穿了，他问，你怎么知道土司已经死了，那你知道他叫什么名字吗？

活佛笑了，来，我叫你看一看别人不能看见的东西。我说过，你不是普通人，而是一个艺术家。

在个人修炼的密室里，活佛从神像前请下一碗净水，念动经咒，用一支孔雀翎毛一拂，净水里就出现图像了。他果然看见一个人手里握上了宝珠，然后，脸叫一块黄绸盖上了。他还想仔细看看那人是不是老土司，但碗里陡起水波，就什么也看不见了。

银匠听见自己突然在这寂静的地方发出了声音，像哭，也像是笑。

活佛说："好了，你的心病应该去了。现在，你可以丢心落肚地干活儿，把你最好的作品留在我这里了。"活佛又凑近他耳边说，"记住，我说过你是一个伟大的艺术家。"也许是因为这房间过于密闭而且又过于寂静的缘故吧，银匠感到，活佛的声音震得自己的耳朵嗡嗡作响。

他又在那里做了许多时候，仍做不出来希望中的那种东西。活佛十分失望地叫他开路了。

面前的大路一条往东，一条向西。银匠在歧路上徘徊。往东，是土司辖地，自己生命开始的地方，可是自己欠下一条性命的老土司已经死了，少土司是无权要自己性命的。往西，是雪域更深远的地方，再向西，是更加神圣的佛法所来的克什米尔，一去，这一生恐怕就难以回到这东边来了。他就在路口坐了三天，没有看到一个行人。终于等来个人却是乞丐。那家伙看一看他说："我并不指望从你那里得到一口吃食。"银匠就说："我也没有指望从你那里得到什么。不过，我可以给你一锭银子。"那人说："你那些火里长出来的东西我是不要的，我要的是从土里长出来的东西哩。"那人又说，"你看我从哪条路上走能找到吃食？再不吃东西我就要饿死，饿死的人是要下地狱的。"那人坐在路口祷告一番，脱下一只靴子，抛到天上落下来，就往靴头所指的方向去了。银匠一下子觉得自己非常饥饿。于是，他也学着乞丐的办法，脱下一只靴子，让它来指示方向。靴头朝向了他不情愿的东方。他知道自己这一去多半不会有什么好结果，就深深地叹口气，往命运指示的东方去了。他迈开大步往前，摆动的双手突然一阵阵发烫。他就说，手啊，你不要责怪我，我知道你还没有做出你想要做的东西，可我知道人家想要我的脑袋，下辈子，你再长到我身上吧。这时，一座雪山耸立在面前，银匠又说，我不会叫你受伤的，你到我怀里去吧，这样，你冻不坏，下辈子我们相逢时，你也是好好的。脚下的路越来越难走，那双手却在怀里安静下来了。

又过了许多日子，终于走到了土司的辖地。银匠就请每一个碰到的人捎话，叫他们告诉新土司，那个当年因为不能做银匠而逃亡的人回来了。他愿意在通向土司官寨的路上任何一个地方死去。如果可以选择死法，那他不愿意挨黑枪，他是有名气的，所以，他要体面地，像所有有名声的人都要的那样。少土司听了，笑笑说："告诉他，我们不要他的性命，只要他的手艺和名声。"这话很快就传到了银匠的耳朵里。但他一回到这块土地上就变得那么骄傲，嘴上还是说，我为什么要给他家打造银器呢。谁都知道他是因为土司不叫他学习银匠的手艺才愤而逃亡的。土司没有打死他，他自然就欠下了土司的什么。现在他回来了，成了一个声名远扬的银匠。现在，他回来还债来了。欠下一条命，就还一条命，不用他的手艺作为抵押。人们都说，以前那个钉马掌的娃娃是个男子汉呢。银匠也感到自己是一个英雄了，他是一个慷慨赴死的英雄。他骄傲的头就高高地抬了起来。每到一个地方，人们也都把他当成个了不起的人物，为他奉上最好的食物。这天，在路上过夜时，人们为他准备了姑娘，他也欣然接受了。事后，那姑娘问他，听说你是不喜欢女人的。他说是的，他现在这样也无非是因为自己活不长了，所以，任何一个女人都伤害不了他了。那姑娘就告诉他说，那个伤害了他的女人已经死了。银匠就深深地叹了口气。那姑娘也叹了口气说，你为什么不早点回来呢。你早点回来的话我就还是个处女，你就是我的第一个男人。这话叫银匠有些心痛。他问，谁是你的第一个。姑娘就咯咯地笑了，说，像我这样漂亮的女子，在这块土地上，除了少土司，还有谁能轻易得到呢。不信的话，你在别的女人那里也可以证明。这句话叫他一夜没有睡好。从此，他向路上碰到的每一个有姿色的女人求欢。直到望见土司那雄伟官寨的地方，也没有碰上一个少土司没有享用过的女子。现在，他对那个少年时代的游戏里曾经把他当马骑过的人已经是满腔仇恨了。

他在心里暗暗发誓，决不为这家土司做一件银器，就是死也不做。

他伸出双手说，手啊，没有人我可以辜负，就让我辜负你吧。于是，就甩开一双长腿迎风走下了山冈。

少土司这一天正在筹划他作为新的统治者，要做些什么有别于老土司的事情。他说，当初，那个天生就是银匠的人要求一个自由民的身份，就该给他。他对管家说，死守着老规矩是不行的。以后，对这样有天分的人，都可以向我提出请求。管家笑笑说，这样的人，好几百年才出一个呢。岗楼上守望的人就在这时进来报告，银匠到了。少土司就领着管家、妻妾、下人好大一群登上平台。只见那人甩手甩脚地下了山冈正往这里走来。到了楼下，那紧闭的大门前，他只好站住了。太阳正在西下，他就被高高在上的那一群人的身影笼罩住了。

他只好仰起脸来大声说："少爷，我回来了！"管家说："你在外游历多年，阅历没有告诉你现在该改口叫老爷了吗？"银匠说："正因为如此，我知道自己欠着土司家一条命，我来归还了。"少土司挥挥手说："好啊，你以前欠我父亲的，到我这里就一笔勾销了。"少土司又大声说："我的话说在这亮晃晃的太阳底下，你从今天起就是真正的一个自由民了！"寨门在他面前隆隆地打开。少土司说："银匠，请进来！"银匠就进去站在了院子中间。满地光洁的石板明晃晃地刺得他睁不开双眼。

他只听到少土司踩着鸽子一样咕咕叫的皮靴到了他的面前。少土司说，你尽管随便走动好了，地上是石头不是银子，就是一地银子你也不要怕下脚呀！银匠就说，世上哪会有那么多的银子。少土司说，有很多世上并不缺少的东西有什么意思呢。你也不要提以前那些事情了。既然你这样的银匠几百年才出一个，我当然要找很多的银子来叫你施展才华。

他又叹口气说："本来，我当了这个土司觉得没意思透了。以前的那么多土司做了那么多的事情，叫我不知道再干什么才好。你一回来就好了，我就到处去找银子让你显示手艺，让我成为历史上打造银器最多的土司吧。"银匠听见自己说："你们家有足够的银子，我看你还是给我当学徒吧。"管家上来就给了他一个嘴巴。

少土司却静静地说："你刚一进我的领地就说你想死，可我们历来喜欢有才华的人，才不跟你计较，莫不是你并没有什么手艺？"一缕鲜血就从银匠达泽的口角流了下来。

少土司又说："就算你是一个假银匠我也不会杀你的。"说完就上楼去了。少土司又大声说，"把我给银匠准备的宴席赏给下人们吧。"骄傲的银匠就对着空荡荡的院子说，这侮辱不了我，我就是不给土司家打造什么东西。我要在这里为藏民打造出从未有过的精美的银器，我只要人们记得我达泽的名字就行了。银匠在一个岩洞里住了下来。第二天，太阳升起的时候，达泽已经带着他的银匠家什走在大路上了。他愿意为土司的属民们无偿地打造银器。但是人们都对他摊摊双手说，我们肯定想要有漂亮的银器，可我们确实没有银子。银匠带着绝望的心情找遍了这片土地上所有的人：奴隶，百姓，喇嘛，头人。他几乎是用哀求的口吻对那些人说，让我给你们打造一个世界上绝无仅有的银器吧。那些人都对他木然地摇头，那情形好像他们不但不知道这世界上有着精美绝伦的东西，而且连一点同情心都没有了似的。最后，他对人说，看看我这双手吧，难道它会糟蹋了你们的那些白银吗。可惜银匠手中没有银子，他先把这只更加修长的手画在泥地上，就匆匆忙忙跑到树林里去采集松脂。松脂是银匠们常用的一种东西，雕镂银器时作为衬底。现在，他要把手的图案先刻画在软软的松脂上。他找到了一块，正要往树上攀爬，就听见看山狗尖锐地叫了起来，接着一声枪响，那块新鲜的松脂就在眼前迸散了。银匠也从树上跌了下来，一支枪管冷冷地顶在了他的后脑上。他想土司终于下了手了，一闭上眼睛，竟然就嗅到了那么多的花草的芬芳，而那银匠们必用的松脂的香味压过了所有的芬芳在林间飘荡。达泽这才知道自己不仅长了一双银匠的手，还长着一只银匠的鼻子呢。他甩下两颗大愿未了的眼泪，说，你们开枪吧。

守林人却说："天哪，是我们的银匠呀！我怎么会对你开枪呢。虽然你闯进了土司家的神树林，但土司都不肯杀你，我也不会杀你的。"银匠就禁不住倒吸了一口凉气，一时忘形又叫自己欠下了土司家一条性命。人说狗有三条命，猫有七条命，但银匠知道自己是不可能有两条性命的。神树也就是寄魂树和寄命树，伤害神树是一种人人诅咒的行为。

银匠说："求求你，把我绑起来吧，把我带到土司那里去吧。"守林人就把他绑起来，狗一样牵着到土司官寨去了。这是初春时节，正是春意绵绵使人倦怠的时候，官寨里上上下下的人都睡去了。守林人把他绑在一根柱子上就离开了，说等少土司醒了你自己通报吧，你把他家六世祖太太的寄魂树伤了。当守林人的身影消失在融融的春日中间，银匠突然嗅到高墙外传来了细细的苹果花香，这才警觉到又是一年春天了。想到他走过的那么多美丽的地方，那些叫人心旷神怡的景色，他想，达泽你是不该回到这个地方来的。回来是为了还土司一条性命，想不到一条没有还反倒又欠下了一条。

守林人绑人是训练有素的，一个死扣结在脖子上，使他只能昂着头保持他平常那骄傲的姿势。银匠确实想在土司出现时表现得谦恭一些，但他一低头，舌头就给勒得从口里吐了出来，这样，他完全就是一条在骄阳下喘息的狗的样子了。这可不是他愿意的。于是，银匠的头又骄傲地昂了起来。他看到午睡后的人们起来了，在一层层楼面的回廊上穿行，人人都装作没有看见他给绑在那里的样子。下人们不断地在土司房中进进出出。

银匠就知道土司其实已经知道自己给绑在这里了。为了压抑住心中的愤怒，他就去想，自己根据双手画在泥地上的那个徽记肯定已经晒干，而且叫风抹平了。少土司依然不肯露面。银匠求从面前走过的每一个人替他通报一声，那上面仍然没有反应。银匠就哭了，哭了之后，就开始高声叫骂。少土司依然不肯露面。银匠又哭，又骂。这下上上下下的人都说，这个人已经疯了。银匠也听到自己脑子里尖厉的声音在鸣叫，他也相信自己可能疯了。少土司就在这个时候出现在高高的楼上，问："你们这些人，把我们的银匠怎么了？"没有一个人回答。少土司又问，"银匠你怎么了？"银匠就说："我疯了。"

少土司说："我看你是有点疯了。你伤了我祖先的寄魂树，你看怎么办吧。"

"我知道这是死罪。"

"这是你又一次犯下死罪了，可你又没有两条性命。""……"少土司就说："把这个疯子放了。"果然就松绑，就赶他出门。

他就拉住了门框大叫："我不是疯子，我是银匠！"

大门还是在他面前哐啷啷关上了，只有大门上包着门环的虎头对着他龇牙咧嘴。从此开始，人们都不再把他当成一个银匠了。起初，人们不给银子叫他加工，完全是因为土司的命令。现在，人们是一致认为他不是个银匠。土司一次又一次赦免了他，可他逢人就说："土司家门上那对银子虎头是多么难看啊！""那你就做一对好看的吧。"可他却说："我饿。"可人们给他的不再是好的吃食了。

他就提醒人们说，我是银匠。人们就说，你不过是一个疯子。你跟命运作对，把自己弄成了一个疯子。而少土司却十分轻易就获得了好的名声，人们都说，看我们的土司是多么善良啊，新土司的胸怀是多么宽广。少土司则对他的手下人说，银匠以为做人有一双巧手就行了，他可能永远也不会知道做一个人还要有一个聪明的脑子。

少土司说，这下他恐怕真的要成为一个疯子了，如果他知道其实是斗不过我的话。这时，月光里传来了银匠敲打白银的声音：叮咣！叮咣！叮咣！那声音是那么的动听，就像是在天上那轮满月里回荡一样。循声找去的人们发现他是在土司家门前那一对虎头上敲打。月光也照不进那个幽深的门洞，他却在那里叮叮咣咣地敲打。下人们拿了家伙就要冲上去，但都给少土司拦住了。少土司说："你是向人们证明你不是疯子，而是一个好银匠吗？"银匠也不出来答话。

少土司又说："嗨！我叫人给你打个火把吧。"银匠这才说："你准备刀子吧，我马上就完，这最后几下，就那么几根胡须，不用你等多久。我只要人们相信我确实是一个银匠。当然我也疯了，不然怎么敢跟你们作对呢。"少土司说："我为什么要杀你，你不是知错了吗？你不是已经在为你的主子干活儿了吗？我还要叫人赏赐你呢。"

这一来，人们就有些弄不清楚，少土司和银匠哪个更有道理了，因为这两个人说得都有道理。但人们都感到了，这两个都很正确的人，还在拼命要证明自己是更加有道理的一方。这有什么必要呢？人们问，这有什么必要呢？证明了道理在自己手上又有什么好处呢？而且就更不要说这种证明方式是多么奇妙了。

银匠干完活儿出来不是说，老爷，你付给我工钱吧。而是说，土司你可以杀掉我了。少土司说，因为你证明了你自己是一个银匠吗？不，我不会杀你的，我要你继续替我干活儿。银匠说，不，我不会替你干的。少土司就从下人手中拿过火把进门洞里去了。人们都看到，经过了银匠的修整，门上那一对虎头显得比往常生动多了，眼睛里有了光芒，胡须也似乎随着呼吸在颤抖。

少土司笑笑，摸摸自己的胡子说："你是一个银匠，但真的是一个最好的银匠吗？"银匠就说："除去死了的，和那些还没有学习手艺的。"少土司说："如果这一切得到证明，你就只想光彩地死去是吗？"银匠就点了点头。

少土司说："好吧。"就带着一干人要离开了。银匠突然在背后说："你一个人怎么把那么多的女人都要过了。"少土司也不回头，哈哈一笑说："你老去碰那些我用过的女人，说明你的运气不好。你就要倒霉了。"银匠就对着围观的人群喊道："我是一个疯子吗？不！我是一个银匠！人家说什么，你们就说什么，你们这些没有脑子的家伙。你们有多么可怜，你们自己是不知道的。"人们就对他说，趁你的脖子还顶着你的脑袋，你还是操心操心你自己。银匠又旁若无人地说了好多话，等他说完，才发现人们早已经走散了，面前只有一地微微动荡的月光，又冷又亮。

银匠想起少土司对他说，我会叫你证明你是不是一个最好的银匠的。回到山洞里去的路上，达泽碰到了一个姑娘，他就带着她到山洞里去了。这是一个来自牧场的姑娘，通体都是青草和牛奶的芳香。她说，你要了我吧，我知道你在找没人碰过的姑娘。其实那些姑娘也不都是土司要的，新土司没有老土司那么多学问，但也没有老土司那么好色。他叫那些姑娘那样说，都是存心气你的。银匠就对这个处女说，我爱你。我要给你做一副漂亮的耳环。姑娘说，你可不要做得太漂亮，不然就不是我的，而是土司家的了。银匠就笑了起来，说，我还没有银子呢。姑娘就叹了口气，偎在他怀里睡了。银匠也睡着了。他做了一个梦，梦见自己给这姑娘打了一副耳环，正面是一枚美丽的树叶，上面有一颗盈盈欲坠的露珠。背面正好就是他想作为自己徽记的那个修长灵巧的手掌。醒来时，那副耳环的样子还在眼前停留了好一会儿。他叹了口气，身旁的姑娘平稳的呼吸中，依然是那些高山牧场上的花草的芬芳。又一个黎明来到了，曙色中传来了清脆的鸟鸣。银匠也不叫醒那姑娘就独自出门去了。他忽然想到，这副耳环就是他留在这世上最为精湛的东西了。要获得做这副耳环的银子，只有去求土司了。太阳升起时，他又来到了土司家门前，

月光里的银匠

昨晚的小小改动确实使这大门又多了几分威严。太阳把他的身影拉得很长，他望着那是自己又不是自己的影子想，让我为这个姑娘去死，让我骗一骗土司吧。于是，他就大叫一声，在土司官寨的门口跪下了。

这回，很快就有人进去通报了。少土司站在平台上说，我就不下去接你了，你上来和我一起用早茶吧。

银匠抬头说，你拿些银子让我给你家干活儿吧。我想不做你家的奴才，我想错了，我始终是你家的奴才，这没有什么好说的。

少土司说，你果然还算是聪明人。你声称自己是最好的银匠，带了一个不好的头，如今，好多银匠都声称自己是天下最好的银匠了。这是你的罪过，但我有宽大的胸怀，我已经原谅你了，你从地上起来吧。

当他听说有那么多人都声称自己是最好的银匠时，心里就十分不快了。现在，仅仅就是为了证明那些人是一派谎言，他也会心甘情愿给土司干活儿了。他说，请土司发给我银子吧。

少土司却问，你说银匠最爱什么？

他说，当然是自己的双手。

少土司说，那个想收你做女婿，后来又怂恿我杀了你的老银匠怎么说是眼睛呢？

银匠就说，土司你昨晚看见了，好的银匠是不要眼睛也要双手的。

少土司就笑了，说，我记下了，如果你今后再犯什么，我就取你的眼睛，不要你的双手。

太阳朗朗地照着，银匠还是感到背上爬上了一股凛凛的寒气。他说，那时，土司你就赐我死好了。

少土司朗声大笑，说，我要留下你的双手给我干活儿呢。

银匠想，他不知要怎么算计我，可他也不知道我是要匀他的银子替那姑娘做一副耳环呢。于是，又一次请求，给我一点活儿干吧，匠人的手不干活儿是会闲得难受的。

少土司说，你放宽心再玩些日子。我要组织一次银匠比赛，把所有号称自己是天下最好的银匠都招来，你看怎么样？银匠就很灿烂地笑了，银匠说，那就请你恩准我随便找点儿活儿干干，你不说话，谁也不敢拿活儿给我干啊。少土司说，一个土司难道不该这样吗？说句老实话，当年如果我是土司，你连逃跑的想头都不敢有。不过既然那些银匠都在干活儿，那么，你也可以去找活儿干了。不然，到时候赢了还好，若是你输了，会怪我不够公平呢。像个爱名声的人，我也很爱自己的名声呢。

银匠找到活儿干了，每样活计里面攒下一丁点银子。直到凑齐了一只耳环的银子时，那个牧场姑娘也没有露面。少土司则在紧锣密鼓地筹备银匠比赛，精致的帖子送到了四面八方。从西边来了三十个银匠，北边来了二十个银匠，南边那些有着世仇的地方，也来了十个银匠，从东边的汉地也来了十个银匠。据说，那广大汉地的官道上，还有好多银匠风尘仆仆地正在路上呢。银匠们住满了官寨里所有空着的房间。四村八寨的人也都赶来了，官寨外边搭满了帐房。到了夜半，依然歌声不断。明天就要比赛了，一轮明月正在天上趋于圆满。银匠支好炉子，把工具一样样摆在月光下面。而且，他听见自己在唱歌！从小到大，他是从来没有唱过歌的。他想自己肯定是不会唱歌的，但喉咙自己歌唱起来了。银匠就唱着歌，开始替那个不知名字的姑娘做耳环了。太阳升起时耳环就做好了，果然就和梦中见到的一模一样。他说，可惜只有一只，不然我也用不着去比赛了。他想，哪个银匠不偷点银子呢？你说不偷也不会有人相信。早知如此，不要等到现在才动手，那还不是把什么想做的东西都做出来了。他把家什收拾好，把耳环揣在怀里，就往比赛的地方去了。

少土司把比赛场地设在官寨那宽大的天井里。银匠们围着天井坐成一圈，座下都铺上了暖和的兽皮。土司还破例把寨子向百姓们开放了。九层回廊上层层叠叠地尽是人头。银匠达泽发现那个有着青草芳香的姑娘也在人群中间，就对她扬了扬手。姑娘指指外边的果园，银匠知道她是要他比赛完了在那里等她。银匠就摸了摸自己的耳朵。这时，少土司走到了他的面前，说，你要保重你自己，输了我就砍下你的双手，你说过你最爱你的双手。银匠立即就觉得双手十分不安地又冷又热。但他还是自信地笑笑说，我不会输的。少土司又说，手艺人就是这样，毛病太多了，你可不要犯那些毛病，不然我同样不会放过你的。

少土司又问："记住了？"银匠说："记住了。""我只是怕你到时候又忘了。"少土司回到二楼他的座位上，挥挥手，一筐银圆就哐啷啷从楼上倒到天井里了。

开初的几个项目，都是达泽胜了。少土司亲自下来给他挂上哈达。

夜晚也就很快到来了。银匠们用了和土司一样的食品：蜜酒，奶酪，熊肉和一碗燕麦粥。用完饭，少土司还和银匠们议论一阵各地的风俗。这时，月亮升起来了。又一筐银圆从楼上倒了下去。少土司说："像玩一样，你们一人打一个月亮吧，看哪个的最大最亮。"立时，满天的叮叮咣咣的声音就响了起来。很快，那些手下的银子月亮不够大也不够圆满的都住手承认失败了。只有银匠达泽的越来越大，越来越圆，越来越亮，真正就像是又一轮月亮升起来了一样。起先，银匠是在月亮的边上，举着锤子不断地敲打：叮咣！叮咣！叮咣！谁会想到一枚银圆可以变成这样美丽的一轮月亮呢？夜渐渐深了，那轮月亮也越来越大，越来越晶莹灿烂了。后来银匠就站到那轮月亮上去了。他站在那轮银子的月亮中央去锻造那月亮。后来，每个人都觉得那轮月亮升到了自己面前了。他们都屏住了呼吸，要知道那已是多么轻盈的东西了啊！那月亮就悬在那里一动不动了。月亮理解人们的心意，不要在轻盈的飞升中带走他们伟大的银匠，这个从未有过的银匠。天上那轮月亮却渐渐西下，折射的光芒使银匠的月亮发出了更加灿烂的光华。

人群中欢声骤起。

银匠在月亮上直了直腰，就从那上面走下来了。

有人大叫，你是神仙，你上天去吧！你不要下来！但银匠还是从月亮上走下来了。

银匠对着人群招了招手，就径直出了大门到外边去了。

少土司宣布说，银匠达泽获得了第一名。如果他没有别的不好的行为，那么，明天就举行颁奖大会。人们的欢呼声使官寨都轻轻摇晃起来。人们散去时，少土司说，看看吧，太多的美与仁慈会使这些人忘了自己的身份的。管家问，我们该把那银匠怎么办呢？少土司说，他成了老百姓心中的神仙，那就没有再活的道理了。这个人永远不知道适可而止。少土司发了一通议论，才吩咐说，跟着银匠，他自己定会触犯比赛时我们公布了的规矩的。管家说，要是抓不住把柄又怎么办呢？少土司说："你们把心放在肚子里。凡是自以为是的人，他们都会犯下过错。因为他不会把别的什么放在眼里。"银匠在果园里等到了那个牧场姑娘。她的周身有了更浓郁的花草的芬芳。银匠说："你在今天晚上怀上我的儿子吧。"姑娘说："那他一定会特别漂亮。"她不知道银匠的意思是说，也许，过了今天他就要死了，他要在这个世界上留下一个不信服命运的天才的种子。于是，他要了姑娘一次，又要了姑娘一次。最后在草地上躺了下来。这时，月亮已经下去了。他望着渐渐微弱的星光想，一个人一生可以达到的，自己在这一个晚上已经全部达到了，然后就睡着了。又一天的太阳升起来了，他拿出了那只耳环，交给姑娘说："那轮月亮是我的悲伤，这只耳环是我的欢乐，你收起来吧。"姑娘欢叫了一声。

银匠说："要知道你那么喜欢，我就该下手重一点，做成一对了。"姑娘就问："都说银匠会偷银子，是真的？"银匠就笑笑。

姑娘又问："这只耳环的银子也是偷的？"银匠说："这是我唯一的一次。"埋伏在暗处的人们就从周围冲了出来，他们欢呼抓到偷银子的贼了。银匠却平静地说："我还以为你们要等到太阳再升高一点动手呢。"被带到少土司跟前时，他把这话又重复了一遍。少土司说："这有什么要紧呢，太阳它自己会升高的。就是地上一个人也没有了，它也会自己升高的。"银匠说："有关系的，这地上一个人也没有了，没人可戏弄，你的日子就不好过了。"少土司说："天哪，你这个人还是个凡人嘛，比赛开始前我就把该告诉你的都告诉你了，为什么还要抱怨呢。再说偷点银子也不是死罪，如果偷了，砍掉那只偷东西的手不就完了吗？"银匠一下就抱着手蹲在了地上。

按照土司的法律，一个人犯了偷窃罪，就砍去那只偷了东西的手。如果偷东西的人不认罪，就要架起一口油锅，叫他从锅里打捞起一样东西。据说，清白的手是不会被沸油烫伤的。

官寨前的广场上很快就架起了一口这样的油锅。

银匠也给架到广场上来了。那个牧场姑娘也架在他的身边。几个喇嘛煞有介事地对着那口锅念了咒语，锅里的油就十分欢快地沸腾起来。有人上来从那姑娘耳朵上扯下了那一只耳环，扔到油锅里去了。少土司说，银匠昨天沾了女人，还是让喇嘛给他的手念念咒语，这样才公平。银匠就给架到锅前了。人们看到他的手伸到油锅里去了。广场上立即充满了一股奇怪的味道。银匠把那只耳环捞出来了。但他那只灵巧的手却变成了黑色，肉就丝丝缕缕地和骨头分开了。少土司说，我也不惩罚这个人了，有懂医道的人给他医手吧。但银匠对着沉默的人群摇了摇头，就穿过人群走出了广场。他用那只好手举着那只伤手，一步步往前走着，那手也越举越高，最后，他几乎是在踮着脚行走了。人们才想起银匠他忍受着的是多么巨大的痛苦。这时，银匠已经走到河上那道桥上了。他回过身来看了看沉默的人群，纵身一跃，他那修长的身子就永远从这片土地上消失了。

那个牧场姑娘大叫一声昏倒在地上。

少土司说："大家看见了，这个人太骄傲，他自己死了。我是不要他去死的。可他自己去死了。你们看见了吗?!"沉默的人群更加沉默了。少土司又说，"本来罪犯的女人也就是罪犯，但我连她也饶恕了!"少土司还说了很多，但人们不等他讲完就默默地散开了，把一个故事带到他们各自所来的地方。后来，少土司就给人干掉了。到举行葬礼时也没有找到双手。那时，银匠留下的儿子才一岁多一点。后来流传的银匠的故事，都不说他的死亡，而只是说他坐着自己锻造出来的月亮升到天上去了。每到满月之夜，人们就说，听啊，我们的银匠又在干活儿了。果然，就有美妙无比的敲击声从天上传到地上：叮咣! 叮咣! 叮叮咣咣! 那轮银子似的月亮就把如水的光华倾洒到人间。看哪，我们伟大银匠的月亮啊!

清水里的刀子

石舒清

　　和自己在同一面炕上滚了几十年的女人终于赶在主麻前头埋掉了。坟院里只不过添了一个新的坟包而已。这样一种朴素的结局，细想起来，真是惊心动魄。

　　马子善老人是最后一个走出坟院的，在走出坟院门的那一刹那，老人突然觉得自己的鼻腔陡然地一酸，似乎听到一个苍老而又稳妥的声音附在自己的耳畔轻轻说，好啊，老东西，你命大，让你又逃脱了，那么就再转悠上几天，再转悠上几天就回来，这里才是你的家。细想想，你在外面转的时间也不短了，长得很了啊。

　　马子善老人诚恳地点着头，是啊是啊，实在是在外面混得太久了，把那样一个鲜活的婴儿，把那样一个强壮的青年混成了目前这副样子，这使他觉得尴尬而辛酸。马子善老人记得，他是孩子的时候，村子小得像一个羊圈，坟院远没有现在大，但那时候的坟院也显得空空的。到如今村子已经很大了，坟院几经突破，成了眼下几乎和村子一样大的规模，而且里面密密麻麻地排列着坟堆，似乎几个村子的人都死光了都埋在这里了，但实际上随着死人越来越多活人也越来越多。马子善老人就在死人和活人都增多的过程里一天天一天天活到了七十多岁，衰老成了如今这副样子。

　　马子善老人有时在水面上看一看自己苍老的影子觉得不可理解，他真讲不清是什么将自己变化得如此苍老。坟头一多，连坟院里也似乎热闹了，这使马子善老人有些淡淡的失意，他喜欢空旷寂寥的坟院，喜欢坟头很少，大家相互珍惜着经历永恒的时间；坟头一多，使人觉得到这里以后还会像外面那样钩心斗角，争争吵吵。但毕竟坟院比尘世要宁静得多，毕竟人们都在黄土下埋得很深，连串个邻近的门都是不可能的了。送葬的人都走净了，院门外的浮土上印着很多的脚印，大家来时的脚印和去时的脚印重叠了，这样就使得许多脚印都失去了方向。人们走得多么快，只留了一些模模糊糊的脚印，但终有一天人们要把自己留在这里的。谁都不免把自己留在这里的。日光倾泻在坟院里，使坟院像一个庞大的废墟。看这天空多么像一个大大的钟面啊，日头不过一根针，在这巨大的钟面上无休止地划来划去。

马子善老人瞅了瞅日头，日头自然也是看着他的，马子善老人突然感激自己鼻腔的那一酸楚了，不然自己会很忽略地走出坟院的，正是那一酸楚使自己留在了这样一个重要的位置上。坟院门上，这就是生死之门，人应该在这里多站站。马子善老人觉得自己是那样渴望在这里多站一会儿，躲在坟院深处是不好的，毕竟自己还活着嘛，可是盲目地到尘世上去就更不好。去干什么呢？似乎就没有什么可干的了。现在最好就是在这样的位置上多站一会儿，多想一会儿。想法很多的，想法会使人有一种觉悟的幸福。这么大的天空只有日头独自走长路实在是太孤单了，马子善老人看看日头觉得日头很孤单。孤单着也好，有时候奇怪地觉得孤单着也是一种福分。马子善老人回头看了看坟院，只这么一会儿，老婆坟头的土已没有刚才那样新鲜了，他想起自己将老婆用一匹小青驴从南山里驮来给自己当媳妇的事，老婆头上戴着红纱，两只鞋面上绣满花的脚在铜镫里摆着，随着铜镫一荡一荡，一荡一荡，让人的心生出化雪的感觉。那时候想不到那样年轻好看的媳妇最终会归宿于这样一个坟包。马子善老人轻轻叹一口气，应该在这里多走走的，应该在这里多看看才是，这里才是家。那个用血肉温暖了一辈子几辈子的家如今不是自己的了，那是儿子孙子他们的家了。但儿子孙子们不久也会到这里来的，那么那个家究竟是谁的家呢？马子善老人想，该找李乡老讲讲了，该跟他给自己要一块地皮了，得好好找一块长眠之地，不然，草率地一死，让人埋到一个狭窄处，可就坏了。马子善老人突然非常地渴盼能知道自己什么时候死，他站在坟院门口喃喃自问，主啊，我究竟在几时呢？你能悄悄地告知我吗？四周一片寂静，坟院里的风微凉地掠过他的脸面，有些竟吹入他耳朵的深处。他想自己若是知道自己归真的一刻，那么提前一天，他就会将自己洗得干干净净，穿一身洁洁爽爽的衣裳，然后去跟一些有必要告别的人告别，然后自己步入坟院里来，找到自己的长眠之地，含着清泪，诵着《古兰经》，听任自己的生命像和风那样一丝丝吹尽。想到必死无疑的自己连自己什么时候死都不知道，想到自己会在毫无准备的情况下死掉，他突然觉得一种异常的伤感与恐惧。他想起一句人们常说的话来，尤其那些善说大话的人也这样说，那些人，在他们说了一世界大话之后，突然会说，我除了不知道我几时死，再啥我不知道呢？听听，再善于讲大话的人，他也不知道他几时死。

　　回到家里，耶尔古拜还拿着他母亲的照片抽抽噎噎地哭着。他想劝劝儿子，又没劝，劝也是白劝。他想，儿子若到了自己这个年龄，就不会因亡人而哭了。自己若在儿子那个年龄，大概也还是要哭的。这都是很自然的事。儿子见他回来了，就眼泪巴叉地过来问他，如何搭救亡人。这里都是这样信仰的，亡人一入土，冥冥处就开始拷问他（她）的罪过了，亡人都有着一个罪人的身份。因而活着的亲属就得施行一些搭救亡人的仪式。有钱人家，搭救的排场是很大的，但人还是贫寒之家居多。那么宰一只鸡，烙两个油馕，也还是不比有钱人家差的。阿訇们说，有时候举念一枚枣，比举念一峰骆驼都贵重。但实际上人们还是看重骆驼，觉得骆驼贵重。人们也毕竟都是很世俗的，毕竟觉得宰一峰骆驼的搭救效力要远远强过宰一只鸡。儿子眼泪巴叉地来问他如何搭救时他说，量力而行吧，七七的日子上点一根香，烙两个油馕就成了。儿子说，别的都可以将就，四十不能将就啊，四十日那天来的人多，不要说宰一只鸡，宰一只羊都不行，人笑话呢。他说，宰羊不行你还要宰啥。这样说时他突然想到家里那头老牛，他的心猛地一紧，什么都说不出来了。儿子又落下眼泪来，说，大，我妈苦了一辈子，活的时节没活上个好，殁了，咱们要把亡人当个事呢。

　　他什么都没有说，他担心什么一般闭着眼睛，似乎老牛就在他闭着的眼睛里了，悠闲地摇着干燥的尾巴。静了片刻，儿子说，大，我想，咱们那个牛，也老了，再买个嘛咱们也没钱，你看……他就觉得自己的心上被一只漆黑的拳头搞了一下。他凉凉地看了儿子一眼，说，把它宰了，地拿啥犁？儿子声音很低地说，它还能犁几年呢？是啊，老黄牛确乎是老了，经它拉朽的犁都有好几副了，还指望它能犁多少地？而且它活着也不过是个犁地而已。它最终就能免去一刀之劫吗？宰就宰了吧，他听到自己心里凉凉地说。但儿子似乎听到了，他看见儿子点了点头。他心里有什么东西在具有力度地纠缠着，又像是空空如也。

　　耶尔古拜牵着老黄牛走到西边的墙角下，清晨的阳光照亮了墙壁和牛的一部分，使牛身有着两样颜色。在光里的那一部分黄着，显得干燥，处在阴影中的部分却是紫色，显得厚重。牛那么温驯，耶尔古拜用一根指头粗的草绳就牵走了它。它不缓不急地走着，像是驮着什么极重的担子，又像了悟了什么一样显得旷达而随意，它和耶尔古拜之间的草绳软软地垂着，其实不是耶尔古拜在牵它，而是它跟着耶尔古拜走着罢了。它走到墙根下，就像一座山那样稳稳地站住了。阳光落在它那阔大的脸上，它微眯着眼，不疾不缓，悠闲而舒适地反刍着，显得自在而受用。耶尔古拜端了一大盆清水来，他这些日子每天都要把牛洗一次，这样老牛像是穿了新衣裳，显得稍稍的年轻与精神了一些。耶尔古拜用一把大刷子蘸了清水洗着牛身，洗得很是详尽，他还把洗衣粉撒在牛身上，他把牛脖里的褶皱用手指舒展开来洗着，把它的尾巴搭在自己的肩上，洗着它的臀部，他把牛蹄子都洗到了，他把女儿缺了齿的梳子拿来，将牛尾浸湿，然后像好看的女子梳理自己的长发那样梳着长长的牛尾。牛微闭着眼睛，忘我地享受着对它无微不至的洗浴，似乎这个被洗着的身体不是它的一样。耶尔古拜把牛洗净，用一领干净的毛巾擦干它，然后站在远处欣赏它。他很满意地点着自己的头。洗完牛，他就抱来新铲的鲜草给它吃，看着肥嫩的苦苦菜菜叶被牛大口大口香甜地吃着，看着牛瘪瘪的肚子有些夸张地鼓起来，耶尔古拜真是有着一种难以言述的喜悦。他对母亲的强烈的情感与念想都寄托在这牛上了。他觉得自己不是在侍候一头牛，而是虔敬地侍奉着自己敬重的一位老人。自从举意在母亲的四十祀日要用这头牛时，他就觉得这头牛已超越了其他一切牛，这头被举念了的牛已有了一种独特的品质与意义。它将携带使命去拯救苦海中因自己的罪行而受难的亡灵。耶尔古拜有时用心地洗着这牛，莫名其妙地有着一种感动，有几次更是匪夷所思，他突然想对着这牛，泪雨婆娑地喊一声娘，这愿望竟是那样强烈，使他几乎不能抑制。他觉得自己这么多年竟是把牛看轻了，牛有着博大而宽容的心灵，他觉得牛实在是一种了不起的生命。宰一只鸡怎么能跟宰一头牛相提并论？他真心地觉得，宰一头品质卓越的牛实在是能免却一份很大的灾难。他一点也不怀疑这头牛对他母亲的巨大作用。他觉得在举念之后，它就不是在人间的生命了，它一定会归宿到一个令人向往的地方。一只鸡可以生活在群星后面的天庭里吗？不能的，但一头牛却能。牛可以凭着它不改的忠厚和善良堂而皇之地走进一切巨大的宫殿之门。因此耶尔古拜像干着一件神圣的事业那样侍候着这老牛，使它一天一天地健壮起来，一天一天地年轻起来。耶尔古拜看着，心里有着难以言述的感动与狂喜。当牛大口大口地吃着鲜嫩的草时，马子善老人偶尔也会走过来，蹲在一旁看牛吃草，他脸上的表情没有耶尔古拜那样鲜明。他对耶尔古拜说，瞅它这吃，就像它还能活一千年。然后不待儿子说什么，拿起一大朵肥嫩的苦苦菜，将一片菜叶脆脆地折裂，立即溢出稠稠的奶汁来，马子善老人皱皱眉，说，唔，这么多的奶。

就这样，四十的日子一天一天像一大团阴影那样悄然地逼近了。

四十日的前三天，晨光给高高的树梢上淡淡地涂了一抹金色。无数的麻雀在巨大的树冠里异常激烈地吵着，让人的心里荡开着一漖一漖很温馨的银波。马子善老人正在离树冠较近的高房子里精心地粘《古兰经》，经典历时久了，纸质已经泛黄，而且轻若鸿毛，但上面的字迹却似愈加清晰。

突然耶尔古拜跑上来有些焦灼地说，老牛吃也不吃了，喝也不喝了，昨夜里放在槽里的清水与鲜草原模原样地放着。马子善的心强烈地一动，他把没有粘好的经典摊开在桌面上有阳光的地方晒着，自己匆匆随儿子来到了牛棚。牛棚盖在大门的外面，平时看不出，这一刻才发现这牛棚有着一些缝隙，一些金叶子似的阳光从那些缝隙里照进来，很短，往往在瞬间就莫名地消失了。牛棚里很干净，有着一种促人感动的牛粪气息。牛宁静端庄地站在那里，像一个穿越了时空明澈了一切的老人。它依然在不缓不疾、津津有味地反刍着，它平静淡泊的目光像是看见了什么，又像是什么也无意看。它的肚子明显有些瘪。槽里有一盆清水，清得像

清水里的刀子   271

能生出莲花来，显然，这水没有动过，盆旁边是草，显然也没有动过，一夜之间，那么鲜嫩的草有些蔫了。大，你看，这水，它一口都没喝，还有草，都没吃。儿子有些焦灼地说。牛像是没有看到他们父子俩，它投入而又忘我地反刍着自己的东西。儿子突然问他说，大，是不是……他知道儿子要说什么，他的鼻腔深处强烈地一酸，喉头处像硬硬地哽了一个什么硬物，他觉得自己的泪水带着一股温热迅疾地流下来了，他连忙转过头，有些踉跄地疾疾地走了出去。日头升高了一些，光星像凌乱的雪花那样扑面而来，他低下头像在风里面似的走着，上了高房子，麻雀吵得愈加热烈。他坐在炕边上，两手蒙住脸，感觉泪水在指缝里流出来了。他说不清自己为什么要流泪，更说不清自己为什么竟有那么多的泪，似乎还有要哭出声来的欲望。终于呜呜咽咽地哭出声来了，心像一个大海那样激情难抑，心里满满地都是感动。耶尔古拜诧异地出现在门口，阳光使他的正面显得很暗。见父亲那样，他显得有些无措，很快又走下去了。麻雀们不知受到了怎样的打击，轰一声响，骂咧咧地飞了，余下几只在树里，有些胆怯和猜测地鸣着。马子善老人不能自抑地哭了一会儿，感到自己像激流那样平缓了下来，心境渐渐宽阔，但那种感动还是满满地在心里。他有着大病初愈那样伤感而美好的心境。他觉得有些罪过，把这么了不起的一个生命竟忽略了，竟像畜生那样役使了它几十年。想起那时候他打在它背上的鞭子，他觉得愧疚而难过，如果谁用鞭子打他相同的数量以示惩罚，他一定会很乐意很感激的。还想起一件事来，那就是牛一边拉着犁走一边扬起尾巴拉粪，当时觉得没什么，渐渐就觉得这真是过于残忍了，我们人连一个拉粪的机会都不给它，在它拉粪的时候我们还不放过它，还在役使它——哪里知道它竟是这样一个高贵的生命！马子善老人又想起槽里的那盆净无纤尘的清水，那水在他眼前晃悠着，似乎要把他的眼睛和心灵淘洗个清清净净。那是一盆怎样的水啊，在那样清澈的水里，果真有一把银光幽幽的刀子吗？记得老人们都讲过的，说牛这样的生命是大牲，如果举念端正，把牛能用到好路上，那么，这头牛在献出自己的生命之前，会在饮它的清水里看到与自己有关的那把刀子，自此就不吃不喝了。显然，这头不吃不喝的老牛是看到自己的那把刀子了，就在它面前的那盆清水里看见了。马子善老人真切地觉到一种难言的强烈的震动，他那么不能自禁地要为此流一些眼泪。

　　过了一天，过了两天，牛还是不吃，盆里的水有些浑了，草也蔫得像野风吹过一样，牛肚子触目惊心地瘪下去了。两个后胯那里有着两个深坑，里面可以卧两只母鸡。但牛依旧静静地立着，双眼微闭，依旧在轻轻地反刍着。没有什么可以质疑的了。这了不起的生命，它竟然这样韬光养晦，竟被人役使地度过了自己艰辛的一生。马子善老人心里有了一种驱之不散的肃穆。只要他一闭眼，在他内部的视野里，就有一盆清得让人像涟漪那样微微战栗的水，在这水里，慢慢就会生出一把世所罕见的刀子，在清水的深处像一种暗藏的秘密那样不断地向你闪烁着银光。马子善老人感恩地点着自己的头，泪水在他的脸上流着，他喃喃说，你比我强，你知道你的死，可是我不知道。他记得老人们讲过，像牛这样的大牲，看到清水里的刀子后，就不再吃喝，为的是让自己有一个清洁的内里，然后清清洁洁地归去。原来是这样的一种生命！这两天里，飞散的麻雀又聚在树梢上了，马子善老人把翻阅破了的经典精心粘好，放在桌面上，大大的玻璃窗上，阳光照进来，像金子那样的阳光落在大大的桌面上，落在摊开的古老的经典上。

　　马子善老人坐在高房子外面，纷乱的麻雀声像阳光下的雨泡儿那样明明灭灭个无休无止。他浴在阳光里，想起他年轻的时候，老牛也还不老，也还年轻，和他一般有着暴烈的脾气，不时就将自己那样一个健壮而沉重的身子腾起在半空，在半空里有力而又极度紧张地扭曲一下，它后面还是拖着犁的啊，就将地犁得乱七八糟，马子善老人欣慰地想着这些，喃喃说，原谅我吧，咱们都有过年轻的时候嘛。然而最令他伤痛不已的是，牛知道它的死，他贵而为人，却不能知道。

　　明天就是四十祀日了。这些日子阳光总是出奇的好。人总觉得自己是被置身在一个阳光的世界里。耶尔古拜拿了一把刀子来给他磨。刀子足有一尺多长，长久地不用，上面已生了红锈。但刀子是可以磨得锋利的。他借了村里最好的磨石来，灌了一铜汤瓶清水，把清水倒在磨石上，磨石上就像显出了一篇碑文。他想他一定要把刀子磨好，红锈在清水里像血丝那样迟疑地流动着，他想他一定要把刀子磨出银子那样的光来。

他突然想牛在清水里看到的刀子，是自己磨的这一把吗？一定是的，还能是哪一把呢？因此一定要把手里这把刀子磨得和清水里那把一模一样，不然就对不起那不凡的生命啊。他一边用力地磨着刀子，一边看见自己的眼里有亮亮的东西掉下来，溅到青青的磨石上和耀眼的刀刃上，儿子走过来对他讲什么，他不抬头，儿子就走了。

那天夜里星星密缀了天空，使整个天空显得沉甸甸的。没有风，偶或撞到极细微的一丝，倒给人一种担心与警觉。夜深的时候，马子善老人顶着满天星光悄然钻到牛棚里去，直到寺里喊邦克时才钻出来，他的脸有些苍白。那时候星星已落掉不少，像被摘去果子的枝头那样，天空显得比深夜时轻渺了许多。耶尔古拜已经起来扫院子了。马子善老人对他说，家里的事你看着弄吧，我去县上买些调和之类的东西。耶尔古拜说，大，你今儿不能走啊。老人不答他的话，拿出一根很白很厚的毛巾来，说，宰的时候用这个把眼睛蒙上。耶尔古拜说，大，今儿你不能走啊。但马子善老人走了。一直到了日落，他才回来，他的脸总之是有些苍白，他先到牛棚里去转了一圈，然后他像是下了一个决心，他走进门里去了，但是他很快站住了，他看见一个硕大的牛头在院子里放着，牛头正向着他，他不知道牛的后半个身子哪里去了。他觉得这牛是在一个难以言说的地方藏着，而只是将头探了出来，一脸的平静与宽容，眼睛像波澜不兴的湖水那样睁着，嘴唇若不是耷在地上，一定还是要静静地反刍的。他有些惊愕，他从来没有见过这么一张颜面如生的死者的脸。

《人民文学》1998年5期

大老郑的女人

魏　微

一

　　算起来，这是十几年前的事了。

　　那时候，大老郑不过四十来岁吧，是我家的房客。当时，家里房子多，又是临街，我母亲便腾出几间房来，出租给那些来此地做生意的外地人。也不知从哪一天起，我们这个小城渐渐热闹了起来，看起来，就好像是繁华了。

　　原来，我们这里是很安静的，街上不大看得见外地人。生意人家也少，即便有，那也是祖上的传统，习惯在家门口摆个小摊位，卖些糖果、干货、茶叶之类的东西。本城的大部分居民，无论是机关的、工厂的、学校的……都过着闲适、有规律的生活，上班，下班，或有周末领着一家人去逛逛公园，看场电影的。

　　城又小。一条河流，几座小桥。前街，后街，东关，西关……我们就在这里生活着，出生，长大，慢慢地衰老。

　　谁家没有那些陈芝麻烂谷子的事，说起来都不是什么新鲜事，不过东家长西家短的，谁家婆媳闹不和了，谁离婚了，谁改嫁了，谁作风不好了，谁家儿子犯了法了……这些事要是轮着自己头上，就扛着，要是轮着别人头上，就传一传，说一说，该叹的叹两声，该笑的笑一通，就完了，各自忙生活去了。

　　这是一座古城，不记得有多少年的历史了，项羽打刘邦那会儿，它就在着，现在它还在着；项羽打刘邦那会儿，人们是怎么生活的，现在也差不多这样生活着。

有一种时候，时间在这小城走得很慢。一年年地过去了，那些街道和小巷都还在着，可是一回首，人已经老了。——也许是，那些街道和小巷都老了，可是人却还活着：如果你不经意走过一户人家的门口，看见这家的门洞里坐着一个小妇人，她在剥毛豆米，她把竹筐放在膝盖上，剥得飞快，满地绿色的毛豆壳子。一个静静的瞬间，她大约是剥累了，或者把手指甲整疼了，她抬起头来，把手甩了甩，放在嘴唇边咬一咬，哈哈气……可不是，她这一哈气，从前的那个人就活了。所有的她都活在这个小妇人的身体里，她的剥毛豆米的动作里，她抬一抬头，甩一甩手……从前的时光就回来了。

再比如说，你经过一条巷口，看见傍晚的老槐树底下，坐着几个老人，有一搭无一搭地聊着什么。他们在讲古城。其中一个老人，也有八十岁了吧，讲着讲着，突然抬起头来，拿手朝后颈处挠了几下，说，日娘的，你个毛辣子。

多少年过去了，我们小城还保留着淳朴的模样，这巷口，老人，俚语，傍晚的槐树花香……有一种古民风的感觉。

另一种时候，我们小城也是活泼的，时代的讯息像风一样刮过来，以它自己的速度生长、减弱，就变成我们自己的东西了。时代讯息最惊人的变化首先表现在我们小城女子的身上。我们这里的女子多是时髦的。不记得是哪一年了，我在报纸上看到，广州妇女开始化妆了，涂口红，抹眼影，一些窗口单位如商场等还做了硬性规定，违者罚款。广州是什么地方，可是也就一年半载的工夫，化妆这件事就在我们这里流行起来了。

我们小城的女子，远的不说，就从穿列宁装开始，到黄军服，到连衣裙，到超短裙……这里横躺了多少个时代，我们哪一趟没赶上？

我们这里不发达，可是信息并不闭塞。有一阵子，我们这里的人开口闭口就谈改革、下海、经济，因为这些都是新鲜词汇。

后来，外地人就来了。

外地人不知怎么找到了我们这个小城，在这里做起了生意，有的发了财，有的破了产，最后都走了，新的外地人又来了。

最先来此地落脚的是一对温州姐妹。这对姐妹长得好，白皙秀美，说话的声音也温婉曲折，听起来就像唱歌一样。她们的打扮也和本地人有所区别，谈不上哪儿有区别，就比如说同样的衣服穿在她们身上，就略有不同。她们大约要洋气一些，现代一些；言行淡定，很像是见过世面的样子。总之，她们给我们小城带来了一缕时代的气息，这气息让我们想起诸如开放、沿海、广东这一类的名词。

也许是基于这种考虑，这对姐妹就为她们的发廊取名叫作"广州发廊"。广州发廊开在后街上，这是一条老街，也不知多少年了，这条街上就有了新华书店、老邮局、派出所、文化馆、医院、粮所……后来，就有了这家发廊。

这是我们小城的第一家发廊，起先，谁也没注意它，它只有一间门面，很小。而且，我们这里管发廊不叫发廊，我们叫理发店，或者剃头店。一般是男顾客占多，隔三岔五地来理理发、修修面，或者叫人捏捏肩膀、捶捶背。我们小城女子也有来理发店的，差不多就是洗洗头发，剪了，左右看看就行了。那时，我们这里还没有烫发的，若是在街上看见一个自来卷的女子，她的波浪形的头发，那真是能艳羡死很多人的，多洋气啊，像个洋娃娃。

广州发廊给我们小城带来了一场革新。就像一面镜子，有人这样形容道：它是一个时代在我们小城的投影。仅仅从头发上来说，我们知道，生活原来可以这样，花样百出，争奇斗艳。是从这里，我们被告知关于头发的种种常识，根据脸型设计发型，干洗湿洗，修护保养，拉丝拉直，更不要说烫发了。

等我知道了广州发廊，已经是两三年以后的事了。有一天放学，我和一个女同学过来看了，一间不足十米见方的小屋子里，集中了我们城里最时髦漂亮的女子，她们取号排队，也有坐着的，也有站着的，或者手里拿着一本发型书，互相交流着心得体会……我有些目眩，到底因为年纪小，胆怯，趄在门口看了一下就跑出来了。

我听人说，广州发廊之所以生财有道，是因为不单做女人的生意，就连男人的生意也要做的。做男人的生意，当然不是指做头发，而是别的。这"别的"，就有人不懂了，那懂的人就会诡秘一笑，解释给他听：这就是说，白天做女人的生意，夜里做男人的生意。听的人这才似懂非懂，恍然大悟，因为这类事在当时是破天荒的，人的见识里也是没有的。因此都当作一件新奇事，私下里议论得很有劲道。

倘若有人怀疑道，不可能吧？派出所就在这条街上……话还没说完，就会被人"嘻"的一声打断道，派出所？怎见得派出所里就没她们的人？说着便一脸的坏笑。或者由另外的人接话道，你真是不灵通，现在都什么年代了，这事在广东那边早盛行了。

大老郑是在后些年来到我们小城的，他是福建莆田人，来这里做竹器生意。当时，我们城里已经集聚了相当规模的外地人，就连本城人也有下海做生意的，卖小五金的，卖电器的，开服装店的。

广州发廊不在了，可是更多的发廊冒出来，像温州发廊，深圳发廊……这些发廊也多是外地人开的，照样门庭若市。那温州两姐妹早走了，她们在这里待了三四年，赚足了钱。关于她们的传言没人再愿意提起了，仿佛它已成了老皇历。总之，传言的真假且不去管它，但有一点却是真的，人们因为这件事被教育了，他们的眼界开阔了，他们接受了这样一个现实。一切已见怪不怪。

大老郑租的是我家临街的一间房子。后来，他三个兄弟也跟过来了，他就在我家院子里又加租了两间房。院子里凭空多了一户人家，起先我们是不习惯的，后来就习惯了，甚至有点喜欢上他们了，因为这四兄弟为人正派乖巧，个性又各不一样，凑在一起实在是很热闹。关键是，他们身上没有生意人的习气，可什么是生意人的习气，我们又一下子说不明白了。

就说大老郑吧，他老实持重，长得也温柔敦厚，一看就是个做兄长的样子。平时话不多，可是做起事来，那真是既有礼节，却又不拘泥于礼节，这大概就是常人所说的懂分寸了。当年，我家院子里架了一株葡萄，长得很旺盛，一到夏天，成串儿的葡萄从架子上挂下来，我母亲便让大老郑兄弟摘着吃。或者她自己摘了，洗净了，放到盘子里，让我弟弟送过去。大老郑先推让一回，便收下了；可是隔一些日子，他就瓜果桃李地买回来，送到我家的桌子上。又会说话，又能体贴人，说的是：是去乡下办事，顺便从瓜田里买回来的，又新鲜，又便宜，不值几个钱的，吃着玩吧……一边说，一边笑，仿佛占了多少便宜似的。

他又是顶勤快的一个人。每天清晨，天蒙蒙亮就起床了，开门第一件事就是扫院子，又为我家的花园浇浇水，除除草……就像待自己家里一样。我奶奶也常夸大老郑懂事，能干，心又细，眼头又活……哪个女人跟了他，怕要享一辈子福呢。

大老郑的女人在家乡，十六岁的时候就嫁到郑家了，跟他生了一双儿女。我们便常常问大老郑，他的女人，还有他的一双儿女。大凡这时候，大老郑总是要笑的，不说好，也不说不好……总之，那样子就是好了。

我们说，大老郑，什么时候把你老婆孩子也接过来吧，一起住一阵。

大老郑便说好，说好的时候照样还是笑着的。

有很长一段时间，我们都信了大老郑的话，以为他会在不经意的某天，突然带一个女人和两个少年到院子里来。尤其是我和弟弟，整个暑假慢而且昏黄，就更加盼望着院子里能多出一两个玩伴，他们来自遥远的海边，皮肤被晒得黝黑发亮，身上能闻见海的气味。他们那儿有高山，还有平原，可以看见大片的竹林。

这些，都是大老郑告诉我们的。大老郑并不常提起他的家乡，我们要是问起了，他就会说一两句，只是他言语朴实，他也很少说他的家乡有多好，多美。但是不知为什么，我的眼前总浮现出一幅和我们小城迥然不同的海边小镇的图景，那儿有青石板小路，月光是蓝色的，女人们穿着蓝印花布衣衫，头上戴着斗笠，背上背着竹筐……和我们小城一样，那儿也有民风淳朴的一瞬间，总有那么一瞬间，人们善良地生活着，善良而且安宁。

我不知道，我为什么会有这样的想象，也许这一切是缘于大老郑吧。一天天的日常相处，我们慢慢对他生出了感情，还有信任，还有很多不切实际的幻想。我们喜欢他。还有他的三个弟弟，也都个个讨人喜欢。就说他的大弟弟吧，我们俗称二老郑的，最是个活泼俏皮的人物，又爱说笑，又会唱歌。唱的是他们家乡的小调：

姑娘啊姑娘

你水桶腰　水桶腰

大老郑的女人

腔调又怪，词又贫，我们都忍不住要笑起来。有一次，大老郑以半开玩笑的口吻，托我母亲替他的这个弟弟在我们小城里结一门亲事，我母亲说，不回去了？大老郑笑道，他们可以不回去，我是要回去的，是有老婆孩子的人呢。

大老郑出来已有一些年头了，他们莆田的男人，是有外出跑码头的传统的。钱挣多挣少不说，一年到头是难得回几次家的，我母亲便说，不想老婆孩子啊？大老郑挠挠腮说道，有时候想。我母亲说，怎么叫有时候想？大老郑笑道，我这话错了吗？不有时候想，难道是时时刻刻想？我母亲说，那还不赶快回去看看。大老郑说，不回去。我母亲说，这又是为什么？大老郑笑道，都习惯了。他又朝他的几个兄弟努努嘴，道，这一摊子事丢给他们，能行吗？

大老郑爱和我母亲唠叨些家常。这几个兄弟，只有他年纪略长，其余的三个，一个二十六岁，一个二十岁，最小的才十五岁。我母亲说，书也不念了？大老郑说，不念了。都不是念书的人。我母亲说，老三还可以，文弱书生的样子，又不爱说话，又不出门的。大老郑说，他也就闷在屋子里吹吹笛子罢了。

老三吹得一手好笛子，每逢有月亮的晚上，他就把灯灭了，一个人坐在窗前，悠悠地吹笛子去了。难得有那样安静惬意的时刻，我们小城仿佛也不再喧闹了，变得寂静、沉默，离一切好像很远了。

有一阵子，我们仿佛真是生活在一个很远的年代里，尤其是夏天的晚上，我们早早地吃完了饭，我和弟弟把小矮凳搬到院子里，就摆出乘凉的架势了。我们三三两两地坐着，在幽暗的星空底下，一边扇着蒲扇，一边听我父母讲他们从单位听来的趣闻，或者大老郑兄弟会说些他们远在天边的莆田的事情。

或有碰上好的连续剧，我们就把电视机搬到院子里，两家人一起看；要是谈兴甚浓的某个晚上，我们就连电视也不看的，就光顾着聊天了。

我们说一些闲话，吃着不拘是谁家买来的西瓜，困了，就陆续回房睡了。有时候，我和弟弟舍不得回房，就赖在院子里。我们躺在小凉床上，为的就是享受这夏夜安闲的气氛，看天上的繁星，或者月亮光底下梧桐叶打在墙上的影子；听蛐蛐、知了在叫，然后在大人切切的细语中，在郑家兄弟悠扬的笛声和催眠曲一样的歌声中睡去了。

似乎在睡梦之中，还能隐隐听到，我父亲在和大老郑聊些时政方面的事，关于经济体制改革，政企分开，江苏的乡镇企业，浙江的个体经营……那还了得！——只听我父亲叹道，时代已发展到什么程度了！

我们两家人，坐在那四方的天底下，关起院门来其实是一个完整的小世界。不管谈的是什么，这世界还是那样的单纯，洁净，古老……使我后来相信，我们其实是生活在一场遥远的梦里面，而这梦，竟是那样的美好。

<h1 style="text-align:center">二</h1>

有一天，大老郑带了一个女人回来。

这女人并不美，她是刀削脸，却生得骨骼粗大。人又高又瘦，身材又板，从后面看上去倒像个男人。她穿着一身黑西服，白旅游鞋，这一打眼，就不是我们小城女子的打扮。说是乡下人吧，也不像。因为我们这里的乡下女子，多是老老实实的庄稼人的打扮，她们不洋气，可是她们朴素自然，即便穿着碎花布袄，方口布鞋，那样子也是得体的，落落大方的。

我们也不认为，这是大老郑的老婆，因为没有哪个男人是这样带老婆进家门的。大老郑把她带进我家的院子里，并不做任何介绍，只朝我们笑笑，就进屋了。隔了一会儿，他又出来了，踅在门口站了会儿，仍旧朝我们笑笑。

我们也只好笑笑。

我母亲把二老郑拉到一边说，该不会是你哥哥雇的保姆吧。二老郑探头看了一眼，说，不像。保姆哪有这样的派头，拎两只皮箱来呢。

我母亲说，看样子要在这里落脚了，你哥哥给你们找了个新嫂子呢。二老郑便吐了一下舌头，笑着跑了。

说话已到了傍晚，天色还未完全暗下来，从那半开着的门窗里，我们就看见了这个女人，她坐在靠床的一张椅子上，略低着头，灯光底下只看见她那张平坦的脸，把眼睛低着，看自己的脚。她大约是坐得无聊了，偶尔就抬起头来朝院子里睃上一眼，没想到和我们其中一个的眼睛碰个正着，她就又重新低下了头，手不知往哪儿放，先拉拉衣角，然后有点局促地，就摆弄自己的手去了。

她的样子是有点像做新娘子的，害羞、拘谨、生疏。来到一个新环境里，似乎还不能适应。屋里的这个男人，看上去她也不很熟悉，也许见过几次面，留下一个模糊美好的印象，知道他是个老实人，会待她好，她就同意了，跟了他。

那天晚上，她给我们造成了一种婚嫁的感觉，这感觉庄重、正大，还有点羞涩，仿佛是一对少年夫妻的第一次结合，这中间经过媒妁之言，一层层繁杂的手续……终于等来了这一天。而这一天，院子里的气氛是冷淡了些，大家都在观望。只有大老郑兴兴头头的，在屋子里一刻不停地忙碌着，他先是扫地，擦桌子……当这一切都做完的时候，他犹豫了一下，在离她有一拳之隔的床头坐下了。他搓着手，一直微笑着，也许他在跟她说些什么，她抬起头来看他一眼，就笑了。

他起来给她倒了一杯水。

再起来给她搬来一只放杯子的凳子。

那么下面还能做些什么呢？想起来了，应该削个苹果吧，于是他就削苹果了。他把苹果削得很慢很慢，像在玩一样技艺。有时他会看她，但更多的还是看我们，看我和弟弟，还有他家的老四。我们这几个半大不小的孩子，就站在院子正中的花园里，一边说着玩着笑着，一边装作不经意地探头看着……隔着花园里的各种盆盆罐罐，两棵冬青树，我们看见大老郑半恼不恼地瞪着我们，他伸出一只腿来把门轻轻地挡上了。

那天晚上，这女人就在大老郑的房里住下了。原先，大老郑是和老四住一间房，后来，老四被叫进去了，隔了一会儿，我们看见他卷着铺盖从这一间房挪到另一间房，他又嘟着嘴，好像很不情愿的样子，我们就都笑了。

那天的气氛很奇怪，我们一直在笑。按说，这件事本没有什么特别可笑的地方，因为我们小城的风气虽然保守了些，可是在男女之事上，也有它开通豁达的一面。大约这类事在哪里都是免不了的，一个已婚男子，老婆又常不在身边，那么，他偶尔做些偷鸡摸狗的事也是正常的。我父亲有一个朋友，我们唤作李叔叔的，最是个促狭的人物，因常来我们家，和大老郑混熟了，有一次他就拿他开玩笑说，大老郑，给你找个女朋友吧？

大老郑便笑了，嗫嚅着嘴巴，半晌没见他说出什么来。李叔叔说，你看，你长得又好，牙齿又白，还动不动就脸红——

我母亲一旁笑道，你别逗他了，大老郑老实，他不是那种人。

可是那天晚上，我母亲也不得不承认道：这个死大老郑，我真是没看出来呢。她坐在沙发上，很笃定地等大老郑过来跟她谈一次。她是房主，院子里突然多出来一个女人，她总得过问一下，了解一些情况吧。

原来，这女人确是我们当地的，虽家在乡下，可是来城里已有很多年了。先是在面粉厂做临时工，后来不知为什么辞了职，在人民剧场一带卖葵花子。我母亲说，我们也常去人民剧场看电影看戏的，怎么就没见过你？

女人说，我也常回家的。——当天晚些时候，大老郑领女人过来拜谒我母亲，两人坐在我家的客厅里，女人不太说什么，只是低着头，拿手指一遍遍地划沙发上的布纹，她划得很认真，那短暂的十几分钟，她的心思都集中到她的手指和布纹上去了吧？大老郑呢，只是一个劲儿地抽着烟，偶尔，他和我母亲聊些别的事，常常就沉默了。话简直没法说下去了，他抬头看了一眼灯下的蛾虫，就笑了。我母亲说，你笑什么？

大老郑说，我没笑啊。

这么一说，禁不住女人也笑了起来。

女人就这样来到我们的生活里，成为院子里的一个成员。这一类的事，又不便明说的，大家也就睁一只眼闭一只眼的，就此混过去算了。我母亲原是极开明的，可是有一阵子，她也苦恼了，常对我父亲嘀咕道，这叫什么事啊！家妻外妾的，还当真过起小日子来了。——又是叹气，又是笑的，说，别人要是知道了，还不知该怎么嚼舌呢，以为我这院子是藏污纳垢的——

其实，这是我母亲多虑了。时间已走到了1987年秋天，我们小城的风气已经很开化了。像暗娼这样古老的职业都慢慢回头了，公安局就常下达"扫黄"文件，我父亲所在的报社也做过几次跟踪报道。当然了，我们谁也没见过暗娼，也不知她们长什么样子，穿什么样的衣裳，有着怎样的言行和做派，所以私下里都很好奇。我母亲因笑道，再怎么着，大老郑带来的这个也不像。我奶奶说，不像，这孩子老实。再者呢，她也不漂亮，吃这行饭的，没个脸蛋身段，那股子浪劲，那还不饿死！我父亲笑道，你们都瞎说什么呢？

总之，那些年，我们的疑心病是重了些，我们是对一切都有好奇、都要猜忌的。那的确是个与众不同的年代吧，人心总是急吼吼的，好像睡觉也睡不安稳。一夜醒来，看到的不过还是那些旧街道和旧楼房，可是你总会感觉到，有什么东西变了，它正在变，它已经变了，它就发生在我们的生活里，而我们是看不见的。

无论如何，女人就在我家的院子里住了下来。起先，我们对她并不友善，我母亲也有点忌讳她和大老郑的姘居关系，可是她又不能赶的，一则和大老郑的交情还不错，二则呢，这女人也着实可怜，没家没道的。乡下还有个八岁的男孩，因离了婚，判给前夫了。

她待大老郑又是极好的，主要是勤快，不惜力气。平时浆洗缝补那是免不了的，几个兄弟回来，哪次吃的不是现成饭？还换着花样，今天吃鱼明天吃肉的，逢着大老郑兴致好了，哥几个咂二两小酒也是有的。他们一家子人，围着饭桌坐着，在日光灯底下，刚擦洗过的地面泛着清冷的光。

有时候，饭是吃得冷清了些，都不太说话，偶尔大老郑会搭讪两句，女人坐在一旁静静地笑。有时却正好相反，许是喝了点酒的缘故吧，气氛就活跃了起来。老二敲着竹筷唱起了歌，他唱得哩哩啦啦的，不成腔调，女人抿嘴一乐道，是喝多了吧？

老三说，别理他，他一会儿就好了。

两人都愣了一下，可不是，话就这么接上了，连他们自己都不提防。郑家几个兄弟都是老实人，他们对她始终是淡淡的，淡不是冷淡，而是害羞和难堪。就比如说她姓章，可是怎么称呼呢，又不能叫嫂子或姐姐的，于是就叫一声"哎"吧，"哎"了以后再笑笑。

女人很聪明，许是看出我们的态度有点睥睨，所以轻易不出门的。白天她一个人在家，她把衣服洗了，饭做了，卫生打扫了，就坐在沙发上嗑嗑瓜子，看看电视。看见我们，照例会笑笑，抬一下身子，并不多说什么。从她入住的那一天起，这屋子就变了，新添了沙发、茶几、电视……她还养了一只猫，秋天的下午，猫躺在门洞里睡着了，下午三四点钟的太阳照下来，使整个屋子洋溢着动物皮毛一样的温暖。

有一次，我看见她在织手套，枣红色的，手型小巧而精致，就问，给谁的？织给儿子的吗？她笑道，儿子的手会有这么大？是老四的。她放下手里的活儿，找来织好的那一只放在我手上比试一下，说，我估计差不多，不会小吧？

几个弟弟中，她是最疼老四的，老四嘴巴甜，又不明事理，有一次就喊她作"姐姐"了，她愣了一下。一旁的老二老三对了对眼色，竟笑了。没人的时候，老四会告诉她莆田的一些事情，他的嫂子，两个侄儿。他们镇上，很多人家都住上小楼了，她就问，那你家呢？老四说，暂时还没有，不过也快了。

她又问，你嫂子漂亮吗？这让老四为难了，他低着头，把手伸进脖颈处够了够，说，反正是，挺胖的。她就笑了。

她并不太多问什么的，说了一会儿话，就差老四回房，看看他二哥三哥可在，老四把头贴在窗玻璃上说，你待会儿来打扫吧，他们在睡觉。她笑道，谁说我要打扫，我要洗被子，顺带把你们的一块儿洗了。

她虽是个乡下人，却是极爱干净的，和几个兄弟又都处得不错，平时帮衬着替他们做点事情。她说，我就想着，他们挺不容易的，到这千儿八百里的地方来，也没个亲戚朋友的，也没个女人。说着就笑了起来。她的性格是有点淡的，不太爱说话，可是即便一个人在房间里坐着，房间里也到处都是她的气息。就像是，她把房间给撑起来了，她大了，房间小了。

也真是奇怪，原来我们看见的散沙一样的四个男人，从她住进来不久，就不见了，他们被她身上一种奇怪的东西统领着，服从了，慢慢成了一个整体。有一次，我母亲叹道，屋里有个女人，到底不一样些，这就像个家了。

而在这个家里，她并不是自觉的，就扮演了她所能扮演的一切角色，妻子，母亲，佣工，女主人……而她，不过是大老郑的萍水相逢的女人。

她和大老郑算得上是恩爱了。也说不上哪恩爱，在他们居家过日子的生活里，一切都是平平常常的，不过是在一间屋子里吃饭，睡觉。得空大老郑就回来看看，也没什么要紧事，就是陪陪她，一起说说话。她坐在床上，他坐在床对面的沙发上。门也不关。——门一不关，大方就出来了，就像夫妻了。

慢慢地，我们也把她当作大老郑的妻子，竟忘了莆田的那个。我们说话又总是很小心，生怕伤了她。只有一次，莆田的那个来信了，我奶奶对大老郑笑道，信上说什么了？是不是盼着你回去呢？我母亲咳嗽了一声，我奶奶立刻意识到了，讪讪的，很难为情了。女人像是没听见似的，微笑着坐在灯影里，相当安静地削苹果给我们吃。

也许我们不会意识到，时间怎样纠正了我们，半年过去了，我们接受了这个女人，并喜欢上了她。我们对她是不敢有一点猜想的，仿佛这样就亵渎了她。我母亲曾戏称他们叫"野鸳鸯"的，她说，她待他好，不过是贪图他那点钱。后来，我母亲就不说了，因为这话没意思透了，在流水一样平淡的日子里，我们看见，这对男女是爱着的。

他们爱得很安静，也许他们是不作兴海誓山盟的那一类，经历了很多事情了，都不天真了。往往是晚饭后，如果天不很冷的话，他们就出去走走，我母亲打趣道，还轧马路？怎么跟年轻人似的。他们就笑笑，女人把围巾挂在大老郑的脖子上，又把他的衣领立起来。有时候他们也会带上老四，老四在院子外玩陀螺，他一边抽着陀螺，一边就跟着他们走远了。

或有碰上他们不出去的，我们两家依旧是要聊聊天的，说一说天气，饮食，时政。老二倚在门口，说了一句笑话，我们便"噗"的一声笑了，也是赶巧了，这时候从隔壁的房间里传来了一声清亮的笛音，试探性的，断断续续的，女人说，老三又在吹笛子了。我们便屏住了声息，老三吹得不很熟练，然而听得出来，这是一首忧伤的调子，在寒夜的上空，像云雾一样静静地升起来了。

我家的院子似乎又恢复了从前的样子，甚至比从前还要好的。一个有月亮光的晚上，人们寒缩在家里守着温暖的长夜。静静地坐在屋子里，知道另一间屋子里有一个女人，她坐在沙发上织毛衣，猫蜷在她脚下睡着了。冬夜是如此清冷，然而她给我们带来了一种岁月悠长的东西，这东西是安稳，齐整，像冬天里人嘴里哈出来的一口热气，虽然它不久就要冷了，可是那一瞬间，它在着。

她坐在哪儿，哪儿就有小火炉的暖香，烘烘的木屑的气味，整间屋子地弥漫着，然而我们真的要睡了。

有一阵子，我母亲很为他们忧虑，她说，这一对露水夫妻，好成这样子，总得有个结果吧？然而他们却不像有"结果"的样子，看上去，他们是把一天当作一生来过的，所以很沉着，一点都不着急。冬天的午后，我们照例是要午睡的，这一对却坐在门洞里，男人在削竹片，女人搬个矮凳坐在他身后，她把毛线团高高地举起来，逗猫玩。猫爬到她身上去了，她跳起来，一路小跑着，且回头"喵喵"地叫唤着，笑着。

这时候，她身上的孩子气就出来了，非常生动的，俏皮的，像一个可爱的姑娘。她年纪并不大，顶多有二十七八岁吧。有时候她把眼睛抬一抬，眼风里是有那么一点活泼的东西的。——背着许多人，她在大老郑面前，未尝就不是个活色生香的女人。

逢着这时候，大老郑是会笑的，他看她的眼神很奇怪，是一个男人对女人的，又是一个长者对孩子的，他说，你就不能安静会儿。

她重新蹩回来坐在他身后，或许是拿手指戳了戳他的腰，他回过头来笑道，你干什么？她说，没干什么。他们不时地总要打量上几眼，笑笑，不说什么，又埋头干活儿了。看得多了，她就会说，你傻不傻？大老郑笑道，傻。

这时候，轮着他做小孩子了，她像个长者。

三

第二年开春，院子里来了一个男人。这男人有四十来岁吧，一身乡下人的打扮，穿着藏青裤子，解放鞋。许是早春时节，天嫌冷了些，他的对襟棉袄还未脱身，袖口又短，穿在身上使他整个人变得寒缩，紧张。

按说，我们也算是见过一些乡下人的，有的甚至比他穿得还要随便，不讲究的，但没有像他这样邋遢、落伍的……他又是一副浑然无知的样子，看上去既愚钝又迂腐，像对一切都要服从，都能妥协的。那些年，我们这里的乡下人也多有活络的，部分时髦人物甚至胆敢到城里来做买卖的，开口闭口就谈钱，经济、回扣，十足见过世面的样子。

可这个男人不是，看得出来，他是属于土地的，他固守在那里，摆弄摆弄庄稼……这大概是他第一次进城吧？

他像是要找人的样子，有点怯生生的，先是站在我家院门外略张了张，待进不进的。手里又攥着一张皱巴巴的纸条，不时地朝门牌上对照着。那天是星期天，院子里没什么人，吃完了午饭，大老郑携女人逛街去了，其余的人，或有出去办事的，到澡堂洗澡的，串门的……因此只剩下我和母亲在太阳底下闲坐着。老四和我弟弟伏在地上打玻璃球。

这时候，我们就看见了他，生涩地笑着，瑟缩而谦卑，仿佛怕得罪谁似的。我母亲因勾头问道，你找谁？他低下头，微微弯着身子，把手抄进衣袖里说道，我来找我的女人。我母亲说，你女人叫什么？并向他招招手，他满怀感激地就进来了，轻声说了一个名字，我母亲扭头看了我一眼，噢了一声。

他要找的是大老郑的女人，这就是说，他是女人的前夫了？

我们再也不会想到，这辈子会见到女人的前夫，因此都细细地打量起他来。他长得还算结实，一张红膛脸，五官怕比大老郑还要精致些，只是肤质粗糙，明显能看出风吹日晒的痕迹，那痕迹里有尘土、暴阳、田间劳作的种种辛苦……也不知为什么，这乡下人身上的辛苦是如此多而且沉重，仿佛我们就看见似的，其实也没有。

他一个人站在我家的院子里，孤零零的，显得那样的小，而且苍茫。春天的太阳底下，我们吃饱了饭，温暖、麻木、昏沉，然而看见他，心却一凛，陡地醒过来了。我母亲说，要么，你就等等？他笑笑。我母亲示意我进屋搬个凳子出来，等我把凳子搬出来时，他已贴着墙壁蹲下了，从怀里取出烟斗，在水泥地上磕了磕。

毋庸讳言，我们对他是有一点好奇的。就比如说，我们不知道他为什么来找女人，是想重修旧好吗？他们现在还有密切的联系吗？他们又是怎么离的婚？我们对女人是一点都不了解的，只知道她的好，他也是好的……可是两个好人，怎么就不能安安生生地过日子呢？

起先，他是很拘谨的，不太说什么。可是也就一袋烟的工夫，他就和我母亲聊上了。原来，他是极爱说话的，他说话的时候有一种沉稳又活泼的声色，使我们稍稍有些惊诧，又觉得他是可爱的。他说起田里的收成，他家的一头母猪和五头小猪，屋后的树……总之加起来，扣除税和村上的提留，他一年也能挣个几百块钱呢！——不过，他又叹道，也没用处，这几百块钱得分开八瓣子用，买化肥和农药，孩子的书学费，他寡母的医药费……所以，手里不但落不下什么钱，反倒欠了些债。

我母亲说，这如何是好呢？

他没有答话，把手伸进腋窝里挠了几下，拿出来嗅嗅，就又说起他们村上，有两家万元户的，他们凭什么？不就因着手里有点余钱，承包个果园，鱼塘……他哼了一声，看得出有点不屑了。他们丢了田，他咕哝道，天要罚的。他说这话时有一种平静的声气，很忧伤，而且悲苦。

我母亲打趣道，依我看，你要解放思想，那田不种也罢。

他打量了我母亲一眼，瓮声瓮气说道，种田好。

我母亲笑道，怎么好了？种田你就当不上万元户。

他的脸都涨红了，急忙申辩道，种田踏实。自从盘古开天以来，哪有农民不种田的，你倒跟我说说！也就是这些年——可这些年怎么了，他一下子又说不出来了——再说，我不当万元户，也照样有饭吃，有衣穿，也能住上新瓦房。不过——他想了想，把胳膊肘儿压在膝盖上，突然羞涩地笑了。他承认道，造瓦房的钱主要是女人的，她在城里当干部，每月总能挣个三四百，够得上他半年的收入了。

我们都愣了一下，我母亲疑惑道，当干部？当什么干部？我一个月都挣不了三四百，问问这城里，除了做生意的——再说，不是离婚了吗？

离婚？他扶着膝盖站起来了，睁大眼睛说道，你听谁说的？

看他那眉目神情，我们都有点明白了，也许……我们应该怀疑了，什么地方出问题了，我们被蒙蔽了。他不是女人的前夫，他是她的男人。我母亲朝我努努嘴，示意我把老四和弟弟领到院外去，她又笑道，瞧我说的这是哪门子胡话，因不常见着你，小章又一个人住，就以为你们是离了婚的。

男人委屈地叫道，她不让我来呀。再说了，家前屋后的也离不开人，要不是细伢子的书学费……这不，都欠了一个月了。老师下最后通牒了，说是再不交就甭上学了。也是赶巧了，那天二顺子进城，在这门口看见了她，要不我哪儿找她去？

他絮絮地说着，抱怨起这些年他的生活，又当爹又当妈的，家也不像家了；但凡手里宽绰些，他也不会放她出来。当什么干部？——他哧的一声笑了，我还不知道她那点能耐？双手捧不动四两的，也就混在棉织厂，当个临时组长罢了。

我和母亲面面相觑。面粉厂、棉织厂、人民剧场卖葵花子……这么一说，都是假的了。我母亲不敢声张，又拐弯抹角地问了他一些别的。总之，事情渐趋明朗了，它被撕开了面纱，朝我们最不愿意看到的那个方向转弯了。

男人一说竟滑了嘴，收不住了。那天晌午，我们耳旁嗡嗡的全是他的声音。那是怎样的声音啊……一说起他的婆娘，他显得那样的啰唆，亲切而且忧伤。他时常想她吗？夜深人静的时候，他是否常常就醒过来，看窗格子外的一轮月亮。一天中难得有这样的时刻，能静下来想点事情吧？白天下田劳作，晚上锅前灶后地忙碌，一年年地，他侍候老母，抚养幼子……这简直要了他的命！他的女人在哪儿？这当儿，她也睡了吧？一想起她在床上的熊样子，他就想笑。想得要命。她是顾家的，哪次回来没给他捎上好的烟叶，给儿子买各式玩具，给婆婆带几样药品？可他不如意，也不知为什么，有时简直想哭。他就想着，等日子好了，他要把她接回来，安排她做分内的事，让家里重新燃起油烟气。

呵，让家里燃起油烟气。那一刻，他坐在正午的太阳底下，慢慢地眯起了眼睛。

他停顿了一下，许是说累了，不愿再说下去了。在那空旷的正午，满地白金的太阳影子，我家的院子突然变得大了，听不到一点声音，人身上要出汗了。——再也没有比这更寂寞、荒凉的一瞬间，我们一点点地沉了下去，在太阳地里坐得久了，猛地抬起头来，阳光变成黑色的了。

丈夫最终没能等来他的女人，他兴高采烈地回去了。他知道，隔几天他的女人就会把工资如数上交，他要用这笔钱给细伢子交书学费。他又从门洞里拖出半袋米，托我们转交，说，这是好米，在城里能卖不少的价钱呢，留着她吃吧；我们在家里的，能省些则省些。

女人是在晚上才回的家，她跟在大老郑的后头，手里提着大包小包的。我母亲趋前问道，都买了什么？大老郑笑道，随便给她买了些衣服。女人立在床头，把东西一样样地抖出来，皮鞋、衣裙……又把一件衣料放在膀子上比试一下，问我母亲道，也不知好看不好看？我就嫌它太花哨了，都是他主张要买。大老郑笑道，这几样当中，我就看中这一件，花色好，穿上去人会显得俏丽。

平心而论，女人的做派和先前没什么两样，可是我们都看出一些别的来了。就比如说她是细长眼睛，大老郑说话的当儿，她把眼睛稍稍往上一抬，慢慢地，又像是不经意的……反正我是怎么也描述不出来，学不出来的。——就这么一抬，我母亲拿胳膊肘儿抵抵我，耳语道，真像。

原来，我母亲早就听人说过，我们城里有两类卖春的妇女，说起来这都是广州发廊以后的事了。就有一次，有人指着沿街走过的一个女子，告诉她说这是做"那营生的"。那真是天仙似的一个人物，我母亲后来说，年轻且不论，光那打扮我们城里就没见过；我母亲因问道，不是本地人吧？那人淡淡笑道，哪有本地人在本地做生意的？她们敢吗？人有脸，树有皮，再不济也得给亲戚朋友留点颜面，万一做到兄弟、叔伯身上怎么办？

还有一类倒真是我们本地人，像大老郑的女人，操的是半良半娼的职业。对于类似的说法，我母亲一向是不信的，以为是谣言，她的理由是，良就是良，娼就是娼，哪有两边都沾着的？殊不知，这一类的妇女在我们小城竟是有一些的，她们大多是乡下人，又都结过婚，有家室，因此不愿背井离乡。

这类妇女做的多是外地人的生意，她们原本良善，或因家境贫寒，在乡下又手无缚鸡之力，吃不了苦，耐不了劳，或是贪图富贵享乐的；也有因家庭不和而离家出走的……凡此种种，不一而足。她们找的多是一些未带家眷的生意人，手里总还有点钱，又老实持重，不寒碜，长得又过得去，天长日久，渐渐生了情意，恋爱上了。

她们用一个妇人该有的细心、整洁和勤快，慰藉这些身在异乡的游子，给他们洗衣做饭，陪他们说话；在他们愁苦的时候，给他们安慰，逗他们开心，替他们出谋划策；在他们想女人的时候，给他们身体；想家的时候，给他们制造一个临时的安乐窝……她们几乎是全方位地付出，而这，不过是一个妇人性情里该有的，于她们是本色。她们于其中虽是得了报酬的，却也是两情相悦的。

若是脾性合不来的，那自然很快分手了，丝毫不觉得可惜；若是感情好的，那男人最终又要回去的，难免就有麻烦了，总会痛哭几场，缠绵难分，互留了信物，相约日后再见，不过真走了，也慢慢好了，人总得活下去吧？隔一些日子，待感情慢慢地平淡了，她们就又相中了一个男子，和他一起过日子去了。

做这一路营生的妇人，多由媒人介绍来的，据说和一般的相亲没什么两样，看上两眼，互相满意了，就随主顾一起走了。而这一类的妇人，天性里有一些东西是异于常人的，就比如说，她们多情，很容易就怜惜了一个男子；她们或许是念旧的，但绝不痴情。她们是能生生不息、换不同男子爱着的……或许，这不是职业习性造就的，而是天性。

和我们一样，她们也瞧不起娼妓，大老郑的女人就说过，那多脏，多下流呀！而且，也不卫生。她哧哧地笑起来，那是早些时候，她的"前夫"还未出现。她们和娼妓相比，自然是有区别的，和一般妇女比呢，就有点说不清楚了。照我看来，唯一的区别就在于，在通过恋爱或婚嫁改善境遇方面，她们是说在明处的，而普通妇女是做在暗处的。因此，她们是更爽利，坦白的一类人，值不值得尊敬是另一说了。

我们家对过，有一户姓冯人家的老太太，我们都唤作冯奶奶的，最是个开朗通达的人物。长得又好，皮肤白，头发也白，夏天若是穿上一身白府绸衣裤，真是跟雪人一般。这老太太是颇有点见识的，大概因她儿子在监察局做局长、女儿在人民医院做护士长的缘故吧，她说起天文地理来，那是能让人震一震的。常常是坐在自家门口剥毛豆米，隔着一条马路就朝我奶奶喊过来，你家今天吃什么？两个老太太一递一声地说着话，末了她端着一个竹筐子，一路颠颠地就跑过来了。看见我，就笑道，阿大下学堂了？看见我弟弟，就说，小二子，今天挨没挨先生批？她是很得人缘的一个，凡是认识她的没有不尊敬她的。她的风流事在我们这一带是传遍了的，年轻时因男人跑台湾，单单丢下她娘儿三个，两张嗷嗷待哺的嘴，怎么活呀？就找相好呗，也不知找了多少个，才把这两个孩子拉扯大，出息了，成家了。倘若有人跟她做媒，她都是回绝的，说的是，她男人一天不死，她就要等他回来。有人背地里取笑她，这叫什么等？比她男人在时还快活。无论如何，她是抚养了两个孩子，不是含辛茹苦，而是快快乐乐。

我们无论如何也说不清，在大老郑的女人和冯奶奶之间，到底有何不同，可是我们能谅解冯奶奶，而不能谅解大老郑的女人。我母亲很快下了逐客令，当天晚上，她就找大老郑过来摊牌了，大老郑如实招供，和我们了解的情况没什么出入，不过他说，她是个好人。我母亲通情达理地说，我知道。你也是好人，可是这跟好人坏人没关系，我们是体面人家，要面子，别的都好说，单是这方面……你不要让我太为难。

我母亲又说，你是生意人，凡事得有个分寸，别让外人把你的家底儿给扒光了。大老郑难堪地笑着，隔了一会儿，他搓搓手道，这个，我其实是明白的。

大老郑携女人走了，为眼不见心不烦，我母亲让他的几个兄弟也跟着一起走了。从那以后，我们再也没见过他们，也没听到过他们的任何讯息了。

这一晃，已是十五年过去了，我们也不知道，大老郑和他的女人，他们过得还好吗？他们是不是早分开了？各自回家了？在他们离开院子的最初几个年头，每到夏天，我们乘凉的时候，或是冬天，我们早早缩在被子里取暖的时候，就会想起他们，那是怎样安宁纯朴的时光啊，像我们幻想中的莆田的竹林，在月光底下发出静谧的光……现在，它已经遥不可及了；或许，它压根儿就没存在过？

而这些年来，我们小城是一步步往前走着的，这其中也不知发生了多少事。有一次，我父亲因想起他们，就笑道，这叫怎么说呢，卖笑能卖到这种份儿上，还搭进了一点感情，好歹是小城特色吧，也算古风未泯。我母亲则说，也不一定，卖身就是卖身，弄到最后把感情也卖了，可见比娼妓还不如。

唉，这些事谁能说得好呢？我们也就私下里瞎议论罢了。

《人民文学》2003年4期

大老郑的女人

茄子

戴 来

从家到彩扩店有两站路，慢慢地走，也就是两根烟的工夫。老孙一般点一根烟在嘴上叼着，检查一遍窗户和煤气，然后锁门，走出一站地，第一根差不多抽完，再走半站地，点第二根。

三个月前，老孙盘下了这家彩扩店，一间三十来平米的店堂，一台柯达彩扩机，一只经过精心伪装的破沙发，以及算不上稳定的客源，好像就是这些了。哦，对了，还有两盆老孙叫不上名的植物和一套顾客还来不及取走的照片。店主老牛迫不及待地想要转让这家店铺，那是个吃苦耐劳的中年人，有着掰着十个手指头都数不过来的优点。就是有一个缺点，嗜赌，可就这一点让老牛失去了经营了十来年才像样的彩扩店和家庭。最辉煌的时候，老牛一共有六家彩扩店，差不多霸占着全市三分之一的彩扩市场。老孙还记得那天他将钱递给老牛，后者的手在颤抖，一个胡子拉碴的中年人捧着自己缩了水的多年的奋斗，其中滋味只有他自己才清楚。

说实话，这家店是给儿子小龙盘的，那小子眼看着都二十七了，一直都没个正经工作，整天还跟个孩子似的光知道玩，玩电脑，玩游戏机，玩酷，不过好在没给老孙惹什么麻烦，就这，老孙已经谢天谢地了。看看邻居家的强子，和小龙同岁，念完了大学念硕士，念完硕士念博士，他的父母说起儿子，嘴就停不下来，直到有一天一辆警车停在他们家门口，谁会想到一个就生活在你身边还念了那么多书的孩子是个强奸犯呢。老孙觉得孩子给家里争光是其次，首先不能丢脸。

对小龙，老孙曾经也满怀期望过，但事实证明他过于乐观了。期望孩子成材，落空了；期望和老婆白头到老，可半途她跟别人过日子去了。现实生活让老孙慢慢学会了也习惯了不期望，不期望也就不容易失望。

第二根烟抽到三分之二处，老孙到了彩扩店门口。开门进去，脱掉外套，打开饮水机开关，往茶杯里放上茶叶，等待水热的那会儿，老孙拿起柜台下面的抹布抹了一遍柜台。柜台一角有一堆开心果的壳，肯定是小龙的女朋友，那个胖女孩梅子扔在那儿的。那女孩，怎么说呢，人还不错，傻呵呵的，就是太胖了点，老孙几次想和小龙说说这个事，可这又算是件什么事呢，还真不好说。

老孙坐了下来，习惯性地拿过那个装照片的盒子，那里面是冲印出来等待顾客来取的相片。他打开一份，是一个大家庭的合影，前排后排加起来有十三四个人。前一排老的老、小的小，后排站在最中间的那个中年男人一脸混得很有名堂的样子，他左边的女人十分努力地笑着，可看起来更像是在哭。他们应该是两口子，老孙自言自语道，一对快走到尽头可还硬撑着的夫妻。

再打开一份，大概有六七十张，两个卷。里面面孔众多，但出现得最多的是两男两女，像是关系比较亲近的两个家庭的一次春游，大家都尽力做出一副休闲随意的模样。但看了几张后，老孙发现这只是一个假象，两对夫妻之间的关系有些微妙。

在盒子最里面，有一份长时间没人来取的照片。老孙抽了出来，这里面的照片他已经看了无数遍了，客户一栏写着：费。一共有三十七张。照片里只有两个人，所有的照片都是关于这两个人的，一个年轻的女孩和一个已不再年轻但穿得很年轻的男人。从背影判断，全是在一个房间里拍的，大部分是两人的合影，像是自拍的，神态亲昵，看起来关系很不一般。然而就在前几天老孙亲手接的一个活儿里，他发现了与之令他惊诧的关联。

那顾客姓穆，他走进店堂的时候，老孙就觉得面熟，却一下子想不起来在哪儿见过。第二天照片冲出来了，里面七七八八地出现了很多人，像是家庭聚会的留念。那个姓穆的顾客也在其中，里面有他和另一个跟他年龄相仿的女人以及一个二十来岁的小伙子的多张合影，看起来像是一家子。老孙突然意识到这个男人就是与那年轻女孩合影的男人，但显然那份没人来取的照片不是他拿来冲印的，否则他应该会顺便把它们取走。

老孙无数次地推断着这个男人和那两个女人之间的关系，似乎不言而喻，但真的是那样吗？反正这几天，翻看这两份照片已经成了老孙每天必温习的功课，而推断这些人之间的关系则成了他百做不厌的自测题，他差不多已经认定了自己的判断，而且越看越琢磨越觉得就是那么回事。

快十一点的时候，小龙推门进来，他是来接替父亲守店，好让后者回家做午饭，做好饭后再拿到店里来，有时候父亲会和他一起吃，那也是父子俩一天唯一共处的时刻。两年前，父亲经人介绍认识了一个女人，依稀有了要在一起生活的苗头，小龙乘机从家里搬了出来。

这一段生意不是太好，几乎就没什么像样的生意，所以大部分时间小龙不是盯着柜台角落那台小电视看碟片，就是戴着耳机冲着店外的马路发呆。通常这时候，他的脑子是不转圈的。

小龙把音量调大一点。这是他听过的最奇怪的一首歌，两个声音分别在他左右的耳机里各自唱着各自的歌，一个欢快、明朗，一个缓慢、抑扬顿挫，就像是下定了决心要盖过对方的声音，可事实上，他们还是各自在唱着各自的歌。

透过玻璃门，可以清楚地看见马路上和马路对面的一切。门把边上的那个"推"字是梅子贴上去的，花里胡哨的，但那是梅子认为的所谓的艺术。梅子鼓励小龙把头发留长，她觉得她的男友哪怕不是一个艺术家，也至少应该看起来像个艺术家。她热爱一切以艺术的名义进入她视野的东西，小龙觉得总有一天，她会在碰到一个看起来更像是艺术家的家伙后离开他的，同时她也会为分手找到一个艺术化的借口。

小龙随手拿过相片盒，熟练地抽出两份照片。这两份照片之间的关联他一眼就看出来了，三天前，当那个男人的脸从彩扩机里出来时，他吃惊得差一点叫出声来。他也貌似无意地问过父亲来冲印的客户的模样，父亲只说是个五十岁上下的男人，看起来蛮斯文的，像是个知识分子。他没有把自己的发现告诉父亲，他觉得没必要。

这个男人，这个让小龙好奇还隐隐有些嫉妒的男人，究竟是个什么样的家伙呢？仔细看，小龙发现他在两组照片里的状态是不同的。和那个女孩在一起时的笑是甜蜜的、由衷的，似乎还有点羞涩；而在那组照片里，他也笑，但笑得中规中矩，是那种为了笑而做出来的笑。

不知为什么，小龙就是觉得照片中的那个女孩一定会来取走照片的。女孩留着一头特别长的长发，人很瘦，显得羸弱。有一张她挽着那男人的胳膊的照片给小龙留下了深刻印象，那男人的袖子被她拽得紧紧的，她的头挨着男人的肩膀，面对镜头的眼睛里透出一种绝望，可能那仅仅是一瞬间的情绪，但被镜头捕捉到了。

虽然小龙差不多认定这是个落在俗套里的婚外情的故事，可他还是希望能亲眼见见照片中的人，尤其是那个女孩。他觉得那个女孩挺特别的，不是漂亮，而是她神态里那种绝望的东西在吸引着他，看久了，他居然隐隐有点心疼。那是个需要帮助的女孩，他对自己说，也许她已经厌倦了眼下的生活，一直在想办法摆脱那个男人、摆脱她现在的生活，但那需要勇气。小龙觉得那女孩也许一直在苦苦等待着那个冥冥之中能拉她一把的人，那个人现在出现了，那个人就是他——小龙。

他私下又加印了两张他认为最能体现女孩神韵的单人照搁在他的住处，有一次被梅子发现了，追着问，不依不饶地要他交代清楚，可是他能说什么呢？

纸袋上客户一栏写着个"费"字的这一份的收件时间是二月七号，已经两个半月过去了，小龙曾经按客户留下的电话号码打过电话，但总是没人接，打到后来，小龙觉得这个电话似乎永远都不可能打通了。他设想过电话没人接的各种可能性，有一次他想到了女孩可能遭到了某种不测，这么一想，他的后背猛然就冒出了一层冷汗。

闲着无聊的时候，小龙就会拨拨这个号码，因为他几乎可以肯定不会有人接的，然而没想到这次竟然通了，一个女声在电话那头"喂"了一声，小龙想也没想就慌忙挂断了电话。

小龙正准备关门的时候，梅子来了，她就住在离这儿不远的泰和小区。她喜欢照相，说实话，她也上相，她知道怎么在按下快门的瞬间把自己最美的那一面表现出来，而且，她对自己容貌的估计要比实际情况来得高。

在小龙接手这家彩扩店的头两个月，梅子频频光顾，她的胶卷，她同学的胶卷，她邻居的胶卷，她亲戚的胶卷，她三天两头地在小龙的店堂里进进出出，给后者一种自己这儿冲印技术高超和顾客盈门的错觉，第三个月，她成了小龙的女朋友。

只要梅子往店堂里一站，小龙立刻就觉得屋里拥挤了起来，同时温度也开始上升。小龙琢磨过这个问题，但没琢磨出来。有一天梅子弯腰捡东西的时候，她撅起的肥硕的臀部让小龙茅塞顿开，对了，是她的体积和她的体积传达出来的某种性的召唤在起作用。梅子很忌讳谈她的体重，就像半老不老的女人忌讳谈年龄一样。如果小龙不小心触及这个敏感话题，那么她会很不高兴，甚至拂袖而去。据小龙的直观判断，梅子的体重应该在一百三十到一百四十斤之间，对于一个身高一米六的女孩来说，确实有点恐怖。

在认识小龙之前，梅子的业余生活就是看侦探小说和影碟。她喜欢在晚上夜深人静时捧着一本侦探小说躺在被窝里，越恐怖越吸引她，当然也就越睡不着。她对付恐惧的办法一般就是拼命吃东西，一个一百三十来斤的梅子就是这样诞生的。

梅子在一家超市做收银员，每天站在收款机前对着来付钱的顾客不断重复着，欢迎光临，谢谢光临。小龙也希望她有一天会对他说同样的话，当然不是作为她的顾客。小龙无数次想象过这样的场面，他一把将她搂在怀里，他的脸埋在她的头发里，他的手试探性地在她的后背迂回了几次后，果断地冲向那片他渴望已久的肥沃的开阔地。做这样的想象是小龙每天睡前的作业，有时候他会觉得如果非得有个具体的场景的话，那么是在他的小房间里；如果非得有个更为具体的方位的话，那么是在他的床上。

梅子递过来两张她刚租的碟片，伊万·迈克格雷格的《猜火车》和《看谁在尖叫》，是给小龙租的。小龙想说这两部他都看过了，不只是这两部，伊万的所有的东西他几乎都看过。但他还是说，你挺有眼光的，这是最能代表伊万风格的东西。

梅子晃着脑袋有些得意，好像脸还隐隐地红了。她有意无意地朝小龙这边靠了靠，后者立即感到有一股气场向他涌过来，他下意识地往另一边让了让，梅子又往他这边靠了靠，这一次她肯定是有意的，因为她在笑，笑得很顽皮。小龙突然赌气似的伸手搂住了梅子的肩，他这一搂反倒有些吓着梅子了。为了掩饰自己的尴尬，小龙说去外面抽根烟，走到店堂外面。

马路对面有两家美容院，雪莉和莱丝，两个俗气的名字，它们之间仅隔着一家超市，所以它们的竞争也是显而易见的。雪莉的规模要大一些，生意也要好一些，它不断地有各种优惠活动推出，而莱丝却似乎总是慢了半拍。小龙无聊的时候就趴在柜台上看对面进进出出的人。梅子在店堂里大声喊着小龙的名字，然后问，照片上的这个人是谁？

"不知道。"小龙根本就没回头。

"这是谁？"梅子的嗓音尖得刺耳。

小龙猛然意识到了她在说谁，他僵在那儿，他在想上一次是怎么搪塞过去的，他在想这一次该怎么回答。

吃过晚饭后，老孙打开写字台抽屉的锁，从抽屉的最里头拿出一个鼓鼓的牛皮纸大信封，又从里面抽出一个相片袋。他戴上老花镜，打开桌上的台灯，把照片分两行排开，一共有六张。上面三张是那个女孩和男人的，下面三张是那个男人和他老婆的，这些照片是他私下加印的。他的牛皮纸大信封里还装了一些别的照片，也是他偷偷加印的，基本上都是女的，而且以四十来岁的中年妇女为主，她们给了他广阔的想象空间，她们填补着他乏味孤寂的单身生活。

相片袋里还有一张纸条，他在那上面抄了三个电话号码，姓费的留的号码是5字开头的，应该就在彩扩店那一片。那个姓穆的先留的是个座机号码，但是他后来又划掉了，改留了个手机号。他还记得那个男人，瘦瘦高高的，戴着一副无边眼镜，样子谦和。按说前天就能取相片了，但直到今天中午他离开的时候都没取走。

这女孩和小龙年龄差不多，也许更小，而那个男人应该是她父亲辈的，他们是怎么认识又有了这种不正常的关系的？那个男人看起来不像是有钱的人，那女孩贪图他的到底是什么呢？

他们那种样子（究竟是哪种样子，老孙也说不清楚），怎么看都不像是正经关系。再说了，如果是正常的男女关系，那么多的照片，为什么不能去外面好好地照，非得窝在家里拍呢？后来那男人送来冲印的照片证实了他的猜测，明明是有家庭的人，还在外面胡搞，就像他的前妻，放着好好的日子不过。他妈的，老孙骂了一句，骂出口后老孙自己也吃了一惊，那声音在这个没有人气的家里显得突兀刺耳。

老孙起身，把电视打开，他还是习惯家里有点声音，有点声音感觉还有点人气。

重坐回到写字台前，他拿起女孩和那男人相拥而笑的那张照片放到台灯下，他们笑得是那么的开心，女孩的眼睛都笑成一条缝了。老孙叹了口气，他觉得那男人十有八九在欺骗那女孩，大概会告诉她自己没有家庭，或者正在为她闹离婚，如果女孩知道这个男人前几天还欢欢喜喜地和家里人一起合影，那她会做何反应呢？你应该知道真相，老孙非常严肃地对着女孩说道，你应该知道他是个什么样的人。老孙突然有些激动，他拿起纸条走到了电话旁。

"喂——"是个年轻女孩的声音。

"我是'阿龙彩扩店'的，我找一个姓费的姑娘。"

"我就是。"

"太好了，你在我们店里冲印的照片一直没来取，快三个月了，再不取走，我们就要处理掉了。"

"哦，对不起，我前一段一直不在家，刚回来，好，我这就去取。哎呀，那个取相片的条我不知道放哪儿了，也不知道还能不能找到。"

"那照片上的人是你吗？"

"是呀。"

"那就没问题，你明天上午来吧，我在店里，另外——"

"什么？"

"没什么了，你明天上午来吧，来了再说吧。"

费了半天口舌，小龙也没让梅子相信自己和照片中的女孩没有任何关系，于是他干脆耷拉着脑袋不再说话了，而梅子则是一副我对你那么好你还不知足的委屈样儿。两人僵在了那儿，后来梅子主动退了一步，说过去了的她就不计较了，但要小龙保证以后不再和那女孩有任何关系。

小龙猛然抬起头，冲着梅子吼道："凭什么？啊？你算是我的什么人？"

梅子气鼓鼓地推开店门，并狠狠地摔上了，小龙没有追出去，他看着门上那个来回晃动的"推"字，直到它完全停下来。小龙也在诧异自己刚才怎么会那样穷凶极恶，完全没必要。对梅子，爱是谈不上，但还是有感情的，从来还没有哪个女孩像梅子这么依赖过他，那种被需要的感觉让他很受用。他点了根烟，使劲地抽了几口，然后把散落在柜台上的照片码齐，最上面的是女孩的一张单人照，十分随意地坐在沙发上，指间夹了一根烟，样子有点蔫，看久了，会觉得蔫里还透着点厌烦。

她在厌烦什么？和那个男人在一起她快乐吗？她了解那个男人的真实情况吗？那个男人到底有什么可吸引她的？社会地位？钱？床上功夫？为什么这么久了她也不来取照片，她忘了？和那男人分手了？小龙的手伸向了电话，摁重拨键，在电话接通之前，他做了个深呼吸。

"请问费小姐在吗？"

"我就是。"

"你好，我是阿龙彩扩店。"

"哦，我正在找那个取件条。"

"是这样的，你在我们这儿冲印的照片已经两个多月了，按照规定，顾客超过三个月不来取，我们将自行处理。"

"我知道，你刚才已经说过了，我明天上午就过来拿。"

挂了电话，小龙还是没有反应过来，他想下午电话接通后自己什么也没说就把电话挂断了，难道是父亲给她打的电话？

远远地，老孙就看见店门口立着的那个柯达女郎的纸模型，难道小龙昨晚忘了收进去？走近了，他看见店门也开着，小龙竟然弯着腰在扫地。真不知道这小子哪根筋搭错了。印象中，就没见他动过扫把，而且那也叫扫地？老孙一把夺过小龙手里的扫帚。

"这么早来干什么？你不是不过十点不起床的吗？"

"醒得早，也没什么事，就过来了。你回去吧，今天上午我来守着。"

"那不行。"老孙一下直起了腰，但他随即意识到自己的反应过于强烈了，又解释，"我回去也没事，你又不是不知道，还不如在这儿待着，你走吧。"

小龙既没表示走也没说不走，而是掏出烟来给老孙递了一根，并点上，然后自己慢慢踱到了门外。

扫完地后，老孙又抹了遍柜台，然后在柜台里面坐下，看着站在门外抽烟的儿子的背影，他觉得这小子今天有点反常，好像有什么事，难道他也是来等那个女孩的？老孙下意识地看了一眼相片盒，那个相片袋还在，因为时间太长了，而且经常被抽出翻看，看起来有些旧和脏。

看着儿子抽完手上那根又点了一根，然后转身走了过来，老孙抓起旁边的抹布，使劲擦拭着柜台上并不存在的一个污点。小龙进门后在沙发上坐了下来，多少有些夸张地伸了个懒腰，老孙感觉他好像有话要说。

自从小龙搬出去住后，父子俩很少有在一起聊天的机会，当然，以前就没聊天的习惯。儿子小的时候，是他低着头呵斥，儿子低着头听，后来儿子长得和他一般高了，他说的话不是进不了儿子的耳朵就是被儿子顶回来，再后来儿子长得比他还高，两人反倒没什么话了。

足有五分钟，两人就那么坐着，各自抽着烟，气氛有些尴尬。老孙几乎肯定儿子是有话要和他说，不出意外的话，是关于小龙他母亲的事。他知道离婚后，儿子一直和母亲有联系，他一度也想过干涉，但想到当初那女人能把孩子留给他，总算还讲点良心，他现在也不能太过分。

"最近见过你妈吗？"老孙决定自己来挑开这个话题。这些年他断断续续地从别人嘴里知道了一些她的情况，又生了个儿子，那男人待她很好，他们的儿子考上了大学，但他认为那只是表面现象。

"见过。"

"她——过得怎么样？"

"老样子。"小龙似乎并不愿就此说什么。

"什么叫老样子？"

"就是还那样，过得不错。"

"怎么个不错法？"她怎么就能过得不错呢，这是老孙始终想不通的问题。一个女人和一个男人生活了六年，还有了孩子，然后一转身又跟别的男人过日子去了，她在心里能完全放下她以前的男人和孩子吗？如果放不下的话，她的日子怎么可能过得不错呢？

"就是不错，有房子有车，他们的孩子去年考上了大学，还要怎么样？爸，你到底想知道什么？"小龙显得很不耐烦，站起来就往外走。

"你是不是想跟你妈他们过去？"老孙忍不住冲着儿子的背影叫嚷了起来。

晚上不到六点，老孙就关了店门，这一天下来他觉得异常的累，他想尽快地回到家里，躺到床上，闭上眼睛，什么也不想地睡一会儿。但是怎么可能什么也不想呢，和儿子的不愉快让他心里堵得慌，儿子描述的他母亲的状况是一方面，主要还是儿子的态度让他不舒服。还有那女孩，前后在店里待了不超过两分钟，她看起来比照片上还小，那单纯的模样更让老孙觉得自己对她有某种不可推卸的责任。老孙相信如果女孩的父母知道了这样的情况也会想办法阻止的。

进了家门，老孙顾不上喘口气洗把脸直奔写字台，找出了电话号码。

"我是'阿龙彩扩店'的，今天中午我们见过。"

"又有什么事？"

女孩极不耐烦的口气让老孙摸不着头脑，中午那女孩还客客气气的，一再感谢他们的服务。

"是这样的，有件事我本来中午就想和你说，但那时候不方便，不过要是不说我会觉得心里——"

"行啦，"女孩打断道，"你不用说了，你们已经有人给我打过电话了，嘿。我真不明白，干你们这行的怎么对顾客的隐私那么感兴趣。"

"姑娘，我这是为你好，我这儿有那个男人和他老婆孩子的照片，你要看了就知道他是个什么东西了。"

"你们还是多为为你们自己好吧，我看你们是有病。"

老孙还想说"你这样下去终有一天会后悔的"，电话那头已经挂断了。老孙的手按在电话机上，半天没回过神来，女孩的口气，女孩的态度，女孩的回答，都让他意外和吃惊。现在的女孩怎么会这样轻率地处理男女之间的问题，根本不在乎什么道德伦理，好像只要自己快乐，什么都无所谓。

已经快七点了，晚饭还没做，一个人生活，就得自己关心自己，也只能自己对自己负责，所以平常的一日三餐，老孙是很准时而且注意搭配合理。老孙慢慢起身，走到厨房，中午因为匆忙，吃下来的脏锅碗还堆在水池里，看着这油腻腻的一堆，他觉得一点胃口也没有。

　　跟自己较劲似的又在厨房站了会儿，老孙感觉自己实在是没有食欲，不但没有食欲而且想吐。他回到屋里，重又在写字台前坐下，抄有电话号码的那个纸条还摊在那儿。老孙脸色凝重地看着上面的三组数字，他想不通那女孩怎么能这样对待一个好心好意为她好的人，自己这么做，又没什么可图的，可她竟然说他有病。

　　不管怎样，自己已经介入了这件事，就得有个对自己说得过去的结果，况且还有那个至今被蒙在鼓里的女人。想到那个女人，老孙精神一振，对了，给她打电话，让她了解自己的丈夫是个什么样的东西，她这个年龄的女人应该不会像那女孩那么糊涂的。老孙不敢确定那个写完又划掉的号码一定是姓穆的家里的电话，但他还是拨了，等待电话接通的片刻，他在心里默默祈祷着。

　　"这里是穆先生家吗？"

　　"是，你哪里？"

　　"你是穆先生的爱人吗？"

　　"是，你是哪一位？"

　　"那太好了，太好了，你听我说，这事我只能跟你说，我不知道穆先生现在在不在家，反正别让他知道，是这样的，我是'阿龙彩扩店'的，你老公前几天送来一个卷冲印。"

　　"这个我知道。"

　　"你听我说，问题是，大概两个半月前，我们这儿还收过一个卷，冲印出来后一直没人来取，那天你们家的卷冲出来后，我发现你老公和那个没人取的卷里的男人是同一个人，那个卷全是你老公和一个年轻女孩的照片，而且一看就知道关系不一般，你懂我的意思吗？喂，你在听吗？"

　　"在听。"

　　对方的镇静是老孙意料之外的，由此，他也觉得这个女人是个厉害角色。短暂的停顿之后，那个女人用一种不动声色的语气问道："你告诉我这些究竟想干什么？"

　　"我没想干什么，"老孙委屈地叫了起来，继而气不打一处来地说道，

"你以为我想敲诈你？那样的话我就打你老公的手机了。"

"对不起，我不是这个意思，我能看看那些东西吗？"

"可以，明天上午你过来，我在店里等你。"

"今天行吗？我马上过来。"

那么多天过去了，小龙还是经常会想起那女孩，想起她就会想起那种绝望的眼神，虽然他至今还不知道她的年龄、职业和名字。

那天女孩取走相片后，小龙给她打过电话，问她是否愿意看看那个男人和他老婆的照片，没想到她居然一口回绝了，说没兴趣也不在乎，还说小龙多管闲事。小龙解释他没有别的意思，只是想让她知道真相。他反复问女孩，你真的不在乎？大概被问急了，女孩的嗓音越来越高，越来越高，最后简直是在吼了，她说她根本不在乎，确实什么都不在乎，挂电话前她好像还骂了一句"神经病"之类的话。

可只要看看那种绝望的眼神，他就相信女孩并不像她说的那样什么都不在乎，什么都不在乎的人不可能有那样的眼神的。他坚信给他机会就能说服女孩开始一种新的正常的生活，至于新的生活中是否有他，那是另外一回事。

后来小龙忍不住又给女孩打过一次电话，女孩烦了，竟然问小龙，你是不是想泡我？而后小龙就再没和女孩通过话，有时候他会拨那个号码，女孩的声音传来后他就轻轻地把电话扣上。他也不知道为什么要打这个电话，也许只是想听听女孩的声音，仅此而已。再后来那个电话就打不通了，可能女孩换了号码或者搬走了。

"国庆"过后这些天，彩扩店的活儿特别多，小龙也比往常来得早一点，走得迟一点，每天看着一张张的笑脸从彩扩机里出来，看着他的顾客的生活瞬间排着队出现在他眼前，他也会忍不住地笑，大家都习惯了在镜头面前或自然或勉强或夸张地笑。一、二、三，茄子，咔嚓，那一刻被留住了，但那是真实的吗？

这一对夫妻模样的男女进来的时候，小龙正在彩扩机旁干活，那个女人喊了声"师傅"，小龙扭过头去，他愣了一下。

"那个年龄大的老师傅呢？"女人问道。

"他回家了，他一般上午在。"

"那我们星期六上午来取。"她问男人，"星期六上午行吗?"

"星期六上午我有事，你自己来吧。"男人被小龙看得很不自在，装模作样地环顾着店堂，他的胳膊被女人紧紧地挽着。

"那就星期天上午，"女人的口气是不容置疑的，"我们一起来。"

自始至终，女人一直挽着男人的胳膊，即使在后者掏钱包付钱的时候也没松开，就好像要说明什么似的，让人看着别扭。小龙相信星期天上午这两人还会这般模样出现在父亲面前的。

快九点了，小龙一直没腾出时间去外面吃晚饭，以前和梅子好的时候，她会在下班后到这儿替他一会儿。说心里话，梅子是个不错的女孩，自己没能把握住她多少有点遗憾，但同时小龙也很清楚自己没去把握是因为根本就不想把握，他还记得梅子曾哭着发誓一定要找个比他强的男朋友。如今她又有了新的男友，一个长头发、乍一看有点艺术家味道的男人，他们趁着"国庆"长假出去旅游了一趟，现在照片就在小龙手上，刚冲印出来的。小龙一张一张地看过去，梅子瘦了，由此小龙也断定她这场恋爱谈得很辛苦。不过，两人都笑得很甜，看他们的口型，就知道俩人肯定一遍一遍异口同声地说了那两个字——茄子。

看完一遍，小龙又看了一遍，然后把它们摞齐了，塞进照相袋，放回照相筐。

《人民文学》2003年6期

白水青菜

潘向黎

他进门的时候，客厅里没有她的身影，她正在厨房里。他闻到了饭香，是好米才有的香味。

她是他遇到的最会煮饭的女人，他这样说过。她回答：我尊重米。她又加了一句：不过只尊重好的米。

他坐在餐桌边时，两碗饭已经在桌上了。她端上来两个青花小碟，一个碟里是十几粒黄泥螺，一粒粒像半透明的岫玉。一个碟里是香菜心，嫩嫩的酱色，也是半透明。家里的菜一向这么简单，因为他都是在外面吃过了，回来再吃一遍。

最后她端来一个小瓦罐，打开盖子看了一眼，里面有绿有白有红，悦目得很。她说："你先喝汤。"自己坐下来，开始吃饭，拨几口饭，就一点菜心。

他就自己从瓦罐里舀了小半碗汤。清清的汤色，不见油花，绿的是青菜，白的是豆腐，还有三五粒红的枸杞，除了这些再也不见其他东西。但是味道真好。说素净，又很醇厚；说厚，又完全清淡；说淡，又透着清甜。而且完全没有一点味精、鸡精的修饰，清水芙蓉般的天然。

就那么一口，整个胃都舒服了，麻木了一整天的感官复苏了，真是好汤！

他一连喝了两碗，然后吃饭，就着黄泥螺和菜心，一个滑，一个脆，不知不觉就把一碗饭都吃完了。他又酽酽地喝了一碗汤，然后对她笑。

她也笑："好像在外面没饭吃似的。"

"是没饭吃。现在谁吃饭？"

他说的是真话。他的工作宴会应酬多，那种宴会不会有饭。

他们的家是让人羡慕的白金家庭。他先是吃皇粮的机关干部，后来早早下了海，在房地产上发了，然后是网站、贵族学校，他的事业像匹受惊的野马一样势不可当。他成了本市的风云人物，电视台人物访谈的明星。他的风度、谈吐，赢得了瞩目和好评。

他已结婚十七八年了。妻子是他的大学同学。他们现在进了寄宿制双语教育的培鹰学园的儿子学业优异，聪明漂亮。儿子明显集中了他们两人的优点，妻子当年也是学校里的美女，不化妆也青翠嫩叶一样清新可人。因为有这样的妻子，他对女人是不容易惊艳的。

嘟嘟的出现完全是一个意外。起初他觉得这是个稚气未脱的女孩子，像个水晶花瓶。当然心里还是有点高兴的，这可是一个比自己小二十岁的女孩子啊，又漂亮，出身又好，父亲是大律师，母亲是名医。这样的女孩，没有任何为了钱而接近男人的嫌疑。

这么些年，妻子辞掉干得好好的中学教师工作，专心在家相夫教子，他没想过要辜负她。起初他只是考虑怎么让嘟嘟少受一点伤害就退出去。但现在的女孩子真是任性，她们想要什么就敢大喊大叫、要死要活。因为对他无望的爱，嘟嘟这个水晶花瓶就站到了悬崖边上，随时可能掉下来粉身碎骨。最后，他只好伸手把她接住。

他不回家吃晚饭了。后来，他连晚上都不回来了。他说，实在太忙，不赶回来了，想一个人静静。

她沉默，绵长而细密的沉默。最后她说："你要回来吃饭就打电话。"

他马上感到了巨大的轻松。她当然会有看法，也会生气，会伤心，但是以她的性格，不可能会主动挑破、发作出来。这些年来，他一直觉得自己选对了人结婚，现在又一次这样觉得。

他住到嘟嘟那里去了。嘟嘟一个人住着两房一厅，是父母给她买的。

新鲜的爱情，新鲜的疯狂，新鲜的住处，新鲜的气氛。几个月的时间过得像飞一样。

也有问题。是出乎意料的小问题：他们还是会肚子饿。他是半个公众人物，不能到外面吃饭。只好叫外卖，外卖没有汤，他们有时喝罐装的乌龙茶，更多的时候喝可乐。

慢慢地，吃饭成了个苦差事。他思念一碗香香柔柔有弹性的米饭，更思念一碗热热润润让味觉苏醒的汤。但是他不敢说。只要他一流露出不满，嘟嘟就会生气。

嘟嘟喜欢读村上春树。她不但有村上春树的所有作品，而且每种都不止一本，他怀疑只要国内有的版本她都买齐了。

有一天，他一走进门，就看到嘟嘟因为兴奋而泛着粉红的脸。"今天有好东西吃！我给你做！"嘟嘟像一个贤惠的妻子那样进了厨房。

嘟嘟忙完了。他看到了餐桌上的东西。每人一碟三明治，切成小块的，旁边点缀了嫩玉米芯和炸薯条。中间是一大盘红红的、一片混沌的东西，仔细看可以辨认出里面有腊肠一样的东西。嘟嘟兴致勃勃地说："这不是一般的东西，这可是村上春树餐啊。村上春树的小说里写到的美食很多，日本就成立了一个村上春树美食书友会，根据他书里的描写，编了一本村上春树食谱。我今天就是按照这本食谱做的。"

原来是这样。他拿起一块三明治："这是什么三明治？"

"黄瓜火腿奶酪三明治。《世界尽头与冷酷仙境》里生物学家的孙女做的。这个做起来很麻烦，生菜叶子要用凉水泡，吃起来才脆。面包片上要先涂上厚厚的黄油，不然蔬菜里的水分容易把面包泡软。"

他指着那盘红乎乎的东西说："这是什么？"

"番茄泥炖斯特拉斯堡香肠。主料是西红柿丁和维也纳香肠，调料是大蒜、洋葱、胡萝卜、芹菜、橄榄油、月桂油、百里香、花薄荷、罗勒、番茄酱、盐、胡椒、糖，我数过了，一共十三种。这也是《世界尽头与冷酷仙境》里的。"

嘟嘟把一条香肠切成几段，用叉叉起一段送进嘴里："哎呀，太棒了！另类！浓烈！丰富！绝对村上春树！"他也做出毫不迟疑的样子吃了起来，居然不是非常难吃。吃完他说："以后不要这么麻烦了。在家里吃越简单越舒服。"

"今天这样不是很舒服吗？"嘟嘟奇怪地问。他说："不是这样的。真的会做的人，就是一碗白水青菜汤，吃起来就够好了。"他看到嘟嘟脸上的月亮被云遮住了，他立即知道自己说了句不该说的话。

她听见门铃响的时候，以为是他回来了。打开门，一个年轻女孩出现在她面前。女孩说:"叫我嘟嘟吧,我是你丈夫的朋友。"

她明白了这个女孩是谁。她礼貌地请她进来。嘟嘟说:"我今天来,就是想吃你做的饭。我总听他夸你是个高手,最简单的菜都能做得最好吃。"

嘟嘟坐在餐桌边,看着女主人端上来一碗饭,两个小碟,然后是一个瓦罐。女主人给她盛了一碗汤。嘟嘟喝了一口汤,不假思索地"哇"了一声:"这就是白水青菜汤?你能告诉我怎么做的吗?"

女主人说:"要准备很多东西。上好的排骨,金华火腿,苏北草鸡,太湖活虾,莫干山的笋,蛤蜊,蘑菇,这些东西统统放进瓦罐,用慢火炖三四个钟头,水一次加足,不要放盐和调料。好了后把那些东西都捞出去。等到要吃了,再把豆腐和青菜放下去。这些东西顺便能把油吸掉。"

嘟嘟倒吸了一口冷气:"你每天都要弄这样一罐汤吗?"

"是啊。早上起来就去买菜,然后上午慢慢准备,下午慢慢炖,反正他总是回来得晚,来得及的。"

"那今天你怎么也准备了呢?他不是……"

"你是说他没有回来吃晚饭吧?是啊,都半年了,不过我还是每天这样准备,说不定哪天他突然回来吃呢?"

嘟嘟突然说:"你今天都告诉了我,你不怕我学会了,他永远不回来吗?"

女主人看了嘟嘟一眼:"你能这样为他做吗?"

嘟嘟想了想说:"我也可以的,但是不必了。"说完,就站起来走了。

一个月后。傍晚,女人照例在厨房里,汤罐在煤气灶上冒着热气。

门铃响。她打开门,发现是他。她愣了一下,一句话脱口而出:"怎么?忘了带钥匙?"他回答:"是啊。"

他坐在餐桌边时,她端着一个大托盘过来了。托盘放到桌上,里面有两碗饭,两碟菜,一个小瓦罐。他忍不住从瓦罐里舀了小半碗汤。还是有绿有白有红,还是清清的汤色。他喝了一口,脸色就变了。

"这是什么汤?怎么这么难喝?以前的汤不是这样的!"他委屈地抗议。

她尝了一口，说："白水青菜，就是这样的。你要它什么味道？"

她自顾自吃完饭，然后正视着他："我们家以后可能要雇一个钟点工，我找到工作了，到烹饪学校上课。"

他脱口而出："这么大的事，也不跟我商量。你现在怎么这样了？"话一出口，他就后悔不该这样说。理亏的人是他自己，是他对不起她，不管她做什么他都失去了质问的权利。

她没有说什么。她只是看了他一眼。这一眼，让他真正开始感到自己的愚蠢。那目光很清澈，但又幽深迷离，让人感到寒意。

《作家》2004年2期

我们的战斗生活像诗篇

范小青

　　姐妹三个都有大名，但是大家不喊她们大名，喊她们姐姐、妹妹和小妹妹，喊习惯了，不仅家里大人喊，邻居也这么喊，同学里有熟悉这个家的，也都跟着这么喊。喊妹妹和小妹妹还说得过去，但是喊姐姐就要看人了，比如她们的爸爸妈妈也喊她姐姐，不了解的人，就会觉得奇怪，再比如邻居家六十多岁的一个老奶奶，也喊姐姐，姐姐哎，老奶奶说，你过来，你帮我怎么怎么。姐姐就应声而去，帮助老奶奶做些什么。姐姐是个热心的女孩，她喜欢帮助别人，她知道老奶奶每天大概什么时候要去公共厕所倒马桶，她一边踢毽子，一边守候在院子里，等老奶奶拎着马桶过来的时候，姐姐假装正好看到，顺便就帮老奶奶去倒掉了马桶，还刷干净了提回来，斜搁在台阶上，让太阳晒。

　　在妹妹心目中，姐姐就是姐姐的样子，姐姐就应该是这样的。姐姐跟妹妹说，妹妹，我们上街吧。在街上姐姐给妹妹买了一块奶油雪糕。姐姐说，妈妈给我钱了，妈妈说，我现在不能吃凉的东西，要吃点营养，我要去买一包龙虾片吃。她们还看了一场阿尔巴尼亚电影《宁死不屈》，电影散场的时候，姐姐唱道，战斗战斗新的战斗，我们的战斗生活像诗篇。这是电影里的插曲。妹妹说，姐姐你已经会唱了？姐姐说，看一遍是不会唱的，要看好几遍才会唱。姐姐又说，我要是被敌人抓去了，我也不会投降的。

　　姐姐有时候和小妹妹一起出去，姐姐说，小妹妹，我们吃南瓜子好吗？姐姐买了南瓜子，她和小妹妹一起，坐在巷口的书摊那里看小人书，姐姐看的是一本《三国演义》，小妹妹看《桃花扇》，然后她们交换了看，看完了，天也快黑了，她们就回家了。

那一年姐姐十四岁，妹妹十一岁，小妹妹八岁，她们中间都是相差三岁。姐姐是妹妹和小妹妹的灵魂，她还是院子和巷子里的小孩们的灵魂。姐姐不仅带妹妹和小妹妹上街去，她也带其他孩子出去。他们也和妹妹小妹妹享受同等待遇，如果钱不够多，只够一个人花的，姐姐就说，我今天不想吃东西，你吃吧。我今天不想看电影，你进去看吧。姐姐就在电影院外面等，等到电影散场，她和那个看电影的孩子一起回家。后来大家给姐姐起了个绰号叫她"阔太太"。

她们回家的时候，婆婆坐在马桶上哭。婆婆有便秘，每天要坐很长时间的马桶，她泡一杯茶，点一根烟，坐在马桶上哼哼，然后用手捶腰眼，婆婆说，要先捶左边的腰眼，捶四十九下，再捶右边的腰眼，四十九下，大便就出来了。可是婆婆捶了左边的腰眼，又捶了右边的腰眼，大便还是不下来，婆婆就哭起来，婆婆哭着说，日子怎么过哇，日子怎么过哇，我们要没饭吃了。

爸爸已经从这个家里消失了。爸爸到哪里去了并不重要，重要的是和爸爸一起消失了的爸爸的工资。现在家里只有妈妈一个人工作，妈妈是二十三级的干部，工资四十多元，妈妈总是把工资的一部分自己收起来，另一部分做菜金，就放在抽屉里。因为妈妈三天两头下乡去劳动，有时候一去就是几个月，妈妈不在家的时候，婆婆管菜金，婆婆从抽屉里拿钱去买菜买米，或者到食堂去打饭，抽屉里的菜金很快就没有了。婆婆说，钱不经用，也没怎么用，就没有了，你妈妈怎么还不回来。

妈妈从乡下回来了，又把钱放在抽屉里，妈妈跟姐姐说，姐姐，婆婆年纪大了，搞不清楚钱了，你把每天用的钱记下来，我回来看你的账本。姐姐就开始记账，但是她记得不准确，比如买了半斤兔肝，她就记一斤兔肝，还有半斤的钱，姐姐就自己拿去用了。不过姐姐从来没有独自去享受，她总是要带上谁一起去，但每次都只带一个。姐姐说，带多了，大家互相知道了，会说出去的。其实姐姐不知道，她的事情，大家都知道，大家都知道姐姐偷家里的钱，只有姐姐自己不知道。

姐姐记的账后来也引起妈妈的怀疑，妈妈说，你们四个人，都是女的，三个小孩，一个老人，这么能吃？昨天吃了一斤兔肝，今天又吃了三盆炒素，这么吃法，也不见你们长胖起来。记账的事情仍然回到了婆婆那里，但是婆婆年纪大了，而且婆婆的注意力永远在大便上，菜金仍然搁在抽屉里，少钱的事情也仍然发生。妈妈开始用心了，这一阵妈妈不去乡下劳动了，她的眼睛露出怀疑的光，在三个女儿身上扫来扫去，当然她最怀疑的肯定是姐姐。只是姐姐不知道。

妈妈使出的第一个心眼，就是一个厉害的撒手锏，如果不出什么意外，拿钱的人肯定栽在妈妈手里。这天早晨她们还没有起床，妈妈就守在她们的床前了，妈妈说，昨天晚上我睡觉的时候，数过抽屉里的钱，但是今天早晨起来，就少了一张钱，你们谁拿的，说出来吧。

钱到底是谁偷的大家心里都有数，但是谁也没有说出来，谁也没有告诉妈妈。没有叛徒，也没有内奸和特务，不像那时候社会上，一会儿就抓出一个，一会儿又抓出一个。她们是一边的，妈妈是另一边的，婆婆的态度总是很暧昧，谁也搞不清她到底是哪一边的。

妈妈说，你们不要说是外面的人进来拿的，从昨天晚上到现在，我们家的门开也没有开过，不会有人进来偷钱。你们谁要是觉得难为情，也可以等一会儿悄悄地告诉妈妈，还给妈妈就行了。但是仍然没有人吭声。妈妈又说，要是不肯说出来，那就把你们的皮夹子拿出来，让妈妈看看。

她们每人都有一只皮夹子，都是姐姐用报纸折的，起先姐姐自己折了一只，后来她又给妹妹和小妹妹每人折了一只。皮夹子的形状是一样的，但大小不一样，姐姐根据年龄的差别，折出了大中小三种皮夹子。

毫无疑问，妈妈认为那张钱正躺在其中的某一只皮夹子里，它很快就会被捉住，暴露在光天化日之下。从妈妈尖锐的眼光可以看出来，妈妈已经断定它是躺在姐姐的皮夹子里。可是妈妈想错了，姐姐的皮夹子里没有钱，一分钱也没有，空空荡荡。胜券在握的妈妈颇觉意外，愣了一会儿才说，姐姐，你的皮夹子里没有钱，你要皮夹子干什么？姐姐说，我夹糖纸。妈妈说，也没有见你有糖纸呀。姐姐说，我送给张小娟了。当然妈妈也检查了妹妹和小妹妹的皮夹子，妈妈肯定也是一无所获，只有小妹妹的皮夹子里有五分钱。

妈妈失败了，但是妈妈并没有甘心，失踪的那张钱，成了妈妈的心病，她决心和三个女儿斗争到底。妈妈沉着冷静地想了想，又说，你们把鞋脱下来让我看看。把钱藏在鞋里，也是聪明的一招，隔壁的张小三，再隔壁的李二毛，他们都使用过这种办法。但是姐姐却没有用这一招，她的鞋子里，除了有一点汗臭，什么也没有。姐姐还把袜子也脱下来给妈妈看，姐姐说，妈妈你看，袜子里也没有。

但妈妈还有办法，妈妈的办法总是层出不穷。妈妈每想到一个办法，她都以为这一回姐姐肯定要暴露了。可姐姐却一次次地躲过了妈妈的盘查，一次次地让妈妈败下阵去。败下阵去的妈妈，最后竟还笑了起来。妈妈笑着说，好了好了，不说钱的事情了，你们出去玩吧。妈妈的笑里藏着阴谋诡计。

妈妈果然不再提这个话题了，日子又恢复了正常，但这一阵姐姐很小心，她始终没有喊妹妹和小妹妹出去消费。谁都知道，妈妈其实并没有把这件事情丢开，妈妈还在跟女儿们玩计策，只是不知道妈妈下面的手段是什么。那一段时间里，妹妹在家里大气都不敢出。她看到婆婆坐在马桶上便秘，就去试探婆婆的口气，妹妹说，婆婆，你知道是谁拿的钱吗？可婆婆总是含混不清地说，唉，你们的妈妈，唉唉，我大便大不出来，我要胀死了。

后来就发生了高国庆主动上门认账的事情。高国庆胆子很大，他去买萝卜，穿上他爸爸的衣服，腰里扎一根皮带，萝卜在他手里挑来挑去，就顺着袖管滚到腰里，在皮带那里停住了。高国庆的办法，让院子里的小孩吃了较多的萝卜，但是萝卜很刮油，本来没有油水的肚子，吃了萝卜就更饿更馋。高国庆说，别着急，我再去偷。这一点上，高国庆和姐姐很像。如果用现在的眼光看，他们一个是大哥大一个是大姐大。高国庆还去撬人家窗上的铜搭链卖到废品收购站，有一次还引来公安人员，公安人员走进院子的时候，妹妹吓得两腿直打哆嗦，差点瘫倒下来，但高国庆一点也没有害怕。高国庆还有个绰号叫"高盖子"，他喜欢打玻璃弹子，但他水平不高，又没有钱买弹子，就到机关的会议室里，把茶杯盖子偷走，然后把盖子上的滴粒子砸下来当弹子打，最后他的杯盖滴粒子也都输掉了。那天高国庆来的时候，不像一个偷了别人家钱的孩子，他像个英勇的解放军战士，他勇敢地说，冯阿姨，我偷了你们家的钱。

妈妈笑眯眯地看着他，说，高国庆，你是怎么进来的呢？高国庆说，我爬窗子进来的。妈妈说，可是我们家的窗子上装了栏杆，你钻不进来啊。高国庆说，噢，我记错了，我是从你们家的门进来的。妈妈说，可是那天晚上门是我锁的，到第二天早上也是我开的锁，钥匙一直在我手里，你怎么进来的呢？高国庆说，我是隔天就躲在你们家床底下的，等第二天你们都出去了，我再爬出来。妈妈点了点头，她相信了高国庆的话，说，那你把我们家的钱还给我们吧。高国庆说，可是我已经用掉了，我请小三二毛他们去溜冰，送了一个蟋蟀盆给大块头，买了三块夜光毛主席像。妈妈无奈地摇了摇头，说，既然已经用掉了，就算了，我也不去告诉你的爸爸妈妈了，但是以后不可以了，听到了没有？高国庆说，听到了。高国庆走了以后，妈妈说，姐姐你以后少和高国庆来往，从小偷偷摸摸的孩子，长大了没出息的。

《山花》2005 年 7 期

爱情到处流传

付秀莹

那时候，我们住在乡下。父亲在离家几十里的镇上教书。母亲带着我们兄妹两个，住在村子的最东头。这个村子，叫作芳村。芳村不大，也不过百十户人家。树却有很多，杨树，柳树，香椿树，刺槐，还有一种树，到现在我都不知道它的名字，叶子肥厚，长得极茂盛，树干上，常常有一种小虫子，长须，薄薄的翅子，伏在那里一动不动。待要悄悄把手伸过去的时候，小东西却忽然一张翅子，飞走了。

每个周末，父亲都回来。父亲骑着那辆破旧的自行车，在田间小路上疾驶。两旁，是庄稼地。田埂上，青草蔓延，野花星星点点，开得恣意。植物的气息在风中流荡，湿润润的，直扑人的脸。我立在村头，看着父亲的身影越来越近，内心里充满了欢喜。我知道，这是母亲的节日。

在芳村，父亲是一个特别的人。父亲有文化。他的气质，神情，谈吐，甚至，他的微笑和沉默，都有一种与众不同的东西。这种东西把他同芳村的男人们区别开来，使得他的身上生出一种特别的吸引力。我猜想，芳村的女人们，都暗暗地喜欢他。也因此，在芳村，我的母亲，是一个很受人瞩目的人。女人们常常来我家串门，手里拿着活计，或者不拿。她们坐在院子里，说着话，东家长，西家短，不知道说到什么，就嘎嘎笑了。这是乡下女人特有的笑，爽朗，欢快，有那么一种微微的放肆在里面。为什么不呢，她们是妇人。历经了世事，她们什么都懂得。在芳村，妇人们，似乎有一种特权。她们可以说荤话，火辣辣的，直把男人们的脸都说红了。可以把某个男人捉住，褪了他的衣裤，出他的丑。经过了漫长的姑娘时代的屈抑和拘谨，如今，她们是要任性一回了。然而，我父亲是个例外。

微风吹过来，一片树叶掉在地上，闲闲的，起伏两下，也跑不到哪里去。我母亲坐在那里，一下一下地纳鞋底。线长长的，穿过鞋底子，发出嗤啦嗤啦的声响。对面的四婶子就笑了。拙老婆，纫长线。四婶子是在笑母亲的拙。怎么说呢，同四婶子比起来，母亲是拙了一些。四婶子是芳村有名的巧人儿，在女红方面，尤其出类。还有一条，四婶子人生得标致。丹凤眼，微微有点吊眼梢，看人的时候，眼风一飘，很媚了。尤其是，四婶子的身姿好，在街上走过，总有男人的眼睛追在后面，痴痴地看。在芳村，四婶子同母亲最亲厚。她常常来我们家，两个人坐在院子里，说话，说着说着，两个脑袋就挤在一处，声音低下来，低下来，渐渐就听不见了。

我蹲在树下，入迷地盯着蚂蚁阵，这些小东西，它们来来回回，忙忙碌碌。它们的世界里，都有些什么？我把一片树叶挡在一只蚂蚁面前，它们立刻乱了阵脚。这小小的树叶，我想，在它们眼里，一定无异于一座高山。那么，我的一口口水，在它们，简直就是一条汹涌的河流了吧。看着它们惊慌失措的样子，我咯咯地笑出了声。母亲诧异地朝这边看过来，妮妮，你在干什么——

在芳村，没有谁比我们家更关心星期了。在芳村，人们更关心初一和十五，二十四节气。星期，是一件遥远的事，陌生而洋气。我很记得，每个周末，不，应该是过了周三，家里的空气就不一样了。到底有什么不一样呢，我也说不好。正仿佛发酵的面，醺醺然，甜里面，带着一丝酸，一点一点地，慢慢膨胀起来，让人有一种说不出的喜悦，还有隐隐的不安。母亲的脾气，是越发好了。她进进出出地忙碌，根本无暇顾及我们。我知道，这个时候，如果提一些小小的要求，母亲多半会一口答应。假如是犯了错，这个时候，母亲也总是宽宏的。至多，她高高地举起巴掌，然后，在我的屁股上轻轻落下来，也就笑了。到了周五，傍晚，母亲派我们去村口，她自己，则忙着做饭。通常，是手擀面。上马饺子下马面，在这件事上，母亲近乎偏执了。我忘了说了，在厨房，母亲很有一手。她能把简单的饭食料理得有声有色。在母亲的一生中，厨艺，是她可以炫耀的为数不多的资本之一。有时候，看着父亲一面吃着母亲的饭菜，一面赞不绝口，我就不免想，学校里的食堂，一定是很糟糕。一周一回的牙祭，父亲同我们一样，想必也是期待已久的了。母亲坐在一旁，欹着身子，随时准备为父亲添饭。灯光在屋子里流淌，温暖，明亮，油炸花生米的香味在空气里弥漫，有一种肥沃繁华的气息。欢腾，跳跃，然而也安宁，也妥帖。多年以后，我依然记得那样的夜晚，那样的灯光，饭桌前，一家人静静地吃饭，父亲和母亲，一递一句地说着话。也有时候，什么也不说，只是沉默。院子里，风从树梢上掠过，簌簌响。小虫子在墙根底下，唧唧地鸣叫。一屋子的安宁。这是我们家的盛世，我忘不了。

芳村这个地方，怎么说呢，民风淳朴。人们在这里出生，长大，成熟，衰老，然后，归于泥土。永世的悲欢，哀愁，微茫的喜悦，不多的欢娱，在一生的光阴里，那么漫长，又是那么短暂。然而，在这淳朴的民风里，却有一种很旷达的东西。我是说，这里的人们，他们没有文化，却看破了很多世事。这是真的。比如说，生死。村子里，谁家添了丁，谁家老了人，在人们眼里，仿佛庄稼的春天和秋天，发芽和收割，是再平常不过的事情。往往是，灵前，孝子们披麻戴孝，红肿着一双眼，接过旁人扔过来的烟，点燃，慢慢地吸上一口，容颜也就渐渐开了。悲伤倒还是悲伤。哭灵的时候，声嘶力竭，数说着亡人在世的种种好处和不易，令围观的人都唏嘘了。然而，院子里，响器吹打起来了，悲凉的调子中，竟然也有几许欢喜。还有门口，戏台子上，咿咿呀呀唱着戏。才子佳人，花好月圆。峨冠博带，玉带蟒袍。大红的水袖舞起来，风流千古。人们喝彩了。孩子们在人群里跑来跑去，尖叫着。女人们在做饭，新盘的大灶子，还没有干透，湿气蒸腾上来，袅袅的，混合着饭菜的香味，令人感到莫名的欢腾。在这片土地上，在芳村，对于生与死都看得这么透彻，还有什么看不开的呢？然而，莫名其妙地，在芳村，就是这么矛盾。在男女之事上，人们似乎格外看重。他们的态度是，既开通，又保守。这真是一件颇费琢磨的事情。

父亲回来的夜晚，总有人来听房。听房的意思，就是听壁角。常常是一些辈分小的促狭鬼，在窗子下埋伏好了，专等着屋里的两个人忘形。在芳村，到处都流传着听来的段子，经了好事人的嘴巴，格外地香艳撩人。村子里，有哪对夫妻没有被听过房？我的父亲，因为长年在外的缘故，周末回来，更是被关注的焦点。为了提防这些促狭鬼，母亲真是伤透了脑筋。父亲呢，则泰然得多了。听着母亲的唠叨，只是微笑。现在想来，那个时候，父亲不过才三十多岁，正是一个男人一生中最好的年华。成熟，笃定，从容，也有血气，也有激情。还有，父亲的眼镜。在那个年代，在芳村，眼镜简直意味着文化，意味着另外一种可能。父亲的眼镜，它是一种标志，一种象征，它超越了芳村的日常生活，在俗世之外，熠熠生辉。我猜想，村子里的许多女人，都对父亲的眼镜怀有别样的想象。多年以后，父亲步入老年，躺在藤椅上，微合着双眼，养神。旁边，他的眼镜落寞地躺着。夕阳照在镜框上，一线流光，闪烁不已。我不知道，这个时候，父亲会想到什么。他是在回想他青枝碧叶般的年华吗？那些肉体的欢腾，那些尖叫，藏在身体的秘密角落里，一经点燃，就喷薄而出了。它们曾那么真切地存在过，让人慌乱，战栗。然而，都过去了。一片阳光从树叶的缝隙里漏下来，落在他的脸上，他微微蹙了蹙眉，把手遮住额角。

周末的午后，母亲坐在院子里，把簸箕端在膝头，费力地勾着头。天热，小米都生虫子了。蝉在树上叫着，一声疾一声徐，刹那间，就吵成了一片。母亲专心拣着米，也不知想到了什么，就脸红了。她朝屋里张了张，父亲正拿着一本书在看，神态端正，心里就骂了一句，也就笑了。她顶喜欢看父亲这个样子。当年，也是因为父亲的文化，母亲才决然地要嫁给他。否则，单凭父亲的家境，怎么可能？算起来，母亲的娘家，祖上也是这一带有名的财主。只是到后来，没落了。然而架子还在。根深蒂固的门户观念，一直延续到我姥姥这一代。在芳村，这个偏远的小村庄，似乎从来没有受到时代风潮的影响。它藏在华北平原的一隅，遗世独立。这是真的。母亲又侧头看了一眼父亲，心里就忽然跳了一下。她说，这天，真热。父亲把头略抬一抬，眼睛依然看着手里的书本，说可不是——这天。母亲看了父亲一眼，也不知为什么，心头就起了一层薄薄的气恼。她闭了嘴，专心拣米。半晌，听不见动静，父亲才把眼睛从书本里抬起来，看了一眼母亲的背影，知道是冷落了她，就凑过来，俯下身子，逗母亲说话。母亲只管耷着眼皮，低头拣米。父亲无法，就叫我。其时，我正和邻家的三三抓刀螂，听见父亲叫，就跑过来。父亲说，妮妮，你娘她，叫你。我正待问，母亲就扑哧一声，笑了，说妮妮，去喝点水，看这一脑门子汗。然后回头横了父亲一眼，错错牙，你，我把你——很恨了。我从水缸子的上端，懵懵懂懂地看着这一切，内心里充满了莫名的欢喜，还有颤动。多么好。我的父亲和母亲。多年以后，直到现在，我总是想起那样的午后。阳光。刀螂。蝉鸣。风轻轻掠过，挥汗如雨。这些，都与恩爱有关。

周末的时候，四婶子很少来我家。偶尔从门口经过，被我母亲叫住，稍稍立一下，说上两句，很快就过去了。看得出，此时，母亲很希望别人同她分享自己的幸福。母亲红晕满面，眼睛深处，水波荡漾，很柔软，也很动人。说着话，常常忽然就失了神。人们见了，辈分小的，就不禁开起了玩笑。母亲轻声抗辩着，越发红了脸。也有时候，四婶子偶尔来家里，同我母亲在院子里说话。我父亲在屋子里，静静地看书。我注意到，这个时候，他看得似乎格外专心。他盯着书本，盯着那一页，半晌，也不见翻动。我轻轻走过去，倒把他吓一跳。说妮妮，捣什么乱。

事情是什么时候开始发生变化的呢，我说不好。总之，后来，记忆里，我的母亲总是独自垂泪。有时候，从外面疯回来，一进屋子，看见母亲满脸泪水，小小的心里，既吃惊，又困惑。母亲看到我，慌忙掩饰地转过身。也有时候，会一把把我揽在怀里，低低地啜泣不已。我伏在母亲的胸前，不知道究竟发生了什么。母亲的身体微微颤抖着，我能够感觉到，来自她内心深处的强烈的风暴，正在被她竭尽全力地抑住。我想问，却不知道该问些什么，如何开口。在我幼小而简单的心目中，母亲是无所不能的。她能干。这世上，没有什么能够难倒她。后来，我常常想，当年的母亲，一定知道了很多。她一直隐忍，沉默，她希望用自己的包容，唤回父亲的心。她装作什么都不知道。平日里，家里家外，她照常操持着一切。每个周末，她都会像往常一样，迎接父亲回来。对父亲，她只有比从前更好，温存，体贴，甚至卑屈，甚至谄媚。而且，一向不擅修饰的母亲，竟也渐渐开始了打扮。多年以后，我才发现，原来，母亲的打扮是有参照的。当然，你一定猜到了，这个参照，就是四婶子。

怎么说呢，在芳村，四婶子是一个特别的人物。四婶子的特别，不仅仅在于她的标致。更重要的是，四婶子有风姿。这是真的。穿着家常的衣裳，一举手，一投足，就是有一种动人的风姿在里面。你相信吗，世上有这样一种女人，她们天生就迷人。她们为男人而生。她们是男人的地狱，她们是男人的天堂。直到后来，我常常想，父亲这样一个读书人，敏感，细腻，也多情，也浪漫，偏偏遇上四婶子这样的一个人物，什么样的故事是不可能的呢？我忘了说了，四叔，四婶子的男人，早在新婚不久，就辞世了。据说是患了一种怪病。村子里的人都说，什么怪病。丑妻，近地，家中宝。这是老话。也有人说，桃花树下死，做鬼也风流。听的人就笑起来，很意味深长了。

关于父亲和四婶子，在芳村，有很多版本，流传至今。在人们眼里，这一对人儿，一个郎才，一个女貌，真是再相宜不过了。然而——人们叹息一声，就把话止住了。然而什么呢？人们摇摇头，又是一声叹息。我说过，芳村这个地方，对于男女之事，向来是自相矛盾的。保守的时候，恨不能唾沫星子把犯错的人淹死。开通的时候，怎么说呢，在芳村，庄稼地里，河套的林子间，村南的土窑后面，在夜色的掩映下，有多少野鸳鸯在那里寻欢作乐？有时候，我想，父亲和四婶子，他们之间，或许真的热烈地爱过。也或许，一直到老，他们依然在爱着。我不愿意相信，当年，父亲只是偶一失足，犯了男人们常犯的毛病。当然，这一桩风流事惹恼了很多人。男人们，对我的父亲咬牙切齿。女人们，则恨不能把四婶子撕碎。她们跑到母亲面前，声声诅咒着，替母亲不平。在她们眼里，父亲是无辜的。是四婶子，这个狐狸精，勾引了父亲，坏了他的清名。母亲只是听着，也不说话，脸上淡淡的，始终看不出什么。

周末，父亲照常地回家。我和哥哥受母亲的委派，在村口迎他。夕阳在天边慢慢融化了，绯红的霞光一片热烈，简直就要燃烧起来了。远处的树啊庄稼啊都被染上一层薄薄的金红。远远地，有一个黑点渐渐移过来，越来越近，越来越近。是父亲。我们欢呼起来。暮色一点一点笼罩下来，黄昏降临了。我们跟在父亲身旁，雀跃着，回家。淡紫色的炊烟在树梢上缠绕，同向晚的天色融在一起，很快就模糊了。至今，我老是想起那样的场景。黄昏，我们同父亲回家。家里，有温暖的灯光、可口的饭菜，还有，忙碌的母亲，她似乎从一开始就在那里，永远在等。

一家人静静地吃饭。父亲和母亲，照常说说闲话。我和哥哥，为了什么争执起来，打着嘴仗，手里的筷子也成了兵器，说着说着就纠缠在一起。父亲呵斥着我们，骂我们不懂事。你们两个，能不能让你娘少操些心？我们都住了口，默默地吃饭。母亲却忽然扭过头去，我惊讶地发现，她的眼里，分明有泪光。父亲不说话。他的半边脸隐在灯影里，灯光跳跃，我看不清他的表情。那一天，晚上，我半夜里醒来，听见母亲低低的啜泣，压抑地，却汹涌，仿佛从很深的地方，一点点升上来。父亲也例外地没有了鼾声。夜色空明，我想挣扎着睁开眼睛，然而，一不小心，又一脚跌入夜和梦的深渊。我实在是太困了。

现在想来，那个时候，父亲和母亲，或许正在经历着一生当中最致命的一场危机。他们在人前若无其事，尤其是，在我和哥哥面前，几乎从来没有流露过什么。然而，可以想象，在他们的内心深处，正在经受着怎样的海浪，潮汐，以及飓风。他们站在岁月的风口处，听任那些袭击降临，一次又一次。当然，平日里，他们也吃饭，睡觉。逢红白喜事，一起出礼。他们端正，平和，像天下大多数夫妇一样，昵近，亲厚，也淡然，也家常。一个眼神，一个手势，一句欲言又止的话，不待开口，全都心领神会了。人们见了，非常诧异了。当然，这里面，也有隐隐的失望和释然。因笑道，怎么样——我早说过的——

对这件事，母亲一直保持沉默。她没有像大多数女人一样，找上那个狐狸精的门，撒泼，示威，直唾到她的脸上，出净胸中的那一口恶气。在家里，也没有跟父亲闹。母亲照常把家里家外收拾得清清爽爽，然后，把自己打扮整齐，等父亲回家。我记得，母亲甚至托人买了雪花膏。在那个年代，在芳村，雪花膏简直是天大的奢侈。一种精巧的小瓶子里，盛了如玉如脂的东西。我曾经趁母亲不注意，偷偷地尝试过，那一种香气，芬芳馥郁，令人想起跟美好有关的一切。后来，只要想到爱情，我总是想起多年前的那一种香气，穿越时光的尘埃，它扑面而来，让人莫名地心疼，黯然神伤。

四婶子，几乎再也不来我家串门了。不是万不得已，总是绕开我家的门口，宁愿多走一段冤枉路。有时候，在街上遇见，也是赶忙把眼睛转向别处，只作没有看见了。有一回，是个傍晚吧，我们几个孩子捉迷藏，绕来绕去，我看见一个麦秸垛。在乡间，到处都是这样的麦秸垛。麦秸垛已经被人掏走一块，留下一个窝，正可以容身。经了一天的日晒，麦秸垛散发出一种好闻的气息，夹杂着麦子的香味，热烈，干燥，烘烘的，把人紧紧包围。小伙伴的声音由远而近，看到了，早看到你了——妮妮——我躲在麦秸垛里，一颗心怦怦直跳，紧张，不安，还有模模糊糊的兴奋，我的心简直要蹦出来了。忽然，我听见一阵脚步声，很轻，但是很急。在麦秸垛前面，停住了。我的心跳得更厉害了。一定是三三，他识破我了。可是，却迟迟没有动静。许久，一个女人说，天，黑了。是四婶子。这个时候，四婶子是来抽麦秸吧。可不是，天都黑了。父亲！竟然是父亲！我记得，下午，母亲派父亲去姥姥家了。姥姥家在邻村。这个时候，父亲，和四婶子，在这麦秸垛后面，他们要做什么呢？我支起耳朵，却再也听不见什么。沉默。沉默之外，还是沉默。然而，在这黏稠的沉默里，却分明有一种异样的东西，它潮湿，危险，也妩媚，也疯狂，像林间有毒的蘑菇，在雨夜里潜滋暗长。也不知过了多久，脚步声，一前一后，渐渐地远了，远了，再也听不见了。我躲在麦秸垛里，一动不动。心头忽然涌上一种莫名的忧伤，还有迷茫。我不知道这是为什么。暮色越来越浓了，四下里一片寂静。一个孩子，她无知，懵懂，仿佛一只小兽，尘世的风霜，还没有来得及在她身上留下痕迹。然而，在那一天，苍茫的暮色中，她却生平第一次，识破了一桩秘密。这是真的。父亲和四婶子，几乎是沉默的，可即便是片言只语，也能够使一些隐秘一泻千里。这是多么奇怪的事情。那一年，我只是个孩子，五岁。那一年，我什么都不懂。

　　想来，那一天，一定是个周末。我回到家的时候，夜色已经把芳村淹没了。屋子里，灯光明亮，一家人坐在桌前，桌上，是热腾腾的饭菜。看见我回来，父亲微笑了，说，来，吃饭了。母亲骂道，又去哪里疯了，看这一身的土。我坐在灯影里，静静地吃饭。父亲和母亲，偶尔说上两句。哥哥呢，始终不怎么开口。我忘了说了，从小，哥哥就是一个寡言的人。然而，长大以后，也不知道从哪一天开始，他忽然就变了。变得——怎么说——甚而有些油嘴滑舌了。他风趣，灵活，会说很多俏皮话。跟他相熟的人，谁不知道他那张嘴呢。想想都觉得不可思议。在我的童年记忆里，哥哥一直是沉默的。我无论如何努力，都听不见他的声音。当然，我们总有吵架的时候。吵架的时候不算。父亲和母亲说着话，不知说到了什么，父亲先自笑起来。我疑惑地看了一眼他的脸，平静，坦然，笑的时候，眼角已经有了细细的鱼尾纹。英俊倒还是英俊的。也不知为什么，我忽然感觉到了父亲的不平常。他在掩饰。那些从容后面，全是惊慌。他微笑着，有些艰难，有些吃力——至少，我是这么认为的。他慢慢地喝了一口汤，强自镇定。母亲也笑着。她正把一筷子菜夹到父亲碗里。我停下来，看着父亲，忽然跑到他的身后，把一根麦秸屑从他的头发上择下来。父亲惊诧地看着饭桌上的麦秸屑，它无辜地躺在那里，细，而且小，简直微不足道。然而，我分明感觉到父亲刹那间的震颤。我是说，父亲的内心，剧烈地摇晃了一下。灯光也倏忽间亮了，也只是一瞬间的事。那一根麦秸屑，衬了乌沉沉的饭桌，变得是那么的触目。那一刻，似乎一切都昭然若揭了。母亲抬眼看了一下电灯，咕哝道，这电压，不稳。一只蛾子在灯前跌跌撞撞，显得既悲壮，也让人感到苍凉。

夏天过去了。秋天来了。秋天的乡村，到处都流荡着一股醉人的气息。庄稼成熟了，一片，又一片，红的是高粱，黄的是玉米、谷子，白的是棉花，这些缤纷的色彩，在大平原上尽情地铺展，一直铺到遥远的天边。还有花生、红薯，它们藏在泥土深处，蓄了一季的心思，早已经膨胀了身子，有些等不及了。芳村的人们，都忙起来了。母亲更是脚不沾地。父亲的学校不放假，我们兄妹，又帮不上忙。收秋，全凭了母亲一个人。那些日子，母亲简直要累疯了。她穿着干活的旧衣裳，满脸汗水，疲惫，邋遢，委顿。然而，周末，父亲回家的时候，他看到的，却是另外一个母亲。母亲已经仔细洗了澡，头发湿漉漉的，还没有完全干透。米白的布衫，烟色裤子，浑身上下，无一处不熨帖得体。她把饭菜端上来，笑盈盈的。转身的时候，就有一股雪花膏的香气淡淡地散开来，芬芳而馥郁。父亲看着她的背影，在刹那间，就怔忡了。他在想什么？或许，他是想起了当年。那时候，他们还那么年轻。他最不能忘记的，是她那一头黑发，在颈后梳成两条辫子，乌溜溜的，又粗又长，一直垂到腰际。走起路来，一荡一荡，简直要把他的心都荡飞了。那一回，也是个秋天吧，他们在通往镇上的乡间小路上，一前一后地走。忽然，一只野兔从田野里跑出来，把她吓了一跳。那是他第一次拉她的手。玉米正吐缨子。青草的气息潮润润的，带着一股温凉。风很轻，拂上发烫的脸颊。这一晃，多少年了。母亲把一双筷子递过来。父亲默默接了，半晌，叹一口气。

　　一直到现在，我都无法明了，我的母亲，是如何独自走过了那一段艰难的岁月。那个年代，物质上，当然是贫乏的。她也曾经为了柴米而犯愁，忍受过旁人的轻侮。也尴尬过，带着两个年幼的儿女，捉襟见肘。然而，那个时候，她再想不到，物质上的贫乏，到底不能把人打倒。同精神上的磨难相比，它简直不值一提。那个时候，她再想不到，人生更大的不如意，还在后面。她还远远没有触及。这是真的。多年以后，母亲老了，坐在院子里，偶尔，抬头看一眼树巅，一片流云轻轻飘过去了。蝉在叫。忽然之间，就恍惚了。这还是多年前的蝉声吗？她也不知道，当年，自己怎么会那么——那么什么呢，她抬手拢一拢头发，微笑了，非常难为情了。父亲这个人，怎么说呢，自己的男人，她怎么不知道？当年，那么多，那么多的磨难，她竟然都一一承受了。有时候，想起来，她自己都不免要惊讶。这惊讶里有得意，也有疼惜。当年，她竟然去找那个女人，四婶子，主动同她交好。她若无其事地叫她，同她说笑，约她一道赶集，下地。请她到家里来，在周末。她和四婶子坐在一处，叽叽咕咕地说着女人间的体己话儿，忽然就哧哧笑了。阳光从侧面照过来，给四婶子镀上了一层淡淡的光晕。她脸颊上的绒毛微微颤动着，说话的时候，偶尔一摆头，眼波流转。母亲从旁看着，心里感叹一声。难怪。现在想来，那个时候，四婶子也不过刚满三十，也许，还不到。正仿佛清晨的花朵，经历了夜雨的洗礼，纯净而娇娆，也成熟，也单白，也宁静，也恣意。母亲入神地看着，不知道想到什么上去了，忽然就红了脸。这两年，也可能，是有些委屈他了。然而——母亲在心里恨一声，自己的男人，她怎么不知道？当然，也不只这些。她知道。她不识字。可是，这怪不得她。在芳村，有几个女人识字？四婶子，也不过是勉强能写写自己的名字罢了。然而——母亲在心里暗想，也许，这些，都不重要。阳光在院子里盛开，满眼辉煌，也有些颓败。母亲坐在椅子上，隔着几十年的时光，静静打量着当年的一切。她叹了一口气，然而也微笑了。她是想起了那一天，想起了父亲。她小孩子一般，得意地微笑了，眼睛深处，却分明有东西迅即无声地淌下来，她抬手擦一把，看一眼四周，自己也不好意思了。

那一天，母亲和四婶子，在院子里说话。父亲不出来，他在屋里看书。眼睛紧紧盯着书上的一行字。那些字密密麻麻，像蚂蚁，一点一点，细细地啃啮着他的心。院子里传来两个女人的轻笑，弄得他心神不宁。他的一只手握着书本，由于用力，都有些酸麻了。他盯着眼前的那一群蚂蚁，仿佛什么都没有看见，他看到虚空里去了。母亲在院子里叫他，扬着声，他这才猛然醒过来，答应着，却不肯出去。母亲就派我叫，妮妮——父亲无法，慢吞吞地站起身，他来到院子里，从小井里提出水筲，把冰镇的西瓜拿出来，抱着，去厨房。他从四婶子身旁走过，轻轻地咳一声，把容颜正一正。他在掩饰了。四婶子呢，她坐在那里，半低着头，一团线绕在她的两个膝头，她的一双手灵活地在空中绕来绕去。眼睛向下，待看不看的。我母亲从旁看着这一切，微笑了。她把一牙瓜递过来，眼睛却看着父亲，问道，甜不甜，这瓜？父亲搭讪着走开去，心里恨得痒痒的。她这是故意——简直是——然而——父亲眼睛盯着书本，黯淡地笑了。

四婶子一辈子没有再嫁，也没有生养。我一直不敢确定，四婶子，这么多年不肯再嫁，是不是为了父亲。在她漫长的一生中，尤其是，当她红颜褪尽、渐渐老去的时候，在无边的夜里，或者，昏昏欲睡的午后，我不知道，她是否还会想起我的父亲。想起当年，那一个意气风发的青年，英俊，儒雅，还有些羞涩，如何见识了她的嫣然百媚。那些惊诧，狂喜，轻怜密爱，盟誓和泪水，人生的种种得意，以及失意，如今，都不算了。

关于我的父亲，和我的母亲，他们的婚姻，他们的爱情——如果还称得上的话，他们之间的种种纠葛，物质的，情感的，肉体的，精神的，他们之间的挣扎，对峙，相持，以及妥协，以及和解，其实，我并不比芳村的任何一棵庄稼知道得更多。我单知道，他们携了手，在那个年代，在漫长的岁月中，相互搀扶着，走过了许许多多的艰难，困厄。也有悲伤，也有喜悦，也有琐碎的幸福，出其不意的击打。然而，都过去了。记得倒还是记得的。然而，大部分，差不多都已经忘记了。当然，或许，他们是不愿意再去想了。他们的时代，早已经远去了。而今，是我们，他们的儿女的天下了。他们风风火火，来了又去。他们活得认真，没有半点敷衍。这很好。

院门开了，想必是孩子们回来了。他们在躺椅里欠一欠身，就又不动了。他们是懒得动了。

《红豆》2009年10期

俄罗斯陆军腰带

马晓丽

秦冲没想到这辈子还能见到鲍里斯，更没想到会在远离中俄边境的地方见到鲍里斯。

秦冲迅速地瞥了一眼鲍里斯的肩章，心当即就被狠狠地抓挠了一下，妈的，这家伙都上校了！

秦冲中校，虽然看上去只比上校差一级，但中俄两军编制不同，鲍里斯的上校上一级就是准将了，秦冲的中校上面还有上校、大校，然后才是将军，这中间差了不止三级呢。秦冲立刻觉得两个臂弯同时发痒，心想这回神经性皮炎指定是要犯大发了。

你好，秦！鲍里斯离老远就大叫。秦冲赶紧迎上去，一边喊，老鲍，你好！一边瞄住鲍里斯的手臂动作，恰到好处地跟他同时抬手敬礼，既避免了低一级先敬礼的尴尬，又不失热情和礼节。

直到跟鲍里斯的手握在一起之后，秦冲才正式开始兴奋。鲍里斯的手仍旧很不军人，厚软且潮热。从前秦冲每次跟鲍里斯握手都会有一种怪异的感觉，觉得自己握的不是鲍里斯的手。换句话说，就是秦冲认为凭鲍里斯这家伙的手不该这么温厚，因为秦冲尝过这只手出拳的滋味。但今天，鲍里斯那多毛而温厚的手却让秦冲倍感熟悉和亲切。毕竟，他们是老相识了，不管当年秦冲多么烦这个倒霉的鲍里斯，但多年之后意外相见，特别是在中俄联合军事演习的野营村相见，还是令秦冲十分高兴的。

秦冲和鲍里斯是名副其实的老对手了，当年他俩都是边防连长时，曾守过同一段国境线，只是他们各为其主，一个在国境线这边，一个在国境线那边。一般情况下，国境线两边的边防军人是难得互相照面的，因为两国的哨所之间有固定的距离，巡逻线路也大多只并行不交叉。但他们这里不同，秦冲和鲍里斯守的是一段黑龙江，这江冬天封冻，夏天开化，所以哨所和巡逻线路就总得随着季节不断变化。夏天的情况比较简单，宽阔的江面把他们分别隔在两岸，两个边防连只隔江对峙着就是了。偶尔会发生一些行船偏离江心进入对方国界的情况，但大多不用你管它就会自行调整回来，不会有太大的麻烦。麻烦的是冬季。冬季黑龙江会封冻，封冻之后江面上不仅能走人，跑载重车都没问题。所以一到了这个季节，方方面面就都活泛起来了，偷越国境的想趁这个时候跑人，偷关的想趁这个时候倒腾货，还有那些在江面上凿冰捕鱼的，你一眼看不住他就可能凿到外国领土上了，稍不留神就会给你凿出个边境纠纷来。所以，每当进入冬季，两岸的哨位就开始跟着冰冻的江面，从岸边一点点地向江心推进。也就是在这个时候，秦冲的神经性皮炎开始准时发作。随着哨位不断地向江心的国境线推进，秦冲的两个臂弯内侧的皮肤就会越来越红越来越痒。直到哨位推到了江心，直到两国哨兵鼻子碰上了鼻子，直到秦冲跟鲍里斯两个眼儿对上了眼儿，秦冲的神经性皮炎就彻底大发起来了，痒得那叫一个抓心挠肝，扛不住劲儿时真恨不得拿刀把整块皮给片了去。

　　起初秦冲并不怎么烦鲍里斯。鲍里斯会讲汉语，是莫斯科大学汉语专业的，比较好沟通。但这还不是主要的，主要是秦冲觉得鲍里斯虽说不是陆军专业，没有伏龙芝那样令人信服的背景，但看上去很军人，身姿挺拔，着装严谨。俄军那时的服装比咱讲究，鲍里斯即便外面套着迷彩短大衣，也会束紧腰带，领口处露出一截体面的领带，而且无论什么时候出现，鲍里斯脚下的皮靴都擦得锃明瓦亮。尽管后来秦冲知道鲍里斯的皮靴并不是他自己擦的，但秦冲还是很欣赏鲍里斯的军容军姿。军人嘛，秦冲说，就得有军人气质。秦冲是很在意军人气质的，可惜那时咱的军装不给撑腰，想御寒就得把自己穿成个棉花包。秦冲是坚决鄙视棉花包的，所以在棉花包和气质中间他当然地选择了气质，也就是说在保暖和挨冻之间他当然地选择了挨冻。这就把秦冲弄得很悲壮，无论是巡岗查哨还是处理边境问题，只要是出现在俄军面前，特别是出现在鲍里斯连长面前时，秦冲准穿得周吴郑王的，而且冻死不服软，嘴都瓢了还叫硬，声称自己是耐高寒优良品种。其实，连刚下连的新兵蛋子都看得出，秦连长是在跟对面的鲍连长较劲儿，比的是军人气质。

秦冲开始烦鲍里斯是因为菜地的事。秦冲的连队有一块著名的菜地，之所以著名是因为在高寒地区开出这么一片菜地不容易。要知道，这里一年只有三个月的无霜期，只能抢在这三个月里种菜，而且还不是什么菜都能长，什么菜都能长得好。秦冲的连队不仅在这里种出了菜，而且还把菜种得瓜有瓜样果有果样，很给连队争脸面。这菜地自然就成了秦冲的宝贝，只要有人来连队，秦冲准会领着人家去菜地参观。

边境气氛趋于缓和之后，两边的连队有了较多的接触，时不时就在一起搞个联欢。有一次联欢后，秦冲为了表达热情，当然也是为了在鲍里斯面前显示，就把他们领到菜地参观。而且当场发给俄军官兵每人一个塑料袋，让他们进菜地自己摘点黄瓜西红柿带回去。这下可把俄罗斯兵们乐疯了，他们争先恐后地冲进菜地，不一会儿一人就摘了满满一袋子黄瓜西红柿。秦冲注意到鲍里斯没进菜地，但当时没往心里去，以为鲍里斯是端着，或是不想弄脏了自己的皮靴。

不久后，他们又搞了一次联欢活动，联欢活动的最后一项仍旧是安排俄军去菜地里摘菜。令秦冲万万没有想到的是，刚要给他们发塑料袋，他们就一人从腰间拽出了一个大编织袋，人家自己早就准备好了。一看这架势，秦冲就知道坏了，地里哪有那么多黄瓜西红柿呀，要是把那些大编织袋都装满，这菜地立马就得罢园了。可既然把人家领来了，就不能不让人家把口袋装满。秦冲翻眼去看鲍里斯，见鲍里斯竟像没事人儿似的，兴致勃勃地看着眼前的热闹场面。秦冲心下一沉，立刻稳住神儿，命战士们赶紧抢在俄军前面砍大头菜往里装，尽量减少我军的损失。

送鲍里斯走之前，秦冲意味深长地问鲍里斯，老鲍，看来你们很喜欢我们的菜地呀。

鲍里斯说，是的是的你们的菜地很有趣。

秦冲立刻跟上一句，你们也可以种菜嘛。

不不，鲍里斯连连摇头。

不会种不要紧，秦冲说，我们可以给你们提供技术帮助。

不不，鲍里斯还是摇头。

菜种菜苗也没问题，秦冲又说，我们育苗时给你们带出来就是了。

不不，鲍里斯更加坚决地说，不是这个问题。

那还有什么问题？秦冲问。

鲍里斯说，问题是，我们不是农庄，是军队。

秦冲当时就卡壳了。

秦冲怎么也没想到鲍里斯竟能连骨头带筋地扔出这么难啃的一句话。这句话让秦冲在暗地里悄悄地啃了好长时间。啃没啃出名堂不知道，反正打那以后秦冲对菜地的热情明显不如从前那么高涨了。也就是从那时起，秦冲开始越来越烦鲍里斯了。只是那时秦冲的烦基本上还控制在正常范围之内，没达到后来那种剑拔弩张的地步。

眼前的鲍里斯仍旧身姿挺拔，皮靴锃亮。这么多年过去了，老鲍除了军阶有变化，其余方面似乎毫无变化，连神情都跟原来一样。见鲍里斯也在打量自己，秦冲下意识地挺了挺胸脯子。

秦冲今天穿的是作训服，脚蹬一双高靿作战靴，裤脚松松地塞在靴腰里，头戴一顶特种兵的贝雷帽，帽舌斜斜地压在眉峰处。秦冲知道自己身上这套装束野战味十足，更知道这种粗野的美很适合自己。好好看看吧，秦冲不无得意地想，今非昔比，现如今该轮到你老鲍眼馋我了吧？

果然，秦冲如愿以偿地在鲍里斯的眼里看到了赞许羡慕的亮光。

秦冲对鲍里斯他们这支部队印象一般化。

秦冲的特战营一进野营村就开始清理营区环境，整理内务。秦冲检查了一圈，以他的严苛都没挑出什么毛病。鲍里斯那边的俄罗斯兵可倒好，背包都没拆就撒丫子放了羊，眨眼间就把七个球场全占满了。秦冲过去看了一眼，简直没个样，光大膀子的光大膀子，穿大裤衩子的穿大裤衩子，满场呜嗷乱叫不说，没过多大一会儿就当场打断了一根胳膊。

这事要发生在我军这边就完了，还没上战场就自损战斗力，从上到下谁也别想躲过这个处分了。秦冲想到鲍里斯情绪不会好，丢人丢到外军面前，把人丢大发了。所以秦冲趁午后的空隙时间，特地整了两瓶好白酒去看望鲍里斯。鲍里斯喜欢喝白酒，大多数俄罗斯人都喜欢喝烈性酒，而且特别喜欢喝中国的白酒。从前他俩每次在一起喝酒，鲍里斯都会喝得酩酊大醉。秦冲却从来不醉，秦冲的酒量一般人都比不了。其实鲍里斯的酒量也不小，只是他太贪恋酒，鲍里斯喝酒那架势活像是在讨便宜，多讨一杯是一杯。秦冲挺瞧不起鲍里斯上酒桌的那副德行，但这并不妨碍秦冲每次喝完酒都张罗着给鲍里斯带两瓶好酒回去。一码是一码，秦冲说，我跟鲍里斯之间是国际关系，都国际了咱就得表现得大气。

跨过野营村中间那条象征国境线的小路，穿过俄军野战帐篷群，秦冲注意到每个俄军帐篷门口都有一个擦皮靴的搭脚架，心想，看来苏联军队的传统一直没丢弃。秦冲听说五几年我军向苏军学习时，学的第一课就是擦皮靴，想到鲍里斯脚上那双永远锃明瓦亮的皮靴，秦冲不由笑了。

俄军军官公寓在野战帐篷群的后面，是几排专门为他们搭建的轻体房。在这一点上，俄军跟我军完全不同，他们可不搞什么官兵一致，他们官就是官，兵就是兵，等级森严得很。秦冲这个营长可以和士兵一样住野战帐篷，但他们一个小排长都得住在军官公寓。

秦冲挺不屑地走进俄军军官公寓，发现这里的设施真他妈的全，不仅有洗衣间、淋浴间，甚至还有个台球室。秦冲站在连接几排轻体房的回廊中间，一时竟不知该向哪里去寻鲍里斯了。左面那排房间有声音，秦冲转向左面，却猛然撞见了一个肥胖的俄罗斯女人。那女人只穿了短裤和胸罩，正在用一条大毛巾擦湿漉漉的头发，见一个中国军人闯了进来，胖女人尖叫了一声跑回屋去，随着房门嘭的一声碰死，里面传出一阵哈哈大笑。

秦冲十分尴尬，知道自己误闯了厨娘们的住处，赶紧退了回来。秦冲知道俄军士兵不做饭，部队走到哪都得带着这些厨娘。今天秦冲还特地安排分管伙食的副营长去俄军食堂参观，让他了解外军的配餐方式。结果副营长一回来就乐不可支地向秦冲学，说那些厨娘做饭像配药，土豆削了皮再称重，最可笑的是一锅下好几十斤土豆，多一个也得从秤上拿下来……这有什么可笑的？秦冲没好气地瞪了副营长他一眼，这叫科学配餐懂不懂？这叫严格按体能需要控制卡路里懂不懂？不懂就向人家学！

秦冲让副营长去跟人家学是有缘由的。俄军刚进驻当天后勤来不及展开，所以第一顿饭是联合指挥部安排的。我们中国人热情啊，而且我们表达热情最重要的方式就是让客人多吃，吃得越多越说明我们心诚，越显得我们大方好客。负责分餐的那几个兵也不知是得了谁的令，铆足了劲儿抢大勺子，个个餐盘都装得溜满。秦冲在一旁冷眼观看，发现许多俄罗斯兵看到面前那一大盘食物都面露难色，心里真替他们愁得慌。秦冲毕竟跟俄军有过接触，知道人家俄军的食物都是经过计算配比的，吃饭不允许剩，分给你多少就得吃进去多少，不像我们剩了可以随便倒掉，心想这吃又吃不进，剩又不能剩，倒又不让倒，还不把人撑出毛病呀？果然，没过一会儿那边就出毛病了。原来一个列兵实在吃不下去了想偷偷倒掉，结果被鲍里斯当场抓住。鲍里斯把那个列兵按在墙上足足地训了半个小时，最后到底逼着列兵把半盘子剩菜全部塞进了嘴里。秦冲知道鲍里斯这是在杀鸡给猴看，更知道鲍里斯这是故意做给中国军人看，否则他犯不上在大庭广众之下足足训上半个小时。秦冲看出鲍里斯做得很成功，那个列兵被逼着往嘴里塞食物的痛苦模样，的确把在场的所有中国军人都镇住了。秦冲也看出在场的中国军人普遍对鲍里斯产生了不满，但秦冲心里没有不满，因为秦冲一直很赞赏外军的配餐制度。当年秦冲在土耳其接受魔鬼训练时，就曾得益于那里的配餐制度。SAT特训营严格按照体能配餐，学员给什么就得吃什么，给多少就得吃多少，那时秦冲被逼得连生牛肉都能吃了。回想SAT的训练那么艰苦，如果没有严格的配餐制度，身体恐怕是很难支撑下来的。

　　秦冲终于找到了鲍里斯。鲍里斯正在轻体房围成的院落中间晒太阳，他看上去似乎心情不错，闭目仰靠在躺椅上，只穿着一条短裤，全身都沐浴在阳光里。午后的阳光流金一样从鲍里斯那多毛的身体上流淌下来，漫过青草地，漫过矮树丛，在鲍里斯的周围蔓延出一片金黄色的宁静。

　　秦冲刚想招呼鲍里斯，突然看见了鲍里斯脱在旁边的衣服，目光一下子定在了搭在衣服上的那条腰带上。那是一条皮质优良的俄罗斯陆军腰带，棕黄色的皮带条上用明线扎出规则的菱形图案，纯铜卡头在阳光下闪着油亮的光。秦冲熟悉这种腰带，这腰带最独特的地方就在卡头，一般的腰带卡头上只有一个钉，这种腰带的卡头上却有两个钉，腰带上的钉眼也相应地有两排。秦冲曾在身上比量过这种腰带，说实话他很喜欢，他觉得这种双钉的腰带比单钉的扎在腰上更牢靠。秦冲觉得最不牢靠的就是我军现在用的这种腰带，卡头太民用化，时尚但不踏实。

默默地盯着那条俄罗斯陆军腰带，秦冲忽然间就没了兴致，连招呼都没跟鲍里斯打，就扭头匆匆离开了。

正式演习之前的两军合练进行得很顺利。这次演习主要是为加强中俄两军的联合反恐能力，要求多兵种配合，运用多种手段打击恐怖分子。所以秦冲的特战营在演练中就显得十分抢眼，他们一会儿出现在空中，跳伞在指定地点降落，一会儿从超低飞行的直升机中直接跃向地面，一会儿又沿着立陡立崖的墙壁向上攀爬……俄军的表现也相当不错，他们对陌生环境的适应能力极强，很快就进入了状态。特别是他们的空降兵部队，虽然没展示他们的伞兵战车，但空降兵天女散花般突然密集地出现在空中，然后迅速落地集结，眨眼间就能投入战斗，还是很令人赞叹的。

一切正常，只需再预演一次，就开始正式演习了。但秦冲的神经性皮炎此时却莫名其妙地发作了。秦冲总觉得心里不踏实，但又想不出为什么不踏实。演习前的各项准备工作检查过无数次了，各个关键环节也交代过无数次了，问题到底出在哪呢？

近两天野营村的空气明显轻松了许多，我军的北方军区歌舞团来慰问过了，俄军的远东军区歌舞团也来演出了，演习前的紧张气氛因此掺进了一些类似年节的喜庆味道。但这都不是问题，秦冲挠着臂弯想，而且按照我们通常的说法，这还有鼓舞士气、提高部队战斗力的作用，所以问题应该不在这。

秦冲的神经性皮炎果然不是白犯的，他很快就追本溯源嗅出了野营村里的异样味道。秦冲发现有士兵在暗地里悄悄地跟俄罗斯士兵交换物品，而且这种情况大有愈演愈烈之势，最令秦冲担心的情况终于还是发生了。

按说，两个不同国家的军人整天碰鼻子碰脸地在一起厮磨，互相赠送点小礼物算不得什么。但以秦冲的边防工作经验来看，外事无小事，只要沾了外事的边，即便是小事也能演化成大事。所以从打一进野营村，秦冲就在特战营里多次强调不许私自与外军交往，不许与外军交换物品。但在野营村里住着的可不只是秦冲一个特战营，眼巴巴地看着人家与俄军你来我往弄得挺热乎，士兵们自然就会好奇眼馋，自然就会心头发痒。何况那些俄军士兵又经常主动出击，说不定什么时候就从兜里掏出个领花、帽徽、兵种符号什么的，强烈要求跟你换东西。天下的军人没有不喜欢军品的，这些东西谁看见谁动心，谁摸着了都不想撒手。如果只是偶尔换个一两次倒也罢了，小来小去的换换也就罢了，可你想，士兵身上能有多少东西可换，换来换去不就开始动用下发给个人的装备了嘛，一动装备问题不就大了嘛。在秦冲看来，装备是军人躯体的一部分，是军人战斗力的一部分，躯体和战斗力怎么能随便拿去交换呢？要论喜欢，恐怕秦冲比谁都喜欢这些东西，但喜欢归喜欢，规矩归规矩，不能因为喜欢就坏了规矩。

秦冲决定今天晚上亲自蹲坑，看看到底是个什么情况。

月亮白亮亮亮地顶在头上，连眼都不眨一下。这样的夜晚不适合隐蔽，却很利于观察。好在对秦冲来说根本不存在适合不适合的问题，什么样的环境下隐蔽都不成问题。秦冲选的地方不仅能藏身，还能清楚地观察到中俄两军联合岗哨的位置，甚至能借助远红外夜视望远镜看到临时国境线附近的大部分活动区域。

秦冲很快就发现，其实进入这个区域活动的大多是军官而不是士兵。他看到几个中俄军官在一起比比画画地交谈着什么。大概是我方的一个军官在跟一个俄军少校商量换个徽章，只见我方军官准备充分地掏出两条丝巾递到俄军少校手中，俄军少校马上痛痛快快地把一枚徽章递了过来。我方军官立刻拿出一面中俄联合军演的旗标，当场就把徽章别在了上面。中俄军官们个个伸长了脖子看着那旗标，嘴里不停地发出阵阵惊叹。秦冲好奇地把望远镜聚焦过去，看见那面旗标上面竟然别满了各式各样的徽章。还真有有心人啊，秦冲的馋虫顿时被勾了出来，一拱一拱地直往上顶，在心里把人家羡慕得一塌糊涂。没办法，秦冲咬住牙根想，眼馋也没鸟用，人家机关干部这么干行，咱不行，谁让咱屁股后面跟着一大群兵呢。

晚些时候兵们才开始活动。兵们显然不像军官那么张扬，但似乎更加默契。联合岗哨设在临时国境线的两边，之间相距只有几米。秦冲看见刚换下岗的两国哨兵会意地相视一笑，就向对方走去，站在临时国境线两边比比画画地交流起来……

　　月光洒在地上，地面泛起一层亮白色的光。秦冲心中不由一动，这情景太熟悉了，仿佛是在那个冰封的江上，白亮的月光照着宽阔的江面，照着江心的国境线，也照着竖立在国境线两边的哨所。秦冲隐蔽在一个雪堆后面蹲坑，看见那个大个子俄罗斯兵比比画画地做出喝酒的样子，中国兵会意地一笑，从怀里掏出了一瓶酒。俄罗斯兵的眼睛立刻红了，不顾一切地冲了过来。中国兵却笑着把酒瓶揣进了怀里。俄罗斯兵急切地伸出手去要，中国兵指了指他的腰，意思是让他用腰带来换。大个子俄罗斯兵明白了，马上毫不犹豫地抽出了腰间的皮带……

　　不，秦冲晃了晃脑袋，赶紧把思绪从江边上拉回来，这才看到眼前竟是俄罗斯兵指着中国兵的腰，向中国兵要腰带。中国兵掏出一样东西给他看，但俄罗斯兵显然不满意，坚持要腰带。中国兵又比画了几下，俄罗斯兵就有些急了，一把抽出了自己腰间的皮带……

　　就在这个时候，秦冲突然从暗处跳了出来。令秦冲没有想到的是，几乎就在同时，鲍里斯也出现在这里。

　　秦冲和鲍里斯惊讶地互相对视着，这情景竟然与多年前一模一样，他们谁也没想到多年前曾经发生过的一幕，会在这里重新上演！

　　接下来应该是什么呢？接下来应该是他俩同时发出野狗子般的吼声，顿时把那两个兵吓瘫了。中国兵虽然还站得住，但脸却已经贴到了胸脯上。大个子俄罗斯兵则面孔煞白浑身发抖，像个被卡住了脖子的小动物。

　　再接下来就是那条俄罗斯陆军腰带了，是鲍里斯抢过腰带狠命地抽打大个子俄罗斯兵，又扒掉俄罗斯兵身上的衣服抽打，后来干脆就把腰带调过来，用那个带双钉的铜制卡头抽打，直打得大个子俄罗斯兵在雪地上不停地翻滚号叫。

　　后来就该是秦冲上场了。秦冲本想拔腿就走的，妈的丢人还来不及呢，凭什么看上人家的腰带？人家的腰带就那么好？就值得你转磨磨想辙整瓶白酒跟人家换？亏这损兵做得出来，回去看我怎么收拾你！见鲍

俄罗斯陆军腰带　　　　　　　　　　　　　　　　　　　　　　　　337

里斯上来就开打，秦冲心里极其不屑，心想自家的孩子自家领回去关上门管教就是了，犯不上在这撒野打给外人看。说老实话，秦冲急眼了也打兵，此刻他就恨不得照自己那兵的后屁股上狠狠地踹上一脚。但打也不是鲍里斯那么个打法。首先你得爱兵，得做他的家长，待你和他都认可了这种关系，即使急眼时打他几下子，下手也会带着亲情，双方都能接受。鲍里斯下手没有情，只有暴虐，但这不关他秦冲的事，秦冲只想赶紧把自己的兵带回去处理这事。但就在秦冲转身要离开的时候，却偏巧看见了血——大个子俄罗斯兵的头被鲍里斯打出血了。血汩汩地从那兵的头顶流出，流过眼眶，流过嘴角，顺着稚嫩的下巴滴答滴答地落在坚硬的冰面上。鲍里斯是不该让秦冲看见血的，看见血秦冲就管不了那么多了，在血滴落冰面上的那一瞬间，秦冲突然凌空弹射出去，一把夺下了鲍里斯手中的腰带。鲍里斯迅速回转身毫不含糊地当胸就给了秦冲一拳，两个人就势就扭打在一起了……

按秦冲后来的说法，这是他这辈子打得最具有国际影响的，也是最没名堂、最不讲章法、最有失军人气质的一场架。根本就谈不上打，秦冲说，脚下溜滑净摔跟头了，那也能算是打架？

秦冲和鲍里斯默默地对视着，这一次他们谁都没朝自己的兵吼叫。月光投射在他们的眼中，悄无声息地修改着从前的脚本——

鲍里斯不仅没发火，还微微地笑了一下。秦，鲍里斯说，你们的腰带很好，我们的士兵都很喜欢。

秦冲有些意外地看着鲍里斯，一时竟不知说什么是好了。

鲍里斯说，他只是想交换一下留个纪念，可以吗？

秦冲没说话，狐疑地望着鲍里斯。

好吧，鲍里斯耸了耸肩说，没关系。

直到鲍里斯的背影在黑暗中消失很久了，秦冲依然站在白亮的月光下一动没动。

下午突然下了一场暴雨。这雨下得毫无来由，中午还响晴薄日的，转眼间就狂风大作暴雨倾盆了。很少见这么大的雨，就像头顶上决了口似的，大水倾泻而下，没几分钟野营村的大小排水沟就都爆满了。眼看帐篷就要进水了，官兵们立刻冲出去冒雨排水。紧急情况下最能看出一支部队的素质，根本不用秦冲多说，官兵们就挖沟的挖沟，培土的培土，舀水的舀水，紧张而有序地干了起来。

对面的俄军帐篷也进水了，秦冲跑过去看了一眼，差点没笑喷，水漫进帐篷把盆都漂起来了，俄罗斯兵却什么都不顾只顾皮靴，光脚站在水里把皮靴提得高高的，好像只要把皮靴保住就什么都有了。秦冲赶紧派人去帮他们排水，俄罗斯兵这才纷纷跑出来，学着我们士兵的样子用盆往外淘水。

像来时一样突然，大雨说停眨眼间就停了。秦冲把俄军的帐篷挨个检查了一遍才放心。在检查俄军帐篷时，秦冲有了个意外的发现，他发现俄军竟然在悄悄地学我们的内务，他们也开始追求整齐划一，把牙缸摆成了一排，而且牙刷都朝一个方向倾斜。只是他们学得还不够地道，新牙刷都没开封，一看就是摆样子给人看的。秦冲心里暗自发笑，心想这形式主义真是害死人啊，一不留神把老毛子都给拐带坏了。尽管秦冲很赞成两军间应该互相学习，但毕竟文化背景不同，有些东西学得来，有些东西是学不来的，硬学恐怕也只是学个皮毛而已。别的不说，俄军光膀子这一手我们就学不来。俄军喜欢光膀子，不光休息光膀子，打球光膀子，连出操都个个光着个大膀子。开始秦冲看了很兴奋，心想这招好啊，光膀子出操多痛快多酷，而且还低碳环保，出身臭汗回来冲冲就行，连衣服都不用换洗了。但细想想还真就不能跟人家学。人家俄罗斯民族就是那文化，讲究的是个"放"。咱中国人不行，咱们讲究的是"收"，凡事都得收着点，捂着点。真要是突然间拉出一个营的光膀子兵，别说老百姓会吓一跳，连自己都觉得不对劲儿。

一个俄罗斯士兵引起了秦冲的注意，这兵年龄很小，脸上泛着一层淡黄色的茸毛，一副胎毛还没褪尽的模样。秦冲经过他身边时，把他手里的毛巾碰掉了。捡起毛巾递给他之后，秦冲随手亲热地拍了拍他的后脑勺，就像平常对待自己的兵那样。后来秦冲就发现自己挨个帐篷检查时，小俄罗斯兵一直跟在他身后。说不清这个小俄罗斯兵怎么会让秦冲心里忽悠一下，猛地想起了那个大个子俄罗斯兵。秦冲站住脚回过头，认真地打量了小俄罗斯兵一眼，发现他跟大个子俄罗斯兵一点都不像。

但是，他的目光让秦冲觉得很熟悉。秦冲忽然明白了，正是他的目光让自己想起了大个子俄罗斯兵。秦冲其实很不愿意想到他，他是秦冲心中的一个痛。

秦冲和鲍里斯打架之后，秦冲顺理成章地获得了个处分。之后不久，那个被鲍里斯痛揍的大个子俄罗斯兵就偷越国境跑过来了。令秦冲哭笑不得的是，当哨兵把大个子俄罗斯兵抓住带到秦冲面前时，他竟高兴得扑过来想拥抱秦冲。秦冲这会儿躲还躲不及呢，哪能还跟他往一块搅和，赶紧打发人把他送给边境代表去处理。

后来边境代表来找秦冲，说大个子俄罗斯兵是因为实在受不了军队的体罚才跑过来的，他说自己如果再不跑就会被打死。还说他喜欢中国，愿意到中国来生活，表示他可以在中国做点生意养活自己。后来听说要把他遣送回去就号啕大哭，强烈要求见秦冲。

秦冲连连摆手，说不见不见。

见边境代表一脸内容地盯着他不吭气，又负气地说，别这么看着我好不好，好像他是我什么人似的，我跟他什么关系都没有，为他背个处分就已经够傻×的了。

边境代表说，大个子俄罗斯兵说不见到秦冲就绝食，他现在已经好几顿没吃饭了。

秦冲这才没了辙，只好答应去见面。路上秦冲还想，见面非得狠训这家伙一顿，但一看到大个子俄罗斯兵的眼神儿，秦冲立刻半句狠话都说不出来了。那大个子俄罗斯兵的眼神儿是那么的单纯，那么的无助。在见到秦冲的那一刻，他的眼睛像焰火般忽地亮了起来，就像看到了亲人一样，目光中充满了希望。秦冲让他坐下，他立刻就坐下。秦冲让他吃饭，他二话不说端起来就吃。他那充满了无条件的信任和依赖的眼神儿，把秦冲的心弄得乱七八糟。秦冲知道自己承受不起他这样的信任和依赖，自己没有办法帮助他留下来，也没有办法保证他不回到那个令他恐惧的军队。最让秦冲受不了的是，自己不仅得劝说他回去，还得亲自押送他回去。

秦冲永远也忘不了那个寒风凛冽的冬日，他亲手把大个子俄罗斯兵交给了鲍里斯。

一看到鲍里斯，大个子俄罗斯兵的眼里立刻充满了恐惧。他扭过头来眼巴巴地望着秦冲，似乎在乞求秦冲的保护。但秦冲无法保护他，只能硬着心肠，做出一副无动于衷的样子。大个子俄罗斯兵被鲍里斯从秦冲身边带走的时候，像个无助的孩子一样，目光中充满了不解、悲伤和失望。那目光真让秦冲心里受不了，这感觉就像是把自家孩子往狼窝里送一样。秦冲咬紧牙根，目送着鲍里斯往回押送那个兵。在跨过国境线之前，大个子俄罗斯兵的脚步踉跄了一下，然后突然站住了，转过身来定定地看了秦冲一眼。这一眼，看得秦冲心里悚然一惊，那张稚嫩的脸仿佛顷刻间就荒芜了，苍老了，目光中所有的光亮似乎都熄灭掉了，像无月的夜一样没了一点生机，里面只有一种令人不安的濒死的绝望。

　　秦冲的牙根终于咬不住了，他一脚踢飞了脚下的积雪，头也不回地离开了现场。

　　秦冲的感觉没错，不久之后就得到消息，说大个子俄罗斯兵自杀了。

　　从听到这个消息的那一刻起，秦冲就再也没能摆脱负疚心理。秦冲做过很多努力，想要把自己从这件事里择出来。他无数次地告诉自己，那个大个子俄罗斯兵的死跟自己没关系，自己在这件事情上无能为力。他也无数次地告诉自己，造成这个兵自杀的是鲍里斯，鲍里斯当然不会饶过一个偷渡的兵，当然要对这个兵施暴，这个兵实在受不了就只好自杀了。可是无论秦冲怎样说服自己，只要一想到那个兵的目光，秦冲就无法安放自己的内心，无法摆脱是自己跟鲍里斯合谋把那个兵逼上了死路的念头。

　　秦冲坚决地躲开了小俄罗斯兵的目光，他不想回忆过去，不想在回忆中败坏心境。

　　待到秦冲检查完俄军帐篷往回走的时候，鲍里斯才在远处出现。看着鲍里斯一身光鲜地朝这边走来，秦冲突然感到鼻子眼里一阵难耐的巨痒，冷不防打了一个响亮的大喷嚏。

　　演习进行得很成功，秦冲的特战营在演习中表现得极为突出，最后在解救恐怖分子扣押的人质时，特种兵在人们最意想不到的方向突然出现，迅速制服了恐怖分子，成功地解救出人质，表现出了极强的机动能力和极高的特战素质，获得了联合军演指挥部的高度评价。一切都很完美，只是演习过程中我军后勤部队出了点事，一辆保障车在完成夜间无照明快速机动课目时发生侧翻，驾驶员当场死亡了。

秦冲是从联合军演指挥部下发的通报中得知这件事的，通报要求各参演部队认真做好各项安全检查，保证演习结束后部队回撤的安全。说实在的，秦冲没太把这件事放在心上。在秦冲看来这么大规模的军事演习，上天入地地动用那么多飞机坦克、武器弹药、车辆人员，不出事是侥幸，出个把事实属正常。所以秦冲只按惯例把通报精神传达了，让各分队按要求进行安全检查，这事在他这就算过去了。

但很快，秦冲就发现这件事过不去了。

清晨，俄罗斯士兵一出来，秦冲就觉得哪地方不对劲儿，仔细看过才恍然大悟，原来是没光膀子。真新鲜，自从入住野营村以来，这些俄罗斯士兵还是第一次在早上出操的时间没光膀子。不仅没光，而且个个还穿戴得十分整齐。秦冲心想，看架势今天早上俄军是不准备出操了。

果然，秦冲见鲍里斯把部队带到了野营村的小广场上。小广场中间并排竖立着两根旗杆，上面分别悬挂着中俄两国的国旗。鲍里斯就在国旗下面整队，像是要搞什么仪式。秦冲的好奇心骤起，决定在一旁看个究竟。

只见鲍里斯在队伍前面讲了一番话，秦冲虽然听不懂，但看得出鲍里斯的神情很严肃，所有俄军官兵的神情都很严肃。讲完话之后，鲍里斯发出了一连串的口令，只见全体俄军官兵一起摘下了帽子，低头默哀。与此同时，旗杆上的那面俄罗斯国旗开始缓缓下降，直降到半旗的位置停了下来。

秦冲心头一震，原来俄军是在为在演习中死去的中国军人举行哀悼仪式！

就像当年被鲍里斯当胸打了一拳一样，秦冲突然觉得心口发紧，好半天都喘不过来气。内心里沉睡了很久的一些东西似乎在这突然的重击下猛然惊醒了，用力地牵动着那些久已麻木了的神经，秦冲竟然感到了痛，而且是那种直抵内心的痛。秦冲依稀记起，自己已经很久都没有过这种真切的痛感了。

野营村里所有的中国军人，在那天的清晨过后都显得格外地沉闷。没有人去小广场，即使经过那里也尽量绕开中间的旗杆走，而且尽量不去看广场上空那两面一升一降的国旗。有一种暗暗的期待在军人们的心中蔓延，希望上面会通知我军也举行一个哀悼仪式。尽管过去从来没有过这样的哀悼，但过去与今天不同，因为过去军人们一直把这种情况叫作事故，今天他们才幡然醒悟这其实是牺牲，是与在战场上阵亡同样的一种牺牲。在心中同时蔓延开来的还有对降半旗的期待，军人们忽然觉得这很重要，在他国的国旗为我军的士兵降了半旗之后，他们希望我们的国旗也会为一个在演习中牺牲的士兵降下。

　　秦冲很清醒，他知道这两个期待一个都不可能实现。首先，在演习中举行哀悼仪式我军没有先例，其次降半旗需按死者级别报请有关部门批准。但清醒归清醒，却并不妨碍秦冲的两个臂弯越来越瘙痒难忍。果然，一整天也没有得到一点关于这方面的消息。

　　晚饭前秦冲再次提着没送出去的那两瓶酒去找鲍里斯。演习结束了，俄军明天就开始撤了，今晚他怎么也得跟鲍里斯单独喝上一顿，给鲍里斯送个行。别说，今天请鲍里斯喝酒，秦冲还真有点心甘情愿的意思，秦冲特地在我军餐厅订了一个小单间，还点了几个记忆中鲍里斯爱吃的菜。

　　鲍里斯的精神头都在酒上，还没坐稳就开喝，没等动筷子呢两杯已经干进去了。还是那副讨便宜没够的德行，一点没长进。但今天秦冲愿意，喝多少不吝，结果不大一会儿，鲍里斯就没形了。

　　鲍里斯举着酒杯说，秦，你和我喝一杯。

　　秦冲问，为什么？

　　鲍里斯说，不为什么，就是喝一杯。

　　秦冲说，不行，你得说出个道，我不喝没名堂的酒。

　　鲍里斯问，什么是道？

　　秦冲说，就是说出喝这杯酒的道理。

　　鲍里斯想了想说，道理是我爱你，可以吗？

　　秦冲乐得不行，说不可以，我又不是女人。

　　鲍里斯问，那怎么说？

　　秦冲说，对男人只能用喜欢、尊敬这类的词。

鲍里斯说，那就是我尊敬你。

老鲍你搞错了吧，秦冲笑着指了指自己的肩章，又指了指鲍里斯的肩章，说我有什么可尊敬的？

不，鲍里斯摇着头说，你是个好军人。

秦冲认真地看着鲍里斯，问，老鲍，你真是这么想？

鲍里斯把手放在心的位置上说，是，你是好军人，从前到现在，都是。

好，秦冲说，就冲你这句话，我跟你连喝三杯！

喝完这三杯，鲍里斯突然问秦冲，秦，你看我是不是好军人？

秦冲迟疑了一下说，你让我想一想。你知道，我一直不喜欢你……

为什么？鲍里斯惊讶地问，我不知道。

这下倒轮上秦冲惊讶了，你不知道？

不知道。鲍里斯说，你等等，我知道了，是为了那次你和我打架？可那是你的问题，是你先动手打的我。

那我问你，那个兵，就是我交回给你的那个兵是不是死了？秦冲问。

鲍里斯点点头说，是。

秦冲一下子站了起来，逼视着鲍里斯问，他是怎么死的？

在车臣，我们去车臣参战的时候，鲍里斯耸了耸肩摊开手说，他运气不好。

秦冲一屁股跌坐在椅子上，半天没说话。

别难过，鲍里斯拍了拍秦冲的肩膀安慰说，他战斗很英勇，还被授予了总统签发的"勇敢"勋章。

秦冲忽然觉得小房间里烦闷得要死，两个臂弯奇痒，便起身对鲍里斯说，老鲍，我们出去走走吧。

鲍里斯莫名其妙地看着秦冲，焦急地说，不不，我们喝酒……

秦冲一把抓起酒瓶子塞到鲍里斯手里，说走吧，咱们出去喝。

秦冲和鲍里斯两人一人拎着半瓶酒，穿过小广场，向野营村后面的小树林走去。

老鲍……秦冲刚张嘴，鲍里斯就把他制止了，秦，鲍里斯认真地问，你为什么总叫我老鲍?

秦冲一愣，说不为什么，中国人就这习惯。

鲍里斯摇了摇头说，不好。

秦冲问为什么不好，叫老鲍是对你尊重。

不不，鲍里斯说，我叫鲍里斯不叫老鲍，秦，你知道鲍里斯是什么意思吗?

什么意思?

为荣誉而战。

为荣誉而战，秦冲沉吟了一下说，老鲍，你这名字……

不是老鲍，是鲍里斯。鲍里斯坚持道。

秦冲笑了，说好，鲍里斯，你这名字很军人，真不错。见鲍里斯高兴地咧开了嘴巴，又不无醋意地点着鲍里斯的肩章说，为荣誉而战，鲍里斯，你下一步该升准将了吧?

不，鲍里斯说，这是我最后一次参加军事演习了，演习回去之后，我们部队就撤编了。

秦冲一愣，那你要离开部队了?

鲍里斯说，是的。

部队知道吗? 秦冲问。

已经宣布过命令了。鲍里斯说。

你们是在宣布命令之后来参加演习的? 秦冲问。

是的，鲍里斯说，因为是最后一次，所以大家都很努力。秦，鲍里斯问，我们部队的表现可以吗?

当然，秦冲充满敬意地对鲍里斯说，不是可以，是很好，是非常非常的好。

谢谢，秦! 鲍里斯高兴地说，可你还没回答我，我是不是好军人?

你是好军人，鲍里斯，秦冲毫不迟疑地回答，从前到现在，都是!

小树林里凉风习习，果然清爽得很，秦冲觉得好受多了。两人坐在草地上，举起瓶子狠狠地撞了一下，咕咚咕咚地一口气连喝了好几口。

鲍里斯，秦冲问，你去车臣了?

两年，鲍里斯竖起两个指头说，在车臣打了两年仗。

我真羡慕你，秦冲说，当了这么多年兵，我还没上过战场呢。

鲍里斯看着秦冲说，秦，没上战场之前我也像你这样想。

秦冲有些意外地看了鲍里斯一眼，问，那现在呢？现在你怎么想？

现在？鲍里斯迟疑着把目光转向一边，忽然又狡黠地笑了，现在我想，应该让你去上战场。

秦冲审视着鲍里斯说，鲍里斯，你没说实话。

鲍里斯拍了拍秦冲的肩膀说，秦，说实话你是好军人，你们是好军队，上战场，鲍里斯做了个坚决的手势说，没问题。

秦冲笑了笑，默默地用酒瓶子撞了一下鲍里斯的酒瓶子，两个人一起仰头对着瓶嘴又喝了几口。

小树林里看不到月亮，但有月光。月光被切成碎末洒在地上，洒出了满目的斑驳，眼前的一切就显得不那么清晰了。秦冲和鲍里斯抬眼向远处望去，远处天空中飘扬着的两国国旗，在月夜里却显得分外清晰。

秦，鲍里斯指着那两面一高一低的国旗问，这是为什么？

怎么说呢？秦冲想了想说，这么说吧，我在土耳其接受训练时有个体会，两个军队就像两个完全不同的家庭，各家有各家的生活方式，习惯了就只觉得自己的好，就算发觉了人家的好，也不会轻易就学，因为不习惯，还因为没有积累一时学不来。你能明白我说的意思吗？

不，鲍里斯，说，我不明白。

原来我也不明白，秦冲说，后来到了土耳其才深有体会，等到学习回来以后，我想把从外面学到的东西移植到我们军队时，这种体会就更加深刻了。

鲍里斯说，我明白了，就是我们的腰带好，你们的腰带也好，但不可以换？

秦冲大笑，说，胡扯，这哪跟哪呀？腰带有什么不能换的？

鲍里斯立刻跳将起来，大叫了一声，好，那我和你换腰带。

换就换，秦冲也跳了起来。其实秦冲一直希望能得到一条俄罗斯陆军腰带，只是没有机会。在边防当连长时他得在战士面前绷着，离开边防后就再没这种可能性了。现在鲍里斯主动送上门了，他心里正巴不得呢。

秦冲抽下自己的腰带在手里掂了一下，腰带很打手，皮质厚实，卡头漂亮。要离手了，秦冲才发现这腰带真的很好，难怪俄罗斯兵红着眼到处寻摸着换呢。可自己为什么一直没觉出好呢？是因为自己的东西不新鲜，整天系在腰上没感觉，就把好给忽略掉了吗？

秦冲接过鲍里斯的腰带仔细地端详着。没错，正是他喜欢的那种俄罗斯陆军腰带，纯铜的卡头上面并排有两个钉，棕黄色的皮带条上也相应地打了两排孔，整条皮带都用明线扎出了规则的菱形图案。往腰上扎的时候，秦冲才觉出有些不方便，两个钉眼不是一下就能找准，皮质也显得过于粗硬了些。但这腰带系在身上真的很妥帖，很紧实，很有束缚感。

换完腰带，两人笑看着对方。

干了怎么样？秦冲举着酒瓶子问。

没问题！鲍里斯也举起酒瓶子回答。

为什么干呢？秦冲问。

为了……鲍里斯在腰上拍了拍说，为了腰带。

对，秦冲说，就为了腰带。

两个瓶子重重地撞在一起，撞出了一声清脆的响声。一仰头，两人把瓶里的酒全干了。

痛快，秦冲说，鲍里斯，我那还有两瓶好酒，明天给你带上，回去……话音未落，就见鲍里斯站不住脚地开始往下出溜。秦冲赶紧伸手去拉，一把没拉住，竟和鲍里斯一起摔倒在地上了。

醉中的鲍里斯把秦冲抓得很紧，他们像当年打架似的在地上打起了滚，秦冲好不容易才把压在身上的鲍里斯掀掉，两个人就那样摊手摊脚地并排躺在了草地上。

斑驳的月光从林间洒落下来，迷彩一样涂满了他们的全身。

借着月光，秦冲惊讶地发现，自己的胳膊平整光滑，神经性皮炎竟奇迹般地好了……

《西南军事文学》2012年2期

归来

王祥夫

怎么说呢，今年的杏花开过后，忽然又下了一场雪，雪下得很大，但化得也很快，才半天，地上的雪就全没了，村里村外，是到处一片泥泞，又起了雾，远远近近一片模糊，走近了，要喊，才会知道对方是个谁。人们这几天都很忙，忙着种葱的事。吴婆婆家的人是该回来的都从外边匆匆忙忙赶回来了，吴婆婆再也下不了地了，谁让地那么滑，吴婆婆滑了一跤就去了。这种事情，家里人即使离得再远也是要往回赶的。在乡下，娶媳妇和死人是最大的事，还有什么事能比这个大？吴婆婆的小儿子，也终于带着他在外边娶的四川媳妇赶回来了，都已经三年了，婆婆的小儿子总说是等过年的时候一定回来把媳妇带给婆婆看，但他总是忙，孩子不觉已经一岁了，两岁了，现在都已经三岁了，婆婆忽然一下子就不在了。现在好了，婆婆的小儿子三小带着媳妇和已经三岁了的孩子从外边赶回来了。他一回来，先是去了村南那个家，路上都是泥，很滑，他是跌跌撞撞，他的媳妇因为抱着孩子，就更加跌跌撞撞。村南那个家没人，三小和他媳妇抱着孩子又去了村西那个老屋，老屋顶上堆的那几垛草都黑了，像是一顶烂帽壳子，一见老屋，三小的眼泪一下子就下来了。三小的媳妇从来都没见三小这样过，在外边再难再苦也没见他这样过。她连声说："三小，三小，三小。"三小是连走带跑，几步就抢进了院子，那口棺材已经彩画过了，上边是既有荷花也有牡丹，就停在院子正当中的棚子下，棺材前边的供桌上也是花花绿绿，一盘子馒头，一盘子梨，还有一盘香烟，婆婆抽烟吗？婆婆哪会抽烟。但人客来了是要抽的，点支烟，上支香，磕个头，就算是和吴婆婆道别了，是永远的道别。三小从外边进来了，一只胳膊朝前伸着，往前抢着跑，像是要够什么东西，但那东西他是永远也够不着了，他跪下，往棺材那边爬。屋里忙事的人猛地听到有人从外边闯了进来喊了一声"妈——"接着就是"呜——"的一声，是三小？屋里的人马上都白花花地跑了出来，可不是三小，还有，那是个谁？能不是三小的四川媳妇？三小的四川媳妇，瘦瘦的，而且黑，抱着儿子，跟在三小后边，人们便都明白她是谁了。"三小，三小。"有人在喊三小，是三小的大嫂，这几年老了也胖了。她这时把早已经给三小准备好的孝服孝帽拿了出来，三小和三小媳妇还有三小的儿子马上穿了起来，穿好孝服，三个人又都齐齐跪下，地下铺的是草秸，院里又马上腾起一片哭声。三小的儿子呢，也就是婆婆最小的孙子，却不哭，也不跪，东望望，西望望，把一个手指含在嘴里。这时婆婆的大儿子出现了，把小弟从地上拉起来。怎么说呢，这么一拉，三小就又大哭了起来，顿着脚。棺材刚刚油漆过，还有些粘手。三小的大哥又拉三小，要三小进屋，却忍不住"呀"了一声。三小回转身来，用另一只手紧紧攀住了他哥。三小的大哥脸色一下子就变了："啊呀，三小？"停停，声音颤得更加厉害：

"你这条胳膊呢？啊，这条胳膊呢？啊，三小？"

因为有雾，天很快就黑了下来。灯在雾里一点一点黄了起来，有人从外边进来了，又有人从外边进来了。有人从屋里出去了，又有人从屋里出去了。有人又来商量唱戏的事，但这事早就定下来了，这人喝过茶，便客客气气告辞了。最忙的是厨房那边，几个临时过来帮忙的亲戚和邻居都在那里洗的洗涮的涮。厨房和紧贴厨房那间屋的地上都是大盆子小盆子，有的盆子里是潲水，有的盆子里是要洗的菜。乡下人过日子，是，这一天和那一天一样；是，这一个月和那个月也一样；是，这一年和任何哪一年也没什么两样。但是现在不一样了，吴婆婆没了，像吴婆婆这样的老婆婆，只有在她没了的时候人们才会想到她曾经的存在，想到她平时怎么说话，想到她上次还拿出几个干桂圆给人们吃，说是三小从外边捎回来的。吴婆婆的侄子也来了，这几年是更加的少言寡语，人长得虽很俊，但就是没什么话，因为长年做木匠活，手粗不说，背也有些驼，不是驼，是总朝前弯着那么一点。他是上午来的，来送祭馍，现在不时

归来

兴送馍了，送来的是十二个很大的面包，面包红彤彤的，已经摆在了那里，还有五碗菜，都是素菜，这地方的讲究，人一死，就只能吃素了。吴婆婆的侄子来了，代表娘家人，礼数到了，这也是最后一送。这个侄子是吴婆婆一手拉扯大的，他放下送来的馍就蹲到棺材后边去了，点了一支烟，没人能看到他的脸上都是泪。按规矩他要在姑姑这里住到姑姑出殡，但他心里还惦着明天往地里送葱苗的事。他蹲在那里抽烟，他看到了院墙下边的那头羊，是准备"领牲"用的，被人用绳子绊了腿，此刻正在那里吃地上的草秸，不是吃草秸，是嘴头子一动一动在找散落在草秸里的豆子。吴婆婆的侄子这时想的倒是他的父亲，死了许多年了，在地里打烟叶，一下子就倒下了，直到吴婆婆去世，人们都不敢把这消息告诉吴婆婆。这下好了，吴婆婆的侄子在心里说，就让姑姑和父亲在地下相见吧，说不定，他们此刻已经见了面，正拉着手，说着多年不见互相想念的话。吴婆婆的侄子要哭出声了，鼻子酸，但他怕自己哭出声，他用拇指和食指一下一下抹眼角的泪。这时有人在喊："连成，连成。"他应了一声，眼泪就更多了，他把一只手捂在脸上。在心里，埋怨自己，上次来送红薯，怎么就没和姑姑多待一会儿，多说一会儿话？为什么自己总是忙？他朝棺材那边看了一眼，这时有人一迈一迈，过来了，"咯吱咯吱"，踩着地上的草秸，这地方的规矩，孝子到了晚上都要睡在棺材四周的草秸上。

"连成，就等你了。"是大小，三小的大哥。

三小的二哥呢，是个哑子。"呀呀呀，呀呀呀。"他只会"呀呀呀"，所以背后人们都叫他鸭子。

"鸭子哪去了？"有时候家里人也这么说。

"鸭子鸭子！"有时候吴婆婆也会这么叫，但鸭子听不到，小时候生病发烧把耳朵给烧坏了。

堂屋里的晚饭已经摆上了，热菜热饭腾起的气团团地都在灯泡周围，因为办事，屋里特意换了大灯泡，白刺刺地悬在头上。无论出什么事，人们总是要吃饭。因为三小，这顿饭特意多加了一个肉菜，照例是炖肉。乡下办事，自家的三顿，不过是豆腐粉条白菜，如果来了人客，或再加一点点肉，肉都是早就炖好的，无论做什么菜，舀一勺子搅到菜里就是。连成比三小大一岁，小时候一起玩大。他们都坐下来，挨着，这样的晚饭，多说也不是，笑也不是，哭也不是，但因为有酒，人们的话才慢慢多起来。端碗拿筷子前，先是，三小站起来，把放在自己面前的那碗炖肉用一只手端起来放在大小的跟前，紧接着是大小亦站起来，把那碗肉又端起来往弟弟三小这边放过去，这便是乡下的礼。然后一家人才开始动筷子吃饭。虽是一家人，也是先连喝三杯，然后是三小敬大哥大嫂，然后是，大哥大嫂再敬过三小。三小是用一只手拿起瓶子倒酒，然后放下酒瓶再用这只手端起酒杯敬酒，一只手来一只手去，让人看着很难过，三小把能喝酒的家人一一敬过，也敬过哑子二小，然后坐下吃菜。哑子二小只盯着三小看，忽然"呀呀呀"地叫起来，被大小用手势打住。但哑子二小还是用手指着自己的胳膊"呀呀呀"地喊，一桌的人都明白，哑子是在说三小的胳膊，大小又把他喊住，用手势告诉他别喊，"吃饭！"连成也是喝了酒，忽然，在旁边，抬起手，摸了一下三小的空袖筒："三小，三小，三小。"想说什么，却又不说话了。"你那一份妈还给你留着呢。"三小的大哥忙又在一旁说，是接着刚才的话说，吴婆婆自己养的猪，去年杀了，给儿子闺女每人一份。三小的那份吴婆婆都用盐和八角揉好吊在那里，现在还挂在灶头上，红彤彤的。三小的大哥说完这话就不知再说什么，筷子在盘里夹了一下，却什么也没夹，收回来，却又去端酒杯。一家人，忽然团团坐在一起，有说不完的话，但忽然，又会找不出一句话要说。三小只是话少，人们都小心翼翼着三小胳膊的事，一条胳膊，怎么会忽然就不见了？发生了什么事？三小受了多大的苦？怎么回事？谁都想知道，但谁都不敢问。忽然又说起种葱的事，今年春天的大葱贵得不得了。村里许多人家都准备多种些，但又怕到了秋天没人下来收。"这几天城里五块钱也只买三根大葱。"三小的大哥又有话了，他拿烟来比葱，"葱比烟都贵！"三小的大嫂把话接过来，说："这几天村里人都去我娘家那边接小葱去了。"三小的大嫂是山东那边的人。"种葱其实是个苦事，要不停地拢，不停地拢，拢到后来地里的葱要比人还高，不这样哪有好葱白？"三小的大嫂接着说，说到后来不用再拢的时候还可以在葱垄里再种一茬小白菜，到时候，葱和小白菜一起出地头，因为有葱，小白菜又会不长虫子。这话，其实人人都知道，三小的大嫂这是没话找话。

"去，看看香完了没有？"三小的大哥对三小大嫂说。

三小已经站起身，一迈腿，跨过凳子，抢先出去。

人们都略静一静，外边草秸"咯吱咯吱"响。

三小的大哥忽然放低了声音，趁三小出去，他想问问三小胳膊的事。

"三小怎么这么大的事也不告诉家里？"

三小的媳妇忽然低了头，用指甲抠桌上的饭粒，饭粒抠了放嘴里。"温州人。"三小媳妇说那个厂是温州人开的，做胶鞋的，刚刚开起，他也没多少钱，三小出事只给了八千块钱。三小媳妇又停停，说："三小他咋能回来？咋也不能回来。"三小媳妇的声音很低，厨房里的人都过来围拢了听，三小媳妇又不说了，停片刻，又说："三小他咋能回来，钱也没了，胳膊也没了，什么都没了。"又说："那温州小张人其实挺好，他也没办法，他也没钱。"三小的媳妇忽然笑了一下，笑得很苦，嚼了一口菜，把菜再喂到孩子嘴里，说三小现在还在那厂里，给人家看门，还养了一只羊，是奶羊，给孩子挤奶吃。又说，还在房后开了一小片地，种菜，给自己吃，现在，有菜吃了。三小媳妇不再说话，旁边的人，不知谁轻轻"唉"了一声，白刺刺的灯下，一张张脸都很白很紧。三小的大哥把自己筷子伸过去，有些抖，他夹菜，夹准了，筷子没收回来，却送到三小媳妇的碗里。三小大嫂也跟着夹菜了，夹一块肉，也没收回来，也送在三小媳妇的碗里，又夹一筷子，想想，放在三小的碗里，然后放下筷子出去了："三小，三小，进来吃饭。"三小大嫂的声音从外边传了进来，声音只是颤，只隔片刻，三小大嫂的声音忽然变成了哭声。这时候哭，没人会有什么意见，但人们知道她此刻在哭什么，她进这屋的时候，三小才三岁。有时候下地，她后边背着三小，前边抱着自己的儿子，也就是三小的侄子。三小的侄子也大了，长得英挺漂亮，去年秋天刚刚办过事，媳妇肚子里已经有了。因为怀孕，又属蛇，所以她不能过来，三小的侄子现在在厨下，这几天饭菜全靠他，他学厨子已经有一年多了。师傅说他那么高的个子学厨子是活受罪，整天哈着个腰，上灶的活儿个儿不能太高。"活在这个世上就没有不受罪的。"三小的这个侄子说。三小的侄子从小和三小一起玩大，三年不见，见了却没话，叫一声"小叔"，把一盒留着总舍不得抽的好烟递过来。

外边，三小的大嫂住了哭，对三小说："进屋吧，香还得一阵子。"她要三小进屋，自己却忽然又哭起来。想说什么，却再也说不出来，在她心里，三小简直就和自己儿子一样。三小虽叫三小，但要是吴婆婆生在三小前边的那几个孩子没死，三小应该是七小或八小。三小的大哥比三小整整大出十六岁。

哑子二小，这时候从屋里"呀呀呀"地出来了，他过来，一手把住三小的那只空袖筒，急切地叫起来。从记事起，三小就没见哑子二小哭过，急了就是叫，再急了就是一头一脸的汗。哑子二小现在是一头一脸的汗，"呀呀呀呀、呀呀呀呀……"

吴婆婆七十二了，生日是端午节那天，现在呢，却是清明还没到，端午节还远，但按阳历算，说七十二也对。七十二在村里是个好岁数，算得上是喜丧。所以要唱戏，现在村里的日子也好了，死人的排场也就是活人的排场。坟地那边该做的已经都做了，好在政府现在管的不是那么严了。地里，油菜花已经开得黄黄的一片，下过那一场雪，油菜花像是开得更满了，春天的花开得满秋天的菜籽就结得好。出殡的日子也都看好了。"二宅"原先定的日子是要在家里停十四天。村长王宝地不高兴了，取出一支烟递给"二宅"，"你怎么连这都不明白了？谁现在不是地里家里一大堆事！""二宅"是本村的，明白村长王宝地的意思，便再看，这回看好了，吴婆婆在家里停七天即可，第八天出殡，"二宅"说"八"就是"发"。

"吴婆婆出殡占个八字，后人一定好发。"

"妈的！"村长王宝地说，"你这张嘴，对不对吧，你这样说也好听！"

王宝地这几天有事没事总要过来一下，村长王宝地是大小的同学，现在村里办什么事都要他说话。三小的大哥大小对村长说："领牲你来吧。"村长王宝地马上说："天光日月星，我算哪一颗？"王宝地的意思是，主持"领牲"这种事还是要村里岁数最大的来做，"也不走样"。村长说现在做什么事别说做好做赖，不走样就是好。这地方的乡俗，出殡的前一天要"领牲"，领过牲，那头羊宰割了，白事也就到了高潮，也就要结束了，是个交代。

"那就麻烦王伯。"大小说。

王伯是村长王宝地的父亲，事情就这样定下。虽然王宝地的父亲不是村里辈分最大的，也说得过去。村长说："我父亲在村里辈分不低，也不是为你那一份头蹄。"大小说："咱弟兄一场你说什么？"大小和王宝地说话的时候，那只羊，还在那里吃，它是不停地吃，只要地上有，它就吃。羊和猪，来到这世上，像是只知道吃，把自己吃肥，吃得浑身都是肉，像是在那里说，来啊，来啊，来把我杀了吃我的肉。王宝地忽然笑了一下，对大小说："世事难得公平，挨这一刀的都是公货，还不知道配过没配过？"大小低声说："瞎说，哪头公羊不是早早给阉过，还不都是不公不母。"大小说话的时候，那只羊歪了头朝这边看，猛然打了个嚏喷，又打了一个，声音很响。王宝地憋住，看定了大小，这不是笑的时候。大小却笑了一下，也看着那只羊，它又开始吃，找地上的豆子。大小在心里想，这两天两夜，吃了那么多豆子也不知能长几两肉？

"哎，三小，"村长王宝地说，"要不是办这事，谁能知道三小胳膊的事？"

"三小可怜，都不知他现在拉过屎怎么系裤子。"大小说。

"四川媳妇不赖，就是黑。"村长王宝地说。

三小的媳妇这时候正在厨房帮着择菜，三小的大嫂抱着三小的儿子在叠元宝，叠好，再"浮浮浮浮"吹鼓。

"黑了我让我爸过来。"村长王宝地站起来，往外走，说什么事都是高了就要低，都这么种葱不对头，到秋天出不去还不抓瞎？王宝地这么说，但他也没办法，"到秋天麻烦更多。"院门口的香椿树上，那只鸟还在跳来跳去，可能是想做窝了。香椿芽已经顶出来了，笔头大，紫红娇艳，再过一夜，那香椿芽就会变成两笔头，到长到三笔头，人们就会把它们摘下来。春天里的万物是一天一个样一夜一个样。

"这场雪下得好。"村长王宝地说。

"没这场雪我妈也去不了。"大小说。

"都是命，怨不得雪。"村长王宝地说雪是好东西，又说刘国跨媳妇要生了，这一胎是小子。

天黑后，王伯打着手电过来了，按规矩，先坐下吃过饭，也不喝酒，然后厨房那边收拾了，便开始领牲。

吴婆婆的子女和该来的亲戚也都准备好了。大小去让儿子把院门关了，那只羊也给牵了进来，吴婆婆的晚辈子女都在堂屋地上跪下，白花花的一地。羊现在没的什么可吃了，站在白刺刺的灯下，猛然又打了个嚏喷，脖子上的那两个垂下来的肉铃铛这时候看去可真像是铃铛了。水壶和酒碗都拿过来放在了王伯身边，王伯坐下来，面对着羊，羊眼睛又大又亮，仔细看呢，却又让人想笑，羊的眼睛仁儿却是一条竖着的缝。王伯他要和羊说话，这时候和羊说话并不是和羊在说话，而是在和吴婆婆说话。所以一屋子的人心都收紧了，都只觉得吴婆婆已经站在那里了，白刺刺的灯下，一屋子的人都看着羊。王伯做这事也不是一次，知道该从什么地方说起，知道该怎么做。羊却是从来都没见过这种场面，一下子给拉到屋子里，羊的脾性就是稳重，要是猪，便会不安，便会"吱吱"乱叫，便会乱拱，而它是羊，就站在那里，看着满屋子白花花跪在那里的人，头顶上的灯从上边照下来。羊的两只眼睛里，那两条竖着的缝，真是有那么点好笑。但没人笑。王伯开始问了。问之前，吴婆婆的亲人对着这只羊把头磕过，人人都明白，此刻，这羊便是吴婆婆。

"坟地呢，"王伯对羊说，"你也看过了，你满意不？"

王伯这一问，人们就都看羊的反应，羊没动，没人把王伯的话翻译成羊们的话，羊当然不懂。

"材呢，厚也够，画得也好。"王伯又说，"牡丹西番莲，好着呢。"

羊站在那里不动。吴婆婆的家人都定定地看着羊。

"家里的事你就放心，戏也请下了，人们都来看了，都说好呢。"王伯说，"请的都是名角儿。"

羊这回动了，动了动后蹄子，像是要往后退，却朝前迈了一下。

"知道你爱看戏。"王伯说，"你是咱这村里最会看戏的人。"

羊又动了一下，这回是把头掉到了一边，正对着三小。

"你是在看三小呢？"王伯说，"三小远天远地地赶回来了，三小的媳妇也赶回来了，你是个福气人，你小孙子你也看到了，你高兴不?"王伯看定了羊，羊却又不动了。

"你娘家人也都来了，你也看到了，他们也都好，你就放心吧。"

羊呢，却又把头掉过去了，又朝着三小那边，三小嘴张大了，头往后仰，却又忍住，把嘴紧紧抿了。

"你又看三小呢? 三小可好呢，好着呢，钱也能挣下，日子也过得好，你就放心，三小媳妇也好。"

羊呢，忽然朝前走了一步，正对着三小。就差喊出"三小"这两个字来。

三小忽然又张大了嘴，这一下怕是三小要忍不住了，三小把脸伏在了地下。

"你想三小了吧，知道你想他呢，他是你最小的儿子你能不想，三小都好，你也看到了。"王伯继续说。

羊却又不动了，正对着伏在地上的三小。

"唉，"王伯叹了一声，"你就放心吧。"

羊这时猛然把头一甩打了个嚏喷，这个嚏喷一打，羊身子就跟上抖了一抖。

"好好好，你满意就好。"王伯说。

这时的三小，已经哭出了声。

王伯说: "你看看三小，三小也想你呢。"

三小的四川媳妇也是泪流满面。

"你看看三小媳妇，多好的媳妇，你满意了吧?"王伯说。

这时候，羊却开始了走动，好像是，又要找吃的东西了，地上跪的都是人，它也没多大可以走动的地方，它又走到三小的身边，又站住了。这就让人们又重新紧张起来，它开始在三小的身上闻，屋子里的人开始流泪。三小大嫂哭出了声。二小"呀呀"了两声。领牲的事，他不明白，别人也很难用手势告诉他。

"放心吧你就。"王伯说，"你放心吧你就。"王伯停停，又把刚才的话重复了一遍，"三小在外边好着呢，钱也能挣，身体也好，他媳妇也好，你孙子也好，房也买下了，电视冰箱都有，啥都不缺。到了秋里，三小还要在外边买房呢，你就放心吧。"王伯想想，又说，"你也都看到了，电冰箱，电视机，小汽车，样样都给你准备下了，你要什么也都有什么，你就放心吧。"王伯转转身子，把身边的水碗端起来，端平了，平到了羊头的上边，一屋子的人，此时声息全无，都定定地看着王伯手里的水碗，水从碗里浇了下来，羊惊了一下，猛然摇起头来。

"好啦，好啦，你满意高兴放心就好。"王伯说。

水浇到了羊的头上，羊把身子猛地抖过，领牲也就算完了。羊被牵了出去，屋子里的人才纷纷从地上起来，才开始小声说话，像是才一起又回到这个世界。"这种事准得很。"王伯对屋里人说，既然那羊已经被从屋里牵了出去，既然吴婆婆已经随着羊离开了，王伯说刚才你们也看到了，吴婆婆最不放心的就是三小，这回好了，她知道三小回来了。你看它看三小的样子？王伯说这种事准得很，刚才领牲，看那羊走的那几步，走一圈儿，把你们都看到，最舍不得的就是你们。

大小陪着王伯说话，把茶又换了一回，说趁王伯在，让好梅她们妯娌把我妈的箱底收拾了。

大小的媳妇叫好梅，按这地方的规矩，妯娌齐了，要看看箱里留下没留下值钱东西，当着老者，当着全家，把东西都收拾过，谁也没有闲话。

吴婆婆的那屋里，一进屋靠左手是两个黄漆漆的衣箱，衣箱很老了，都裂了，糊着纸条。衣箱上放着梳妆用的镜子，是吴婆婆当年的陪嫁，梳妆镜旁边是一个毛主席的瓷像，瓷像裂了，用纸又糊好，擦来擦去，瓷是白的纸是黑的，是黑白分明，瓷像旁边又是一个佛像，是什么佛呢，谁也说不清，吴婆婆嫌烧香供佛浪费钱也从不供它。靠进门北边的地上是一架缝纫机，蝴蝶牌的，早就不能用了，蒙着一块花布，上边是一个盆子，盆子里是豆子，缝纫机虽早就不能用了，但吴婆婆一直把它放在那里。正对着门的那地方呢，是个黄油漆的立柜，是大小他们的舅舅也就是连成的父亲的手艺。是乡下木匠的手艺，样子虽笨却厚气，厚墩墩的，柜上的镜子早就什么也看不清了，但还是擦拭得干干净净，立柜上是两个柳条笸箩。靠着立柜，便是吴婆婆的那张床，床靠着窗子，原来这地方是没床的，是一条炕，炕什么时候拆的呢？是大小娶媳时候拆的，那时候时兴床，大小就非要把炕拆了睡床，那床亦是大小他们舅舅的手艺，两个人睡在床上，一点点声响都不会有。吴婆婆本来不喜欢床，但既是弟弟做的，大小他们后来盖了新房搬走，吴婆婆便又睡了这张床。大小的儿子有一阵子和奶奶睡这张床，大小的儿子睡床头，电灯绳扯过来拴在床头上，他那时看《瓦岗寨》《说岳全传》入迷，一看就看到半夜，婆婆会说，"再不睡，小心把脑子看坏了"。有时候看书看得睡着了，又要吴婆婆去把灯关掉，吴婆婆又会把被子给孙子从上到下掖一遍，被子小人大，吴婆婆会在孙子的脚下再加张旧褥子。孙子蒙蒙眬眬中不要，两只脚，蹬蹬蹬，蹬蹬蹬。吴婆婆说，"小时你脚这么小，我一把握得住，你现在大了。"大小的儿子，也就是吴婆婆的孙子，闭着眼，人却已醒了，这话让他的眼睛一热。

　　人去了，屋里便静了，一世界都像是静了。大小的媳妇领着二小和三小的媳妇把吴婆婆的屋子收拾了一遍，把箱子开了。箱子里塞得满满的，旧衣服，纸盒子，一本书，书里夹着照片。再一个盒子，盒子里是衣服扣子或是一纸片暗扣。一个包，又一个包，小孩子的衣服，大小穿过二小再穿、三小又穿的旧衣服，吴婆婆的媳妇们不知道吴婆婆留着这些旧衣服做什么？再有，旧鞋子，大小他们父亲的旧鞋子，家做的，穿旧的，而又洗干净的，压在箱子底。另一个箱子里有许多个纸包，打开包，一阵霉气冲起来，是种子，烟叶的种子，还有别的什么的种子，这个豆种，那个豆种，不知什么时候放在箱里，有了虫了，连包种子的纸包都给虫子咬了洞，再一个盒子，里边都是线，红线绿线黑线蓝线，一轴一轴，一团一团，还有针，插在线团上，这些东西吴婆婆多年不用了。还有那个顶针，还有那个铜把子锥子，都在这里了。再翻，居然还有鞋样子，纸的，鞋面和鞋底子，夹在一本书里，不是一个，是许多鞋样子，有大小的，也有二小的，还有三小的，当然，谁也分不清了，只有吴婆婆自己能分清。大小的媳妇眼红了，想哭一声，却突然叫了起来，一个包，被翻了出来，用吴婆婆的旧头巾包着，那头巾是烟色的，大小的媳妇还记着当年吴婆婆包着这个头巾的样子，这个头巾包被打开了，妯娌三个同时都"呀"了一声，包里是钱。妯娌三个，一时眼睛都是亮的。三小的大嫂是有主意的，她们待在里边不动，请王伯马上进来，还有大小二小三小，要他们都进来。因为收拾吴婆婆的箱底，屋里的灯也换过了，白刺刺的，角角落落都亮。

王伯和吴婆婆的儿子们都进到里屋来，其他人不许进来。

"王伯来数。"大小说，声音有些抖。

王伯亦有些激动，屏着声气，把钱在白刺刺的灯下数过。

屋里的人就更激动，你看我，我看你，谁也想不到，吴婆婆省吃俭用，会攒下一万五千八百块的钱在这里。大小的媳妇先哭出来。想起吴婆婆常年就饭的那碟子盐豆，吴婆婆只说是吃斋，是从不吃肉，但儿子孙子们碗里的剩饭，即使是荤菜，吴婆婆也会打扫得干干净净。她原是吃荤的，为了生活，吴婆婆原是入过一个乡里的民间教门，这个教门只教人吃素，当年日子过得艰苦的人，差不多都入了这个教，只为了不吃荤，吃菜毕竟省钱。现在日子好了，信这个教门的人也就少了。吴婆婆信这个教，吴婆婆的弟弟也就是三小他们的舅舅也信这个教，他们吃饭，最好的菜也就是菜里加个豆腐，或鸡蛋。这个教门在乡下就叫"不吃肉教"。白刺刺的灯下，算王伯也在里边，心里都难受。乡下的人都明白，吴婆婆这些钱都是从嘴里抠出来的。

三小的大嫂先哭了出来。

"看你。"大小说。

三小的大嫂便止了哭。

三小的大哥大小说："趁王伯在给咱们做个主，这钱咋办？"

这便是吴婆婆最后这场事的最后一件事，外边的戏还在唱着，但声音一下子像是变远了，远在了天边。

办完吴婆婆的事，院子门口那株香椿树上的叶子都张开了，因为今年没人去摘它，那只鸟的窝也有样子了。三小说什么都要走，也终于带着他的四川媳妇和儿子走了，三小和媳妇惦着那边的羊和菜地。家里人虽不愿三小走，但心里也好受了一些。吴婆婆留下的那些钱，大小一家同意，二小一家也同意，全都给了三小。三小走了，坐了天天来一趟的那个永远是灰土土的中巴，泥里雾里，一点一点开远了。直到吴婆婆过了七七，这天中午，哑子二小突然在家里"呀呀呀呀、呀呀呀呀"叫了起来，连带着他那个哑子媳妇也在叫。隔壁大小以为发生了什么事。急忙忙地过来。哑子二小手里拿着那个包儿，是吴婆婆的那个头巾包，大小记起了那天晚上三小说的那句话："可怜我二哥是个哑子，老来老去比我都可怜。"

大小没说什么，打着手势要哑子二小把钱赶快放起来，放在谁也看不到的地方。

"放好放好！"大小打着手势，"放在谁也看不到的地方。"

然后，大小去打香椿了，香椿芽虽然长开了，城里人还是喜欢吃。三小的大嫂是个厚道人，什么也没说，把大小打下来的香椿，一小捆一小捆扎好。他们合计好了，明天要进趟城，再买些菜籽。

《天下》2012年2期

往生

蔡 东

一

老头的躯体，康莲越来越熟悉了，此刻已不再慌乱，也没有了羞耻。她低下头，尿臊味喷了她一头脸，热扑扑的。裤裆晾开了，老头惬意地扭动身体。她虎起脸喊着别动，刺啦一声把纸尿裤扯下来。

用消毒液洗完手，她来到厨房烧饭。天色渐渐昏暗下来，出差的丈夫正往家赶。平时要等天黑透了才开灯，今天却开得早。家里的灯光是暖烘烘的蜜黄色，想到他下了车，朝着家越走越近，就能看见厨房柔和的光晕，还有她映在玻璃上的身影，她的忙碌便有了几分诗情画意。

将她带回现实的是老头，他四天没解大手了。盆里泡着芹菜和萝卜，一把水绿，一滚雪白，散发出蔬菜特有的清冽芳香。对老头来说它们绝非美味，他只喜欢吃炖烂的肥肉。

傍晚七点多，刘向群推门而入，手里拖着黑色拉杆箱。老头凛然一惊，快步走到厨房，攥住康莲的手臂，说："看看去，进来人了。"她挣脱开，说："别怕，出去等着吧。"

饭菜陆续上桌，除了炒菜，还有一碟油炸花生米、一碟凉拌豆腐皮，分量不大，是情调，也是心思。刘向群心领神会，倒上酒刚想啜一口，发现老头正用防范的眼神盯着他。老头脸上满是狐疑，还有努力压制的愤怒：突然闯入的男人不但换上拖鞋，还坐在沙发的正当中，大大咧咧地打开电视。

刘向群觉得很败兴，说："才几天呢，又不认识我了。"他大声问老头："你认识我吗？"老头惶惑地摇摇头。

女人指着刘向群，对老头说："他不是外人，他是你儿子。"

老头脸色大变像突地意识到什么，沉默一会儿，调整一下坐姿，故作轻松地说："嘻，是你啊，我认得，你是我儿子。"

康莲别过头去，心里一阵怅然，这两年，老头除了心虚害怕，还剩下什么？老头甚至偷偷给她塞过钱，一百两百的，好像给点钱他就不招人厌了。他其实完全不记得刘向群，他在紧张地背诵，逼迫自己记牢，以免这个据称是他儿子的男人气急败坏。刘向群嘴角牵出一丝笑容，不予深究也不忍深究。他是老头付出过最多关爱的长子，也是老头最先遗忘的人，忘得如此彻底，抹得那么干净，仿佛从未存在过。

清晨六点钟，刘向群准时起床。几片白菜拿油一滑，加两碗水，再下一捆面条，水滚开时，磕开鸡蛋顺着锅边溜下去，一转眼，漂亮的荷包蛋浮起来。这碗炝锅面连吃带喝，能让胃变得暖暖的，能让他心情愉悦地去工作。他供职的化纤集团发展得正红火，每天早晨，集团全体员工右手举拳，迎着朝阳朗读《羊皮卷》，声音洪亮，气势豪迈。随后，大喇叭传出《命运交响曲》，命运来敲门，一串慷慨刚健的响音，一天的工作热血沸腾地开始了。对康莲来说，迎来新的一天，亦迎来旧的生活。无非是忙活吃喝拉撒，间中，充满死水般的静寂，似有一股淡淡的霉味弥漫在空气里。

家里有个长期卧病的老人，这样的生活，让人想起来就万念俱灰。

下午，刘向群打电话过来，说今晚要陪客户。女人不表态，电话那边威胁起来，说完不成销售任务，年底可拿不到奖金。他刚要挂断，女人说："老头不拉，接上便盆也没用，可是好几天了。"刘向群哼哧半天，备受煎熬地长叹一声，说："好，好，我让别人去接待。"

晚饭时，老头的筷子在盘子里扒拉来扒拉去，没找到肉。他偷眼看对面的女人，女人低着头，腮帮一动一动的。他忽然委屈地喊："娘，没肉！"

康莲呛住了。刘向群站起来，一顿发作："还吃肉，你要多吃蔬菜！"他担心生意谈不拢，心里横着气呢。老头只好勉力吞咽，形同嚼蜡。

好不容易，康莲缓过神儿来，轻声道："还能活几年呢，吃肉就吃肉吧，我给他买了开塞露。"

老头的裤子褪下来，暴露在空气中的屁股羞愤地收缩，腿肚子上的肉哆哆嗦嗦的。男人把顶端挤进去，老头拖着长音喊："凉哎，凉哎。"女人摁住他挣扎的身体。

半小时过去了，坐在排便椅上的老头毫无动静。瓶中消失的液体已抵达体内，却神秘地失去效果。刘向群撩开老头的上衣，见他小腹鼓起一个个苹果大的疙瘩，两人对视一眼，女人提议："抠吧，不能再拖了。"

刘向群戴上口罩和一次性手套，几番深深浅浅地试探，数次改变手法，一颗一颗地抠出石头般黑硬干燥的粪球，臭气直顶脑袋。康莲适时地注入润滑液，接连刺激下，老头忽地哎哟一声，猫腰就往下蹲。

这晚，刘向群反复洗手，不停搓开五指，对妻子说："你闻闻，怎么洗也没用，胰子搓了好几遍还有味儿。"康莲心事重重地倚在床头，今天，老头叫了一声"娘"，那一刻，她蓦地意识到，我老了，但我又要当妈了。

日子规律得近乎刻板。下午四点钟是例行散步时间，康莲带公公来到小广场。广场上聚集着一撮撮妇女，她们退了休，生活经验又丰富，以桑榆之年而复得儿女的重用，彼此一打眼，即咂摸出近似的悲欢，分外亲切。她们穿着俗丽的花裤子，身形肥大臃肿，谈吐中也沾染了柴米油盐的恶气，数落儿媳的劣迹，奔走相告哪里出了一种旷世神药，哪里又有治疗仪可免费试用。

正是在粗鄙的广场上，康莲遇上了一个神秘而又梦幻的词语，那词语耐人咀嚼，越琢磨越有味道，散发出一股安顿身心的奇异力量，当她情绪低落时，那词语便带着灵性般翩然而至。

康莲对广场的最初记忆并不愉快。那天，她带着公公来到广场，人们饶有兴味地打量着他俩，也有人眼拙嘴快，说："看这老两口儿，日子过得可真自在。"康莲瞪大了眼，咬着牙说："哪能呢，他是我公公。"

公公85岁，儿媳61岁，他们都是老人的现状模糊了他们其实是两辈人的事实。这样的时刻，尴尬而伤感，她已老成这个样子，竟还当成一个壮劳力使唤。老太太们随即问道："你男人呢？还没退吗？"

广场散发着浓烈的市井气和尘土味，家家的烦心事，正好凑在一起说道说道。显然，妇女们在很有经验地引导，康莲却含糊其词，眼睛虚虚地望向远处，不愿再往下谈。有什么好说的，刘向群原本是国营毛纺厂的经营科长，可惜两千人的大厂说倒就倒了，不然，他也在家领退休金呢，何必老着一张脸去私企当临时工。

两人经常在健身器材旁遇见老李。老李七十出头，早年在公社里做过老头的小跟班，为人活络机变，后来攀上了高枝儿。常人眼里他无比幸运，中年时占过肥缺，年老了拥有健康。起初，老李热情地打招呼："老刘，我是李汉庭。"老头冥思苦想一番，讪笑着回应："记得，是熟人。"老李笑而不语，看老上级的目光里多了几丝怜悯：这老头，活了一辈子，把自己活没了，活丢了。老李保持着退休干部的风度和修养，从来不说老年痴呆，而是讳称为阿尔茨海默氏症。

李汉庭深谙养生之道，在广场上甩手、倒走、撞树，令痴迷延寿的人们纷纷效仿。老头则一边溜达，一边捡起玻璃瓶、塑料袋、烂绳子、脏兮兮的玩偶，揣在怀里，如获奇珍异宝。

临上楼时，康莲勒令他把垃圾丢掉，他不肯，身体紧绷，倔强地摇头。他有一张苍老的脸孔，一颗叛逆的少年心。僵持片刻，康莲让步，说不能全留下。他思索片刻，留下的，总是毛绒猴子、玩具熊、布娃娃之类。

二

过日子需要盼头，对康莲来说，五月份就是盼头。五月中旬，小叔子刘向前会把老头接走。自老头失伴，兄弟俩亦从俗，轮流奉养。

下午，她帮老头收拾行装，用包袱皮儿把衣物包好。老头嗅到了些气味，忽地从床下拖出一个纸箱子，箱子里盛满他捡回来的玩偶。康莲跟他商量："箱子别拿了，十月份还回来。"老头问："还回来？"康莲点点头。

刘向前坐在沙发上拼命抖腿，抖腿的毛病他这辈子是改不掉了。数月未见，康莲脸上只淡淡的。疏离也非一天两天，根子在婆婆那儿。婆婆是老太后般的女人，酷爱指挥、独掌财权而偏爱幺儿，明里暗里小叔子沾了不少光。婆婆离世后，一分家，两边的女人生出龃龉，心中各怀不忿，表面和气罢了。最令康莲窝火的是，办完丧事不久，婆婆那块温润的白玉就挂上妯娌的脖颈，而婆婆的金耳环则闪耀在妯娌母亲的耳垂上。

老头怯怯地对康莲说："姐，姐姐，我走了。"康莲眼窝一热，又嘱咐小叔子两句："抠的时候用巧劲儿，抠破了容易发炎。"刘向前边下楼边挥手："嫂子年纪大了就是絮叨，放心吧，我给他买果导片。"康莲愣了一下，急忙喊道："果导片不能多吃，肠胃受不了。"脚步声已消失，只剩下她话音的回声。康莲走上阳台，见刘氏父子一前一后地走，老头佝偻着身子跟在儿子身后。老头突地停住，转头往上看，康莲几乎要叫出声来，她捂住嘴赶紧蹲下了。

走了也好。她毕竟六十多岁了，本身就需要照顾而不是照顾别人。她血压不稳定，忽上忽下。最亲的几个人都知道她枕头下放着速效救心丸，玲珑可爱的葫芦瓶里装着一颗颗晶莹的药丸，凝着麝香和冰片的精华，苦而凉。几年来，每到侍奉的后期，她就不成人形了，像散了黄的鸡蛋，像一摊化掉的冰水。屎尿气在屋里经久不散，渗入她的每一个毛孔，仿佛怎么洗都洗不干净，每次闻见自己身上的臭气，她都恐惧而焦躁，把手指插进头发，使劲儿往后抓。拖地，刷马桶，洗衣服，她忍不住摔摔打打，弄出点声响，看到老头惊恐的模样又心软自责。她羡慕那些毫无羁绊的妇女，头戴红帽子，足蹬白色旅游鞋，欢呼雀跃地走上大巴车，前往一处处山清水秀的人间胜境。

终于，她用日夜操劳换取了半年的好时光。日子安逸自在，上午翻翻报纸，下午照料花草。阳台上摆着长长一溜儿花盆，垂下的花枝时常引来路人注目，并对女主人生出种种绮丽的想象。

这天，她买菜回来，接到女儿的电话，邀她去深圳住两天。她犹豫片刻，说："两边都麻烦，不去了。"

女儿叫道："妈！"康莲的身体一阵酥麻，温热的感觉从耳朵漫向全身。她喜欢听女儿这样叫她——妈！音调不管不顾地滑下去，又陡然往上一挑，话音任性撒娇，不依不饶，又饱含着对老妈的心疼。

女儿接着说："爷爷绑了你半年，坐监一样，把个好人都缠磨坏了。

听我的，出来散散心。"康莲推托道："不能把你爸撇下，一个人耽误饭。"

当女儿遇到麻烦或需要帮助时，她愿意去充任保姆厨娘。事实上，无论伺候月子，还是带小孩，她都曾立下奇功。但如今小外孙入读小学，年轻人的事业也已捋顺，早过了用人的时候，她何必去当白吃饱儿。她明白常年在外的女儿心里怕什么，便对心虚的孩子说："有空就回来看看，真回不来，我和你爸也理解。"有好几次，她想告诉闺女，已经去敬老院考察过了，有一家私立的服务还可以，万一她中了风就坚决往里搬。怕女儿听了着急，每每话到嘴边又咽了下去。女儿落在了大城市，生活工作都不容易，再说了，谁能同她一起轮？她再也不能像上辈人一样，指望儿女了，到底该指望什么，她也找不到答案。康莲在深圳生活过一段时间，那段日子她总是莫名地惊惧。她清楚地感觉到，从小城留州到大城深圳，女儿的心底也有惶然和惊惧，但女儿已然离不开深圳，女儿这一代的日子跟她们不同了，有些什么东西变了。总归是变了。

公公走了多日，康莲刚睡醒时，恍兮惚兮，觉得他还在。他是她的影子，有光就有他。他是她的镜子，让她五味杂陈地看见时间如何碾过肉身。几年间，他们仿佛被牢牢地捆绑在一起，并建立起一种隐秘的联系，通过眼神、各种语气词、一个细微的动作便能理解对方的意图，那是一种日积月累无法向外人解释清楚的默契。

沙发上留有他的痕迹，他习惯坐在右侧，日子久了垫子失去弹性，塌陷出一个坑窝。有时，他回到自己的房间，摆弄箱子里的玩偶。他最喜欢两个玩偶，一个衣衫破烂的胖男孩，一个发色金黄的外国少女，他把两个娃娃并排放在一起，一看就是半天。箱子里还有大灰熊、毛茸茸的鸡仔、伸出粉红舌头的小狗，生气蓬勃，像个童话般美好的隐秘乐园。

三

进入到九月份，留州的雨天多起来。康莲钟爱初秋的雨，下得不急躁，静默而缠绵地湿润着干热的暑气，洗去尘灰烟火。细雨令天地间起了薄薄的雾，为小城增添了几丝空蒙缥缈的意味。雨声滴滴沥沥，她伸开手脚躺在床上，感觉蓬勃的能量注入身体，她像渴望成仙的林中精灵，贪婪地吐纳山水的灵气。她呼吸深长，气息在经络里蜿蜒流走畅行无阻，血液潺潺流动，澄澈如深山古柏下的一脉清泉。浊气散尽，胸腔敞开，不淤了，全通了。晦暗的皮肤闪闪发光，肿胀的关节叮咚作响。她是晶莹剔透的珠子，是往下淌蜜的苹果花，是瓷器表面滑腻肥润的釉彩。秋天到了，老头即将回来，她又要当妈了，必须做好储备，当妈的不能半截儿掉链子。

雨是一种遮盖，雨似乎也放缓了世界运转的节奏，在雨天才有的宁静里她睡得特别沉，昏天暗地，仿佛一觉就不会醒来。

她期待一个多雨的十月，那将是她最后的好时光。

未及等到十月。也在一个雨天，电话铃声打断了无梦的沉睡，她猛地坐起来。铃声格外尖厉，仿佛带着引线刺刺燃烧，把空气都烧焦了。

刘向群只说了一句话。爸摔着了，在人民医院。

老人最怕摔，摔一下，再硬朗的身板也得报废。意外摔伤往往是老年人晚年生活的转折点，这样想着，康莲慌慌张张地赶到医院，临到病房时，她的脚步慢下来。老头出了事，她若有所失，又似有所待。心如乱麻，未及深想，已经到了。

大胯粉碎性骨折，老头的呻吟声也破碎了，听得康莲的心一抽一抽的，她猛然记起儿时拇指被门挤住的瞬间，拔出来，指甲瘀青发黑，疼痛钻心。刘向前面色煞白，不住地解释，说一眼没看见，老爷子就滑倒了。谁还顾得上埋怨，当务之急是联系做手术。

兄弟俩眉头紧锁，在手术室外抽掉几盒烟，从早晨八点到下午一点等足五个小时，老头被推了出来。剔除折掉的碎骨，嵌入人造股骨头，用五个钢钉固定，留下一道一尺长的新鲜刀口。

老迈的病号，医院安排时不分性别。邻床是个痴呆老太，一入院便惊世骇俗，脱掉贴身衣物裸体平躺，嘴里发出奇怪的声响。她身体黑瘦，双腿像烧过的火柴杆，胯部若没有皮肤裹包着，骨头都快龇出来了。老太的儿女用被单掩住她的身体，一回身她就顽劣地蹬开。很快儿女盖烦了，只得听之任之。康莲想起，早先伺候老头解手，松裤带时他会用手挡一下，裤子一掉就下意识地往上提，粘纸尿裤时他更是红了脸，那玩意儿多像妇女的卫生巾呀。但这几天在医院，众目睽睽下动不动就脱光腔，打针，上药，老头呆呆的，像一块木头疙瘩。

徐医生白面无须，是刘向群相交多年的熟人，自老头入院后跑前跑后很是关照。术后，他建议保守治疗，并跟刘家兄弟展望过安乐死的立法问题。他见多识广，总结问题很精辟，说："住院这阵子，你们多花点钱，老人多受点罪，求个心理安慰吧。"听得众人频频点头，他闪烁的眼神掠过两位儿媳妇，善意地点拨道："雇护工是潮流，是大趋势。"

全身麻醉使老头萎缩的脑部再受重创。三天后那道刀口康莲仍然不敢多看，刀口在老头身上，往外淌着水，他竟不喊疼。康莲从保温壶里舀出排骨汤，当她喂老人进食时，心悬得更高了。

她把一块炖得稀烂的肉往前送，老头张开嘴，不嚼不咽，睡着了。她把他叫醒，敦促他吃下去。她再喂一口鸡蛋羹儿，老头张开嘴，不嚼不咽，又睡着了。她眼也不眨地盯着他，他瞬间陷入昏睡，流出涎水。

过了几日，老头的精神总算好了些，然对骨折浑然不觉，跃跃欲试想下来走，把康莲惊出一头冷汗。护士听说后，用宽布带把老头的一只手绑在床栏杆上，说再乱动就错位了。失去了自由的老头依然要忍受酷刑——自己没力气，咳不出痰来，护士一来吸痰他就吓得全身乱抖，还有每次必遭围观的排便过程，儿女和护士把他围在中间，命令他深呼吸、使劲儿，人们咬牙切齿地喊号子，使得每次的排泄都悲壮无比。当秽物艰难地排出时，在众人的欢呼声中，老头的脸变红了，虚脱地喘着气，把自己的头埋进了枕头里。

看着公公的熊样子，康莲不免意气消沉，是的，人都会有这一天。说起来，公公一辈子没进过医院，最后却把什么罪都受了。

她时时想起那个神秘而又梦幻的词语。

广场上热衷宗教的老太太们，曾敏锐地发现了怨妇康莲并试图拯救她——这女人带样儿了，疲倦，烦躁，那眼神，受困的母兽一般。于是，她们热情地动员：要不，你也信主？康莲矜持地微笑，摇摇头。旋即又有一股势力围拢过来：要不，你也信佛？康莲依然礼貌地拒绝。

可是，神神道道的女人聊天时，一个特别的词语破空而来，释放出不属于尘世的耀眼光华，深深打动了她。那个词叫"往生"，死亡的另一种说法，却穿透深重的黑暗，击破内心的绝望，用缤纷美妙替代陌生可怖，是动感的，充满希望、无比美好的起点，令康莲灵魂出窍，神往不已。

劝别人的话，往往连自己都不相信。但"往生"不一样，它飞离了尘世，像一颗清寂的星，悬于庸俗的话语系统不可及之处。

它高蹈，空灵，又那么慈悲。

照料老头时，她不由自主地念叨这个词。老头自然不懂，倒像是说给自己听的。她的心渐渐平静下来，死，就是往生，有什么好怕的？

调养了半月，老头终于开口说话了。这日吃过早饭，康莲喂老头吃药，老头看看药片，短促地说："卡死。"康莲一怔，老头接着说："吃药面。"康莲说："药面苦。"老头坚持："卡死，吃药面。"康莲只好把药片碾碎，从胶囊里倒出粉末，她皱起眉头，多苦啊！老头热切地望着药面，死命咬住勺子，舌头翻卷，喉结蠕动，顺畅地咽了进去。

眼看就快出院，晚辈们在一个淡金色的黄昏，聚在病榻前召开家庭会议，讨论特殊时期的照顾方案。妯娌王乐云从年轻就会玩儿、会享受、会打扮，如今快六十的人了，还是细高跟、小坤包，头发烫得蓬蓬松松。她生着一对吊眼，平时笑嘻嘻的，看上去挺喜相。但多年相处，数度交锋，康莲早领教到，她王乐云是个寸土不让的厉害角色。

若按月份算，轮到老大家伺候了，但以责任论，继续待在老二家也合情理。谁也不切入正题，就听王乐云在尖着嗓子表白。她说："一直加着小心，怕发烧，怕咳嗽，万没想到会摔着。说到底，年纪一大，骨头就糠了。"接着，她举出很多例子，谁他爹谁他娘都摔过，经她巧嘴一讲，似乎老年人不摔才稀罕呢。

她又把话题引向玄妙，挑着眉毛说："蹊跷得很，刚给老太太烧过纸，老头第二天就滑倒了。"王乐云心气高，一辈子就爱跟别人比，决计不肯落下话把儿。相比之下，刘向前倒还实在些，压低嗓子说："哥，你知道，我这边情况复杂。"

见他苦兮兮的样子，不要说亲哥，连康莲也心生恻隐。这两年，刘向前半老不老，人生角色从未如此繁复陆离，他是丈夫，是儿子的父亲，也是父亲的儿子，还是丈母娘的女婿、孙女的爷爷。

四代同堂的家庭里，老父亲享受不到专人伺候的待遇。孩子是中心所在，向下延续的爱才是无条件的，自发的，充满耐心，不厌其烦。人们各怀心事，叹息声此起彼伏。康莲注意到，老头刚才醒了，或许，是积淀一生如今仍残存少许的处世经验，令他感知到异样的气氛，他又闭上了眼睛装睡。这会儿，康莲倒有些羡慕他。类似的场面，她从心底深处发怵，又不得不硬着头皮上。貌似商量，暗里较劲，架势拉开了，每句话都暗藏机锋，显然预先设计和演练过数次，比演员的台词还精准凌厉。

见招拆招吧，看着可怜巴巴的向前，康莲说："你哥要是不干了，我要是再年轻几岁，接下来最困难的几个月，倒也……"她没往下说，做出适当留白。

时光无法倒转，刘向群也不可能放弃私企的营生，每月领三百块钱的破产企业生活费，混不住啊。屋子里一片死寂，人们听见了彼此的呼吸声。

此路不通，王乐云另辟蹊径。她眨着眼，清清嗓儿，叫道："大哥，大嫂。" 叫得拿腔作势，又绵里藏针。她的弦外之音是，甭管那么多，你是老大，你什么都应该，更何况，老头可是带工资的。

王乐云像许多聪明女人一样，兼有几种面目。时而大方大体，时而精明市侩，时而撒娇弄憨，总能恰如其分。她的笑也分好几种，因笑肌牵引走向的不同，传达出种种精微的感觉，或欢快，或嘲讽，或得意，或佯怒，无论如何，她一笑，康莲脊梁骨上就刮阴风。

在她的映衬下，康莲显得生硬、无趣、笨嘴拙舌、善良可欺。献丑不如藏拙，康莲索性不再接茬儿。

沉默相持，胜负难决。刘向群假模假式地去上厕所，冲妻子使了个眼色。两分钟后，康莲来到走廊另一头，黑着脸问："闹什么幺蛾子？"刘向群一脸严肃，说："向前有难处，真留在他家，老爷子完得就快了。"

康莲心中一软，几乎要妥协了，然而，这妥协的感觉是多么熟悉。她胸中涌起一股悲愤：凭什么？我干吗那么高尚？为何每次吃亏的都是我？这样一想，她的下巴仰起来，硬硬心肠，不就过去了。

刘向群叹口气，激动地说："你发现了没？咱爸到底是怎么摔倒的，他两口子到现在都没弄明白！"

关于摔伤，有好几个说法。刘向前说，老爷子去倒茶水根儿，不小心在下水道边滑倒。王乐云说，老爷子越老越财迷，爱乱捡东西，捡东西时跌倒了。来探病的邻居说，那天家里没人，发现时，都不知老头在院子里躺了多久了。

刘向群紧张地看着妻子，直到她缓缓点头才长舒出一口气。他连连作揖，康莲不理不睬，她走神了。

过往的岁月潮水般绵绵涌至。那老头是懦弱的老好人，甚至有点窝囊，一辈子就怕麻烦别人，羞于开口求人，性格拘谨，不识讨巧。那老头，她称呼他为父亲，已经三十多年了。

回到病房，两人一说决定，向来傲兀的刘向前赶忙说好话，说："让嫂子受累了，都知道你伺候得尽心。"王乐云故作踌躇，忸怩片刻，小声道："我听医生说，再过半月就能走了，跟从前一样。"刘向前责怪地瞪她一眼，康莲冷冷地说："半个月会走，你做梦去吧。"

太阳往下一掉，病房里的阳光倏然消失，夜色降临，毫无迟疑。老头的眼皮悄悄地掀开了。康莲望着窗外，说："都嫌他是个傻爹，其实他什么都懂。今天这出戏，真该回避回避，换个地方演。"

四

老头瘦得只剩一副骨架，身子又死沉死沉的。刘向群叫了几个小伙子帮忙，喊着节拍把他抬到楼上。这场景触目惊心，又透出一股巨大的悲凉，令人心情沉重。数年前，老头身材高大，有厚实的肩膀和修直的长腿。楼道的窗户开着，秋风往里灌。外头，梧桐树半黄不绿的叶子打着旋掉落下来。

老头落了炕，这是最恶毒的命运，人人避如蛇蝎。以前，老头时常忘记冲马桶，康莲捂着鼻子让他冲，他要面子，辩解说根本没变色，为了省水才不冲。现在，他早晨佩戴尿不湿，下午换尿裤子，夜里戴上接尿器。他失去活性的皮肤极易发红破皮，康莲细心地在接驳处垫上软布。以前，老头喜欢重复发问，令康莲不胜其扰。现在，他总是沉沉昏睡，叫醒了，犯了错般讨好地笑，蜷缩在轮椅里，习惯性地摸袄角，一遍一遍地摸。两人相对无言，像囚在一起的哑巴。

每日里，他享用阳间的饭菜，维持肉身的代谢。装老的衣服已置办好，外套是宝蓝色的软缎，饰有复杂的盘扣、金黄的菊花纹，内衣是纯棉的，袜子、手帕、元宝也一应俱全，妥帖地收在衣橱里。为他体面地离去，万事已俱备。

有好几次，康莲忍不住对丈夫说，如果有一天，我傻了，脑子浑了，瘫在床上了，自己不能为自己做主了，你能不能替我办件好事，别让亲戚医生护士摆布我，拔了管子出院，停掉一切药物，让我死得好看些！丈夫要么无话，要么搪塞一句，咱俩谁先走，还说不定呢。

十一月初，小城迎来了今冬的第一场雪。康莲推老头来到阳台上，他眯着眼睛向外看，丰满的雪花正悠然飘落。

他似乎记起什么，说："下雪了，把牛牵进来吧，煤球也搬进来。"康莲假意应承："好，我去牵牛，我去搬煤球。"他又说："娃娃。"康莲把箱子递给他："在里面。"他满足地点点头，怀抱着箱子，静静地看雪。他来自二十世纪三十年代，遥远而苍茫的三十年代，也像被厚厚的白雪覆盖着。近年来，老头同龄人的死讯纷至沓来，癌、心梗、脑溢血、糖尿病，在雪片般纸钱的飞舞中，在亲人拍着大腿的号哭声中，世界失去了他们。

天色渐晚，灯光在夜色中柔柔地晕开，雪后的北方小城显得含蓄而沉静。康莲走到窗前，细声细气地说："该吃饭了。"他指着她，忽地冒出一句话："你对我这么好，你肯定是我娘。"他响亮地，自信地，冲着面前的女人叫了一声："娘！"

暖气片上的蝴蝶兰开得正盛，秀挺的茎条上抽出玫红色的朵瓣。窗子一角放着水仙，散发出冷幽的香气。白雪反射出银亮的光芒，照耀着他稀疏的头顶，他歪着头笑，极力表现得乖巧些。

听他喊娘，康莲本来是要笑的，可头皮一麻，鼻子酸酸胀胀的，没笑出来。

第二天，气温骤降，空气干冷。康莲拿出两床棉被，对老头说："今晚加被子。"老头的眼神落在柜中的寿衣上，他问："是什么？"康莲想了想，说："新衣服。"老头眼里闪过一丝光亮，喃喃道："新衣服。"

渐渐地，老头能依靠助行器挪动脚步了，刚开始康莲把手放在他腋下撑着，最近几天，老头扶着墙就可独自活动。这个晴朗的早晨，老头贴住墙根，双脚搓着地往客厅里走。康莲心想，或许，最艰难的日子已过去。

借着明丽的晨曦，她久久端详着镜中的自己，她看到鼻子两侧和嘴角下面，四道不怀好意的皱纹更深了，像铅块一样把脸死死往下拉。这张垮掉的脸，耷拉着的嘴角，令她明朗的心情复又雾气缭绕，什么希望，什么未来，都被洇湿了。这样的日子，啥时算个头？

了断他？解放他？她忽然走上前去，推了他一下。老头惊叫着，五官因疼痛虬曲在一起。她心底升腾起一股快感，冷冷看着老头，老头扶墙而立，卑下而不知所措地笑。

半天，她把他扶到沙发上，说，别怕，别怕。老头缩着脖子，奋力敛起自己的身体，似要变小了，化成尘埃，直至消失。

她和他，两个老人，两败俱伤。

晚饭时，康莲对丈夫很冷淡。刘向群觉出气氛有点怪，不住地觑看妻子，灯下，她垮着一张脸，怨气在脸上凝成一层土锈色，他等着她说点什么。

饭后，刘向群来到厨房洗碗，康莲跟过去，盯住丈夫的后背说："我不想被夸奖，也不怕被雷劈，我恨不得他死，或者我死。"

话是狠话，却说得低沉哀怨，声音像从深渊里传过来，带着回音儿的。康莲接着道："上个月，我第一次打他，是因为他把刚换上的棉裤尿湿了。旧棉裤拆了、洗了，絮上新棉花重新缝好，又晒暄了，晒暖和了，我花了一星期的工夫，他几秒钟就尿湿了。我打了他，我有罪。"

刘向群心里一阵刺痛，他停住手，转过头来，说："爸总这样活着，他也有罪。"

他半是抚慰半是表决心："老太婆，明年我不干了，咱俩一块儿伺候吧。"康莲摇摇头："厂子效益正好，你又喜欢在外面跑。"刘向群低声道："我老了，也不愿跑，想趁跑得动给家里攒钱。爸半死不活的，你又有病，我人在外头，手机一响心就慌。我后悔啊，谁让咱觉悟得太晚。"康莲抚着他腮边冒出的须根，酸楚地说："悔什么？风光不风光，得志不得志，都不重要，你的身体最重要。"

此为他俩的痛处。年轻时不屑于钻营聚敛，到老才知道，家底薄心里就慌。生活的平和下埋伏着隐忧，剧烈的刺激则在一个夏日的傍晚霍然降临。那晚，两人仪容松懈，摇着蒲扇在路边纳凉。忽地停住一辆锃光瓦亮的黑色轿车，走下来一个人，从容地向他们微笑，竟是旧相识。来人面色红润，身着剪裁良好的格纹衫。言谈中他数次强调，这年月，谁还靠工资啊。不经意间又透露出，他手里有铺头有生意。夫妻俩面面相觑，一时间竟有了末世遗老的感觉。康莲笑容僵硬，唯唯附和。刘向群如遭雷击强作镇定，赔笑着道："留个手机号吧，以后常走动。"老相识装模作样地记，实际乱按一通，根本没记下。轻慢和鄙薄，都在动作里了。刘向群顿觉腰一软，他死命拽着宽松变形还有几个破洞的棉背心，似乎闻到一股酸臭味。内心的巨变终于到来，他失眠了几个晚上，决定找熟人牵线去私企。他像小伙子一样对妻子说，我要搏几年，时代变了，社会变了，留州越来越像大城市了，不搏不行了，不能只追求小农生活。他的名片上印着销售经理，这样的经理，厂里有几十个。主销土工材料，跟傲慢的工程二包、滑头的中间商打交道，去掉几层皮才是赚头。销售额和回款每月都有硬指标，精神压力大，但只要跑成一单，收入就颇可观。他憋着劲儿挣钱，家里的担子便落在康莲肩上。康莲时常想，忘了从哪天开始，她身处的这座小城市也变了，人们都特别需要钱，特别喜欢买东西。她说，依我看，用不了几年，我们这里也快成深圳了。夫妻俩互相倒苦水，也体谅着对方的坏脾气，只为手里攥住钱的那份踏实。

过日子，就是你哄哄我，我哄哄你。这晚，刘向群低声下气，还用双手拿住她的一只手，去掴自己的脸，问："解恨吗？"他真用劲儿了，康莲来不及缩手，啪的一声响。

她嗔怪地看着他，说了一句软和话："我憋屈得慌，都是气话，别当真。其实你也不容易，动不动就坐一夜的火车。"

大部分时候，她有能力调节自己的情绪。老头是她的一粒赘疣，一处增生，一颗粉瘤，已经长死了，和血脉连成一体。在内心最幽深也最脆弱的地方，当恶念像幽蓝色的火苗往上蹿时，她自卫一般，在乾坤朗日、明月清风之下，浇灭它，踩熄它。

刘向群继续安抚，提议道："等天气暖和了，晚上我看护，你出去放放风。"康莲腾地坐起来："我不怕冷，你不说还好，你一说我心里就痒。"她瞥见老头，神色黯淡下来："可惜咱住楼，不然，也能推他出去转转。"刘向群心中一动，试探着道："人活着，不能总不着地。年底奖金发下来，咱买座平房小院行吗？"康莲说："怎么不行，这石灰盒子早住厌了。"刘向群放了心，催促道："走吧，下去转悠转悠，跟老娘儿们多玩会儿！"

康莲下楼了，她听见了自己的心跳声。夜风清凉，广场上灯光通明，有跳舞的、踢毽子的、打太极拳的。她专往人多的地方凑，听人家聊什么都觉得新鲜，所见的脸孔无不可爱。

人们记得她，友善地点头致意，哦，是这个女人。她上过班，有文化，爱脸面，端庄人妻，孝顺儿媳，能将牢骚和怨气控制得很好。

"是康莲吆，好些日子没见了，"李汉庭徐徐走过来，掐指一算，"哎呀，三个多月。"老李客套几句便谈起老头的骨折，他一脸诡秘之色，说："行动不便是好事。"接着，他问女人："下大雪那天，还记得吗？"康莲点点头，她想起公公看雪的样子。

老李神色凝重地讲起雪夜的故事。主人公叫老谭，也是阿尔茨海默氏症，提前喝下了孟婆汤，但心肝肾这些大件儿没问题。老李说："老谭的女儿是好样的，一个大学教授，为了伺候老爹提前内退，一伺候就是七年。老谭可真不省心，下雪那天跑了，家里人出去找了半夜，等找到他时——"老李顿顿，倒吸口气："啊呀，老谭直挺挺地站在河边，身上全白了。"康莲问："人完了？"老李答："冻透了，没救过来。智力不如猫狗，腿脚却利索，说不清会出什么事，淘不完的神哪。"

初冬，夜空明净高远，清冷的月光流了一地。此种幸运，她羞于仔细分析，也不敢尽情体验。

五

几年来，每逢农历新春，康莲都为老头定做新装，一身挺括的中山装。老头是解放前参加工作的老革命，一辈子制服洋褂，板板正正，气气派派。村口树下的妇女们经常议论，说他是个爱美、爱干净的男人。康莲印象最深刻的是，他有一条驼色带穗绦的长围巾，从胸前随意地往肩上一搭。他个子高，膀臂宽，标准的衣服架子，又兼四方大脸，鼻梁高挺双目有神，有一种老派的英俊。他推着大梁自行车，走在秋天高朗的天空下，像从电影和油画里走出来的人物。

岁末，康莲把女裁缝请到家里。康莲架起老头的胳膊，女裁缝甩开皮尺，一捋，一掐，摇摇头，像在自说自话："身量缩了不少，今年是个坎儿。"送走裁缝，看着呆滞的老头，康莲自言自语道："明年八十六，多吉利的岁数，闯一闯把年关过了吧。"

日子一天天流向春节，老头的健康状况并未好转，一种不安的气氛开始在空气里潜滋暗长。老头白天昏睡，夜里睡眠浅，醒了见窗外有光就去砸卧室的门。刘向群迷迷糊糊地起身，责备道："三更半夜，起来干吗？"老头一脸无辜，说："天亮了。"刘向群强忍困意，急吼吼地说："才两点，是路灯亮，是过大车呢，车灯一闪一闪的。"他为老头脱去衣服，命令他继续睡。康莲也醒了，她悄悄来到老头门口，发现他躺在床上，双目圆睁，像两口干涸的古井。她心里惴惴的，这样下去怕是要出什么事啊。

就这样，他再也分不清黑夜和白天。他身上散发出老人特有的腐肉气味，晨昏颠倒，饮食无味，只在吞药面时咂咂嘴。生命中重要的收放亦不受控制，失禁和干结戏剧性地轮流造访。他的魂灵似乎找到一个出口，先期去了另外的世界。他干抽抽、轻飘飘的，忘记从哪天开始，刘向群抱得动他了，像抱小孩一样在轮椅和床之间抱来抱去。

又过了几日，老头开始拉稀，输液输了几天也不见好，便有人隐晦地提醒，这是在清肠。他的呼吸变得很轻，漏气了，屎尿都拢不住。他的肚子塌成一个坑，胯子骨如一把薄刃般立在身体上。康莲不得不承认，老头的日子不长了。丈夫的话入了她的心——人活着，不能总不着地。她盼望老头活过年节，也盼望丈夫年底领回绩效奖，明年开春他们去挑选一户平房，不用太大，有个小院落就好，让老头在院子里呼吸呼吸新鲜空气，晒晒太阳。

转眼步入腊月，年味扑面而来。腊八这天，女裁缝送来新上衣。老头一试，贴身可体。裁缝拔脚便要走，康莲让了让，裁缝说不坐了，一摊子事等着我呢。这时，老头嘴里叽里哇啦的，裁缝瞪大眼睛，康莲解释道："他这是留你吃饭。"裁缝略一迟疑，笑着说："心领了，真是个仁义老头。"

叠好新装往衣橱里放时，康莲见到寿衣，刺了她眼睛一下。她心里一阵不舒服，把新外套压在寿衣上，用力一按。老头的眼睛瞄过来，目光迷惘，他一句话也不说了，只是喘气。对他来说，活着真像一个诅咒。

那些脑子清楚的老人，深知每天早晨如常醒来都是捡来的。他们对自己的后事不再避讳，用一种积极、虔敬而完美主义的态度迎接备办着。康莲的外婆说过，人一辈子坐两回轿，结婚时坐红喜轿，死了坐棺罩帷的轿，尤其白事上，不能抠抠搜搜、手忙脚乱。外婆是有点仙气的，忽地有一天，她神秘地说，灯快灭了，我要走了。从那天起，她一心一意为自己操心，寿衣是手工缝制的，针黹精细，里三层，外三层，实实在在的六套衣物。布料预先过水、展平、晾晒，成品散发着棉布淡淡的清香和若有若无的阳光味道，像一层层肌肤般温暖、光滑、服帖。最里面的一层，袖口打着优雅而隐秘的褶皱，宛若年轻公主的亵衣。寿鞋上绣着朵朵莲花，那一日，将脚蹬莲花而去，外婆是多么坦然、安心、欢喜、完满。康莲望着老头，他已经老到即刻死去儿孙也不会真心悲痛了，却还在活。

她不愿再往深处想，逃开他，躲进厨房。早晨泡上的米豆已胀鼓鼓的。她用大火烧开一个滚，又调成文火，让坚硬顽固的种子慢慢地熬。

粮食的香气弥散开来，她鼻孔一张一合地深呼吸着。老头什么都闻不到，木然而坐，体臭浓烈。他咳出一口痰，又顺势咽下去。他的颧骨暴烈地往外突，左边比右边略高。他的眼珠昏暗无光，眼袋异常肥大。这是一张陌生的脸，完全走了样。进入暮年之后，在特定时刻，老头的面庞会绽放出短暂的光彩。那是大年初一上午，侄子、外甥从十里八乡赶来，欢聚一堂。老头端坐在上座，接受着晚辈浮泛的尊敬。席间，人们预言他活过一百岁，循例说着"红光满面"之类的吉利话。人情通达的亲戚，也不忘为康莲表功，赞美她"伟大"云云。老头存在着，使拜年有了必要性，"团圆"二字实至名归，交往和走动师出有名，父慈子孝，家族之树葱郁繁茂枝叶纷披。

烦恼自然难以启齿，苦楚只能心照不宣，捂得严严实实，小心不可捅破。显然，老头已跟不上酒席的拍子，他的眼神惊虚虚的，应景的笑容不时闪过一丝软弱，偶尔简短问答却毫无底气。他多礼了，其实他只需静静端坐，就为节日增添了喜气、和美和幸福。人们渐渐生出美好的错觉，他和蔼、慈祥、睿智，历经沧桑，笑意淡然，高寿更使他具备了神奇的力量，仿佛在暗中庇佑着后代的生计和前程。终于，人们闹哄哄地聚完了。作为虚幻的大家长，他完成任务，疲惫地回到沙发上，犯困，打瞌睡。他热爱垂下的窗帘，昏暗的光线掩护了他，沙发的坑窝妥帖地包裹臀部，令他觉得柔软、安全，像洞穴，像母亲双臂围成的圈，箍牢了他，不撒手。

团聚宴即将到来，老头的脸上还能像往年一样绽放光彩吗？

晚上，刘向群回到家，见茶几上放着一碗八宝粥，冒着热气呢。康莲接过丈夫的羽绒服，说："冰天雪窖地跑了一天，先喝碗粥。"她转身走向厨房，刘向群注视着妻子的背影，在黄昏暗淡的天光里，她的白发分外触目。几年前，她曾懊恼地说，头芯那钻出几根白头发，让他帮着拔掉。她有一头乌黑油亮的好头发，内心很引以为傲，也爱惜了半辈子。可如今，头发已全然灰白，一根一根，像秋后的干萝卜缨子，又经了霜打，干巴巴的，带着一股萧索气。她的背也驼了，骨头变了形，令人心酸地弯着。

刘向群打定主意，再赚钱明年也不干了，回家安心守着父亲和老伴。

寒冬的夜晚，刘向群仿佛卸去重负，睡得格外踏实。同样在这个夜晚，康莲被接神的鞭炮声惊醒。她一阵胸闷心慌，小腹胀胀的，看来又要起夜。

她拧开门锁往卫生间走，黑暗中，她猝然一惊。沙发上坐着一个人，石雕般一动不动。苍白的月光打在他脸上，他眼神放空，面无表情，身上穿着宝蓝色的寿衣，荧荧地泛起绸缎的幽光。

她的腿像煮烂的面条一样稀软，身子委在冰冷的地砖上。衰竭从心口传导过来，疾如闪电，后背和肩膀针刺般地疼。

她的眼皮沉重地往下垂，在若明若暗的缝隙里，她看到了逝去的父母。母亲死前瘫痪床褥多年，零零碎碎地受苦，内心羞惭悲痛而口不能言；父亲的逝去则被人津津乐道，他前晚吃下一大碗肉，翌日清晨，母亲发现他已停止呼吸，面色安详毫无痛苦挣扎的痕迹。他一夜中泅渡漫长黑暗的生死间的苦海，生命虽戛然而止，但人们对好来好去的艳羡掩盖了他暴毙的实质。亲人纷纷赞叹，有福气，老康是前世修来的。想到父亲，她四肢舒展，放松的脸上自然地浮现出一抹笑意。她的身体感受到一种前所未有的轻盈，像是，到家了。

烟花在窗外灿然绽开，又瞬息寂灭。此时她无比想念女儿。这几年，她和女儿见面的次数很少，好的时候一年两次，更多的是一年见一次，来去又匆匆。她看到远方的女儿抱着外孙，外孙的手臂像莲藕一样圆润白嫩。她即将离去，她因而无比欣慰，真心实意地为女儿感到高兴。她是个老人了，能为孩子做的实在不多了，要么健康，要么速死。

她还有最后一丝意识，她想告诉穿寿衣的人，你叫刘长瑞，刘长瑞。她想带他走，一同往生极乐。她是老头跟这个世界的唯一联系。在他斑驳的记忆和狂野的虚构中，有时，她是初恋情人，在老家的乡间土墙上写情书示爱的热烈女孩；有时，她是姐姐，省下自己的半勺麻汁浇到他面碗里的姐姐；更多的时候，她是他的母亲，即使他神憎鬼厌，依然无条件爱他、永远把他当成一朵花的母亲。

一切都快要结束了。她闭上眼睛，听到丈夫慌乱的脚步声，接着闻到药丸熟悉的气味，苦而凉。她瘫在丈夫怀里，听到他喊，你得活着，你得活着。恍惚间，遥远的天空中仿佛也传来恶作剧般的叫喊声，让她活着，让她活着！她接上一口气，悲喜交加，原来，还是走不了，还要熬下去。熬下去。

《人民文学》2012年6期

良宵

张 楚

1

她刚搬到麻湾时，村人并未觉得有何异样。或许在他们看来，这只是位干净的老太太，衣着素朴，脸上一水褶子，梳了低低的发髻，站在樱桃树下，束手束脚，竟有几分与年岁不相称的羞怯。隔壁妇人偶来瞅几眼，闲聊几句，才晓得是村里王静生的远房姨妈，怎么想起要到乡下住上段时日，这才劳烦她外甥在村西租了三间瓦房。行李也不甚多，几床被褥，一只泛黄的皮箱。随行还有一只白鹅。白鹅也老了，翼羽暗淡，喙上的肉瘤失了色泽，在屋檐下恹恹卧着。若是人来，她就从包裹里掏栗子、榛子类的坚果，笑着塞进人家掌心，慢声慢语地催促道，吃吧，吃吧。她的牙齿大抵是假牙，白如玉米，笑时几乎不见牙龈。

翌日，鸡没叫上三遍就早早爬起，绕村子转了半圈。四月初，清冷了一冬的村子，难免透些活泼。樱桃就不消说了，顶一树雪，招了细腰蜂。单说荒地里大片的紫云英，于风中凝敛成水晶，流出光和蜜来。后来她走累了，坐上块青石歇脚。有村人牵着黄牛、骡子从她身旁撵过，难免都瞥上两眼。她呢，但凡有人瞅她，都要笑一笑，嘴唇被暖阳打成瓣蔷薇。

也不喜欢串门。村子里的妇女，如果不是农忙季节，屁股底下是安了陀螺的。尤其是此处的女人，舌头都要比别村的长两寸。就有那好事的，借串门的名义来，吃几枚老太太的坚果，喝几盏老太太泡的茉莉花茶，再打听些该问不该问的话，想传与旁人听。可这老太太，安静得像一只猫，村妇们在炕沿上东拉西扯，她也不插嘴。问她退休前是干哪行的，她说，当教师。问她儿女几个，她说，两儿一女。问她多大年岁，她说，忘了。问她老伴是否健在，她说，去世二十多年了。人家问她话时，大眼珠子瞪得溜圆，而她呢，只眯眼盯着墙旮旯，有一搭没一搭地应着。有时那只老鹅摇摆着肥硕的屁股踱进屋，她就顺手抓了脖子拎上炕，箍在怀里，榆树皮手细细摩挲着。那鹅也不吭声，闭了眼，仿佛在她怀里死去一般。

闲妇们就渐渐没了兴致，不如何来往。只有一个诨号"刘三姐"的，时不时跑上一趟，倒比王静生还勤些。蒸了野菜馅的饺子趁热端一碗来，炖了排骨趁热送几块来，亲闺女似的。老太太推辞几句，就接了，也不见有言谢的套话。"刘三姐"似乎也不在乎。在村人眼里，她本来就是个有点缺心眼儿的"女光棍"。所谓"女光棍"，是周庄、夏庄、马庄、麻湾一带独有的叫法，专指那些性情如男人的女人。哪个村不出一两个"女光棍"？譬如夏庄，最有名的女光棍是周素英，专跟男人赌钱闹鬼；譬如马庄，最有名的女光棍是刘美兰，蹬着大头皮靴，领了帮唢呐手跑红喜白丧之事；麻湾呢，若说有女光棍，大抵就是"刘三姐"了。"刘三姐"其实长得还算英俏，只是脾性躁，嗓门儿粗，肠子直，有事没事喜欢扯着铁嗓子唱两句。

2

老太太过了五六日，将麻湾村周遭咂摸透了。这个村庄，地处冀东平原，西行百里是燕山，东行百里是渤海，怪的却是靠山不吃山、靠海不吃海，反倒以植棉闻名。据说老辈子，宫里用的棉花全由此处沿京东北运河载去。不过现下却是荒了手艺，年轻的跑到城里做泥瓦匠，只有老农人种几亩棉花。麻湾呢，除了村西有块方圆百米的土岗，全然是平地。若是站荒田里环四周，便是由地平线草草勾勒的浑圆。现下清明才过，麦子返青不久，作物都还归仓，除了野花草，只有柳树顶了绿苞芽，飞着些酱色的七星瓢虫。

那天她从村西的土岗下过。虽走得慢，还是呼哧带喘，就顺势找了干净的一块地角坐下。屁股还没凉，便听到不远处传来孩子们的叫骂声。手搭了凉棚去瞅，却是一个孩子在前边跑，一帮孩子在身后疯追。那孩子蹽得比野兔子还快，转眼就从她身边旋风般刮过，直刮到那黄土岗上。那帮孩子呢，也就不再穷追，只在岗下叽叽歪歪骂个不休。这麻湾的方言倒也有点意思，平心静气说起来时，三拐五拐的犹如唱评戏，骂起人来时则脆生利落，简直京戏里的念白一般。那帮崽子兀自咒骂一通，这才怏怏散去。

老太太瞥了瞥他们的背影，又斜眼去瞅那土岗。不一会儿，土岗上便隐约探出个圆头，小心睃巡着岗下。大概是看孩子们走了，这才约略着直起身哆哆嗦嗦矗在那儿。孩子套件过了膝的破夹克，晃荡晃荡的，鸡胸脯裹件漏眼的长袖海魂衫。见老太太望他，竟俯身捡起块土坷垃扔过来，不偏不倚扔她额头上。老太太倒是吭也没吭一声，只顺手摸了摸额头，又朝那岗上望去。孩子就不见了。

晚上，老太太蒸了锅馒头，干嚼了半个，披了羽绒服拎了马扎坐院子里。夜晚村庄静得早，偶有耗子钻垛、草鸡闹窝。墙头似有野猫出没。老太太定睛瞅了瞅，拎马扎进屋，打开戏曲频道，正演白玉霜的《木兰从军》，忍不住把老鹅抱上炕揽在怀里，摸它温热的羽和它冰凉的喙，闭了眼细细听戏。须臾，过堂屋传来轻微的脚步声，侧耳听，倏尔没了，过了会儿，脚步声重隐约响起，老太太就问："谁啊?"话音未落已是一派沉寂。心想这双耳朵，真是一天不如一天了。

晨起时，发现锅里的馒头少了几个。心想不会是被野猫叼走了吧?出了院子，又想不起到哪里溜达，就念起了昨日那个野孩子，这么想着，吆喝了老鹅，慢慢悠悠朝土岗走去。她这院子靠村西边，离岗最近，不过三四百米，可若真一步一步量起来又无比漫长。想当年，她能一连串翻百十个筋斗云。

土岗矗眼前时，她叉着腰大口大口地喘息起来。岗也不高，只不过人太矮了，岗也不长，只不过人的胸腹太窄了。土岗四周除了杂生的几株野榆钱，便是蒲公英，蒲公英密密麻麻洇成一片，远看仿若一块安静的黄金，近看则是朵朵小向日葵。鼻子里涩香之气渐发浓烈，她从兜里掏出枚榛子，嘎嘣嘎嘣嚼起来。人老了，牙掉了，馋虫还活着，吃了一辈子的坚果看来是戒不掉了。后来她想，何不去岗上看看？就绕到那条斜坡前仔细端详，这一看先就心虚。斜坡虽不是很长，却陡峭得很，别说是她，就是十五六的愣小子也会发怵。断了念想，捶着腰眼慢慢悠悠回了家。

这一晚，老太太做的炸酱面。饭后照例躺炕上看电视。说是看电视，不如说是听电视。眼皮子磕磕绊绊时睁时闭，只耳朵支棱着听胡琴声咿咿呀呀。待听到过堂屋传来"吸溜吸溜"的声响，这才骤然醒来，轻咳两声，声响就淹没在无涯的黑暗中了。她把电视声音调大些，轻手轻脚穿了鞋子下炕，猛一挑门帘，就见一团矮小黑影蹿到院子里。那晚夜空无月，她只瞅到影子晃荡着爬上矮墙，倏的一下就不见。转身将过堂屋的灯打开，却见剩下的炸酱面没了，只碗边粘了硬邦邦几根。似乎就明白了。如果没有猜错，这偷食的人，除了岗上那野孩子，也不会再有旁人了。心里难免嘀咕起来，这孩子是如何的一回事？为何吃不上饭？爹娘去做什么？村里就没旁的亲戚了？便寻思有机会了，定要问问那"刘三姐"。

这"刘三姐"倒是好几日没来。听村子里的喇叭，好像麻湾村家家要签什么合同。自己这房子是租来的，倒也没往心里去。炕上坐了会儿，便又愣愣想起那野孩子的小眉眼，心格外绵软，竟隐隐盼起夜晚的降临了。翌日，未及晌午，老太太就盘算着晚上煮何饭菜。这几天不是干馒头就是稀面条，那偷食的孩子估计也吃不饱。思来想去，便要做"菠萝酱鲫鱼"。

小卖部里倒是有鲫鱼，可却没有菠萝，老太太就买了几根芹菜。芹菜味冲，又有股异香，虽不及菠萝，想必也不会差到哪里。回了家就刮鱼鳞剖鱼腹，将肠子肚子喂给老鹅。又将空鱼肚塞上姜片、葱段和豆瓣酱，才用铁锅小火炖起来。这是个岑寂的午后，同往常一样，只听得细春风拂过老屋檐，只听得嫩叶拱出苍树皮，只听得邻居猪圈的约克猪懒懒呻吟……这样闲坐了很久，这才把火关了。光一寸一寸缩，夜一寸一寸胀，她草草喝了碗稀饭，将过堂屋的灯打开，早早猫进被窝，照例看电视。

孩子又来了，先是锅盖碰锅沿的清脆声，然后是电饭锅被揭开的嗞啦声，再是不当心被热气熏了手又不得不强忍着的"哎呀"声，饭菜入嗓猛然吞咽的咕咚声……最后，是窸窸窣窣的衣裤和门帘摩擦声。不过五六分钟，声音就消散在夜里，又是漫漫的静。她披上衣裳蹑手蹑脚踱到庭院。月亮大而黄，孩子正在翻墙，不晓得是如何了，这回翻了几次都没翻上去。后来，他从猪圈旁搬了块石头，探着身子踮着脚才够住墙头。怪的是他没立马跳过去，而是骑在矮墙上，双腿耷拉着呆坐了良久。后来，老太太看到孩子的肩胛骨在月光下一颤一颤地抖索起来。

老太太没敢惊扰他，默然看了片刻回房，靠着门闩愣神。

3

翌日清晨便早早出门。老鹅在她身后摇摇摆摆尾随着。她知道村里有家小卖店，专卖冷鲜肉。那天，小卖部人倒不少，有人在扯成匹的帐子布，看来是村里有人过世了。老太太戴上花镜，观瞧半天，这才吩咐店主从猪背腿上割了一斤，而后带着老鹅回了家。中午时，忍不住一个人跑到黄土岗下坐了个把时辰。风比昨日暖些，吹得骨头酥痒，荒田里的紫云英被阳光照成一团紫雾。可孩子却没出现，她愣愣地盯了会儿野榆钱树，这才走了。及至下午，老太太切姜剥蒜，又配了红椒、桂圆、八角、茴香和十三香，用高压锅将肉焖了，肉香不久弥漫开来。

其间倒是有几个闲妇过来串门。她们有阵子没来了，进了屋先耸动着鼻子问："咋这香呢？"见是老太太炖肉，又夸她厨艺高超，接着喟叹起如今的儿子媳妇们，全是金贵命，虽然都是土里刨食的，却连饺子也包不好，年三十煮破了一锅，简直成了馄饨片汤。老太太只缩在炕脚听，一句话也不插。又听她们说，县政府的人来了七八次，看样子村子搬迁是避免不了的。老太太这才问了句：村子搬到哪儿啊？干吗要搬啊？她们的兴致就被勾起来了，哄嚷着说，麻湾和附近的周庄、夏庄，据科学家们检测，地下埋着大量铁矿。大量是啥概念呢？就是储存量位居全国第三。全国第三哪，可不是闹着玩的！这些人四五年前就来勘探，折腾了几年，据说明年就要动工采矿了，这不，镇上天天逼着签拆迁合同。用不了多久，麻湾就消失了，取而代之的，将是一个巨大的地下采矿场。老太太"咦"了声问道，你们搬到哪儿啊？没了田地，日子怎么过？她们就扬着眉角嬉笑说，我们巴不得搬到县城，当城里人呢。钱嘛，不是有赔偿款吗？这世道，有了钱，啥都不用怕……

可算是走了。老太太捶了捶腰，不禁去看锅里的肉。其实本想跟她们问问那孩子的事，可话到嘴边又咽了下去。这帮长舌妇，定会好奇她为何问询。何况，又何必非要知晓孩子的事？她跟他，只打了个照面，闲话也没说上过一席。他要是饿了，就来这里吃两口，填饱肚子；他若是有了下家，不再来偷食，自当没有过这回事。老太太眯眼在炕上打起盹儿来。等睁开眼，天已大黑，蹒跚着去过堂屋看看炖的肉，明显是吃剩的。孩子吃了不少，看来很对他胃口呢。老太太竟有些隐隐的得意，方沉沉睡去。

次日早早就起来，栽了两垄韭菜。韭菜根是王静生送的，顺便捎了一粪箕子猪粪。这个远房外甥，跟她并不亲近，反倒有些嫌隙。老太太也并不介怀，送了他一双自己绣的棉拖鞋。王静生接了，又闷闷地抽了一袋烟，这才趿拉着鞋转身离去。等外甥走了，老太太就坐到屋檐下晒太阳，晒着晒着有些恶心，想必是这几天受了风寒，随口吞了几粒药片，倒头睡起来。中间醒来几次，只觉得骨头酸软喉咙胀痛，喝了口热水又渐渐迷糊过去。其间闻得老鹅嘎嘎乱叫，想必是饿了来讨食，却没气力爬起来喂它。醒来时太阳已爬上屋檐，就拌了糠菜去喂，却发现老鹅没了。

这老鹅，跟了她十三年，是她从小区门口捡的。肯定是谁家的孩子从宠物市场买来，养得不耐烦随手扔掉了。城里的孩子，就是没耐性。她小心翼翼地把它揣兜里带回家。当初也只是小小一团鹅黄，睁了惊恐的眼动也不敢动，谁承想竟长成偌大一只呢？儿女们是极少来的，通常只有她和它，晨起去中山公园散步，中午吧唧吧唧嚼着青菜，听收音机里唱着老戏，傍晚呢，窝在沙发里打盹儿，半夜醒来时方将电视关掉，日复一日，年复一年。想说话了就和它唠叨两句，生气了就踹它两脚，它不记仇，依旧影子似的随着她，贴着她，腻着她。

老太太难免心慌起来，颠着老寒腿在院子四周搜寻一番，仍没得踪迹。猛然想起那孩子，心就咯噔了一下。该不会夜晚来时不见吃的，索性将它逮走炖了吧？

那晚，灶冷灯灭，她早早在过堂屋候了，大气也不敢喘一口。果不其然孩子仍是来了。当他在灶台上翻寻时，她冷不丁一把就攥了他胳膊。他胳膊如此干枯，挣了两挣竟没有脱开。老太太随手开了灯，这才不紧不慢地问道："我的鹅呢？"

这倒是她与他头一次如此近地说话。他比前些日子似乎更细瘦了，有那么片刻，她竟怀疑他会不会被过堂风给吹走。他的眼也是红肿的，嘴角生了水泡。老太太又问道："是不是你把鹅偷走了？"孩子点点头。她想也没想就在他后脑勺儿扇了一巴掌："是不是把鹅给吃了？"她颤抖着声音问。孩子又是点点头。老太太"哎呀"一声，顺势从锅台拎了把刷锅的炊具，捋起他衣袖就抽打起来。抽着抽着便瞧得他胳膊上全是银圆大小的红斑，一圈连一圈，看得心里麻麻幽幽，索性撒了他，一屁股坐在灶台上，默默盯了他半晌，这才摆摆手说："你走吧，走吧。以后不要再来了。"孩子一愣，却并没有动。老太太听他嘟囔道："我奶奶死了……我杀了它祭祀……"老太太不再搭理他，转身回了屋子，和衣躺下。

这一躺就是两天。中间清醒时老太太想，该不会是大限已到吧？然而转念想想，死在这个叫麻湾的村里也没什么不好。这个村子，地上有棉花，地下有铁矿，也算是宝地了。迷迷瞪瞪间又觉得自己化了装缓步走上那戏台，不承想环顾四周，琴师未来，台下一个人也无，竟怅然起来，旋尔又自嘲，都这把老骨头了，竟还怕没人来听自己唱戏……

等再次睁开眼，屋里灯怎么就亮了。侧身朝门外望，先看到炕沿上摆着副碗筷，碗里尚冒着热气。老太太爬起来张望，却是碗疙瘩汤，香油花浮着，白鸡蛋卧着，鸡蛋旁是几粒剥好的新蒜。老太太心里热了下，小口小口吸溜起来。大抵是饿得塌锅了，虽然缺盐少醋，竟觉得格外香甜。就想，会有谁来呢，若是静生或"刘三姐"，断不会悄没声地来了又走，看来，也只有那孩子了。定是他过来找食，见她卧床生病，这才煮了疙瘩汤。看她睡得香，又不忍叫醒，才将疙瘩汤放在炕沿上，睁眼就能看到。小小年岁，心眼儿倒不少呢。虽然他将老鹅杀了，心里百般怨恨，可谁没办过蠢事呢？何况一个细脚伶仃、饥肠辘辘的孩子？她突然萌生起拜访他的念头。来了半月有余，她还没正式拜访过谁呢。老太太就拿了手电筒出了院子。

夜晚的村庄，和白日的村庄，气味是不一样的。白日的村庄是属于动物的：属于槽子边的黄牛，属于圈里的约克猪，属于栅栏里的奴羊，属于篱笆里的凤头鸡，属于墙头的野猫，属于麦秸垛里的刺猬，属于草丛里的春蛇……那气味掺在灶坑里，掺在孩子的鼻涕里，掺在男人的尿液里，是重的、冲的、浓的、腥的、烟火气的；夜晚的村庄则属于植物：属于韭菜，属于樱桃，属于桃花，属于榆钱，属于一切静默生长着的神灵，那味道是甜的，是淡的，是凛的，是澈的，是悄然入心入肺的……老太太走在夜里，骨头似乎也轻灵起来，平时十来分钟的路，只走了七八分钟。到黄土岗才想起，那条斜坡太陡了，以她生锈的腿脚，白天攀爬上去已是不易，何况繁星漫天的夜晚？快快地在岗下站了会儿，蒲公英的甜涩又隐约着扑进鼻孔。

还好，病又隔了一夜就痊愈。上午，就接到了大儿子的电话。她没想到儿子会给她打电话。他说话向来简洁。他在电话里说，妈呀，你生日快到了，还记得吧？有个香港大公司的老板，做了你一辈子的戏迷，专门从香港飞过来，要给你隆重地庆祝一下，光赞助费就掏二十万。你过几天拾掇拾掇，赶快回省城吧。

大儿子五十多岁了。他秉承了他父亲的一切：暴躁、酗酒、打老婆。他早把她盘剥得只剩一具衰老的身体。每到发工资的日子，都会带兄弟来分钱，此后一月不见踪影。说她手头没攒下钱谁信呢？去年跌了一跤，路也走不了，孩子们谁都不吭声，也没带她到医院看治，如果不是几个戏曲学院的弟子出了手术费，她剩下的日子怕也只是瘫烂在床上。如今她好不容易偷偷跑到乡下，不承想还是被他找到。她轻声轻语地告诉他，她是不会回去的，她喜欢这个叫麻湾的村子，她要在这里老死。

"那你就死那儿吧！永远别回来！"儿子在电话里咆哮起来，"反正这辈子你的命比草还贱！有福也不会享！"

命比草贱……命比草贱……她的眼眶就湿了……

"老太太啊，发啥愣呢？"

她抬头，却是"刘三姐"推门进来。"刘三姐"手里捧着碗懒豆腐。

"我用黄菜叶跟豆腐渣熬的，闻闻，闻闻，比猪肉都香！""刘三姐"边说边咂巴着嘴，"趁热吃了吧，世界上最好吃的懒豆腐，就是我'刘三姐'做的。"

4

那天晚上，老太太炖的清水排骨汤。喝完了汤，天方擦黑。她觉得有点热，就脱了棉衣在院里给韭菜浇水。浇着浇着，耳畔便传来谁家的收音机声。有人正在唱《春闺梦》，是张氏与丈夫王恢互诉衷肠那一场。听声音不是王缺月就是赵恒秋。毕竟是晚辈，功夫还是有些稚嫩。听着听着，她不禁将水桶缓缓放下，轻声轻语唱将起来：

> 去时陌上花如锦，今日楼头柳又青！
> 可怜侬在深闺等，海棠开日到如今。
> 门环偶响疑投信，市语微哗虑变生。
> 因何一去无音信？不管我家中肠断的人。

她恍惚又站在偌大舞台之上，金丝绒帷幕拉开，司鼓开始打倒板头，倒板头打完，胡琴声一响，满场肃静无哗。一瞬间，她仿佛就成了张氏，对着夫君埋怨。虽是埋怨，却是娇憨的、惊喜的、委婉的、意犹未尽的。她窃笑、她颔首、她掩面、她莲步生灭……当她最后佯装拂袖时，她仿佛听到戏台下传来惊雷般的叫好声……

唯有墙边传来"咕咚"一声闷响，她才猛然梦醒，身子打个激灵，木木地朝墙边看去。

这一看竟忍不住笑出声来。却是那孩子从墙头跌了下来。看来没什么大碍，他慌里慌张地拍拍身上的灰尘，这才怯生生凝望着她。

"你怎么又来了？"老太太沉着脸道，"你偷吃了我的鹅，这回又想偷什么？"

"我……我……"男孩诺诺道，"我只是来瞧瞧，你的病好了没有。

那天晚上，你的头比开水还热……"

老太太眯眼看他。他就支吾着说："我刚才在墙头听你唱戏……一不留神掉下来了……"

老太太这才走过去，摸了摸他的头，说："以后不用爬墙头了，奶奶给你开着门。"

就领男孩进屋，给他热了排骨和米饭，盛得鼓尖才递给他。孩子大口大口扒拉着，她就问："你爸妈呢？""全死了。""怎么回事？""病死的……""爷爷奶奶呢？""爷爷早死了，奶奶……奶奶……"男孩哽咽着说，"奶奶前几天心肺病犯了……你那只鹅，我杀了做供品的……""还有亲人吗？""有个大伯……是个瘸子……"

男孩将碗筷放下，呆呆凝望着房梁。老太太说："人是铁饭是钢，一顿不吃饿得慌。先把排骨都吃了。"男孩快速地瞥了她一眼，又埋头闷闷吃起来。他饭量委实很好。他总共吃了三碗米饭，排骨也啃得精光。

"以后跟谁过呢？"她仿佛问自己，又仿佛问孩子，"这么小，比火旗高不多少……"

男孩就放下碗筷，径直往外走。老太太伸手拽他，他没动。老太太说："你喜欢吃糖吗？柜子上的铁盒里有。有大白兔的，还有金丝猴的。"

男孩说："我从来不吃零食。"

老太太撇撇嘴说："哪里有孩子不贪零食的？"

男孩黯然道："我爸妈活着的时候，也没给我买过零食。"

老太太叹息着说："以后奶奶给你买……"

男孩瞥她一眼，嘟着嘴转身走了。不一会儿，老太太听到屋外关门的声响。这次，他不是翻墙出去的。

随后几日，男孩都过来共进晚餐。家里好像还没如此喧闹过。老太太特意让王静生打集市买了张八仙桌。桌上通常是一凉一热。热的呢，是老北京菜，什么番茄腰柳啊，炸灌肠啊，砂锅狮子头啊，樱桃肉啊，都是最拿手的；凉的呢，无非是萝卜缨子、香葱、新韭，抑或小嫩菠菜，用海天酱油和酸酱细细拌了。两个人，就在炕上面对面坐了吃。孩子呢，通常只闷了头扒饭，很少动筷子搛菜。吃一阵偶然抬头，老太太便往他碗里搛一箸菜，嘴上唠叨着："十来岁的小子，吃穷老子。多吃，多吃。"孩子也搛了肉丁或腊肠，犹犹豫豫着往老太太碗里塞。老太太就笑。如果两人都不言语，屋内便只听得牙齿咀嚼食物的声响，不过声响又不同：老太太是细嚼慢咽，老牛反刍般半晌才动下嘴；孩子呢，则像猪崽抢槽子般呼噜呼噜，眨眼间一碗米饭就下了肚。老太太说："你慢些吃，吃得太快，胃哪能受得了呢？可要当心，年轻的时候是人找病，老了啊，就是病找人了。"孩子仍是大口大口地吞咽，仿佛没长耳朵一般。那一日，孩子忽然放下手中的碗筷，郑重地对老太太说：

"我……我想求你个事……"

老太太故意说："那可不行，你给我什么好处呢？"

孩子眼神就黯淡下去，老太太这才说："好吧，我不要好处了，只要你拜我为师，学一出《红拂夜奔》就成。"

孩子仍垂着头，半晌才说："我估计活不过明年了。要是我死了，你把我跟我爸妈埋一块儿吧。"

这话从一个孩子的口里出来，老太太一时就找不出合适的话来应答。孩子又慢慢说道："坟就在岗上。我喜欢吃肉，到时候你给我坟头……放一块猪头肉就行了……纸钱呢，多烧些，我好给我爸妈买新衣裳……"说完了又继续埋头吃起来。老太太就强笑着说："你个兔崽子，小小年岁，净想些不着边的事儿，就是死，我肯定也在你前头。"

老太太面上挂着笑，心下却不时犯愁。孩子为何要说这番话？不像是睁着眼说假话，难道是得了什么绝症？又想，一个父母双亡的孤儿，如何安顿为好？虽说有伯父，看来也是薄情寡义的人，不然怎会让孩子孤身独住？只是个十来岁的孩子啊，按常理，晚上还赖在娘被窝里暖脚的。便寻思着去找村里的干部，好歹找个人家寄养才安妥吧？实在不行送福利院，也比夜里孤零零守着土岗强，也比被孩子们整日欺负强，起码不至于吓破胆，只到晚上才敢出来。

那天，男孩夜间又来，老太太炖了半只芦花鸡。刚把鸡大腿撕下放孩子碗里，"刘三姐"夹着团棉花就来了。"刘三姐"脸上本来堆着笑，愣眼瞅到男孩，突然一声尖叫，吓得男孩兀自撒腿就跑。男孩跑了，"刘三姐"还抚胸长叹，竟是副失魂落魄样。老太太乜斜着她，冷冷问道：

"抽羊角风了吗?"

"刘三姐"说:"我的天亲啊,你咋敢让这孩子跑你屋里头?"

老太太说:"他又不是十恶不赦的人,我干吗不敢让他来?"

"刘三姐"捶胸顿足地嚷嚷道:"他可是个瘟神哪!你不知道,他爹妈出去打工,被人骗去卖血,得了艾滋病,去年全死了!艾滋病啊!你老人家可知道这是啥病?你还敢跟他一块儿吃饭!不想活了你!"

老太太茫然地瞅着"刘三姐",说:"他爹他妈有病,跟孩子有什么关系?"

"刘三姐"急赤白脸地说:"咋没关系?!他妈怀孕的时候就得病了!这孩子生下就有艾滋病!"

老太太不再听她絮叨,开始收拾碗筷。"刘三姐"一把将碗筷夺过,顺势扔进垃圾桶,又匆忙提了垃圾桶快步出屋。显然,这个麻湾唯一的"女光棍"是被彻底吓着了。当然,麻湾唯一的"女光棍"被彻底吓着了,也就说明整个麻湾村被彻底吓着了。

5

老太太翌日起得晚。如若不是敲门声越发大起来,定会再睡个回笼觉。等她将门打开,倒不禁愣住。房北围站着七八个女人,有相识的,有不相识的,还有半生不熟的。见她迈门槛出来,都不约而同向后退了几步。老太太用手压了压发髻,她们又是碎步挪腾。很显然,她们都知道孩子的事了。看来"刘三姐"的舌头,也并不比她们的短多少。

那个清晨,这帮子妇女围圈住老太太,七嘴八舌问个没完。譬如,他何时开始到她这里蹭饭的;譬如,他吃过之后的碗筷,她是否用开水烫过;譬如,他有没有跟她讨要钱物;譬如,她以后是否还会叫他来吃饭。显然,她们最关心的还是末一个问题。

老太太目光漠然地越过她们,扫到了房前一棵梨树。梨树也是素白,不过却比樱桃多了分莹润。女人们仍喋喋不休,仿佛她们若不是如此这般盘问她,倒真是对她不起。她后来实在有些厌烦,就说,我筋骨有些受风,要去屋里好生静养一番,你们还是各自忙各自的去吧!

女人们怔怔地盯了她看。她连个招呼也没打就关门回屋。站在过堂屋里，耳边还响动着她们嘈杂的议论声。

待到日悬中天，老太太又去了黄土岗。空中飞着乱柳絮和蒲公英，老太太不停打着喷嚏。这样行到岗下，又歇息片刻，这才一点一点向上爬。爬了没几步就腰酸腿疼，寻思寻思又径自下坡，仰头朝岗上望去。

男孩就站在岗上俯视着她。他只穿了那件漏眼的海魂衫，细瘦胳膊支棱着。他看她一眼，她看他一眼，谁都没有说话。老太太"哎"了声再去瞅他，他仍站在那儿，犹如刚从泥土里钻出的豌豆苗。他的瞳孔与眼白，倒如昼与夜般泾渭分明。

"你下来，"老太太朝男孩摆摆手，"以后别住这儿了，搬到奶奶那儿。"

男孩猛地摇摇头。

"别怕。七十三八十四，阎王不想小鬼至。我都这把年纪了，还有什么怕的？我都不怕，你还有什么怕的？"

男孩仍是摇摇头。

"你晚上想吃什么呀？奶奶给做砂锅白肉吧？"

男孩转身就跑了。岗上又空旷起来。

看来，这孩子是怕连累她，没准这是最后一次见到他了。老太太蔫头耷脑回了家，捂了棉被静躺。晌午刚过，王静生就来拜访了。王静生来了后并未言语，先是在炕沿上默默卷了支旱烟，咳嗽着抽完才去瞅他姨妈。他姨妈这才从被窝里钻出来，盘腿坐在炕席上。王静生说，关于她跟孩子的事，他听别人说了。别人呢，也没啥恶意。以前他跟父母住岗上，跟村人不怎么来往。去年他父母病死，剩他一个，都是他奶奶送粮送水。前些天他奶奶死了，还有个伯父。可这伯父是他奶奶的养子，打自初就跟他父亲不和，又是个瘸子，看来指望不上。孩子的病不是好病，别人才不敢跟他往来，怨不得别人。老太太就别瞎掺和了，省得别人戳着脊梁骨说闲话。"姨啊，你这辈子，"王静生顿了顿说，"听到的闲话还少吗？"

这倒是老太太搬到麻湾村以来，头一次听王静生讲这么多话。王静生说完，又卷了支旱烟抽起来。老太太这才转过身说："回去吧静生，我有分寸的。"王静生就趿拉着鞋走了。

那晚，老太太做好了饭菜，孩子却没来。老太太看着桌子上的卤煮和油条，一口都吃不下。八仙桌就在炕上摆了一宿。半夜老太太睁开眼，盼着那饭菜已被孩子吞咽得精光，不过，油条仍硬邦邦躺在笸箩里，盛卤煮的碗已凝了一层油。叹息一声，却是怎么都睡不着了。

村长是头午来的。这是个有点驼背的中年人，面目红肿，穿双皱巴巴的皮鞋，一说话嘴里就喷出酒气。他先自报家门，而后一屁股坐到炕上。他说，他本来早该拜访拜访老太太，可他实在太忙了。他可能是世界上最忙的村长了。这不是他能干，而是他必须能干：谁让他们村地底下有铁矿呢？这个村子不起眼，却埋藏着大把大把的金钱。县里让他们年底前全部搬迁，可要让这帮庄稼人离开住了半辈子的窝，倒真是费力不讨好的事。他忙呀，比奥巴马还忙，这才没顾上那孩子。再说了，孩子有毒，人还是少接触为好。"他的事你就别操心了，"最后村长打着哈欠说，"我跟书记会解决好他的事。如果有问题，也只是时间上的问题。"

老太太"哦"了声。村长似乎很满意，又说："你要是有啥困难，尽管跟我说！我虽然不是骑马的架鹰的，可毕竟还是一村之长嘛。"

老太太笑了笑。

村长前脚走，老太太后脚就出了门。她手里端着个铝盆，盆里是五六个大馒头。出了院门，村长赫然就堵在门外。他皱着眉头瞥她一眼，又瞥了瞥馒头，铁青着脸说："真是个老古董。你没长耳朵吗？嗯？拿我说话当放屁吗？嗯？"

老太太没吭声，径自朝前走。村长一愣，随即吼道："站住！你给我站住！"老太太仍是走自己的。村长三步并作两步过来，一把扯住她衣襟："你给我回去！回去！不是说了吗？没你的事！"

老太太站在那里，一声都没吭，只默然眺望着远处的土岗。

6

儿子是第二天上午到的麻湾。

他是坐夜车来的。省城离麻湾不过一千四百里，可除了火车还要倒

393

三次长途汽车。他腋下夹个皮包，走起路犹如身后有恶鬼追赶一般。他连问带打听地找到王静生家，让王静生带他去找老太太。王静生让他连弟喝口水，也被断然拒绝了。看来他真是有十万火急的事。王静生领了他穿街过巷，到了老太太住处。铁门四敞着，院里栽着韭菜、菠菜和萝卜秧子，一群花腰小蜂在阳光下嗡嘤着飞。还有几棵樱桃树，花期已过，葳蕤枝叶上顶着几枚枯花蒂。他们悄悄进了屋。老太太正在炕上收拾皮箱，见了儿子，只是茫然地点了下头，然后继续把衣裳一件一件折叠好，再放进散发着樟脑味的箱子里。

儿子似乎就放了心，擦擦额头的汗水说："哎，我真是白着急了，原来你已经准备回去了啊？"

老太太看他一眼，将皮箱拉链拉好。儿子埋怨道："你的手机也不开。不开你拿它干什么呀？我昨天找了你一天，都是关机。"又瞅一眼王静生说："你们家也是，好歹安装个电话啊，有个大事小情的多不方便。是不是？"王静生就赔着笑脸点头称是，又说姨妈住这里的日子，自己照顾得不是很周全，还望见谅。两人又闲聊几句，儿子才对老太太说："你最近还好吧？这个礼拜日就是你寿日，香港的李老板星期六就飞过来，饭店呢，就订在恺撒大酒店。毕竟是李先生面子大，省电视台的还要全程录像呢。快回去吧，窝在这个兔子不拉屎的地方干吗？"

老太太将皮箱从炕上往下拎。拎了几次都没拎动，王静生赶忙伸手接过来。儿子继续唠叨道："破鞋烂衣裳的还要它干吗？给静生老婆好了。人家侍前侍后也不容易。"王静生连忙说，他老婆是个胖子，比母熊还肥，姨妈的衣裳肯定不合身。儿子说："算了算了，我们快走吧。出租车司机还在村头等着呢。我们直接打车去市里，好歹还能赶上下午的火车。"

三人就往门外走。王静生帮老太太提着皮箱。等出了大门，老太太把皮箱从他手里接过，抽出拉杆，拍了拍他的肩，就朝土岗那厢走去。王静生"咦"了声，忙扭头看他连弟。他连弟已然将他们拉开五六米，又狐疑地去看老太太，嘴里喊道："姨妈！姨妈！走错了！"老太太没应答，王静生只得又朝他连弟喊："彦春！彦春！彦春！"

儿子这才扭头，蹙着眉朝老太太喊："妈！你糊涂了啊，出租车在村东呢!"见老太太不语，声音就又挑高些。他嗓门儿本来就粗大，这下倒真像是用喇叭喊话了："回来！往这边走！回来！往这边走！"老太太大抵聋了，只顾弯着脊背迈着碎步拉着棕色皮箱一步一步朝前走。儿子大概在王静生跟前有点上火，他小跑着过去，一手按住皮箱，另一只手死死拽住她衣角，晃着她身体喊道："妈！你傻了啊！这是去哪儿啊?！怎么连东南西北都分不清了！"

老太太这才回身默默注视着儿子。儿子虚胖的脸上全是汗水。儿子身后是王静生，王静生身后则是些街坊邻居，"刘三姐"也抻着脖子缩在人群里，几度想踏上前来，又都犹豫着退回去。他们若即若离地环在左右，仿佛是专门来看热闹的。老太太一把甩开儿子的手，继续拉着皮箱西行。儿子倒也不敢再造次，只得跟在母亲身后边走边絮叨："人家可是给了赞助费的！不瞒你说，说是二十万，其实给了五十万！图个啥？不就图见你一面，听你唱两句《春闺梦》和《锁麟囊》？人家拿你当宝，你可不能把自己当宝，傲气值几个钱呢？"

如果有人从土岗上俯瞰，便会看到一行人以一种奇怪的姿势迤逦前行：最前面是位拖着皮箱、满脸皱纹的老太太，后面是两个神态疲惫焦虑的中年人，再后则是稀稀拉拉、端着胳膊嗑着瓜子儿的闲人。老太太走了好一阵才到岗下。她再次转过身看着儿子，看了会儿，方才叹息道："回去吧，你。听话啊。"儿子哭丧着嗓子喊道："那你呢？你这是去哪儿啊？"老太太伸手擦了擦他额头的汗，扔下皮箱径直朝坡上走去。

这条坡不长，但是陡，爬满了蒲公英和矢车菊。老太太曾在黄土岗下徘徊多次，却从未真正上去过一回。她深吸了口气，这才徐徐弯下腰身，晃晃悠悠往上爬，爬了没几步就有些气喘，冷不丁一个趔趄，险些就栽滚下来。众人在坡下不禁一阵尖叫，她听到儿子劈着嗓子喊道："妈！下来！快下来！这是唱的哪出戏啊？"她装作没有听见，只是将腰俯得更低，胸腹几乎就要贴上地面，手里抓住花草茎叶，身如脱水的弯狗虾般一拱一拱朝坡上蹭。当眼前蓦然出现一只瘦骨嶙峋的小手时，她不禁抬起脖子瞅了瞅。男孩就站在她上边。他还穿着那件海魂衫，小脸大抵有几天没洗了，灰头灰脑的。她就慢吞吞地说："没事儿，别管我！"嘴上这么说着，手还是颤颤巍巍伸过去。当孩子冰凉的小手紧攥住她榆

良宵

树皮似的掌心时，老太太身上忽就有了气力，手脚在瞬间就热了起来。有那么片刻，老太太确信双腿其实就踏在棉花般洁净干燥的云朵里，每向上微微跨一小步，就离天空和星辰更近了半尺。

《人民文学》2014年1期

纪念我的朋友金枝

金仁顺

金枝说她爱袁哲。她一直这么说，不断地说。每次同学聚餐，她都挑袁哲对面的位置，种种怪模怪样儿，截获他的注视；要么就手支着下巴，盯到他浑身发痒。

"你的目光把我脸烤红了。"袁哲抗议。

"我的目标是把你烤熟，"金枝说，"外焦里嫩，片成一片片儿的，吃掉。"

"烤鸭——"我们冲袁哲笑，把"鸭"字拉得老长老长。

袁哲拿我们没辙。他拿金枝更没辙。在我们这拨儿高中朋友里面，袁哲在校园里待的时间最久，本科读完读硕士，硕士读完读博士，博士读完分到社科院，跟其他早就进入社会的同学比起来，金枝说他是"清泉石上流"。

金枝喜欢袁哲，喜欢逗袁哲，叫他"泉哥"。"泉水清且涟漪，可以洗衣服、洗脚，也可以洗澡。"但说归说，她可从来没想在袁哲这棵树上吊死。她的感情生活摇曳多姿。

金枝是医药代表，前年推销出去两台妇科仪器，这两年，光是往医院里卖涂片垫，就让她月入过万。她名片上面的身份是外企白领，代理着两个美国制药公司出产的药品，其中一个主要治疗胃肠道内间质瘤，据说已经让部分肿瘤患者存活了十几年，当然价格也不菲，一盒就要两万四。每月有两次，她起早赶到医院，在大腕主任医生查房之后、进手术室之前的时间缝隙里，想办法挤出几分钟来，把装在信封里面的药品提成现金塞给他们，顺便聊聊天。时不时地，下午三点钟以后，她拎着礼物以及零食饮料去主治医生办公室，跟他们吃吃喝喝说说纸袋。

袁哲带聂盈盈来参加我们饭局时，没有事先通告，小姑娘说，她不是"应邀"，而是"硬要"来参加这个聚会的。聂盈盈瘦溜溜、白嫩嫩、娇滴滴，穿件小黑裙，袖子蓬成两朵绉纱灯笼。

她是师大在读研究生，几个月前他们在朋友聚会上认识。

金枝坐在他们对面，跟她旁边的男生要了根烟，袁哲挨个儿替聂盈盈介绍在座的朋友，到金枝时，聂盈盈跟她问好，她点点头，喷出口烟来。烟雾像颗棉花子弹，朝聂盈盈弹出去，转眼抻长，漫开，展成一小截舞袖，如丝如缕地散掉。

"她高中时就开始抽烟，"袁哲对聂盈盈说，"女版小马哥。"

金枝那会儿是女阿飞，跟男生勾肩搭背，抢烟抽，有一次还把烟吐到了袁哲脸上，他正好吸了口气，呛到了，咳了半天。

"你要不要脸！"他瞪她。

"你要不要命?!"好几个男生聚过来。

袁哲在高中时，单眼皮，大长腿，白衬衫，年级学霸，体育健将，男神标配样样齐全，引无数女生竞折腰，男生们早就想揍他个满地找牙了。

金枝拦住了男生们，摆头示意袁哲走。

有两个男生不服气："凭啥?""就凭我喜欢他。"金枝宣称。

那天喝的是高度白酒，喝酒之前先要了苏打水，撕易拉罐时，金枝把拉环拉掉了。

"刚出炉的戒指。"她把拉环套在自己的无名指上，冲我们晃了晃。

酒喝到酣处，各种八卦粉墨登场，金枝讲医院里新近发生的事，有个小护士，表面白莲花，私下麻辣烫。老公是工程师，在援建，前阵子回来待了个把月。工程师回非洲后，小护士身体越来越不适，一查查出了艾滋。从上个星期开始，医院里的男医生排队体检，挤爆走廊。

"那你不是也应该体检下?"有人调侃金枝。

"我正安排时间呢，当然也得替你们全都安排一下。"金枝浏览了一圈儿，目光定在袁哲身上，"尤其是你。"

饭局结束后，聂盈盈发了条微博，说男友的朋友们，玩笑尺度大到让人笑不出来。这条微博之后，她又发了一条秒删的微博：胖女人上了公交车，找不到座位，只能拉着车上的拉环，不料司机一个急刹车，胖女人把拉环拉断了，并一下子扑到了司机面前，司机看着她和她手上的拉环，没好气地说："集满三个，送司机签名照一张！"这条微博下面配了袁哲开车的照片。

"袁哲，我爱你！"金枝在婚礼上跟袁哲告白。

那会儿，婚礼上的人都在等待着吉时良辰。为了选这个良辰吉时，袁哲和聂盈盈驱车三百公里去一个县里找风水先生。那个先生谱儿很大，只按自己方便的时间接待来宾，还经常闭门谢客。他们事先托人说了情才见到先生。聂盈盈把这个过程得一波三折，起伏跌宕，艾特了一大堆朋友。不光这件事儿，聂盈盈什么都拿出来晒。房子、车子、装修、家具，随着婚礼的临近，又加上了鲜花、蛋糕、各种心形饰物，每次都艾特一大堆人围观。她还经常把袁哲的西装、衬衫、皮带、皮鞋、手表摆摆好，旁边是她的裙子、包包、鞋子、首饰、衣衫相依相偎，相亲相爱。

距离婚礼进行曲响起来还不到两分钟，聂盈盈从休息室出来，新娘子一袭白纱，裙摆阔大，丝绸雪纺如雪雾飞扬，她挽着老聂，走到红毯的边缘，那里搭了一个心形花架，白玫瑰与勿忘我镶满其上，紫白相间，清新亮眼，父女俩就像嵌在相框里面。

老聂年轻时走过仕途，后来下海经商，人脉通天，财大气粗。他现在的老婆是第三任，比聂盈盈大不了几岁。我们进场时，她陪在老聂身边迎客，杏脸桃腮，眼横春波，把男宾客们电得不轻。

大家的目光都瞟向新娘，金枝是怎么上到台上，从哪里弄到麦克风的，我们不得而知。今天她来的时候，身上就带着酒味儿，脸孔像张揉皱的纸。有人倒了杯可乐给她，她摆摆手，让人开了瓶啤酒，说要透透宿酒。

"我爱你，就像爱塞北的雪，春风又绿江南岸的绿，荷塘月色里的月色，总而言之，言而总之，"金枝拿着麦克风，身体摇晃着，声音因醉酒而沙哑磁性，非常爵士，"你是我男神。跟三大教主并列为天王。我一上香就上四根。"

我们笑翻了，连袁哲也笑了，随即又绷紧了脸。有些宾客发蒙，还有一些人以为金枝是婚礼请来助兴的演员呢。

"我男神今天要结婚，新娘不是我——"金枝停顿了一下，"新娘不是我，这没关系，新娘可以假装她自己是我，对我男神要顶礼膜拜，三从四德，鞠躬尽瘁，死而后已——"司仪小伙跑上来，被舞台上的线绊了个跟头，差点儿给金枝来了个单膝跪地的请安。

"来就来呗，"金枝抱着胳膊，"这么大礼！"司仪起身凑到金枝身边，要附耳过去跟她讲话。

"有话说话，"金枝身体往后躲了躲，"凑什么近乎？我男神看着呢——"袁哲叫了金枝两声，冲她做了个打住的手势。

金枝看着袁哲，话筒还在她嘴边，她的呼吸气流声清晰可闻，仿佛潮汐涌流。

"不往下整了？"她问他。

袁哲做了个手势。

"你是男神你说了算，男神说的话都是神话——"金枝冲音响师打了个响指，"Music！"婚礼进行曲从音箱里面奔涌出来。

金枝小天鹅似的踮起脚尖，鞠躬谢幕。来宾们掌声雷动，还有人拍着桌子喊："再来一段！"聂盈盈和她爸爸表情肃穆，任凭婚礼进行曲兀自进行着，他们耳语了几句，才挺胸站直，沿着红毯迈步前行。走到新郎身边时，老聂迟疑了一下才把聂盈盈的手交到袁哲手里。

司仪小伙讲了一堆套话：金玉良缘、百年好合、白头偕老；你愿意成为她的丈夫吗——无论疾病还是健康，幸福还是痛苦，富贵还是贫穷。你愿意成为他的妻子吗——陪伴他，鼓励他，支持他。

无论司仪说什么，宾客们都大声叫好。

证婚人宣读了结婚证书，袁哲和聂盈盈交换了戒指，司仪让他们亲吻，聂盈盈冰雕似的站着，袁哲撩起她的面纱，嘴唇凑过去碰了她脸颊一下。

司仪大声宣布："礼成！"金枝在婚礼上的表演被人拍了视频，弄到网上，点击率井喷，评论如野草疯长，"笑抽了！""史上最强女神经！""超级闺蜜！"金枝说她那天宿醉未醒，被朋友提醒才上网看，"奥斯卡影后神马的，跟我比，都弱爆了啊。"

"你红了，"我提醒她，"新郎脸都绿了。"

"脸绿怕啥？帽子不绿就行呗。"

金枝张罗请客，为袁哲和聂盈盈新婚贺喜，为自己酒后无德道歉。袁哲说不用，但聂盈盈一口答应下来。

金枝订了"春樱"日本料理，桌子窄细，食品五彩缤纷地摆满了桌面，仿佛一条花河。大家分列两侧，金枝坐在袁哲和聂盈盈对面。清酒烫好后送上来，金枝把自己面前的三个空杯倒满。

"我先赔个罪啊——"金枝指了指面前，"这三杯酒的意思是：对，不，起！""喝酒难看，喝醉了更难看，喝醉了的女人难看加难看，喝醉到都不知道自己醉成什么样儿的女人史无前例地难看，我自己都看不下去了！"金枝说完，把三杯酒端起来咣咣咣干了，"对不起啊，盈盈，姐跟你道歉，虽然你长得跟棵芹菜似的，但姐希望你能变成卷心菜，多多包涵。"

"你这体格儿，又这么多希望，"聂盈盈笑笑，"我哪能包得住？"炕桌细长狭远，酒喝起来像流水席。袁哲和聂盈盈坐在中心位置，燕尔新婚，大家有心帮金枝补错，小夫妻成了大家敬酒的靶子，清酒入口微甜，度数低。聂盈盈来者不拒，几轮下来，聂盈盈的"沙宣头"发丝散乱，眼影也洇染变成了烟熏。她跟金枝隔着桌子，促着膝，手拉手，身体不时越过小桌子，她们咬着耳朵说的话，所有的人都听得到。

"我知道你跟袁哲睡过。"

"大学的时候我们去草原，搭帐篷，六个人一起，这算吗？""动手动脚没？""我想动啊，可中间隔仨人儿呢，还有一堆背包。只能动动心眼儿了。"

"那更危险啊。妻不如妾，妾不如偷，偷不如偷不着，动心眼儿就是偷不着。"聂盈盈斜睨着袁哲，朝他脸上拍了一巴掌，"唐僧啊你！"聂盈盈下手没轻没重的，听上去像扇了袁哲一耳光。

金枝睁大了眼睛，坐直了身子，伸手去拿聂盈盈的酒壶。

"你喝大了！"聂盈盈把她的手摁住，"别抢我的酒。"

"别再喝了！"袁哲拉了聂盈盈一把。

聂盈盈死拽着酒壶，晃动肩膀抖搂掉袁哲的手，发丝像把刷子从面颊上拂过去——"滚你妈蛋！"包房里瞬间安静。

"你他妈的就是，"聂盈盈看着袁哲，一字一顿地说，"被苍蝇叮的、有缝儿的蛋。"

金枝扬手给了聂盈盈一耳光。

"干吗干吗干吗，"我们从两边拥过来，"喝多了喝多了喝多了——""告诉过你了，对我男神要三从四德、鞠躬尽瘁，"金枝甩开我的手，看着聂盈盈，"喝二两酒你不知道自己是谁了?!"聂盈盈摸了下自己的脸，看着金枝，"你打我?""你欠揍！""她打我耳光?"聂盈盈问我们大家。

"不是不是不是，喝多了喝多了——"聂盈盈抓起手边喝水的玻璃杯，在桌子上一磕，哗啦一声，杯底磕得稀碎，水在桌子上面漫溢开来，她的眼泪也奔涌而出，举着漏光了水的杯子喝水，抽抽搭搭地说："从小到大，还没谁敢动我一根指头呢——""不服气?"金枝说，"你可以打回来。"

"真的吗?"聂盈盈抬眼看着金枝。

"当然。"

"别闹了，"袁哲拉着聂盈盈，"回家！"聂盈盈甩脱了袁哲，抢起手里的玻璃杯，朝金枝脸上砸过去，她用力之大，要不是袁哲拉着，她整个人会隔着桌子栽过去。玻璃杯戳进了金枝的脸颊，像个巨大透明的印章，金枝疼得表情都扭曲了，她脸颊上被戳出个圆形的印迹，先是发白，慢慢地，血滴渗了出来，圆滚滚的红豆，很快，血流成了绺儿，顺着金枝脸颊往下淌，流进了嘴角，从下巴滴落到衣服上，她冲聂盈盈开口时，几颗牙齿也被染成了红色。

"我们扯平了！"袁哲第二天去看金枝。前一天夜里，聂盈盈离了水的鱼似的，蹦跳扭动，三个男生帮着袁哲，把聂盈盈从日本料理店拖出来，塞进出租车里。其他人陪着金枝去医院。急诊室的两根灯管像个等号，白炽炽的，嗞嗞嗞叫个不停，医生处置台边的灯，亮得让人眼前发黑，值班医生为金枝处置了好长时间，到最后也无法确定是不是仍然有玻璃碎屑留在伤口里面。

金枝在QQ上给我留好几十条留言，她睡不着。麻药让她的脸肿胀成了气球，舌头大了好几倍似的，麻药劲儿下去后，疼痛像春天的草，从伤口处钻了出来，它们生机勃勃，而且好像要生生不息。天光大亮时，她在窗前看着邻居们上学的上学，上班的上班，汽车甲壳虫似的，排队爬出小区，她拍了几张日出时的照片，发在微博上，有奖竞猜：这是她弄洒的牛奶，还是天上的云彩？"我觉得自己刚睡着，就被袁哲的手机吵醒了。"她的手机放了静音，噗噗噗地振动不止，她看了眼手机，袁哲打了二十多个电话，还发了短信，说他就在她楼下。

金枝从窗户往下看，袁哲站在香槐树下，从树影中漏下来的阳光，把他的衬衫变成了白银的鳞片。

"我给他回短信，说我不方便见客，而且这点伤，也没什么可探视的。"金枝对我说，"但袁哲一定要见我。不见不走。我们来来回回发了十几条短信，他还是不走。我只好起床，洗脸刷牙换衣服，我还画了画眼角，刷了睫毛膏，用纱巾把脸上的纱布蒙严实了，他进门后，说我像阿拉伯美女！他替聂盈盈道歉，说她年纪小不懂事，让我别跟她一般见识；我说我跟聂盈盈是来而不往非礼也，我先挑起战火的，她是自卫反击。

"我们喝了杯咖啡，平时扯闲篇儿时一套一套的，但一对一大眼瞪小眼时，我跟他没什么好说的。他就像用牙齿打字似的，一会儿迸出一句，一会儿又迸出一句，他说我这些年来对他的好，点点滴滴，他都明白，很感动。他何德何能，受之有愧。我说我也没做什么啊，倒是给你添了很多乱。他说昨天我受了伤，他一夜没睡——我鼻子酸溜溜的，说跟你有啥关系啊，两个女生喝醉了任性、胡闹，跟你一点儿关系都没有，再说了，就我这体格儿，这点儿小伤算什么？他看着我，叹了口气，说你啊，只有身材是胖的，其他方面都太纤细。我就泪奔了——"窗外的天色渐渐变灰，变暗。西天边上，云彩一度红彤彤的，也慢慢烧成了灰烬，融化在越来越浓黑的暮色里面。

袁哲把金枝送进卧室里躺下休息，安顿金枝躺好后，他自己也上了床。金枝没想到这个，"哎——"袁哲亲吻她的脖子，温柔地咬了咬她，又咬疼似的用舌尖抚慰她。金枝说不出话来，身体软得像床羽绒被，她想推他起来，但抬起的胳膊棉絮似的，袁哲的另外一只手从她两手中间穿过去，解开她的扣子。金枝心跳得很厉害，害臊得不行，他的手游走到哪里，她的思绪就跟随到哪里，她为自己的脂肪和体量感到羞耻。她看起来像只章鱼吧？摸起来像一团乳酪吧？他在身上时，像骑在牛背上？袁哲肯定以为自己多年来梦想着跟他上床，才会用这种方式来安慰她吧？金枝既害臊又羞耻。她很后悔没在他刚爬上床时把他踢下去。现在她只能希望夜色浓烈些再浓烈些，把他们的身体像奶油一样融化在黑夜里。离开之前他在她额头上亲了一下，她冲他笑笑，后来才想起来房间暗到让人消失了视觉，而且，她脸上还戴着纱巾。

金枝发微博说她出门散心，然后就没影儿了。

起初我们以为她在哪个疗养胜地养伤，谁也没当回事儿，等过了一段时间找她时，发现她的手机、QQ、微博、博客，全都停摆，医院的工作也由她的一个助手接过去了。金枝无影无踪了。

我们猜测金枝的去向，旅游时遇见真命天子，浪漫天涯了？还是男神结了婚，自己毁了容，哀莫大于心死，遁入空门，不爱红尘恋青灯？女生独自旅行，被劫财劫色的事情时有发生，但我们都觉得金枝不会成为这种社会新闻的女主角，而且退一万步说，真有个三长两短的话，警察早就找上门儿来了。

没有了金枝，饭局上再没有人叫板一口气吹光整瓶啤酒，K歌时没有了麦霸巨星，开玩笑时没有了靶子，金枝是饭局局长，朋友圈灵魂。

"金枝啊金枝！"大家在QQ群里、微博、微信上面，四处寻找金枝，我们对着高山喊，"金枝，你在哪里啊你在哪里？"我们对着大海喊，"金枝，你在哪里啊你在哪里？金枝，袁哲喊你回来吃饭。"

金枝消失了十八个月。就像她没有任何征兆地离开，她回来得相当突然。她在群里自称金枝斯密达：轻轻地我回来，正如我轻轻地离开，我挥一挥衣袖，没带回河畔的金柳和天边的云彩。她在微信上发了几张韩国的风情照，所有的照片里面，都有同一个颜色的行李箱。

天，我们怎么没想到呢，她去韩国了！我们想起她脸上的伤，我们怎么会忽略了这个呢？金枝当然要去韩国，她必须去韩国。她是很大条，但没大条到对毁容都能付之一笑。

"安宁哈噻哟！"金枝踩着约定时间进了包房，手里拎着在微信图片里当主角的橘黄色小拉杆箱，里面装满了给我们的礼物。

她把我们全都惊呆了。

金枝没变成宋慧乔，没变成全智贤或者什么尹恩惠、韩智慧，金枝把所有这些女明星融化了，然后浇铸到"金枝"这个模具里。金枝还是金枝，但金枝变成了勾兑版，或者说，韩版。

以前她的脸是宽阔的，现在从两边往中间挤，脸颊窄细了一半，鼻梁则被挤高了一倍，嘴唇丰满、嘴角上翘，她原来就白得像雪，现在是雪里掺了奶，白得跟珍珠似的。最让人跌眼镜的是金枝的体重，曾经被我们喻为"撼山易，撼体重难"的金枝，瘦到了当她进屋时，我们没有一个人认出她来。

金枝让我们凌乱了。她就像仙女下凡、狐狸精转世，要多玄幻就有多玄幻，要多不真实就有多不真实。

"你整容了？怎么整的？肥是怎么减下来的？吃药还是运动——""我天生丽质好不好？"金枝不承认整容，"以前是脂肪掩盖了我的真面目，而你们这群家伙，有眼不识金镶玉！"她承认减肥。她在韩国一家减肥美容中心减肥，六个月后成为减肥中心的接待员，兼形象代言人，一年半的时间里，她减了六十斤。她的照片从她一百六十斤开始，一张张贴在墙上，记录她的变化。

"日新月异啊。"金枝笑着说，"但最近几个月新来的客人，都不相信那个照片里的人是我，他们认为照片是PS的。而且越是中国来的，越不相信。"

我们也不相信。不完全相信。金枝的变化太销魂了，活生生的奇迹和魔术。我们相信金枝能这么沧海变桑田，除了她讲的一二三四，一定还有别的五六七八。女生们咬着耳朵问她，减那么多，皮肤会松很多哎。她咬着耳朵回复我们说，做了两次紧肤手术，收紧了，而且几乎没什么痕迹，就是价钱贵死人，这一年半，她打着工还花了三十万人民币。

代价不只是钱。金枝几乎不吃东西。她让人倒了半杯红酒，浅斟慢饮，指甲涂成了银色，手背上那些胖窝窝儿都不见了，取而代之的是一节一节的骨感美。"做梦都要流口水"的东坡肉端上来，她只吃了一小块，"曾经有一个月，我只吃水煮白萝卜胡萝卜。那段时间我都抑郁了，站在窗边就想从楼上跳下去，有一次我把印着美食图片的纸嚼了——"她看着我们的表情，笑了，"这都不算事儿，我亲眼见到为了杨柳细腰拆掉两根肋骨的女人；削骨磨牙，抽脂打针，垫鼻梁，更是家常便饭，女人们手术后肿得跟猪头、缠得跟粽子似的，真正是面目皆非、鬼哭狼嚎啊。医护人员反复跟我们强调，整容是女人的二次投胎。现在在地狱，出了门就上天堂。"

袁哲整个晚上只说了一句话："伤彻底好了？"金枝点点头。

散席时当然是袁哲送金枝，"男神送女神，神神道道"。我们陪着他们走到汽车边，眼看着他们从两边上车，在汽车后座排排坐，冲我们挥挥手。

金枝只用了不到一个月的时间，就跟过去的生活无缝连接了。当初她离开时，只强调了健康原因，没跟公司要求任何条件和补偿，她离开后，公司在本地区的业绩一落千丈，公司原来以为金枝攀上了新枝，后来发现不是，金枝回国后，立刻对她大摇橄榄枝，欢迎她重回老东家。以前跟她合作过的医生，对金枝的旧貌换新颜，当时就震惊了。现在不是她约他们吃饭，而是她把自己变成了美味佳肴，主任医生主治医生们追着她订饭局。我们聚会时，金枝的手机冒泡儿似的响起各种提示音。她时不时地扫一眼，电话她放静音状态，偶尔接一下，大多数来电她任凭电话噗噗噗扑腾累了拉倒。

"都是跟我咨询整容和减肥的。"她苦笑。

"姐不是传说，"我们逗她，"姐是传奇。"

有一天聚会时，聂盈盈突然来了。

"我是通过这个找到你们的，"她冲我们晃晃苹果手机，"又是'硬要'参加。"

袁哲跟她分居半年多了。他说自己当初昏了头了，才找了白富美小女生结婚。聂盈盈的生活能力是负数，家里的事情要么是钟点工做，要么是袁哲收拾，她每天只管拿着手机，东拍拍西拍拍，一天发几十条甚至上百条微信和微博，一草一木，一杯一碗，吃喝拉撒，她连袁哲洗澡、只穿着内衣以及睡觉的照片都发出来，袁哲的婚后生活在朋友圈里几乎是现场直播，她自己也是，完全没有隐私可言，底下的评论说什么的都有，看得他撮火，她却觉得这样才有存在感。

"金枝姐姐，你真是沧海变桑田啊！"聂盈盈打量着金枝，"微信上看到他们发的照片，我还以为是PS的？""你有事儿吗？"袁哲冷着脸问她。

"上次喝醉了酒，不小心伤到了金枝姐姐，我怎么着也得当面道个歉啊。"聂盈盈跟袁哲说完，扭头又看着金枝，"对不起啊金枝姐姐，你大人不计小人过，原谅我酒后失态。"

金枝笑笑，加了把椅子，请聂盈盈坐下，让服务员再添副餐具。

"你这腮削得太自然了，你还开了眼角，别人看不出来可能，我同学里面好几个开眼角的，都开得没你这个好。韩国技术就是成熟，你隆鼻用的是哪种填充料？他们说，隆过鼻子的人坐飞机，有时候鼻子会像猪鼻子那样鼻孔朝上掀开，可惊悚了，是真的吗？"金枝笑笑。

"你先回去吧。"袁哲说，"有事儿我们明天通电话。"

"干吗对我这么狠心啊？"聂盈盈说，"我是你老婆哎，明媒正娶，受法律保护。我今天一天没吃饭，现在，吃人的心都有。"

聂盈盈抄起筷子吃菜，有人倒酒，有人说起天气。桃花突然就开了，简直吓人一跳。还有李花、杏花、梨花，李花和梨花都是白的，但梨花花瓣更大一些。要不就是它们的花蕊有些不同。反正公园里面的花开得都连成片了，都开成一片烟了，怪不得古人说，花非花，雾非雾呢。我们要不组团去日本看樱花，顺便购个物？韩国也行，济州岛的山樱花不比日本的樱花差。

"顺便再整个容。"聂盈盈举起手臂，"我第一个报名。"

"樱花马路对面的公园里就有，喝完酒咱醉里挑灯看樱。"有人出来打圆场，"大伙儿坐半天了，得走一个了吧？"我们举起酒杯，干了一杯。金枝照例是红酒，喝了一口就放下了。

"你是怎么瘦下来的？"聂盈盈酒还没咽下去就问金枝，"他们在微信上说你减肥，只吃萝卜，我不信。他们有吃狗粮的，倒是减得挺见成效，吃萝卜能瘦成这样儿我还从来没听说过。"

"你往胃里吞蛔虫了？还是你把胃切了？你吸毒了吗？""你见多识广，"金枝笑笑，"什么都瞒不过你的法眼。"

我们转移了话题，聊八卦，医院院长最近被抓了，据说在他家里阁楼里面搜出来三千多万现金，藏在一堆书里面。案件被报道出来时，题目叫书中自有黄金屋。当然，黄金屋是加了引号的。

"还有通奸吧，"聂盈盈说，"现在到处都是通奸。"聂盈盈不肯离婚。袁哲搬走时，她是同意的，现在，她说要再想想。想了几天后，她说离婚可以，谁离了谁都能活，但离婚的步骤得按她的意思来，比方说，第一步，袁哲先搬回家。

"共同进退嘛。"她说，"我很在乎形式。"

袁哲回去之后的生活，通过聂盈盈的微信、微博，时不时地露出一鳞半爪。聂盈盈在床上摆着S形自拍，星眸迷离，媚眼如丝，背后是熟睡的袁哲。她还拍了很多细节特写，比如他们挨在一起的脚，交叉的牙刷棒，两个紧贴着的咖啡杯，杯手组成了"好"字。

"她自编自导自演，我什么都没做。"袁哲告诉我们，"她的三妈在后面当军师，一会儿一个主意。以前她们是仇人相见，分外眼红，现在亲如姐妹了。"

聂盈盈三脚猫的功夫，倒没什么，三妈一看就不寻常，垒得起七星灶，煮得开三江水，相逢开口笑，笑里全是刀。老聂小聂都被她收服了，手段不是一般二般。

"你现在美貌与智慧并重，工作与财富兼收，"我安慰金枝，"男人就像春笋，四处往外钻，没有袁哲还有李哲王哲赵哲。"

"条条大路通罗马？"金枝笑笑，"我也这么劝自己。可是不大灵啊，不管怎么劝，最后还是一条道儿跑到黑。"

她喝的咖啡是黑咖啡，临走时，打包了两块提拉米苏。袁哲每天下了班先去金枝那，吃饭喝茶，夜深了才回家。

金枝穿着紫色七分裙的连衣裙，白色香奈儿包包，往停车场方向走时，回头冲我笑笑，她身后有一大片盛开的紫丁香，紫茵茵的，烂漫无匹，香得人透不过气来。金枝被那片浓香重紫化掉了。

三妈一出手，果然是辣招。不知道她是怎么做到的，金枝以前的那些风流事，以及她在韩国交往过的两个男人，一个是整形医院的医生，另外一个是开牛尾汤汤馆的老板，全都被她查了出来。时间、地点，有的人连照片都附着。三妈约袁哲见了面，没讲金枝一句坏话，她甚至没把这件事情告诉聂盈盈，她把纸袋放到了袁哲面前。

金枝刚洗了澡，给我开门时，身上裹着浴衣。客厅里只开了几盏壁灯，家具仿佛沉没在水下。她领着我直接进了厨房，餐桌上面有打开的酒，高脚杯也都摆好了。金枝往酒杯里倒酒，讲了三妈釜底抽薪的事儿，手在吧台上的纸袋上拍拍。

"袁哲怎么说？""他说他不介意，过去的就让它过去吧。"

金枝喝了口酒，笑笑："——漂亮话就像整过容的脸，总归有后遗症的。"

她头发湿漉漉的，胡乱拢在脑后，耳朵边几缕发丝，发梢上含着水，慢慢团起来，泪滴似的滴下来。

金枝失眠，她经常夜里发微信，说说东说说西。聂盈盈倒是很少出现了，一个月来她销声匿迹，只偶尔上来冒了一下泡。

她说她被流星击中，怀孕了。

我给金枝打电话："你要是相信才叫傻呢。"

"是真的。袁哲承认了。"

"不要脸的东西！"我骂。

"人家是合法夫妻，天经地义。"

"那就把红杏开在家里，出墙来嘚瑟啥？""是我把红杏枝探进人家墙里好不好？"金枝的声音有些怪，仿佛她在梦里，又仿佛醉了酒，"在他们眼里，我还不止探进这一家呢，我是红杏枝头春意闹！"我约金枝见面。我一定要见到她面才放心。她被我纠缠不过，答应了。我们又约了另外两个女生，去吃麻辣小龙虾。

麻辣小龙虾、水煮鱼、香辣蟹，都是大盆端上来的，中间又穿插了几个小炒，桌子上摆得满满当当的。

"血染的风采。"金枝笑着说。

金枝的脸白得像黎明前的天色，一个月没见，眼袋和黑眼圈儿全都出现了，她说这阵子失眠闹的。她喝啤酒的时候先扔了两片药进嘴里。中间她又吃了两片药。

"你别在这儿睡着了。"

"能睡着就好了。"金枝说，"一觉醒来，发现所有这些，其实是一场梦。"

"袁哲不值得你这样儿。"我说,"谁都不值得。"

"爱情这东西,谁先动心,谁就满盘皆输,"金枝说,"我十年前就满盘输了。"

中间我们去了下洗手间,回来时,留在桌边的女生说:"她又吃药了,我没拦住——""没事儿,我早就有抗药性了。"金枝对我说,"你给袁哲打电话,说我吃药了。"

"起来,"我拉一把金枝,"我扶你去洗手间吐掉——""等会儿,你先打电话。"

"你他妈有病吧你?!他到底哪儿好,值得你这么犯贱?!""我他妈就是有病,病大发了。"金枝冲我笑,"大病就得大治,就像我当初去韩国,大治了一次,治好了回来;这次也是一样,折腾够了,就去他妈的了,我保证!"我用免提又给袁哲打电话,电话关机。

"他说他爱我。他说我在韩国的那段时间,他发现他早就爱上我了,爱上了胖金枝——"金枝的笑容还在脸上,但越来越散,越来越恍惚,她的身体朝后倒去,我伸出手臂,刚好接住她。

120急救车来之前金枝已经进入了昏迷状态,我们试图让她吐出来,但她牙关咬得紧紧的。她的脸色像雪团似的,好像正在从我怀里化掉。

我们轮流给袁哲打电话,打不通。我们在微信上给他和聂盈盈留言,金枝吃药自杀了!袁哲你他妈的死哪去了?到了医院,金枝直接被推进去洗胃。我追着医生说她严重失眠,吃了安眠药,还喝了啤酒。医生脚步没停,直接进处置室去了。

金枝的肚子爆炸了!医生急赤白脸地质问我,为什么不告诉他金枝胃里有水球?

我没听明白他的话,她胃里有什么?"水球。"

"为什么她胃里有水球?""我怎么知道?可能是减肥吧。"医生说装满了盐水的水球,加上食物,加上啤酒,加上洗胃的水,她的胃像一个汪洋大海,爆炸了。

袁哲和聂盈盈是一起来的。

"她真吃药了?"袁哲问我,"吃什么药?""一哭二闹三上吊,"聂盈盈哼一声，"吓唬谁啊？"我指了指处置室，让他们自己进去看。

聂盈盈不去。袁哲犹豫了一下，自己进去了。我们听见他在处置室里号叫了一声。接着，又号叫了一声。聂盈盈跳起来，抓住我。

我知道袁哲看见什么，处置室里，金枝躺在床上，脸是透明的，水晶冻似的，她的身体摊在地上，掏心掏肺，披肝沥胆，肝肠寸断。我也想号叫来着，但没号出来。我在卫生间把胃吐空了，然后就像壁画一样贴在墙上，动弹不得。

袁哲是一寸寸地从手术室里面挪出来的，他打着冷战，胃痛似的佝偻了身体，聂盈盈过去扶住他，往手术室方向看了一眼，"怎么了？"她受了他的传染，也发起抖来。

他们背靠着墙，好不容易才站稳，朝我看过来。

"金枝说，她爱你！"我对袁哲说，"她爱死你了。"

《人民文学》2015年9期

敬告作者

为了保护有关作者的合法权益，我社曾多方联系本套书所涉及作者以便洽谈版权事宜。但遗憾的是，由于种种原因，截至本书付梓，仍未能与少数作者取得联系。现谨对尚未取得联系的作者表示歉意，并请有关作者或著作权人见书后，尽快致函作家出版社，以便及时奉寄样书和稿酬。

通信单位：作家出版社有限公司

通信地址：北京市朝阳区农展馆南里10号

邮政编码：100125

联系电话（传真）：010-65925260

图书在版编目（CIP）数据

新中国文学经典丛书·精选本　短篇小说（卷二）／
孟繁华主编.－－北京：作家出版社，2023.3
ISBN 978-7-5212-2189-3

Ⅰ.①新… Ⅱ.①孟… Ⅲ.①中国文学 – 当代文学 –
作品综合集②短篇小说 – 小说集 – 中国 – 当代 Ⅳ.①I217.1
②I247.7

中国国家版本馆CIP数据核字（2023）第020036号

新中国文学经典丛书·精选本　短篇小说（卷二）

总　策　划：吴义勤　路英勇
主　　　编：孟繁华
出版统筹：汉　睿
责任编辑：乔永真
装帧设计：天行云翼·宋晓亮
出版发行：作家出版社有限公司
社　　　址：北京农展馆南里10号　　　邮　　编：100125
电话传真：86-10-65067186（发行中心及邮购部）
　　　　　86-10-65004079（总编室）
E-mail:zuojia@zuojia.net.cn
http://www.zuojiachubanshe.com
印　　　刷：唐山嘉德印刷有限公司
成品尺寸：152×230
字　　　数：393千
印　　　张：26.5
版　　　次：2023年3月第1版
印　　　次：2023年3月第1次印刷
ISBN 978-7-5212-2189-3
定　　　价：60.00元